James Douglas · Brennpunkt Philadelphia

JAMES DOUGLAS

BRENNPUNKT PHILADELPHIA

ULLSTEIN

Im ULLSTEIN Verlag sind zahlreiche spannende Thriller erschienen.
Fragen Sie Ihren Buchhändler.

Die Deutsche Bibliothek - CIP-Einheitsaufnahme

Douglas, James:
Brennpunkt Philadelphia / James Douglas – Frankfurt/Main ; Berlin :
Ullstein, 1994
ISBN 3-550-06731-3

Lektorat: Axel Poldner, München
Satz: Dörlemann-Satz, Lemförde
Druck und Verarbeitung:
Graphischer Großbetrieb Pößneck GmbH, Pößneck
Printed in Germany
ISBN 3 550 06731 3
Gedruckt auf alterungsbeständigem Papier
mit chlorfrei gebleichtem Zellstoff

1 Puerto Quepos, Costa Rica, Dienstag, 19. Juni

Brütende Hitze lag über dem schmalen Flugfeld nahe der verschlafenen Stadt Puerto Quepos, tief in den üppigen Tropen auf der Pazifikseite von Costa Rica. Das schweißabsorbierende Wunder eines *VanUsem*-Hemdes klebte an Ken Custers Brust und Rücken wie ein klatschnasser Schwamm. Er stand schwitzend neben der in Panama registrierten *Cessna* und trieb die Leute der *CR Produkte Export Gesellschaft* mit Flüchen und Zurufen zur Eile an. Wie immer war das Umladen der Fracht der gefährlichste Teil der Operation. Die Kisten lagen völlig schutzlos, wie auf einem Servierbrett, im offenen Feld. Wohl waren die Männer am Treffpunkt bis zu den Zähnen bewaffnet, aber sie hatten die Gewehre achtlos am Rand der Piste abgestellt, ein paar hatten sogar ihre schweren Colts abgeschnallt, die ihnen beim Schuften in die Quere kamen.

Ken schüttelte den Kopf. Gegen einen Überfall der schießwütigen örtlichen Miliz könnten sie nicht viel ausrichten. Ihr bester Schutz bestand in der Geschwindigkeit. Landen, Umladen, Abhauen. Je rascher sie die Ware wegbrachten und sich wieder aus dem Staub machten, desto unwahrscheinlicher war eine zeitgerechte Intervention der Polizei.

Ken schielte skeptisch zum strahlenden Himmel empor. Das friedliche Bild täuschte. Lag Unheil in der Luft? Angestrengt lauschte er auf das verräterische Klopfen von Hubschraubermotoren. Er hielt beide Hände an den Mund und ließ jedes Wort donnernd durch das improvisierte Megaphon erschallen: »Adelante, compadres! Nehmt den Finger raus, los macht schneller!«

Stille senkte sich wieder herab, einzig durchbrochen von den Geräuschen der schnaufenden Männer, die mit schweißglänzenden Gesichtern Kiste um Kiste zu den drei Allrad-Toyotas schleppten. Hinter halbgeschlossenen Augen prüfte Ken besorgt die einzige Verbindung zur Stadt: eine schmale, gottverlassene Dreckpiste, die am anderen Ende der Lichtung eine häßliche Schneise in das saftige, dunkelgrüne Dickicht des üppigen Regenwaldes schnitt. Nichts regte sich dort. Aber selbst wenn etwas geschähe, überlegte Ken, wäre er machtlos, sie säßen wie die Maus in der Falle.

Der kolumbianische Pilot kauerte unter der rechten Tragfläche des Propellerflugzeuges und inspizierte das Fahrwerk. Ungeduldig schaute er mehrmals auf die Uhr, als ob dadurch Zeit zu gewinnen wäre.

»Noch maximal zehn Minuten, Chef, dann müssen wir hier raus. Die Costaricaner haben eine verdammt gute Luftraumüberwachung. Wenn wir Pech haben, wissen sie, daß wir da sind.«

Custer nickte, als er auf den Zettel in seiner Hand schaute. »Wir schaffen es, Gómez. Mach die Maschine schon startklar.«

Die meisten Verschläge lagen bereits in den Allrad-Fahrzeugen. Diese Indios schmeißen die Kisten fast so gut herum wie ihre Kanonen, dachte Ken. Kein Wunder, sie verdienen gut und wollen nicht geschnappt werden.

»Mucho calor, muchos dólares, niños«, schrie er ihnen zu. Ein paar entblößten ihre Zähne zu einem Grinsen, das aussah, als könnte es sich jederzeit in ein wütendes Fauchen verwandeln.

Der schlaksige, weißhäutige Kerl mit schweißbeflecktem Schlapphut und einem ausgeblichenen blauen Hemd verharrte die ganze Zeit fast unbeweglich neben dem vordersten Toyota und überwachte das Wiegen: ein entnervendes Bild der Trägheit inmitten hektischen Treibens. Zwei Gehilfen stellten jede Kiste kurz auf eine elektronische Waage und riefen ihm eine Zahl zu. Wertvolle

Zeit ging dabei verloren, aber die Prozedur erwies sich als nötig. Keiner traute dem anderen in diesem Geschäft. Der Schlapphut notierte die Gewichte, und als die letzte Kiste abgefertigt war, winkte er Ken nonchalant heran, obschon dieser bereits an seiner Seite stand.

Die zehn Minuten waren überschritten, und eine innere Unruhe drängte Custer zur Eile. Er hatte das untrügliche Gefühl jahrelanger Erfahrung im Feld, gepaart mit einer Art nagender Vorahnung, die ihm schon oft das Leben gerettet hatte, daß der Kerl aus irgendeinem Grund absichtlich den Ablauf verzögerte. »Na, endlich, bringen wir es hinter uns«, murrte Ken ungehalten.

»600 Kilo brutto, Tara, mit 100 Kilo angegeben, werden wir beim Auspacken wiegen.« Mit reglosem Gesicht lehnte der Schlapphut immer noch lässig an der Motorhaube des *4WD.*

Hinter Kens Rücken liefen die Flugzeugmotoren winselnd an und gingen in ein regelmäßiges Brummen über.

»Unterschreiben«, sagte Ken. Er reichte dem Cowboy einen Frachtbrief, und der Chef von *CR Produkte Export* quittierte darauf den Empfang einer halben Tonne Kokain.

Schnaubend wie ein auftauchender Wal schrie Ken: »Dann nichts wie los und raus!« Doch der freudige Ausruf blieb ihm im Hals stecken, als er in die Mündung der schweren Pistole in der Hand des Schlapphuts blickte. Custer erstarrte. »Was zum Teufel soll der Scheiß, verdammt!«

»Langsam, Custer, das Spiel ist aus. Umdrehen!« Der Kerl grinste dreckig. Er stieß den blanken Lauf der Waffe gegen Custers Brust: »Umdrehen, habe ich gesagt!«

Gebannt und mit einem eigenartigen Gefühl, das ihn seiner mißlichen Lage entrückte, starrte Custer auf die Waffe. Sein Kopfnicken verriet ein professionelles Erfassen der Situation, und er hörte seine eigene rauhe Stimme sagen: »Wie kommt denn ein Aas wie du zu einer *Glock-17-Polizei-Spezial*?« Noch während er sprach, erregte etwas am Rande des Gesichtsfeldes seine Aufmerksamkeit. Aus den Augenwinkeln bemerkte er, wie eine Gestalt heimlich um die Kühlerhaube des Geländefahrzeugs schlich. Ein bißchen Schauspielerei war gefragt. Custer sackte mutlos in sich zusammen, als ergäbe er sich in sein Schicksal. Tunlichst vermied er es, seitwärts zu schielen; er bohrte den Blick unter den Brauen hervor tief in die Augen seines Gegners, der ihn mit hocherhobenem Kinn zum Gehen antrieb, dabei mit der Zunge nervös die Lippen befeuchtete.

»Das wirst du noch sehr bereuen, Scheißbulle«, meinte Custer tonlos und machte Anstalten, sich abzuwenden. Der Kerl im Schlapphut tat einen Schritt vorwärts und hob die automatische Waffe auf die Höhe von Custers Augen.

In diesem Augenblick trafen plötzlich zwei verwandte Gegenstände aufeinander, als ein schmieriger, schwarzer Wagenheber auf den fleckigen Schlapphut niedersauste. Das Bild prägte sich Custer unauslöschlich ein. So brutal es auch gewirkt hatte, Custer konnte nicht anders, als den professionellen Zweihändergriff zu bewundern, mit dem sein Retter das schwere Werkzeug wie einen Tennisschläger auf den Schädel des Schlapphuts herabschmetterte, dabei finster wie ein übelgelaunter, blonder McEnroe auf sein Opfer hinabblickte. Das blöde Grinsen des Schlapphuts zerbrach, die Augen quollen hervor, erstarrten in einem leeren Blick, die Zähne schlugen zusammen und schnitten die Zungenspitze ab. Blut spritzte, der Getroffene fiel der Länge nach vornüber in den Staub.

»Los, weg von hier!« schrie der blonde Retter, packte Custers Arm und riß den Verdutzten von der makabren Szene weg. Von einem Schub Adrenalin aufgepeitscht, schwang er den Wagenheber wild um sich, als gälte es, eine ganze Armee unsichtbarer Angreifer abzuwehren, obschon die Indios wie angewurzelt zu verharren schienen.

Als sie zum Flugzeug rannten, das sich langsam in Bewegung setzte, bekam Custer flüchtig ein paar blitzende Zähne in dunklen Gesichtern zu sehen. Noch vor seiner Bekanntschaft mit dem schmierigen Werkzeug hatte der Schlapphut ihm nicht gerade nach der Art Kerl ausgesehen, für den die Einheimischen extra Trauermessen feiern würden.

Custer und sein Retter sprangen in die offene Kabine, kurz bevor die Maschine unter Vollgas mit einem Ruck nach vorne schnellte.

»Alles klar, Gómez?« Ken rang keuchend nach Atem.

»Madre de Dios!« Der Pilot schüttelte den Kopf und deutete mit dem Daumen nach hinten zur Schneise.

Ken sah eine riesige Staubwolke, aus der plötzlich zwei, drei schwarze Fahrzeuge wie wütende Insekten herausschossen. Ihnen folgten weitere drei und schwärmten keilförmig aus. Die sechs Humvees, die Custer als alter Knabe beharrlich »Jeep« nannte, preschten auf die Toyotas am Pistenrand zu.

»Polizeiangriff«, schrie Ken und sah flüchtig zum Piloten, dessen rechte Hand den Gashebel am Anschlag hielt. Sie waren etwa auf halber Länge der Rollbahn gestartet und benötigten jeden Meter der sich rasch verkürzenden Piste. Mit vollen Touren rasten sie auf das Pistenende zu, und die sich auftürmende Wand des Tropenwaldes schien sie im nächsten Moment zu verschlingen. Da hob sich die Maschine bebend und stieg in einer kleinen Schleife knapp über die Wipfel weg. Aus der Schräglage beobachtete Ken den Verlauf des Angriffes. Das auf dem Spitzenfahrzeug montierte Maschinengewehr eröffnete das Feuer. Die Leuchtspurgarben bestrichen die Luft über der Stelle, wo die Toyotas standen. Custer konnte ein Lächeln nicht unterdrücken: Die Bullen schossen absichtlich über die Köpfe von Schlapphuts Mannschaft. Aber die Wirkung blieb nicht aus. Die Indios, welch Anblick, lagen allesamt flach am Boden und suchten hinter ihren Fahrzeugen

Deckung. Mr. Schlapphut lag noch genau dort, wo sie ihn zurückgelassen hatten.

Custer stieß kräftig die Luft aus. Es kam ihm vor, als hätte er nicht mehr geatmet, seit er in den Lauf der häßlichen *Glock 17* geblickt hatte.

Nun, der alte Schlapphut könnte Glück haben und mit nicht viel mehr als einer Schramme am Kopf und einer schweren Gehirnerschütterung aufwachen. Oder auch nicht. Doch im Kopilotensitz fühlte sich Ken Custer viel zu wohl, um vorzugeben, er kümmere sich auch nur einen Dreck um Schlapphuts Befinden.

»Huh«, meinte er, »das war verdammt knapp.« Er setzte den Kopfhörer auf und schaltete das Mikrophon ein.

»Das war ein guter Ausstieg, Gómez, mein Kompliment!« Mit dem Daumen nach unten deutend, fügte Ken hinzu: »Fünfzig Millionen im Eimer.«

Gómez zuckte die Achseln und blieb still. Sein Kiefer mit den drei Tage alten Bartstoppeln stand scharf nach vorne. Sie hatten es noch nicht geschafft. Er mußte die Maschine sicher zur Basis zurückbringen.

Custer drehte seinen Kopf und fixierte den Mann, der ihm vermutlich das Leben gerettet hatte, mit einem wohlwollenden Blick.

»Wer sind Sie, und wo zum Teufel kommen Sie her? Ich bin Ihnen zu Dank verpflichtet, wirklich. Ich glaube nicht, daß ich jemals so nahe dran war, abzukratzen, noch dazu unrühmlich!«

»Ich bin John Rutherford.« Das sonnengebräunte, sympathische Gesicht hinter Custer ließ auf charmante Art breite, gleichmäßige Zähne sehen. »Der bedauernswerte Herr dort unten wollte Sie in die KVH-Statistik befördern.«

»KVH?«

»Kugel von hinten. Erschossen auf der Flucht, hätte es dann wohl geheißen. Ich habe zu viele schlechte Filme gesehen, um dem tatenlos zuzusehen.« Rutherford zuckte entschuldigend mit den Schultern. Beide Männer lachten, und die Spannung ließ nach.

»Rutherford, Rutherford . . .« Der Name stand mit etwas in Custers Gedächtnis in Verbindung. »Sie sind nicht etwa der Sohn des alten *Bill* Rutherford, oder doch?«

»Sicher. Ich arbeite für die New York Times an einer Untergrundreportage über die Drogensyndikate.«

»Donnerwetter, ich glaub' es nicht!« Custer drehte sich ganz in seinem Sitz um. »Johnny, stimmt's. Ich erinnere mich an dich.«

Überrascht beugte sich Rutherford nach vorne.

Custer langte um den Sitz herum und hielt eine Handfläche zirka einen Meter über dem Boden der *Cessna*. »Du warst ungefähr so groß und herzig wie ein Knopf, damals! Ich habe für deinen Vater gearbeitet. Er brachte mir das Filmen bei. Er war ein begnadeter Regisseur und hervorragender Lehrer. Dann, leider, verloren wir uns aus den Augen.«

Rutherford starrte mit großen Augen auf den ausgeprägten, etwas wilden Kopf und strengte sich an, Kens Gesicht aus den Kindheitserinnerungen hervorzubaggern.

»So, dann erzähl mal, wie geht es dem großen William H. Rutherford?«

»Okay«, antwortete der einstige Johnny mit bedrückter Stimme, »er hat eine schwere Operation hinter sich. Er wird's schon schaffen. Als ich vor ein paar Tagen mit ihm sprach, meinte er, daß ihm sicher noch drei von neun Leben übrigblieben, aber sie haben ihn mit dermaßen vielen Flüssigkeiten vollgespritzt, daß er Gefahr läuft, sie alle wegzupinkeln.«

Custer versuchte zu lächeln, doch er brachte nichts über die Lippen. Es klang nach Krebs. Er unterdrückte einen Seufzer. Bill Rutherford war ihm als eingefleischtes Arbeitstier mit einem sprudelnden Temperament in guter Erinnerung. Schon vor fünfzehn Jahren konnte sich der alte Bär glücklich schätzen, noch unter den Lebenden zu weilen.

»Der Killer im Fedora da unten nannte Sie Custer. Sind Sie *Ken* Custer? Der Mann, der Ghaddafi gerettet hat?«

Ken nickte stirnefurchend, fühlte sich unbehaglich. »Ich . . .« Er brach ab.

Rutherford fuchtelte begeistert mit den Händen. »Wow, das war vielleicht ein tolles Stück. Wer hätte das schon gewagt, ich meine, Sie setzten Ihre ganze Karriere aufs Spiel.«

»Nun ja . . .«

»Mehr noch, auch Ihr Leben, stimmt's?«

»Richtig. Mein Leben und meine Karriere.« Custer fühlte sich plötzlich alt. Er hob beschwichtigend eine müde Hand. Doch aus seiner Stimme klang eine schneidende, kalte Schärfe: »Wecken wir nicht schlafende Hunde, John, einverstanden? Publizität kann ich jetzt ebenso gut gebrauchen wie ein Loch im Kopf.«

John Rutherford legte seine kräftige Hand beruhigend auf Kens Schulter: »Keine Angst, Sir. Von mir haben Sie nichts zu befürchten. Ich habe Respekt vor Ihrer Vergangenheit. Von klein auf kann ich mich zwar nicht an Sie erinnern, aber mein Dad hat viel von Ihnen erzählt, vor allem nach dem Angriff auf Ghaddafi. Ich wollte, ich wäre dabeigewesen. Sie können sich auf mich verlassen. Aber, was ist mit ihm?« Er deutete mit dem Kinn auf den Piloten.

An Stelle einer Antwort hob Ken den Daumen der rechten Hand.

Rutherford nickte, angelte nach seiner rotbraunen Kameratasche, öffnete sie und begann, darin herumzuwühlen. »Ich denke, ich werde mich noch ein bißchen in dieser Gegend herumtreiben und dann nach Kolumbien hinunterfliegen«, informierte er Custer beiläufig. »Hoffentlich kreuzen sich unsere Wege wieder, Ken. Sie haben doch nichts dagegen, wenn ich Ken zu Ihnen sage, Sir?«

»Und ob ich das habe, Johnny«, Custer grinste, »ich finde das wirklich beleidigend. Du kannst jederzeit mein Leben retten, aber bitte nenn mich nie mehr beim Vornamen!«

Rutherford brach in schallendes Gelächter aus.

Der Pilot hielt die *Cessna* gleichmäßig auf südlichem Kurs in Richtung Küste. Voller Konzentration prüfte er die Instrumente. Nur noch das unterdrückte Brummen der Motoren erfüllte die Kabine, in der die Männer still ihren Gedanken nachhingen.

Nach einer Weile sagte Gómez: »Wir werden in etwa einer halben Stunde nach Osten auf den neunten Breitengrad einschwenken und dann diesem folgend nach ungefähr dreihundert Meilen haargenau Panama City erreichen.«

Ken nickte zustimmend.

»Paßt mir haargenau«, sagte Rutherford.

»Wie lange bleibst du in Panama?« fragte Custer.

»Nicht allzu lange. Ich gehe nach Medellín hinunter, und du, Ken?«

Custer lehnte den Kopf zurück und schloß die Augen. »Ich bleibe ein paar Tage, dann fliege ich nach New York.« Das gleichmäßige Dröhnen der *Cessna* beruhigte sein aufgebrachtes Inneres. Trotzdem verfluchte er seinen Leichtsinn. Der Abstecher an die Front wäre beinahe schiefgegangen. Wäre nicht der junge Rutherford gewesen, läge er jetzt mit dem Gesicht nach unten im Dreck, wie Mr. Schlapphut. Als Chefstratege im Großkartell von Cali sollte er dem kindischen Drang nach Abenteuern entwachsen sein. Von ihm wurde erwartet, daß er die Fäden zog wie der Chef eines multinationalen Konzerns und nicht als Frontschwein auf einer dreckigen Urwaldpiste herumtollte, um sich die Lunge mit Neun-Millimeter Geschossen durchlüften zu lassen.

Das Kokain war womöglich nicht verloren. Das Kartell hatte vor langer Zeit einen Mann ins Hauptquartier der costaricanischen Polizei eingeschleust. Er würde rasch herausfinden, was los war, und ob der Schlapphut ein Ding auf eigene Rechnung drehen wollte.

In zwei Tagen dürfte die Ware wieder im Besitz des Kartells sein. »Plata o plomo« hieß die Zauberformel: Nimm Geld, oder du bekommst die Kugel, so einfach lief die Sache.

Seine Augen fielen zu, das Gesicht entspannte sich, er schien eingeschlafen, als Gomez die Maschine leicht abdrehte und auf Panama City zuhielt. Custer rechnete mit einer Zahlung von einer halben Million Dollar an die Wohltätigkeitsstiftung der *Guardia Civil.* Etwa neunzig Prozent des Kokains kämen dann zurück, schätzte Ken, und die restlichen zehn Prozent verblieben der Polizei als Beute. Immerhin noch stattliche fünfzig Kilo, mit denen sich ein schöner Erfolg im Kampf gegen die Drogenkriminalität feiern ließe. Die Gringos wären zufrieden. Was den Schlapphut anbelangte, würde ihn die Killerbrigade des Kartells liebend gerne mit einer Ladung »plomo« bedienen, sofern Rutherfords doppelfäustiger Angriff mit der tödlichen Waffe ihm nicht schon den Rest gegeben hatte, eine Ladung »plomo« aus einer *AK-47* – »plata o plomo« ...

Bevor er in den Schlaf fiel, schweiften Custers Gedanken ins Niemandsland ab, wo alles und nichts Sinn hatte. Johnny Rutherford, zum Beispiel. Der Junge hatte Mut und Entschlossenheit bewiesen. Offensichtlich verfolgte er eine heiße Spur, wie sonst hätte er von der Lieferung wissen können. Und seine Bewunderung des Ghaddafi-Coups schien echt. Aber warum reist er einfach nach Medellín weiter, als wäre nichts passiert? Sollte die Begegnung mit mir seinen Spürsinn als Reporter nicht angestachelt haben? grübelte Custer. Warum zeigt er kein Interesse, sich an meine Fersen zu heften, zumal ich seinen Vater kenne und gerade eine halbe Tonne Kokain abgeliefert habe?

Die Augen immer noch geschlossen, preßte Custer sein Gesicht seitlich an die lederne Kopfstütze, steckte das Kinn ein und schickte sich an, ernsthaft zu schlafen. Etwas rüttelte ihn auf: War es die Turbulenz oder eine böse Vorahnung? Träge drehte er sich nach hinten zu Rutherford: »Warum zum Teufel willst du ausgerechnet nach Medellín gehen, John? Was hast du in diesem verdammten Loch verloren? Halt dich da raus. Geh um Gottes willen nicht hin. Pedro Ruiz ist gefährlich. Auch die skrupellosen Schurken von Cali. Ich meine es ernst, bleib in Panama, John! Ich gebe dir die Informationen, die du willst.«

»Nun, weißt du, ich habe einen Auftrag«, sagte Rutherford mit lockerem Charme. »Mir geschieht schon nichts. Heute haben wir auch überlebt, oder nicht?«

Ken zuckte die Achseln und nahm wieder seine Schlafstellung ein. Hoffentlich behielt er recht, der Johnny ...

2 New York City, Samstag, 30. Juni

Wieder erlebte er den fürchterlichen Absturz in die unendliche Tiefe. In Zeitlupe schwebte er auf den schwarzen Strudel zu. Das Gischt sprühende Loch am Rande der Stromschnelle würde ihn hinunterreißen, dann verschlingen.

Sanft drang er in die tödliche Nässe. Zu seiner Überraschung spürte er keinen Schmerz, vielmehr durchflutete ein Schwall süßen Empfindens seinen Körper, als ihn ein tiefblauer Wirbel umfaßte und, an dunkelgrünen Grotten vorbeirauschend, auf eine helle Sandbank zum Sterben legte.

Er fühlte weder Nässe noch Kälte oder Angst. Er sah das gütige Antlitz seines Vaters, das liebevolle Lächeln von Mama, dazwischen die dreckig grinsende Fratze des Widersachers, mit dem er hoch über dem schäumenden Strudel gerungen hatte. Dann begann sich alles langsam im Kreise zu drehen.

Die Erinnerung, das glückliche Gefühl und sanfte Empfinden zerflossen, das Licht verblaßte, Dunkelheit und Kälte drangen vor. Nein! Er sträubte sich, wollte schwimmen, zur Oberfläche stoßen, aber seine Muskeln verweigerten den Dienst. Er wollte schreien, doch die Stimme versagte ihm. Bloß einige Zentimeter und unendlich langsam vermochte er die Hände zu bewegen. Es war zum Verzweifeln. Die schwarze Nässe umfaßte ihn, das Licht erlosch, und ein eiskalter Schmerz stach in sein Herz.

Da vernahm er von weit weg eine angenehme, energische Stimme, die eindringlich und beharrlich wiederholte: »Aufwachen, mein Junge, nicht aufgeben, wach auf, wir brauchen dich noch.« Dann sah er, plötzlich hustend, nach Luft ringend, wie sich ein besorgtes Gesicht unter blonden, herabhängenden Strähnen über ihn beugte: »Aufwachen, mein Junge, komm schon, wir schaffen es . . .«

Ken Custer fuhr schweißgebadet hoch.

Der automatische Radiowecker lief, und eine Frauenstimme verlas die Nachrichten. Die elektronische Digitaluhr zeigte siebzehn Uhr und zwei Minuten.

Ken sprang aus dem Bett und riß die Jalousien hoch. Er hatte gut und sicher drei Stunden gedöst und war erneut in den Klemmgriff dieses verdammten Traumes geraten. Er schüttelte verständnislos den Kopf und blickte auf die teilnahmslos zurückstarrende, graue Fassade des Hauses gegenüber. Diffuses, grelles Licht ließ ihn die Augen zukneifen.

»Wenn ich bloß diesem verfluchten Strudel zu entrinnen wüßte.« Er seufzte. Der Traum quälte ihn in unregelmäßigen, völlig zufälligen Abständen, und doch, wie ihm schien, meistens dann, wenn kurze Zeit später eine Bewährungsprobe auf ihn zukam.

»Nun, wir werden ja sehen, was es diesmal bedeutet.« Er schlurfte gähnend in die Küche und setzte Kaffee auf. Um seiner Vorahnung recht zu geben, läutete das Telefon. Er drückte die Lautsprechertaste und gab ein sonores »Ja« von sich.

»Señor Custer? Wir haben eine wichtige Nachricht für Sie.«

Die kühle, geschäftsmäßige Frauenstimme, die ihm vertraut war, wies ihn an, sich für einen Flug nach Zürich bereitzuhalten. Der Abflug sei für heute nacht geplant, ab Newark, mit der *Gulfstream IV.* Er solle den Chef anrufen, sobald er an Bord sei.

Europa, Zürich. Ken Custer nahm es gelassen. Er war darauf gefaßt gewesen, und die Luftveränderung kam ihm gerade recht.

Der Kaffee war fertig. Jedesmal, wenn er von diesem köstlichen Gebräu schlürfte, schmunzelte er insgeheim über Giovanni, den einst schneidigen, jetzt ziemlich beleibten und kahlen Playboy und Barbesitzer an der Ecke, der ihm für horrende hundert Dollar die alte Espresso-Maschine angedreht hatte. Ken nahm ein zweites Schlückchen, trug die Tasse ins Badezimmer und stellte sie vor dem Spiegel ab. Aufblickend sah er einen Mann Anfang vierzig, groß, schlank, doch leider nicht mehr so aufbäumend wie mit zwanzig. In Ordnung, ich bin etwas geschrumpft, aber häßlich sehe ich nicht aus, dachte er, während er wehmütig sein kräftiges Kinn massierte, das an Kirk Douglas erinnerte, und seinem Spiegelbild ein breites Grinsen zuwarf. Er besaß breite Schultern und ein schön geschnittenes Gesicht.

Kritisch musterte er sich aus blaugrauen Augen, die für ihre laserscharfen Blicke aus purem Stahl berüchtigt waren. Befriedigt, daß er noch von dem besaß, was Giovanni an der Ecke als den scharfen Zappola bezeichnete, strich er sein dunkelblondes Haar aus der sich furchenden Stirn: Wo kam er bloß her? Zum tausendsten Mal grübelte er darüber nach. Die Erinnerung an seine Jugend war ausgelöscht. Jeder Versuch, aus den reißenden kalten Fluten zurück in die Kindheit zu steigen, scheiterte. Nur dieser verfluchte Alptraum ... Und Scarlett, seine Mutter, die wohl Bescheid wußte, wollte nicht darüber reden.

»Die Zeit wird es weisen, Kenny«, hatte sie ihn vertröstet.

Er schlüpfte in dunkelblaue Baumwollhosen, zog ein lila gestreiftes kurzärmeliges Hemd über, warf den olivfarbigen Kittel mit gelben und blauen Streifen und eine bunte Krawatte neben die anderen Sachen, die er einpacken wollte, auf das Bett. Dann öffnete er die oberste Schublade seines Arbeitstisches und legte den Paß, die Kreditkarten und seine Brieftasche heraus. Dem Regal neben dem Klavier entnahm er *Die vollständigen Gedichte* von Emily Dickinson und legte sie liebevoll in den Aktenkoffer. Schließlich verstaute er den Kleincomputer mit seiner persönlichen Datenbank, das Mikroaufnahmegerät und das mobile Funktelefon. Er schaute auf die Digitaluhr des Radioweckers und stellte beruhigt fest, daß er noch genügend Zeit hatte.

Er rief Susan auf der anderen Seite des Parks an: »Hallo«, begann er, »störe ich dich?«

»Ich stand unter der Dusche.«

»Reinheit kommt gerade nach Weisheit, oder so etwas, Süße. Ich muß weg, in die Schweiz. Einkaufsbummel. Vielleicht trainiere ich ein bißchen auf der Jungfrau. Wie? Nein, im Gebirge, so heißt der Berg neben der Eigernordwand. Also, ich werde aus Zürich anrufen, in Ordnung?«

»Ich bin hingerissen, hab Spaß, Ciao!« Susan zeigte ihm den Finger, als sie auflegte. Warum mußten Männer immer im Befehlston telefonieren? Sich im Gebirge ertüchtigen, was sollte der Unsinn? Sie lachte kopfschüttelnd und sprang ins Bad zurück. Sie kannte Ken Custers wortkarge Mitteilungen zur Genüge und hatte schon vor langer Zeit aufgehört, sich darüber aufzuregen: Es war der Preis, den sie zahlte, um wenigstens ein wenig von dem zu genießen, was dieses prachtvolle Exemplar Mann zu bieten hatte.

Als Susan sich am Abend vor dem Fernseher niederließ, *Sellavision* einschaltete und Bestellungen in den Hörer schwatzte, bewegte sich Ken aufrecht durch den Rumpf der zweistrahligen *Gulfstream IV* zur Schlafkabine. Das Flugzeug bot den Komfort einer Präsidentensuite. Doch die vertraute Atmosphäre der in warmes Licht gehüllten Einrichtung mit der echten Eichentäfelung und dem weichen blauen Perserteppich ließen Ken unbeeindruckt. Nachdem er seine Sachen auf das breite Bett geworfen hatte, kehrte er in den Salon zurück: Es war Zeit für den Anruf!

Wie immer empfand Custer die Unterhaltung mit Don Cali als zweifelhaftes Vergnügen, ungefähr wie ein Gespräch mit einem intelligenten Betonmischer. In seiner ruhigen, kiesigen Stimme ging Cali nochmals eindringlich alle Punkte des längst besprochenen Plans durch und hämmerte Custer ein, den Bankier in der Schweiz ja zuvorkommend zu behandeln ... Ken, der alles schon mindestens zehnmal gehört hatte, bestätigte geduldig die Anweisungen und machte dann mit dem Boß ein paar Zeiten aus für Verbindungsaufnahmen, um Einzelheiten zu besprechen, falls nötig.

Als das Gespräch mit einem »Hasta luego« zu Ende ging, brachte der Steward dem einzigen Gast wunschgemäß eine Portion Pastrami auf Roggenbrot, einen Scotch und ein Glas Milch. Letzteres gehörte zu Kens Ausrüstung für die Zeitlochbekämpfung. Er litt auf langen Flugreisen regelmäßig unter dem Zeitunterschied. Seine innere Hauptuhr paßte sich nur langsam an die neuen Umweltbedingungen an. Er versuchte deshalb vorzuschlafen. Ebenso hatte er stets ein Paar dunkle Brillengläser dabei, die das helle Licht abdämpften, wenn sich seine innere Uhr noch in der Dunkelphase befand. Für den umgekehrten Fall führte er einen Blendschirm mit eingebauten weißen Lämpchen im Jet Lag-Bekämpfungspack, um die Wachphase vorzutäuschen, indem er sich nach Bedarf taghell beleuchtete.

Es war töricht gewesen, die Bordküche mit einem Pastramibrot zu testen. An Stelle der frischen, drei Finger hohen, goldig über den Rand schimmernden Pastramischeiben, wie sie ihm sein bevorzugtes Deli nahe der Carnegie Hall zu servieren pflegte, erhielt Ken schlaffe, gräuliche Fleischlappen. Naserümpfend wagte er den ersten Biß. Wie befürchtet, schmeckte die Pastrami so lecker wie die gedruckten Seiten der New York Times.

Bequem auf dem Bett ausgestreckt, beharrlich kauend, am Scotch und an der Milch nippend, verfluchte Ken seine Einsamkeit. Langsam hing ihm dieses Hundeleben zum Halse heraus. Eines Tages würde er aufhören, für die anderen die Kastanien aus dem Feuer zu holen, die Drecksarbeit zu verrichten, den Kopf hinzuhalten. Es wäre nur halb so schlimm, wenn sie wenigstens aufhörten, ständig von einer gerechten Sache zu reden. Es war zum Kotzen.

Nun, war er nicht selber schuld? Umherzujetten wie ein Gigant, über ein Pastramibrot zu jammern? Verflucht. Er sah Susan unter der Dusche. Er hätte besser eine Frau mit an Bord nehmen sollen. Es juckte ihn, verdammt noch mal. Sehnsüchtig schaute er auf das breite Doppelbett. Der Vietnamkrieg war schuld an seiner schiefen Laufbahn. Nach einigen Semestern Jura an der Harvard-Universität hatte es ihn zum Film gezogen. Er verschlang haufenweise Bücher und schaute sich Filme an, immer wieder. Anfänglich produzierte er mit Bill Rutherford, dann versuchte er es allein. Als *Sie rangen nach Luft (Gasp for Life)* alle Kassenrekorde zu brechen begann (nun erinnerte er sich schmunzelnd, daß wenigstens ein paar Kinokassen Rekordeinnahmen verbuchen konnten), zogen sie ihn ein. Ab nach Saigon, statt nach Disneyland!

Er hatte Glück, kam zum Nachrichtendienst, später zur CIA, wo sie ihm eröffneten, ein Beau wie er habe keine große Zukunft als Geheimagent. Jahre später – er war immer noch ihr Beau – schickten sie ihn in streng geheimer Mission nach Libyen. Wie heute nacht, flog er auch allein, mit einem Spezialtransport der Air Force, allerdings nicht ganz so ritzmäßig, trotz der bequemen Ausstattung roch es nach Kerosin, was ihn an *Sie rangen nach Luft* erinnerte. Aber vielleicht war er für diese Art von beschissenen Missionen geboren, wo er über sich selbst hinauswachsen mußte, wie damals in Tripolis. Seine Gedanken schweiften ab. Durch den Getränkemix wohlig entspannt, fühlte er sich in den Projektionsraum versetzt, vor seinen Augen lief die erste Kopie ab, nein, der fertig geschnittene Film seiner Vergangenheit, die Rolle mit der Aufschrift ›Libyen 1986‹. Ihm schien, als wäre alles erst gestern geschehen, dabei lag die schicksalsträchtige Nacht viele Jahre zurück . . .

3 Über dem Atlantik, Samstag, 30. Juni

Im Frühling 1986, als sich Ken Custer für seinen Einsatz nach Libyen bereitmachte, waren die Beziehungen der USA zu diesem Land weit unter den Nullpunkt abgesunken. Fast wöchentlich schlugen mutmaßlich im Solde Ghaddafis stehende Terroristen zu und töteten Amerikaner. Die Öffentlichkeit hatte den Blutzoll satt und war nicht mehr länger bereit, ohnmächtig zuzusehen. Man rief nach Vergeltung, und die Zeit war reif, mit Oberst Muammar al Ghaddafi abzurechnen.

Das Weiße Haus machte den libyschen Diktator für die 938 Terroropfer im letzten Jahr verantwortlich. Es ging darum, ihm nun endlich eine gründliche Lektion zu erteilen. »Wir werden diesen verrückten Hund stoppen«, soll der Präsident gesagt haben.

Was genau damit gemeint war, erfuhr Ken im bequemen, fliegerblau gepolsterten Clubsessel an Bord der *C20A*, einem Air Force Jet, als er nach dem Start von der Andrews Luftwaffenbasis den verschlossenen, gelben Umschlag öffnete, seinen Einsatzbefehl herauszog und den Kartenausschnitt von Tripolis studierte. Es ging darum, die markierten Angriffsziele zu verifizieren. »Ein Routineauftrag«, murmelte er, als der Jet die unzähligen Lichter von Atlantic City hinter sich ließ und in die schwarze Nacht hinausdonnerte.

Er prüfte den Plan sorgfältig, merkte sich die Zielbeschreibungen, die Koordinaten, die vorbehaltenen Gegenangriffe und weitere Schlüsselinformationen, während die zwei Piloten und der Navigator Kurs auf Neuschottland nahmen, um zwischen Halifax und Shannon den Atlantik zu überqueren. Der Steward servierte ihm ein hohes Trinkglas mit Saratoga Quellwasser und einem Schnitz Limone. Custer betrachtete das rote, schnurlose Telefon, das in die Armlehne seines Fauteuils eingebaut war, die fünf numerierten gelben Telefonapparate an der vorderen Kabinenwand. Darunter, auf einem Schaltpult, befand sich eine Reihe von Tastaturen, Kopfhörern und kleinen Monitoren, die zu Codiergeräten, Zerhackern, Radar und weiterem technischen Schnickschnack gehörten. Der Jet war mit Übermittlungselektronik vollgestopft, und Custer wunderte sich, wie er zu dieser Ehre kam, mit höchster Priorität in einer fliegenden Kommandozentrale nach Europa zu jagen.

Als hätte jemand seine Frage verstanden, summte das rote Telefon, und über den Kabinenlautsprecher sagte der Navigator: »Aus dem Lageraum des Weißen Hauses, für Sie, Colonel Custer!«

Ken erkannte sofort die sonore, aufgeräumte Stimme des großen Kommunikators. »Werden Sie anständig behandelt, Colonel, dort oben? Ist das Essen genießbar?«

»Alles in Ordnung, Mister President, keine Beschwerden.« Ken Custer grinste.

»Sie haben eine wichtige Mission, Colonel. Ich zähle auf Sie. Jeff wird Ihnen nun die fehlenden Einzelheiten noch erläutern. Jeff ist vom Stab der Luftwaffe, ein patenter Kerl. Sie werden sehen, er versteht sein Handwerk.«

Eine längere Pause riß ein, die Ken für eine Übermittlungspanne hielt, doch sie entpuppte sich als effektvoll geplantes Schweigen: ». . . und noch etwas, Colonel, ich will, daß Sie genau machen, was er sagt. Haben Sie mich verstanden?«

»Laut und deutlich, Mister President, danke.«

Jeff kam ran, Custer hörte angespannt zu, nickte, bestätigte mehrmals mit »Yes, Sir« oder »Roger, Sir« und legte mit einem »Danke, Sir« auf.

Auf Ghaddafi haben sie es abgesehen! Jeffs beschwörender Satz lag ihm noch lange in den Ohren: »Er ist unser Ziel, Colonel, wir wollen ihn treffen, verstanden? Es ist absolut wichtig, daß Sie uns mitteilen, wo genau er sich zur Angriffszeit H befindet!«

Nach seiner Ankunft in London gaben sie ihm die Papiere von Kenneth W. Carter, einem britischen Ingenieur, der in den Ölfeldern Libyens arbeitete.

In dieser Eigenschaft besaß er die nötige Bewegungsfreiheit in den Ministerien und Amtsstellen. Die Libyer erkannten früh, daß in der Erdölförderung ohne die Engländer nichts lief. Sie waren zuvorkommend gegenüber den Spezialisten, die ihnen das flüssige Gold zu Tage förderten, und Custer profitierte davon. Er brauchte weniger als eine Woche, um an die Baupläne des Bab al Azizia-Militärlagers, in dem Oberst Ghaddafi die meiste Zeit lebte, heranzukommen.

Custer fand zu seiner Überraschung, daß sich die Libyer in diesen Tagen absolut unbekümmert verhielten: Selbst der von der Sechsten Flotte über dem Golf von Syrthe verpaßte Denkzettel schien ihr Selbstvertrauen nicht zu erschüttern. Custer bewunderte die ungetrübte Lebensfreude dieses Volkes, das sich den Zorn und die Verachtung der westlichen Welt aufgeladen hatte. Zwei westliche Nationen machten allerdings eine Ausnahme: die Briten und die Schweizer. Während die Engländer die Ölquellen in Gang hielten, lieferten schweizerische Firmen Flugzeuge, Ersatzteile und Maschinen. Wie es der Zufall wollte, zog Theo von Alp, den Custer vor einiger Zeit in Angola kennengelernt hatte, die Fäden Ghaddafis ziviler Logistik. Der vierzigjährige Schweizer Glückspilz besorgte die begehrten Ersatzteile und kaufte laufend neues Gerät ein, um die gesamte libysche Zivilluftflotte in gutem Zustand zu erhalten. Dabei kam ihm das in Angola geknüpfte Beziehungsnetz sehr zu statten. Scheinbar problemlos fand er stets neue Mittel und Wege, das von den USA über Libyen verhängte Embargo zu unterlaufen.

Unter den Ausländern, die regelmäßig in den Kaffeehäusern von Tripolis verkehrten, hielt sich das Gerücht, von Alps Funktion als Chefeinkäufer sei nichts anderes als eine geschickte Tarnung für eine weit wichtigere Aufgabe, nämlich Ghaddafis Luftwaffe auf kriegstauglichen Stand zu bringen! Um die Wahrheit herauszufinden, brauchte Custer nicht einmal die Cafeteria in seinem Hotel, dem Miramar, zu verlassen. Nachdem es Oberst Ghaddafi für ratsam gehalten hatte, die sowjetischen Militärberater nach Hause zu schicken, betraute er von Alp mit der Riesenarbeit, den von den Russen hinterlassenen Schlamassel aufzuräumen. Er brauchte beinahe zwei Jahre, um die völlig vernachlässigte Flotte von *MIGs, MI*-Kampfhelikoptern und Transportern wieder einigermaßen auf Vordermann zu bringen. Es entsprach seiner lebhaften, unbeschwerten Art, daß von Alp, unbekümmert um Ghaddafis Forderung nach Verschwiegenheit, viel Zeit damit verbrachte, an den heißen, langen Nachmittagen bei informativen Kaffee-Siestas seine Verbindungen zu hochrangigen Regierungsbeamten zu pflegen.

Am dritten Abend lief Custer von Alp im Miramar in die Arme: Sie genehmigten sich ein paar Drinks, frischten alte Erinnerungen auf und trennten sich dann mit einer Verabredung für den nächsten Tag. Von Alp hatte ihn in dieser Nacht beiläufig vor einer bevorstehenden Abschleppaktion der Milizen gewarnt, mit dem Ziel, alle Englisch sprechenden Ausländer hereinzuholen.

Custer schätzte die Warnung richtig ein. Die Razzia verhieß nichts Gutes, sagte er sich, als er mit dem Taxi ins Land hinaus fuhr, um seine Situation in Ruhe zu überdenken. Er hatte nicht im entferntesten die Absicht, bis ans Ende seiner Tage in einem libyschen Kerker voller Skorpione zu schmoren: Da würde er den Verzicht auf Hollywood zugunsten der CIA wirklich viel zu teuer bezahlen. Das Opfer lohnte sich nicht, zudem hatte er seine Zweifel, daß die Operation gegen Ghaddafi den Rahmen einer militärisch notwendigen Intervention nicht sprengte. Da gab es nämlich eine von Präsident Ford erlassene *Executive Order No. 12333*, die der US-Regierung verbot, die Ermordung von unliebsamen Diktatoren zu planen, auszuführen oder anderweitig zu unterstützen. Was war denn ein Luftangriff auf Ghaddafis Hauptquartier anderes, als ein militärisch getarnter Mordanschlag?

Bei türkischem Kaffee brütete Custer stundenlang über die möglichen Verwicklungen seiner wenig aussichtsreichen Situation. Was, wenn ihm der große Kommunikator nicht reinen Wein eingeschenkt hatte? Was, wenn sie beschlossen haben, Tripolis mit einem Bombenteppich zuzudecken? Sollte er im Miramar tatenlos abwarten, bis die Trümmer auf seinen Schädel krachten? Oder litt er unter Wahnvorstellungen? Vielleicht, doch die Erfahrung in Vietnam hatte ihn gelehrt, daß die meisten Kumpels, die als paranoid galten, immer noch lebten, während andere ... Er kippte die Kaffeetasse hoch, der letzte Tropfen schmeckte bitter auf der Zunge. Sein Entschluß stand fest. Er würde sich vor der Nummer Eins im Weißen Haus in acht nehmen ...

Geradeaus lag der hellerleuchtete Palast des Volkes, als von Alp den alten, dunkelgrünen Landrover in die Annasr-Straße lenkte. Das Fahrzeug holperte ruppig über eine breite Rinne, und Custer entrann vermutlich knapp einer schlimmen Rektalverletzung, als er seinen Hintern gerade noch der spitzen Feder entwand, die bedrohlich aus der abgeschabten Polsterung des Beifahrersitzes schoß.

Ken steckte sich eine Zigarette an und betrachtete das Treiben auf dem Gehsteig entlang der lichtdurchfluteten Läden. Sein Kinn schnellte zur friedlichen Szene hinüber: »Rechnet hier niemand mit einem Luftangriff? Schau mal, all die sorglosen Leute und die vielen Lichter. Eine schönere Festbeleuchtung ist ja kaum auszudenken.«

Von Alp schleuderte ihm einen scharfen Blick zu. »Das ist es also! Ich wußte doch, daß deine Anwesenheit in Tripolis etwas bedeutet. Komm, raus mit der Sprache. Was führst du im Schild, worauf sind die Amis aus?«

Custer schwieg eine Weile, bevor er antwortete. »Hör mal, Theo, du kennst dich aus. Sag mir, wie stark ist Ghaddafi? Besitzt er Rückhalt in der Bevölkerung? Mir scheint, den Leuten geht es nicht schlecht hier. Die Geschäfte florieren. Sieh nur, was da los ist.« Er deutete auf die belebten Läden, vor denen die Menschen wie Trauben hingen.

»Das ist eine gute Geschäftsstraße«, sagte von Alp. »Die Leute verehren Ghaddafi. Es geht ihnen tatsächlich nicht schlecht, besser jedenfalls als etwa in Tunesien oder Algerien, dank dem Öl natürlich. Ghaddafi hat gute Leute um sich geschart, die etwas von Volkswirtschaft verstehen. Fast alle haben Abschlüsse berühmter Universitäten: Sorbonne, Genf, Oxford, sogar Yale. Die Libyer sind nicht auf den Kopf gefallen. Aber im Ausland spricht man nur vom üblen Ghaddafi und seinen Terroristen.«

»Zu Recht, natürlich«, warf Custer ein. »Er unterstützt den Terrorismus. Wohnt nicht dieser Terrorist Abu Nidal hier irgendwo in der Stadt? Hab' ich recht? Vielleicht können wir an seinem Haus vorbeifahren und hinaufwinken. Er lebt doch völlig unbehelligt, und die libyschen Behörden scheren sich einen Dreck um die internationalen Haftbefehle. Wahrscheinlich senden sie ihm Kopien, damit er auf dem laufenden bleibt. Außerdem weiß doch jedes Kind um die Trainingslager sogenannter Befreiungsorganisationen, die sich im Süden von Benghazi oder hier, nicht weit vom Flugplatz entfernt, befinden. Was ist denn damit?«

»Nun, was soll denn sein?« Von Alp lenkte den Landrover nach links in eine schmalere Seitenstraße. Custer schaute flüchtig zu einem alten, verbogenen Schild hoch: ›As-Sarim-Strasse‹.

»Propaganda, alles Vermutungen«, knirschte von Alp durch die Zähne, »Beweise liegen keine vor. Die amerikanische Regierung braucht ein Feindbild. Ghaddafi ist ein willkommener Prügelknabe. Wenn es ihn nicht gäbe, würden sie ihn erfinden.«

Als Custer schwieg, fuhr von Alp mit leiser Stimme fort. »Nenne mir eine westliche Macht, die keine Trainingsanlagen für Sonderkommandos betreibt. England hat die *SAS Camps*, *Special Air Services*, die Franzosen trainieren ihren *Action Service* irgendwo am Fuße der Pyrenäen, und weiß der Himmel wo. Muß ich die *US Army Special Forces* erwähnen, die Guerillakriegführung und Contra-Operationen üben?« Er zeigte mit dem rechten Arm nach vorne zu einer breiten hohen Mauer: »Wir sind da, Mister Carter.«

Sie fuhren langsam an der Mauer entlang durch das bewachte Tor. Schwerbewaffnete Militärpolizisten hielten die Hand nahe dem Abzug ihrer Kalashnikovs. Rechts in einer dunklen Nische erblickte Custer flüchtig einen sowjetischen BMD-Schützenpanzer mit einer Zwanzig-Millimeter-Kanone.

Er schmunzelte. »Hier lebt er also, dein Wüstensohn?« Die Frage war rhetorisch, da er mit der Bab-Al-Azizia-Kaserne ja längst vertraut war, wenigstens auf dem Papier.

»Ich bin öfters hier«, vertraute ihm von Alp an. »Der Oberst lebt ziemlich einfach. Meistens schläft er in seinem Nomadenzelt. Soviel ich gesehen habe, ist er ein Naturbursche, ein Schwärmer. Und ein Patriot natürlich! – Im Neubau, der sich im hinteren Teil an das alte Gemäuer anfügt, sind modernste Führungs- und Nachrichtenräume eingerichtet. Ungefähr so wie der Situationsraum im Weißen Haus.«

»Und befindet er sich in diesem Augenblick dort drinnen?«

»Ja, ich bin ihm vor ein paar Stunden begegnet, als ich mit dem

Chef der Luftwaffe die Ersatzteilliste besprach. Wir winkten uns von ferne zu ... Scheiße, Custer, hör auf, um den heißen Brei herumzuquatschen!« Richtig verärgert trat von Alp auf die Bremse. Custers Kopf schoß nach vorne und prallte beinahe gegen die Windschutzscheibe.

Der Ton in von Alps Stimme verschärfte sich bedrohlich. »Ich will jetzt und hier wissen, was zum Teufel vorgeht. Keine Stadtrundfahrt mehr, bis ich weiß, was die Amis diesmal aushecken. Komm schon Ken, erzähl, ich möchte nicht in die Visierlinie einer smarten Bombe geraten, wenn ich im Bett von einem besseren Morgen träume, oder eine lasergesteuerte Rakete in den Arsch kriegen, wenn hier die Kacke am Dampfen ist.«

»EDC«, murmelte Custer abwesend, während er das emsige Treiben entlang der Kasernenmauer beobachtete. In sicherem Abstand zu den Wachtposten tollten sich Kinder im Staub, schossen im Lichtschein der Mauerleuchten mit eingebildeten Waffen aufeinander. Männer standen in Gruppen zusammen und diskutierten mit heftigen Gebärden. Aus einer Bar gegenüber hämmerte harte Rockmusik gegen die Sandsteinquader der historischen Festung, die zum Führungszentrum von Oberst Ghaddafi umgebaut worden war.

»Verdammt noch mal, wimmelt es hier immer so von Leuten, ich dachte, daß hier sei die Sperrzone.«

»Vergiß es! Was bedeutet EDC?« sagte von Alp scharf.

»El Dorado Canyon«, Custer sprach langsam, seine Stimme zu einem Flüstern gesenkt. »Das Kennwort für den Luftangriff, den wir planen.« Er zeigte beiläufig auf das eingezäunte Gelände vor ihnen. »Das Ziel ist dieser Ort. Das Pentagon will deinen Diktator mit Laserbomben erschießen. Ein Mordanschlag auf operativer Stufe, sozusagen.«

Von Alp schaute gedankenvoll nach vorne, sein Eckzahn verbiß sich in der Unterlippe. Der Motor ratterte eintönig im

Leerlauf. Nach einer halben Minute fand er endlich die Sprache wieder.

»Und wann soll das alles geschehen?«

Custer war Herr der Lage: »Du weißt, das sind höchst vertrauliche, heiße Informationen. Also, was ist drin für mich, Theo? Nichts ist gratis in diesem Geschäft.«

Vom Schock erholt, machte von Alp nun seinerseits klar, wer in diesem Heimspiel den Ton angab. »Ich könnte dich verhaften lassen.«

»Sicher«, sagte Custer mit flacher Stimme.

»Also gut, nenn den Preis.«

»Ich will raus, Theo, sicheres Geleit, Ausreise ohne Probleme, VIP-Behandlung, mit einem First-class-Ticket nach Zürich; und hunderttausend Dollar, auch in Zürich.«

»Das ist kein Fliegenscheiß, Ken.«

Custer entblößte seine Zähne zu einem abschätzigen Grinsen. »Mach keine Witze, Theo. Ich bin bescheiden. Ich verrate nicht nur die ganze Operation, um Himmels willen, sondern rette auch noch Ghaddafi das Leben. Wir verhindern, daß Libyen destabilisiert wird. Und was dich anbelangt, du bleibst dick drin in deiner Superposition, hast eine ruhige Nummer auf Lebenszeit! Der Oberst wird dir ewig dankbar sein. Genau besehen, mache ich dich zum Volkshelden. Also, hör auf mit diesem Gequassel über Fliegenscheiß!«

Von Alp schmunzelte versonnen, die Augen blitzten voller Abenteuerlust, aus seinem spitzbübischen, ledernen Antlitz strahlte die Vorfreude auf den kühnen Streich mit ihm als der Schlüsselfigur. Custer hatte natürlich recht, sein Job war eine Nummer zu ruhig, ihn dürstete nach Taten, und dies hier . . . Von Alp konnte sich nicht zurückhalten: seine massige linke Faust schoß über seine Brust in Custers Schulter: »Nichts wie los!« brüllte er.

Der Hieb schmerzte fürchterlich. Custer rieb sich verdutzt die Schulter. Theo war beileibe kein Schwächling!

»Also, abgemacht«, sagte von Alp, »Hunderttausend auf dein Konto in der Schweiz. Und freies Geleit nach Zürich. First class. Heute nacht, wenn du willst.«

»Und wenn die Flüge ausgebucht sind?«

Kens spaßige Frage belohnte sein alter Freund mit einem kummervollen Blick: »Dann erschießen wir einen Passagier.«

Ihr Gelächter ließ Custer seine schmerzende Schulter vergessen. Er schnappte noch nach Luft, als von Alp fragte:

»Nun sag schon, wann kommt der Angriff?«

»Heute nacht, wahrscheinlich ein Uhr morgens«, informierte Ken Custer mit sachlicher Stimme und wußte, daß mit dieser Antwort, gelinde gesagt, seine Karriere als Spezialagent der CIA beendet war.

Von Alp schaute auf seine Uhr: 22:51 Uhr. Er legte den Rückwärtsgang ein, setzte zurück, schaltete und ließ die Kupplung ruppig fallen. Der Landrover ruckte nach vorne. »Auf zum Flugplatz«, brüllte von Alp und gab Gas. Eine Schar Kinder stob kreischend von der Straße, als der Geländewagen mit aufheulendem Motor in die Richtung raste, aus der sie gekommen waren. Schon kam das Tor in Sicht, als Custer bellte: »Langsam, Theo! Zwei Bleichgesichter in Eile machen sich verdächtig.« Verdutzt lehnte sich Theo zurück, und freundlich lächelnd wie zwei harmlose Touristen trudelten sie mit unauffälliger Geschwindigkeit an den Wachen vorbei.

Ungefähr zur gleichen Zeit nahm ein gutes Dutzend *F-111*-Kampfbomber der US Air Force Kurs auf das westliche Mittelmeer. Der Verband setzte sich aus Flugzeugen der drei britischen Stützpunkte Lakenheath, Mildenhall und Upper Heyford in Mittelengland zusammen. Sie waren nördlich von London zusammengetroffen und flogen nun mit konstanter Geschwindigkeit auf südwestlichem Kurs über den Atlantik, ohne den Luftraum Frankreichs oder Spaniens zu verletzen.

In Washington D.C. begann um 16:50 Uhr eine Informationssitzung für den Präsidenten der Vereinigten Staaten. Sie fand im operativen Zentrum, dem sogenannten Siuationsraum, im Untergeschoß des Weißen Hauses statt. Der große Kommunikator schien in ausgezeichneter Stimmung zu sein, als er sich hinsetzte, um sich über das Anlaufen der Operation *El Dorado Canyon* unterrichten zu lassen. Seine vorgebeugte, dynamische Pose erinnerte an die Rolle des athletischen Knute Rockne, den er einst auf der Leinwand gespielt hatte.

Als die ersten fünf *F-111* an diesem 14. April um zwei Uhr morgens auf ihr Ziel zudonnerten, strahlte ihnen eine hellerleuchtete Stadt entgegen. Sie feuerten ihre Laserbomben ab und drehten ab, um nach Upper Heyford in England zurückzufliegen. Nach elfeinhalb Minuten war der Spuk vorüber. Eine *F-111* drehte eine Sekunde zu spät ab und geriet in die Garbe der Kanonenflak. Hauptmann Critelli klinkte die Bomben aus, um sein Gewicht zu reduzieren. Dann versuchte er eine Wasserung. Nur wenig über der schwarzen Meeresoberfläche explodierte die Maschine in einem riesigen Feuerball. Die libysche Flakgeschützmannschaft brach in Freudengeschrei aus. Die nicht radarisierte, somit von Hand aufs einfliegende Flugzeug gerichtete Zwanzig-Millimeter-*Oerlikon*-Kanone hatte einen *F-111*-Superjet heruntergeholt, eine eher seltene Leistung im computerisierten Luftkrieg. Während elektronische Gegenmaßnahmen die russischen *SAM-3*-Flak-Lenkwaffen außer Gefecht gesetzt hatten, blieb die gute alte *Oerlikon* einsatzfähig und ballerte pflichtbewußt in den Nachthimmel.

Am folgenden Nachmittag hob Ken Custer an Bord der *Swissair SR 229* nach Zürich ab. Es war ein gutes Gefühl, in einer schweizerischen Maschine zu sitzen. Am Morgen hatte sich die Wut der Menge in der Stadt an ausländischen Einrichtungen ausgelassen: Reiseagenturen, Fluggesellschaften, Konsulate wurden verwüstet. Hinter gesenkten Lidern erlebte Custer nochmals die turbulenten, gefährlichen Stunden, als die Wachen das Miramar abschirmten, dabei so grimmig dreinblickten, als wären sie jeden Augenblick bereit, dem Mob den Rücken zu kehren und die niederzumähen, die sie beschützen sollten.

Die Schweizer Botschaft, schweizerische Geschäfte kamen davon, alles, was ein schweizerisches Hoheitszeichen trug, blieb verschont, geschützt, wie Verwundete unter der Rotkreuzflagge, sinnierte Custer. Möglich, daß die Menge das Schweizerkreuz und das Rote Kreuz nicht unterscheiden konnte, wer weiß – weißes Kreuz auf rotem Grund, rotes Kreuz auf weißem Grund – vielleicht hielten sie die Schweiz irrtümlich für eine riesige karitative Organisation! Custer schüttelte sich vor Lachen. Was soll's? Die Schweiz und das Rote Kreuz gehörten ohnehin zusammen.

Schweizer Zeitungen fanden für Ghaddafi jede Bezeichnung vom »listigen Fuchs« bis zur »räudigen Wüstenratte«. Tatsache blieb, daß Oberst Ghaddafi überlebt hatte, draußen in der sicheren Wüste, im Freien, während die Hochexplosivgeschosse seine Residenz zertrümmerten. Er betete unter dem Sternendach des Nachthimmels zu Allah, daß er sein Volk errette. Seine Tochter, die im Bombenhagel der Amerikaner ums Leben kam, würde wieder auferstehen, als Märtyrerin des libyschen Volkes.

An Bord der *Gulfstream IV*, hoch über dem Atlantik, zurück im Hier und Jetzt, stieß Custer einen langen Seufzer aus. In fünf Stunden würde er erneut in Zürich landen. Alles lag weit zurück. Laß das Vergangene ruhen! Doch, wie er es auch versuchte, er wurde ein seltsames, nagendes Déjà-vu-Gefühl nicht los, als ob sich die Geschichte auf eigenartige Weise wiederholen könnte ...

4 Im Süden Kolumbiens, Sonntag, 1. Juli

Juan Antonio Gabriel Cali de Cali entstieg dem Helikopter und setzte seinen Fuß auf den heiligen Boden. Der Pilot hatte den zugewiesenen Landeplatz auf der beherrschenden Höhe gewählt. Das Hochtal stieg von Süden her sanft an bis zur Kuppe und öffnete sich dann in nordöstlicher Richtung zu einer gewaltigen Ebene, die sich am Horizont in blauem Dunst verlor. Im südlichen Teil ragten gewaltige Felsriegel in Abständen von etwa zweihundert Metern aus dem sattgrünen Talboden. Auf der Kuppe formten sich vier dieser aus blutroten Steinblöcken gehauenen Monumente zu einem Dreieck, dessen Spitze auf das Feld wies. Im Mittelpunkt des Dreiecks hatte der Pilot die Maschine abgesetzt. Die gut zwei Dutzend urzeitlich anmutenden Felsbauten schienen nach einem einheitlichen Prinzip aufgetürmt: Riesige, ungefähr fünfzehn Meter hohe Felsblöcke fügten sich zu unheimlich in die Höhe ragenden Mauern zusammen. Darüber lag das Dach aus querverbundenen Steinplatten. Die Bollwerke aus rotem Stein hatten ungefähr die Ausmaße von vierstöckigen, dreißig Meter langen Wohnblöcken. Trotzdem waren sie aus der Luft nur schwerlich auszumachen. Flechten, Moos und Buschwerk überwucherten den Fels und schufen eine natürliche Tarnung.

Der Pilot war vor Monaten das erste Mal mit dem Drogenboß hergeflogen. Damals hatte er erst aus einer Anflughöhe von hundert Fuß rund fünfundzwanzig dieser Monumente beobachten können. Eine Megalithanlage! Lange hatte er wie von Ehrfurcht ergriffen auf diese gigantische Kult-Avenue gestarrt.

»Bodenzeichen«, hatte ihn Calis Stimme bei dieser Gelegenheit nüchtern belehrt, als hätte er seine Gedanken gelesen.

Nach Juan Antonio Gabriel Cali de Cali wurden die Denkmäler vom Erzengel Gabriel gesetzt, um Don Gabriel, dem auserwählten ›Líder‹ den wahrhaft leuchtenden Weg zu weisen. Dieser führe vorerst zum ›Feld‹, dann weiter zum Isthmus und hinein in den weichen Unterleib Nordamerikas. Auf dem Feld wuchsen in endlosen Reihen Kokapflanzen, auf der größten Anbaufläche der Welt, hatte Cali mit ausschweifender Gebärde stolz verkündet. Dabei kaute er die ganze Zeit nach Indio-Art an einem Kokablatt, als gälte es, das heilige Band zu erneuern, das ihn mit der Plantage, von der alle Macht und aller Reichtum stammte, verband.

»Tod den Abtrünnigen und Willkommen, Don Gabriel, an der Stätte der Weisheit und Fruchtbarkeit.« Die Stimme des weißhaarigen Alten dröhnte in die Stille, die sich nach dem Auslaufen der Rotoren über das Tal gelegt hatte. »Tod ... Tod ... Tod ... Abtrünnige ... Abtrünnige«, schlug das Echo mehrfach von den steinigen Ungetümen zurück. Don Gabriel schritt auf die greise Gestalt zu, die plötzlich aus dem Fels herausgetreten war.

»Lob dem Erzengel und Verderben über die Gringos! Gegrüßt seiest du, mein ehrwürdiger Prophet«, erwiderte er.

Beide Männer umarmten sich.

»Was führt dich zu mir, mein Sohn?«

»Die Stunde der Abrechnung kommt, Weiser. Ich will dir von meinem Plan erzählen. Ich brauche den Segen des Erzengels.«

Die Felsquader, die das Dreieck bildeten, besaßen verschiedene Verwendungszwecke. Im mittleren, aus dem der Götzendiener aufgetaucht war, befand sich der Tempel.

Die beiden schritten jetzt Arm in Arm darauf zu. Aus der Entfernung drangen aufgeregte Stimmen herüber, als der Pilot zur Maschine zurückschlenderte. Die Sonne brannte auf dem Vorplatz des Tempels, wo sich der Priester umdrehte und beide Arme ausbreitete: »Hier findest du Kraft, mein Sohn. Unendlich viel Kraft und unermeßlichen Reichtum.« Nach einer Pause fügte er in feierlichem Flüsterton hinzu: »Allerdings, der Erzengel braucht ein Opfer, er wartet schon lange, zu lange, mein Sohn!«

Don Gabriel Cali erschrak. »Ein Opfer?«

»Ja, ein Opfer. Komm, wir gehen hinein.«

Stimmen kamen näher. Offenbar gab es irgendwo Streit. Die Plantagen lagen ganz in der Nähe, und es galt die eiserne Regel, daß die Vorarbeiter alle Vorfälle besonderer Art dem Hauptquartier im Dreieck melden mußten.

Das Kartell von Cali stand lange im Schatten des großen Widersachers und Konkurrenten von Medellín. Allzu lange, nach Ansicht von Don Cali. Aber bald würde eine neue Epoche anbrechen. Als Frucht jahrelanger Vorbereitungen, die den Aufbau eines einmaligen Netzes von Verbindungen zu den wichtigsten Zentren der westlichen Welt umfaßten, würde es bald nur noch einen König aller Kartelle geben, Juan Antonio Gabriel Cali de Cali! Der Gedanke brachte ihn in Erregung: Die Welt würde erzittern und sich fragen, wer dieser mächtige Herrscher sei, der das heilige Schwert des Erzengels führte? Und dann – Cali stopfte ein Kokablatt in den Mund und begann gierig zu kauen – dann würde der Weichling eines Gringos im Weißen Haus lächeln, sabbern, lärmen und betteln, aber schließlich vor ihm auf den Knien rutschen und alle Bedingungen erfüllen, die du Mächtige ihm diktierte.

Der dumpfe Gongschlag riß Don Gabriel Cali aus dem süßen Traum seiner Visionen. Vor ihm erhob sich das Heiligtum, und ihn schauderte vor Ehrfurcht. Wie betäubt starrte er auf die drohende Gestalt, die zum fürchterlichen Schlag ausholte. Der gnadenlose Rächer, das Schwert der Apokalypse. Don Gabriel stand wie angewurzelt vor seiner Gottheit, die ihm alles gab und ihn zum Vollstrecker auserwählt hatte.

Die Figuren waren aus Marmor gehauen. Schwarz der zottige,

widerliche Ziegenbock mit einem einzigen riesigen Horn zwischen den Augen, darüber in weißem Stein der Engel, dessen Schwert unbarmherzig auf das Horn niederfuhr.

Der Alte machte ein Zeichen mit der Hand, und Don Gabriel legte sich mit dem Gesicht nach unten flach auf die Marmorplatte unter der Figur.

Dann stimmte der Priester mit klangvoller Stimme an: »O Sterblicher, aus vergänglichem Fleisch, sei Zeuge mir, was am Ende der Zeit unerbittlich geschehen wird. Die Macht im Norden ist das große Horn zwischen den Augen des Ziegenbockes. Die Zeit dieses Reiches geht zu Ende, das Maß seiner Untaten ist voll. Die Führer dieses Reiches, Präsidenten genannt, sind mächtig und gehen geschickt vor, und sie haben mit ihren Täuschungen und Schandtaten Erfolg. Aber sie sind überheblich, wie ihr Volk, und skrupellos attackieren sie den höchsten Rächer, unsern Erzengel Gabriel, der dich, mein Sohn, bestimmt hat, das Schwert zu führen. Bereitet den Krieg vor, lautet seine Botschaft. Nun, erhebe dich und berichte von deinen großen Plänen!«

Cali glitt auf der Fliese zurück, stützte sich hoch und wandte sein Gesicht langsam dem Priester zu. »Ehrwürdiger, ich werde das Strafgericht zum Höhepunkt führen. Wir haben die Atombombe.«

Der Tempeldiener hob die Brauen: »Du hast eine Bombe?«

»Ja, die Atombombe, Padre. Der schlaue Custer, der brillante Chef meiner Operationen, befindet sich auf dem Weg nach Europa und bringt modernste Kleinstbomben zurück, eine, zwei, vielleicht sogar ein Dutzend. Von enormer Stärke. Tausende von Tonnen Sprengstoff.«

»Ich weiß, fahre fort.«

»Wir zünden die erste Bombe am 4. Juli, ihrem Unabhängigkeitstag. Wir löschen den historischen Kern der Stadt Philadelphia aus.«

Der Greis wich erschrocken zurück.

Cali hob besänftigend beide Arme und fuhr fort: »Custer mag brillant sein, aber er bleibt ein Gringo. Niemals würde er einen Anschlag auf Philadelphia widerspruchslos hinnehmen. Du kennst diese Amerikaner, sie mögen vergewaltigen, brandstiften, morden, aber bedrohe ihr Land, und selbst der abgebrühteste amerikanische Schurke erhebt sich, die Hand auf dem Herz, um *Stars and Stripes* zu grölen. Siehst du, Padre, deshalb kannst du beruhigt sein, ich würde nie einem Mann wie Custer voll vertrauen.«

Der Priester streichelte nachdenklich seinen Bart. »Aber hast du nicht eben gesagt, Custer soll die Bomben beschaffen? Wie kannst du ihn da raushalten, wenn es um Philadelphia geht?« fragte der Greis verwirrt.

»Bien Padre, es ist ganz einfach: Ich plane zwei *getrennte* Operationen. Custer hat den Auftrag, uns die neuesten tragbaren Atombomben zu beschaffen. Es sind Minipacks in der Größe eines gewöhnlichen Reisekoffers, ein bißchen schwerer natürlich. Alles, was Custer weiß, ist, daß wir mit diesen Super-A-Waffen im Taschenformat ein Arsenal aufbauen. Er ist ein sehr praktischer Mann, und für ihn handelt es sich um eine praktische Angelegenheit, die er zuverlässig erledigen wird. Also, das Unternehmen, für uns diese modernen Minipacks zu beschaffen, wird von der *Aktion 4. Juli* vollständig getrennt geführt. Das eine hat mit dem anderen nichts zu schaffen. Gar nichts.«

»Sondern?« Der Alte hob fragend die weißen Brauen.

»Der Iraker Hazmoudi plant und leitet den Anschlag auf Philadelphia. Er verwendet nicht eine der modernen Handgepäckbomben, sondern einen anderen nuklearen Sprengsatz. Zerstörungsmunition. Zündung und Ladung werden raffiniert in der Bodenplatte einer Schweizer Uhr versteckt, einem Modell für außen, ›Rock o'Clock‹ genannt. Es handelt sich um eine große, fast mannshohe

Granituhr, mit vier Zifferblättern. Diese stupiden Uhren sind besonders bei Stadtverwaltungen rund um die Welt beliebt geworden, was uns nur recht sein kann; denn die Schweiz schenkt ein solches Exemplar am 4. Juli der Stadt Philadelphia, wie originell, nicht! Rechtzeitig vor der Übergabezeremonie wird Hazmoudi die geschenkte ›Rock o'Clock‹ durch eine haargenau identische Uhr ersetzen, in der freilich der Nuklearsprengsatz tickt. Custer hat davon keine Ahnung. Ich halte die beiden Operationen strikt auseinander. Wie sagen doch die Americanos: Gringo bleibt Gringo?«

Cali hielt einen Augenblick im Kauen inne, und sein knochiges, gebräuntes Gesicht entspannte sich zu einem triumphierenden, selbstgefälligen Grinsen.

»Ist der Plan auch gut durchdacht, mein Sohn?«

»Absolutamente, Padre, Hazmoudi ist in der Schweiz bereit. Er wird morgen zuschlagen. Wir werden die ›Rock o'Clock‹ rechtzeitig in unseren Besitz bringen, nach Philadelphia schaffen und dort austauschen.«

Der Alte lächelte. »Ich bewundere dich, mein Sohn, aber wird uns der Bombenanschlag auf Philadelphia nicht in Schwierigkeiten bringen? Ich meine, die Gringos werden zurückschlagen, oder nicht?«

Cali de Cali lächelte triumphierend. Dann sprach er: »Gewiß, Padre, die Bombe wird einen gewaltigen Schock auslösen. Der historische Stadtkern wird in Trümmern liegen. Wut und Empörung, die aufkommen, werden sich jedoch nicht gegen uns, sondern gegen die Islamisten entladen.«

»Warum gegen die Islamisten?«

»Weil Hazmoudi unser ›Oswald‹ ist, wir benutzen ihn als Köder. Er ist zufällig auch irakischer Bürger. Er wird gerade lang genug leben, bis alle Welt zwei und zwei zusammengezählt hat. Die Gringos werden den Irak dann mit ihren *Tomahawk*-Raketen eindecken. Siehst du, das ist mein Konzept!«

»Genial, Don Cali.«

»Dieser Schlag wird die Menschen in den USA tiefer in die Verzweiflung treiben. Für die Gringos, die alles bis zum Exzeß betreiben, war Kokain für Jahrzehnte die Droge ihrer Wahl. Ab nächstem Mittwoch wird es zur Droge der Notwendigkeit. Unser Geschäft erlebt einen gewaltigen Aufschwung. Dann lasse ich vielleicht eine der Kofferbomben, die Custer heraufbringt, auf hoher See hochgehen, um zu demonstrieren, daß auch wir nukleare Macht besitzen. Ist nicht freies Unternehmertum die Seele des Kapitalismus? Also können wir doch nicht ein Nuklearmonopol von General Motors zulassen, nicht wahr? Das bringt mich auf eine Idee, Padre, vielleicht drucken wir auf jede Kofferbombe Design von Cali . . .« Das schrille, hämische Lachen des Drogengewaltigen stand in unheimlichem Einklang mit den absonderlich gemeißelten Bildern, die den großen Altar bildeten. ». . . oder noch besser: Wir zeigen unsere A-Bomben den Amerikanern vor. Nachdem sie Bagdad ausgelöscht haben, natürlich. Der Schock von Philadelphia wird ihnen noch in den Knochen sitzen, und sie werden auf uns hören, glaub mir.«

Die Augen des Priesters schienen nach innen gerichtet, teilnahmslos und halb verdeckt von den Lidern.

»Wie willst du den Gringos unsere furchtbare Waffe vorzeigen, mein Sohn?«

»Mit Video. Fernsehen, Padre. Wir demonstrieren die Bombe vor laufender Kamera und übermitteln die Bilder live ins Pentagon oder ins Weiße Haus. Die Amerikaner werden sofort merken, daß wir nicht bluffen.« Calis Augen funkelten, seine Kiefer hackten wild auf das, was von der doppelten Koka-Ration übriggeblieben war. »Damit sparen wir uns eine nutzlose Detonation auf hoher See.«

»Ich sehe, du hast dich gründlich vorbereitet, mein Sohn«, lobte der Greis. Cali senkte heuchlerisch den Kopf und wehrte mit beiden Händen ab. »Das schreckliche Zeichen eines Atompilzes über Philadelphia wird die Welt erschüttern, Padre. Wir können dann unsere Bedingungen stellen. Der Regierung in Bogotá, den Amerikanern. Wir übernehmen die Macht im Land endgültig, benutzen die Flugzeuge und die Marine für den Transport der Drogen. Kolumbien gehört endlich uns, Padre!«

»Und die Amerikaner?«

»Die US-Regierung wird uns gehorchen. Wir werden den Koloß USA mit den Bomben terrorisieren. Jede einzelne dieser neuen, tragbaren A-Waffen ist stärker als die Bombe von Hiroshima 1945. Wir werden dann ungehindert so viel Kokain herstellen, wie wir wollen, und niemand wird es wagen, unsere Anbaugebiete, die Laboratorien, die Verteilzentren anzugreifen. Die Produktion wird in enormem Maß zunehmen. Die Exporte werden so gewaltig in den Norden strömen wie noch nie. Die Jagd auf unsere Boote, Flugzeuge und Kuriere wird endlich der Vergangenheit angehören; und ihre Drogenfahndungsbehörden werden stillhalten, weil sie genau wissen, daß sonst wieder ein kleiner Koffer einen kleinen Atompilz erzeugen wird, irgendwo in einer kleinen dicht besiedelten Stadt in den kleinen Vereinigten Staaten.« Cali hielt inne und starrte inbrünstig auf die schimmernde Gottheit und ihr abscheuliches, einhörniges Opfer. Wie von einem unsichtbaren Widerschein geblendet, lehnte er sich ins hohle Kreuz, breitete seine Arme aus und ließ seine Schreckensbotschaft erdröhnen: »Nicht nur Kokain. Unsere Labors werden neue Drogen erfinden, die die Gringogehirne zu Pudding machen. Wir werden sie wie nie zuvor mit unserem Stoff überschwemmen. Sie werden ihn lieben, immer gieriger danach schreien, betteln nach dem Gift, das sie tötet. Wir aber werden ihren Reichtum ernten! Wir werden alles nehmen: ihre Kinder, ihre Frauen, ihre Sportmannschaften, ihre Geschäfte, alles!«

Der alte Götzendiener legte einen väterlichen Arm anerkennend über Don Calis Schultern: »Ein genialer Plan, mein Sohn, genial, die Gringos werden niemals dahinterkommen . . .«

In diesem Augenblick brachen zornige Stimmen draußen vor dem Tempel in ein wirres Geschrei aus. Cali schüttelte den Kopf, wie aus tiefem Schlaf aufgeschreckt, und furchte seine Stirn.

»Sehen wir mal nach, Padre, was da draußen vor sich geht.«

Auf dem Landeplatz spähte der Pilot vorsichtig unter dem Tarnüberwurf seines Helikopters hervor. Der Lärm hatte ihn aus einem angenehmen Dösen gerissen. »Immer derselbe Mist, keine Ruhe ist einem gegönnt«, fluchte er vor sich hin, doch als er sah, was sich draußen abspielte, hielt er den Atem an.

Es war kein schöner Anblick. Wächter zerrten einen Mann heran, der offensichtlich nicht hierher gehörte. Sie schrien ihn an, traktierten ihn mit Fußtritten, stießen ihn mit den Kolben ihrer *AK-47*. Der junge, stämmige Mann mit blondem Haarschopf wehrte ab, so gut er konnte; viel half es nicht. Einer der Wächter zerrte sorglos eine braunrote Kameratasche durch den Staub, während er tänzelnd eine dumme Pantomimennummer abzog, die einen weibischen Hundebesitzer darstellen sollte, der seine liebe Mühe mit dem schlecht gelaunten Schoßhündchen hatte. Don Calis Stimme ließ ihn mitten in einem obszönen Hüftwippen erstarren.

»¡Deja de hacerte el tonto!«

Der schneidende Ton brachte die ganze Gruppe einschließlich des blonden Fremden augenblicklich zum Stehen. Der Anführer des Trupps trat vor, salutierte flink, ohne daß Cali den Gruß erwiderte, und brachte etwas vor, das der Pilot aus der Entfernung nicht verstehen konnte. Für den Helipilot sah der Gefangene nach einem Amerikaner aus, vielleicht war er Fotograf oder Fernsehreporter. Er löste sich jetzt aus der Gruppe und ging auf Cali zu. Der Sergeant salutierte erneut und gab seinen Leuten ein Zeichen. Der Haufen formierte sich zu einer lausigen Zweierkolonne und verschwand in müdem Laufschritt in Richtung der Kokafelder, während der Priester dem Fremden bedeutete, ihm in den Tempel zu folgen. Der Pilot trat unter der Maschine hervor und schaute sich um. Keine Menschenseele war mehr in Sicht.

Auf der nordwestlichen Seite des Dreiecks lagen die Wohnräume von Don Gabriel Cali de Cali. Unter den riesigen Gewölben des urzeitlichen Gesteins verbargen sich in einem eleganten Stahlkörper die luxuriösen Zimmerfluchten des Kartellbosses. Etwas abgesetzt lagen die Gästehäuser, dazwischen das olympische Schwimmbecken und der Tennisplatz. Licht fiel durch die Ritzen der Deckenquader oder strahlte bei Bedarf aus den Halogenlampen, die in einem feinmaschigen Netz die Residenz überspannten. Unter den nordöstlichen Felsquadern war die Kommandozentrale untergebracht, die mit modernster Kommunikation ausgestattet war. Darüber befand sich der Kasernenblock, wo die Wachen, die Techniker und Übermittlungsspezialisten schliefen; den hinteren Teil füllten Konferenzräume und Büros der Verwaltung. Cali hatte ebenerdige Kunstbauten auf seiner ›Tierra Sagrada‹ verboten. Alle Anlagen ließ er zwei Stockwerke tief in den Boden versenken. Außer dem Helikopter, über den Gehilfen sofort ein Tarnnetz geworfen hatten, fand das Auge keinen Fremdkörper. Nur Steinriesen, Bodenzeichen, Wegweiser.

»Wegweiser wohin, zum Teufel?« Der Helipilot knirschte mit den Zähnen, daß sich die Kiefermuskeln im schmalen Gesicht deutlich abzeichneten. Als Amerikaner, aus North Carolina, hatte er allen Grund, vorsichtig zu agieren. Die Lebenserwartung von Unterwelt-Gringo-Piloten im Dienst von Drogenbossen brach dieser Tage nicht unbedingt einen Guinness-Rekord. Seine einzige Lebensversicherung bestand in seinem fliegerischen Können. Unter den Einheimischen gab es nicht viele, die schwere Helis oder kleine, schnelle Jets oder die großen Transportkisten fliegen konnten.

Weiter im Norden, jenseits des großen Kokafelds, in der Nähe des Kraftwerks, seien die Pilotengräber, hielt sich hartnäckig das Gerücht. Um rasch und billig eine Flotte aufzubauen, hätten die Bosse regelmäßig in Brasilien Leichtflugzeuge gemietet. Angeblich ließen sie sich von den brasilianischen Piloten zur ›Tierra Sagrada‹ emporfliegen, und nach der Ankunft brachten sie die Piloten kaltblütig um und behielten die Maschinen.

Sei auf der Hut, Jeremy Kline, murmelte der Pilot zu sich selbst, als er sich behutsam dem Tempelportal näherte, oder du wirst Charleston nie wiedersehen!

Drinnen hatte das Ritual bereits begonnen. Kline zwängte sich in eine dunkle, enge Nische zwischen zwei massiven Steinvorsprüngen. Er blinzelte einmal, zweimal – um sicher zu sein, daß er nicht träumte. Ungläubig starrte er nach vorne, wo sie unter der scheußlichen Figur des Ziegenbocks den blonden Landsmann an einen Pfahl gefesselt hatten. Sein Oberkörper war nackt. Im Mund steckte ein Knebel. Ungefähr zwanzig in weiße Gewänder gehüllte Götzendiener standen im Halbkreis um den Gefesselten. Sie kehrten Kline den Rücken zu. Etwas abseits kauerte der alte Cali am Boden. Auf einen Ruf des greisen Priesters ließen sich die weißen Diener auf die Knie nieder und streckten die Arme über den Kopf.

Kline schaute empor: Die Verehrung galt der Engelsgestalt über dem einhörnigen Monster. Der Priester trat mit gemessenen Schritten neben den gefesselten Reporter und wandte sich den Männern zu. In beiden Händen hielt er eine goldene Schale auf Brusthöhe. Ein Gong dröhnte. Ohrenbetäubend und unablässig schlug der unsichtbare Schläger auf sein Instrument. Aus der Gruppe der am Boden knienden Diener löste sich eine muskulöse Gestalt und ging erhobenen Hauptes auf den Marterpfahl zu.

Kline blinzelte erneut, als in der rechten Hand des Mannes eine

Klinge matt aufleuchtete. Der Pilot bekam eine Gänsehaut, und im Nacken brach ihm kalter Schweiß aus.

»Filiberto, der Sohn«, hörte Kline jemanden aus nächster Nähe flüstern.

Es war ein böser Traum! Nein, es war wie ein gräßlicher Alptraum in einem Horrorfilm. Ruhig, Jerry-Boy! sagte der Pilot zu sich selbst, du hast schon Schlimmeres gesehen. Solche Sachen geschehen nicht einfach, außer im Film. Also wach auf, Junge, du hast einen Alptraum.

Das Messer blinkte wieder auf, grell wie ein Blitz diesmal. Rasend schnell stach der Mann mit dem Messer zu, ungeschickt hackte er auf die Brust des Opfers, zweimal, dreimal, immer wieder. Mit weit aufgerissenen Augen, von eisigen Schauern durchfahren, starrte Kline gebannt auf den tolpatschigen Vollstrecker und mußte mit ansehen, wie er schließlich die Brust des Gemarterten aufschnitt ... und eine Hand hineinzwängte, um das Herz auszureißen. Doch das elastische, noch pulsierende Organ lieferte ihm einen blutigen Kampf. Der Killer hatte dies nicht erwartet. Betäubt zögerte er einen Augenblick. Dann, mit einem einzigen, tollwütigen Schnitt, trennte er die Venen und Arterien durch, die Fasern und das Gewebe, das das Herz so zäh mit dem Körper verband, und warf das verstümmelte, zuckende, blutende Organ in die goldene Schale. Der wilde, rauhe Aufschrei der Männer ertönte so mächtig, daß selbst der fürchterliche Gongschlag darin unterging.

Kline rannte gebückt hinaus ans Licht. Die Beine gaben nach. Mit Mühe erreichte er das schützende Tarnnetz seiner Maschine. Kraftlos sank er in die Knie und erbrach würgend und brüllend, bis nichts mehr heraufkam. Dann versuchte der glücklose Gringo buchstäblich, seine Eingeweide auszukotzen, während der mächtige Drogenboß Don Cali de Cali seiner klimatisierten Residenz zueilte, um sich ein großes Glas *Cutty Sark* einzuschenken.

¡Maldición! dachte er, ich werde langsam alt, schau, wie meine Hände zittern! Wollüstig, in zwei kräftigen Schlucken, goß er sich den Whiskey hinter die Binde, dann langte er nach dem Krug mit den Kokablättern, schraubte den Deckel ab und wählte drei aus. Heute konnte Don Cali Courage gebrauchen.

Als sich seine Hände endlich beruhigt hatten, griff er zum Telefon und wählte eine Nummer in New York.

Zur gleichen Zeit setzten in der entfernten Kokainstadt Medellín die Angehörigen der gefürchteten Vierten Brigade zum Angriff an. Sie gingen kein Risiko ein, um Calis Erzrivalen zu liquidieren. Die Spezialeinheit lag vor seinem geheimen Unterschlupf in Sturmstellung. Auf ein Handzeichen feuerte der schultergestützte Raketenwerfer auf die gepanzerte Tür des Verstecks. Kaum war die heftige Detonation verhallt, stürmten die Männer in ihren schwarzen Anzügen schreiend und aus allen Rohren feuernd die Wohnung. Der vierundvierzigjährige Drogenbaron des Medellín-Kartells kam auf der Stelle im Kugelhagel um.

Der Angriff war zeitlich perfekt abgestimmt. Don Cali hatte sich eben am Schwimmbad, wo sein Sohn scheinbar völlig unbekümmert im Wasser herumplanschte, niedergelassen, als das mobile Handtelefon ein melodiöses elektronisches Getriller von sich gab. Cali drückte die Empfangstaste und sagte: »Si, Operación Ángel?« Er hörte angespannt die kratzige Stimme des Anführers der Spezialtruppe über den Erfolg der Aktion berichten: Pedro Ruiz war tot. Der Anführer bedankte sich dann überschwenglich für den Tip, Cali gab ein paar spärliche Worte der Anerkennung von sich und brach die Verbindung ab. Zufrieden nickte er Filiberto zu, der sich, halb aus dem Wasser ragend, mit beiden Armen auf den gemusterten Keramikfliesen des Schwimmbadrandes abstützte.

»Ruiz, die elende Ratte ist liquidiert«, sagte Cali mit einer Stimme, in der Genugtuung mitschwang.

»Gut«, antwortete Filiberto, während er seinen schwarzen lockigen Haarschopf schüttelte, daß ein Tropfenschauer auf die Fliesen niederging.

Cali bemerkte eine rötliche Verfärbung des Wassers rund um den Körper seines Sohnes. Er runzelte mißbilligend die Stirn: »Hast du geduscht, bevor du ins Wasser gingst?«

»Natürlich . . .«

»Du Schwein«, sagte Cali halb im Scherz, aber Filiberto war bereits wieder eingetaucht und planschte auf die andere Seite hinüber. Die Gedanken seines Vaters kehrten zur *Operación Ángel* zurück.

Er hatte sich geschworen, die Organisation seiner Rivalen von Medellín nach der fürchterlichen Losung ›Drei Augen für ein Auge, drei Zähne für einen Zahn‹ zu zerschlagen. Er gab seinen Vertrauten in der Vierten Brigade die Tips und schaute dann zu, wie die Bullen die Drecksarbeit verrichteten. Die Stadtpolizei von Medellín konnte in letzter Zeit dank Cali eine ganze Reihe ungewöhnlicher Erfolge im Kampf gegen die Drogenverbrecher feiern. Sie standen dem charismatischen, großzügigen Cali deshalb gut gesinnt gegenüber, auch wenn sie zugaben, daß er eine andere, unheilvollere Zielsetzung verfolgte, nämlich mit dem eigenen, gigantischen und besser kontrollierten Superkartell die ganze Macht im Land an sich zu reißen. Auch bestand kaum ein Zweifel über das letzte Ziel des Drogenzars: sein Einzug in den Präsidentenpalast von Bogotá. Die Eingeweihten lachten sich ins Fäustchen. Don Cali war nicht der erste, der es versucht hat, und er würde auch nicht der letzte sein. Man hielt sich an das geflügelte Wort, das seit hundert Jahren den Nagel auf den Kopf traf: ›In Kolumbien ist es unmöglich, nicht reich oder nicht ermordet zu werden.‹

5 Zürich, Sonntag, 1. Juli

Die weiße *Gulfstream IV* aus Newark N.J. rollte unter dem Pfeifen der gedrosselten Triebwerke zum Aufnahmegebäude der General Aviation in Zürich-Kloten und kam auf dem bezeichneten Parkfeld zum Stehen. Ein blauer VW-Kleinbus hielt auf der Höhe des Bugrads, die Fahrerin stieg aus und winkte ins Cockpit hinauf, worauf der Steward die Türe hochklappte und die Treppe ausfuhr. Custer blickte blinzelnd in den klaren Sommertag hinaus, schritt langsam die Stufen hinab und streckte sich, unten angekommen, ostentativ aus: »Ah . . . herrlich, diese Alpenluft!«

»Willkommen«, lachte die junge Frau. Ihr schwarzes Haar wurde durch eine rote Spange auf dem Hinterkopf streng nach hinten gespannt, von wo es wie ein Wasserfall weich und lockig auf die Schultern herabfiel. Ihr schmales dunkles Gesicht hätte Ken in Tripolis begegnen können. Sie trug rote klimpernde Ohrclips und rote Ringe an den Fingern der rechten Hand, mit der sie naserümpfend Kerosingeruch aus dem Gesicht wegwedelte: »Bergluft, frisch aus der Düse!«

Der Steward trug das Gepäck in den Wagen, sie schmetterte die Tür zu, setzte sich ans Steuer und fuhr zum kleinen Aufnahmegebäude hinüber, wo der private Flugverkehr abgefertigt wurde. Custer stieg aus, als der Wagen anhielt, winkte dem charmanten Energiebündel wehmütig lächelnd zu und schritt gähnend zur Paßkontrolle. Der kleine, kräftig gebaute Beamte winkte ihn nonchalant durch, nachdem er einen geübten flüchtigen Blick in den amerikanischen Paß geworfen hatte.

Schweizerische Effizienz, dachte Custer, als er zehn Minuten nach der Landung an den Schalter der *AVIS*-Autovermietung trat. Er wies seinen britischen Führerschein vor, unterschrieb den Vertrag, wählte mit einer zweiten Unterschrift die volle Versicherungsdeckung im Schadensfall und zahlte bar für eine Woche im voraus.

Als er wenig später mit dem weißen Lancia auf die N-1-Autobahn Richtung Bern schwenkte, hielt ein Wagen der Flughafenpolizei vor dem Gebäude der General Aviation. Ein Kantonspolizist mit einem Wisch Papier in der Hand stieg aus und schlenderte zum Büro der Grenzkontrolle.

»Sie haben dich wieder einmal vergessen«, sagte er zu seinem Kollegen am Schalter und hob vielsagend die Augenbrauen. Der rundliche Grenzer prüfte die Papiere, die ihm sein Kollege in die Hand gedrückt hatte, und stutzte. Von einem Fahndungsblatt glotzte ihm das Gesicht des Mannes entgegen, den er vor ein paar Minuten abgefertigt hatte: ›Kennneth W. Custer, alias KEYCOP‹.

Der Beamte schaute ein zweites Mal hin, nickte mehrmals und griff aufgeregt zum Telefon, während sein Kollege bereits wieder zum Polizeiwagen zurückgekehrt war.

Nach etwa einer halben Stunde gleichmäßiger Fahrt mit hundertzwanzig Kilometern in der Stunde war Custer auf einen Rastplatz abgebogen. Er benutzte die öffentliche Sprechzelle, um mit Susan in New York City zu telefonieren. Er hörte, wie sie ihn anwies, bis auf weiteres keine Nachrichten mehr zu übermitteln.

»Weitere Instruktionen folgen«, informierte Susan und fügte ruhig hinzu: »Alarmstufe 1, COSMO will, daß du dich ruhig verhältst.« Mehr war nicht nötig. Er wußte, was diese lapidare Mitteilung bedeutete: Ken Custer war zum Abschuß freigegeben. Die Firma in Langley wollte ihn vernichten. Nicht mehr, nicht weniger.

Er hatte es eigentlich schon lange erwartet. Bedrückt fädelte er sich in den stärker gewordenen Verkehr ein und schaute öfter mißtrauisch in den Rückspiegel. Auf der Frequenz 107,5 FM erklangen die Rhythmen von ›Double Trouble‹. Stevie Ray Vaughans Markenzeichen paßte zu seiner Situation.

Er mußte etwa eine Stunde gefahren sein, als eine grüne Hinweistafel die Stadt Bern ankündigte. Überrascht griff Custer nach der Karte auf dem Beifahrersitz und klappte sie umständlich auf, sorgsam bedacht, die Fahrbahn nicht aus den Augen zu verlieren. Merkwürdig, er hatte gut einhundert Kilometer völlig in Gedanken versunken zurückgelegt: Daß ihn die CIA auf die Fahndungsliste gesetzt hatte, bedeutete, daß der Haftbefehl bereits via Interpol an alle nationalen Polizeizentralen ergangen war. Die schweizerische Bundespolizei, für ihre Gründlichkeit bekannt, hatte seinen Steckbrief bestimmt schon bis in die hinterste Ecke des Landes verteilt. Unwillkürlich blickte Ken erneut in den Rückspiegel, doch keine Blaulichter tauchten auf, kein unscheinbarer dunkler Volvo folgte in gleichmäßigem Abstand. Er schaute wieder flüchtig auf die Karte und merkte sich die Ausfahrt auf der Westseite der Hauptstadt, die unvermutet vor ihm auftauchte, als der Wagen die Anhöhe überquerte.

Daß Langley gerade jetzt die Jagd auf ihn eröffnet hatte, kam ihm verdammt ungelegen. Andererseits war er erschwerende Umstände gewöhnt. Achselzuckend fiel ihm ein, daß er auf die Unterstützung Theo von Alps zählen konnte. Er beschloß, ihn anzurufen, als er die Stadt auf der Westtangente umfuhr. Ein beruhigendes Gefühl, nicht völlig allein zu sein. Er stellte sich schon vor, wie sich von Alp mit verschmitztem Grinsen und glänzenden Augen ans Aushecken ihrer Operation heranmachen würde. Als die erwartete Ausfahrt näherkam, verlangsamte Ken und verließ die N-1-Autobahn. Bremsend bog er nach etwa drei Kilometern auf eine Nebenstraße ab, die ihn zu einem schäbigen kleinen Motel am gestauten Flußlauf führte. Auf der schmalen Brücke kreuzte er einen schweren, schwarzen Mercedes, sah im Fond des Wagens flüchtig ein blasses Gesicht. Ein hohes Tier mit Chauffeur, dachte er und hielt auf die Einfahrt zum Motel zu. Die rundliche, mürrische Besitzerin nahm sein Geld wortlos entgegen und wies ihm ohne Umschweife das Zimmer Nr. 11 zu. Schöne Aussicht, brummte sie immerhin und schwenkte den dicken Arm zum Stausee und über die weit entfernten Alpen.

Im düsteren Zimmer mit dem abgewetzten rostbraunen Teppich warf Custer sein Gepäck gegen die Fußleiste der beige tapezierten Wand, setzte sich auf die Bettkante und wollte vom grauen Tischapparat aus von Alp anrufen. Er hielt inne, legte wieder auf und griff sich an die gefurchte Stirn: Die angewählten Nummern werden vermutlich selbst in diesem schäbigen Kasten registriert, überlegte Ken. Er würde später aus einer öffentlichen Telefonzelle anrufen, beschloß er, verdunkelte den Raum und warf sich in den Kleidern schlaff und ausgelaugt auf das weiche Bett. Er schlief sofort ein und verlor jedes Gefühl für Raum und Zeit.

Als Minister Peter Kern nach dem knappen Kreuzungsmanöver auf der Brücke im Fond seines Mercedes zum Telefon griff, war er entschlossen, den Generalsekretär seines Departements von den alarmierenden Beobachtungen, die er vor knapp einer Stunde in der unteriridischen Atomanlage gemacht hatte, zu unterrichten. Das Rufzeichen ertönte endlos, der Generalsekretär war nicht zu Hause, strampelte vermutlich gerade auf seinem Mountainbike verbissen irgendwo durch die Voralpen. Peter Kern steckte das Telefon in die Halterung zurück und rieb sich nachdenklich die Wange. Möglicherweise war es gescheiter, die Information noch zurückzuhalten, überlegte er, denn es entsprach nicht seiner bedächtigen Art, etwas zu überstürzen. Zuerst schaue ich mir die

Konzessionsakten der Anlage gründlich an, murmelte er, und dann ... Er schmunzelte. Stefanie Kramer! Sollte sich sein Verdacht bestätigen, würde er Stefanie einiges erzählen, gerade soviel, daß sie sich diesen feinen Herrn Schlammer vorknöpfen würde. Schlammer! Der Name paßte zum arroganten Bonzen!

Ja, heute abend beim Essen sollte sie erfahren, was er in der Westschweiz entdeckt hatte. Sie hieße nicht Stefanie Kramer, würde sie nicht nach dem Köder schnappen. Die Indiskretion käme aus bester Quelle, seinem Amt, und zielte darauf, die Öffentlichkeit zu alarmieren. Seine Landsleute hatten ein Recht zu wissen, was sich Seltsames in geheimen Schlupfwinkeln der hehren Bergwelt abspielte! Kein Mensch eignete sich für eine brisante Enthüllungsgeschichte besser als die ehrgeizige, intelligente Kramer. Ihre Berichte packten nicht nur die breiten Massen, sondern verschafften ihr auch unter den Intellektuellen Respekt.

Er schaute auf die Uhr, erleichtert, den richtigen Ausweg gefunden zu haben. Das Telefon summte diskret. Der diensthabende Beamte in seinem Departement informierte ihn über einen Fall von Atomschmuggel am Simplon. Ein italienischer Grenzpolizist sei erschossen worden, angeblich von Schweizer Zöllnern, und die Italiener verlangten nun eine Stellungnahme der schweizerischen Regierung.

»Verdammter Bockmist«, rief Minister Kern in den Hörer, »die sollen ihr Bordell selber in Ordnung bringen«, und drückte die Ende-Taste. Damit schien die Staatsaffäre vorerst erledigt zu sein.

Der junge Angestellte von *AVIS Rent a Car* im Flughafen Zürich-Kloten hatte am späten Nachmittag lange auf das Bild gestarrt, das ihm die zwei Detektive der Kantonspolizei unter die Nase hielten. Ein Foto aus der Kartei des Erkennungsdienstes, die übliche Frontaufnahme. Er hatte das scharf geschnittene, grimmige Gesicht auf der Fotografie auf der Stelle erkannt, obwohl sie bei so starkem Licht gemacht wurde, daß die Augenbrauen wie Schneeflocken aussahen. Natürlich hatte er sich an den freundlichen Amerikaner erinnert, an den klaren Blick, das warme Schmunzeln auf den Lippen, die vollen Haare, die auf dem häßlichen Polizeisuchbild militärisch zurückgestutzt waren. Der sympathische Clint-Eastwood-Typ hatte einen britischen Führerschein vorgezeigt und die Miete gleich bar auf den Tresen gelegt. Sein großzügiges Trinkgeld mußte er jedoch schweren Herzens zurückweisen. Vorschriften, seufzte der Angestellte deutlich vernehmbar, so daß die Detektive ihn unter hochgezogenen Brauen skeptisch musterten.

»Nun, was ist denn, kennen Sie den Typ?« fragte der Größere mißtrauisch.

Der Angestellte verspürte überhaupt keine Lust, den generösen Kunden zu verpfeifen. Achselzuckend schaute er erneut auf das Bild von Kenneth W. Custer.

»Um was geht es?« erkundigte er sich vorsichtig.

Die beiden Polizisten tauschten Blicke. Der kleine Stämmige antwortete wichtig: »FBI. Drogen. Ein dicker Fisch. Nun, war er heute hier oder nicht?«

»Ich glaube ja«, räumte der Angestellte zögernd ein. Mit der Polizei wollte er sich keine Schwierigkeiten einhandeln. Schließlich lag ihm das Hemd näher als der Rock.

Aus einem Stapel Papiere fischte er den Mietvertrag hervor und zeigte ihn den Detektiven. Das sei der Mann, zweifellos, beteuerte er. Minuten später blinkte das Autokennzeichen ZH V 7619 landesweit von den Bildschirmen aller Polizeiwachen. Über Polizeifunk erreichte die Nummer auch jeden Streifenwagen.

6 Zürich, Schweiz, Sonntag, 1. Juli

Der pensionierte Krieger, den sie ›den Alten‹ nannten, blätterte in einem Heft über Motoryachten, als es an der Tür klopfte und seine Lieblingsreporterin hereinkam. Jedesmal wenn er sie erblickte, war er sich einen winzigen Augenblick unschlüssig, als was er sie im Geist eigentlich sah: als Journalistin, Reporterin, Medienperson, Traumfrau, Liebste, denn er liebte es, wie sie ihn schwach machte, oder einfach Stefanie? Gewöhnlich hatte er keine Mühe, diese kleine Sinnesverwirrung zu klären und sich für eine angenehm peinliche Zweideutigkeit zu entscheiden, wenn ihre Wangen sich berührten: links, rechts, links, seine graubärtige gegen ihre weiche; und immer wenn sie dies taten, dünkte ihn, als hätte sie eben gerade ihren letzten Babyflaum abgeworfen, und er seufzte leise in sich hinein.

Ihre vollen, dunkelblonden Haare waren sittsam zu einem dicken Knäuel hochgesteckt, der deutlich machte ›Der Kopf steht mir nach Geschäft‹ und ihren mädchenhaften Zügen einen reifen Ausdruck verlieh. Bekleidet mit Rock und Jacke trat Stefanie Kramer wie eine Anwältin vor Gericht auf, bereit, einen Zeugen der Verteidigung ins Kreuzverhör zu nehmen. Doch der Alte kam ihr geschickt zuvor, indem er sie mit einer Gebärde einlud, in einem der drei altmodischen, bequem ausschauenden Lehnstühle Platz zu nehmen, die um den niedrigen, runden Tisch standen.

»Hast du schon in Betracht gezogen, deinen Namen in ›Aurora‹ abzuändern, meine Liebe?«

»Sicher nicht, warum?« fragte sie, als sie in einen der breiten, weichgepolsterten Sessel sank.

»Weil du mir dämmerst, in meinen Träumen, und meine Sehnsüchte dann abschweifen, zwanzig Jahre zurück.« Er lächelte. »Und was trinkt die schöne Frau: Kaffee, Tee oder Scotch?«

»Nur Mineralwasser, bitte.«

Der Alte öffnete eine Flasche Mineralwasser, goß davon in ein Glas, stellte Flasche und Glas vor Stefanie hin und setzte sich hinter seinen mit viel Papier übersäten Schreibtisch. Weil sich das einzige Fenster des Zimmers hinter dem Schreibtisch befand, nahm der Alte eine Machtstellung ein. Stefanie saß im vollen Licht, während sie in diesem schmalen, dunklen Raum sein Gesicht nur in den breiten, scharfen Umrissen sah und das starke Gegenlicht den geringfügigsten Stimmungswechel in ihren Gesichtszügen verriet.

Sie drehte den Kopf und wandte ihre Augen zur Wand, wo eine Reihe von Fotografien hing. In der Mitte winkte der Alte als junger, schneidiger Arik in der Rolle eines unsterblichen Kriegers aus dem offenen Cockpit eines Kampfjets.

Nach dem Sechstagekrieg war der Pilot noch eine gewisse Zeit bei der Luftwaffe geblieben, bevor er anfing, als Unterhändler der israelischen Regierung Rüstungsmaterial einzukaufen. Später ließ er sich in Zürich nieder, eine vorzügliche Stadt, um mit Ersatzteilen für Flugzeuge einen blühenden Handel aufzubauen ... und mit Nachrichten, wie man munkelte.

Viel später hatten sie sich im Flughafen von Tel Aviv kennengelernt, wo der Alte ihr mit seinen Beziehungen einen Sitz in der ersten Klasse des ausgebuchten Fluges nach Zürich verschaffte. Nicht überraschend setzte er sich dann in den Nebensitz, um ihr spannende Geschichten über seine Leidenschaft, die Fliegerei, aufzutischen. Es war auch nicht überraschend, daß sie ihn ausgesprochen attraktiv fand. Er strahlte den unbekümmerten Optimismus eines Kampfpiloten aus, ließ kinetische Energie verströmen, so daß die Luft um ihn herum zu knistern schien: Genau der Gentleman (hatte sie gedacht), von dem ich mich auf eine verlassene Insel entführen ließe. Oder warum nicht in ein abgelegenes Hotel?

Statt dessen führte er sie zum Abendessen in die eleganten Restaurants von Zürich aus. Stefanie bewunderte seine Improvisationskunst, die er charmant mit weltmännischer, lässiger Eloquenz in sechs Sprachen kombinierte.

Die Reporterin, ein abgeschlossenes Physikstudium hinter sich, profitierte auch von Ariks breitem technischen Wissen. Sein Techno-Hobby, die moderne Waffentechnologie, hatte sie denn auch an diesem strahlenden Sommertag nach Zürich geführt, um Antworten auf brennende Fragen zu finden. Sie machte keine Umschweife. »Erklär mir, Arik«, fing sie an, »wieso glaubst du, daß wir in der Schweiz Bestandteile für Atomwaffen und ähnlich schreckliches Zeug bauen?«

Der alte Krieger drohte ihr scherzhaft mit dem Finger. »Ein Interview? Also gut, aber schalte doch bitte den stimmaktivierten Micro-Recorder unter deiner schönen Bluse ab, einverstanden?«

»Wenn ich mich doch bloß an das Stichwort erinnern könnte.« Sie lächelte.

Mehr als erfreut, sein ungeheures Wissen über ein gefesseltes Publikum auszugießen, ließ sich Arik begeistert über die Tugenden der Schweiz aus: die höchste Präzision ihrer Uhren, die pünktlichen Eisenbahnen, der weltberühmte Genius ihrer Wissenschaftler, die Geschicklichkeit ihrer Erfinder, ganz zu schweigen von der überragenden Qualität und Zuverlässigkeit ihrer Industrieprodukte. »Deines ist ein Land der Tüftler und Erfinder«, prahlte er unbekümmert. »Im felsigen Untergrund finden sich keine Bodenschätze, um so mehr sprießen die Ideen. Mit Geist und geschickter Hand werden Rohstoffe aus aller Welt zu begehrten Exportwaren veredelt. Kannst du dir eine fleißigere Nation vergleichbarer Größe vorstellen, außer vielleicht Taiwan?«

Stefanies innere Ungeduld wuchs, als der Alte nach fünf Minuten zu einem weitschweifigen Überblick über die ruhmvolle Rolle der schweizerischen Fliegerabwehrgeschütze ausholte, die die alliierten Seestreitkräfte im zweiten Weltkrieg erfolgreich eingesetzt hätten. Seine Checkliste über schweizerische Verdienste abhakend, lenkte der abgehärtete Pilot jetzt den Angriff auf die Uhren und Uhrwerke, die sich nach einer kurzen Einbruchphase auf den rasch wechselnden globalen Märkten wieder zur Weltspitze aufgeschwungen hätten. *Swatch* und *Clissot* erwähnend, zog er den Schluß, daß die Fähigkeiten, die die genauesten Uhrwerke auf dieser Erde hervorbrachten, auch für andere Erzeugnisse von höchster Präzision genutzt würden: Zeitzünder für Atomsprengköpfe oder Teile für Nuklearwaffen. Dann redete er von der verblüffenden Meßtechnik und dem Bau von elektronischen Mikroplättchen und schweifte zur Physik ab, der Mutter aller Wissenschaften, die gerade in der Schweiz Weltruf genieße.

Nach ungefähr zwanzig Minuten ging Stefanie Kramer mit einem auffälligen, aber charmanten Gähnen zum Gegenangriff über, hoffend, der alte Krieger würde den Wink verstehen. Aber weit gefehlt, jetzt kam er erst recht in Schwung und stieß zur Raumfahrt vor. So, wie Stefanie die Sache sah, war dies ein Bestreben, mit dem man die kleine Schweiz nun wirklich nicht in Verbindung bringen konnte. Aber Arik wischte den stillen Einwand vom Tisch: Auch auf diesem Gebiet lieferten Schweizer Firmen wichtige Bestandteile von höchster Qualität. Er dozierte über Sonnensegel auf dem Mond, Raumteleskope, Astronauten und Steuerungssysteme für die Raketenantriebe, um dann so unvermittelt, daß Stefanie leer schluckte, auf die Erde zurückzufallen: »Siehst du«, sagte er mit großer Gebärde, »die meisten Ausländer machen sich bloß ihr Zerrbild von deinem Land, Stefanie. Eine prachtvolle Alpweide, von einem Kranz hehrer Schneeberge umfaßt, glühend im Morgenrot, mit farbigen Kühen, aus denen weiße Milch für die Herstellung der berühmten Schweizer Käse und Schokolade sprudelt; im Bergesinnern vor goldgefüllten Banktresoren Uhrmacher, die mit gebeugtem Rücken in Zahnrädchen herumstochern. Die Schweiz als starke Industrienation kennt man kaum in der Welt.«

Wollte es der Alte bei dieser Schlußbemerkung bewenden lassen, hatte er die Rechnung ohne Stefanie Kramer gemacht, die, angesteckt, nun den Faden seiner Begeisterung weiterspann. »Ich bin absolut einverstanden«, meinte sie. »Sieh nur unsere chemische Industrie und unsere Pharmakonzerne, unsere Pionierleistungen in der Gentechnik und im Cloning. Oder die Versicherungsgesellschaften, nicht zu reden von den Schweizer Banken, die einen beträchtlichen Anteil am Weltmarkt eingeheimst haben, deshalb ist der Schweizer Franken eine der stabilsten Währungen der Welt, wenn nicht die stabilste überhaupt!«

Sie vergaß beinahe Atem zu holen, als sie weiter ausführte, daß auf den Kopf der Bevölkerung umgerechnet die Schweiz von allen Ländern die größte Zahl von Nobelpreisträgern hervorgebracht habe. In der Nuklearmedizin und in der Physik wie in vielen High-Tech-Bereichen könne die Schweiz an der Spitze mithalten.

In Fahrt geraten, trug die Reporterin nun so dick auf, daß der Alte sie mit einer unwirschen Gebärde und einem schroffen, unverständlichen Ausruf unterbrach. Nach seinem Geschmack gab es dem, was er dargelegt hatte, nichts mehr hinzuzufügen.

Als berechnende Geste der Unterwerfung hob Stefanie ihr Glas und trank ein paar Schlucke Wasser. Sie gewann auch Zeit, um sich Rechenschaft über ihre Lage zu geben. Seit ihrer Kindheit hatte sie immer wieder Augenblicke psychischer Wahrnehmungen erlebt, telepathische Botschaften erhalten und gesendet und Phänomene erfahren, die man heute ins Reich der Parapsychologie einstufen würde. Hier und jetzt freilich genügten ihre Erfahrungen als Recherchier-Reporterin und ihre Intuition, um zu wissen, daß sie im Begriff war, auf eine Goldmine zu stoßen: Arik wurde weich. Er würde reden.

»Seit dem Schwur der drei Eidgenossen auf der Rütliwiese hat es immer wieder Verschwörungen gegeben«, sagte er. »Sie ziehen sich wie die Löcher im Käse durch die Geschichte der Schweiz. Trag es mit Fassung, Stefanie, ihr Schweizer liebt das Geheime und Verschworene, Nacht und Nebel faszinieren euch. Die Freude am Hinterhältigen habt ihr seit der Schlacht von Morgarten, wo riesige Steinbrocken und Baumstämme auf das österreichische Heer niederprasselten, nie verloren.«

Obschon sie mit ihrem Freund vor dem Durchbruch stand, fand sie, daß sie diese Anschuldigungen nicht unbeantwortet lassen konnte, jedenfalls nicht ohne Verdacht zu erregen. Angriffslustig schlug sie die Beine übereinander, dann sagte sie spitz: »Bei einem Ausländer mit deiner Geschichte bin ich versucht, dies als Kompliment aufzufassen. Die Israelis sind ja auch nicht zimperlich.«

Der Alte schnitt eine Grimasse und stöhnte: »Da haben wir es wieder. Die Ausländer sind gerade gut genug, um Steuern zu bezahlen. Ich weiß, Fremde sollten nicht abschätzige Kritik am Gastland üben und schon gar nicht an den historischen Grundfesten der Schweizerischen Eidgenossenschaft rütteln, hab' ich recht oder nicht?«

Stefanie entschied, etwas gegen das blendende Licht zu unternehmen: Sie stand auf, trat zum Fenster und richtete den Lamellenvorhang zurecht. Nachdem sie damit einigermaßen das Gleichgewicht der Macht wiederhergestellt hatte, drehte sie sich auf den Absätzen um und ertappte den Alten, wie er sie anschaute: Dieser einhüllende, sehnliche, völlig offene Blick verriet ihr, daß sie ihn um den Finger wickeln konnte; es gab nicht viele Geheimnisse, die er ihr nicht lüften würde. Sie bemerkte, daß er nicht einmal mit den Augen zwinkerte, der gute alte Arik wußte nicht, was Furcht – oder Verlegenheit – hieß!

»Die Schweiz ist ein hervorragender Ort für eine Atomwaffenschmiede«, sagte er und hielt inne.

Die Pause nutzend, stellte sich Stefanie diskret zum Fenster hin.

Er fuhr fort: »Die Bedingungen, die für ein solch gewagtes Unternehmen nötig sind, bestehen in idealer Weise – eine hochtechnisierte Industrie, eine Anzahl Atomkraftwerke und das geheime, verschworene Klima.«

»Du übertreibst doch maßlos, komm, Arik«, reizte sie ihn, »warum sollten wir konspirativer sein als andere Nationen?«

Der Alte, mit den Achseln zuckend, erinnerte sie an den Enthüllungsskandal, wonach die Schweiz so etwas wie eine Geheimarmee unterhalten hatte, was auch niemand für möglich gehalten hätte. Wenn sich eine geheime Untergrundorganisation dieser Größe in aller Stille bilden konnte, warum sollte dann die heimliche Herstellung von Atomwaffen nicht auch möglich sein?

»Komm jetzt«, neckte sie, »dieser Geheimbund *P-26* stand immerhin unter der Kontrolle der Armee. Eine Atomwaffenschmiede wäre dagegen eine kriminelle Verschwörung, vielleicht sogar Hochverrat.«

»Genau das ist es auch, Süße! Und die Verschwörer besitzen genügend Macht, um die gewählte Regierung zu erpressen. Sie wären vielleicht sogar imstande, sie abzusetzen.«

Nun, da ihr lieber alter Fisch den Köder geschnappt hatte, war Stefanie nicht mehr in Eile. Sie zerteilte nachdenklich die Lamellen des Vorhangs und spähte in den versinkenden Nachmittag hinaus, während sie vorgab, den Kastanienbaum zu bewundern, den butterige Sonnenstrahlen in eine Quelle smaragdgrünen Goldes verwandelt hatten.

»Was für ein Mensch ist der Kopf dieser Verschwörung?« fragte sie beiläufig, die Augen weiter auf den Baum gerichtet.

»Eine honorige Persönlichkeit, sehr reich, gut eingebettet in das Wechselspiel von Geld und Macht, geachtet, weil sie für Arbeit und Wohlstand sorgt. Ein Individuum, das genau deshalb freies Spiel für seine verräterischen Machenschaften hat, weil sein Image als öffentlicher Wohltäter und Patriot unangetastet feststeht.«

Stefanie drehte sich langsam um, ihre Blicke trafen sich, sie setzte ihr Lächeln auf, dann fragte sie unumwunden, wer diese Person sei. Arik drückte die Schultern nach vorne, schüttelte nur den Kopf wie ein gereizter Stier.

Sie dachte nicht daran, ihn damit springen zu lassen. Ihr fester Blick wankte keine Sekunde, als sie ihm vorhielt, er müsse doch stichhaltige Beweise haben, denn grundlos würde er sich ja nicht zu solch abenteuerlichen Behauptungen versteigen. Einer Verschwörung dieser Art kämen die Geheimdienste früher oder später auf die Spur, vor allem auch die ausländischen.

Dann spielte sie ihr letztes, im Ärmel verstecktes As aus. »Sag mir, Richie«, begann sie, seinen alten Decknamen benutzend, auf den sie vor einiger Zeit gestoßen war, »wie geht es deinen Kumpanen im Mossad? Sicher noch in Top-Form für ein gelegentliches Golfspiel an der Costa del Sol, hoffe ich?«

»Mit Schmus kannst du bei mir alles haben«, grinste er, »aber bitte laß da deine süßen Pfoten raus, das Spionagegeschäft ist eine Abteilung für schmutzige Tricks. Halte dich an deine Spielregeln. Du weißt, wie man nachforscht und richtig rangeht. Glaub mir, Stefanie, du bist die beste Recherchier-Journalistin, die es in der Schweiz gibt. Es gäbe einen Mann, der möglicherweise Licht ins Dunkel bringen könnte. ›Keycop‹ ... Aber lassen wir das. Wie wär's mit einem Abendessen in der Kronenhalle, meine Liebste?«

Das ist es also, wie du mir, so ich dir, dachte sie, als sich der Alte vorbeugte und sie mit etwas in den Augen fixierte, was er ohne

Zweifel für seinen verheerend umwerfenden Stahlblick aus den unsterblichen Tagen seiner Kriegszeit hielt.

»Es ist furchtbar«, sie lächelte verschmitzt, und die schön geschwungenen Lippen hoben sich verführerisch, »aber ich muß wirklich nach Bern zurück. Ein Berg Arbeit erwartet mich zu Hause. Keycop? Einer deiner Geheimagenten?«

Der Alte schüttelte den Kopf. »Komm doch bald auf meine ›Soteria‹«, schlug er vor. »Die Dinge ereignen sich rasch. Bis dahin habe ich vielleicht einiges in Erfahrung gebracht, auch über Keycop . . .« Er begleitete sie zum Aufzug.

Der gute alte Arik! Sie hatte es noch immer mit seinem schelmischen Grinsen aufgenommen. »Ich verspreche es«, sagte sie. »Wenn du versprichst, für ein Interview vor der Kamera schön stillzuhalten?« Sie hatte das Timing ihres Abschiedsschusses so perfekt gewählt, daß die zurumpelnde Lifttüre den begehrlichen Blick des Alten zerschnitt.

Im Hinunterfahren dachte die Reporterin an die ›Soteria‹, das schöne, alte Weingut am See. Arik nannte es sinngemäß ›Zuflucht der Geplagten‹. Er kelterte dort Wein, trank davon, heckte Pläne aus, leitete Operationen, kaufte Boote und verbrachte einfach eine herrliche Zeit, um die reichen Früchte im Herbst seines Lebens zu genießen. Das Sprichwort der Schweizer ›Kein Verlust durch Genuß‹, war sein beliebtes Motto, dem er unerschütterlich nachlebte.

Später, als sie im klimatisierten Ersteklassewagen des Intercity Schnellzugs der Stadt Bern zuraste, überlegte sie ihre Situation: Arik hatte sich wie gewöhnlich sehr hilfreich gezeigt. Früher als er damit rechnete, würde sie ihn auf seinem Gut überrumpeln und einige von diesen sensationellen Informationen auf Videoband aufnehmen.

Draußen zog ein besonders pittoresker Abschnitt von dem vorbei, was die aufmüpfige Jugend der Schweiz mit Vorliebe als

›grüne Hölle‹ bezeichnete. Bauernhöfe wie auf Postkarten, Kühe aus dem Bilderbuch, in einer heilen Postkartenlandschaft, genau wie sie Arik beschrieben hatte. Es kostete etliche Mühe, sich vorzustellen, daß unter dieser idyllischen Oberfläche ein nuklearer Plot ausgebrütet wurde.

Sie räkelte sich behaglich im bequemen Fauteuil, schloß halb die Augen und genoß die von der Geschwindigkeit erzeugten Vibrationen, die sanft gierende Rüttelbewegung des Zuges. Ganz allmählich, angenehm, flogen ihre Gedanken zu Peter Kern, mit dem sie sich für den Abend verabredet hatte. Sie war neugierig, was er zur ungeheuerlichen These des Alten meinen würde. Nun, vielleicht bin ich tatsächlich einer riesigen Skandalgeschichte auf der Spur, dachte Stefanie, während der Zug durch die Ebene donnerte.

Dampfwolken erhoben sich aus dem Kühlturm eines Atomkraftwerks, dessen Umrisse sich vor blendend weißen Kalksteinfelsen abhoben. Sie schaute zerstreut auf die Stelle, wo sich die Wolken in Dunststrähnen auflösten, um in der dünnen Luft zu verschwinden. Eine Art einschläfernde Heiterkeit sprudelte in ihr hoch: Der Mann, mit dem sie zu Abend essen würde, war nichts von dem, was seine Stellung als schweizerischer Energieminister und diesjähriger Präsident der Schweizerischen Eidgenossenschaft vermuten ließe. Mit ihm konnte man wirklich seinen Spaß haben. Sie freute sich jedenfalls auf einen wunderbaren Abend, mit viel Lachen, interessanten Gesprächen, umgeben von eleganten, schönen Leuten, oder wenigstens von Leuten, die über so viel Macht und Reichtum geboten, daß es wohl töricht wäre, sie nicht als schön anzusehen.

Zog sie all diese guten Aussichten in Betracht, einmal abgesehen davon, daß der Schnellzug pünktlich auf die Minute im Hauptbahnhof von Bern ankam, hatte Stefanie Kramer allen Grund, unbeschwert auf den Bahnsteig zu treten und aufgeräumt zum Ausgang zu eilen. Sie fühlte sich in völligem Einklang mit sich selbst und der unmittelbaren Zukunft. Sie würde noch ein paar Telefonanrufe erledigen und sich dann für den Abend bereitmachen.

Sie schritt jetzt zur Reihe der wartenden Taxis. Ja, es war der Anfang eines wunderbaren Abends. Oder war es gewesen, bis sie das beklemmende Gefühl überkam, daß alles zu gut aussah, um wahr zu sein.

7 Bern, Sonntag, 1. Juli

Gegen Mitternacht hielt ein Streifenwagen der Polizei vor dem schäbigen Motel am Stausee. Die beiden Beamten der Verkehrspolizei hatten soeben ihren Dienst beendet. Der schnauzbärtige Wachtmeister kletterte müde vom Beifahrersitz des rotweißen Volvos und schlenderte träge zum Getränkeautomaten im erhöhten Empfangsraum des Motels. Während er die Münzen einwarf und auf das Hinunterkollern der Dosen wartete, schlurfte die Besitzerin heran. Sie hielt die Meldezettel der abgestiegenen Gäste in der Hand. Der Polizeiwachtmeister nahm sie verdutzt entgegen. Eigentlich gingen ihn die Scheine nichts an. Sie würden am nächsten Morgen routinemäßig von einem Kollegen eingesammelt. Unschlüssig, ob er sie mitnehmen sollte, schaute er die paar Blätter durch.

Dann pfiff er durch die Zähne und eilte hinaus. Auf einem der Meldezettel hatte die Wirtin pflichtgemäß neben dem Namen des Hotelgastes dessen Fahrzeugnummer eingetragen: ZH V 7619.

Die beiden Polizisten überprüften im Wagen ihre Listen, dann trafen sich ihre stummen Blicke. Sie wußten, was zu tun war, ihre Augen funkelten unternehmungslustig. Plötzlich war ihre Trägheit wie abgeschüttelt. Behende stiegen sie aus. Während sie rasch zur Hausmauer vorstießen, luden sie ihre *SIG-Sauer*-Dienstwaffen durch. An der Mauer schauten sie mit wachen Augen um sich. Keiner sprach. Sie verständigten sich mit Blicken und Handzeichen. Dann rannten sie los. Geduckt, die Pistolen im Anschlag, erreichten sie Zimmer Nr. 11. Der Wachtmeister preßte sich neben den Türrahmen mit Rücken und Nacken an die Wand, die Waffe schußbereit auf Kopfhöhe, den Blick zur Tür.

Der großgewachsene Kollege trat ein paar Schritte zurück und nahm Anlauf. Mit dem rechten Fuß stieß er wuchtig gegen das Türschloß. Die billige Holztüre krachte. Splitter flogen. Ein dunkles Loch klaffte ihnen entgegen. Der Wachtmeister wirbelte herum und stürmte hinein: »Polizei, Hände hoch!« schrie er. Der Große preschte hinterdrein, bereit, Feuerschutz zu geben.

Als das Licht anging, schauten sie sich mit langen Gesichtern an.

Zimmer Nr. 11 stand leer und verlassen da. Enttäuscht trotteten die Polizisten zum Wagen zurück und erstatteten einen kurzen Bericht an die Einsatzzentrale.

Ken Custer dachte im gleichen Augenblick an seinen verflixten Traum. Hat mich die Vorahnung gerade noch rechtzeitig geweckt, grübelte er, als die vollbusige Wirtin die Platte mit den Kalbskoteletts auf den Tisch stellte. Vielleicht hat die Polizei tatsächlich nach mir gesucht? Könnte es sein, daß sie bereits die Herbergen kontrollieren? Kaum. Doch er blickte ungemütlich zur Tür und sah sich plötzlich wieder im Motel, vor einer Stunde ...

... er träumte, stürzte kopfüber in den schwarzen Schlund, hielt seine Hände schützend vor sein Gesicht und schoß schweißgebadet hoch. Er lag irgendwo quer in einem Bett. In Bogotá? In New York? Wo war er? Er tastete nach einem Lichtschalter und wischte den Radiowecker auf den Fußboden. Grüne Zahlen schimmerten herauf, nahmen Schärfe an: SONNTAG, 23:30. Der Schädel brummte ihm vom vermeintlichen Aufprall, Aussicht auf Schlaf bestand ohnehin nicht mehr, und plötzlich fiel ihm wieder ein, daß er sich in der Schweiz befand. Er sprang hoch, schaute verwirrt auf die Uhr und fluchte innerlich. Ihm schien, als hätte er nur eine gute Stunde geschlummert, aber draußen war die Nacht längst hereingebrochen. Es ging gegen Mitternacht. Die Uhrzeit stimmte. Aus jahrelanger Gewohnheit brauchte er wenige Minuten, um seine Sachen einzupacken, in die Schuhe zu schlüpfen, die Tür zu öffnen und in seinen Wagen zu steigen. Als er vom Parkplatz in die Straße einbog, stand ein rotweißer Streifenwagen vor dem überdeckten Eingang des Motels. Ken bemerkte aus der Entfernung von ungefähr zwanzig Metern im Lichtkegel seiner Scheinwerfer flüchtig, wie der Polizist auf dem Beifahrersitz seinen Blick auf seinen Kollegen gerichtet hielt, der die zwei Stufen zum Empfang hinaufstieg und gerade nach der Klinke der breiten Glastüre griff. Die Wagentür auf der Fahrerseite stand offen. Ken erwartete jeden Moment ein Gesicht, das sich umdrehte, Augen, die nach Zulassungsschildern spähten, doch nichts dergleichen geschah, die Polizei nahm keine Notiz vom wegfahrenden Lancia. Er gab erleichtert Gas und verschwand im Dunkeln.

Er hatte ein Gasthaus »Zur Krone« gefunden, wo es zu dieser späten Stunde noch etwas zu essen gab. Er verspürte einen Bärenhunger und biß genüßlich in das saftige Fleischstück. Auf der Platte neben seinem Teller türmte sich ein goldbrauner Berg auf, Rösti, und als ob er noch nicht genug hätte, trug die hübsche Wirtin noch eine Schale mit Spinat heran. »En Guete«, sagte sie und ließ einen neckischen Blick auf seine Oberschenkel fallen. Custer lächelte verwirrt. Was meinte sie? Den Spinat? Nein, sie hat nach unten geschaut, überlegte er, als sie in die Küche zurückging. Er sah an sich herunter, strich mit der Hand über die Hosen. Alles sah vollkommen natürlich aus ... ja, natürlich, das muß sie gemeint haben.

Später fuhr er weiter, seinem Ziel entgegen. Über der Bergkette, auf die er zuhielt, stand der Vollmond und leuchtete auf die schwarze Straße, die gleichmäßig anstieg und kurz vor der Ortschaft, in der von Alp wohnte, über die tiefe, romantische Schlucht führte.

Ken beschlich ein unheimliches Gefühl, als er zwischen dem

Brückengeländer hindurch weit unten das im Mondschein glitzernde Wasser erspähte. Es erinnerte ihn an seinen schrecklichen Alptraum, an seine Herkunft, an die Seelen seiner Ahnen, an die Wurzeln seiner Existenz ...

Es war lange nach Mitternacht, als er von der Straße nach Guggisberg abbog und auf den Kiesplatz einschwenkte. Er stellte den Motor ab, schaltete die Innenbeleuchtung ein und schaute auf die Karte. Nuclanne lag etwa achtzig Kilometer im Westen. Eine gute Stunde würde er morgen brauchen, um dorthin zu gelangen. Aus dem Handschuhfach nahm er die *Walther PPK* und steckte sie in den Hosenbund. Dann stieg er aus und schritt auf das zweistökkige alte Haus zu. Die drei großen Bäume, die der ›Lindenegg‹ offenbar den Namen gegeben hatten, hoben sich bedrohlich schwarz vom hellen Nachthimmel ab.

8

Die ›Lindenegg‹ stand abseits vom Dorf auf einem erhöhten Punkt, der den Blick über die Ebene bis hinunter zum Schloß freigab, das mit seinen drei Türmen den südlichen Teil der Ortschaft beherrschte und Gericht und Polizei beherbergte. Die einzige Straße führte vom Dorf schnurstracks zur ›Lindenegg‹ und überwand dann in einer langen Schleife die dahinterliegende Steigung.

Theo von Alp hatte die ›Lindenegg‹ aus verschiedenen Gründen zu seiner Operationsbasis auserkoren. Der von sanften Hügeln durchzogene, auf achthundert Metern über Meer liegende Landstrich stieß im Süden an das unüberwindliche Voralpengebirge. Im Westen, Osten und Norden bildeten tiefe, zusammenlaufende Schluchten eine natürliche Barriere, und wer ins Tal gelangen wollte, mußte eine der drei Brücken überqueren.

Die ›Lindenegg‹ bot dem gewieften Taktiker und Söldner von Alp alle Vorteile einer Hügelstellung. Von freien Feldern umgeben, ließ sich das Gelände Tag und Nacht einfach überwachen. Das Tal bildete geologisch eine Antiklinale, frei von störenden Erhebungen. Deshalb betrieb auch Radio Schweiz International seit Jahrzehnten im Osten der Ortschaft einen höchst leistungsfähigen Kurzwellensender, der in den achtziger Jahren durch Anlagen für die Satellitenübermittlung ergänzt wurde.

Ken betrat vorsichtig die Halle und sah Licht, wo er die Küche vermutete.

»Willkommen in der ›Lindenegg‹, Mister Custer«, rief eine weibliche Stimme. »Wir haben Sie erwartet.«

Ken entspannte sich.

»Die Infrarotkamera hat Sie identifiziert, sonst wären Sie nicht weit gekommen.«

Die junge Frau in schwarzer Kordhose und olivgrüner Hemdbluse saß vor einer Batterie von Bildschirmen und lachte Ken zu. Eine schwarze Schirmmütze hielt ihre rote Haartracht streng im Griff.

Sie erhob sich energisch und streckte ihre Hand aus. »Hallo, ich bin Claudia, Theo wird gleich hier sein.«

Ken wünschte ihr händeschüttelnd einen guten Abend und blickte in wache, nußbraune Augen. Dann wandte er sich interessiert den Monitoren zu.

»Das ist die Überwachungskamera, 360 Grad Wirkungsbereich. Infrarot. 40000fache Restlichtverstärkung, doppelt soviel, wie die militärischen Nachtsichtgeräte leisten. Hier drüben, die grünen Bildschirme, das sind die Bewegungssensoren. Da, sehen Sie, der gibt an. Sektor A 2.«

Claudia schaltete eine Kamera auf und lachte: »Da haben wir ihn, Carlos.«

»Wer ist Carlos?« Ken sah lediglich einen flüchtigen Schatten über den Bildschirm huschen.

»Carlos ist ein Fuchs. Sehen Sie den langen zottigen Schwanz? Er kommt fast jede Nacht und entwischt immer wieder. Typisch Carlos«, erklärte Claudia, aber Ken hörte gar nicht richtig zu, sondern streifte mit den Blicken die zwölf Monitore, die sich in vier Reihen zu je vier Quadraten nahtlos aneinanderfügten und den Eindruck einer riesigen, schachbrettartigen Großleinwand vermittelten. Am oberen Rand standen die Zahlen eins bis vier und an der linken Seite die Buchstaben A bis D. Unten rechts flimmerten die Kurse der New Yorker Börse über den Schirm D-4.

Ken stellte seine Tasche ab, als auf dem Monitor A-2 eine greil orange blinkende Anzeige ›CAPO‹ signalisierte.

»Was ist das?« fragte er und tippte mit dem Finger auf die Einblendung.

»Oh, das ist Theo. Einer seiner Gags. Passen Sie auf, Moment.« Claudia drückte spielerisch auf zwei Tasten. ›CAPO‹ verschwand, und die schwarze Leere in C-2 füllte sich mit grünlichen scharfen Konturen. Sie zeigten die Umgebung des Hauses aus der Vogelperspektive.

Wahrscheinlich hängen die Kameras unter der Dachkante, überlegte Ken, als das sich langsam öffnende Tor in Sicht kam und einem dunklen Kastenwagen den Weg freigab.

»Das ist er«, stellte Claudia fest. »Sagen Sie ihm guten Abend.« Sie hielt ihm ein Mikrofon hin, während draußen die Reifen auf den Kieseln knirschten.

»Antreten zum Rapport in zwei Minuten, Hauptmann«, scherzte Ken.

»Alles klar, bin gleich da, Colonel«, tönte der angenehme Bariton aus den Lautsprechern.

Sie umarmten sich herzlich.

»Du siehst wie immer prächtig aus, Ken, wie in alten Tagen«.

»Du hast auch nicht nachgelassen.« Ken schielte verstohlen auf Claudia. »Du unverbesserlicher Casanova!«

Von Alps sonnenverbranntes Gesicht unter graublonden, kurzlockigen Haaren verzog sich schmunzelnd zu einer Grimasse, die seinen Lieblingssatz andeutete: »Das Leben ist zu kurz, um nicht zu kratzen, wenn es beißt.«

Ob alles geklappt habe, wollte der Colonel wissen.

»Nun, man ist dir gefolgt.«

Custer stutzte.

»Wir haben den Kerl gestellt. Hier ist seine Waffe, amerikanisches Modell.«

Er zog den Revolver aus der Tasche und legte ihn auf den Tisch. »Und hier seine Dienstmarke.«

Ken schaute hin. Auf der in Gold und Blau gehaltenen, emaillierten Plakette war neben dem schimmernden Adler mit dem Signet der National Security Agency, NSA, in großen Lettern der Name James Murphy eingestanzt.

»Der alte Jim Murphy, huh?«

»Kennst du ihn?«

»Nein.«

Claudia und von Alp lachten über Custers unbewegte Miene.

»Nun, wo ist der Kerl jetzt?«

»Wir übergaben ihn der Polizei, er war ziemlich bezecht«, grinste von Alp. »Jetzt schläft er unten im Knast seinen Rausch aus.«

»Wie? Was zum Teufel habt ihr mit ihm angestellt, Theo?«

»Oh, nicht viel, wir täuschten bloß einen kleineren Unfall vor. Kostete mich eine halbe Flasche Chivas. Sein Wagen ist übrigens vorläufig nicht mehr brauchbar. Vorne rechts ist er völlig zusammengestaucht. Ich mußte Jim doch einen kleinen Denkzettel verpassen. Das offizielle Bern wird ihn vermutlich als ›persona non grata‹ abschieben, elegant, nicht?«

Custer konnte sich ein Grinsen nicht verkneifen. Dann fragte er, ob es nicht besser gewesen wäre, ihn hierher zu bringen.

Doch von Alp widersprach.

»Leute wie Murphy tragen die meiste Zeit einen Minisender, oft subkutan.« Neckisch stieß er Claudia den Ellbogen in die Seite. »Das ist Geheimdienstkauderwelsch für ›unter der Haut‹, Liebste.«

»Sehr komisch«, schoß sie zurück, »subkomisch!«

»Wie auch immer, ich wollte nicht riskieren, daß sein Mikrotransmitter unsern Standort verrät. Abgesehen davon sollten wir unsere Organisation nicht mit einem Gefangenen belasten. Im Moment liegen die Prioritäten woanders. Brauchen wir die Satellitenverbindung heute nacht?«

Ken schüttelte verneinend den Kopf: »Erst am Dienstag, für eine Videokonferenz.«

»Ich bringe Ihre Sachen nach oben und richte das Bett«, schlug Claudia vor. Kens Hand schnellte plötzlich vor, als wollte sie zum Gepäck fliegen, blieb aber auf halber Strecke stehen und zog sich langsam wieder zurück.

»Moment, ich mach' das schon«, sagte er. Es war gut gespielt.

»Oberst Custer«, lachte sie, »wollen Sie mich herumkommandieren?«

Ken hob seine Hände zu einer hilflos entschuldigenden Gebärde.

»In diesem Haus haben allen den gleichen Rang«, rief sie vergnügt, die Stufen hochspringend.

»Scotch oder einen Schluck Weißen, Ken?«

»Scotch, bitte.«

Von Alp öffnete die Flasche, stellte zwei Gläser hin und goß sie gelassen halbvoll. Sie trugen die Drinks in das geräumige Wohnzimmer hinüber und ließen sich in die riesigen Lederfauteuils fallen.

Durch das offene Fenster strömte die laue Sommernacht, Grillen zirpten.

Ken fühlte wieder diese unbeschreibliche Sehnsucht nach den überglücklichen Tagen seiner Kindheit, ohne Ziel und Last und das schmerzliche Unvermögen, die Zeit zu orten, wo alles stattfand. Die Lücke würde sich eines Tages mit Gewißheit füllen, die Erinnerung würde zurückkommen, wenn er nur den Ort fände, wo alles geschah, wo die Tage seiner Kindheit verschlossen waren.

»Sesam öffne dich«, murmelte er seufzend und nahm einen kräftigen Schluck vom Scotch.

»Ist das der neue Code?«

»Wie? Oh, nein, nichts. Ich dachte nur . . .«

Von Alp spürte seines Freundes düstere Stimmung und schob sein scharfes Fuchsgesicht vor: »Nun, müssen wir morgen senden oder nicht?«

»Ich glaube nicht. Wir tauchen eine Weile unter. Die NSA betreibt mit Sicherheit irgendwo in der Nähe eine Relaisstation. Vermutlich haben sie deinen Sender bereits angepeilt. Jedenfalls gefällt mir gar nicht, daß unser Freund Murphy so nahe herangekommen ist. Wir müssen am Morgen die Lage mal gründlich überdenken, einverstanden? Ich meine, später am Morgen.«

Von Alp streckte ihm eine Zigarrenschachtel hin. »Willst du eine? . . . nun, erzähl, worum geht es?«

Ken zündete die Zigarre an, sog zweimal daran, blies den Rauch aus und hielt sich den dunkelbraunen Tabakstengel an die Nase.

»Mh, gut . . . *Havanna*, genau richtig!« Er paffte zwei-, dreimal.

»Ich will, daß du mich nach Nuclanne begleitest, Theo.«

»Nuclanne? Zum alten Atomreaktor?«

Überrascht runzelte Ken die Brauen. »Hast du Atomreaktor gesagt?«

Von Alp nickte. Es handle sich um ein gewaltiges unterirdisches Zwischenlager für verstrahltes Material aus den Atomkraftwerken. Der Schlammer Konzern betreibe diese Anlage, die in ganz Europa einzigartig dastehen solle. »Schlammer, wie Schlamm . . . Adam Schlammer!«

»Ich weiß«, sagte Ken. »Ich bin mit Herrn Schlammer verabredet.«

Von Alp nahm sein Zigarre aus dem Mund, der offenblieb.

»Theo, ich möchte alle erhältlichen Angaben über ihn, es geht um ein Riesengeschäft.«

»Schlammer hat sich groß um die Entsorgung von radioaktivem Abfall gekümmert und daraus ein Bombengeschäft gemacht, so hört man wenigstens. Die Beseitigung von Atommüll ist ein heißes Eisen. Aber Schlammer hat gewagt, es anzufassen.«

Mit Todesverachtung goß Custer den Rest des Scotch hinunter. »Interessant«, meinte er und zog an der Zigarre. »Bombengeschäft ist gut ... « Er blies den Rauch zur Decke. »Ich kenne den Typ überhaupt nicht. Du mußt mir helfen, Theo. Hast du mir nicht mal erzählt, auf deinen Datenbanken sei jede Information greifbar, von Sidewinder-Raketen bis zu Schlangenschwänzen?«

Eine kurze Denkpause folgte, wie sie sie in der Vergangenheit in ihren zahlreichen Scotch- und Bourbon-Sitzungen eingeübt hatten.

»Haben Schlangen Schwänze?« fragte von Alp schließlich.

»Die von der Firma schon«, antwortete Custer belustigt, und die eindeutige Anspielung auf die CIA ließ die beiden in herzhaftes Gelächter ausbrechen.

»Im Ernst, Theo, ich brauche alle Angaben über Schlammer, weit zurück bis in die Zeit, als er noch in die Windeln machte.«

»Beurteilung der Feindlage«, von Alp lachte. »Der Kerl scheint in Ordnung zu sein. Du weißt schon, Schlammer ist ein großes Tier. Besser, man kommt ihm nicht zu nahe. Aber du brauchst mehr als Infos, Ken. Transport, Erkundungen, logistische Unterstützung, Sicherung des Rückzugs. Komm, das ist eine militärische Operation. Wir machen das professionell. Im Ernst, Ken, Schlammer hält sich scharfe Hunde, ich meine Zweibeinige, man munkelt einiges über seine kahlrasierten Sicherheitsleute.«

Er tippte sich an die Stirn und steckte die Zigarre in den Mundwinkel zurück. Der strenge Geruch der *Havanna* wehte weich vorbei. »Aber kein Problem, Ken. Zum Frühstück hast du Stoff, mehr als dir lieb ist. Geh ruhig schlafen. Ich mach' das schon.«

Ken befolgte den Rat und zog sich zurück. Aus seinem Gepäck klaubte er den Blendschirm hervor, setzte ihn auf und schaltete die weißen Lämpchen ein. Er sah in dieser Aufmachung vermutlich aus wie ein aus dem Sanatorium entwichener Verrückter, aber das grelle Licht täuschte die Wachphase vor. Er war erneut ins Zeitloch gefallen, und die chronologischen Signale seines Organismus meldeten ihm das volle Leben des frühen Abends in New York City. Schlaf fand er bei diesen aufpeitschenden Reizen ohnehin nicht mehr, also konnte er ebenso gut noch ein wenig arbeiten.

Custer setzte den tragbaren Kleincomputer in Betrieb und begann zu schreiben. Gelegentlich blickte er durch das große Fenster in den Nachthimmel hinauf. Gute, schweigende Sterne blinzelten ihm aus dem riesigen galaktischen Gewölbe zu, und er wußte, daß er in seinem Leben an einem entscheidenden Wendepunkt angelangt war. WENDEZEIT – TIME FOR CHANGE, tippte er mit großen fetten Buchstaben ...

9

Custer riß leicht verärgert seinen Blendschirm vom Kopf und betrachtete stumpf die Anordnung der kleinen Lämpchen. Eines hatte den Geist aufgegeben, ein anderes flackerte und erlosch in diesem Augenblick mit einem kaum hörbaren Puffen. Angewidert und mit nach unten gezogenen Mundwinkeln starrte Ken auf das stupide, angeblich pannensichere Gerät und zog die noch warmen Glühbirnchen aus der Halterung. Lustlos stand er auf und begann, in seiner Tasche nach Ersatz zu suchen.

Ein Klopfen an der Tür. Von Alp trat ein. »Gut, daß du auf bist, wir sollten in etwa einer Stunde losfahren.«

Custer hatte eben zwei neue Glühbirnchen eingesteckt und den Blendschirm wieder aufgesetzt. Er drehte sich herum.

»Was zum Donner soll das?« Von Alp starrte ungläubig auf die ›Erscheinung der dritten Art‹. »Kommunizierst du neuerdings mit Außerirdischen?«

Custer zuckte die Achseln. »Es sollte ein Patent zur Bekämpfung der Zeitverschiebungsbeschwerden werden ... aber ich werde es wohl eher als Instrument zur Erleuchtung abgewrackter CIA-Agenten patentieren lassen, was meinst du?«

Er zog das groteske Zeug vom Kopf und warf es aufs Bett. Von Alp packte ihn am Genick und zog ihn zur Tür. »Komm, ich zeig' dir was Besseres.« Als sie sich im dunklen Übermittlungsraum an den Computer gesetzt hatten, flitzte über einen der Überwachungsmonitore gerade eine unförmige, haarige Gestalt.

»Was war das eben? Gehen in der ›Lindenegg‹ Gespenster um?« fragte Ken.

»Das sind unsere abgerichteten Wildschweine. Hervorragende Wächter, besser als Dobermann, Schäfer, Rottweiler. Schmeißen Eindringlinge glattweg durch die Luft zurück nach Bern!« Von Alp grinste genüßlich, dann hieb er mit dem Zeigefinger elegant auf die Eingabetaste. »Im Moment bin ich im zentralen Polizei-Informations-System ISIS. Schau, Suchbegriff: »SCHLAMMER ADAM«. Jetzt verlangt der Computer das Kennwort.«

Von Alp öffnete den Deckel eines roten Kästchens in der Größe eines Taschenbuches und tippte mehrmals auf die Zahlen der zum Vorschein gekommenen Tastatur. Lange geschah nichts. Dann auf einmal zerfloß das Bild auf dem Monitor wie hingeschmissene Farbe, die hinuntertropft. Jetzt entfesselte sich ein heftiger Wirbelsturm von Hieroglyphen, Zahlen und Buchstaben. Ken starrte wie hypnotisiert auf das Schauspiel. Wenn alles mit lautem Knall in die Luft geflogen wäre, hätte es ihn nicht erstaunt. Plötzlich kam Schärfe ins Bild. Der Orkan legte sich, und die wirbelnden Zeichen verkrochen sich in feste Konturen. Auf dem Schirm las Ken »RESTRIKTIVE INFOS« und »BITTE NAMEN EINGEBEN.«

Von Alp erklärte, der Begriff ›Restriktive Infos‹ würde sich auf prominente Persönlichkeiten beziehen.

»Zum Beispiel, irgendein großes Tier . . . ah, mal sehen. Beginnen wir ganz oben, hier, beim Bundespräsidenten Peter Kern?« Er tippte »KERN« ein und schmökerte durch die flimmernden Seiten.

»Hier, schau mal einer an«, von Alp grinste: ». . . VERWITWET, PFLEGT REGELMäSSIGE INTIME KONTAKTE ZU KRAMER STEFANIE, JOURNALISTIN . . . »Das ist die Höhe, die haben alles über sein Sexleben, und hier, Moment.« Von Alp zwinkerte Custer über die Schulter zu.

»Wegschauen, Ken, das ist scharfes Zeug! Das glaub' ich ja nicht: PSYCHOSEXUELLES PROFIL DOMINANT-SUBMISSIV

MIT EINDEUTIG SADOMASOCHISTISCHEN . . . die müssen verrückt sein!«

Mit einem mißbilligenden Grunzen rollte er den Text hoch, und hielt plötzlich an einer anderen Stelle an. Leise pfiff er vor sich hin.

»Hör dir das an, Ken!« »PERIMETER DES BEDROHUNGSUMFELDES BEINHALTET ATOM-LOBBY, UMWELT-AKTIVISTEN, RADIKALE ISLAMISTEN, MILITANTE FEMINISTINNEN. Feministinnen? Haben die vielleicht einen Dachschaden . . .«

Von Alp schüttelte den Kopf, gab im Dialogfeld »SCHLAMMER ADAM« ein und verlangte einen Ausdruck. Dann verließ er das Programm.

Die kurze Demonstration hatte Ken beeindruckt. Das rote Teufelsgerät schien alle Zugriffscodes zu knacken. »Es beruht auf dem Mario-Prinzip«, erklärte von Alp und zeigte auf das Kästchen. Als Custer die Stirn runzelte, fügte er hinzu: »Das sind diese Computerspiele, wo sich das kleine Männchen durch alle Wirrnisse und Gefahren hindurchkämpft, herabstürzenden Kometen ausweicht, Feinde vernichtet et cetera.«

Custer schielte gähnend zur Couch im Salon.

Ob das Männchen schließlich das Ziel erreiche, dozierte von Alp weiter, hänge von den maximal zulässigen Fehlern ab. Mache es zu viele, stürze es zum Ausgangspunkt ab. Kämpfe es dagegen gut, erreiche es das rettende Paradies, den Himmel, das Nirvana . . . Diese Box mache in ein paar Nanosekunden etwas Ähnliches. Sie rase durch die möglichen Kombinationen und finde heraus, in welchem Bereich das Kennwort liegt.

»Auf diese Weise funktionieren Zerhacker und Entschlüsselungsgeräte«, schloß von Alp.

Custer blinzelte müde, er würde diese Spiele nie begreifen. »Erklär das den Zehnjährigen, die im Pentagon trainiert werden. Die schnallen das sofort. Ich ziehe die Horizontale vor! Weckst du mich, wenn ich eingenickt bin?«

Von Alp schleuderte ihm einen spöttischen Blick zu: »Ich stülp' dir dein Spinnergerät mit den Lämpchen über den Schädel!«

Custer legte sich im Salon auf die Couch, warf den Bericht achtlos auf den niedrigen Glastisch und schloß die Augen. Als er wehmütig den leisen Geräuschen des erwachenden Morgens lauschte, Vogelgezwitscher, feines Summen die Luft erfüllte, ein Rascheln, fernes Flugzeugbrummen hereindrang, war ihm auf einmal sonnenklar, daß er aussteigen wollte.

Seit der amerikanischen Invasion in Panama 1989 arbeitete er für das Kartell. Ihn drängte nach Veränderung. Routine und Erfolg machten nachlässig, wie kürzlich in Quepos. Und in einem lebensgefährlichen Geschäft wie diesem kann ein Ausrutscher das Ende bedeuten. Er mußte aufpassen, denn neuerdings nahm er die Sache zu oft auf die leichte Schulter, als könne ihm nichts geschehen. Insgeheim wußte Ken jedoch genau, daß diese trügerische Sicherheit ihm eines Tages den Kopf kosten würde.

Gefahr drohte von zwei Seiten. Seufzend legte Ken die Hände in den Nacken und dachte zum hundersten Mal nach, wie alles angefangen hatte . . .

Endgültig festigte Ken Custer seine Stellung im Kartell von Cali, als er das narrensichere System der Geldwäscherei erfand. Eine rechte Portion Glück stand ihm dabei zur Seite. Geh ins Land der Bankiers, sagte er sich unverfroren; denn die Schweizer haben das perfekte Bankensystem, das so exakt wie ihre Uhren läuft.

Er hatte eine Vielzahl von Berichten und Vorschriften studiert, die ihm Freunde in Washington zuspielten, bevor er sich entschloß, zum ersten Mal in die Schweiz zu reisen.

»Geh ins Land der Bankiers«, hämmerte er sich immer von neuem ein. »Schlag sie mit ihren eigenen Waffen. Richte dort die Operationsbasis ein, wo es niemand erwartet: in einer schweizerischen Bank.« Die Idee schien allen verrückt. Nur der alte

Cali schmunzelte. Er liebte die Korruption leidenschaftlich, und er suchte außerdem nach Revanche. Die große, noble Schweizer Bankunion hatte ihn als Kunden verschmäht. Sie seien eben zurückhaltend, hatte ihm der Direktor höflich bedeutet, wenn der Kunde keine geordnete berufliche oder geschäftliche Aktivität aufweisen könne. Daraufhin gründete der alte Cali in Vaduz eine Gesellschaft, Anstalt genannt, die der Schweizer Bankunion zwanzig Millionen Dollar auf ein neues Konto überwies.

Kurze Zeit später erhielt der Geschäftsführer der Anstalt eine Einladung zum Mittagessen. Man schätze diese Verbindung sehr, erklärte der Generaldirektor dem liechtensteinischen Anwalt. Sicher habe er noch andere attraktive Klienten, und selbstverständlich würde er für weitere Kontovermittlungen eine schöne Provision zahlen.

Der alte Cali erzählte diese Geschichte mit Vergnügen herum und war von Custers Idee begeistert.

Die Vorbereitungen reichten einige Jahre zurück. In seiner Stellung als De-facto-Chef des panamesischen Geheimdienstes *G-2* gründete Custer anfangs 1987 die *CTBP Commerce & Trade Bank of Panama.*

Die *CTBP* entstand durch Namensänderung aus der alteingesessenen Handelsbank *García y García.* Offiziell trat die halbstaatliche Wirtschaftskammer als Hauptaktionärin auf und schrieb der Bank die ›Förderung von Wirtschaft und Wohlfahrt Zentralamerikas‹ auf die Fahne.

In einem nächsten Schritt ließ Ken Custer das Kapital auf die beträchtliche Höhe von hundert Millionen US-Dollar erhöhen. Damit stieg die *CTBP* über Nacht in den Kreis der zwanzig internationalen Geschäftsbanken mit dem höchsten Eigenfinanzierungsgrad auf. Diese Maßnahme erwies sich für den Angriff auf den mächtigen Finanzplatz Schweiz als entscheidend. Noch im gleichen Jahr entstand in Genf nämlich die *CTBP Commerce & Trade Bank (Switzerland) AG.*

Der Plan lief wie am Schnürchen ab. Die Schweiz befand sich zu jenem Zeitpunkt mit ihrer Außenpolitik in einer Umbruchphase. Die internationale Solidarität nahm einen zentralen Platz ein. Projekte, die den Export in die dritte Welt begünstigten, fanden spontan guten Anklang. Die *CTBP* lag mit ihrer Zwecksetzung der Wirtschaftsförderung im zentralamerikanischen Raum goldrichtig.

Mit diesem Glücksfall hatte Ken nicht einmal gerechnet, sondern sich auf das Gegenrecht verlassen. Da Schweizer Banken in Panama Geschäftsstellen führten, war die Regierung in Bern im Gegenzug verpflichtet, eine panamesische Bank in der Schweiz zuzulassen.

Blieben nur noch die Formalitäten.

Ken hatte den Anwalt heute noch lebhaft vor Augen, wie er ihm gelassen erklärte, was er für die Gründung einer Schweizer Bank brauchte. Sie saßen am runden, antiken Holztisch mit Intarsien, im eleganten Büro an der nach einem General benannten Seepromenade in Zürich.

»Sie brauchen Geld und gute Namen.«

Zwanzig Millionen Anfangskapital erwies sich als genügend. Der Anwalt schien nicht überwältigt, aber auch nicht enttäuscht.

»Offenbar lag die Schwierigkeit bei den guten Namen«, dachte Ken.

Mit ruhigem Blick aus tief versenkten graublauen Augen belehrte Rechtsanwalt Dr. Großenbacher Ken dann über das Management einer Schweizer Bank. »Gewähr für einwandfreie Geschäftsführung ist die Grundvoraussetzung. Persönlichkeiten mit Charakter und Sachkunde sind gefragt, eben gute Namen.«

Wie sich denn solche hochqualifizierten, integren Köpfe finden ließen, wollte Custer wissen.

»Ich kann Ihnen Leute von diesem Kaliber organisieren«, erbot sich Dr. Großenbacher. Ken begriff mit unverhohlenem Erstaunen, daß der Anwalt offenbar annahm, daß seine Auftraggeber die schweizerischen Anforderungen ohnehin nie erfüllen würden.

Ob noch weiteres erforderlich sei, wollte Ken wissen, nachdem er sich wieder gefaßt hatte.

Der Anwalt zögerte, durchbohrte sein Gegenüber mit einem scharfen Blick und meinte dann: »Ach so, ja natürlich. Erstens benötige ich das Kapital.« Er schrieb die Kontonummer für die Hinterlegung der zwanzig Millionen Franken auf einen gelben Notizblock, riß das Blatt ab und übergab Ken die Instruktion.

»Und zweitens?« wollte Ken wissen.

Der Anwalt zog abschätzend die Lippen nach unten, hob die Schultern und brachte dann den letzten Punkt auf den Tisch. »Wer sagt mir, daß diese Bankgründung eine saubere Sache ist? Verstehen Sie. Ich kenne die Hintergründe nur nach Ihren Schilderungen. Aber was steckt tatsächlich dahinter?«

Ken Custer war vorbereitet. Da Rechtsanwalt Großenbacher in Zürich eine angesehene Stellung einnahm und öffentliche Ämter bekleidete, brauchte Ken ihn als Verbündeten.

Auf seinen Vorschlag trafen sie sich kurze Zeit später im gepanzerten Schrankfachraum der Zürcher Privatbank *Daumier Reich & Cie.* Die Box, die Ken öffnete, enthielt als einzigen Inhalt einen Umschlag. Er riß ihn auf und streckte dem Anwalt wortlos ein beschriebenes Blatt hin. Rechtsanwalt Großenbacher machte große Augen. Überrascht pfiff er durch die Zähne. In seiner Laufbahn als internationaler Geschäftsanwalt hatte er schon viele Empfehlungen gelesen, aber dieses Dokument war anders, einmalig.

Nachdem er sich erholt hatte, fragte er: »Wer sagt mir, daß der Brief echt ist?«

Ken zeigte auf die Zahlenreihe am unteren Rand. »Merken Sie sich diese Zahlenkombination.«

Großenbacher las laut und griff nach seinem Taschenbuch und der goldverzierten Feder: »SM 3112–42?«

»Richtig«, bestätigte Ken. »Sie rufen hier an«, er deutete dabei auf den Briefkopf, »und verlangen das Verifikationsbüro, klar?«

Großenbacher nickte stumm.

»Dann geben Sie die Kombination vor dem Bindestrich an, nichts weiteres, also SM 3112, okay?«

Der Anwalt schrieb nickend in sein Notizbuch.

»Wenn das Papier echt ist, gibt Ihnen das Verifikationsbüro als Bestätigung die Zahl 42, wenn nicht, wird die Verbindung abgebrochen.«

Großenbacher nickte mehrmals zustimmend. Wieder zogen sich seine Mundwinkel abschätzend nach unten. »Einverstanden, ich bin befriedigt, Sie sind mir gegenüber legitimiert, gehen wir dann?«

Draußen auf der Straße, als ein blauweißer Wagen der Straßenbahn an ihnen vorbeidröhnte, stellte sich Ken vor Großenbacher und hielt ihm die geballte Faust auf die Brust. »Sie sind mein Anwalt, Großenbacher, alles was Sie da unten gesehen haben, bleibt strikt unter uns. Wenn Sie das Anwaltsgeheimnis verletzen und mit jemandem darüber sprechen, sind Sie erledigt.«

Der Anwalt überraschte Custer, indem er nicht ganz unsanft sein Handgelenk packte und die Faust in der Art wegschob, wie ein großer Junge sich eines anstürmenden Kindes entledigen würde. »Das wäre nicht nötig gewesen, Mister Custer. Wir sind in der Schweiz, nicht in der Bronx von New York. Ich weiß, was ich zu tun habe«, dann schmunzelte er schelmisch und fügte hinzu: »Sie verstehen, dieser Auftritt kostet Sie extra.«

Darauf lachten beide, und die Situation entspannte sich. Komisch, dachte Großenbacher, er mochte den Kerl.

Als Prominenz aus Wirtschaft und Politik in Genf die Eröffnung der *CTBP Commerce & Trade Bank (Switzerland) AG* feierte und die Solidarität mit Südamerika bekräftigte, rief Ken Custer aus Toronto an. Er verlangte Großenbacher, der gerade die Festansprache beendet hatte. Seine in Spanisch und Französich eloquent vorgetragenen Worte lösten höflichen Beifall aus. Die neue Bank, hatte er versichert, setze einen weiteren Markstein in den traditionellen Beziehungen der Schweiz zu Zentralamerika.

Großenbacher hatte den Aufsichtsrat und die Geschäftsleitung klug zusammengesetzt. Mit der Wahl von Fritz Wartenweiler, einem ehemaligen Mitglied der Bankenaufsichtskommission, gelang ihm ein geschickter Schachzug, denn kein Mensch zweifelte, daß Wartenweiler als Verwaltungsratspräsident für die einwandfreie Geschäftsführung der neuen Bank Gewähr bot.

Ken Custer hielt das Ferngespräch kurz. »Nächster Auftrag, Herr Großenbacher: die Gründung der *Investment Bank* in Zürich, wie besprochen. Sie können loslegen. Die Geldmittel sind angewiesen.«

Die Strategie von Custer beruhte auf einem einfachen Grundsatz: Glaubwürdigkeit. Die *CTBP Commerce & Trade Bank (Switzerland) AG* finanzierte sofort eine Reihe attraktiver Exportgeschäfte. Tarnfirmen in Panama, Costa Rica, Mexico und Venezuela kauften eine ganze Palette schweizerischer Exportprodukte wie Textilmaschinen, pharmazeutische Artikel, *PC-7* Flugzeuge, Nahrungsmittel, Eternit, Dünger, landwirtschaftliche Maschinen, einen Posten *SIG*-Sturmgewehre sowie Kleinfunkgeräte der *Schlammer Holding*. Die *CTBP* eröffnete den schweizerischen Lieferanten Kreditbriefe, was soviel hieß wie Lieferung gegen volle Bezahlung. Kein Wunder, daß man sich um diese Aufträge riß und die *CTBP* mit Angeboten aller Art überschwemmt wurde.

Zur Strategie der Glaubwürdigkeit gehörte auch Kens Paradestück: die Gründung der ›CAAR‹, der ›Central American Air

Rescue‹. Die Rettungsflugwacht barg getreu ihren europäischen Vorbildern Menschen in Berg- und Seenot. Das beste Stück der Flotte, eine aus zweiter Hand erworbene, neunplätzige, dreistrahlige *FALCON 50*, flog monatlich einmal nach Genf, wo die ›CAAR‹ Kontakte mit dem *Internationalen Komitee des Roten Kreuzes ICRC,* geknüpft hatte.

Der komfortable Langstreckenjet brachte Kaffee und Edelsteine und holte Fracht ab: Medikamente, aber auch gespendete Kleider. Man gewöhnte sich an den Flug, und niemandem fiel auf, daß auch kleinere Behältnisse ausgeladen und in zwei Limousinen ins Stadtzentrum von Genf gebracht wurden. In den Containern lagen Tausende von Zwanzigdollar- und Hundertdollarscheinen, welche fleißige Hände im Tresor der *CTBP* Genf säuberlich sortierten, bündelten und mit Umschlagstreifen zusammenhielten. Darauf stand: ›Geprüft: *CTBP Commerce & Trade Bank (Switzerland) AG*‹.

Ab Mitte 1989 flossen Hunderte von Millionen des Kartells regelmäßig auf diesem Weg in die Schweiz. Der Kanal funktionierte derart reibungslos, daß Ken bremsend eingreifen mußte. »Jedes System geht an seiner Übertreibung zugrunde«, mahnte er, und der alte Cali setzte schließlich durch, daß sämtliche Geldwaschoperationen der Kontrolle von Custer unterstanden.

Am Tag, als Ken zum Finanzchef gekürt wurde, hielt Cali eine kleine Rede: »Der Mann, dem wir diesen Erfolg zu verdanken haben, ist unser brillanter Stratege, Ken Custer.« Cali hob abwehrend seine Arme, als seine Gefolgsleute als traditionelle Geste der Zustimmung mit ihren Handflächen auf den Konferenztisch trommelten. »Einige von euch sehen Señor Custer vermutlich als Gringo, aber ich sage euch aus der Tiefe meines Herzens ... dieser Mann ist einer von uns!«

Für Don Cali de Cali, der in geschäftlichen Angelegenheiten so sentimental war wie ein Granitbrocken, war dies eine starke, noch nie dagewesene Aussage. Custer saß fest im Sattel der Organisation.

Dann brach unerwartet die Krise herein.

»Marschbereitschaft herstellen, Abfahrt in zehn Minuten«, rief Theo in den Salon. Custer schreckte auf und schüttelte den lästigen Gedanken ab. Von Alp blieb in der Tür stehen, die Arme in die Hüften gestemmt. »Es geht um ganz heiße Ware, stimmt's?« sagte er unvermutet.

Ken blickte überrascht in seine steinerne Miene. »Theo, Schlammer, die *Schlammer Engineering*, besitzt zwei einsatzfähige Kleinstatombomben. Er verkauft sie meinem Boß. Ich hole sie ab. Das ist unser Job, voilà.«

Von Alp verschlug es förmlich die Sprache. Er ließ sich in den nächstbesten Sessel fallen, rieb sich den Nacken und pustete Luft aus. Scheiße, wie damals in Libyen, dachte er, und Zaire und Angola und Kuwait, schön zusammen verpackt! Er beugte sich scharf nach vorne: »Wenn du Boß sagst, dann meinst du Don Cali, nicht wahr? Die Drogenkartelle, die Kokamafia und A-Waffen? Das gibt's ja gar nicht, einfach verrückt ...«

»Puh ... verrückt ...«, Ken warf die Arme hoch. »Vor ein paar Jahren konntest du dir auch nicht vorstellen, daß Saddam Hussein siebenhundertvierzig Ölquellen in Brand stecken würde, stimmt's? Das Irrsinnige läßt sich eben nicht mit dem Verstand erfassen, Theo, deshalb geschieht es immer wieder ... Cali de Cali verkörpert echte Macht in Kolumbien, sein Superkartell ist ein Staat im Staat. Narkokratie! Also, warum soll er sich nicht die Waffen besorgen, die andere Staaten auch wollen? Trotzdem glaube ich nicht, daß er sie anwenden will ... ›Carry-on nukes‹ heißen sie, merk dir den neuen Begriff, atomare Handgepäckbomben ...«

»Und warum sollte er sie nicht gebrauchen?«

»Cali ist ein verblendeter Protz. Er will der Größte sein mit dem schönsten und besten aller Spielzeuge. Andere geben mit Ferraris oder Rennpferden an, bluffen mit Yachten oder, mhm, mit schönen Frauen. Cali dagegen ist ein simpler Waffennarr, er will der erste sein, der diese verrückten Dinger besitzt. Übrigens, wo ist Claudia?«

»Sie bereitet in der Küche das Frühstück vor.«

»Wieso machst du das Frühstück nicht?«

»Weil sie es so haben will, in Ordnung? Weiche nicht vom Thema ab, Ken. Erklär mir, warum dann dein Boß Cali diese Super-Nuklearwaffen benötigt, wenn er sie nicht irgendwo zünden will?«

»Schön, in einem Wort: Nötigung! Er möchte vielleicht die Amerikaner erpressen ... oder eine Trumpfkarte im Ärmel wissen, um sich zu schützen, um sein sogenanntes göttliches Reich zu verteidigen ... uh ... Die USA könnten ja auf die Idee kommen, mit ihren Marines in Kolumbien einzufallen, um die Drogenmafia zu liquidieren, wie damals in Panama ... Der Besitz von ein paar kleinen Superatombömbchen könnte sehr abschreckend wirken. Aber ...«

»Ja?«

»Nun, Cali wird die Bomben nie einsetzen.«

»Warum bist du da so sicher?«

»Die CIA und Konsorten werden sie ihm wegschnappen, bevor er damit Unfug treiben kann. Das ist meine Vermutung. Cali ist zu dumm, zu vierschrötig, um einen solchen Plan zu Ende zu führen. Er wird vorher straucheln ... die CIA und ...«

»Ja, ich verstehe.« Von Alp machte eine ungeduldige Gebärde. »Wir stehen vor einem zweiten *El Dorado Canyon*, wie damals in Tripolis, nicht wahr, Ken? Sie planen einen kleinen netten Luftangriff, aber diesmal soll ein dummer Indio namens Cali statt ein lästiger Araber namens Ghaddafi beglückt werden, wie?«

Claudia trat überraschend ins Blickfeld. Über ihrem strahlenden Gesicht hielt ein smaragdgrünes Seidentuch mit schwarzen Samttupfen den üppigen Schwall roten Haares kunstvoll umschlungen. Sie trug eine schwarze, in enge Jeanshosen gesteckte Denimbluse mit V-Ausschnitt, wo türkisblauer und silbriger Navajo-Schmuck an einer Halskette glitzerte: ein Bild von rustikaler Eleganz und strotzender Gesundheit.

»Meine Herren, das Frühstück ist bereit.«

Custer erhob sich ächzend von der Couch und stützte seine Hand auf von Alps Schulter, um Halt zu suchen, aber auch, um seinen Freund zu beruhigen.

»Wir sprechen später darüber, Theo. Zuerst machen wir unsere Arbeit. Dafür werden wir bezahlt, und zwar verdammt gut. Was nachher ist, darum kümmern wir uns, wenn es Zeit ist.«

10 Bern, Hauptstadt der Schweiz, Montag, 2 Juli

Peter Kern sah seine Frau ganz deutlich, genau wie vor zwei Jahren, als er nach Hause kam und sie tot im Pool vorfand. Ertrunken. Ihr nackter Körper schimmerte ihm aus dem hellblauen, gechlorten Wasser entgegen, ausgestreckt lag sie mit dem Gesicht nach oben auf dem getäfelten Grund des Bassins. Und dann schwärmten wieder diese rotvioletten Käfer heran, wie Perlmuttknöpfe, in perfekter Harstformation. Das Wasser war ausgeflossen, und die Hundertschaft fiel über die Tote her, ratsch, weg war sie, auf den weißen Steinplättchen lag nur noch bräunliches Pulver, das, welch Greuel, plötzlich anwuchs und die Form von gebackenen Makrelen annahm, die sich zu großen braunen, ekligen Fischen mit matt glotzenden Augen aufblähten. Der Pool quellte über ... Peter Kern erwachte in kaltem Schweiß. Wo bin ich?

»Komm, du Wunderschatz«, sagte die liebliche Stimme neben ihm. Wer redet da? Er dachte angestrengt nach. Stefanie? Ein Knie drängte von unten gegen seine Hinterbacken, eine Hand umfaßte sein pralles Glied, Finger vollführten ein prickelndes Spiel. Wohlig legte sich Peter Kern etwas zur Seite, das Becken vorgerückt, um die sanfte Massage besser genießen zu können. Die Hand hob nun sein Zepter spielerisch an und ließ es wie eine Feder auf das Bett zurückschnellen, um diese Tändelei sogleich mehrmals zu wiederholen. Peter Kern ächzte, drehte sich um und küßte sie auf die Lippen. Ulla-Brit trieb ihre Zungenspitze tief in Peters Mund. Die Finger seiner Hand glitten über ihre kleinen Brüste, umkreisten kitzelnd die straffen Warzen, während er mit der anderen Hand sanft über die Innenseite ihrer Schenkel zur heißen Senke ihrer Leiste strich.

»Oh, komm, Liebster, ich will dich«, flüsterte sie, indem sie ein Bein über seine Hüfte schob und mit dem Leib sein strotzendes Glied suchte. Kern legte sich auf den Rücken und zog Ulla-Brit über sich. Sie stöhnte verhalten, als er in sie eindrang, seine Hände lustvoll in ihre wunderbar runden Hinterbacken verkrallte. Sie richtete sich auf, um ihn ganz aufzunehmen, stieß einen kehligen Laut aus, als sie tief innen zu bersten drohte, kostete den herrlichen Augenblick aus, um dann langsam und rhythmisch auf und ab zu gleiten. Sie ritt ihn, die schönen Lippen leicht auseinander, die Augen geschlossen, und Peter Kern betrachtete das ihm liebe, verzückte Gesicht, über das die strohblonden Haarsträhnen fielen. Er liebte das Spontane an der Schwedin, so wie gestern nacht, als sie nach der Arbeit in der Klinik plötzlich an der Tür stand und ihn das verhaßte Aktenstudium vergessen ließ ...

Sie kamen gleichzeitig, Kern verspürte eine nie erlebte Durchrieselung eines betäubend süßen Lustschwalls, und einen Augenblick lang vergaß er alles: den gräßlichen Traum, seinen Job, die unheilvolle Entdeckung, den Leibwächter, der draußen wartete ... doch nach einer Weile gewann die innere Uhr wieder die Oberhand. Behutsam entzog er sich dem warmen Leib und stand schließlich mit einem Seufzer auf.

»Wo gehst du hin, Schatz«, hörte er Ulla-Brit benommen murmeln, als er auf leisen Sohlen ins Bad schlich. Er war spät dran. Hastig trat er unter die Dusche und drehte das heiße Wasser auf. Er dachte an seinen Tagesablauf, lauter Sitzungen, und ein zerrender Schmerz wanderte vom Rückgrat nach vorne in die Leiste.

»Verdammter Streß«, er seifte die verspannte Stelle am Bauch mit Duschgel ein. In Momenten wie diesem verfluchte Peter Kern sein Leben als Minister, sehnte sich danach, einfach Mensch zu sein, zu tun, was ihm gerade Spaß machte. Doch die Pflicht rief. Frust statt Lust stand auf dem Programm ...

Er schaute mißmutig auf seine Uhr. Noch ein paar Minuten, dann sollte Stefanie eintreffen. Ulla-Brits auffälliges Elektromobil stand zum Glück unsichtbar in der Garage. Stefanie würde die Nebenbuhlerin nicht bemerken. Einen Augenblick ergötzte sich Kern am Gedanken, mit Ulla-Brit und Stefanie gemeinsam zu schlafen.

Dann beschlich ihn das schlechte Gewissen. Hätte er doch nur das Abendessen nicht abgesagt, wünschte er. Als Stefanie gestern anrief, hielt ihn dieser Medienrummel über den Nuklearfall an der italienischen Grenze gefangen: Ein Schmugglerring für radioaktives Material war aufgeflogen. Die Sache war peinlich. Nicht weil ein Schweizer Grenzer geschossen hatte, sondern weil sich sofort herausstellte, daß korrupte Beamte den Schmuggel jahrelang gedeckt hatten. Die italienische Polizei verhaftete mehrere ihrer eigenen Kollegen: Zwei Geheimdienstler, einen Chef der italienischen Finanzpolizei und den Staatsanwalt von Como ... Kern war gereizt gewesen und mit der charmanten Journalistin, die er ja wirklich gern hatte, ziemlich schroff umgesprungen. »Glaub mir, der Seelenschmerz ist gegenseitig«, hatte er gewitzelt, doch der lockere Spruch ging daneben.

»Peter«, hatte sie zurückgeschossen, »ich bin es, Stefanie, nur zur Erinnerung! Es ist Sonntagabend, und wir hatten uns im ›Les Vacances‹ verabredet, wo diese glitzernde, stinkreiche Schickeria nur darauf wartet, dir den Bart zu streicheln, also, wenn etwas wehtut, dann deine verletzte Eitelkeit ... und wenn du dir diese Pein zufügst, mußt du einen guten Gund haben!«

»Das tut jetzt wirklich weh«, hatte der Minister gelacht. Sie war eine Frau nach seinem Gusto: so knallhart, wie sie gefügig und schmiegsam sein konnte.

Er seufzte in sich hinein. Reumütig hatte er nämlich wenig

später versucht, sie aus der Sitzung anzurufen. Er hatte es mindestens zwölfmal läuten lassen: Sie war ausgegangen und hatte nicht einmal den Anrufbeantworter eingestellt ...

Heute nacht aber käme alles wieder ins Lot, hoffte Kern, als er in die Trainingshosen schlüpfte. Stefanie würde bei ihm schlafen, komme was wolle.

Auch Stefanie Kramer plagten Gewissensbisse, als sie ihren Audi ungeduldig durch den morgendlichen Berufsverkehr zwängte. Sie würde zu spät kommen! Nervös schaute sie ein bißchen zu lang auf ihre Armbanduhr aus grünem Granit und wäre um ein Haar auf den vorderen Wagen aufgefahren. Ich hätte gestern besser einfach zu ihm nach Hause gehen sollen, alles hätte dann den natürlichen Lauf genommen, sagte sie sich und setzte zum Überholen an.

Der Fahrer, ein Bergler mit buschigem rotem Bart, ließ sie mit einem lüsternen Grinsen vorbeiziehen. Sie konnte nicht anders, als ihm neckisch die Zunge herauszustrecken, schließlich, hatte sie gehört, sei dies in Tibet eine beliebte Art, sich zu begrüßen.

Mit gewagten Manövern umkreiste ihr Audi weitere Fahrzeuge, bis die Zweierkolonne ins Stocken geriet.

»Was ist da vorne los?« rief sie einem Radfahrer zu, der sich um die stehenden Wagen schlängelte.

»Unfall«, rief er kurz angebunden, dann sah er sie genauer an und fügte verschmitzt hinzu: »Wollen Sie aufsitzen?«

Stefanie lachte. Für einen Augenblick war der ganze Streß verflogen.

Mit etwas Glück würde sie noch rechtzeitig kommen, hoffte sie. Weiter vorne wurden zwei Wagen an den Straßenrand geschoben. Langsam setzte sich der Verkehr wieder in Bewegung. Sie schaltete das Radio ein. Eine leiernde Stimme berichtete über ein Raketenunglück in Kalifornien. Stefanie hörte nur mit halbem Ohr hin und wich den Scherben auf der Unfallstelle aus. Sie drückte nach vorne. Rechts leuchteten abgemähte Kornfelder in hellem Braun, durchbrochen von den breiten, roten Dächern der Gehöfte. Sie schloß bremsend zu dem vorderen Wagen auf, beschleunigte wieder und drängte weiter. Sie trug ihren grünschwarzen Joggingdreß, den Peter Kern als Kampfanzug belächelte, und weiße Turnschuhe.

Minister Kern schnürte in diesem Moment seine Luftkissen-Laufschuhe, federte dann ein paar Mal auf und ab, um den guten Halt zu prüfen, und blickte auf die Uhr: zehn vor sieben – Stefanie kam zu spät!

Er wärmte sich auf, indem er seine Hüften rotieren ließ und sich dann auf den Zehenspitzen streckte. Immer noch ärgerte ihn, wenn er an den gestrigen Tag dachte, daß er nicht die Geistesgegenwart besessen hatte, sich das geheimnisvolle Laboratorium erklären zu lassen, als man ihn unterwürfig fragte, ob der Herr Minister noch einen Wunsch habe . . . diese ekelhaften Kriecher! Er mußte sie völlig überrascht haben, sonst wäre er kaum durch den gefährlichen Strahlenschutzbereich ungehindert in das Labor gelangt, von dessen Existenz niemand wußte. Er streifte sich die dunkelblaue Nylonjacke über und tänzelte in die Küche, um sich noch ein Glas Orangensaft einzuschenken.

Selbst ein schweizerischer Bundespräsident müßte sich bestimmten Kontrollen unterziehen, um in eine Sperrzone zu gelangen, überlegte der Minister. Folglich hätte er die Verarbeitungsanlage für hochradioaktiven Müll mit Bestimmtheit nicht sehen dürfen. Vom nahen Kirchturm ertönten die Glocken, Kern öffnete die Haustüre, trat hinaus und begrüßte Schlag sieben Leutnant Bachmann vom Spezialdienst der Bundespolizei. Bachman salutierte flott, obwohl ihm Kern schon oft gesagt hatte, daß er dies lassen sollte.

»Guten Tag Herr Minister, prächtiges Joggingwetter heute!«

»Morgen, Leutnant.« Kern atmete tief ein und drehte sein Gesicht in den leichten, warmen Westwind. »Wir nehmen heute wieder die Flußroute«, sagte er.

»Jawohl, Herr Minister. Sind wir zu dritt heute morgen?«

»Schaut nicht so aus. Frau Kramer wollte zwar noch kommen, aber . . .« Er warf einen skeptischen Blick zur Straße hinüber. Kein Audi in Sicht! Zu spät, um mit Stefanie beim Frühstück zu plaudern. Er hatte Eile, und die Sache mit dieser Entsorgungsanlage duldete keinen Aufschub. Er wollte um acht Uhr an seinem Schreibtisch sein und die Konzessionsakten genau überprüfen. Den Kaffeepausenexperten in der Dokumentenabteilung würde er raten, beim ersten Läuten abzunehmen . . .

Kern schloß die Tür hinter sich und bedeutete Bachmann mit einem Handzeichen loszulaufen. Sie überquerten den fein geschnittenen Rasen vor dem Haus in lockerem Laufschritt, der dem hochgewachsenen Kern eine leicht komische, straußenartige Figur verlieh. Am Ende des Grundstücks schwenkten sie auf einen Kiesweg ein, der an Obstbäumen vorbeiführte und sich auf der Anhöhe verlor. Schwach in Dunst gehüllt, deutete sich im Hintergrund die Hauptstadt mit der Kuppel des Parlamentsgebäudes an, wo sich auch Peter Kerns Regierungssitz befand. In der Ferne türmten sich im hellen Glanz der Morgensonne die Felsen der Berner Alpen. Licht und Schatten spielten auf dieser prachtvollen Naturbühne einmal so dramatisch, dann gleich so zart versponnen, daß es schien, als ob dieses großartige Bollwerk aus Schnee und Eis einzig zum Ruhm der Stadt Bern vom Himmel gefallen wäre.

Stefanie überlief es heiß, obschon ihr der frische Fahrtwind ins Gesicht blies. Zuerst das ungute Gefühl wegen gestern abend und nun noch dieses Verkehrschaos! Vor ihr verlangsamte wieder ein

Wagen die Fahrt, um abzubiegen. Sie schlug mit der Faust auf die Hupe, beschleunigte und schoß knapp am Langweiler vorbei.

Sie erreichte die Anhöhe mit den Obstgärten. Die Straße war nun frei, und der Audi jagte mit hoher Geschwindigkeit über das gerade, letzte Wegstück dem Haus entgegen, das im schattigen Grün auftauchte. Bäume flitzten am offenen Seitenfenster vorbei, dazwischen glänzte das dunkelgrüne Band des Flusses im strahlenden Morgen. Mit knirschenden Rädern fuhr der Wagen auf den großen, mit Schotter belegten Vorplatz der Villa Kern und hielt abrupt vor dem Aufgang zur Haustüre. Enttäuscht stellte die Reporterin fest, daß sich nichts regte. Das Haus wirkte verlassen. Hastig stieg sie aus, drückte auf die Zentralverriegelung und lief in schnellem Laufschritt über den Vorplatz zur angrenzenden Wiese, wo die Trainingsstrecke begann. Da sie regelmäßig mit Peter Kern lief, kannte sie den Weg auswendig.

Leutnant Bachmann befand sich in Topform. Er lief gern mit Kern, dem sportlichen, populären Minister. Sie würden wie immer etwa fünfundvierzig Minuten laufen. Bachmann rannte aus Sicherheitsgründen mit, doch der Bodyguard war zugleich Lauftrainer. Er hatte seine *Glockner 7.65 mm* umgeschnallt und leicht nach hinten geschoben, damit sie ihm beim Laufen nicht allzusehr in die Quere kam. Über der Brust hing ein Hochleistungsfunkgerät mit eingebautem Recorder, das Ganze als Walkman getarnt. Wenn es nach Bachmann ging, konnte man nicht vorsichtig genug sein. Seit der Ermordung des schwedischen Premierministers in den achtziger Jahren schien alles möglich, sogar in der friedlichen Schweiz. Niemand rechnete zwar ernsthaft mit einem Zwischenfall, aber Minister, die um sieben Uhr in der Früh herumrannten, waren zumindest gesundheitlich gefährdet: Herzinfarkt und Verletzungsgefahr durch Stürze.

Der Weg schwang sich nun in einer weiten Biegung zum

breiten Fluß hinunter, und die Läufer konnten sich auf dem leichten Gefälle auflockern, während ihr Blick auf die kräftige Strömung des dunkelgrünen Wassers fiel.

Anfänglich hatte sich Kern der Zuteilung eines Leibwächters widersetzt. In der Schweiz liefen Minister frei herum und mischten sich unter die Leute. In den letzten hundert Jahren war einem Bundesrat noch nie das Geringste geschehen. Doch Kern lernte Bachmann rasch als einen Mann schätzen, der wenig redete, gut zuhörte und wußte, wann es zu schweigen galt. Einmal, angesprochen auf seine bedächtige Art, überraschte er Kern mit dem Ausspruch: »Wenn ich noch überlege, haben die andern den Fehler schon gemacht!«

Kern tauschte gern mit seinem Leutnant Gedanken aus, vor allem wenn ein schwerer Tag vor ihm lag, so wie heute: Eine ›Konferenz über den Nuklearterror‹ war auf Wunsch des amerikanischen Botschafters kurzfristig anberaumt worden. Ein scheußlicher Begriff, dachte der Minister. Seine ebenso zufällige wie unheimliche Entdeckung des verdächtigen Nuklearlabors paßte aber haargenau zum Konferenzthema. Wußten die Amerikaner etwa mehr darüber als die eigenen Leute . . .? Nein, das war nicht möglich, nicht in der friedlichen, sicheren Schweiz, die dank einer langen Wehrtradition von beiden Weltkriegen verschont blieb. Und mit der Sicherheit im Innern gab es ohnehin nie Probleme, dachte er und war sicher, daß dies auch in Zukunft so bleiben würde.

Kern fühlte sich beschwingt, in Körper und Geist, und selbst der Gedanke an eine kriminelle Veschwörung tat seinem physischen Hochgefühl keinen Abbruch, als sie locker durch die idyllische Landschaft zum Uferdamm trabten.

»Sagen Sie, Bachmann«, sagte er, »wissen Sie eigentlich, was ›Nukes‹ sind?«

Bachmann schüttelte den Kopf.

Der Kiesweg verengte sich zu einem schmalen Pfad. Die Männer liefen immer noch nebeneinander, obschon sich ihre Schultern zeitweise berührten, da auf beiden Seiten dünnes Buschwerk die Bewegungsfreiheit einschränkte. Der weiche, taufeuchte Boden federte die harten Tritte der nun kräftig ausholenden Läufer ab.

Kern keuchte jetzt, doch er sprach weiter auf seinen Untergebenen ein: »Nukes sind kleine atomare Sprengladungen, die Terroristen im Handgepäck mitführen. Erst vor kurzer Zeit ist es gelungen, sehr kleine Bomben herzustellen. Die Mikrotechnik hat es möglich gemacht.«

Kern atmete mühsam, in heftigen Stößen. Bachmann blieb stumm, hoffte nur, sein Schützling würde das Tempo etwas verlangsamen. Ein Herzanfall sähe nicht gut aus in seiner Dienstakte. Doch Kern genoß den Lauf, den steten Rhythmus; wie ein Süchtiger holte er aus, während sich das angenehme Rauschen des Flusses mit seinen inneren Schwingungen vermischte.

»Hören Sie mal zu, Leutnant! Gestern war ich in der Westschweiz. Völlig impulsiv überrumpelte ich die Bude dort mit einem unangemeldeten Besuch. Die standen schön in ihren Unterhosen da! Können Sie sich vorstellen, daß die dort vielleicht an Atomwaffen herumbasteln?«

Bachmann bemerkte, wie der Minister nach Atem rang. Sein Keuchen hörte sich an wie die defekte Umwälzpumpe in seinem Garten, die er zum Leidwesen seiner Frau immer noch nicht repariert hatte. Peter Kerns Angewohnheit, zwischendurch kurze Spurts einzulegen, entsprach nicht dem auf Sicherheit ausgelegten Laufprogramm eines hohen Magistraten. Bachmann lief deshalb ein wenig langsamer.

»Hirngespinst«, antwortete er, »ehrlich, Science-fiction, nun, ich weiß nicht recht ... wenn Sie aber davon reden ...« Er schaltete die Tonbandaufnahme des harmlos aussehenden Walkmans ein. Gespräche dieser Art waren heikel, und Bachmann wollte sich für alle Fälle vorsehen. Als sich der Pfad vom Fluß weg über eine mit niedrigem Buschwerk bewachsene Kuppe schwang, fragte Bachmann unvermittelt, wo sich diese mysteriöse Anlage befunden habe. Minister Kern antwortete seinem Leutnant, ohne zu zögern, keuchend und hustend, während die Steigung ihre Schritte verkürzte.

Die Reporterin lief schneller. Wie sie die Biegung erreichte, sah sie die Läufer gerade noch im Wald verschwinden. Ihr Rufen verhallte ungehört. Kurz entschlossen wählte sie eine Abkürzung, indem sie vom Weg seitlich in die Wiese sprang und die Böschung hinab zu der Stelle rannte, wo der Weg in den Wald mündete. Dadurch verband sie wie eine Sehne die beiden Enden der weiten Biegung und verringerte den Abstand auf die Verfolgten deutlich.

Die Läufer nahmen nun die bewaldete Kuppe energisch in Angriff. Kern dünkte, als hätte er hinter sich ein Rufen gehört, er blickte zu Bachmann zurück, der aber nicht reagierte.

»Leutnant Bachmann«, pustete er.

»Ja, Herr Minister.« Bachmann war nicht gewöhnt, daß ihn Kern so feierlich ansprach.

»Ich will, daß Sie für mich Nachforschungen anstellen!« Der Minister sprach jetzt keuchend in abgehackten Sätzen. »Sie müssen ihr ganzes Talent einsetzen ... als Detektiv. Ich will alle Informationen ... über diese Sache. Sie haben Vollmachten ... können tun, was Sie wollen ... ich decke Sie. Aber Vorsicht, Bachmann. Und ... Sie berichten nur mir darüber. Niemand ... keine Seele erfährt ein Sterbenswort davon. Auch nicht von dieser Unterhaltung!«

Stefanie drängte es, Peter Kern einzuholen, an seiner Seite zu laufen. Sie wollte mit Peter Ariks Verschwörungstheorie erörtern.

Sicher würde er ihr behilflich sein, am richtigen Ort zu recherchieren. Aber während sie zielstrebig aufholte, wuchs vor ihr ein Bild auf. Sie entschwebte und sah im Geiste plötzlich sich selbst, aus großer Höhe, wie sie leichtfüßig durch den Wald sprang, auf einem rubinrot flimmernden Pfad ... Hatte sie den wahren Weg gefunden? Es war, als riefe das Schicksal nach ihr, und sie brauchte nur die Ohren zu spitzen. Hinter was rannte sie her? War dies das richtige Leben ...? Der Waldrand lag jetzt hinter ihr. Auf der dunkelbraunen Erde liefen ihre Sohlen weich und geräuschlos. Stefanie setzte zum Spurt an, um zu den Läufern aufzuschließen. Im Geiste suchte sie das Zwiegespräch mit der Stimme, die sie wieder hörte ...

»Aber ich warne Sie, Bachmann«, preßte Minister Kern, nach Atem ringend, hervor. »Es könnte ins Auge gehen ... Das Risiko ist groß. Es ist lebensgefährlich, Bachmann. Wir legen uns mit einer ... skrupellosen Organisation an. Das ist ... kein Spaziergang im Park ... Leutnant. Ein Kampf im ... Dschungel. Wenn Sie dabei sind, gibt es kein Zurück mehr. Also ... kann ich auf Sie zählen, Bachmann?«

Kern keuchte mit leichtem Vorsprung auf die Anhöhe zu. Wohl hatte er bemerkt, daß ihn der Leutnant bremsen wollte, aber er ignorierte den Wink. Hinter der Kuppe zog sich der Pfad wieder über ein flaches Stück hin. Sonnenstrahlen drangen durch die Baumkronen und fielen den Läufern in den Rücken. Bachmann hatte die paar Schritte Rückstand aufgeholt. Für ihn stand auf der Stelle fest, daß er den gefährlichen Auftrag annehmen würde, aus Loyalität zu Kern, den er verehrte, zur Schweiz, seinem Land, das er liebte. Der Pfad bog scharf nach rechts ab. Bachmann fuhr mit der rechten Hand zum Walkman, um sicher zu sein, daß seine Antwort auch richtig auf Band aufgenommen würde.

Als sie um die Biegung kamen, sahen sie eine schwarz vermummte Gestalt mit brauner Skimütze. Der Mann kauerte auf dem Waldweg, weniger als zehn Meter entfernt, die Waffe im Anschlag. Den Griff vom Walkman zur *Glockner 7.65* hätte Bachmanns Hand in weniger als einer halben Sekunde geschafft, doch selbst eine volle Sekunde hätte nicht ausgereicht, um das Schicksal abzuwenden. Die Überraschung war total, der Hinterhalt perfekt. Die Läufer besaßen nicht die geringste Chance. Doch als der Killer die erste Garbe aus der schwarzen *Uzi* abfeuerte, warf sich Bachmann noch diagonal nach vorne, um den Minister zu schützen. Ein Dutzend Kugeln schlug in ihre Körper ein. Innerhalb von Sekunden sackten die Männer als schlaffe, leblose Masse auf den Boden.

Das Peitschen der Schüsse riß Stefanie buchstäblich auf die Erde zurück. Mit zwei, drei gewaltigen Sätzen tauchte sie ins Unterholz. Sie warf sich auf den feuchten Waldboden und verharrte dort ein paar Sekunden, die ihr wie eine Ewigkeit vorkamen. Dann kroch sie entschlossen auf allen vieren auf den Hügel. Ihre Sinne funktionierten mit Lichtgeschwindigkeit, ihr Verstand arbeitete klar, ihr Körper fühlte sich geschmeidig an. Später würde sie sich erinnern, daß sie zu Tode erschrocken war. Später würde sie bemerken, daß alles an ihr gräßlich stank, nach Todesangst. Viel später würde sie erbrechen, immer wieder. Aber in diesem Augenblick wußte sie nur eines: weitere Schüsse krachten, zuerst einer, dann, als sie mit zitternder Hand einige Zweige zerteilte, mehrere ... Hinter dichtem Buschwerk blickte sie auf das grauenvollste Bild ihres Lebens. Nur mit größter Mühe unterdrückte sie einen Aufschrei des Entsetzens. Im Bruchteil einer Sekunde war eine Welt zusammengebrochen.

Mit schrecklicher Endgültigkeit explodierten ihre Hoffnungen im grausamen Kugelhagel, der auf Peter Kern niederging. Eine Gestalt mit gestrickter Mütze und schwarzem Overall stand neben den zwei leblosen Körpern. Der Mann schoß nochmals ein paar Schüsse aus seiner automatischen Waffe. Stefanie sah, wie Peter Kerns Kopf zurückschnellte, Blut und Gehirn wegspritzten. Der Killer drehte sich leicht ab und feuerte wieder: diesmal auf Leutnant Bachmann. Eine dicke gräuliche Masse lag wie Urschlamm hingeklatscht auf dem Waldboden.

Das also passiert mit großen Köpfen, einem gescheiten, friedlichen Kopf, dachte Stefanie. Ein Kopf, der die Schweiz liebte ... und mich?

Ja, er brauchte Zeit, doch er liebte mich, mit allem, als ganzer Mann. Davon war sie überzeugt. Felsenfest. Doch was half es? Sie lag einfach da wie gelähmt, bohrte das Kinn in die Erde und starrte auf die unzähligen, verdorrten Tannennadeln, die vielen Blättchen und dünnen, braunen Zweige auf dem feuchten, braunen Boden zwischen den dünnen, grünen Stämmen des schützenden Busches.

11 Im Weißen Haus, Washington D.C., Montag, 2. Juli

Louis XIII. hörte auf Kardinal Richelieu, Zar Nicholas II. verfiel Rasputin, Richard Nixon hatte Kissinger, und der gegenwärtige Präsident der Amerikaner vertraute Jack Weisborn, den einige Leute mit neidischem Unterton auch Weisbrain oder Superhirn nannten, denn er gehörte zu den wenigen Persönlichkeiten, die weder Titel noch Lebensläufe benötigten. Wie John Wayne oder Al Capone, General MacArthur oder Charly Chaplin trug Jack Weisborn die Bürde, bereits zu Lebzeiten als eine Legende zu gelten, wenigstens unter denen im Politestablishment Washingtons, die Bescheid wußten.

Was Weisborn schon früh in seiner Laufbahn auszeichnete, schrieb er seinem historischen Durchblick zu. Er sah Politiker wie sich selbst nicht nur als Männer und Frauen, die kurzlebigen Zielen nachjagten, sondern als Schauspieler in einem globalen Drama, das bis in die nebligen Anfänge der organisierten Gesellschaft zurückreichte. Er trauerte den guten alten Zeiten nach, den großen Feldzügen im Zweiten Weltkrieg, in Korea und Vietnam, verehrte starke Führer wie Churchill, de Gaulle, Kennedy, Adenauer und verachtete die weiche Generation des Präsidenten, die nicht mehr Kummer und Schmerz in Kauf nehmen mochte, zwar noch Kriege wollte, aber ohne Gefallene, und nicht mehr zu Veränderungen bereit war, die ihr etwas Sodbrennen verursachen könnten. Jack Weisborn sah sich als Mann mit Weitblick, als Leuchtfeuer der Hoffnung in einer düsteren, verweichlichten Welt. Nach seiner Meinung steckten die Politiker noch im Mittelalter, war ihr Repertoire an alten Antworten auf die heutigen Fragen längst obsolet geworden. Nur Kriege brachten noch große Männer hervor, und er war überzeugt, daß Amerika nicht um einen Krieg herumkam, um das Krebsgeschwür der Drogenplage auszumerzen.

Der Präsident rief immer dann nach dem gescheiten Ratgeber, wenn er der abgewogenen, vorsichtigen Ratschläge seiner Berater überdrüssig war und nach Visionen suchte, wie am gestrigen späten Abend. Jack Weisborn war nach elf Uhr ins Weiße Haus geeilt, und das angeregte Gespräch dauerte nun schon über zwei Stunden. Die antike Uhr auf dem Kaminsims, die schon Abraham Lincoln schicksalsschwere Stunden geschlagen hatte, zeigte an diesem Montagmorgen zehn nach eins. In Europa waren die Leute schon auf und machten sich zur Arbeit bereit, sofern sie einen Job hatten.

Der Präsident stellte sein Glas Bourbon, aus dem er noch nicht getrunken hatte, auf die Glasplatte des Salontisches in der Mitte der drei Lehnstühle. »Kommen wir zur Sache, Jack«, sagte er, »sagen Sie mir geradeaus: Was machen wir falsch im Nahen Osten?«

»Nun, Sir, meines Erachtens sind wir Ghaddafi und Saddam auf den Leim gekrochen. Die brauchen uns, um an der Macht zu bleiben. Nicht Terror oder Öl oder miese republikanische Garden haben sie dazu nötig, nein uns, die USA.« Wie gewöhnlich sprach Weisborn leise, was der Präsident für eine Art unterdrückte Leidenschaft hielt. »Wir spielen getreu den Bösewicht und lenken damit von den inneren Schwierigkeiten ab, mit denen die beiden Diktatoren zu kämpfen haben. Die Völker in diesen Ländern sind nicht dumm. Sie verehren einen starken Führer . . .«

»Tun wir das im Westen nicht auch, Jack?«

»Gewiß, aber schauen Sie nach Europa, die Regierungschefs sind überall die gleichen verblaßten Figuren mit demselben grauen Haar. Die Libyer und Iraker werden wenigstens nicht von farblosen, langweiligen Typen in grauen Anzügen geführt. Wenn wir aber diese schillernden, grobschlächtigen Machthaber verteufeln, erreichen wir lediglich, daß die Massen noch stärker hinter ihren Husseins und Ghaddafis stehen.«

Der Präsident schien diesen Punkt abzuwägen. Anstatt zu trinken, bewegte er sein Glas auf dem Tischchen hin und her, schön im Takt zum dumpfen Ticken von Abe Lincolns Uhr.

Mit seltsam glühenden Augen fuhr Weisborn fort: »Die Bevölkerung wünscht sich starke Männer und Frauen an den Hebeln der Macht. Ein charismatischer, gelassener Typ kommt groß heraus. Gefragt wäre eine Mischung aus Indiana Jones, Einstein, Don Juan und . . . Moses.«

»Oder Schindler«, der Präsident schmunzelte.

Der mißglückte präsidiale Versuch eines Bonmots brachte Weisborn nicht aus der Fassung: »Im Grunde genommen«, sagte er unbeirrt, »beneiden wir die arabischen Staaten um ihre Potentaten.«

Der Präsident konnte sich immer noch nicht für seinen Bourbon entschließen. Während die Sekunden verstrichen und seine Hände das Glas unschlüssig herumwirbelten, begann die tiefschürfende Frage, ob er daran nippen sollte oder nicht, alles andere unverhältnismäßig zu verdrängen. Er war zum Umfallen müde, und ein anständiger Schluck von diesem Zeug würde ihn entweder wiedererwecken oder ganz umwerfen. Als Mann war er geneigt, es darauf ankommen zu lassen. Als Präsident der Vereinigten Staaten zögerte er.

»Kürzlich sprachen wir über den Drang des Irans zur Atombombe. Haben Sie dazu neue Informationen?« sagte er, als hätte er eben nicht zugehört.

»Ja, gewiß«, bestätigte Weisborn. »Irans Nuklearprogramm

sieht vor, die beiden deutschen 1300-Megawatt-Reaktoren in Bushir fertigzustellen und zwei Reaktoren, die im Krieg mit dem Irak beschädigt worden waren, zu reparieren. Urananreicherungsanlagen stehen in Isfahan, Teheran, Charg und Darchowin. China liefert einen Neutronen-Reaktor sowie einen Isotopen-Separator, Nordkorea einen 300-Megawatt-Reaktor, französische Firmen liefern angereichertes Uran . . .«

»Beängstigend, Jack, oder nicht?«

Weisborn zuckte gleichgültig die Achseln. Ihm konnte man nicht so rasch einen Schrecken einjagen.

»Außerdem fanden fünfundzwanzig arbeitslose Wissenschaftler aus dem einstigen Reich des Bösen in Teheran Anstellung, um das ehrgeizige Programm zu verwirklichen.«

»Welches Programm?«

»Die Atombewaffnung. Nach Einschätzung der Firma . . . ich meine der CIA gelangt Iran in zwei bis drei Jahren in den Besitz der Atombombe, zudem . . .«

»Zudem?« Der Präsident unterbrach das Fingerspiel am Glas. Er schaute auf und machte ein Gesicht, das eine Fallstudie über die Auswirkungen chronischen Schlafmangels in einer der medizinischen Zeitschriften, die Weisborn gelegentlich durchblätterte, treffend illustriert hätte.

». . . zudem hatte Kasachstan 1992 zwei taktische Nuklearsprengköpfe in einen iranischen Hafen am Kaspischen Meer geliefert. Soviel wir wissen, haben es die Spezialisten zwar noch nicht geschafft, die Sicherungs-Codes zu knacken, doch hat Iran damit versucht, den Weg in den Nuklearclub dramatisch abzukürzen.«

»Im Klartext, Jack, wo sehen Sie die primäre Bedrohung unserer Sicherheit?«

»Sie kennen meine Antwort, Sir. An allerersten Stelle stehen die Drogensyndikate. Sie nähren das Verbrechen, verderben die Jugend. Die Kriminalität grassiert und greift von den Großstädten in die Provinz über. Der Geduldsfaden reißt allmählich. Die Leute verbarrikadieren sich in ihren Häusern, während Terroristen nun sogar in Spitälern, Kinos und Einkaufszentren zuschlagen, die einst als sichere Häfen vor dem Gangstertum galten. Das Übel muß mit den Wurzeln ausgerottet werden, sage ich. Die Drogenunternehmen Kolumbiens sind zu zerstören!«

Der Präsident nickte. Ob er Weisborns Problemanalyse oder seiner Lösung zustimmte, war schwer zu sagen.

»Dann gleich an zweiter Stelle«, fuhr Weisborn fort, »setze ich den islamistischen Terror nach Machart Teherans. Beide Gefahren, der radikale Fundamentalismus und die Drogensyndikate, könnten allein oder gemeinsam in einem Nuklearterror ausarten.«

Das Glas Bourbon nahm dem Präsidenten schließlich den Entscheid ab: Es fühlte sich wärmer an, die Eiswürfel waren geschmolzen. Da er chambrierten Bourbon verabscheute, hob er das Glas und trank etwa ein Drittel. Die dosierte Menge warf ihn nicht um, ganz im Gegenteil, eine wohlige Wärme strömte durch die Kehle in seine Brust. Mit wiedererwachtem Interesse betrachtete er seinen Ratgeber. Komischer Kauz, dieser alte, eulenhafte Weisborn mit seinen schweren Lidern! Bei ihm wußte man nie, woran man war!

»Welche Rolle spielen Libyen und der Irak?«

»Schauen wir der Wahrheit ins Gesicht: Der Irak befindet sich auf dem absteigenden Ast. Die wirkliche Gefahr droht aus dem Iran, Mister President: Die Bündelung der Macht aus dem Ölgeschäft mit der islamistischen Ideologie, kombiniert mit atomarer Aufrüstung macht dieses Land so gefährlich, daß der Zeitpunkt gekommen ist, über die Bücher zu gehen und uns mit den Machthabern in Teheran ernsthaft zu befassen. Oder sollen wir tatenlos zuschauen, wie Iran sich taktische Nuklearsprengköpfe liefern läßt, Trägerraketen aus Nordkorea beschafft, arbeitslose russische Atomwissenschaftler einspannt und ein tödliches Bedrohungspotential aufbaut? Und dies alles mit dem Geld der amerikanischen Ölgesellschaften, die den Iranern jährlich für vier Milliarden Dollar Ware abkaufen?«

»Übertreiben Sie nicht ein bißchen, Jack?«

»Verzeihung, Mister President, aber vermutlich habe ich gerade untertrieben. Dem Irak haben wir das Rückgrat gebrochen, die Gefahren liegen nicht mehr dort, aber ich möchte betonen, daß der Iran versucht, den Konflikt USA – Irak mit allen Mitteln zu schüren. Nach meiner Einschätzung will Teheran uns zu Kampfhandlungen gegen Ziele im Irak provozieren.«

»Die Botschaft hör' ich , aber wie soll das geschehen?«

Der Präsident hätschelte immer noch seinen Bourbon, er war heute nacht einfach nicht in Form für Kentuckys Stolz und Freude. Konnte ja jedem mal passieren ...

»Wir verfügen über gewisse, ich sage gewisse, Anhaltspunkte, Sir, wonach ein irakisches Kommando einen massiven Terroranschlag in Amerika verüben könnte. Ich vermute, daß in Wirklichkeit gar nicht die Iraker, sondern iranische Extremisten dahinterstecken. Die Fanatiker wollen auf diese Weise den Irak zur Zielscheibe von Repressalien machen. Ihr gefährlicher Kopf heißt Oberst Reza Fahimi, Chef der geheimen Operationen in Teheran.«

»Fahimi?« Der Präsident hob die Brauen. »Wieso sagt mir dieser Name nichts?«

Die Zeiger der Uhr auf dem Kaminsims standen auf halb zwei.

Jack Weisborn wirkte taufrisch und lächelte dem Präsidenten munter zu: »Im gedruckten Zeug, das wir in Umlauf setzen, verwenden wir für Fahimi einen Decknamen, Sir, an den Sie sich sicher in diesem Zusammenhang erinnern. Er heißt Blood.«

»Blood?«

»Yes, Sir, Blood.«

»Wie *Captain* Blood, im Spielfilm mit Errol Flynn?«

»Einfach ›Blood‹, Sir. Den ›Oberst‹ schenken wir uns.«

»Schön, wie sieht der Plan von diesem ... Blood aus?«

»Es ist noch zu früh, um Genaues zu sagen. Nach einem unserer Szenarien könnten amerikanische *Tomahawk*-Raketen auf Bagdad fallen, weil kurz vorher in den USA ein schwerer Anschlag verübt wurde, angeblich von irakischen Terroristen, ›irakisch‹ in Anführungszeichen. Warum? Rache für den Golfkrieg. Die iranischen Fanatiker, die den Plot aushecken, erhoffen sich natürlich, aus einem solchen Konflikt als die starke Macht hervorzugehen, die das Sagen im Nahen Osten hat, mit nuklearer Rüstung.«

Der Präsident arbeitete sich behende aus dem bequemen Ledersessel hoch; das Glas hielt er mit seiner ruhigen Hand im Gleichgewicht. Weisborn, der sich etwas darauf einbildete, Antialkoholiker, Nichtraucher und Vegetarier zu sein, blieb von der Körperbeherrschung seines Bosses unbeeindruckt.

»Das Bild, das Sie da zeichnen, ist erschreckend, Jack.«

Du magst vielleicht schreckhaft sein, mein Junge, dachte Weisborn. Laut sagte er: »Ich bin einverstanden, Sir, keine hübschen Aussichten! Nur, wie verhüten wir diesen vorgetäuschten irakischen Anschlag auf ein amerikanisches Ziel, falls sich unsere Informationen bestätigen? Wir stehen vor einem echt dringenden Problem.«

»Nun, wie wär's, wenn wir diesem Blood, diesem Fahimi, die Luft abschneiden würden? Wir könnten diesen verrückten Iranern doch die Initiative entreißen und mit einer Gegenaktion zuvorkommen.«

Bis zu diesem Punkt ihrer nächtlichen Ideen-Konferenz hatte Weisborn keine Mühe gehabt, die Unterhaltung im Griff zu behalten. Nun drohte ihm Gefahr, von diesem schwammigen Zauderer und Zimperling, diesem fackelnden Meister im Ausweichen und Beschwichtigen, den sie den mächtigsten Mann der Welt nannten, aus der Flanke überlistet zu werden. Doch Weisborn mußte ihm neidlos zugestehen, Persien zu versengen, könnte sich gerade als die brillante Idee herausstellen (Weisborn betrachtete die Nationen aus historischer Sicht, weshalb er den Iran beharrlich Persien nannte).

»Sie meinen, auf die Hohlköpfe eine Atombombe abwerfen, Sir?«

Der Oberbefehlshaber warf seinem Berater einen überraschten Blick zu und dachte, daß der alte Weisbrain manchmal mit seinem Humor an die Grenze des Makabren stieß. Man wußte nie, was hinter diesen schlauen Eidechsenaugen vorging!

»Ich meine überhaupt nichts dergleichen, Jack. Ich dachte eher daran, wir sollten uns mit dem Irak irgendwie arrangieren! Die Beziehungen zu Bagdad normalisieren, verstehen Sie?«

Weisborn beeilte sich, Schritt zu halten, obwohl er die Idee ziemlich dumm fand. »Ja, das ist in der Tat kühn, das Embargo aufzuheben. Hilfe zum Wiederaufbau zu leisten. Wir investieren, schließen Freundschaften, hab' ich recht?«

»Ja, das ist die Idee in groben Zügen. Dadurch kämen wir dem iranischen Teufelsplot, den Sie aufzeigten, zuvor. Wir könnten diesen Fahimi neutralisieren. Nach meiner Einschätzung hätten wir ohnehin längst nach einem Neuanfang mit dem Irak suchen müssen. Das Säbelrasseln dort unten macht mir Sorgen.«

Er stellte das Glas ab und streckte sich gähnend zur Decke. Es war spät geworden, zu spät, verdammt, für einen sinnvollen Gedankenaustausch.

Jack Weisborn krümmte den Rücken wie ein Buchhalter, der in der Bilanz nach dem entgangenen Gewinn forscht, und schüttelte seinen Kopf: »Als militärische Macht haben wir den Irak überschätzt. Mit modernen Waffen können die nicht viel anfangen. Der Ausbildungsstand . . .«

»Ich dachte an die Russen, Jack, an diesen Scharfmacher, Schmiri . . . Schirinowsky.«

Weisborn nickte eifrig. »Natürlich, die Russen reiten auf einer faschistischen Welle. Die Kommunisten fangen dort neu an, wo die Nazis aufgehört haben. Sie werden sich erinnern, wie die Roten damals in Berlin in Scharen zu Hitler überliefen? Nun, das gleiche Phänomen wiederholt sich heute in Moskau.«

»Sie mögen recht haben, Jack. Jedenfalls stehen in Rußland die Prinzipien des Liberalismus erneut unter schwerem Beschuß. Rechtsextreme Kräfte haben Aufwind. Früher oder später werden sie auf die extremen Fundamentalisten des Islams prallen, oder schlimmer noch, mit ihnen gemeinsame Sache machen, Atomwaffen liefern ... Ich denke an Schirinowsky und Saddam, an die radikalen, fanatischen Islamisten, die Ägypten und den Magreb bedrohen. Ich spreche vom Iran und dem Sudan, wo der Terrorismus ausgebrütet und exportiert wird.«

Weisborn nickte zustimmend. »Die Gefahr besteht, daß sich die Extremisten im Nahen Osten, in Libyen, im Magreb, in Ex-Jugoslawien und anderswo zum harten Kern vereinigen und uns mit der Atombombe vor ein Fait accompli stellen.«

»Vor was stellen?«

»Ein Fait accompli, Sir. Französisch für vollendete Tatsachen.«

»Malen Sie das Gespenst eines Weltkriegs an die Wand, Jack? Wenn Sie mir damit den Garaus machen wollten, ist Ihnen das beinahe gelungen. Kompliment!«

»Danke, Mister President«, sagte Weisborn ohne zu schmunzeln. »Ein Konflikt ist durchaus möglich. Der Zusammenbruch der Sowjetunion hat uns völlig überrascht, vielleicht erholen wir uns nie davon. Wir liebten es dermaßen, die Sowjets zu hassen, daß wir jetzt unter Entzugserscheinungen leiden. Dabei bemerken wir nicht, wie der Iran versucht, in die Fußstapfen der Russen zu treten, ihr Bedrohungspotential zu erben und die Rolle des globalen Provokateurs zu spielen.«

Da der Präsident endlich seinen Bourbon los war, kaute er nun an einem rotweißblauen Kugelschreiber, auf dessen Kappe das

Bild der Freiheitsstatue aufgedruckt war. Mit seinen starken, gleichmäßigen Zähnen, die ihm kaum im Wege standen, als er sich zur Präsidentschaft durchbeißen mußte, hatte er die Kappe bereits so weit abgenagt, daß die Fackel der Freiheit, wäre sie echt gewesen, nur noch ein kümmerliches Lichtlein ausgestrahlt hätte.

»Sie meinen, der Islam wird Europa am Ende wie eine Sichel umklammern? Vergessen Sie nicht unsere militärische Präsenz im Nahen Osten? Sorry, Jack, aber ich sehe nicht, wie dort die Lage außer Kontrolle geraten könnte, außer wir lassen es zu.«

»Vielleicht, Mister President, aber vom Überfall auf Kuwait ließen wir uns damals auch überraschen. Hinzu kommt, daß die Fundamentalisten mitten in unseren Städten operieren. Denken Sie an die Anschläge in New York. Gestern nacht sah ich in den Nachrichten, daß immer noch gefährliche Risse durch das Untergeschoß des World Trade Center laufen; und das Drogenelend spielt diesen Verrückten in die Hände.«

»In welcher Hinsicht?«

»Nun, die radikalen Islamisten unterstützen nach Kräften den Niedergang unserer Gesellschaft. Der Zerfall von Ordnung und Sicherheit als Folge der Droge treibt verzweifelte Menschen den Fundamentalisten in die Arme.« Weisborn rutschte unruhig im Sessel hin und her, schlug die Beine übereinander, hüstelte und sagte: »Ich denke, Sir, mit allem Respekt, es ergibt keinen Sinn, daß wir uns überall auf der Welt um Ordnung und Sicherheit kümmern und dabei das eigene Land vergessen. Ich denke, wir schauen tatenlos zu, wie unsere Jugend durch die Droge kaputtgemacht wird. Warum räumen wir die verdammten Syndikate nicht einfach mit militärischer Gewalt aus dem Weg, statt uns über den Truppenabzug der Russen aus dem Baltikum den Kopf zu zerbrechen? Ist es nicht höchste Zeit, vor unserer eigenen Tür Ordnung zu schaffen?«

Die beiden Männer schätzten sich ab wie zwei Ringkämpfer

vor dem Gong zur letzten Runde. Sie waren schrecklich müde, abgekämpft, doch irgendwie fühlten sie, daß in diesem Wortgefecht einer von ihnen als Verlierer auf der Strecke bleiben würde. Weisborn rieb sich die hohe Wölbung seiner breiten Stirn. Er war sicher, dem Präsidenten mit dem Krieg gegen Kolumbien einen Floh ins Ohr gesetzt zu haben. Weisborns erstaunliches Geschick im Umgang mit der Sprache war gleichermaßen gefürchtet wie geachtet. Er träufelte seinen Opfern die richtigen Worte wie Sirup ein, verpaßte ihnen prägnante Sätze wie süße Lutschtabletten, die als Sediment hinunterglitten, um dann später, am nächsten oder übernächsten Tag, wie ein Medikament mit Langzeitwirkung ihre Botschaften zu enthüllen, Blitzkrieg in Kolumbien, der Vier-Stunden-Krieg . . .

Trotz allem spürte Weisborn, als er sich zum letzten Wortwechsel wappnete, nichts weiter als Verachtung für den duckmäuserischen Menschenfreund, den die Amerikaner für den Marsch in die Apokalypse gewählt hatten. Doch er, Theodore Jonathan Weisborn, konnte das Blatt noch wenden, er stand wie ein Felsen auf der Kommandobrücke, Kolumbiens Drogenverbrecher mußten ausgelöscht werden, nuklear . . .

»Also, sagen Sie, Jack, halten Sie einen von Terroristen verübten Atombombenanschlag in unserem Land wirklich für möglich?«

Weisborn war bereit. Er fuhr aus dem Sessel hoch und stand nun ebenfalls. Die fünf Zentimeter hohen Absätze seiner handgearbeiteten Schuhe verhalfen ihm diskret zum gewünschten Vorteil, als er den Präsidenten unter seinen schweren Lidern hervor anstarrte. »Die Wahrheit ist, Mister President, die Situation hat sich verschlechtert, *dramatisch* verschlechtert, meine ich. Schon früher gab es die Schreckensvisionen von nuklearen Bombenlegern in Großstädten. Sie erinnern sich, als Ghaddafis Agenten eine Bombe nach New York City schmuggeln wollten, um die US-Regierung zu erpressen. Um Haaresbreite kamen wir davon!

Nun, vor zehn Jahren wog ein kleines Atomgeschoß noch gute 280 Kilo. Heute läßt sich dank der Mikrotechnik eine Zehnkilotonnen-Atombombe in einem großen Koffer oder einem Rucksack herumschleppen. Diese tragbaren Systeme verschaffen dem Nuklearterrorismus eine, ja, verdammt eindrucksvolle Mobilität, entschuldigen Sie! Aber wir müssen jetzt und heute dafür sorgen, daß diese nuklearen Minisysteme weder hergestellt noch an irgendwen auf diesem Planeten vertrieben werden.«

Der Präsident schielte gerissen. »Auch nicht an uns selber?«

Weisborn befand sich nicht in Stimmung für Scherze. »An gar niemanden, Sir.«

»Und wie können wir eine solche Ordnung erzwingen?«

»Jeglicher Handel mit spaltbarem Material, das für die Herstellung von Atomwaffen benötigt wird, muß vollständig verboten werden. Wir könnten unsere Geheimdienste, ich meine FBI, CIA, NSA und andere einschalten, um die Verstöße festzustellen. Frönen wir ein bißchen innovativem Denken, Sir, gebrauchen wir unsere Vorstellungskraft! Ich sehe unseren kopflastigen Nachrichten-, Warn- und Überwachungsapparat etwas Phantasie entwikkeln. Die Leute in diesen Behörden sollten die ausgefahrenen Geleise der Spionage endlich verlassen und sich mit Nuklearterror befassen, die Vorschriften gegen die Proliferation von A-Waffen durchsetzen. Das wäre das neue attraktive Betätigungsfeld, aber sie tun sich schwer, von den alten Klischees wegzukommen. Die Gefahr hat sich dermaßen verschärft, daß wir handeln müssen, bevor es zu spät ist, und ich möchte, daß wir der Konkurrenz, wer und wo immer sie ist, eine Nasenlänge voraus sind.«

Dem uneingeweihten Beobachter mochte der Präsident als geschlagener Mann erscheinen, wie er sich überdrüssig mit dem Rücken gegen den Kaminsims lehnte. Aber was in diesem Augenblick für ihn zählte, war Schlaf. Er hatte Weisborn zugehört, hatte die Ohren voll von all der Beredsamkeit seines klugen Ratgebers, oder war es Geschwätz? Er verspürte dessen Bemühen, ihn zu manipulieren. Vor einiger Zeit hatte er das Rezept gegen diesen hochbegabten Intriganten gefunden: was auch immer geschieht, zuerst die Sache überschlafen, dann entscheiden. ›La nuit porte conseil‹, wie die Franzosen sagen, ja kein, wie hieß es ... ›Fait accompli‹ akzeptieren.

Die Taktik des Präsidenten hatte darin bestanden, sich vor die Stiluhr auf dem Kaminsims zu stellen, bevor sie zwei schlagen würde, was nun geschah, gerade als Weisborn mit Sprechen aufhörte.

Zuerst erklang ein winziges Silberglöckchen viermal, um die volle Stunde anzukündigen, dann schlug die große Glocke melodiös zweimal.

Wie oft, wunderte sich der Präsident, mag wohl der große Abe Lincoln hier um zwei Uhr morgens gestanden haben, das Wohl der Nation im Sinn, im Ohr genau diesen Glockenklang? Und wie oft mag er dann entschieden haben, für heute Schluß zu machen?

»In Ordnung, Jack, danke und gute Nacht.«

»Da ist noch eine Sache, Mister President . . .«

»Sie haben die Uhr schlagen hören, Mister Weisborn«, sagte der Präsident mit Endgültigkeit in seiner Stimme. »Guten Tag und gute Nacht.«

Die Ironie des Schicksal wollte es in dieser schicksalsschweren Nacht, daß weder der Präsident der Vereinigten Staaten noch sein Superhirn ahnten, daß ihre Schreckensvisionen längst Gestalt angenommen hatten. Woher sollte der Mann im Weißen Haus an diesem Montagmorgen wissen, daß Kenneth William Custer, alias Keycop, zu dieser Stunde bereits in Zürich gelandet war, um im Auftrag des machtbesessenen Drogenbosses Don Cali de Cali nichts anderes als genau die geächteten und gefürchteten, hochgefährlichen nuklearen Minibomben zu besorgen? Wer konnte ihm verraten, daß Minister Peter Kern die perfideste Verschwörung in der Geschichte der USA noch hätte verhindern können, wäre er in dieser Stunde in Bern nicht brutal ermordet worden? Der Präsident und sein Berater hatten zwar die Gefahr des Nuklearterrorismus erkannt, die Bedrohungen durch Drogensyndikate und radikale Islamisten scharfsinnig geortet, aber woher sollte ihnen gegenwärtig sein, daß die beiden gleichermaßen verblendeten Übeltäter und Wirrköpfe sich in einer einmaligen verbrecherischen Verbindung zusammenspannten, um die Vereinigten Staaten im Kern zu treffen?

Jeder dieser Machtbesessenen brauchte den anderen, um seine ehrgeizigen Ziele zu erreichen. Ihre Fäden liefen in der unverdächtigen Schweiz zusammen, in eben dieser Nacht, und kein Mensch glaubte im Traum, daß diese friedliche Nation das größte Komplott aller Zeiten beherbergte, das die Welt in den brodelnden Höllenkessel eines Atomkrieges führen konnte. So bestanden denn geringe Aussichten, daß die verhängnisvolle Entwicklung, die in Kolumbien und Teheran unheilvoll ausgebrütet worden war, noch gestoppt werden konnte.

Wie schon oft in der Geschichte der Menschheit, schlief der mächtigste Mann der Welt den Schlaf des Gerechten, während seine Berater und die Geheimdienste ihr Doppelspiel trieben.

12 Bern, Schweiz, Montag, 2. Juli

Ungefähr zum Zeitpunkt, als sich der Präsident der Vereinigten Staaten überlegte, wie er das Gespräch mit Jack Weisborn am besten beenden könnte, verkrallte sich Stefanie Kramer in einer seichten Mulde des Waldbodens, nur einen Steinwurf von der Mordszene entfernt. Eine unheimliche Stille, begleitet vom gleichmäßigen Rauschen des Flusses, hatte sich über den Tatort gesenkt. Starr vor Angst spähte Stefanie auf den Fußweg hinunter, wo der Killer kauerte und die Situation mit professioneller Gelassenheit überschaute. Sie verspürte einen unbändigen Überlebenstrieb, ihr Adrenalin wirkte Wunder, versetzte sie in eine Art Trance, die alles Unwichtige, Übelkeit und Panik von ihr fernhielt und klares Denken einströmen ließ.

Weglaufen oder sich wehren? Das war nicht die Frage. Flüchten *und* Kämpfen war die Losung, die ihr hoffentlich weiterhalf. Sie sah auf das grüne Zifferblatt ihrer Armbanduhr, griff an ihr verschrammtes Kinn und mußte nochmals auf die Uhr schauen, um festzustellen, wie spät es war: zwanzig vor acht. Dann erfaßte ihr Blick den Killer. Sie prägte sich die großgewachsene Erscheinung ein: Er hatte den braunen Strumpf aus dem Gesicht geschoben. Sie sah schwarze, klebrige Haarsträhnen, eine lange, gerade Nase, kalte, stechende dunkle Augen, blasse Haut, einen häßlichen Eckzahn. Im Ohrläppchen steckte eine kleiner goldener Ring. Der Mann erhob sich, trat zum Körper des Ministers und schubste ihn mit verächtlichen Fußtritten in Rückenlage. Er bückte sich und klopfte dem Toten die Trainingsjacke ab. Stefanie war die Sicht durch den Rücken des Killers verdeckt. Nun stand er auf, ging über Kerns Leiche. Ohne im Schritt einzuhalten, versetzte er dem toten Bachmann einen wüsten Fußtritt in die Seite. Während er sich im leichtem Trab davonmachte, rollte er die Strumpfmaske zu einer Kappe hoch und zog sie über dem Hinterkopf fest.

Zwei, drei Minuten verstrichen, in denen Stefanie dem Geräusch der Schritte folgte, dann, als sie nichts mehr hörte, rappelte sie sich hoch und näherte sich vorsichtig den leblosen Körpern. Sie hielt mehrmals an, atmete ruhig durch, lauschte in die Richtung, aus der der Killer zurückkehren könnte. Sie mußte sich überwinden, auf den verstümmelten Kopf des Mannes zu schauen, der eben noch quicklebendig Hoffnung verströmte, jetzt als ein fürchterlicher, tragischer Klumpen vor ihr lag. Sie schloß die Augen instinktiv, lauschte angespannt in den Wald hinein, gespannt wie eine Feder, um ins Dickicht zu springen, sollte der Killer zurückkommen. Dann zwang sie sich, auf die andere Leiche zu schauen.

Der tote Leutnant lag auf seiner linken Seite, die rechte Hand verdreht unter dem Körper, die linke ragte auf Brusthöhe hervor und hielt einen Zweig umklammert. Einen Zweig? Stefanie schaute genauer hin: ein Kabel! Sie bückte sich, vermied tunlichst einen Blick auf das verunstaltete Gesicht, und glitt mit der Hand dem Kabel entlang zu einem gelben Walkman in der Jackentasche. Sie zog ihn heraus, riß das Kabel aus den Buchsen. Immer noch herrschte Stille. Sie durfte keine Zeit verlieren. Sie rannte auf dem Fußweg ein Stück zurück, dann kürzte sie durch eine Lichtung ab und hielt auf die Straße zu. Sie konnte vielleicht einen Wagen anhalten, dachte sie, als sie das klebrige Gefühl in ihrer Hand wahrnahm. Der Walkman! Blut! Kerns, Bachmanns Blut, ihr eigenes? Sie wischte Hand und Gerät an den Hosen ab und hetzte davon. Zu ihrem Wagen, nur weg von diesem schrecklichen Ort!

Vorne auf der Straße ratterte ein Traktor vorbei. Der Fahrer, ein

Bauer und Vater von vier Kindern, würde später der Polizei erzählen, »daß er etwas wie ein verwundetes Reh beobachtet habe, das gebückt durch den Wald hetzte, aber es sei eine Frau gewesen, ja, das hätte jeder feststellen können.«

Als sie nun im Unterholz auf das Haus zulief, bemerkte sie den Einfallswinkel der Morgensonne und begriff, daß die Strahlen des Gegenlichts sie von den Blicken des Killers abgeschirmt hatten, als sie nur wenige Meter von ihm entfernt starr wie Holz im Busch gelegen hatte. Sie stieß Fetzen eines Dankgebets zum Himmel und keuchte weiter dem Haus entgegen. Die Möglichkeit bestand, daß der Mörder auch zur Villa gelaufen und ihren Wagen gesehen hatte und mit seinen Komplizen auf sie wartete. Die Leute, die den Mord verübt haben, müssen über Peters Gewohnheiten Bescheid wissen, und auch über mich, dachte sie.

Indem sie geduckt von Baum zu Baum sprang, Sekunden innehielt, um zu beobachten, näherte sie sich dem Haus. Doch die Villa bot ein friedliches Bild, eingehüllt in das taufrische Grün des üppigen Gartens. Alles schien ruhig, ihr Wagen stand noch am selben Ort. Vom nahen Flugplatz stieg eine Propellermaschine in die unbewegliche Luft des frischen Morgens. Irgendwo bellte ein Hund, und große, schwarze Vögel kreisten lautlos über dem Wald, wo die Leichen der Ermordeten lagen.

In ihrem Wagen fühlte sich Stefanie sicher wie in einer Rüstung, stark und uneinnehmbar.

Ein Spaziergänger, zu dem ein Hund gehörte, grüßte winkend, als sie in die Straße einbog.

»Idyllische Ruhe!« zischte sie, »so ein Quatsch! Eine verdammte blutige Schweinerei!«

Während sie eilig der Stadt Bern zustrebte, begannen sich ihre Gedanken allmählich zu ordnen. Der Adrenalinsturm hatte sich gelegt. Ihr Gehirn arbeitete wieder im gewohnten Rhythmus. Sie würde zu Hause sofort die Polizei verständigen, den gesamten

Tathergang in allen Einzelheiten beschreiben und ein Signalement des Täters geben. Falls er jemals mit der Polizei ein Scharmützel hatte, könnte sie ihn anhand von Polizeiaufnahmen leicht identifizieren. Der Walkman lag neben ihr auf dem Beifahrersitz.

Als gute Bekannte des Ministers würde sie direkt den Polizeikommandanten verlangen. Der Fall wäre rasch aufgeklärt, sie sah bereits die Schlagzeilen von der Frontseite der Zeitungen prangen: PROMINENTE REPORTERIN ... Sie schüttelte den Kopf über ihre Dummheit, PROMINENTE REPORTERIN? Wie abgedroschen, Kramer! RECHERCHIER-JOURNALISTIN muß es natürlich heißen. RECHERCHIER-JOURNALISTIN FÜHRT POLIZEI AUF DIE SPUR DES BUNDESRATSKILLERS. Das war besser. Erleichtert, daß ihr Denken wieder intellektuelle Formen annahm, lehnte sie sich hinter dem Lenkrad zurück. Die Stadt lag ahnungslos unter einem wolkenlosen Himmel. Über dem dunstig blauen Vorgebirge leuchteten aus der Ferne weiße Gipfel. Jeden Augenblick konnte die Nachricht vom Mord an Kern im bedächtig angelaufenen Alltag von Bern einschlagen. Da traf sie wie ein Blitz aus heiterem Himmel der Gedanke: Ich habe sie im Stich gelassen! Um Himmels willen, ich habe Peter dort auf dem Waldweg verwesen lassen!

Dann aber plagten sie zusehends starke Zweifel, ob es wirklich klug wäre, die Polizei einzuschalten. Du gehst ahnungslos zur Polizei, und schon steckst du bis zum Hals in Schwierigkeiten! Sie vernahm eine einflußreiche Stimme: Bleib anonym, denk an deine Privatsphäre, vermisch nie Privates mit Geschäftlichem. Wenn du Informationen hast, laß die Polizei selbst ermitteln. Bei Mord halte dich raus, sonst wirst du von der Polizei, der Presse und den Angehörigen des Opfers belästigt. Ralph Christen!

Solche Ratschläge konnte sie jetzt gebrauchen. Sie würde ihn anrufen, um Hilfe bitten. Der Gedanke flößte ihr Kraft und Vertrauen ein. Als ein mit allen Wassern gewaschener militärischer Untersuchungsrichter besaß Ralph Christen sehr viel Erfahrung.

Am besten ruf ich ihn sofort an, beschloß sie, als sie in ihre Straße einbog.

Die Nachricht von der Ermordung Kerns versetzte die Nation gegen Mittag in einen Schockzustand. In der Hauptstadt Bern führten spontane Schweigeminuten zu Verkehrszusammenbrüchen. Die Radio- und Fernsehanstalten wiederholten laufend die nackten Tatsachen, ohne viel Neues zu vermitteln: Peter Kern wurde am Morgen beim Joggen im Wald, nicht weit von seinem Haus entfernt, ermordet, zusammen mit einem von der Bundespolizei zugeteilten Leibwächter. Der oder die Täter verwendeten für das im Stil einer Hinrichtung verübte Attentat automatische Waffen.

Wie Premierminister Olof Palme, der vor Jahren auf offener Straße in Stockholm niedergeschossen worden war, war Peter Kern ein Politiker von internationalem Format gewesen. Sein geschickter Einsatz für eine Neubelebung demokratischer Prozesse in der Schweiz und im Ausland brachte ihm weltweite Anerkennung ein. Als Energieminister hatte er unter den europäischen Nationen eine breit abgestützte Bewegung für die Mitbestimmung in Fragen der Kernenergienutzung ausgelöst.

Immer wieder hatte er den Mahnfinger gegen die Verbreitung der Atomwaffentechnologie erhoben. In seiner Funktion als Bundespräsident, die er nach der Verfassung ein Jahr lang ausübte, warnte der telegene Minister vor Fremdenhaß und Abschottung. In einem Klima der Intoleranz würden in die Ecke gedrängte Fanatiker in ihrer Frustration letztlich nach der Atomwaffe greifen.

Daß auf ein Mitglied der schweizerischen Landesregierung ein Mordanschlag verübt würde, war bis heute schlicht unvorstellbar. In der 150jährigen modernen Geschichte des Landes hatte sich noch nie eine solche Greueltat ereignet. Schweizerische Bundesräte mischten sich unter die Bürgerschaft und besuchten Veranstaltungen ohne die in den meisten westlichen Ländern üblichen Sicherheitsmaßnahmen. Wie 1986 Schweden erwachte die Nation jetzt unsanft aus ihrem idyllischen Schlummer und strauchelte im letzten Jahrzehnt des zweiten Jahrtausends in die rauhe Wirklichkeit des politischen Terrors. Nicht das scheußliche Attentat allein schockte das Land, sondern die Tatsache, daß Mord zum Mittel politischer Auseinandersetzung avanciert war.

In aller Eile bildete die Landesregierung einen Sonderstab und beauftragte den Polizeikommandanten Thomas Borer mit der Leitung der Ermittlungen im Mordfall.

Stefanie schloß die Tür ab und zog sich aus. Nackt und erschöpft stand sie im Wohnzimmer und fragte sich zitternd, ob vergewaltigt zu werden noch schlimmer sein könnte. Es dauerte, bis sich ihr Körper nicht mehr schüttelte. Dann hob sie den verschmutzten Trainingsanzug auf und warf ihn mit den Laufschuhen in die Waschmaschine. Immer noch splitternackt schaltete sie den Fernseher ein, griff nach dem Walkman und nahm ihn ins Badezimmer: Das restliche Blut war zu dunklen Flecken vertrocknet. Sie nahm die Kassette heraus, schrubbte das Gehäuse sauber und trocknete es mit einem Handtuch. Sie ging in die Küche, goß sich ein Glas Milch ein und stürzte es hinunter. Sie füllte das Glas nach, trug es ins Bad, nippte daran, während sie den Brausekopf auf Massage einstellte. Sie richtete den kräftigen, heißen Wasserstrahl auf ihre Schultern und fühlte, wie sich die verkrampfte Muskulatur löste und die schmerzende Verspannung gelindert wurde. Gleichsam um die Szene seiner grauenvollen Abschlachtung auszumerzen, wandelte hinter ihren geschlossenen Lidern Peter Kern, quicklebendig und glücklich, über den Gedächtnisbildschirm: das schelmische Funkeln in seinen Augen, wenn er etwas ausheckte, seine sanften Umarmungen, die volle, kräftige Männlichkeit. Ihre Brustwarzen strafften sich, als hätte der vibrierende Körper des lebendigen Mannes sie gestreift. Ihre

Hand, seine Hand, fand den Weg zwischen ihre Schenkel. Sie neigte den Oberkörper zurück und ließ das Wasser ihre Brüste liebkosen. Die Berührungen aus ihrer süßen Erinnerung wurden plötzlich echt. Mit einem tiefen Seufzer lehnte sie sich gegen die Wand, drehte das Wasser ab, zog den Duschvorhang zur Seite und trat hinaus. Im Bademantel, mit dem Glas Milch in der Hand, setzte sie sich und starrte stumpf und hilflos auf den Fernsehschirm.

»... die Untersuchungsbehörden stehen weiterhin vor einem Rätsel. Ein Regierungssprecher sagte, daß über die möglichen Motive große Bestürzung herrsche, vor allem, weil dem populären Magistrat selbst seine lautstärksten Gegner Achtung gezollt hatten. Bis jetzt hat sich noch keine Gruppe zum feigen Attentat bekannt. In einem gemeinsamen Communiqué haben sich die militanten Kreise der Atomkraftgegner und Öko-Lobby, die Bundesrat Kern zuletzt im Zusammenhang mit der Affäre P-26 heftig kritisiert hatten, in aller Klarheit von diesem hinterhältigen Anschlag auf, wie es heißt, einen respektierten politischen Gegner distanziert ...«

Stefanie schaltete den Apparat ab, trank die Milch aus, um dann die Kassette wieder in den Walkman zu legen. Während sie erst jetzt begriff, daß sie draußen im Wald die Kopfhörer abgerissen hatte, drückte sie REW – nichts geschah: Die Batterien waren am Ende! Oder wahrscheinlich war Wasser oder Blut ins Gehäuse eingedrungen. Sie hantierte noch am Gerät herum, als das Telefon läutete. Unentschlossen, ob sie abnehmen sollte, schritt sie zum Fensterbrett, wo der Apparat stand. Könnte es schon die Polizei sein?

Ihre Gedanken rasten, ihr Blick fiel auf die Straße, hielt aber vorerst nichts bewußt fest. Sie war im Begriff sich abzuwenden, das schrille Geheul ging ihr auf die Nerven, als ihre Augen den dunkelblauen Mercedes entdeckten. Er parkte auf der anderen

Straßenseite. Noch als sie hinunterschaute, hörte das Telefon zu läuten auf, und der Schlag der Limousine öffnete sich. Erschrocken trat sie vom Fenster zurück. Ein großer, muskulöser Kerl in blauen Jeans und Lederjacke schlenderte zum Zeitungsstand hinüber. Sie sah nur seinen Hinterkopf, Strähnen von langem, schwarzem Haar. Aber selbst wenn sie blind gewesen wäre, hätte ihr Körper zuckend und schreiend Kerns Mörder wiedererkannt.

Der Typ duckte sich leicht, als er unter die Markise des Zeitungsstandes trat, zog ein Handtelefon aus der Jackentasche und tippte mit der linken Hand Nummern ein. Linkshänder, registrierte Stefanie unwillkürlich. Dann läutete ihr Telefon zum zweiten Mal.

»Hallo?« preßte sie hervor. Keine Antwort, nur statisches Knistern.

Sie lauschten gemeinsam in die Stille, dann unterbrach der Killer die Verbindung. Unten sah Stefanie mit ungläubigen Augen, wie der Kerl das Handtelefon einsteckte, bedächtig am Mercedes vorbeischlenderte und auf den Eingang ihres Gebäudes zuhielt. Der schwere Wagen glitt sanft vom Randstein weg und entschwand ihrem Blick.

Also auch sie sollte umgebracht werden! Zuerst Kern und Bachmann, dann die Kramer. Ihr Totschläger war bereits unterwegs. RECHERCHIER-JOURNALISTIN ERSCHLAGEN! DIE KERN-MÖRDER?

Während Stefanie Kramer aus ihrer gefährlichen Trägheit auffuhr, saß Thomas Borer an seinem Pult im Polizeikommando und begann, den Mordfall nüchtern zu analysieren. In diesen Tagen überraschte ihn nicht viel, nicht einmal die Ermordung des schweizerischen Bundespräsidenten.

Gut, Kern war populär, aber er schuf sich eben auch Feinde, eckte an, wie jeder Politiker, der auf der Welle der Volksgunst reitet.

Hätte er nicht ständig die Integration der Ausländer gepredigt, was vielen Menschen in den falschen Hals geriet, wäre er vielleicht noch am Leben.

Er hatte darauf hingewiesen, daß in der Schweiz Minderheiten seit jeher eingegliedert worden seien. Er argumentierte, die ausländischen Gastarbeiter hätten in den letzten drei Jahrzehnten entscheidend zum Wohlstand des Landes beigetragen. Auch die moslemische Bevölkerung habe ein Recht darauf, sich wohl zu fühlen, ihre Religion zu leben, wir müßten sie vor den islamistischen Scharfmachern in Schutz nehmen. Wenn wir sie ins Ghetto trieben, warnte Kern, fielen sie nur den Fundamentalisten in die Arme, und in unseren Städten bildeten sich die befürchteten terroristischen Zellen.

Die Berner Kantonspolizei hatte Morddrohungen gegen Kern erhalten. Erstmals vor etwa einem Monat, dann wieder vor drei Tagen. Gegen Minister Kerns »Energieprogramm 2000« protestierte der WWF scharf. Mit schrillen Tönen geißelte Greenpeace die Zulassungspraxis für AKWs. Die Sozialisten machten Kern für den Bruch des Energiefriedens verantwortlich. Die Energiestiftung wiederum warf ihm Mißachtung des Volkswillens vor. Die Grünen schließlich verlangten ein Moratorium für alle Atomanlagen. Andere kritisierten Kerns weiche Haltung in der Frage der Nachrüstung der Kernkraftwerke, und der Atom-Lobby stachen seine Zukunftsvisionen über die Kernenergie der Schweiz wie ein Dorn ins Auge.

Als dann noch in einem Atomkraftwerk der Nordwestschweiz ein sofort als geringfügig, ›ohne Gefahr für die Umwelt‹ bezeichneter Zwischenfall eine Protestwelle auslöste, kam es auf dem Bundesplatz unter dem Fenster von Kerns Amtssitz zu einer Kundgebung, die in einen Tumult ausartete. Bereitschaftspolizei schritt gegen Randalierer ein und beschlagnahmte neben dem üblichen Demonstrations-Drum-und-Dran wie Baseballschlägern,

Schutzhelmen, messingnen Schlagringen, Pflastersteinen auch Spruchbänder wie ›Kern weg von Bern‹ oder ›Schafft Kern(kraft) ab‹. Minister Kern selber erhielt einen Drohbrief mit einer Pistolenkugel als Inhalt, auf deren Kopf P.K. eingeritzt war.

Während Polizeikommandant Borer hin und her überlegte, blickte er lieber zur Decke als auf Max, seinen Assistenten, der schon seit vielen Jahren, mindestens elf oder zwölf, mit ihm zusammenarbeitete. Immer wenn Borer Max anschaute, mußte er sich sagen, daß all die Jahre leider nicht spurlos am Gesicht von Max vorübergegangen waren. Max war sein bester und verdienstvollster Fahnder, aber auch der häßlichste, dem Borer jemals begegnet war. Deutlich häßlicher, dachte er, als die alte spinnenrissige Decke mit dem verblaßten, gelblichen Jugendstildekor! Die Zimmerdecke war eine Augenweide im Vergleich zu Max' schiefem Gesicht.

»Für die Täterschaft steht uns wie üblich eine ganze Palette von Möglichkeiten offen«, richtete sich Borer hartnäckig an die Decke. »Militante Grüne, Pazifisten, die Anti-Atombewegung, der Untergrund, die Drogenszene und . . .«

». . . die Feministinnen?« wagte Max die behutsame Frage. Einen kurzen Augenblick herrschte Bestürzung, aber Borer begriff den praktischen Verstand des häßlichen Max. Während seiner Wahlkampagne als Bundesrat hatte Kern mit seinem berüchtigten herben Witz seine Gegenspielerin intellektuell ausgezogen und nackt im Regen stehen lassen. Die Gruppe *Frauen an die Macht* hatte außergewöhnlich heftig reagiert und Kern nebst vielem anderen als zudringlichen Macho und politisch impotenten Vergewaltiger von Frauenidealen beschimpft. Zwei rabiate Weiber hatten anonym gedroht, sein Haus in die Luft zu sprengen.

»Eine Möglichkeit«, anerkannte Borer.

Max lächelte.

Ein Fehler, dachte Borer. Wiesen die Untersuchungen darauf

hin, daß die Täterschaft die Laufgewohnheiten des Ministers kannte, so machte der Hergang des Attentats ein Beziehungsdelikt unwahrscheinlich: Opfer und Täter kannten sich nicht. Kern und Bachmann liefen auf diesem Waldweg nicht an ein vertrautes Gesicht heran! Sie wurden mit militärischer Präzision hingerichtet, höchstwahrscheinlich mit Schüssen aus nur einer Waffe.

Borer ließ seinen Blick über die Spalten, Risse und Schmutzflekken der Decke wandern und suchte in dieser Landschaft nach Inspirationen.

Eine innere Stimme der Vernunft lehnte sich leise gegen den Ansturm von Tatsachen, Indizien, Gestalten, Vermutungen und Ideen aus dem breiten Erfahrungsschatz des Polizeikommandanten auf. Das ergibt keinen Sinn, sagte sie. Was ergibt keinen Sinn? fragte Borer die Stimme, sich selbst. Ein politisches Motiv, beharrte die Stimme.

Borer richtete sich im Stuhl auf und durchbohrte Max mit einem bösen Blick, als ob er der Mörder wäre.

»Einen Bundesrat bringt man nicht um, Max, schlicht und einfach, weil sich die Mühe kaum lohnt. Er ist zu wenig wichtig. Stimmt's? Unsere sieben schweizerischen Minister, die Bundesräte, sind in guten Zeiten nutzlos, in schlechten ratlos. Richtig? Sie sind niemals Exponenten einer bestimmten Politik oder Entwicklung. Sie bleiben eingebettet in das sichere System der kollektiven Regierungsverantwortung. Das bedeutet, Max, sie werden somit auch nicht zur Zielscheibe, oder? Ausgenommen für Psychopathen und Verrückte. Doch wir wissen, daß dieser Mord nicht das Werk eines Psychopathen oder Verrückten war. Dahinter stand ein geübter Profikiller.«

Eine junge Polizistin zwängte sich an Max vorbei und legte Borer ein Blatt auf das Pult: »Interpol.«

Borer nickte und schob es mürrisch zur Seite, um es gleich wieder an sich zu reißen. Nachdenklich starrte er auf das schwarzweiße, undeutliche Gesicht. Darunter las er: »KENNETH WILLIAM CUSTER ALIAS KEYCOP. *Am Sonntag, 1. Juli, in Zürich-Kloten eingereist. Von Newark (N.J. USA). Mit privatem Charterflug. FBI für Ermittlungen in Newark eingeschaltet. Tatverdächtig. Professioneller. Signalement siehe Rückseite.«*

Borer starrte seinen Assistenten an.

»Schauen Sie mich nicht so an«, protestierte Max. »Ich hab's nicht gemacht, ich bin nicht schuld.« Er machte einen Mund wie eine Dörrpflaume.

»Da irren Sie sich«, murrte Borer vor sich hin, »Sie haben schuld. Ich habe schuld. Wir alle haben schuld.«

13

Stefanie rannte ins Schlafzimmer und schlüpfte hastig in ein weißes Top und hellblaue, verwaschene Jeans. Innerlich aufgepeitscht, warf sie den Walkman in ihre Handtasche, hetzte ins vordere Zimmer zurück, zum Büchergestell, wo sie die Diskette mit ihren jüngsten Recherchen aus dem Versteck zwischen Zeitschriften herausfischte und in die Tasche steckte. Als sie sich umdrehen wollte, um wegzulaufen, stolperte sie über einen vergessenen, schwarzen Mokassin, der unter dem Regal hervorragte. Sie fiel rückwärts auf das Büchergestell, das nachgab und anfing, bedrohlich gegen die Tür zu kippen. Die ganze behelfsmäßige Geschichte, die sie vor langer Zeit an einem trostlosen Junggesellinnenabend in einem Anflug von Organisationswut aufgestellt hatte, war mit ihren Büchern hoffnungslos überladen. Die Regalbretter hingen durch, vor allem das oberste mit den schweren, noch nie geöffneten Bänden der britischen Enzyklopädie, und ihre Konstruktion ähnelte immer mehr einer Ablagerung von Bruchholz.

Geistesgegenwärtig stemmte sie ihren Körper mit dem ganzen Gewicht gegen die wackelige Bescherung, drückte sie an die Wand zurück, während sie mit verzweifelten Blicken nach einem Ausweg suchte.

Die Wohnungstüre barst krachend beim ersten Versuch. Der Killer hatte mit seinem wuchtigen Fußtritt geschickt genau die Stelle zwischen Klinke und Türschloß getroffen, auf die es ankam. Er sprang über die Schwelle ins Zimmer und verharrte in geduckter Stellung. Der unförmige metallene Gegenstand in seiner rechten Hand schimmerte matt.

»Schön stillhalten, genau wo du bist, keine Bewegung!«

Die tödliche Gefahr trieb ihre Sinne zur Höchstleistung an. Sie sah die nächsten entscheidenden Augenblicke messerscharf vor ihrem geistigen Auge abrollen. Ihre Muskeln und Sehnen schienen unter den Energiestößen, die ihr Organismus in dieser höchsten Anspannung erzeugte, zu zersprengen. Gleichzeitig senkte sich eine unheimliche Ruhe über sie. Ihr Verstand funktionierte eiskalt, unverfälscht. So entging ihr der unfreiwillige Humor ihres Killers nicht: Ich halte still, du Schwein, ich halte ja still, sagte sie zu sich selbst.

»Zuerst hab' ich meinen Spaß mit dir, kein schlechter Job. Los zieh dich aus, du Schlampe, laß die Hosen fallen, jetzt gleich!«

Sie hörte sich aufschluchzen, wie von weit her, doch was nach einem jungen Mädchen in Not tönte, täuschte. Sie fühlte sich wie eine wütende, in ihrem Lager aufgeschreckte Leopardin. »Fick mich, steck ihn rein, wo du willst, mach mit mir, was du willst, aber laß mich am Leben, bitte, bitte . . .!«

Während sie ihr Gewicht zur rechten Schulter verlagerte, dabei das schwere Gestell krampfhaft im labilen Gleichgewicht hielt, ihre umgehängte Handtasche im Rücken spürte, schnallte sie mit einer augenfälligen Bewegung der linken Hand ihren Gürtel auf, öffnete den Knopf der Jeanshose und riß den Reißverschluß zur Hälfte auf. Die ganze Zeit fixierte sie seine Augen, sah seine Pupillen sich weiten.

»Mach schon!« Er starrte auf die nackte Haut und das Büschel Schamhaar. Lüstern netzte er seine Lippen. Da ließ Stefanie los, bückte sich jäh und trat zur Seite.

Das Gestell verhielt sich wie ein Abbruchgebäude, das mit Dynamit gesprengt wird: Es fiel in sich zusammen, und der oberste Teil erwischte den Killer gerade, als dieser auf sein zögerndes

Opfer losging. Krachend stürzten Bücher, Regalbretter und allerlei Krempel auf ihn herab. Er versuchte vergeblich, sich mit einem Sprung zu retten. Sein Arme ruderten in der Luft herum, dann verlor er torkelnd das Gleichgewicht und fiel hin. Als Stefanie der Lawine mit einem Satz auswich, sah sie noch, wie ein schwerer Band der britischen Enzyklopädie den Killer ins Gesicht traf, hörte sein bestialisches Brüllen.

Stefanie flog die Holztreppe hoch, die in den oberen Teil ihrer Wohnung führte. Sie hatte die oberste Stufe fast erreicht, als der Killer aus seiner schallgedämpften Waffe feuerte. Wie ein Peitschenhieb zischte die Kugel knapp an ihrem Kopf vorbei, durchbohrte das massive Eichenholzgeländer und schlug mit einem Knall in die Wand, der die Flüchtende förmlich über die letzten Stufen hinaufwarf. Splitter der Ziegelsteinmauer regneten auf ihren Rücken. Zum Glück poröses Gestein, war sie noch fähig zu denken. Ein zweiter Schuß ging einen Kilometer daneben. Sie preschte auf die Sonnenterrasse hinaus, die Handtasche fest umklammert. Zum Glück gab es diese patenten Clips, durchfuhr es sie, die den Tragriemen der Handtasche an ihren Schulterträgern festhielten. Behende, wie eingeübt, schwang sie sich auf das rote Ziegeldach hinauf und überblickte die Reihe der sich über die ganze Häuserzeile erstreckenden, identischen, ins Dach eingelassenen Terrassen. Sie winkelte ihre nackten Füße auf der Dachschräge ab, tippelte zum Rand der benachbarten Terrasse und sprang hinab.

Später, als sie das Erlebte wieder aufrollte, sah sie sich auf dem Balkon der Arztpraxis stehen, den Oberkörper vorgebeugt, als Bestie, ohne Krallen zwar, dafür mit einem Stocherhaken, den sie vom Boden neben der Feuerstelle aufgehoben hatte, wild entschlossen zu kämpfen.

Als sie das schwarzhaarige, goldberingte Monster wenige Meter entfernt auf das Dach klettern hörte, lehnte sie sich an die im

Schatten stehende Terrassenwand und spähte abwartend nach oben, bereit, ihn zu empfangen.

Seine Schuhe berührten nur zwei Schritte von ihr entfernt den Boden. Sie riß den Stocherhaken hoch und rammte ihm das Eisen mit aller Wucht zwischen die gespreizten Beine. »Da hast du es, du Schwein«, zischte sie durch die Zähne. Der Kerl brüllte, torkelte über den gekachelten Boden nach hinten, beide Hände in grotesker Michael-Jackson-Pose in seiner Leiste verkrallt. Dann krachte er rücklings in die Terrassenmöbel.

»Mein Liebhaber, das kickt ihn an!« rief Stefanie im Vorbeisausen der vollbusigen Arztgehilfin zu, die sie unter der Terrassentür bloß noch als verschwommene Edvard-Munch-Figur wahrnahm.

Augenblicke später sprang ihr Audi heulend an, sie würgte den ersten Gang hinein und wirbelte eine Staubfahne hoch, als sie vom Randstein wegbrauste.

Dann holte sie der Schrecken ein. Sie zitterte am ganzen Körper. Wer waren diese Leute, die sie umbringen wollten? Und warum? Die quälende Frage führte sie an den Rand der Verzweiflung. Sie jagte in verkehrter Richtung durch die Einbahnstraße, bog gesetzwidrig nach links ab, komplizierte den Regelbruch mit einer totalen Kehrtwendung, streifte einen seitlich geparkten Wagen. Die Geräusche von zerkratztem Metall und der schrille Protest der arg gebeutelten Ventile brachten sie allmählich zur Besinnung. Schließlich schaffte sie es, auf die große Brücke, die zur Innenstadt führte, einzuschwenken.

Kerns Killer natürlich, aber wer waren sie? Offensichtlich wußten sie, daß sie Kern kannte, aber Kern kannte ... hatte jede Menge Leute gekannt, viele davon sehr gut. Also warum gerade sie, was unterschied sie von den anderen? Nun, zum einen bin ich Journalistin, grübelte sie, als sie der Verkehrsstrom vorwärtstrug. Doch zum anderen hatte Minister Kern Dutzende von Journalisten gekannt. Was also zeichnete sie aus? Da fuhr ihr die Erkenntnis wie ein Stich ins Herz. Die Knöchel verfärbten sich weiß, als ihre Fäuste das Lenkrad wie Schraubstöcke zusammenpreßten. Natürlich, die Atomwaffenverschwörung! Sollte aus der verrückten Theorie des alten Arik tatsächlich bitterer Ernst werden? Wenn ja, war es dann nicht naheliegend, daß der schweizerische Geheimdienst bereits in das tödliche Komplott verwickelt war? Bin ich gar die übereifrige Schnüfflerin, die als erste ihren Rüssel in diese Pandorabüchse gesteckt hat und nun aus dem Weg geräumt werden soll? Ihr eigenes Stöhnen ließ sie erschauern. Entsetzt starrte sie auf ihr blasses, verspanntes Gesicht im Rückspiegel. Schweißperlen glänzten auf Stirn und Schläfen. Sie schaltete zurück und drehte das Radio an:

»... die Spurensicherung ist weiterhin in vollem Gang. Am Tatort wurde zum Zeitpunkt des Verbrechens eine Frau beobachtet. Hier ihre Beschreibung: zirka einen Meter zweiundsiebzig groß, Alter zwischen 25 und 30, schlank, dunkelblondes Haar. Sie trug helle Sportbekleidung mit gelb-weißen oder weiß-orangefarbenen Laufschuhen. Die Frau wird dringend gebeten, sich mit Thomas Borer, dem Chef des Sonderstabes im Polizeikommando oder mit dem nächsten Polizeiposten in Verbindung zu setzen. Personen, die die gesuchte Frau gesehen haben oder glauben, daß es sich um die gesuchte Person handeln könnte oder sonst sachdienliche Hinweise über den Mordfall geben können, werden dringend ersucht, das Polizeikommando Bern oder irgendeine andere Polizeidienststelle zu benachrichtigen. Die folgenden Telefonnummern stehen ab sofort ...«

Stefanie wechselte die Frequenz und schwenkte nicht weit von Ralph Christens Wohnung entfernt in eine Parklücke. Aus dem Radio schlug ihr *Somebody dance with me* entgegen. Ein Hexentanz, seufzte sie und lauschte dem melodiösen Lied, während sie mit argwöhnischem Blick die Umgebung der Drogerie absuchte. Irgend jemand führt mit mir einen teuflischen Tanz auf, dachte sie, und für einen Moment sah sie Peter Kern: Sein Gesicht lächelte unter einer durchsichtigen, blutigen, fleischigen Maske ... sie schüttelte die Horrorvision ab, stieg aus und betrat den Laden. Sie kaufte eine Nagelschere, Bräunungscreme, Kompaktpuder und ein Fläschchen sandfarbene Augentusche. Sie zahlte, schritt hinaus und rannte kopfvoran in eine Radfahrerin hinein, die sie gerade noch zu stützen vermochte, als ihr Rad bedrohlich hin und her schwankte. Ein paar Sekunden bildeten die beiden Frauen ein schaukelndes, verwickeltes Pärchen, das einander anlachte, sich entschuldigte. Dann eilte Stefanie die enge Gasse hinunter zu Christens Adresse in der Altstadt. Das herzhafte Lachen hatte ihre angeschlagene Stimmung etwas gehoben. Sie stieg erleichtert über die abgeschlurfte Holztreppe in die oberste Etage und hielt dabei ab und zu inne, um zu horchen, ob man ihr folgte. Endlich stand sie auf ihren Zehenspitzen, tastete mit geschlossenen Augen in den vertrauten Hohlraum zuoberst im alten Türpfosten, wo sie zu ihrer Erleichterung den Schlüssel spürte. Sie führte ihn ins Sicherheitsschloß und stand wenig später im Junggesellenappartement des militärischen Untersuchungsrichters für die Eidgenossenschaft, Ralph Christen.

Sie schloß die Tür hinter sich zu, verriegelte sie zweimal und ließ sich vor dem großen getönten Atelierfenster erschöpft auf das Sofa fallen. Sie zwang sich nochmals aufzustehen, um die von der Decke zum Boden reichenden Vorhänge zuzuziehen. Wärme und Behaglichkeit durchströmte sie auf der bequemen Couch, dann übermannte sie die Müdigkeit.

Hier geschieht mir nichts, das ist ein sicherer, friedlicher Ort, dachte sie. Schlafen, träumen oder nicht träumen, einfach sein ... wirre Zitate Shakespeares lösten sich in ihrem Geist auf, als sie ins süße Vergessen sank.

14

Stefanie Kramer blickte in die warmen Augen des Hausarztes, als er ihren straffen Unterleib betastete und schließlich ein schwarzes Skalpell hinter seinem Ohr hervorholte, damit neckisch vor ihrer Nasenspitze herumfuchtelte und erklärte: »Wir müssen operieren, dein Blinddarm ist am Platzen.« Sie fürchtete sich überhaupt nicht, aber das gütige Antlitz des Arztes wühlte sie auf. Sie erbebte innerlich, denn was vor ihren Augen ablief, hatte sich vor zwanzig Jahren ereignet, als sie gerade zehn wurde. Wie konnte es geschehen, daß sie zurück in die Zukunft reiste? Sie wußte auch, daß der Doktor ein Jahr später ums Leben kommen würde: Ein Schnellzug würde seinen alten Riley zertrümmern, weil die Bahnschranken offenblieben. Sollte sie ihn warnen? Sie zögerte, da stand plötzlich Großvater Enrico neben ihr am Bett. Er hatte ihr die Handfertigkeit im Umgang mit Holz und Werkzeug vermittelt. Sie unterdrückte mit Mühe ein Schluchzen, als ihr mit Schaudern einfiel, daß er nur ein paar Wochen nach ihrer Blinddarmoperation in den Bergen tödlich verunglücken würde.

Sie wollte ihm um den Hals fallen, doch ihr Großvater mütterlicherseits hob besänftigend seine kräftigen Arme und strahlte unerschütterliche Zuversicht aus. »Schon gut, meine Liebe, alles wird gut sein.« Dann die sonderbare Frage mit abgerückter Stimme: »Warum bist du nicht bei einem jüngeren, potenteren Mann? Warum nimmst du statt dessen einen mit einem dicken Bauch, gräulichem Haar und beginnender Glatze?«

»Großvater, Peter hat keinen großen Bauch, er . . .« Sie brach ab, dann hörte sie sich mühsam erklären: »Vielleicht einfach weil die heutige Generation Männer so langweilig und so leidenschaftslos ist. Siehst du, die Männer meines Alters, also in den Dreißigern, legen sich entweder hin und wollen bedient werden, oder sie haben überhaupt kein interessantes Leben gehabt, das einem die Beziehung und den Sex interessant machen könnte.«

Großvater Enrico neigte sein schweres, dünn behaartes Haupt abwägend zur Seite, sein Lächeln verwandelte sein warmes Gesicht in ein Relief mit tausend Falten, und tief aus ihren Höhlen flackerten belustigte Äuglein unter buschigen Brauen.

Stefanie genügte der rührende Anblick, um unverhohlen zu gestehen: »Ich bin bei Peter Kern aus Ambition, ich brauche seine Macht, die Beziehungen, ich will groß herauskommen, meine Reportagen werden mich berühmt machen . . .« Sie fuhr mit der Hand zum Mund, erschrocken über sich selbst, über ihre Offenheit.

»Die Berechnung macht dich kalt und hart, das ist gut im Kampf gegen das Böse«, sagte Großvater sanft, »aber das ist nicht alles.« Lachfältchen zeigten sich an seinen Augen.

»Ich muß überleben, Großpa, ich werde verfolgt, ich muß eiskalt reagieren, sonst . . .«

Großvater nickte verständnisvoll.

»Du bist eine junge, schöne Frau«, gab er zu bedenken, »verschwende deine Kräfte nicht, du brauchst einen richtigen, wahrhaftigen Mann.«

»Ich weiß«, seufzte Stefanie, »ich sehne mich ja nach einem phantasievollen, zärtlichen Mann, egal, was er tut und läßt, wenn er nur stark und mutig das Unerwartete tut.«

Ein himmlisches Lächeln überzog Enricos verblassendes Gesicht, ließ es allmählich entrücken. »Du suchst einen Helden«, hörte sie ihn flüstern. »Gibt es ihn, den Helden, der dein Herz erobert? Ja, ich glaube, du mußt ihn suchen, geh, such ihn . . .«

Sie schaute sich verdutzt um. Wo blieb der Arzt? Das Bett stand plötzlich inmitten gelb blühender Sträucher, und das grüne Eiswasser des Flusses schwappte gefährlich nahe zu ihrem Kissen.

Ein Körper beugte sich über sie, Grabeskühle ließ sie frösteln. Peter Kern lächelte sie an. Seine breiten Lippen öffneten sich halb, als wollte er ihr etwas zuflüstern. An der Stelle des rechten Auges klaffte ein blutiges Loch. Die Hälfte der Schädeldecke fehlte. Er brachte kein Wort über die Lippen.

Sie packte ihn an den Schultern und redete ihm verzweifelt zu: »Sag es mir, Peter, sprich doch zu mir.« Plötzlich sah sie für den Bruchteil einer Sekunde eine hämisch grinsende Fratze über dem zertrümmerten Schädel auftauchen. Ein Nußknackergesicht mit Hakennase und vorstehendem Kinn, darüber glitschiges, schwarzes, an den Schädel geklebtes Haar. Ein bekanntes Gesicht. Sie wollte es festhalten, da verschwand es.

Hinter ihr ertönte die ruhige, vertrauensvolle Stimme des Großvaters: »Trau dem Kerl nicht, traue niemandem, denke an Papa.«

»Papa«, hauchte sie. »Was ist mit Papa, wo ist er, Großvater?« Der Fluß strich jetzt aalglatt und schwarz an ihr vorbei, und unter Wasser trieb ein leichenblasses Gesicht. War es Papa? Jemand flüsterte ihr ins Ohr.

Sie verstand nichts, weil das Telefon klingelte. Es läutete und läutete. »Nimmt denn, Herrgott noch einmal, niemand ab?« Stefanie warf sich aus dem Bett und erwachte. Erschreckt fuhr sie vom Boden auf, blickte um sich, griff sich an die Stirn. Das Läuten des Telefons in Ralph Christens Junggesellenwohnung verstummte. Entgeistert setzte sie sich auf die Liege.

»Diese Fratze kenn' ich doch!« sagte sie laut ins Zimmer hinein und hämmerte mit den Fäusten an ihre Schläfen. Das Nußknackergesicht kam ihr vertraut vor, löste Unbehagen aus, aber offenbarte sich nicht.

Im breiten Büchergestell an der gegenüberliegenden Wand

ragten die Werke von Friedrich Dürrenmatt heraus. Stefanie griff versonnen nach dem Band mit dem grünblauen Umschlag.

›Justiz‹ hieß die Geschichte, die am Anfang ihrer Bekanntschaft mit Ralph Christen stand. Sie trafen sich zufällig als Statisten, als der Roman verfilmt wurde. Die Dreharbeiten für die Mordszene dauerten zwei volle Nächte. Am Morgen nach der zweiten Nacht hatte Christen Stefanie in seinem Wagen von Baden, wo sie in einem alten Hotelkasten gedreht hatten, zurück nach Zürich mitgenommen. Unterwegs kam der übernächtigte Christen von der Straße ab und fuhr in den Fluß. Stefanie hatte es hinausgeschleudert, sie blieb aber unverletzt und konnte Christen aus dem halb versunkenen, umgekippten Auto herauszerren und beatmen. Er behauptete später, sie hätte ihm das Leben gerettet, und schwor ihr ewige Dankbarkeit. Vielleicht gab sich jetzt für Ralph Christen eine Gelegenheit, sich zu revanchieren, hoffte Stefanie und steckte das Buch ins Regal.

In seiner Funktion besaß Ralph bestimmt jede erdenkliche Macht. Einmal hatte er ihr stolz erklärt, einem militärischen Untersuchungsrichter gingen alle Türen auf. Er nannte es die Potenzierung der Autorität: »Untersuchungsrichter und Militär, da stehen alle vor Ehrfurcht stramm.«

Er würde genau wissen, was zu tun sei, dachte Stefanie. Mit Sicherheit würde die Polizei alle seine Anweisungen befolgen und sie in Ruhe lassen.

Draußen hämmerten irgendwo Bauarbeiter, der Elektromotor eines Krans summte, und auf der Balkonbrüstung zwitscherte aufgeregt ein Meisenpaar. Die Stimmung war unwirklich, zu friedlich, zu beiläufig. Stefanie stand auf und schritt unruhig das Zimmer ab.

Eine warnende Stimme nagte hartnäckig irgendwo in ihrem Unterbewußtsein: Da stimmte etwas nicht. Waren es die Worte ihres Großvaters, die sie aufrüttelten? Sie versuchte, den Gedanken abzuwerfen, schließlich hatte sie nur geträumt, aber dann fiel ihr ein, daß sie Ralph nicht kompromittieren durfte. Als militärischer Untersuchungsrichter war er natürlich verpflichtet, sie der Polizei zu übergeben. Möglicherweise wollte er sich raushalten und würde der Sache ihren Lauf lassen. Oder der Geheimdienst stand gar hinter allem und wartete nur darauf, daß sie sich stellte. Nein, sie mußte weg hier, flüchten. Wieder war sie völlig auf sich allein angewiesen.

Die Polizei hatte rasch ermittelt, daß sich die Kramer mit großer Wahrscheinlichkeit in der Stadt aufhielt. Die Überwachung der Bahnhöfe und Ausfallstraßen wurde daraufhin verstärkt. Die Hotels und Autovermietungen erhielten Anweisungen, Meldung über alle Kunden zu erstatten. Ein Rentner, der seinen Hund in der Nähe der Villa Kern spazierenführte, identifizierte Stefanie und ihren Wagen. Eine Frau gab einer Polizeistreife zu Protokoll, das ihr vom Fernsehen vertraute Gesicht der Kramer in der Gerechtigkeitsgasse erkannt zu haben, als die Gesuchte in ihr Fahrrad hineinlief. Auf Grund der Hinweise rechneten die Fahnder von Thomas Borer damit, Stefanie Kramer in den nächsten Stunden zu ergreifen.

Sie wären vielleicht weniger optimistisch gewesen, hätten sie von der Existenz Mataks, des Langhaarigen, gewußt, der vor Wut kochte über die Schlappe, die ihm das arrogante Weibsstück zugefügt hatte, nicht zu reden vom Schmerz, der ihn bei jedem Schritt in die Leiste stach. Mit grimmiger Miene hinkte er durch die Bahnhofshalle, die linke Hand in der Hosentasche, um seine Genitalien vor weiteren Beschädigungen zu schützen. Ansonsten fühlte er sich in dieser Umgebung im Element. Um ein Opfer in der Menge aufzuspüren, bevorzugte er Orte wie Bahnhöfe oder Fußballstadien. Während er den Passantenstrom in der weiten, gewölbten Halle aufmerksam beobachtete, malte er sich genüßlich aus, was er vorhatte, wenn ihm diese gerissene Hündin nochmals in die Klauen kam. Verstohlen rieb er die wunde, aufgeschwollene Stelle unter dem rechten Auge, wo die Britische Enzyklopädie eingeschlagen hatte. Langsam verlegte er seinen Standort zu den langen Rolltreppen hinüber, die zum Parkhaus und zur Hochschule hinaufführten. Ein kleiner Kampf mit der Hündin würde ihm guttun. Ja, wirklich. In der Hosentasche knetete seine Hand am Ergebnis der plötzlichen Erektion.

Der Papierbeutel, der vor ihren Füßen lag, brachte Stefanie endgültig auf den Boden der Realität zurück. Sie packte die Sachen und eilte ins Badezimmer. Ralph Christen war nicht ihr Retter in der Not, seufzte sie innerlich und machte sich mit Schere, Haarfarbe, Wimperntusche und den farbigen Kontaktlinsen zu schaffen.

Das Ganze dauerte eine gute halbe Stunde, und als sie erneut in den Spiegel schaute, erkannte sie sich fast selbst nicht mehr. Die schwarzen Augen schossen schneidend scharfe Blicke, die kurzgeschnittenen, schwarz gefärbten Haare signalisierten Kampf, die langen Wimpern Verschlagenheit. Zufrieden starrte sie in den Spiegel. »Gut so, denen bringe ich das Fürchten bei«, schwor sie. Im Kleiderschrank fand sie Turnschuhe und ein dunkelgrünes Sporthemd mit der Losung ›GOTT, EHRE, VATERLAND‹ der Militärakademie von West Point. Sie fand das Kleidungsstück passend und stülpte es über ihr auffällig weißes Top.

Mit kühlem Verstand setzte sie sich an den Arbeitstisch, kritzelte ein paar Zeilen auf ein Blatt Papier und steckte den Bogen in einen Umschlag mit der Aufschrift ›RALPH‹. Dann zog sie die Schuhe an und verließ die Wohnung.

Draußen trat sie vorsichtig unter den Arkaden hervor und stieg rasch in das herangewunkene Taxi. Sie fuhr zur Universität. In der Eingangshalle überlegte sie, ob sie sich nicht am besten einfach in der Bibliothek verkriechen sollte. Dort würde sie bestimmt niemandem auffallen. Sie könnte in aller Ruhe ihre Situation überdenken. Niemandem? Eine innere Unruhe trieb sie weiter. Sie wollte aus der Stadt hinaus. Mit einem Zug, beschloß sie.

Stefanie verließ das Universitätsgebäude und näherte sich der großen Plattform hoch über den rostigen Bahngeleisen. Unter ihr, im Gassengeäder, wanden sich die Reihen der rotbraunen Ziegeldächer zur großen Flußschleife hinab. Der alte Kern von Bern bildete eine Halbinsel. Darüber, in der Ferne, schimmerte die weiße Kuppe der Eigernordwand.

Stefanie betrat die Rolltreppe, die zum Hauptbahnhof hinabführte. In Gedanken suchte sie fieberhaft nach einer Zuflucht, wo sie in den nächsten Tagen sicher wäre. Nichts fiel ihr ein.

Da sah sie ihn plötzlich. Der Langhaarige stand unten und beobachtete, ihr abgewandt, die Leute. Jetzt drehte er sich um und hinkte auf die aufwärts rollende Treppe zu.

Die Begegnung war unvermeidlich. Jeden Augenblick konnte es zum Augenkontakt kommen. Stefanie setzte sich blitzschnell, dann legte sie sich in ihrer ganzen Länge rücklings auf die Treppe. Die kantigen Metallstufen fühlten sich kalt an ihren Schenkeln an, wetzten an ihren Schultern. Ängstlich spähte sie über den Handlauf zur aufsteigenden Treppe hinüber. Aber in ihrer Lage genoß sie vollen Sichtschutz. Der Langhaarige konnte sie unmöglich entdecken. Unten angekommen, nutzte sie die Abschirmung durch eine breite männliche Gestalt, um ungesehen aufzustehen und wegzueilen.

»Sind Sie in Ordnung?« Der ältere Herr schaute sie mißtrauisch an.

»O ja, völlig in Ordnung, vielen Dank. Ich mache Stufengymnastik, der letzte Schrei aus Amerika, das ist sexy. Probieren Sie es doch auch mal.«

Weiter vorne beobachteten zwei uniformierte Polizisten mit Funkgeräten aufmerksam die Menge. Stefanie Kramer bog entschlossen zum nächsten Bahnsteig ab und erwischte eine S-Bahn, die sie zwei Stationen später wieder verließ. Ein Taxi brachte sie zum Kongreßzentrum, wo sie einen Wagen mietete. Sie zahlte mit ihrer Kreditkarte und verließ wenige Minuten später die Stadt in Richtung Westen. Sie hielt mehrmals an, fuhr von der Schnellstraße herunter und wieder hinauf und spähte aufmerksam in den Rückspiegel. Niemand beschattete sie. Beschatten? Sie warf ihrem Italogesicht im Spiegel stirnerunzelnd einen finsteren Blick zu. Jetzt hör diesem Kauderwelsch zu, sagte sie ihm, nicht nur, daß du ausschaust wie eine Mafioso-Braut, du hast sogar angefangen, zu denken wie eine!

Während Stefanie stetig westwärts fuhr, blätterte die junge, attraktive Blondine in der Autovermietungsagentur in einem Bündel Mietvertragskopien, das auch denjenigen für den VW Golf enthielt, den sie der billigen Schlampe mit der schwarzen Perücke und den Prince-Augenwimpern zugeteilt hatte. Sie biß sich auf die Unterlippe, als sie den Stoß unschlüssig in der Hand wog. Sie würde mindestens zehn Minuten brauchen, um das Zeug an die Polizeinummer zu faxen, die ihr der Boß heute morgen nach dem Mord am Minister aufgeschrieben hatte, wobei er ihr mit der freien Hand ständig an den Hintern grabschte.

»Du kannst mich mal, du Aas, mach doch das Zeug selber. Hier schmeiße ich sowieso bald den Löffel hin.« Sie warf den Stoß Kontrakte ins Körbchen ›Pendenzen‹, wo schon alte Papiere ruhten. Der Lustmolch würde sie am nächsten Morgen noch früh genug finden, dachte sie, während sie sich hinsetzte und lässig eine Zigarette ansteckte.

15

Im Westen türmten sich Wolkengebirge auf, und die breite, ansteigende Fahrspur der Autobahn hielt schnurgerade darauf zu. Ein verwaschener, trüber Schwaden löste sich aus der weißen Wand. Der Motor summte eintönig, Stefanie hielt die Arme gestreckt am Lenkrad und beobachtete gedankenversunken den dahinziehenden Wolkenfetzen, der sich unvermutet zu einem bizarren Gesicht geformt hatte. Die Umrisse einer gewaltigen Nase über einem spitzen Kinn hoben sich bedrohlich vor dem tiefen Blau des Nachmittagshimmels ab. Für einen Augenblick glaubte die Fahrerin, die Fratze aus dem Traum zu erkennen.

»Das ist er, ich hab's«, rief Stefanie den Wolkentürmen zu und trommelte mit den Fäusten auf das Lenkrad. Sie verließ die Autobahn über die nächste Ausfahrt und gelangte zu einer Bahnstation, wo sie anhielt und aufgeregt zum vorsintflutlichen Telefonapparat stürzte, der an der verwitterten Wand des Stationsgebäudes hing. Zitternd wählte sie die Nummer, die sie sich aufgeschrieben hatte, als ein blitzsauberer, silberblau schimmernder Zug lautlos am Bahnsteig des kleinen Bahnhofs zum Stillstand kam und das pittoreske Bild einer friedlichen, effizienten Schweiz vervollständigte: Welch ein Kontrast, schrieb sich Stefanie in Großbuchstaben ins Gedächtnis.

»Komm schon, nimm ab«, flehte sie ungeduldig, den Hörer so hart umklammert, daß er zerbrechen müßte. Das Rufzeichen summte endlos, und die quälende Ungewißheit trieb ihr Schweißperlen auf die Stirn.

»Christen«, sagte am anderen Ende eine ruhige Männerstimme.

»Ralph, ich bin es, Stefanie, höre mir gut zu, Ralph, es ist wichtig.«

Sie wartete. Aus dem Bahnhoflautsprecher plärrte eine Durchsage.

Im Hörer blieb es still.

»Ralph, bist du noch da?« fragte sie.

»Natürlich, wo bist du? Bleib wo du bist, ich komme zu dir, Stefanie. Alles wird gut werden. Ich habe deinen Brief gelesen. Es ist furchtbar. Aber du darfst nicht davonrennen, ich komme dich holen, von wo telefonierst du?«

»Ralph, vergiß es, ich bin im Streß, aber es geht, ich komme zurecht.«

»Aber die Polizei sucht dich und . . .«

»Ich weiß, Ralph, ich brauche eine Information. Dringend, klar?«

»Klar, meinetwegen, aber . . .«

»Hör jetzt gut zu. Vor etwa zwei Jahren gab es in irgendeinem Nest in der Westschweiz, im Kanton Waadt, eine Demo gegen die Nagra-Lager. Weißt du noch, wie das Kaff hieß?«

»Ja, ja, warte mal, eh, ja, ich weiß: Ollon!«

»Richtig, Ollon, die Bevölkerung von Ollon wehrte sich gegen den Bau eines unterirdischen Lagers für radioaktive Abfälle. Die Demo kam ziemlich groß im Fernsehen, erinnerst du dich?«

»Ja, ich glaube, davon gehört zu haben. Warum? Siehst du einen Zusammenhang zum Mord an Kern?«

»Ralph, bei dieser Demo trat so ein wichtiges Tier auf, ein Politiker oder irgendein Boß, du weißt, er verhandelte mit den Polizisten, redete auf die Demonstranten ein, dann entstand ein Handgemenge, Farbbeutel flogen. Dieser Typ hatte schwarze, glatt nach hinten gekämmte Haare und eine Hakennase, erinnerst du dich?«

»Nein, ich glaube nicht, daß ich die Sendung gesehen habe«, antwortete Christen.

»Ralph, er ist es!«

»Wer ist was?«

»Er ist es. Er hat mit dem Mord an Peter Kern zu tun, ich bin sicher. Finde bitte heraus, wer diese Person war. Eine markante, eine unheimliche Figur. Die Fernsehanstalt kann ihn leicht identi . . .«

»Stefanie, das ist eine todernste Sache, bist du ganz sicher, ich meine . . .«

»Schau, Peter Kern war mein Freund, sie haben ihn niedergemacht. Glaubst du, ich scherze?«

»Versteh mich nicht falsch, ich meinte . . .«

»Ralph, ich sah ihn ganz deutlich vor mir, heute in deiner Wohnung, es war ein gestochen scharfer Traum, ich, ich sehe ihn jetzt noch vor mir, und vorhin hier . . .«

Sie hielt gerade noch rechtzeitig inne, während Ralph Christen in seiner Wohnung zweimal schluckte und sich setzte. Dann sprach er ganz ruhig:

»Stefanie, bist du in Ordnung? Wo kann ich dich finden? Schau, du stehst unter einem fürchterlichen Streß, ja, du mußt dich erst mal ausruhen, dann fühlst du dich wieder besser, glaub mir. Und diese Sache mit dem Traum, weißt du, damit kann ich wirklich nichts . . .« Er kam nicht weiter.

»Vergiß es, Ralph, ich brauche Informationen, keinen Psychiater. Entweder du beschaffst sie mir sofort, oder ich rufe den Polizeikommandanten an und sage ihm, daß ich mich in deiner Wohnung versteckt hielt. Verstanden, Ralph?« Sie war den Tränen nahe.

Eine Weile blieb es still, und Stefanie überlegte, ob Ralph vielleicht den Anruf mit Schaltungen zurückverfolgte.

Mit zwei oder drei ernsthaften Nötigungsversuchen hatte Christen in seiner turbulenten Karriere schon fertigwerden müssen. An den Kerl, der sich mit Sprengstoff vollpackte und drohte, sich in die Luft zu jagen, falls nicht ein bestimmtes Beweisstück vernichtet würde, erinnerte er sich besonders gut. Christen weigerte sich damals, und vom Erpresser hörte er nie mehr etwas, aber das Ultimatum war ihm unter die Haut gegangen. Stefanies Drohung war demgegenüber eine emotional bedingte Schikane einer hysterischen Person ... aber sie befand sich bestimmt unter großer Anspannung.

»Also schön, Stefanie, es war nicht so gemeint«, sagte er langsam, besänftigend, »aber ...«

»Kein Aber, Ralph«, fuhr sie mit letzter Kraft dazwischen, »ich ruf' dich in einer Stunde an, dann hast du die Sache, sonst kannst du dich mal selber!«

»Nun höre doch, Stefanie«, flehte Ralph Christen, aber das Telefon klickte in seinem Ohr. Sie hatte schon aufgehängt.

Rasch spulte er das Tonband zur Stelle zurück, wo Stefanie sagte: »... Ralph, es ist wichtig«, und lauschte angespannt auf die im Hintergrund schwach vernehmbare Ansage aus dem Bahnhofslautsprecher, schüttelte den Kopf, spulte das Band wieder zurück und hörte nochmals hin. Dann prüfte er die Uhrzeit und rief Steiner an, der aufmerksam zuhörte. Während der ältere Fahnder sich darum kümmerte, die Bahnstation ausfindig zu machen, wo um 16.35 Uhr ein Zug ohne Halt bis Lausanne abfuhr, dachte Ralph Christen über das verrückte Gespräch mit der Kramer nach.

»Verdammter Blödsinn«, schimpfte er kopfschüttelnd zum Telefonhörer und wählte die Nummer der Tagesschauredaktion der Fernsehanstalt. »Ein Traum! Sie verläßt sich auf Träume, sie ist vollkommen durchgedreht, so ein verdammter Bockmist! Ein obernuklearer Bockmist!«

»Wie sagten Sie? Wie ist Ihr Name?« fragte die Telefonistin des Schweizer Fernsehens in Zürich.

»Ch-Christen«, stammelte er, »Ralph Christen, verbinden Sie mich bitte mit dem Nachrichtenarchiv.«

16

Thomas Borer war mit Professor Hans Ulrich Stark von der Universität Lausanne telefonisch verbunden.

»Schauen Sie«, dozierte der Historiker, »der Bundesrat ist kein Spitzengremium der Politik, sondern ein Gremium der Mittelmäßigkeit. Er soll verwalten, wie ein durchschnittlicher Vereinsvorstand, keine spektakulären und starken Persönlichkeiten enthalten, nicht auffallen und schon gar nicht führen.«

»Aber Peter Kern fiel auf, er verkaufte sich gut, war populär«, wandte Borer ein.

»Sicher, populärsein schadet nichts, nützt aber auch nichts. Kern besaß die Gabe, die Meinung der Bevölkerung aufzunehmen und zu artikulieren, aber die politische Klasse läßt das nicht gelten. Kern war ein Einzelgänger, deshalb flüchtete er hinaus, suchte die Nähe des Volkes, verstehen Sie?«

Borer verstand. Er hatte schon früher darüber mit Professor Stark diskutiert.

In der Innenpolitik sollte ein Minister als Oberverwalter seines Departements ein niedriges Profil aufweisen und die Vorlagen geschickt vertreten. In der Beziehung zum Ausland mußte er mit biedermännischem und solidem Auftreten Vertrauen für die Schweiz schaffen, denn die Schweiz würde in der Welt immer das tun, was sie seit jeher getan hatte: davon profitieren, daß andere Länder streiten, daß es schwache Währungen und Zinsdifferenzen gibt, daß Fluchtgelder einen sicheren Hafen brauchen und die Spitzentechnologie der Präzisionsindustrie nach wie vor gefragt ist. Wer also sollte einen Bundesrat, der allen ein bißchen nützt und niemandem wehtut, umbringen?

Borer seufzte und erinnerte sich, wie das Gespräch dann weiter verlaufen war: »Wenn Kern einer Power-Gruppe in die Quere kam, zuviel wußte und etwas verhindern wollte, dann allerdings hätten wir das Motiv für den Mord«, tastete sich Borer heran.

»Auch meine Meinung«, sagte der Historiker. »Suchen Sie nach alten und neuen Konflikten und Ärgernissen, die irgendwie mit dem Departement von Kern zusammenhängen. Finden Sie Leute, denen er auf die Füße trat, orten Sie Bereiche, wo ein Mitglied der Landesregierung sich nicht einmischen sollte.«

»Wie Parkbußen«, knallte Borer in den Hörer.

»Dieser Fall ist in die Geschichte eingegangen«, lachte Stark, der sich noch lebhaft erinnerte, wie eine Ministergattin dem Polizisten, der sie wegen Falschparkens anhielt, den Strafzettel zerriß und damit um ein Haar eine Staatskrise heraufbeschwor.

Professor Stark legte auf und ließ Borer grübelnd zurück. Der Gedanke, daß etwas Gigantisches im Gang sein mußte, beschäftigte ihn; und sein Bluthundinstinkt warnte ihn davor, seine Vermutungen auszusprechen, denn ihm dämmerte, daß die Spur direkt in die Höhle des Löwen führen könnte. Eine übereilte Einmischung hätte womöglich tödliche Folgen ... also hütete er sich davor, den Löwen zu benennen.

Da merkte Thomas Borer, daß ihn alle erwartungsvoll anstarrten.

»Gibt's was Neues, Chef?« fragte Max.

»Nun, wie steht's mit dem Hinweis zu den Feministinnen?« wich Borer aus. Seine Routine half ihm, rasch den Faden wieder aufzunehmen.

»Wir arbeiten daran. Ich glaube ...«

Borer winkte mit der Hand ab: »Lassen wir die Spekulationen. Ich will in erster Linie zuverlässige Informationen. Es handelt sich nicht um ein Kreuzworträtsel aus dem Morgenblatt. Wir stehen vor einem großen Mosaik. Wir müssen Stein um Stein zusammentragen.«

Borer nickte Steiner, seinem Stellvertreter, zu, bevor er fortfuhr: »Ich will von allen Dienststellen der Polizei und der Verwaltung, der Armee, vom Grenzschutz, der Flugwaffe, der Luftraumüberwachung, von Bahnhöfen, Hotels, Restaurants, Nachtclubs, Autovermietungen, Reiseagenturen alle Meldungen über Vorkommnisse irgendwelcher Art. Alles, lückenlos. Steiner, Sie kennen das Prozedere. Sie sind Chef der Auswertung. Ist alles klar?«

Als niemand widersprach, fuhr er in sanfterem Tonfall fort: »Wir brauchen die guten Beziehungen zu den militärischen Behörden. Deshalb arbeitet Ralph Christen, der Militäruntersuchungsrichter, mit uns zusammen. Er bekommt alle erdenkliche Unterstützung.«

Er zeigte mit großzügiger Geste auf Christen, der sich etwas linkisch erhob, und mehrmals den skeptisch blickenden Polizeifahndern zunickte.

»Im weiteren«, sagte Borer mit scharfer Befehlsstimme, »treffen wir uns jeden Morgen um neun Uhr zum Lagerapport. Die übrigen Maßnahmen laufen weiter wie besprochen. Ich gehe jetzt in mein Büro zurück.«

In diesem Augenblick läutete aber das Telefon. Steiner nahm ab, brummte und reichte den Hörer mit einem Achselzucken seinem Chef.

Thomas Borer hörte eine energische Stimme fragen: »Wie läuft es, Kommandant, haben wir schon Ergebnisse? Sie wissen, ich bin in der Kommission, und ich will auf dem laufenden gehalten werden, Sie verstehen mich, oder?«

»Natürlich, klar«, antwortete Borer kühl, »wir sind mitten in einer Lagebesprechung und . . .« Der Polizeikommandant schwieg und blickte finster drein. Seine Stirne zerfurchte sich mißbilligend.

»Gut, morgen früh, ich tue was ich kann, jawohl, gut dann, auf Wiederhören.« Er hängte ein und bedeutete Max, Steiner und den anderen mit einer unwirschen Kopfbewegung, den Raum zu verlassen: »Ich dachte, der Rapport sei beendet? Also bitte, alle an die Arbeit.«

»Wer zum Teufel war das?« fragte Ralph Christen, während Steiner mit seinen Leuten im Gänsemarsch hinauslief.

»Schlammer«, brummelte Borer leise. »Adam Schlammer, Mitglied der Kommission für innere Sicherheit. Er will, daß wir ihn über die Untersuchung orientieren. Er verlangte eine Liste mit den Namen. Er wollte wissen, wer alles in unserem Team mitmacht.«

Ralph Christen lächelte seltsam ungezwungen, und als ihn Borer verdutzt anblickte, meinte er: »Diese Firmenchefs sind doch alle gleich. Sie wollen einfach überall das Sagen haben.«

Als Borer wieder zum Telefonhörer griff, faßte Christen, der eine heiße Erregung hochsteigen fühlte, zusammen: Eben hatte er vom Fernsehen *DRS* das Material erhalten. Der Typ, der in Ollon mit den Demonstranten verhandelt hatte, war Adam Schlammer, der Konzernchef. Christen spürte ein mulmiges Gefühl im Magen. Schlammers Fratze im Traum der Kramer hielt er eben noch für wirre Phantasie, für Träume einer hysterischen Frau; und nun kam dieser Anruf! Sonderbar. Ein Volltreffer? Christen stützte den Kopf in beide Hände und bot das Bild eines kühlen Denkers. Innerlich drohte er zu bersten: Er würde alles für diese Frau tun, gelobte er. Wenn sie nur anriefe!

Sein Gesicht fühlte sich heiß an, während er die Situation vernünftig einzuschätzen versuchte. Als besonderer militärischer Untersuchungsrichter besaß er Zugriffsberechtigung zu Sicherheitsbelangen. Dazu gehörte der Zugang zu den streng geheimen

Dossiers der UNA, der *Unterabteilung Nachrichten und Abwehr*, dem schweizerischen Staatsschutz. Christen erhob sich und gab Borer Zeichen, daß er sich in Eile befand.

»Wenn Sie mich brauchen, Anruf genügt, ich bin im Büro«, sagte er, als Borer aufschaute und die Sprechmuschel mit der Hand abschirmte.

Eine Viertelstunde später fütterte Christen seinen Computer mit dem komplizierten Sicherheitscode und begann, die UNA-Dokumente anzuzapfen, die alle erdenklichen Informationen über Adam Schlammer enthielten.

17

Adam Schlammer legte im Hochhaus der Konzernzentrale den Hörer auf und schaute seinem Gegenüber lange in die Augen, bevor er sprach. Dann klang seine Stimme unheimlich sanft.

»Meine Bomben entfachen einen Atomkrieg, schön, na und? Sie explodieren weit weg. Wen kümmert's, wenn in der dritten Welt ein paar Millionen krepieren, Wen? Hand aufs Herz, Geiger?« Er senkte sein Kinn auf die Brust. Hinter ihm stand eine schwarzhaarige, schwarzäugige junge Frau mit knallrot geschminkten, vollen Lippen und massierte seinen Hinterkopf. »Die Überbevölkerung ist weltweit unser größtes Problem. Daran werden wir ersticken, und was unternehmen wir dagegen? Nichts.«

Er schüttelte die Masseuse ab, erhob sich und schritt energisch zur getäfelten Wand hinüber, wo eine elektronische Weltkarte in bunten Farben erstrahlte. Seine äußere Erscheinung war beeindruckend, raumfüllend. Er bewegte sich schneidig und selbstbewußt. Geiger staunte jedesmal über die starke Ausstrahlung dieses Machtbesessenen mit seinem scharf geschnittenen Gesicht, das sich jetzt dem grün schimmernden asiatischen Kontinent zuwandte. Als Schlammer sprach, blitzten aus tiefen Höhlen dunkelbraune Augen in fanatischer Entschlossenheit auf. Die lange, gebogene Nase und das spitze Kinn zielten wie Haken auf die schwarze Rosalia, die leise den Raum verließ.

Das ganze sei ein Theater, eine Heuchelei, im Grunde seien wir froh, daß Aids und die Gelbsucht die Schwarzen Afrikas und die Chinesen dezimiere oder eine Naturkatastrophe wieder zehntausend Opfer fordere. Unser Überlebenstrieb wehre sich insgeheim gegen die Massen, die exponentiell wüchsen, uns bedrohten und schließlich, so sicher wie das Amen in der Kirche, unseren Lebensraum zerstörten. Eines Tages würden die Heerscharen Allahs an unserer Grenze stehen, wie damals die Türken vor den Toren Wiens.

»Geiger, wir können da nicht tatenlos zusehen«, rief Schlammer und ballte die Fäuste. »Unsere Regierung besteht doch nur aus Hanswursten, die nicht im entferntesten kapiert haben, wo es langgeht.«

Schlammer hielt inne und schaute durch Geiger hindurch in eine andere Welt. Sein schwarzes, glänzendes Haar war glatt nach hinten gekämmt, und die geschniegelte Frisur paßte zum teuren, dunkelblauen, maßgeschneiderten Nadelstreifenanzug mit der sorgfältig ausgewählten Krawatte. Schlammer war etwa einen Meter achtzig groß, stark gebaut, aber nicht stämmig. Niemand hätte ihn auf Anhieb für achtundfünfzig gehalten. Er rieb sich seine feingliedrigen, außergewöhnlich gepflegten Hände, als Geiger sich räusperte.

»Ja, was tun wir denn? Wir legen die Arme in den Schoß und schauen zu, wie der Papst die Geburtenregelung und die Kondome verbietet. Ja, ich bin mit Ihnen völlig einverstanden, Professor, daß wir etwas dagegen unternehmen müssen.«

Schlammer winkte ab. Er interessierte sich nicht für Geigers servile Zustimmung. Er fixierte ihn mit seinen schwarzen Augen, während er drohend den Finger hob: »Fast jeder zehnte Bewohner Deutschlands ist heute ein Moslem, Geiger. In England und Frankreich liegen die Zahlen ähnlich. Zehn Millionen Moslems, Geiger, wohnen heute in Westeuropa, mitten unter uns, und bereiten unsern Untergang vor, ja, das tun sie, Geiger, zehn Millionen!«

»Zugegeben, das ist katastrophal, aber immerhin, alte islamische Gemeinden haben seit jeher bestanden«, wandte Geiger schüchtern ein, »auch in der Schweiz . . .«

»Unsinn«, tat Schlammer den Einwand ab. »Es geht um heute, nicht um das Mittelalter.«

Wir würden bald Zustände wie in Ex-Jugoslawien haben, fuhr der Konzerngewaltige fort. Die Massen der Arbeitslosen würden nicht zusehen, wie das Immigrantenpack ihnen die Jobs vor der Nase wegschnappe. Jeder zehnte dieser Moslems sei ein religiöser Aktivist, der den anderen ständig einrede, wie schlecht es ihnen gehe: verraten von der korrupten Regierung zu Hause und ausgenutzt von den Christen und Juden in Europa.

»Ich sage es mal so, Geiger, diese Moslems sind nur die Vorhut einer gewaltigen Angriffswelle. Wir schauen tatenlos zu, wie Fanatiker des Islam ihre Glaubensbrüder zum Terror gegen unseren Staat und unsere Kultur aufhetzen!« Er machte eine Pause, dann sagte er energisch: »Aber wir werden das verhindern!«

Geiger erkundigte sich schüchtern, wer damit gemeint sei. Aber Schlammer hörte nicht hin, er war in Fahrt gekommen. Seine ›Endlösung‹ sei das Ausbomben, nuklear natürlich. Schon Guderian habe den Satz geprägt: ›Klotzen, nicht Kleckern‹.

»Wir haben zum Glück die Waffen, um selber nach dem Rechten zu sehen!« Schlammer lehnte sich zurück. Seine Augen glänzten. »Wir kommen nicht um den Einsatz der intelligenten Bomben herum, Geiger, die Welt muß aufgerüttelt werden!«

Dem Anwalt gefror das Blut in den Adern ob dieser Schreckensvision. Entgeistert blickte er auf Schlammer, doch er hütete sich, ihm zu widersprechen.

Wer sich gegen Adam Schlammer stellte, mußte mit dem Schlimmsten rechnen. Einige, die es versucht hatten, verschwanden einfach oder begingen Selbstmord. Schlammer besaß Macht und Geld. Mehr als all die reichsten Schweizer zusammen, die sich jährlich auf lächerliche Art in einem Wirtschaftsmagazin abbilden ließen.

Aus dem Telefongespräch mit dem Militäruntersuchungsrichter schöpfte Stefanie Kramer neue Hoffnung, als sie von der Bahnstation wegfuhr. Auf der Autobahn klaubte sie aus dem gelben Walkman in ihrer Handtasche die Kassette hervor und steckte sie in den Schlitz des Autoradios. Dann drückte sie die PLAY-Taste.

Rascheln, Keuchen, dann die entfernte Stimme. Es war Peter Kern. Ihr Herz schlug höher. Sie drehte die Lautstärke auf.

»... gestern ... machte ich ... angemeldete Inspektion, die waren total überrascht ... schon ... immer, Bachmann, ... ungutes Gefühl, ... beschloß ... Westschweiz ... nach *(Husten)* ...anne zu fahren, inoffiziell ...«

Stefanie preßte die Lippen zusammen. Der Ort in der Westschweiz blieb unverständlich. Sie betätigte den Rücklauf. Kerns Stimme keuchte erneut: ... ungutes Gefühl, ... beschloß ... Westschweiz ... nach *(Husten)* ...anne zu fahren, inoffiziell ...«

Sie überlegte.

Das Tonband lief weiter: »... vorstellen, Bachmann, dort in der schönen ... Westschweiz ... Bomben ... ein tödlicher Ort ... der Sache auf den Grund gehen.« Dann dumpfe Detonationen.

»Die Schüsse«, schrie Stefanie.

Ein Glucksen und Röcheln folgte, dann wieder Schüsse und nichts mehr. Stille. Stefanie brachte den Wagen auf dem Pannenstreifen zum Stehen und hielt beide Hände vors Gesicht. Sie wollte weinen. Aber wozu? Trauern nützte nichts. Sie mußte die Fährte aufnehmen, das war sie Peter Kern schuldig. Sie sinnierte über den Wortfetzen, und der Gedanke kam ganz von selbst: »...anne, Westschweiz, natürlich ›anne‹ steht für *Lausanne!*« Sie drückte das Gaspedal durch und jagte den verträumten Gestaden des Lac Léman entgegen, wo die Stadt Lausanne liegt.

Nicht weit von der nach Westen drängenden Reporterin entfernt beschwor Adam Schlammer einen betäubten Geiger: »Wir müssen das Heft selbst in die Hand nehmen. Was in Europa geschieht, ist eine Entweihung all dessen, wofür unsere Vorväter gekämpft haben. Schauen Sie sich nur mal diesen Minister Kern an, der in Europa herumpredigte, wir sollten die Ausländer, die Moslems, ausgerechnet Mohammedaner, eingliedern, wenn möglich noch einbürgern ...« Er schüttelte angewidert den Kopf, und eine schwarze Strähne fiel ihm in die Stirn. Dann änderte er abrupt das Thema: »Wenn das Geschäft mit den Südamerikanern klappt, bekommen Sie auch ihren Teil, Geiger, und ich sehe keinen Grund, warum noch etwas schiefgehen sollte.« Schlammer zögerte und schien Zahlen abzuwägen, während er zum schweren Schreibtisch mit der schwarzen Marmorplatte zurückging. Er starrte Geiger an, blickte durch ihn hindurch:

»Wir sprechen von ungefähr eintausendfünfhundert Millionen Dollar. Eineinhalb Milliarden, Mann.«

Dem Angesprochenen wurde heiß, und ein angenehmes Prikkeln wanderte sein Rückgrat hinunter. Er rutschte behaglich auf dem harten Ledersessel hin und her und preßte die Knie zusammen. Wieviel wohl auf ihn abfallen würde?

»Sie bekommen ein fettes Honorar, Geiger«, sagte Schlammer, als könnte er Gedanken lesen.

Aber der Anwalt kam nicht mehr zu Wort. Schlammer, Chef über zweihundertfünfzigtausend Angestellte, lächelte in sich hinein. Sein Blick schweifte verklärt über Geigers kahlen Scheitel hinweg in die Ferne. Über dem Horizont türmten sich weiße Wolkenungetüme auf. Das schöne Wetter hielt sich. Schlammer dachte an seine Mission. Er war nicht nur Großunternehmer, sondern auch Patriot. Er liebte das Tal, das vor ihm lag, das Land und haßte alles, was nicht weiß und christlich war.

18

Vor zwei Monaten hatten sie im ›Les Vacances‹ ihren Geburtstag mit einer Flasche *Taittinger Blanc de Blanc 1985* gefeiert. Peter Kern hatte behauptet, Frauen seien besser geeignet, Krisen zu bewältigen; sie wollten nicht ständig alles im Griff behalten wie Männer, sondern handelten intuitiv.

Stefanie hatte der Bemerkung damals keine große Beachtung geschenkt. Als aber die mit Reben bepflanzten, zum See abfallenden Terrassen die Stadt Lausanne ankündigten, drangen die Worte Kerns in ihr Bewußtsein. Sie nahm eine Abzweigung, die zum Seeufer führte, und hielt an. Auf der anderen Seeseite, wo Frankreich lag, erhoben sich majestätisch die Gipfel der Alpen. Ein schwacher Wind trieb einen Surfbrettfahrer langsam am kleinen Hafen vorbei. Weiter draußen wirkten größere Boote mit ihren farbigen Spinnakern wie historische Banner. Das schöne Wetter lockte Badende und Sonnenhungrige ans Ufer. Im Schatten des alten Kastanienbaums zupfte ein Fischer an seinen Netzen herum.

Gefühlsmäßig war Stefanie westwärts gefahren, und es erwies sich als richtig. Die Spur führte nach Lausanne. Doch die Ernüchterung holte sie rasch ein. Niedergeschlagen begriff sie, wie aussichtslos weitere Nachforschungen waren, fehlten ihr doch nähere Hinweise auf den tödlichen Ort, den Peter auf dem Band angesprochen hatte. Ein Junge mit wallender Mähne sauste auf Rollschuhen an ihr vorbei, wirbelte um die eigene Achse und schepperte rückwärts mit gebeugtem Rücken über ein Dutzend Treppenstufen zum Hafenbassin hinunter, wo er elegant auskurvte. Verblüfft starrte Stefanie auf den verrückten Kerl, der jetzt in einer Grätsche über ein Geländer sprang. Ins Wasser? Nein, auf den Steg, der zu den vertäuten Booten hinausführte.

Wehmütig wandte sie den Blick ab. Ihre weibliche Eingebung wollte sich nicht einfinden. Entmutigt beschloß sie, zurückzufahren. Sie lenkte den Wagen über die sanfte Steigung an stattlichen Villen vorbei aufwärts und verfehlte gedankenverloren prompt die Auffahrt zur Autobahn. Planlos folgte sie der Landstraße zurück nach Bern.

Sie mußte etwa eine halbe Stunde dahingegondelt sein, als die Ortstafel vor ihr, der sie unbewußt einen flüchtigen Blick zuwarf, plötzlich eine Gedankenverbindung in ihr auslöste.

›NUCLANNE‹ hieß die Ortschaft. Nur allmählich dämmerte ihr die Bedeutung. Sie ließ das Tonband in ihrer Erinnerung abspielen, und als sie die Ortsmitte erreichte, traf sie der Gedanke ohne Sinn wie ein herabfallender Geranientopf: Sie hätte schwören können, daß Peter Kern in *Nuclanne* und nicht *Lausanne* gewesen war. Sie schwenkte entschlossen zum Randstein und hielt an.

Nuclanne. Ein kleiner Ort. Nachforschungen hätten hier bestimmt bessere Aussicht auf Erfolg, sagte ihr der Spürsinn der Reporterin. Sie schöpfte neue Hoffnung und ersann einen Plan. Frauen handelten in der Krise intuitiv, hörte sie Peter Kern sagen. Mit leeren, traurigen Augen starrte sie in die kaum belebte Straße.

Da sah sie ihn plötzlich. Dort vorne, der Mann, der aus der Apotheke auftauchte. Sie rieb sich die Augen, denn sie glaubte, nicht richtig gesehen zu haben. Dann fuhr ihr der Schreck in die Glieder. Kein Zweifel, der Killer stand gerade einmal zwanzig Meter vor ihr. Die lange Nase zwischen strähnigen Haaren! Dann erspähte sie den Ohrring, sah den grausigen Eckzahn blitzen. Schöne Intuition! Beinahe wäre sie dem Scheusal in die Arme gelaufen. Zwei gute Männer hatte er hinterhältig niedergeschossen und lief jetzt nonchalant herum, wie wenn nichts geschehen wäre!

Aber dann fügte sich auf einmal alles haargenau zusammen. Nuclanne war die tödliche Falle, über die Kern mit Bachmann gesprochen hatte. Aber was hatte der Minister in diesem Ort gesehen, das ihn das Leben kostete, fragte sich Stefanie, als der Langhaarige bedrohlich auf ihren Wagen zuschlenderte.

»Um Gottes willen, nicht schon wieder«, flüsterte sie völlig konsterniert. »Ich werde wahnsinnig.«

Der in der Nachmittagssonne flimmernde Kubus aus Stahl und Glas beherbergte auf zehn Etagen die Zentrale der *Schlammer Engineering*. Die spiegelglatte, blaue Fassade warf die Umrisse der sanften Hügellandschaft von Nuclanne zurück. Vor dem Haupteingang schoß eine Wasserfontäne in die Höhe. Ein großer Parkplatz mit schattenspendenden Eschen erstreckte sich bis zur Straße. Dort befand sich auch die Schranke mit den Wachen, die in einem Aluminium Container mit schwarz getönten Scheiben den Zugang zum Gelände überwachten. Wie eine Sinuskurve schwang sich das Messingvordach, durch zwei kaum wahrnehmbare Glasfaserseile gehalten, über den Haupteingang. Das Ganze strahlte Dynamik und Reichtum aus.

Der schwarze Mercedes bog in das Konzerngelände ein, rollte am Springbrunnen vorbei und kam dort zum Stillstand, wo die rötliche Pflasterung der Vorfahrt in den weißen Marmor der Eingangshalle überging. Der Fahrer stieg aus, rannte um das Heck der schweren Karrosse herum und öffnete dienstbeflissen den Schlag.

Adam Schlammer, der Erfolgsunternehmer und Herr über eine Viertelmillion Angestellte, betrat an diesem Montag zum zweiten Mal das Hauptquartier seines Imperiums. Er blieb auf den Stufen stehen und überblickte das Fabrikgelände.

Schlammer hatte rechtzeitig umstrukturiert, um in der wirtschaftlichen Revolution der neunziger Jahre zu bestehen. Das zentrale Management unterzog er einer radikalen Schlankheitskur. Gleichzeitig delegierte der Konzernchef die Entscheidungen nach unten und bildete weltweit viertausend Einheiten mit durchschnittlich je fünfzig Leuten, die nun plötzlich Entscheidungsbefugnisse besaßen.

Schlammer durchquerte die weite Eingangshalle, während der Pförtner ihm die Aufzugtüren offenhielt.

Mit der Atommüllverwertung gelang dem Technologiekonzern dann ein gewaltiger Sprung nach vorne. Schlammer hatte es gewagt, dieses heiße Eisen anzufassen. Auf Anhieb glückte ihm, die kontroverse Beseitigung der radioaktiven Abfälle zu privatisieren und Riesenaufträge aus ganz Europa hereinzuholen.

Die Regierungen, anfänglich skeptisch, atmeten erleichtert auf, denn in keinem europäischen Land gelang es den Behörden, ein Atommüllager einzurichten, ohne auf geharnischten Protest der Bevölkerung am vorgesehenen Standort zu stoßen.

Dabei profitierte Schlammer, der nun im obersten Stock aus dem Lift trat und auf seine Zimmerflucht zuhielt, eigentlich von einem Zufall, wie bisher oft in seinem Leben. Er fand, die wirklich entscheidenden Fortschritte seien entweder Zufälle oder das Ergebnis schöpferischer Irrtümer. Der wahre Fortschritt ließe sich nicht allein mit rationaler Analyse herbeiführen, pflegte er zu dozieren. Man müsse lateral denken und Entwicklungen, die nicht geplant waren, als Basis für neue Taten akzeptieren. Zudem war nach seiner Meinung Fortschritt oft nur möglich, wenn man auf intelligente Art die Vorschriften mißachtete.

Als sich der große Kerl langsam ihrem Wagen näherte, griff Stefanie Kramer blitzschnell auf den Beifahrersitz und hielt sich die Handtasche schützend vors Gesicht, doch der Langhaarige stieg unbekümmert in den vor ihr geparkten japanischen Geländewagen.

Oder war der Kerl am Ende doch nicht der Mörder? Alles schien ihr so unwirklich. Doch mit dem schrägen Blick zurück verriet sich der Beobachtete. Er schloß mit der linken Hand den Wagen auf. Das fette Gesicht, die Kopfbewegung, das leichte Hinken, alles paßte, wie heute morgen im Wald, wie unten auf der Straße. »Was mache ich bloß?« Stefanie nagte unschlüssig an ihren Fingernägeln.

In den sechziger Jahren brach der erste atomare Versuchsreaktor der Schweiz wegen einer Störung im Kühlsystem zusammen. In der Folge legten die Behörden den Betrieb in Nuclanne still.

Die radioaktiven Anlageteile wurden in sechs Behälter mit siebzehn bis neunzig Tonnen Gewicht gestopft und als Stillegungsabfall in einem alten Munitionsstollen der Armee im Gebirge untergebracht.

Anläßlich eines langweiligen Empfangs in der rumänischen Botschaft in Bern stieß Schlammer auf Roger Ingramm vom Energiedepartement. Als der Beamte nach dem zweiten Wodka dem Unternehmer vorschlug, er könnte doch den ganzen Komplex für Lagerhallen mieten, fiel der Vorschlag nicht auf taube Ohren. Schlammer handelte sich einen Vertrag bis ins Jahr 2011 aus, mit dem Recht, die Anlage nicht nur zu benutzen, sondern sie nach Bedarf auch umzubauen. Der Preis, den die Regierung im Gegenzug forderte, war unanständig hoch, aber der schlaue Schlammer hatte nicht mit der Wimper gezuckt. Wenn dereinst eine parlamentarische Untersuchungskommission das Geschäft prüfen sollte, sagte er sich, würde die hohe Entschädigung kritische Fragen abschrecken.

Daß er sich die alte Reaktoranlage unter den Nagel riß, erwies sich als Knüller, weil sie sich, in Fels gehauen, vollständig unterirdisch verbarg, mehrere Stockwerke in die Tiefe reichte und einen gewaltigen Kuppelraum, wo der verbrannte Reaktor stand, besaß.

Eigentlich ließ sich die Kaverne mit einer der zahlreichen in den Bergen der Schweiz versteckten Festungswerke vergleichen. Nichts fehlte für einen längeren Aufenthalt oder gar das Überleben im Notfall. Die Kaverne eignete sich vortrefflich als abgeschlossenes, autonomes System mit eigener Energieversorgung, Wasseraufbereitung, Klimaregelung und setzte dem Einbau von Kommunikationssystemen und weiterer technologischer Finessen keine Grenzen.

Als der Geländewagen schließlich aus der Parkbucht herausfuhr, folgte Stefanie ihm. »Nur jetzt die Nerven nicht verlieren, Stefanie Kramer, du hast Schlimmeres überstanden«, sprach sie sich Mut zu. Die Straße wand sich wie eine Schlange durch die Häuser aufwärts, und Stefanie beschleunigte, daß die Reifen in den Kurven pfiffen.

Der weiße Wagen war plötzlich nicht mehr zu sehen, als sich die Straße über eine Kuppe schwang und den Blick auf das flache Gelände freigab. Ungläubig starrte die Reporterin auf den modernen gläsernen Koloß eines etwa zehnstöckigen Gebäudes, in dessen Fassade sich der Berg und die pastellfarbigen Werkhallen spiegelten.

Angestrengt suchte sie den großen Parkplatz ab, doch vom weißen Allradfahrzeug fehlte jede Spur. Weit konnte er nicht gekommen sein, entschied sie und schwenkte auf die betonierte Piste auf der rechten Straßenseite.

Leere. Sie wollte eben zu einem Wendekreis ausholen, als am anderen Ende des Platzes etwas ihre Aufmerksamkeit erregte. Natürlich, das Tor. Es bewegte sich. Auf den ersten Blick war ihr nichts aufgefallen, weil das Schiebetor, das jetzt geräuschlos nach rechts glitt, sich fast nahtlos in den mit Buschwerk durchsetzten, steinigen Abhang einfügte. Vergeblich spähte Stefanie in der klaffenden Öffnung nach Schlußlichtern. Der Verfolgte schien wie vom Erdboden verschluckt. Der getarnte Kaverneneingang blieb abweisend versperrt. Nichts regte sich. Dann folgte Stefanie der Straße ein Stück entlang den Werkhallen.

Über dem Eingang des stahlblauen Hauptgebäudes las sie ›SCHLAMMER ENGINEERING‹.

Der Wagen nahm nun die leichte Steigung der schmaler werdenden Straße, und nach ein paar hundert Metern hielt Stefanie unschlüssig auf einem flachen Stück an. Vor ihr lag ein stattliches, einsames Gehöft auf einem kleinen Hügel, sie sah Wiesen und Kiefernwald und wußte, daß sie an einem toten Punkt angelangt war.

Völlig apathisch saß sie einfach da, mit zurückgelehntem Kopf, stumpfem Blick und keines vernünftigen Gedankens mehr fähig. Erschöpft hoffte sie auf ein Wunder, das diesem Alptraum ein rasches Ende bereiten würde. Sie schloß die Augen und sah nicht, was sich bedrohlich ihrem Rücken näherte.

19

Das war der Coup meines Lebens, beglückwünschte sich Schlammer einmal mehr, während er durch die Glaswand seines riesigen Arbeitszimmers zufrieden zum Berg hinüberschaute. Im bewaldeten Felsmassiv, das weiter hinten in eine tiefe Schlucht abbrach, befand sich die große Kaverne, in der ein Teil der Mikrotechnik untergebracht war. Spezialisten der *Schlammer Engineering* bauten dort Minitelefone, Funkgeräte, Uhrwerke und Anlagen für die Telekommunikation. Sie stellten Mikrochips her und formten mit Lasertechnik Beschichtungen für die Supraleiter.

Doch der größte Teil der unterirdischen Hallen umfaßte die Einrichtungen für die Atommüllverwertung. Außerdem befanden sich im Bergesinnern die Versuchslaboratorien und eine Sternwarte, von der es allerdings hieß, daß sie stillgelegt worden sei. In Wirklichkeit hatte er sie zu einer geheimen Anlage umgebaut.

Schlammer setzte sich vor die breite Bildschirmwand und hieb auf ein paar Tasten. Eine der Mattscheiben blitzte auf und gab den Blick auf ein System aus Rollbahnen, Drehtischen und Transportwagen frei. Ein grellgelbes Faß rollte vom Fließband zur Andockstation, während am oberen Bildschirmrand die hellgrüne Einblendung informierte: 11.36 UHR, BETA-GAMMA-BOX, ROHABFALLBEHÄLTER NR. 14.

Hinter Abschirmungen brachte ein Arbeitsposten mit Hilfe des Greifer-Drehkrans das Faß in die richtige Stellung und schubste es auf die Rollbahn. Auf dem Bildschirm nebenan wendete ein anderer Behälter automatisch auf dem Drehtisch und gelangte zur

Hubvorrichtung. Im Vordergrund fuhren zwei mit gelben Fässern beladene Transportwagen vorbei. Das Computersystem registrierte jedes Rohabfallfaß und jedes Leerfaß, welches auf das Transportsystem gelangte, und listete die Information auf dem Monitor links außen auf.

Schlammer kümmerte sich nicht darum, sondern schaltete eine Mattscheibe in der untersten Reihe der Bildschirmwand ein. Die Kamera zeigte die Totalansicht eines großen Laboratoriums, das mit kahlen blaugrauen Betonwänden eingefaßt war. Im Hintergrund bewegte sich eine silbrige Gestalt wie ein Roboter auf einer Stahlbühne, die mit einem massiven Strahlenschutztor abgeschlossen war.

Schlammer betätigte den Zoom und zog die Gestalt, auf deren Helm ›SMARTY‹ stand, heran. *Smarty* war ein biomimischer Roboter der dritten Generation, dessen leicht asiatisches Aussehen die japanische Herkunft verriet. In der hochradioaktiven Servicehalle im dritten Untergeschoß durften Menschen nicht arbeiten. Elektronische Kulis wie *Smarty* besorgten den lebensgefährlichen Job: Sie vermischten radioaktiven Abfall mit Glas.

Die molekulare Struktur von Glas eignete sich ausgezeichnet, um radioaktives Material in ihr Kristallgitter zu integrieren. Glas, physikalisch sehr träg, hielt sich Tausende von Jahren, bevor es zerfiel, und der radioaktive Abfall blieb darin mit absoluter Endgültigkeit eingeschlossen. Ein Entweichen war unmöglich, namentlich konnte er sich in keiner Weise ins Grundwasser ergießen. Das Verfahren stellte einen gewaltigen Technologiesprung dar, und Adam Schlammer betrieb die Entsorgung in einer eigens dafür gegründeten Gesellschaft: der *Schlammer Green Please Corporation.*

Das mit dem Müll vermischte Glas fügten die *Smarties* in einen rostfreien, drei Meter hohen Stahlzylinder mit einem Durchmesser von sechzig Zentimetern. Die Behälter fanden danach ihre vorläufig letzte Ruhestätte unterhalb der Servicehalle in einer speziell abgesicherten, gigantischen Gruft.

Schlammer betätigte mit dem Zeigefinger eine Taste, und auf dem Bildschirm erschien eine Tabelle, die das Total der gelagerten Zylinder mitteilte: 20560 Stück.

»Wollen wir doch mal sehen, welch hübsche Summe das ergibt«, brummte Schlammer. Wie jedesmal, wenn es um viel Geld ging, strömte auch jetzt eine süße Wohligkeit in seine Lenden. Gelegentlich, wie eben jetzt, erigierte sein Glied. Er rückte verlegen den Bund seiner Hose zurecht und starrte mit großen Augen auf den Monitor.

Nach der bunten Computergraphik hatte die Müllverarbeitung bereits 534 Millionen Dollar eingebracht, und 203,5 Millionen fielen jährlich allein für die Aufbewahrung der Stahlzylinder an. Sich genüßlich im Sessel dehnend, den Blick unverwandt auf dem Bildschirm, langte Schlammer abwesend nach einer Kristalldose in Form eines zusammengekugelten Leguan, mit feinverzierter Silberkappe und den Initialen *C de C*, einem Geschenk von Don Cali de Cali, bis zum Rande mit feinstem kolumbianischem Kokain gefüllt. Schlammer hob den Deckel ab, steckte kurzerhand Daumen und Mittelfinger in die schneeweiße Fülle und stopfte sich die reiche Gabe Don Calis mit zwei eleganten, eingeübten Handbewegungen in die Nasenlöcher. Schnaufend und ächzend schob er die Schale zur Seite. Seine Sinne wogten im Rausch der unverfälschten Droge.

Der enorme Geldfluß versetzte den Konzern in die Lage, schrankenlos zu forschen, neue Verfahren zu entwickeln, die fähigsten Leute zu verpflichten, die besten Geräte zu beschaffen. So forschte die *Schlammer Engineering* an einer kostspieligen Methode, um das in die Gittermoleküle des Glases eingebaute radioaktive Material wiederzugewinnen. Die Gewinnaussichten nähmen astronomische Dimensionen an, wenn es gelänge, das wiedergewonnene Material anzureichern und den AKWs zu verkaufen.

Erregt verabreichte sich Schlammer eine zweite Prise von Calis weißem Pulver, schnupfte und schnaubte wie ein Walroß, dann sprang er auf, als der Gedanke an diejenigen, die seine Kreise stören wollten, sein schauderndes Gehirn durchzuckte. Zitternd, mit herabhängender Haarsträhne, verzerrtem Mund stand er am Rand seines ovalen Arbeitstisches und drückte heftig auf die Kurzwahltaste für Geiger. Der Anwalt kriegte Schlammers Wut in voller Wucht ab:

». . . eine konzertierte, massive Aktion will ich, hören Sie mich? Größtmöglicher Druck muß jetzt ausgeübt werden, Geiger. Kern ist tot, aber damit ist das Problem noch nicht gelöst. Noch laufen zu viele Gegner der Kernenergie herum. Ich hoffe, Sie sehen den Puck, Geiger. Ohne AKWs keinen Atommüll! Die Kernenergie ist für unsere Zukunkft entscheidend. Für *unsere* Zukunft, Geiger. Ich will, daß die Kernenergie wieder akzeptiert wird. Die öffentliche Meinung muß eine Richtungsänderung vollziehen. Das ist Ihr Job, Geiger. Sie haben ein Budget von zehn Millionen. Wenn Sie mehr brauchen, geben Sie Bescheid. Jeder Franken geht in die Förderung der Atomwirtschaft, Geiger. Enttäuschen Sie mich nicht!«

Der Anwalt saß stockstill, betäubt an seinem Arbeitstisch. Zehn Millionen? Wozu? Zweifellos für teure Werbekampagnen, um mehr und größere Reaktoren zu bauen, zum Kauf von günstigen Gutachten, zur Bestechung von Politikern, für den Zusammenkauf von Aktien der Kraftwerksgesellschaften, zur Verhinderung umweltgerechter Reaktortechnik durch Aufkauf von Patenten. Zehn Millionen? Wen hielt Schlammer zum besten? Hundert Millionen Dollar könnten knapp reichen, um eine Fahrrinne ins Packeis zu brechen, das die Begeisterung der Bevölkerung für Kernenergie überdeckte. Geiger seufzte, aber er steckte bereits bis zum Hals in der Sache. Er wollte nicht wie der Physiker enden, der vertrauliche Unterlagen der Presse zuspielen wollte. Geiger schauerte. Sie hatten ihn erwischt. Die Leiche des Verschwundenen lag jetzt unten in der Gruft. In einem der Stahlzylinder, fein säuberlich erfaßt in der Statistik der *Schlammer Green Please Corporation.*

20

Das gelbe Ungetüm eines wuchtigen Mähdreschers, der wie aus dem Nichts plötzlich dröhnend von hinten auf sie zudonnerte, erschreckte sie zu Tode. Stefanie griff sich mit beiden Händen an die Brust und schnappte nach Luft. Dann wartete sie auf den Aufprall und auf die kreischenden Geräusche verbogener Metallteile. Nach einer Weile, als nichts dergleichen geschah, wagte sie einen schüchternen Blick zurück und sah oben in der Fahrerkabine des brummenden Vehikels ein junges Gesicht freundlich auf sich hinabgrinsen.

Eine schwarze Schildmütze hielt den blonden Haarschopf des Fahrers zusammen, der keine Eile mehr zu haben schien, als er die junge Frau genüßlich betrachtete. Vorne auf seiner Mütze drohte ein Schlagwort: ›OHNE BAUER, LANDESTRAUER!‹, und unter der Windschutzscheibe seines furchterregenden Fahrzeugs behaupteten große Buchstaben: ›BAUERSMANN HEISST BROT UND BUTTER FÜR JEDERMANN!‹

Das unbekümmerte Gebaren des jungen Kerls, sein lässiges Winken und Lachen brachten Stefanie zur Besinnung. Es war das uralte Spiel: das Wissen, daß sie dem Kerl dort oben gefiel, daß er ein Auge auf sie geworfen hatte, diese warme, bestärkende Erkenntnis verlieh ihr seltsame Kraft und neuen Auftrieb. Die spontane Sympathiebezeugung des jungen Bauern katapultierte sie aus ihrem Tief heraus. Er mag mich, also bin ich, schmunzelte sie, und ein Gefühl der Zuneigung strömte durch ihren Körper, überallhin.

»Warum eigentlich aufgeben, verdammt noch mal?« fragte sie sich. Sie winkte zurück, scherzte mit Blicken und Gesten, dachte an seine kräftigen Schenkel ... Danke, Prachtskerl, für die Aufmunterung! Langsam fuhr sie schließlich an, nahm den Weg zum Gehöft, wo sie den Wagen bequem wenden konnte, ihre Blicke trafen sich nochmals, sie lachten sich zu, dann rollte sie langsam abwärts, vorbei an den imposanten Anlagen der *Schlammer Engineering*, zurück zum Städtchen.

Die Sonne verschwand hinter einer Wolkendecke, als sie sah, wie das Tor der Kaverne erneut zur Seite glitt. Sie bremste und wartete. Ein roter Minibus schoß heraus. Sie erkannte flüchtig ein Gesicht, braune Haare, vielleicht einen Schnurrbart. Jedenfalls war es nicht *ihr* Mann, sondern ein Unbekannter, der jetzt den Wagen Richtung Dorf lenkte. Stefanie überlegte. Sie konnte nicht länger hier bleiben. Bestimmt würde die Gegend rund um das Eingangstor überwacht. Sie ließ den Wagen weiterrollen. Vor ihr lag die Stadt, und auf der gegenüberliegenden Seite beherrschte die mächtige Burg mit dem Bärenwappen das Tal. Langsam fuhr Stefanie die gewundene Straße abwärts zum Stadtkern.

Schlammer hatte unterdessen eine weitere Verbindung hergestellt. Während das Rufzeichen aus dem Lautsprecher summte, lief er unruhig, mit den Fäusten in den Hosentaschen, hin und her. Draußen seilte sich der Fensterputzer über die Glasfront des Gebäudes ab. Der Türke stand lässig auf seiner Arbeitsplattform und winkte lächelnd den beiden Jungen und dem farbigen Mädchen zu, die durch den Hinterhof radelten und ihm zupfiffen.

Aus dem Lautsprecher meldete sich die harte, vertraute Stimme. Schlammer hielt inne und kam direkt auf den Punkt. »Da gibt es immer noch diese Reporterin, die in alles ihre geile Nase steckt, eine gute Bekannte von Kern ...«

»Stefanie Kramer, Chef, bildhübsches Geschöpf, wirklich ...«

»Ich habe nicht gefragt, wie sie aussieht. Finden Sie heraus, ob sie in ihrer Wohnung Aufzeichnungen hinterlassen hat. Sie stand ja sehr eng zum Minister. Ich habe das Gefühl, daß sie eine Story vorbereitet, wie damals. Wie hieß der schnelle Brüter bei Lyon ... Cray ... Cray ...?«

»Der Superphönix von Creys-Malville«, antwortete die Stimme im Lautsprecher.

Der Konzernchef erinnerte sich. Die blutjunge Kramer wurde damals über Nacht berühmt. Sie hatte herumgeschnüffelt, schwere Sicherheitsmängel aufgedeckt und die Öffentlichkeit hellhörig gemacht, was im Umgang mit Plutonium alles schiefgehen konnte. Schließlich wurde der schnelle Brüter 1990 stillgelegt.

»Wo ist die Kramer jetzt?« fragte Schlammer. »Ich werde den Verdacht nicht los, daß ihr Kern noch einiges mitteilen konnte. Das wäre eine Katastrophe, Hannibal, kapiert?«

Natürlich verstand Hannibal. Er war der Sicherheitschef des Unternehmens. »Wir werden sie aus dem Verkehr ziehen, Chef, die Aktion läuft«, versicherte er aus dem Lautsprecher. »Man sah sie oft mit Minister Kern, die beiden trieben es zusammen.«

»Lassen Sie die Anspielungen, Schlaukopf. Wenn die Kramer mit dem Kern herumfickte, dann wußte sie vermutlich nicht nur über seinen Brustumfang Bescheid. Sicher kam sie an brisante Informationen heran. Also finden Sie ihr Material, durchsuchen sie alles und neutralisieren sie dieses Weibstück, diese Schnüfflerin.«

»Neutralisieren? Ich dachte, wir würden sie hereinbringen. Auf Matak ist Verlaß. Abschleppen ist allemal besser zum Anfang, wir quetschen sie ein bißchen aus, haben Spaß mit ihr und dann ...«

»Wie Sie wollen. Aber verlieren Sie keine Zeit.« Adam Schlammer hieb auf die Sprechtaste und brach die Verbindung ab.

Stefanie Kramer sah den roten Kleinbus auf der Stelle. Er parkte am rechten Straßenrand, nicht weit vom Supermarkt entfernt. Die Reporterin fuhr langsam daran vorbei. Etwas weiter vorne deutete ein Schild auf einen größeren Parkplatz. Sie bog ab und ließ ihren Wagen dort stehen. Sie schlenderte zurück und blieb neben dem roten Kleinbus stehen. Kein Mensch schien von ihr Notiz zu nehmen. Unauffällig probierte sie die Schiebetüre, als ein Lastwagen vorbeirumpelte. Sie ließ sich öffnen.

Kurz entschlossen schlüpfte Stefanie hinein und zog die Türe zu.

Im Wageninnern bot ihr das dunkle Fensterglas guten Sichtschutz. Rasch schob sie sich über die hintere Sitzbank und kniete sich in den Laderaum.

Der Fahrer schlurfte wenig später heran. Sie hielt den Atem an, als er die Seitentüre aufriß, um Gegenstände in das Wageninnere zu schmeißen. Dann hörte Stefanie, wie der Mann vorne um den Wagen lief, sich hinter das Lenkrad zwängte, den Motor anließ und das Radio einschaltete. Mit einem tiefen Brummton setzte sich der große Kastenwagen in Bewegung, und während er beschleunigte, schlugen der im Heck Eingezwängten aus den Lautsprechern Nachrichten entgegen:

»... Die Ermittlungen im Mordfall des Ministers Peter Kern werden intensiv im In- und Ausland vorangetrieben. Von den Tätern fehlt zur Zeit jede Spur. Die Polizei sucht immer noch die junge Frau, die sich zum Zeitpunkt der Tat im Wald unweit vom Ort des Verbrechens aufgehalten hat. Die Polizei vermutet, daß die Zeugin wertvolle Angaben machen kann. Ob die Frau mit der Tat in Zusammenhang gebracht werden könne, war nicht zu erfahren. Anscheinend kennt die Polizei den Namen der gesuchten Person. Wie die Tageszeitung ›BLICK‹ *in ihrer heutigen Ausgabe meldete, könnte es sich bei der Frau um die Journalistin Stefanie Kramer handeln, die als enge Freundin von Mini-*

ster Kern galt. Sie hatte den ermordeten Bundesrat des öfteren auf seinen morgendlichen Trainingsläufen begleitet. Nach Recherchen von ›BLICK‹ *ist Kramer seit dem feigen Attentat auf den Minister spurlos verschwunden. Darüber, ob sie selbst in den Mordfall verwickelt war oder ebenfalls einem Verbrechen zum Opfer fiel, wollte sich die Polizei nicht äußern. Es gehe vorerst darum, die Frau zu finden. Hier nochmals ihre Personenbeschreibung: . . .«*

Der Fahrer hatte die Station gewechselt. Eric Clapton sang »Tears in Heaven«, als Stefanie fühlte, wie der Kleinbus bergwärts fuhr.

Als nach fünf Minuten plötzlich Dunkelheit ihren engen Sitzplatz einhüllte und das Motorengeräusch von rauhen Felswänden widerhallte, atmete die Reporterin tief durch. Sie wußte, der Plan war aufgegangen. Soeben war sie in die unzugängliche Kaverne der *Schlammer Engineering* eingefahren.

Im Hochhaus beobachtete Hannibal, wie der Wagen im Kavernenstollen verschwand. Er vermutete Matak mit der Kramer im Innern und versuchte, ihn anzurufen. Matak maß beinahe zwei Meter, und mit seinem blassen, weichen Puddinggesicht sah der Hünenhafte aus, als könnte er keiner Fliege ein Haar krümmen. Aber hinter der harmlosen Fassade versteckte sich ein professioneller Totschläger. Wo steckte er bloß? Hannibal wiederholte die Rufnummer, aber Mataks Funktelefon war außer Betrieb. Wahrscheinlich vergnügte sich das Schwein mit der Journalistin, überlegte Hannibal und wählte die Nummer seines Informanten in der Bundesstadt.

Draußen patrouillierten zwei Wachen mit Schäferhunden an kurzer Leine über den Betonplatz und verschwanden bald im Eingang zum Kavernenstollen.

21 Im Schlammer Konzern, Montag, 2. Juli

Der Iraker mit dem schmalen Oberlippenbart bohrte seinen Blick in Schlammers Augen und sagte mit salbungsvoller Stimme: »Morgen, lieber Herr Schlammer, erwarten meine Auftraggeber, die Ihnen bisher alle erdenkliche Geduld und größtes Verständnis entgegengebracht haben, die Lieferung. Den Preis zahlen wir selbstverständlich bar.«

Der Iraker machte eine Pause und klopfte auf das schwarze Lederköfferchen, als läge das Geld darin.

Sein Begleiter, den er als Doktor Krauthammer vorgestellt hatte, zupfte unterdessen stumm an seinem Schnurrbart. Über der gefurchten Stirn des Wissenschaftlers blähte sich ein wirr behaarter Scheitel wie die Spitze einer Granate auf.

Eine schleimige Ratte, dachte Adam Schlammer, während er dem Blick standhielt. Alles am Iraker war ihm zuwider: die untersetzte Figur, die gelbliche Haut, der makellose Designeranzug, die goldene Rolex, das Louis-Vuitton-Köfferchen und vor allem, wie er sprach: geschwollene Sätze in akzentfreiem Deutsch.

Soweit seien sie noch nicht, brach der Konzernchef die Stille. Woher er wissen solle, ob sie überhaupt das nötige Geld hätten. Man rede hier nicht von kleinen Summen. Er solle zuerst einmal nachweisen, daß seine Auftraggeber zahlen können.

»Gehen wir nach unten, wo wir alles in Ruhe besprechen können«, schlug Schlammer vor.

Auf einen Tastendruck teilte sich die Messingwand in der Nische des Arbeitszimmers und gab den Blick auf einen Fahrstuhl frei.

»Die Anzahlung lag jahrelang auf Ihrem Konto«, sagte der Iraker, als sie den Lift betraten. »Sie verdienten daran Zinsen und haben bis heute nichts geliefert.«

Als sich die Türen schlossen, sah Schlammer die dunkle Silhouette vor dem Fenster. Wie eine Zielscheibe im Schießstand verharrte der Fensterputzer reglos auf seiner Plattform, die er vor das Büro des Konzerngewaltigen manövriert hatte. Schlammer schüttelte ärgerlich den Kopf. Hatte der Türkenlümmel diesen Abschnitt heute nicht schon mal gemacht? Dann wandte er sich wieder dem Iraker zu: »Sie wissen genau, Herr Hazmoudi, daß ich damit nichts zu tun hatte. Ihre Regierung hat Kuwait überfallen und das Embargo verschuldet.«

Der Iraker winkte beschwichtigend ab. Ein abschätziges Lächeln streifte seine Lippen.

Im Untergeschoß sausten sie in einem futuristischen Gefährt auf einer schmalen Spur abwärts.

»Wir machen hier Versuche mit Supraleitern. Dieser Zug schwebt praktisch widerstandslos dahin«, erklärte Schlammer.

Doktor Krauthammer lehnte sich naserümpfend hinaus, als wollte er die Behauptung überprüfen.

Im Schauraum stand Schönhof mit weißer Laborschürze neben dem Behälter und hieß die Besucher in den lindgrünen Polstersesseln Platz nehmen. Dieser sanfte Farbton zog sich durch die ganze Anlage und wirkte in dem Wirrwar von Geräten, Monitoren und Videokameras beruhigend. Schönhof berührte ein paar farbige Felder auf einem Bildschirm. Das Licht ging aus, und auf der großen Leinwand erschien derselbe Behälter im Bild, der vor ihnen auf dem Tisch stand.

Hannibal beobachtete die Besucher aufmerksam durch das unsichtbare Guckloch im Kontrollraum, während drei Kameras die Vorgänge im Schauraum aus verschiedenen Perspektiven festhielten.

Der Film zeigte jetzt die Masse des rechteckigen dunkelgrünen Metallbehälters.

»Das ist etwa die Größe eines Fernsehgeräts, paßt in jeden Kofferraum«, ergänzte Schönhof. »Die Kiste wiegt mitsamt dem Sprengkopf 73,9 Kilo, der Sprengkopf allein ist 26,5 Kilo schwer und läßt sich von einer Person in einer Rückenpackung mitschleppen.«

Prompt machten sich auf der Leinwand zwei Personen im Kampfanzug an der Kiste zu schaffen.

»Es handelt sich hier um Spezielle Atomare Zerstörungsmunition, *SADAM*, *Special Atomic Demolition Ammunition.* Es ist die kleinste einsatzfähige Atomwaffe bezüglich Gewicht, Größe und Ladung. Unsere Typenbezeichnung lautet ›SADAM-54-SL93‹. Die Amerikaner bauten die ersten *SADAM* in den sechziger Jahren in Los Alamos. Sie nannten die Waffe *W-54.* Die Army und das Marinekorps sind etwa mit dreihundert solcher *W-54* ausgerüstet worden. Die Sowjets versuchten dann vergeblich, diese Gefechtswaffe nach amerikanischen Plänen nachzubauen. Sie wandten sich schließlich mit einem Prototypen, der nicht funktionierte, an uns. Wir verbesserten die amerikanische Version hauptsächlich in Bezug auf Sicherung und Zündmechanismus.«

»Wie hoch ist die Sprengkraft?« krächzte Krauthammer. Er hüstelte und erheischte mit der Brille in der Hand ungeduldig eine Antwort. Er glich der Karikatur eines Professors.

»0,25 Kilotonnen«, antwortete Schönhof, und an den Iraker gerichtet:

»Das entspricht der Sprengwirkung von zweihundertfünfzig Tonnen TNT, Trinitrotoluol, also zweihundertfünfzigtausend Kilogramm TNT, da fliegt einiges in die Luft.«

Der Iraker zeigte keine Regung und fragte: »Wer sagt mir, daß das Zeug funktioniert.«

Schönhofs Finger strichen wieder über die Mattscheibe des

Monitors und deuteten dann auf die Leinwand. Dort hatten die beiden Soldaten von vorhin jetzt eine Stellung erreicht und zerrten die *SADAM* aus der Packung. Das nächste Bild zeigte die Großaufnahme einer öden Landschaft.

Plötzlich zuckte ein Lichtblitz auf, und eine gewaltige Dreckfontäne schoß in den Himmel, um gleich in einer breiten, fast rechtekkigen Rauchsäule aufzugehen.

»Wir hatten die Waffe in der ehemaligen Sowjetunion getestet. Alles lief einwandfrei.«

»Wo bleibt der Atompilz? Das war doch gar keine A-Explosion, sonst hätte sich der Pilz geformt, das weiß jedes Kind?« platzte der Iraker heraus und kratzte sich nervös am Nacken.

Im Kontrollraum musterte Hannibal das gierige Gesicht des Irakers. Mit dem süchtigen Blick eines Drogenabhängigen starrte er auf die Kisten mit der Atombombe. Der mußte ganz schön scharf auf diese Waffen sein, überlegte Hannibal, dann hörte er Schönhof antworten:

»Die *SADAM* kann logischerweise nur am Boden eingesetzt werden. Der Sprengpunkt der Waffe ist somit tief. Im Gegensatz zu Nuklearwaffen, die hoch oben in der Luft detonieren, erzeugt eine A-Explosion am Boden keinen klassischen Pilz. Der Einsatz von A-Waffen mit tiefem Sprengpunkt ist eine schmutzige Angelegenheit. Enorm viel Dreck und Staub werden hochgeschleudert und senken sich dann über weite Teile des Geländes ab. All dieser Dreck ist radioaktiv und verseucht das betreffende Gebiet über Jahrzehnte mit Caesium und Strontium 90. Und die A-Explosion am Boden bildet eben einen deformierten Pilz. Der Stamm erreicht fast den Durchmesser des Pilzhutes, wie Sie hier sehen.«

Während der Physiker Schönhof seine Erörterungen mit schnarrender Stimme fortsetzte, blätterten in New York vier Männer in einem dicken Bericht des Bundessicherheitsamtes NSA. Sie hatten sich am Morgen um den rechteckigen Tisch im weißgetünchten, nüchternen Raum im 35. Stockwerk des Trump-Park-Gebäudes versammelt. Sie waren hartgesottene Geheimagenten.

Eine Ausnahme bildete der ›Amateur‹, wie ihn die Branche abschätzig bezeichnete: Wagner, der Leiter der Nachrichtenabteilung der Internationalen Atomenergiebehörde IAEO in Wien.

Nach Ansicht von Bill Conklin bildete Wagner ein Sicherheitsrisiko, denn was die IAEO als Nachrichtenabteilung bezeichnete, war eine völlig harmlose und dilettantische Angelegenheit. Und Wagner kannte die Regeln der Branche nicht. Aber die Order kam vom Weißen Haus, und somit mußten sie sich mit dem Österreicher herumschlagen. Die Welt der Spione hatte sich eben auch verändert.

Bill Conklin vom Bundessicherheitsamt seufzte und begann ohne Umschweife: »Auf dieser Welt spielen zu viele Finger am nuklearen Abzug. Sehen Sie sich diese Zusammenstellung an. Wir schätzen, daß fünfundzwanzig Länder Massenvernichtungswaffen entwickelt haben oder herzustellen im Begriff sind.«

Conklin legte eine Klarsichtfolie auf den Tageslichtprojektor und schaltete das Gerät ein. Automatisch richteten sich alle Augen auf die Wand, an der eine Tabelle zu sehen war:

DER WEG ZUM WELTUNTERGANG
Erklärte Atomwaffenstaaten

Raketen mit größter Reichweite in Kilometern	
Großbritannien	4'600 **
China	15'000 **
Frankreich	5'000 **
Rußland	13'000 **
Weißrußland	10'500 **
Kasachstan	11'000 **

Ukraine	10'000 **
USA	14'800 **
Nicht erklärte Atomwaffenstaaten	
Israel	1'500 **
Indien	2'500
Pakistan	300
Schweiz	??

** = können die Atomwaffen mit Trägersystemen einsetzen

Staaten im Begriff, Atomwaffen zu entwickeln	
Algerien	65
Iran	500
Irak	300
Libyen	300
Nordkorea	500
Syrien	500

»Wie wir alle wissen, besitzen die USA, Großbritannien, Frankreich, China, Rußland und Israel Trägersysteme, also Raketen, Bomber, Unterseeboote, Artillerie, um die Sprengköpfe ins Ziel zu bringen«, erläuterte Conklin. »Die anderen Länder«, er deutete auf den unteren Teil der Tabelle, »versuchen, sich Trägersysteme zu beschaffen.«

»Zum Beispiel die Nordkoreaner«, warf Oberst Simon Golan, der großgewachsene, drahtige Israeli mit dem schwarzen Bürstenschnitt, den grauen Schläfen und dem braungebrannten Gesicht sarkastisch dazwischen. Nordkorea besitze genügend Plutonium, um zwei bis vier Bomben herzustellen. Außerdem hätten die Nordkoreaner bereits eine Trägerrakete, die *Nodong 1*, getestet, die eintausend Kilometer fliege. In Israel wisse man, daß diese Raketen den Iranern verkauft werden sollen. Damit gelange sein

Land in die Reichweite iranischer Raketen mit nuklearen Sprengköpfen. Das Bedrohungsbild habe sich dramatisch verändert.

»Der Iran arbeitet systematisch am Aufbau einer bedrohlichen Atommacht«, setzte Simon Golan nach. »An der Spitze der geheimen Vorbereitungen steht ein machtbesessener, ehrgeiziger, hochintelligenter Stratege, der nicht ruht, bis Irans Nuklearpotential einsatzbereit ist, um damit seine Nachbarn zu erpressen: Oberst Reza Fahimi. Er ist der skrupellose Chef der Abteilung Geheime Operationen, direkt dem Ministerpräsidenten unterstellt. Ein äußerst gefährlicher Kopf.«

Wagner machte Notizen, und der Russe nickte vielsagend, als kenne er Fahimi persönlich.

Im Angesicht der Bedrohung durch iranische Fundamentalisten rüste Europa auch viel zu schnell ab, gab Conklin nach einer Weile zu bedenken. Nicht militärische Bedürfnisse, sondern die Budgets der einzelnen Staaten würden eben den Truppenabbau bestimmen. Man trage den fanatischen Wirrköpfen oder eiskalten Kriminellen, zu denen dieser Oberst Fahimi zu zählen sei, überhaupt keine Rechnung. Der Westen stehe – wie noch nie seit dem Zweiten Weltkrieg – geschwächt da.

Die Männer schwiegen. Wagner blickte zur Tabelle mit dem ›Weg zum Weltuntergang‹ hinauf, während er sich nachdenklich die Kinnspitze rieb. Dann kritzelte er wieder auf seinen Papierbogen mit dem Briefkopf der Atomenergiebehörde.

Der Russe setzte eine säuerliche Miene auf. Wahrscheinlich dachte er an den Atomschmuggel durch die Seehäfen der Krim.

Der Israeli betrachtete mit einem Schmunzeln auf den Lippen den das Zimmer abschreitenden Conklin, mit dem ihn eine lange Freundschaft verband. Vor Beginn des Luftkrieges im Golf hatten sie den Irakern eine *SAM-7* unter der Nase ihrer Generäle weggeschnappt. Anschließend verschleppten sie das russische Radarfeuerleitgerät nach Saudi-Arabien. Im erbeuteten Waffensystem fanden sich auch die Frequenzen und Zielbestimmungsdaten für die gefürchteten *SCUD-C*-Raketen.

»Die Gefahren, die der Handel mit Atomgeschossen heraufbeschwört, sind teuflisch«, fuhr Conklin fort.

Um die äußerst bedrohliche Situation zu unterstreichen, würde er ihnen nun einen Film vorführen. Der Streifen zeige in einer dramatischen Aufarbeitung, wie eine angenommene Terrorgruppe sich eine Atomwaffe beschaffen, zum Ziel transportieren und zur Explosion bringen könne.

Während Bill Conklin den Videoprojektor in Gang setzte und ein Bild von ›Fat Man‹, der über Nagasaki abgeworfenen Atombombe, über die Leinwand flimmerte, betrachtete Adam Schlammer auf der anderen Seite des Atlantiks mit ungutem Gefühl seine Besucher. Schönhof besaß beunruhigende Anhaltspunkte, wonach der Iraker die begehrte *SADAM* möglicherweise in die USA verfrachten könnte. Hazmoudi hatte sich nämlich nach Frequenzen im Ultrakurzwellenbereich der amerikanischen Ostküste erkundigt.

Die bloße Möglichkeit, daß einer seiner Bomben in die USA gelangen könnte, gefiel Schlammer ganz und gar nicht. Mit den Amerikanern wollte er sich unter keinen Umständen, nicht einmal gegen viel Geld anlegen. Amerikanische Firmen gehörten zu seinen besten Kunden.

Außerdem traute er Hazmoudi auch sonst nicht über den Weg. Schlammer bezweifelte, daß dieser Hurensohn eines Kameltreibers den Preis von sechshundert Millionen Dollar aufbringen könnte. Soviel kostete ein vollständiger, einsatzbereiter Satz der Speziellen Atomaren Zerstörungsmunition.

Er würde noch eine Weile mit dem Iraker weiterverhandeln, dann aber abbrechen, entschied er. Selbstverständlich würde die Anzahlung von zehn Millionen Dollar gemäß Vertrag verfallen. Diese Abmachung war nur billig, denn schließlich erhielt der

Iraker Einblick in die Geschäftsgeheimnisse über die atomare Zerstörungsmunition.

Schlammers schwarze Augen funkelten. Nachdenklich verließ er den Schauraum und begab sich hinüber zu Hannibal.

Der Sicherheitschef nahm seine Füße von der Konsole und rutschte nervös hin und her. Er liebte es gar nicht, wenn ihn der Boß mit seinem feurigen Blick wie mit einem Laser an die Wand schweißte.

»Hören Sie, Hannibal«, sagte Schlammer, »denen werde ich keinen Dreck verkaufen. Dieser Hussein-Abschaum kotzt mich an. Ich mache grundsätzlich keine Geschäfte mit Leuten, die mir zuwider sind.«

Hannibal vermied es tunlichst, zustimmend zu nicken. Schlammer war auf Stiefellecker allergisch.

»Außerdem habe ich ein besseres Angebot erhalten. Morgen verhandeln wir mit den richtigen Partnern, den Giganten in diesem Megageschäft. Die haben Zaster, Hannibal, tonnenweise, nicht wie diese Kameltreiber, die mir am Schluß dreckiges Erdöl andrehen. Wir sprechen noch darüber. Der Unterhändler, der uns morgen besucht, ist Amerikaner, Kenneth William Custer. Bringen Sie etwas über ihn in Erfahrung, alles klar?«

»Alles in Ordnung, Chef, gefällt mir, wenn etwas läuft«, grinste Hannibal und ließ die Monitoren nicht aus den Augen.

»Ach, Hannibal, haben Sie die Kramer erwischt?«

Hannibal hatte gehofft, die Frage würde ihm erspart bleiben. Der Kramer waren sie auf den Fersen, aber er brauchte noch etwas Zeit, und das Debakel mit Matak hätte er lieber verschwiegen.

»Na, Hannibal, haben wir sie?« insistierte Schlammer.

Sie habe heute ihre Kreditkarte benutzt, als sie einen Wagen mietete, begann Hannibal. Sie habe den üblichen Wisch unterschrieben, auf dem sie die Adresse der Mietwagenfirma gefunden hätten. Seine Kontaktperson bei *Eurocard* habe ihn sofort benachrichtigt. Einer von seinen Leuten habe darauf die Firma aufgesucht und sich als Freund der Kramer ausgegeben. Da er die Kreditkartennummer und den Betrag gewußt habe, sei die Angestellte sehr hilfsbereit gewesen. Nach ihrer Auskunft sei die Kramer vermutlich in die Westschweiz gereist.

»Und warum will sie das gewußt haben?« fragte Schlammer

»Die Kramer fragte nach einer Straßenkarte für die Westschweiz«, antwortete Hannibal.

»Mhm, mmh.«

»Sie ist uns entwischt«, fügte Hannibal von sich aus hinzu. »Die Frau ist gut, ich meine, sie hat Haare auf den Zähnen.«

»Was soll der verdammte Mist, Hannibal? Laßt ihr euch von einem Weibsstück übertölpeln? Was zum Teufel ist eigentlich los?«

Sie habe Matak in die Eier getreten, rechtfertigte sich ein unbehaglicher Hannibal. Er kenne die Einzelheiten nicht genau. Offenbar habe sich Matak erwischen lassen. Jedenfalls sei die Frau ihnen entkommen. Er vermute, daß sie sich dann kurze Zeit in der Wohnung von Christen, er wisse ja, des Militäruntersuchungsrichters, versteckt habe. Der Polizei seien bereits entsprechende Hinweise zugegangen, und er wisse, daß die Reporterin diesen Christen kenne.

»Tut mir leid, Chef, wir haben die Kramer unterschätzt. Aber in Kürze werden wir sie uns schnappen.«

»Das möchte ich Ihnen geraten haben. In die Eier getreten, den Matak!« Schlammer hieb sich die flache Hand auf den Schenkel und krümmte sich vor Lachen. »Zum Teufel, ich muß diese Furie kennenlernen.«

Hannibal grinste erleichtert über den guten Verlauf des Gesprächs.

»Hannibal!«

Der Sicherheitschef fuhr zusammen: »Ja, Chef?«

»Die Kramer ist ein Risiko. Bringen Sie sie her. Ich rate es Ihnen. Sonst werden *Ihre* Eier zum Frühstück serviert. Meinen Doggen ... Also, Hannibal ... und diesen Militäruntersuchungsrichter Christen, lassen Sie den beschatten. Christen ist gefährlich, unberechenbar.«

Hannibal schluckte. Schlammer drehte sich um und verließ den Kontrollraum.

Im Trump Park Gebäude war der Film zu Ende.

Der Russe mit dem viereckigen Gesicht stützte sich mit den Armen auf die Stuhllehne und wogte mit den breiten Schultern hin und her. Seine wachen Augen blitzten, als er sprach: »In Rußland haben wir große Probleme mit der Ukraine. Wir kommen nicht an die Atomwaffen heran. Es geht um 170 strategische Raketen, dreißig Atombomber und etwa 1600 nukleare Sprengköpfe. Wir erwägen militärische Maßnahmen, um die Kontrolle über dieses gewaltige Arsenal sicherzustellen. Die Ukrainer aber drohen, die Waffen gegen uns einzusetzen, wenn wir ihnen auf den Leib rücken. Keine so einfache Sache.«

Krutov gehörte zum KGB, oder was davon übrigeblieben war, und befaßte sich in Moskau hauptsächlich damit, auf dem Gebiet der ehemaligen Sowjetunion die Atomwaffen einzusammeln.

»Mein lieber Vassily«, entgegnete Conklin, »im kalten Krieg hatten wir klare Fronten. Die gegenseitige Abschreckung garantierte die Sicherheit. Das waren noch gute Zeiten.« Der NSA-Mann seufzte unüberhörbar. »Heute ist alles aus den Fugen geraten. Die Entwicklung ist unberechenbar geworden. Rachsüchtige Potentaten und besessene, verblendete Fanatiker spielen mit dem Feuer. Die Religion heiligt dabei die Mittel. Und wo der Koran nicht frommt, ertönt der Ruf nach Lebensraum. Beiden Zielen dient die Atomwaffe.«

Wagner räusperte sich: »Das ist ja lächerlich. Sie wollen mir doch nicht weismachen, daß die Supermacht Amerika diesen Staaten nicht beikommt. Was soll denn diese Angstmacherei?«

Er schaute an Conklin vorbei zum Fenster hinaus auf den weiten, grünen Park.

Bill Conklin ließ sich nicht aus der Ruhe bringen: »Soll ich es Ihnen erklären? Schön! Sehen Sie, Wagner, nachdem wir die globale Konfrontation überstanden haben, weil der Lieblingsfeind im Reich des Bösen sich pulverisiert hat . . .«, er blickte schnell zum Russen und lehnte sich dann über den Tisch ». . . schwingen sich unter neuen Machtverhältnissen überall auf der Erdkugel ungehindert irrwitzige totalitäre Typen auf, die hemmungslos dreinschlagen und nach der A- oder C-Waffe greifen, sobald sie ihnen zugänglich gemacht wird. Saddam hatte es als erster versucht, sein Griff zur Atombombe konnte gerade noch rechtzeitig abgeschlagen werden. Andere werden es wieder versuchen, und solange die Weiterverbreitung von Kernwaffen ein Kinderspiel ist, bleibt die enorme Bedrohung einer nuklearen Katastrophe an einem dünnen Faden über uns hängen.«

»Das ist nur das eine«, ergänzte der Israeli, zog an seiner grünen Zigarre und blies sorgfältig Rauchwölkchen in Fom von kleinen Atompilzen zur Decke. »Das andere ist, daß diese Dinger leicht zu beschaffen sind. Sie können sie kaufen, sofern sie genügend Mäuse haben.« Demonstrativ rieb er den Daumen gegen den Zeigefinger. »Ein Kinderspiel, das ist richtig.«

Bill Conklin nickte und rief in Erinnerung, daß sie zusammengekommen seien, um Mittel und Wege zur Bekämpfung des Nuklearterrors zu finden. Es sei der feste Wille ihrer Regierungen, die Anstrengungen auf diesem Gebiet zu vervielfachen.

Die CIA habe das *Zentrum für Waffentransfer* geschaffen, erklärte Conklin. Diese geheime Organisation vereitle, notfalls mit Gewalt, die Lieferung von gefährlichen Waffensystemen. Die CO-COM in Paris arbeite eng mit der Atomenergiebehörde IAEO in

Wien zusammen, um die Lieferung von Bestandteilen zur Herstellung von Atomwaffen zu unterbinden. Die Häufung krimineller Vorfälle im Zusammenhang mit nuklearen Stoffen lasse aufhorchen. In Washington schließlich würde an einem totalen Embargo für spaltbare Brennstoffe, hauptsächlich Plutonium, gearbeitet. Viel Theorie, aber immerhin ein Anfang.

»Unsere Task Force hat sich zum Ziel gesetzt, die Waffen- und Plutoniumschieber zur Strecke zu bringen. Überall. Erbarmungslos.« Conklin fischte mit nonchalantem Gebahren aus dem Papierstapel auf dem Tisch ein Blatt hervor und ließ es zwischen Daumen und Zeigefinger hin und her pendeln.

»Ich habe hier die Ereignisliste des deutschen Bundesnachrichtendienstes BND«, sagte er bedeutungsvoll, stützte die Ellbogen theatralisch auf die Tischplatte und hielt sich das Papier mit beiden Händen vors Gesicht.

»Allein im letzten Halbjahr, meine Herren, wurden in Europa fünfundfünfzig kriminelle Vorfälle erfaßt, bei denen nukleare oder sonst strategisch relevante Substanzen im Spiel waren.«

Er fixierte über den Rand der Liste hinweg mit seinen Augen den Russen. Dann las er vor: »Murmansk: drei Brennstäbe für Atom-U-Boote entwendet... Moskau: Firmenchef wird mit radioaktiver Strahlung ermordet. In seinem Sessel war eine Strahlenquelle eingebaut ... Eine Bosniakische Empörungsfront kündigt die Explosion von vier Nuklearbomben in europäischen Hauptstädten für Silvester an, falls politische Forderungen nicht erfüllt würden. Dann, Waffenhändler soll im Auftrag Nordkoreas fünfundsiebzig Kilo Plutonium aus Rußland in die Philippinen gebracht haben. Oder da: Vier Kilo Cäsium-133 an der Grenze Schweiz-Frankreich beschlagnahmt ... und ... hier: Bei einer Firma in Thüringen, Bundesrepublik, werden über zehn Kilo Uranoxyd und dreihundert Gramm Boriumnitrat gefunden ... und so weiter ... da, noch eine Meldung«, Conklin zog die

Augenbrauen zusammen, »die Serben sollen über große Mengen Uran verfügen und ... über eine ... Neutronenkofferbombe!«

»Das glaub' ich nicht, das ist Bluff, eine gezielte Desinformation«, platzte der Israeli heraus.

Conklin zuckte mit den Schultern und pochte mit dem Zeigefinger auf das Papier: »BND«, sagte er trocken, »die werden die Meldung irgendwo herhaben. Besser, wir nehmen sie ernst. Die Lage hat sich eindeutig verschärft, Simon.« Er stand auf, schritt zur Wand, schob die BND-Ereignisliste in den Fotokopierer, der dort auf einem Gestell stand, und verteilte die hervorquellenden Kopien.

Adam Schlammer fuhr derweil mit den Besuchern auf dem gleichen Weg zurück. In seinem Arbeitszimmer gab er sich Mühe, über Preise, Zahlungsmodalitäten, technische Einzelheiten, Lieferung und so weiter zu verhandeln. Aber die Sache interessierte ihn nicht mehr. Er besaß eine bessere Offerte. Mit ausdruckslosem Gesicht starrte er auf den grünen Esel im Gemälde von Chagall, das an der gegenüberliegenden Wand über der Couch hing.

»Aber diesmal dulden wir keine Pannen, Herr Schlammer«, drohte Hazmoudi und entnahm seinem Köfferchen eine Video-Kassette, die er in das Wiedergabegerät steckte.

Die Jalousien der breiten Fensterfront hielten die Sonneneinstrahlung ab und hüllten den Raum in ein kühles Halbdunkel. Durch die Ritzen fiel der Blick auf eine große Rasenfläche und auf die Blumen rund um die gelbliche Mauer des alten Ziehbrunnens. Schlammer ahnte nichts Gutes, als der Kerl sein Gerät benutzte. Der Iraker betätigte die Wiedergabetaste. Flimmern. Dann das Gesicht eines Mannes, in einem Raum, vor einer grauen Wand.

Schlammer erschrak.

»Sie kennen diesen Mann«, stellte der Iraker fest.

Schlammer nickte. Schweißperlen traten auf seine Stirn. Er hatte den Franzosen sofort identifiziert. »Cohon ...«

»Richtig. Germain Cohon. Er verkaufte 1984 Exocet Raketen.« Der Iraker schaltete auf Standbild.

»Das ist lange her«, schnaubte Schlammer abschätzig.

Das Video lief weiter. Aus dem Hintergrund ertönte ein Befehl. Jemand lachte. Der Mann zog sich aus. Plötzlich ein anderes Bild. Ein heller Raum, die Wände mit weißen Kacheln verkleidet, ein Duschraum mit Vorrichtungen. Jetzt stießen die Schergen den nackten Cohon ins Bild und zerrten ihn zur gegenüberliegenden Wand.

»Ich zeige Ihnen, lieber Herr Schlammer, was wir mit Verrätern machen . . . eine kleine Lektion.«

Der Iraker betätigte den schnellen Vorlauf. Die Bilder surrten über den Schirm. Abgehackte Sequenzen zeigten, wie Uniformierte den Gefangenen an die Wand spreizten. An den Hand- und Fußgelenken schnappten metallene Manschetten zu. Schlammer verspürte Übelkeit. Wieder ein Kommando. Die Zugvorrichtung begann auf Arme und Beine zu wirken. In Nahaufnahme das schmerzverzerrte Gesicht. Der Iraker hatte jetzt den Ton weggeschaltet.

Einer der Schergen trat nun zu Cohon heran und fuchtelte mit einem Kampfmesser vor seinem Gesicht. Dann schnitt er ihm blitzschnell die Ohren ab.

Schlammer würgte und keuchte. Ihm dämmerte, was noch folgen würde. Schnaufend rannte er nach vorne, riß das Videogerät wütend aus der Halterung und warf es mit voller Wucht gegen Hazmoudi. »Sie verdammter Sadist, ich . . .!«

Der Iraker hatte die Reaktion vorausgesehen. Er duckte sich. Der Videorecorder verfehlte ihn und krachte auf den Fußboden.

»Ich wollte Ihnen bloß zeigen, was wir mit Leuten machen, die uns betrügen«, entgegnete der Iraker ruhig und rückte die Krawatte zurecht.

Schlammer, vor Wut kochend, trat ein paar Schritte zu Hazmoudi hinüber und knallte den Absatz seines Schuhs wütend auf das havarierte Gerät. Der heftige Tritt aktivierte ein letztes Mal die EJECT-Funktion, schob das Band aus dem Gehäuse. Schlammer packte die Gelegenheit beim Schopf. Ein zweites Mal fuhr sein italienischer Modeschuh herunter und zerschmetterte das Cohon-Videoband ein für allemal.

»Und das mache ich mit stupiden Tapes, wie diesem, Mister Hazmoudi, falls Sie sich fragen sollten«, schnaubte Schlammer.

Der Iraker breitete versöhnlich die Arme aus: »Schon vergessen, Herr Schlammer. Tut mir leid, daß wir Sie erschreckt haben. Ich entschuldige mich.«

Schlammer rang keuchend nach Worten: »In Ordnung, akzeptiert, das war ein starkes Stück ... nun, vergessen wir es ... reden wir übers Geschäft?«

Sie gaben sich die Hand, ohne Krauthammer zu beachten, der vorgab, auf seiner Wange eine unsichtbare Wunde zu pflegen, die ihm ein vorbeifetzendes Kabel hätte schlagen können, hätte er in der Schußlinie gestanden, was nicht der Fall war.

Schlammer und Hazmoudi gingen bereits gemeinsam durch den langen Korridor und kamen kurz vor dem Lift an einem großen Bild vorbei. Der Iraker schaute hin, blieb stehen: »Ah, Goya. Wie mir die alten Spanier gefallen!«

Schlammer fuhr zusammen. Was verstand dieser Kameltreiber schon von den großen spanischen Meistern. Wieder im Gleichgewicht, belehrte er ihn geduldig: »Die vier apokalyptischen Reiter: Pest, Krieg, Hungersnot und Tod. Von einem unbekannten flämischen Meister!«

»Ja, klar«, brachte Krauthammer noch heraus, bevor die Aufzugtür zuglitt.

»Schufte!« zischte Schlammer. Glaubten die doch tatsächlich, ihn mit einem idiotischen Folterungs-Video erschrecken zu können, ihn mit Müll wie diesem Cohon zu vergleichen!

Zurück im Arbeitszimmer dunkelte er den Raum völlig ab, schaltete ein warmes Dämmerlicht ein und bestellte Rosalia. Als er mit Entkleiden zu Ende war und sich auf dem Sofa ausstreckte, hörte er sie eintreten. Bei der ersten Berührung durch ihre kleinen, starken Hände stemmte er das Becken hoch. Aufgestaute Spannung und Angst lösten sich in einem unverständlichen Geschwafel: »Ja, gut so, du bist gut, wie du mich, ja, groß machst, du fühlst irrsinnig, ja, genau dort, hör nicht auf, mehr, stärker, gut so . . .«

22

Den jungen Fensterputzer Haluk hatte man in der *Schlammer Engineering* gern. Seit ein paar Jahren reinigte er zuverlässig die großen und kleinen Glasflächen, erschien pünktlich zur Arbeit, war freundlich und hilfsbereit, paßte sich an und lobte sein Gastland. Kein Mensch wäre auf die Idee gekommen, daß sich der unscheinbare Haluk der Sache der kurdischen Arbeiterpartei PKK verschrieben hatte. Nichts an seinem stillen, zuvorkommenden Verhalten deutete auf den glühenden Haß, der ihn zur blutigen Rache an den irakischen Machthabern trieb. Seine drei Brüder waren ums Leben gekommen, als sich Saddam Hussein nach dem Golfkrieg mit Massakern an den Kurden rächte. Seine Schwester war aus ihrem Dorf im Nordirak verschleppt worden und blieb seither unauffindbar.

Die Führer in der schweizerischen Zentrale der PKK setzten Haluk im Nachrichtendienst ein, der dem Zentralbüro 1 des Frontkomitees der ARGK, dem bewaffneten Arm der Arbeiterpartei, angehörte. Der junge Kurde sollte die Augen offenhalten und berichten. Anfänglich empfand er diesen Auftrag als Zurücksetzung, er wollte kämpfen, dann sah er ein, daß ihm eine anspruchsvolle Mission übertragen wurde, die zu erfüllen wichtiger war, als mit Heißspornen Bomben zu werfen.

Haluk hatte früher an diesem Montag beobachtet, wie Hazmoudi und Krauthammer dem Mercedes entstiegen waren: ein Ereignis, wie es in seinem Bericht mit Interesse gelesen würde. Er blieb auf der Hut, seilte seine Gondel allmählich von der Direktionsetage, wo er Schlammer mit seinen Gästen beobachtete, zu den unteren Fensterreihen ab und kam schließlich mit dem Aufzug auf ebener Erde direkt neben dem Haupteingang zu stehen.

Als der Iraker Hazmoudi und der granatenköpfige Krauthammer aus dem Gebäude traten und unter dem Vordach stehenblieben, verdeckte ihnen eine Reihe Zwergkiefern die Sicht auf die Arbeitsplattform des Kurden. Sie wähnten sich sicher.

Haluk griff für alle Fälle nach einer Zange und gab vor, die Befestigung der Kabel zu kontrollieren.

»Der Hund will uns bescheißen«, sagte die erste Stimme aufgeregt auf arabisch.

»Nein«, widersprach die zweite Stimme ruhig, »noch schlimmer. Er wird nicht liefern. Er straft uns mit Verachtung, verschmäht unser Geld, verhöhnt uns. Aber wir holen uns die Bombe.«

Als die beiden Männer auf den Parkplatz hinaustraten, drang noch ein Satzfetzen zu Haluk auf die Plattform.

»... morgen, die Vorbereitungen sind im Gang, wir haben zuverlässige Informationen.«

Haluk dachte kurz nach und notierte den abgelauschten Wortwechsel sorgfältig im Notizbuch neben der Nummer des Diplomatenwagens. Quellwolken, die sich im Hochglanz der blitzblanken Fensterfront spiegelten, warfen ihre Schatten auf die schwarze Limousine, die im Begriff war, das Gelände der *Schlammer Engineering* zu verlassen.

Haluk maß dem Wortwechsel keine große Bedeutung zu. Immerhin beschloß er, später dem Führer seiner PKK-Zelle mitzuteilen, daß die Iraker offenbar über Waffengeschäfte verhandelten.

Unten bog die Limousine in die Straße ein, und Hazmoudi zeigte belustigt auf den blumenumrandeten Sockel, auf dem wie ein Grabstein ein großer grüner Granitwürfel stand. Eines der vier Zifferblätter mit der Aufschrift ›New York‹ zeigte acht Uhr fünfzehn.

»Das ist die berühmte Weltuhr aus Schweizer Granit«, spottete er.

»Vor dem UNO-Gebäude in Genf steht eine Uhr desselben Modells«, sagte Krauthammer. »Mir ist schleierhaft, warum diese blöden Uhren so beliebt sind. Man sieht sie vor Museen, auf öffentlichen Plätzen, bald überall auf der ganzen Welt. Erst kürzlich sah ich eine vor der Hauptpost in Singapur. Wahrscheinlich sprechen die Leute auf die Verbindung von Granit und Zeit, Sicherheit und Präzision an . . .«

Hazmoudi konnte das nur recht sein, denn genau in eine solche solide ›Rock o'Clock‹ aus der friedlichen Schweiz hatte Schlammer die *SADAM*-Zerstörungsmunition eingebaut.

Hazmoudi dachte auf dem weichen Rücksitz über den Plan nach. Er hatte die Lage des Stollens in den Alpen in Erfahrung gebracht, wo Schlammer angeblich die Granituhr mit der Sprengladung unterbringen wollte. Er zweifelte nicht an den erhaltenen Informationen, aber seine Kontaktperson würde ihm kurz vor Auslösung der Aktion nochmals die Einzelheiten bestätigen. In der Zwischenzeit trainierte das Überfallkommando in einem abgelegenen Bergtal den Einsatz. Der Anführer, ein berüchtigter Hamas-Terrorist mit einschlägiger Erfahrung in harten, blitzschnellen, massiven Schlägen auf Kommandoposten und Waffenlager, war gestern in Zürich-Kloten eingetroffen. Sofort nahm er mit den zwei anderen Mitgliedern des Kommandos Verbindung auf. Zusammen übernahmen sie den schwarzen Helikopter, den Fahimis Leute in Bern hatten bereitstellenlassen, und setzten sich ins Gebirge ab. Der Hamas-Killer, als ›Rächer‹ gefürchtet, wartete in einem behelfsmäßigen Camp auf den Einsatzbefehl. Der iranische Botschafter in Bern hatte vor einiger Zeit ebenfalls eine ›Rock o'Clock‹ bestellt, auf Anordnung von Oberst Fahimi. Der Anführer besaß Bilder davon.

Hazmoudi schielte schläfrig zu Krauthammer, der an seinen

Fingern die letzten Nagelstücke abbiß und auf den teppichbespannten Wagenboden spuckte. Ob er wohl als nächstes die Fingerkuppen abnagen würde, fragte sich Hazmoudi, dann erregte ihn der Gedanke an die kleine Atombombe: war sie erst einmal im Besitz des Kommandos, stand der großen Abrechnung nichts mehr im Wege. Der Iraker schaute auf seine Golduhr, die das Datum 2. Juli angab. Noch zwei Tage, rechnete er, bis das apokalyptische Riesenfeuerwerk steigen würde, das sich seine Auftraggeber als Überraschung für den Unabhängigkeitstag der Amerikaner ausgedacht hatten.

Das Fingerkauen Krauthammers ging Hazmoudi auf die Nerven. Er schlug ihm ungeduldig mit der Hand aufs Handgelenk. Der Wissenschaftler wich erschrocken ins weiche Polster zurück, während sich Hazmoudi im Geist vorstellte, wie die nukleare Sprengladung im historischen Viertel von Philadelphia, an der Wiege der amerikanischen Nation, zweihundert Meter von der Freiheitsglocke entfernt, explodierte. Schön verborgen in einer unverdächtigen, präzisen, beliebten Schweizer Uhr mit Gütesiegel ... und einem tödlichen Uhrwerk. In zwei Tagen. Ein teuflischer Plan.

Hazmoudi gratulierte sich zu seinem genialen Einfall, den Irak einem massiven Vergeltungsschlag durch die USA auszuliefern. Nun, genau besehen stammte die Idee von Fahimi, aber er, Hazmoudi, stand an einer Schlüsselstelle. Er machte die Knochenarbeit. Ohne seine erstklassigen Verbindungen hätte sich das größte Komplott aller Zeiten gar nicht verwirklichen lassen.

Er hoffte, morgen seinem Boß in Teheran die doppelsinnige Meldung ›*SADAM* in unseren Händen‹ durchgeben zu können. Entnervt über Krauthammers renitentes Nagelbeißen, hieb er ihm den Ellbogen wuchtig in die Rippen. Krauthammer stieß einen Schrei aus und krümmte sich nach vorne. Der Fahrer blickte erschrocken über die Schulter nach hinten und wäre um ein Haar in den roten Kleinbus gekracht, der in der engen Kurve entgegenkam. Im letzten Moment riß er das Steuer herum und trat auf die Bremse. Die beiden Männer wurden gegen die vordere Sitzlehne geschleudert. Ein unangenehmes Gefühl, das er sich nicht erklären konnte, beschlich Hazmoudi, als er sich hochrappelte und dem roten Fahrzeug sichtlich verärgert nachschaute.

Natürlich besaß er nicht die leiseste Ahnung, daß im Heckteil eine junge Frau eingezwängt war, die seine genialen Pläne durchkreuzen könnte. Er schüttelte einen nagenden, nicht faßbaren Gedanken ab, überlegte dann nochmals den Angriffsplan. Morgen würden sie zuschlagen ...

Stefanie Kramer hatte hinten im Kleinbus vom Ausweichmanöver bloß das Quietschen von Reifen und ein ärgerliches Hupen mitbekommen. Sie wußte nicht, daß sie soeben den Weg des Mannes gekreuzt hatte, der entschlossen war, auch sie ins Verderben zu reißen.

23

Als der schwarze Mercedes mit der kleinen rotgrünen Standarte auf dem rechten Kotflügel fast geräuschlos die Parkzone der *Schlammer Holding* verließ, versammelten sich nur einige hundert Meter entfernt, aber tief unten im felsigen Kalkgestein, die eingeschworenen Mitglieder des Geheimstabes.

Im rechteckigen Raum mit lindgrünen Wänden stand in der Mitte ein großer ovaler Besprechungstisch mit einer schwarzweiß gesprenkelten Granitplatte. Von den zehn mit schwarzem Leder gepolsterten Sesseln waren heute lediglich fünf, statt wie üblich, sechs besetzt.

Am einen Ende, das er stets als oben am Tisch bezeichnete, würde in wenigen Minuten Adam Schlammer stehen und volle Aufmerksamkeit erwarten.

Auf der rechten Seite saß wie ein Fels in der Brandung der alte, hagere General mit der runzligen Haut eines polierten alten Stiefels. Am eng geschnallten Ledergürtel des tarnfarbenen Arbeitsanzugs hing das Holster einer *Neun-Millimeter-Armeeordonnanz.* Dünne Lippen, eine hohe Nase und grünliche Augen prägten das markante Gesicht, über das sich ein knochiger, fast kahler Scheitel hob. Die Ellbogen stützte er auf die Granitplatte, schob das glatt rasierte Doppelkinn nach vorne und schaute erwartungsvoll zur Tür.

Dr. Dr. Adolf Breckerlin war kein echter General. In der schweizerischen Armee diente er als Oberleutnant, bevor er 1942 als Sechsundzwanzigjähriger aus dem aktiven Dienst desertierte und zu Hitlers Waffen-SS überlief. Er brachte es zum Sturmbannführer, machte den Ostfeldzug mit und geriet in russische Gefangenschaft. Nach dem Krieg schoben ihn die Sowjets an die Franzosen ab, die ihn den Schweizern übergaben. Während Wehrmänner wegen geringfügiger Vergehen im Aktivdienst durch Erschießen hingerichtet worden waren, kam Breckerlin mit einer lächerlich milden Strafe davon. Er studierte weiter und erwarb sich zwei Doktortitel in Geschichte und Volkswirtschaft.

Er trug doppelreihige Anzüge, ein Monokel und galt als charmanter, reicher Herr. Er tat gebildet, spielte sich gerne als schneidiger Offizier auf und pflegte insgeheim Beziehungen zu den Ehemaligen der Waffen-SS.

Im Jahre 1992 reiste er mehrmals nach Rostock und spendete den Neonazis Geld für Waffen und Lob für ihre Brandanschläge auf vietnamesische Gastarbeiterfamilien. Er organisierte die Kavernenanlage wie eine Festung, und in der alten Sternwarte hatte sich der fanatische Nazi einen Kommandoposten mit einem gewaltigen Waffenarsenal eingerichtet. Schlammer schätzte an Breckerlin vor allem den blinden Gehorsam.

Dem alten Kämpen gegenüber saß leicht zurückgelehnt der Wissenschaftler. Er ließ lässig einen Arm über die Rücklehne hängen, hielt den anderen ausgestreckt auf die kühle Granitfläche und trommelte nervös mit den Fingern. Manfred Schönhof trug über den schwarzen Baumwollhosen eine weiße, zerknitterte Laborschürze, ein blaues Hemd mit weißem Kragen und eine giftgrüne, mit beigefarbenen Champagnertropfen bebilderte Krawatte. Sie paßte wie die Faust auf das Auge, aber verlieh dem mürrischen, unappetitlichen Pickelnarbengesicht Pfiff und lenkte die Blicke von der häßlichen Einbuchtung in seiner Nase ab. Schönhof machte sein Schönheitsdefizit mit geistiger Brillanz wett. Er war der Genius in Schlammers Organisation. Salopp hing eine Zigarette im Winkel zwischen den breiten, geschrumpften

Lippen, und der Jurist Geiger, der links von Schönhof beflissen Papiere ausbreitete, hüstelte demonstrativ, als Rauchschwaden an seiner sich rümpfenden Nase vorbeizogen.

Hannibal, der Sicherheitschef, saß neben dem General und trug Flanellhosen, Sportjacke und ein Hemd, alles in verschiedenen erdbraunen Tönen, die seinem sportlichen Äußeren eine solide und naturverbundene Note verliehen. Seine dunkelbraunen Augen bewegten sich wachsam zwischen den Männern und den Überwachungsmonitoren hin und her, die an der Wand wie Fenster den Blick in die Anlagen und auf das Vorgelände freigaben.

Der sechste im Geheimbund glänzte durch Abwesenheit. Viktor Gisling war früher einmal stellvertretender *Chef der Untergruppe Nachrichten und Abwehr UNA* gewesen, bevor ihn die Affäre um die Widerstandsorganisation *P-26* in Schlammers Arme trieb. Der Wechsel des abtrünnigen Geheimdienstlers auf einen undurchsichtigen Posten im Superkonzern empfanden seine Kollegen als Verrat. In Anspielung an den norwegischen Nazi, der im Zweiten Weltkrieg mit den Deutschen kollaborierte, titulierten sie ihn abschätzig als ›Adams Quisling‹.

Viktor Gisling hatte aber bald erkannt, daß die Kollegen in der Abwehr verbittert zurückblieben, nachdem eine parlamentarische Untersuchungskommission den schweizerischen Staatsschutz der Lächerlichkeit preisgegeben hatte. Wie er, hatten seine Mitarbeiter damals nur ihre Pflicht getan, als sie den geheimen Widerstand nach dem Vorbild von ähnlichen Organisationen der NATO aufbauten. Die *P-26*-Affäre platzte in der Zeit, als die Sowjetunion in sich zusammengebrochen war und das Verständnis für geheime Wehranstrengungen völlig fehlte.

Die Medien geißelten solche Vorbereitungen als Rambospiele ewiggestriger Militärköpfe und verschwiegen, daß es sich um Maßnahmen für den Besetzungsfall handelte, wie sie jede verantwortliche Regierung ergriffen hätte.

Viktor Gisling hatte leichtes Spiel, die meisten seiner Busenfreunde für seinen geheimen Nachrichtendienst zu rekrutieren. Die Schmährufe verstummten. Die Leute fingen rasch Feuer. ›Adams Quisling‹ zahlte ihnen doppelt soviel, wie sie von der Regierung erhielten.

Lomoro beschaffte Nachrichten über die Aktivisten unter den Ausländern, über die Asylanten, die vom Iran unterstützten Terrorgruppen, die Islamisten, aber auch über linke Intellektuelle, religiöse Sekten, Umweltschützer und Atomkraftgegner. Die Informationen übermittelten seine Leute professionell, wie sie es gelernt hatten, verschlüsselt, zerhackt und elektronisch über die mobilen Mikrotelefone oder Computer. Da das Netz bald besser funktionierte als die nach alten Methoden arbeitende UNA, begannen Polizeidienststellen zum Ärger der UNA, ihre Informationen vom privaten Anbieter zu kaufen.

Während tief im Berg von Nuclanne die vier Männer ungeduldig auf Adam Schlammer warteten, zeigte Oberst Golan im Besprechungszimmer in New York zur Wand und fragte: »Warum wird eigentlich die Schweiz in die gleiche Kategorie wie Israel eingestuft, Bill?«

Der Kleinstaat Schweiz war auf der Tabelle tatsächlich unter den nicht offiziellen Atommächten aufgeführt.

Conklin nickte kurz, führte das Glas zum Mund, leerte es in einem Zug und sagte: »Was die Schweiz anbelangt, Oberst Golan, glauben wir zu wissen, daß eine kriminelle Gruppe mit Operationsbasis in der Schweiz, eventuell im angrenzenden Frankreich, kleine und kleinste Atomwaffen anbietet.« Er deutete mit dem Zeigefinger auf den Stoß Papiere in der Tischmitte und ergänzte: »Aus Beständen der ehemaligen Sowjetunion. Wir sind unserer Sache ziemlich sicher.«

»Ausgeschlossen«, fuhr der Russe dazwischen, »aus den GUS-

Staaten, meine Herren, sind keine Atomwaffen an andere Länder geliefert worden. Unmöglich. Schon gar nicht in die Schweiz. Ist ja lächerlich, die Schweizer, denken Sie doch. Dort gibt es Käse, Schokolade, Heidi, ja, aber Atombomben, das glaubt kein Mensch.«

Harald Wagner gab sich keine Mühe, seinen Ärger zu verbergen. In der Nachrichtenabteilung der Internationalen Atomenergiebehörde war längst bekannt, daß seit dem Zusammenbruch der Sowjetunion der Handel mit angereichertem Uran, Strontium, Red Mercurium und Plutonium wucherte. Die Schweiz bildete dabei eine Drehscheibe. Schweizerische Materialprüfstellen genossen hohes Ansehen, und Stoffe wie Plutonium oder Uran wurden in die Schweiz gebracht, um ihre Echtheit verifizieren zu lassen. Die Gefahr des Handels mit verstrahlter Ware veranlaßte die Banken in Zürich, ihre Tresore regelmäßig mit Geigerzählern abzusuchen, um geheime Plutoniumlager zu entdecken. Harald Wagner wußte zudem, daß die Schweiz längst über die gesamte Technologie verfügte, um Atomwaffen herzustellen.

Trotzdem glaubte er nicht daran. Die Schweizer hatten den Atomsperrvertrag unterzeichnet, und den hielten sie ein. Die Achtung vor dem internationalen Recht war in diesem Land fast so heilig wie der harte Franken.

Alle in Adam Schlammers Geheimstab wußten, warum die Krisensitzung einberufen wurde. Gestern, am Sonntagnachmittag, hatte der Energieminister der Schweiz, Peter Kern, der Anlage völlig überraschend einen Besuch abgestattet ...

Der Minister stand plötzlich allein im Vorraum zur Roboterhalle. Summermatter, der Helikopterpilot, war ihm in der Eingangshalle buchstäblich in die Arme gelaufen. Als der populäre Magistrat die peinliche Situation schulterklopfend mit ein paar munteren Worten überspielte, führte er ihn kurz entschlossen an der leeren Pförtnerloge vorbei in die Anlage. Summermatter nahm an, der hohe Besuch würde sicher hinten im modernen Betrieb erwartet.

Der Minister suchte dann ebenfalls unplanmäßig den Waschraum auf und stapfte anschließend in verkehrter Richtung davon. Bevor Summermatter wußte, wie ihm geschah, hatte Kern den abgesicherten Bereich des AC-Sektors durch die Schleuse betreten. Offenbar versagte das Sperrsystem, denn die Schiebetüre öffnete sich vor dem herannahenden Bundesrat. Dem gehen aber auch alle Türen auf, dachte Summermatter stumpfsinnig, dann reagierten die Sensoren im geschützten Innenbereich.

Der Strahlenalarm ging los, Warnlampen blinkten grell, ein Riesenspektakel überfiel den verblüfften Minister. Lange starrte er durch die große Glasscheibe in das Labor, das wie ein Brutkasten in rötliches Licht getaucht war. Nachdenklich schritt er langsam, ohne die Geräte und Gegenstände aus den Augen zu lassen, rückwärts zur Schleusentüre, als Hannibal atemlos herbeistürzte und erste Erklärungen stotterte:

Das Labor sei nicht für einen Besuch programmiert, die Alarmanlage sei zur Zeit in einer Testphase, und das Ganze habe nichts zu bedeuten. Man probiere gegenwärtig ein narrensicheres System aus, und die Regelung funktioniere noch nicht zur Zufriedenheit. Mit Attrapen würde eine Verstrahlung simuliert, um die Systeme zu überprüfen. Wenn sie natürlich gewußt hätten, daß sie durch seinen Besuch beehrt würden, hätten sie selbstverständlich eine Demonstration vorbereitet, um ihn vom modernsten aller Sicherheitssysteme zu überzeugen. Und so weiter.

Kern, nicht auf den Kopf gefallen, gab mit umwerfendem Charme zurück, es sei toll, was sie da leisten, er werde zurückkommen, wenn das System dann einwandfrei funktioniere ... Das betretene Schweigen brach Schlammer, der in diesem Moment eiligst herbeilief und den unerwarteten Besuch überschwenglich begrüßte. Kern machte gute Miene zum bösen Spiel und ließ sich durch den Bereich Mikrotechnik in die Kaverne führen, in der im Jahr 1969 der Versuchsreaktor explodiert war und jetzt schwach radioaktive Abfälle entsorgt wurden. Der Konzernchef überschüttete ihn mit beflissenen Kommentaren und Technogeschwafel, und obwohl Kern längst wußte, daß die Sache zum Himmel stank, beschloß er, den unbedarften Politiker zu spielen. Als sie nach dem Rundgang zum Wagen zurückkehrten, sagte er, wie beeindruckt er sei, man könne stolz auf ein solch innovatives Unternehmen sein, er sei halt technisch unbegabt, und verfügte er nicht über glänzende Experten im Bundeshaus, hielte er einen schnellen Brüter heute noch für einen Begriff aus der Vogelwelt …

Schlammer hatte Kern freilich keinen Augenblick unterschätzt. Nachdem er den Minister salbungsvoll verabschiedet und nochmals um Verzeihung für den dummen Zwischenfall gebeten hatte, gab er sich in aller Ruhe Rechenschaft über den Vorfall.

Er wußte, daß die Katastrophe geschehen war. Der Minister konnte ihm nichts vormachen. Seine Gelassenheit war gespielt. Schlammer hatte bemerkt, wie er oft gar nicht zuhörte, sondern abwesend und mit starren Augen durch ihn hindurchsah, ihn mit kaltem Blick durchbohrte. Kern dürfte gemerkt haben, daß etwas nicht stimmte. Sein Ministerium überwachte schließlich die Kernenergieanlagen und die Entsorgung radioaktiver Abfälle. Schlammer hielt eine Konzession für die Beseitigung von Stoffen mit leichter bis mittlerer Radioaktivität, die keinen Grund abgaben für Strahlenalarm, wie er im roten Labor losgegangen war. Darauf konnte sich der Minister rasch einen Reim machen.

Er würde wahrscheinlich am nächsten Tag der Sache nachgehen, rechnete Schlammer, denn Kern besaß zwar keine wissenschaftliche Ausbildung, doch in der Armee, wo er wie jeder Schweizer gedient hatte, hatte er bestimmt einiges über nukleare und biologische Wirkstoffe, Röntgendosen und Curie-Grenzwerte gelernt. Zudem kannte er die Problematik der Entsorgung von Plutonium mit langer Halbwertszeit aus der Praxis. Ohne Zweifel würde er die Akten studieren und zu dem Schluß gelangen, daß die *Schlammer Engineering* die Konzession verletzt hatte, indem sie in verbotener Weise hochradioaktive Abfälle zur Entsorgung entgegennahm. Wenn Kern die Angelegenheit am Montag seinen Experten im Departement übergäbe, drohte ein Megaskandal die Öffentlichkeit zu erschüttern. Heimliche Lagerung hochgiftiger Stoffe mitten in Wohngebieten! Schlammer schauderte.

Kern würde allerdings nichts überstürzen, hatte Schlammer weiter überlegt. Der Minister würde bedächtig vorgehen. Man kannte ihn als einen, der zuerst überlegte, sich Zeit nahm zum Abwägen, dann aber rasch handelte, wenn der Entschluß feststand. Schlammer würde diesen Umstand ausnutzen.

Kern hatte eine brennende Fackel in die Wagenburg geschleudert. Die Krise brodelte. Lebensgefährlich. Existenzbedrohend. An diesem verhängnisvollen Sonntagnachmittag hatte für Schlammer mit Sicherheit eines festgestanden: Er würde kein Risiko in Kauf nehmen. Pech für Kern, aber man sollte nie ungebeten zu Besuch kommen ...

Die Sache war trotz allem noch glimpflich abgelaufen, dachte Schlammer, als er in die Runde schaute. Es hätte schlimmer ausgehen können. Der Minister kam zum Glück ohne Begleitung, und im Betrieb waren Hannibal und Summermatter die einzigen, die mitbekamen, was eigentlich vorgefallen war. Um den Piloten würde er sich später kümmern.

Adam Schlammer blickte seinen Mitverschworenen der Reihe nach in die Augen.

Schönhof zündete seine dritte Zigarette an.

Der Anwalt Geiger griff in die Brusttasche und setzte seine Hornbrille mit blitzenden Gläsern auf, hinter denen seine Augen groß und verängstigt schienen.

Breckerlin löste mit der rechten Hand den Hemdkragen. Schweißperlen standen auf seiner Stirn. »Der Mord am Minister war ein Fehler«, sagte er.

Schlammer fuhr heftig herum: »Hören Sie, Breckerlin, ich habe Millionen in dieses Unternehmen investiert. Es ist das modernste und beste in ganz Europa. Wir verdienen hunderte von Millionen, falls Sie es vergessen haben sollten, an all diesem Zeug.« Er schleuderte die Hand zu den Monitoren, wo die Bilder der unterirdischen Anlagen flimmerten. »Ich lasse mir das Geschäft des Jahrhunderts nicht von einem grün angehauchten Minister vermiesen, der meint, die Kernenergiewirtschaft umkrempeln zu müssen. Kern hat sich mit seinem idiotischen Blitzbesuch das Todesurteil selbst geschrieben . . .«

»Die Sache kann unangenehm werden. Die Polizei wird herausbekommen, daß Kern gestern hier war. Wir sollten uns auf eine polizeiliche Durchsuchung einstellen«, keuchte Breckerlin.

»Wir sind dagegen gewappnet«, schnauzte Schlammer ihn an. »Alles waffentechnische Material wird in den Gebirgsstollen ausgeflogen. Einschließlich der *SADAM*, die der Iraker zu kaufen wünschte.«

Breckerlin rutschte nervös auf seinem Sessel hin und her. »Besser schiene mir, Hazmoudi die Ware sofort zu übergeben. Sechshundert Millionen in der Kasse, und die Ware ist weg.«

Aber der Konzernchef widersprach. »Kommt nicht in Frage! Die Araber bekommen die Bombe nicht. Die spielen nicht mit offenen Karten. Morgen besucht uns eine hochkarätige Kundschaft. Drogenkartell. Südamerikaner. Sie interessieren sich für das Koffermodell. Vielleicht gelingt es mir, ihnen auch noch die *SADAM* anzudrehen. Trotzdem wird die Ware in den Gebirgsstollen zurückgebracht, wo sie sich in Sicherheit befindet.«

Er sprang auf und eilte zum Ausgang. Die Männer fuhren aus ihren Sesseln hoch und folgten ihm verdattert.

»Die Sicherheit unserer Organisation steht an oberster Stelle. Das Atomgeschäft muß funktionieren, weiterlaufen, wachsen. Wer sich uns entgegenstellt, wird aus dem Weg geräumt«, rief er mit einer schneidenden Handbewegung, als er in den Korridor hinaushetzte.

»Daß der Minister hier hereinplatzen konnte, ist eine verdammte Schlamperei«, tobte er. »Wenn Sie getan hätten, wofür ich Sie bezahle, Hannibal, wäre diese Schweinerei nicht geschehen! Sie kümmern sich augenblicklich um die Kramer und diesen Christen. Ich will keine weiteren Pannen mehr, verstanden?« Wütend stieß er mit dem Fuß die Tür zur Schleuse auf.

»Dann, Breckerlin, will ich, daß sofort unsere PR-Aktion lanciert wird! Die Werbespots über die Notwendigkeit der Kernenergie müssen jetzt raus. Kern ist tot, es lebe Kernenergie . . .!«

Schnaufend herrschte er Geiger an: »Ich will die Konzession nicht verlieren. Schon gar nicht das Geschäft mit den Stahlzylindern und der Produktion der intelligenten Bomben . . . Hören Sie zu, Geiger, der Justizminister ist uns gut gesonnen. Sorgen Sie dafür, daß wir von diesem Borer nicht belästigt werden. Der Polizeikommandant ist ein Scharfmacher. Drohen Sie dem Justizminister, daß wir sonst den Beitrag an die Neutronenquelle streichen. Einhundert Millionen. Auch könnten wir daran denken, den Konzernsitz ins Ausland zu verlegen. Hunderte von Millionen an Steuergeldern gingen dem Staat verloren. Also Geiger, erklären Sie dem Minister, wo es langgeht!«

Breckerlin schnarrte aus dem Hintergrund: »Wir können uns keine Pannen mehr leisten. Ich werde gleich das Sicherheitssystem überprüfen. Die Anlage muß besser überwacht werden. Innen wie außen. Alle Zugänge sind doppelt zu kontrollieren. Wer nicht spurt, wird eliminiert. Disziplinfehler sind der Anfang vom Ende.«

Schlammer blieb jäh stehen, machte kehrt. Die Faust seines

gestreckten Armes landete auf Hannibals Brust. »Ich will, daß die Kramer neutralisiert wird. Ich bin sicher, daß uns das Miststück Schwierigkeiten bereitet.«

Hannibal errötete unter Schlammers bohrendem Blick. »Ver ... verstanden, Chef. Die Polizei vermutet, daß sie sich nach Westen abgesetzt hat ... eh ... Es ist nicht auszuschließen, daß sie von Kern einen Hinweis auf Nuclanne bekommen hat. Aber offensichtlich geht sie auf eigene Faust vor. Wir besitzen Informationen, wonach sie mit dem Militäruntersuchungsrichter Christen, Ralph Christen, Verbindung hatte, aber sich nicht den Behörden stellen wollte. Gisling und seine Männer von *Lomoro* überwachen Christen rund um die Uhr, um die Kramer zu schnappen, wenn sie mit ihm Kontakt herstellt. Ich bin persönlich ...«

Schlammer wandte sich ab, brummte ungehaltene Zustimmung und Schönhof schlug vor, dem Stab nun das neue Modell der Handgepäckbombe zu erklären, das morgen dem Abgesandten des Drogenkartells vorgeführt würde. Die Männer betraten wortlos das Laboratorium. Hannibal, der beflissen vorauseilte, um die elektronische Sicherheitstüre zu öffnen, fühlte den stechenden Blick Schlammers im Nacken, oder war es Angst?

»Die Kramer«, raunte ihm Schlammer an der Tür zu. »Kommen Sie nicht nochmals mit Entschuldigungen angekrochen, sonst ... Denken Sie ans Frühstück meiner Doggen ...«

»Ja, Chef«, stammelte Hannibal und griff sich unwillkürlich mit der Hand zwischen die Beine.

24 New York City, Montag, 2. Juli

»Ich glaube, wir sind nicht nach Manhattan gereist, um Zeit mit Spekulationen zu verschwenden, Mister Conklin. Legen Sie doch Fakten auf den Tisch, wenn ich bitten darf«, verlangte Wagner mit ärgerlicher Stimme.

Bill Conklin blieb unbeeindruckt. Er stand auf und trat langsam zum Fenster. Die grüne Insel des Parks strahlte Lebenskraft aus. Tausende von New Yorkern fanden hier täglich Erholung. Unvorstellbar, wenn hier eines Tages die Atombombe von Fanatikern hochginge. Ihn schauerte, dann sprach er, ohne den Blick vom Park abzuwenden: »Die Sache geht auf die Zeit von Breschnjew zurück. Die alten Kommunisten lieferten mehrere kleinkalibrige taktische Nuklearwaffen in die Schweiz. Die Sowjets waren damals wahnsinng scharf auf amerikanische Spitzentechnologie. Sie brauchten die High-Tech-Güter für die Rüstung, die Raketensteuerungen, die Weltraumforschung und so weiter.

Sehr viel von diesem begehrten Material lief über die Schweiz. Warum? Die Schweiz ist ein neutrales Land, nicht eingebunden in politische Allianzen. Die Schweiz gilt als ein freies Land, in dem sich der Staat kaum in die Wirtschaft einmischt. Die Sowjets hatten dies natürlich gemerkt und beschafften sich beste amerikanische Technologie im geheimen über die Schweiz.«

»Nicht ausschließlich, die Franzosen und Japaner mischten auch kräftig mit«, wandte Wagner ein.

»Gewiß, aber die Schweizer Firmen stellten erstklassige Produkte her und hatten leichteren Zugang zu amerikanischen Lieferanten; und die waren ziemlich sorglos, denn man vertraute den Schweizern.« Conklin trat zum Tisch zurück und setzte sich.

Der Israeli inspizierte den Brand seiner Zigarre und stichelte: »Alles kalter Kaffee, Bill, komm zur Sache.«

Die anderen beiden nickten.

»Die offizielle Schweiz hatte mit der Sache vermutlich nichts zu tun. Die schweizerische Regierung blieb nach unserer Beurteilung all die Jahre völlig ahnungslos.«

Wo nun der Hund begraben liege, wollte der Israeli wissen.

Conklin antwortete, die USA hätten ja auch nicht einfach blauäugig zugeschaut. Der schweizerische Käufer habe sich gegenüber dem amerikanischen Lieferanten verpflichten müssen, nichts an einen kommunistischen Staat weiterzugeben, sonst hätten massive Sanktionen gedroht. Die schwerste Strafe habe darin bestanden, gegen das fehlbare Land einen Lieferboykott zu verhängen.

»Was dann auch geschah«, warf Wagner schadenfroh dazwischen.

»Richtig«, bestätigte Conklin, »Ende der siebziger Jahre wußten wir, daß in der Schweiz ein Leck klaffte, durch das raffinierte Mittelsleute westliche Spitzentechnologie an die Sowjets schleusten.«

»Und was hat die amerikanische Regierung unternommen?« erkundigte sich der Russe mißtrauisch.

»Wir intervenierten bei der schweizerischen Regierung. Angeblich wuße dort niemand Bescheid. Jedenfalls konnten sich offizielle schweizerische Stellen das Leck nicht erklären. Also blieb den Vereinigten Staaten nichts anderes übrig, als hart durchzugreifen.«

»Das war doch 1976«, warf der Israeli ein.

»Richtig«, bestätigte Conklin, »Am 11. März 1976 wurde die Schweiz vom Subkomitee des US-Senats für internationalen

Handel bezüglich des Technologietransfers als ›kommunistisches Land‹ eingestuft.«

»Was hieß das?« fragte Wagner

»Im Klartext«, erklärte Conklin, »hieß es, daß die Schweizer noch soviel erhielten wie Albanien oder Polen, nämlich nichts. Keine Schraube, keinen Computer, nichts, bis sie das Leck gestopft hatten.«

»Das High-Tech-Embargo fiel dann wieder weg, als die Schweizer einen General ihrer Armee als Spion entlarvten«, sagte der Israeli nüchtern. »Der Fall wirbelte gewaltig Staub auf. Sogar John le Carré schrieb über den guten Soldaten ein Buch, *The Unbearable Peace.* In der Schweiz nannten sie Grandmère, so hieß der arme Teufel, den ›Spion des Jahrhunderts‹.«

»Jeanmaire«, korrigierte Wagner und lachte amüsiert, »Brigadier Jeanmaire.«

»Sie buchteten ihn 1977 für zwanzig Jahre ein. Unschuldig! Man hat ihn zum Altar geschleift, damit die Amerikaner wieder lieferten. Das Opfer einer perfiden Verschwörung seiner Landsleute, um die CIA zu beruhigen . . .«

»Lassen wir das, Simon«, unterbrach Conklin scharf und warf dem Russen einen flüchtigen Blick zu. »Wir wollen uns auf die Bombenmacher konzentrieren.«

»Und die Atomwaffen? Was hat diese High-Tech-Geschichte mit den Atombomben zu tun, die angeblich in der Schweiz liegen?« fragte Wagner.

Conklin schenkte sich ein Glas Wasser ein, trank ein wenig und setzte zum Schluß an: »Die CIA fand die Antwort in Moskau. Lange bevor die Berliner Mauer fiel, erhielten wir einige Klarheit durch Informationen eines Doppelagenten, des letzten, soviel ich weiß. Danach verkaufte eine Organisation in der Schweiz westliche Rüstungstechnik gegen Atomwaffen. Ein hübsches Tauschgeschäft! Die Sowjets hatten keine harten Währungen, also tauschte man Waren. ›Bartering‹. Angeblich müssen auf diese Weise mehrere Dutzend einsatzfähige atomare Sprengköpfe in die Schweiz verschoben worden sein.«

Eine Weile herrschte Schweigen.

Dann fragte Wagner: »Und was sagte Ihr Doppelagent, wer diese geheime schweizerische Organisation war?«

Bill Conklin hatte diese Frage erwartet. Sie bildete den wunden Punkt seiner These. »Nun, wenn wir es wüßten«, wich Conklin aus, »wäre diese Zusammenkunft nicht nötig gewesen. Der Fall wäre längst geklärt.«

Der Israeli zuckte gleichgültig die Schultern, und der stämmige Krutov machte keinen Hehl aus seiner Meinung, daß ein Komplott dieser Art in der kleinen Schweiz ein Ding der Unmöglichkeit sei. Er prophezeite, daß man nur die Kräfte verschwende, das Ganze sei ein Schlag ins Wasser.

»Noch einmal, Vassily«, entgegnete Bill Conklin geduldig, »die Gefahr der Proliferation von Atomwaffen hat exponentiell zugenommen. Die Vorstellung, daß Terroristen atomare Geschosse einsetzen, ist uns allen ein Horror! Die Riesenbombe, die islamische Extremisten hier im World Trade Center gelegt hatten, war nur der Vorgeschmack dessen, was auf uns zukommt, wenn wir nicht handeln.«

Conklins linke Hand fuhr jäh zu seiner Stirn. Verwirrt schaute er auf, blinzelte zur Decke. Ein weiterer Wassertropfen landete auf seinem Gesicht. Golan brach in Gelächter aus: »Schon wieder ein Leck, Bill!«

Den Blick mißtrauisch zur Decke gerichtet rückte Conklin seinen Stuhl zur Seite und wischte sich mit dem Handrücken die Wange ab. Wagner stand auf und plazierte einen braunen Papierkorb aus Plastik unter die Tropfstelle. Krutov schaute teilnahmslos zu.

»Wahrscheinlich die Klimaanlage«, grinste Conklin linkisch. »Okay, wie ich sagte, es ist unsere verdammte Pflicht, alles zu unternehmen, damit keine Spinner wie Oberst Fahimi oder sonst verrückte Potentaten und religiöse Fanatiker in den Besitz dieser Waffen gelangen. Wir gehen jeder Spur nach und spüren die Bombenbastler auf, wo immer sie auch sind. Und in der Schweiz, lieber Vassily, haben sich sonderbare Ding ereignet.«

»Und warum informieren Sie nicht einfach die schweizerische Regierung?« knurrte der Russe trotzig.

»Genau das haben wir getan, Vassily. Wir sandten einen streng geheimen Bericht an den Bundesrat, so heißt die siebenköpfige Regierung. Aber erstaunlicherweise blieb die gewünschte Reaktion aus. Bern reagierte verstimmt. Die Unterstellung sei absurd. Wir sollten uns nicht in innere Angelegenheiten einmischen.«

Der Russe stand auf, machte einige Schritte zum behelfsmäßigen Eimer, steckte seine Fäuste tief in die Hosentaschen und begutachtete kritisch das Leck in der Decke. Wagner drehte verlegen seinen Kaffeebecher, während sich der Israeli nachdenklich mit den Fingerspitzen die gefurchte Stirn rieb. Sie verharrten schweigend.

Dann fragte Oberst Golan: »Und was machen wir jetzt, Bill?«

»Wir arbeiten natürlich Hand in Hand mit der CIA in Langley und dem State Department in Washington D.C.« Conklin hielt den fingerdicken Bericht im roten Umschlag hoch.

»Hierin sind die möglichen Szenarien ausführlich beschrieben.«

Die Angesprochenen nickten. Offenbar hatten sie den Bericht über die Bedrohung durch den Nuklearterror studiert.

Da fuhr Wagner aus seiner grübelnden Haltung auf und sagte:

»Diese Szenarien können sie beliebig erweitern. Für mich ergibt das keinen Sinn, Conklin. Nach Ihrer These kann jeder die A-Waffe beschaffen, in der Schweiz, in Rußland, egal wo, und irgendwo zuschlagen, um irgend etwas zu erreichen. Praktisch stehen wir dem Ganzen ja schutzlos gegenüber. Was können wir schon dagegen tun?«

Bill Conklin schüttelte den Kopf: »Stimmt nicht. Die Szenarien haben eines gemeinsam: Jede der im Bericht erwähnten Zielgruppe hat sich eine politische oder religiöse Mission auf das Banner geschrieben. Doch mit Wunschdenken allein gelangt man nicht zur Bombe. Geld ist der Schlüssel. Geld zum Kaufen und Bestechen. Die Drogenkartelle verfügen haufenweise darüber. Staaten und Régimes? Selbstverständlich auch. Ohne Geld keine Ware, kein Einfluß, kein Zugang zu geheimen Rohstoffen und Geräten und und und.«

Wagner überlegte es sich hin und her, dann fragte er: »Und wie kommen wir ans Geld?«

»Wir müssen davon ausgehen, daß ein Ex-CIA-Agent versucht, an die A-Waffen heranzukommen«, antwortete Conklin. »Die Zentrale in Langley bezeichnet ihn als Verräter.« Er zuckte die Schultern. »Jedenfalls ist die Order draußen, ihn hereinzubringen.«

Er zögerte und fügte leise hinzu: »Tot oder lebendig. Der Mann war früher in der NSA, dann in der CIA, schließlich wurde er Nachrichtenchef von Noriegas Geheimdienst *G-2*. Er knüpfte engste Verbindungen zu den Drogenkartellen. Vermutlicher Aufenthalt: Kolumbien, Brasilien oder die USA.«

»Eine ziemlich große Auswahl«, spöttelte der Israeli, »und warum steht er auf der Liste?«

Während Conklin mit dem Fuß den Eimer zurechtrückte, obwohl er vollkommen richtig stand, erklärte er gereizt, der Mann besitze die Geheimzahlen, mit denen er Millionenbeträge loseisen könne, um die A-Bomben zu kaufen. Sie hätten ihm den Decknamen ›KEYCOP‹ gegeben. In der NSA wüßten sie, daß der ehemalige Agent den ganzen Geldverkehr mit den Kartellen organisiert habe. Es sei das raffinierteste System der Geldwäscherei, das es je gegeben habe. Jedenfalls hätten die Spezialisten im NSA und im amerikanischen Schatzamt erfolglos versucht, es zu knacken. Der

Versuch, den abtrünnigen Agenten 1989 im Rahmen der Invasion ›Gerechte Sache‹ zusammen mit General Noriega gefangenzunehmen, sei kläglich fehlgeschlagen.

Conklin versetzte dem Eimer einen weiteren Schubs und beförderte ihn aus der Tropflinie. Wagner sprang auf, brachte den Tropfenfänger in die richtige Stellung zurück, setzte sich wieder. Krutov gab ein bellendes Lachen von sich. Conklin fuhr gelassen fort:

»›KEYCOP‹ ist der gesamten amerikanischen Streitmacht Süd in Panama entwischt. Er hatte dann die Stirn, aus Costa Rica dem CIA-Direktor einen Fax zu schicken des Inhalts ... Augenblick ... ja, der Fehlschlag von ›Gerechter Sache‹ sei ›Gerechte Strafe‹.«

»Nach dem Schaden noch den Spott«, höhnte der Israeli.

Conklin ließ sich nichts anmerken. Er sagte: »Ich fliege noch heute nacht in die Schweiz, weil ich überzeugt bin, daß ›KEYCOP‹ alias Kenneth W. Custer mit der geheimen Organisation zusammentrifft.«

Er schaute erwartungsvoll in die Runde, doch sein Reiseplan löste kein Erdbeben aus, und nach einer Pause stellte er in Aussicht, sie aus Bern telefonisch über den Fortgang der Operation zu unterrichten. Möglicherweise würde sich dann eine weitere Konferenz in der Schweiz ergeben.

Ürigens finde sich ein detailliertes Resümee von ›KEYCOP‹ in den Unterlagen.

Nach einer kurzen Weile sagte Conklin nicht ohne einen Ton der Bewunderung in der Stimme: »Ken Custer ist ein harter Bursche. Ein Nachrichtenfuchs, der in Vietnam den *Silver Star* für heldenhaften Einsatz und weitere Orden für die Rettung von Kameraden erhielt.«

Der Russe verlangte dann eine Unterbrechung der Sitzung, um mit seiner Botschaft in Washington zu telefonieren. Conklin hatte ohnehin beschlossen, die Sitzung zu beenden, um noch rechtzeitig die Kursmaschine nach Genf zu erwischen.

Die Gäste verabschiedeten sich, der NSA-Mann blieb allein zurück und starrte nachdenklich aus dem Fenster. Diesmal würde Ken Custer ihm nicht entwischen, schwor er sich.

»Ein zweites Panama können wir uns nicht leisten«, brummte er und zog sein Funktelefon aus der Aktentasche, um den Fahrer anzuweisen, den Wagen vorzufahren. Ab zum Kennedy-International-Airport! Bevor Conklin den Raum verließ, orientierte er den Hausdienst über das Leck in der Decke. Aufräumen, Schadensbehebung, etwas, das er sein Leben lang gemacht hatte – ja, jemand mußte es eben tun.

25

Als der Atomphysiker Schönhof im Liebesnest über dem nuklearen Versuchslabor seinen Brennstab langsam in die herrlichste und feurigste aller Kammern schob, dabei alle seine Sinne so angespannt auf den großen Augenblick bündelte, sogar den Atem anhielt, daß man in der Stille eine Nadel hätte fallen hören können, blickte Rosalia verstohlen zum kleinen Nachttisch, auf den er zuvor ihre reizend kleinen, rosaweißen Spitzenhöschen auf das zerdrückte Blatt Papier mit der Skizze geworfen hatte.

Sie mußte unbedingt herausfinden, was die Bemerkungen, die Schlammer neulich in seiner Frustration auf der Couch fallen gelassen hatte, bedeuteten. »Diese Schweinehunde machen die Rechnung ohne mich, ha, ich fliege das Zeug auf die Rückseite des Mondes, weit weg, und den Zaster, den behalten wir«, hatte er unter dem kräftigen Kneten ihrer Hände gepustet und dabei gerülpst, daß sie Angst bekam, er würde sich gleich selber vor Aufregung ins Jenseits befördern.

Dr. Breckerlin hatte ihr verboten, mit ihm Verbindung aufzunehmen. Er würde, falls nötig, auf sie zukommen, hatte er angeordnet, und da sich sein sexuelles Interesse nicht auf weibliche Linien bezog, erwies sich die Informationsbeschaffung als hinderlich. Nicht einmal eine Massage wollte der alte Nazi von ihr! Dagegen belauschte sie einen von seinen kahlköpfigen Kameraden, Fettsack genannt, als dieser mit einem Kumpan unter ihrem Fenster im Blumenbeet stand und in einem Art Wettstreit gegen die Hauswand hinauf urinierte.

»Morgen kann ich Heli fliegen«, hatte er herausgedrückt, »auf die Alp, mit dem Summermatter, dem Alten von der farbigen Göre . . .«

Während Schönhof innehielt und sich die Lust gönnte, im brodelnden Kern dieses verderbtesten Weibes im ganzen korrupten Betrieb groß zu werden, mit geschlossenen Augen, um das Ganze voll zu genießen, angelte Rosalia unter dem Spitzenhöschen das Papier hervor. Die Skizze zeigte die ›Rock o'Clock‹-Granituhr mit geöffnetem Klappdeckel auf der Oberseite, darunter eine Notiz in Schönhofs Handschrift: Dienstag, 18 Uhr. Transport.

Ihre Hand kehrte vom Papier zu Schönhofs Schulter zurück. Sie hob ihn sanft hoch und leckte mit der Zunge seine Brust. Gleichzeitig betätigte sie an einer bestimmten Stelle einen geheimnisvollen Muskel. Schönhofs Augen waren immer noch zu, und die unerwartete Saugwirkung verzückte sein Antlitz, er fühlte sich in ihr zu Mammutdimensionen anwachsen. Unwillkürlich und langsam begann er sich zu bewegen.

»Der Boß war fürchterlich wütend auf den Iraker«, sagte Rosalia an seiner behaarten Brust, »er will das Uhrwerk beiseite schaffen.«

»Wütend, hast du gesagt? Der macht doch in die Hosen vor Schiß, der Schladam. Er hat eine Höllenangst vor einer polizeilichen Durchsuchung, nach dem Vorfall mit dem Minister . . .« Schönhof pulsierte, der Reaktor begann sich zu überhitzen.

»Fliegst du auch mit auf die Alp?«

»Wann, morgen abend?« stieß Schönhof abgerückt hervor.

»Ja, mit Summermatter im Heli?« wagte Rosalia die Frage und hob ihr Becken an. Dadurch berührte Schönhof den Punkt, auf den es ankam.

Impulsiv stieß er weiter vor und keuchte: »I wo, in diesem verdammten Steinbruch habe ich nichts verloren. Ich bleib' lieber hier, bei dir, Goldschatz, Goldschatz, uh . . . das ist Wahnsinn . . .

oh ... es ist zu gefährlich ... auf der Alp ... oh.« Weiter kam er nicht. Nur noch sein Körper sprach.

Nach einer langen Pause, in der er sich ermattet zur Seite gelegt hatte, sagte er unvermittelt: »Breckerlins Typen sind dabei, wenn sie morgen den ganzen Krempel nach oben fliegen«. Dann, von einem Gedanken aufgescheucht, griff er plötzlich nach seiner Hose und klaubte ein Blatt hervor. »Sieh, Rosalita, der alte Militärklotz ist total übergeschnappt. Lies mal dieses Pamphlet, das er verfaßt hat, der spinnt!«

Rosalia nahm das zerknitterte Papier, glättete es auf ihrem Bauch und las laut: *»...wenn die Bombe in den USA hochgeht, bricht für uns eine neue Ära an! Wir werden der Welt offenbaren, wer hinter dem Anschlag gesteckt hat. ... Die Empörung wird wuchtige Wellen schlagen. Der Rassenhaß wird gewaltig auflodern ... wie ein Lauffeuer ganz Deutschland wachrütteln. Unsere Leute sind bereit ... Wir hauen das Schwert der Abrechnung in die offenen Wunden. Die neue Partei wird in einem Erdrutsch an die Macht gelangen! Der neue Führer steht bereit! ...«*

Sie brach ab, rutschte vom zerwühlten Lager und hüpfte in die kleine Dusche in der Ecke der Galerie. Während sie die Brause zwischen die Schenkel klemmte, hörte sie Schönhof rufen: »Die Bombe wird aber nicht hochgehen, der alte Feldküchengeneral wird toben vor Wut, haha.«

Rosalia kam tropfend aus der Dusche, frottierte sich hastig ab und zog ihre Sachen an, nicht aber das Höschen, das sie Schönhof neckisch ins Gesicht warf: »Bis später, ich muß rennen, Liebster.« Ihm Weggehen griff sie nach dem zerdrückten Papier, steckte es in die Handtasche und huschte die eiserne Galerietreppe hinab.

26 Im alten Atomkraftwerk von Nuclanne, Montag, 2. Juli

Der rote Kleinbus hielt am Ende des dunklen Stollens in einer hell erleuchteten Empfangsstation abrupt an, der Fahrer stieg sogleich aus und entfernte sich schlurfend. Im Laderaum blieb Stefanie Kramer reglos liegen und versuchte sich nach den Geräuschen zu orientieren. Nach einer Weile wagte sie einen Blick über den Rand der hinteren Sitzbank und stellte fest, daß ihr Fahrzeug vor einer langen, grauen Laderampe aus Beton stand. Ein paar Stufen führten zu einem Durchgang hinauf, wo eine Fernsehkamera an der Decke hing.

Der kahle, leere Raum maß etwa zwanzig bis dreißig Meter. Rechts auf der Rampe neben dem Durchgang ragte ein Hebearm aus der Betonwand, und daneben befand sich eine schwere grüne, in klobigen Scharnieren hängende Eisentür. Die gelbe Warnleuchte über dem Türrahmen begann plötzlich zu blinken, und Schritte näherten sich aus dem Durchgang.

Der Fahrer kam mit klimpernden Schlüsseln in der Hand zurück und öffnete die quietschende Eisentür. Stefanie bemerkte, daß die Schwenkkamera nur den Zugang zur Empfangsstation erfaßte. Wenn sie vorsichtig durch die seitliche Schiebetüre hinausschlüpfte, wäre sie auf der der Kamera abgewandten Seite. Sie könnte dann die Rampe entlang schleichen, sich auf Höhe der Eisentür emporschwingen und im Raum verstecken.

Während sie aus den Augenwinkeln den Schwenklauf der Kamera angespannt beobachtete, packte sie entschlossen den

Türgriff. Doch da ertönte eine Stimme aus dem Lautsprecher, die offenbar ihrem Chauffeur galt, der jedenfalls eiligen Schrittes über die Rampe lief und im Durchgang verschwand.

»Jetzt oder nie!« sprach sich die Reporterin Mut zu, schob die Wagentür auf, setzte die Füße nacheinander behutsam auf den rauhen Betonbelag und huschte geduckt an der Rampe entlang. Nachdem sie einen scharfen Blick zur Kamera geworfen hatte, die langsam auf sie zuschwenkte, setzte sie zum Sprung auf die Rampe an, stürzte durch die offene Eisentür in den kahlen Lagerraum und schlüpfte atemlos in die Nische zwischen aufgestapelten Kisten.

Geschafft, aber keine Sekunde zu früh! Sie wollte aufatmen und sich näher umsehen, als das Licht ausging und die Tür zuknallte. Entfernt hörte sie Stimmen, dann Motorengeräusch, das abklang. Nun umgab sie nichts als Finsternis und unheimliche Stille. Sie war gefangen, endgültig, ohne Ausweg.

27

Das Schloß von Nuclanne stand trotzig auf einem Felssporn oberhalb der Stadt und beherbergte ein Museum über Sherlock Holmes. Der Meisterdetektiv lockte täglich eine stattliche Schar von Neugierigen den Burghügel empor, und der große Parkplatz war meistens mit den Wagen und Campern der Touristen besetzt. Von Alp hatte die Burg aus zwei Gründen zu seinem Standort gewählt. Vom Hügel aus konnte er das ganze Tal gut überblicken.

Um die Sehenswürdigkeit der Burganlage herrschte zudem viel Verkehr. Die Touristen kamen und gingen, und es war nicht anzunehmen, daß sein Kastenwagen besonders auffiel; und seinem erhöhten Beobachtungsposten konnte es nicht schaden, wenn der Ort womöglich unter dem Schutzgeist von Sherlock Holmes stand.

Von Alp hatte den dunkelgrünen Dodge schon am frühen Vormittag unter der alten Linde nahe der steil abfallenden Mauer geparkt und dann seine Geräte eingerichtet. Die Hochauflösungskamera mit dem starken Teleobjektiv fing gerade den Eingang zur Kaverne ein. Das in Tarnfarbe gehaltene Schiebetor und der graue Betonvorplatz mit der Flutlichtanlage erschienen gestochen scharf auf dem Monitor in der Konsole hinter dem Fahrersitz.

Von Alp nickte befriedigt, dann öffnete er einen Aluminiumbehälter und entnahm ihm das Nachtsichtgerät. Er schraubte das mattgrüne Gehäuse auf ein Stativ und verband das herabhängende Kabel mit einer Stromquelle. In der Wand über der Konsole steckte der kleine Hochleistungssender, dessen Hauptschalter von

Alp betätigte, dann die Frequenzen auf die gewünschte Zahl schraubte und den Rauschunterdrücker auf die EIN-Stellung kippte. Von Alp schaute um sich, zog mit dem Fuß eine schwarze, flache Metallkiste heran und öffnete den Deckel. Mit Genugtuung betrachtete er seine Lieblingsspielzeuge: das Richtmikrofon, den Sprachverwandler, den Stimmdetektor. Alles befand sich in bestem Zustand. Er warf den Deckel zu und öffnete im Heckteil die Tür zum Kühlschrank. Claudia hatte die Regale mit belegten Broten und Frutopia vollgestopft.

Von Alp griff nach einer poppigen Flasche *Citrus Obsession*, dann schwenkte er die Kameralinse auf den Parkplatz vor dem Hauptgebäude, wo gerade ein silbergrauer BMW zum Stehen kam. Die Naheinstellung zog den hageren Mann mit Hornbrille und Ledermappe heran, der dem schweren Wagen entstieg. Der sieht wie ein Jurist aus. Dürfte sich um Geiger handeln, dachte von Alp und nippte an seinem Fruchtsaft. Zur Sicherheit schrieb er die Autonummer auf, als sich Claudia aus dem Lautsprecher meldete.

»Operation gelungen. Ich habe die Pläne, brauchst du sonst noch was?«

»Ja, beschaff mir ein paar Aspirin, du weißt, es ist . . .«

»Das beste Mittel gegen Herzinfarkt.« Sie lachte.

Am Morgen hatte sich ihre Abfahrt verzögert, weil Theo sich noch an der vorderen Stoßstange des Lancias zu schaffen machte.

»Können wir fahren, Theo?« drängte Ken.

»Gleich, ich befestige nur noch die neuen Schilder.«

Ken stieg aus und trat neugierig neben Theo. Am Lancia hing das Autokennzeichen BE 4301.

»Zürcher Autoschilder fallen in dieser Gegend auf«, rechtfertigte sich Theo und schraubte die Muttern fest. »BE steht für Bern. Das ist unverdächtig.«

Wo er die Schilder herhabe, wollte Ken wissen, und Theo

deutete zur Garage: »Von meiner ›Crevette‹«, antwortete er verschmitzt. Custer blickte verständnislos drein. Dann sah er die Crevette. Hinter dem halb offenen Tor der Garage glänzte die elegante Kühlerhaube eines roten Chevrolet Corvette.

»Jahrgang 1969, ein gutes Stück«, verkündete von Alp stolz und warf den Schraubenschlüssel in die Werkzeugkiste.

Es ging von der ›Lindenegg‹ nach Westen. Durch die getönte Heckscheibe des eleganten Amischlittens fiel das gedämpfte Licht der Sonne. Ken Custer saß auf dem Beifahrersitz und hielt die Blätter in der Hand, die der Laserdrucker vor ein paar Stunden ausgestoßen hatte. Er mochte sie nicht lesen. Ihm wurde übel, wenn er sich über die Papiere beugte, während von Alp die Kurven nahm. Zudem verspürte er wieder die Zeitverschiebung. Der Schlaf kam über ihn, er mußte sich wachrütteln und beneidete Claudia, die ausgeschlafen hatte und jetzt quicklebendig im gemieteten Lancia hinterherfuhr.

Sie kamen gut voran, da zu dieser Stunde nur spärlicher Verkehr herrschte, und von Alp nutzte die Fahrzeit, um Ken zu unterrichten, was er in der Nacht über Schlammer herausgefunden hatte. Custer setzte die dunkle Brille auf und hörte mit steigendem Interesse zu.

»Schlammer kaufte sich unter zweifelhaften Umständen in die Uhrenfabrik *Veuve Clissot* ein«, begann von Alp.

»Wieso zweifelhaft?«

»Nun, Schlammer begann als junger Ingenieur oder Physiker bei *Clissot.* Wenig später starb der Patron eines natürlichen Todes. Krebs. Schlammer erwarb rasch das Vertrauen der Witwe. Er setzte die Namensänderung in *Veuve Clissot* durch und machte plötzlich der Witwe ein Angebot . . .«

»Einen Heiratsantrag?«

»Nein, beileibe nicht, er bot ihr den Kauf des Unternehmens an!«

»Na, und?«

»Ja, dann ging alles ziemlich schnell. Offenbar schlossen die beiden einen Vorvertrag, wahrscheinlich nur mündlich, und dann begann Schlammer, die Rosinen aus dem Kuchen zu picken.«

»Wie ist das zu verstehen? ›Asset stripping‹?« fragte Custer.

»Ja, Plünderung des Unternehmens, Kannibalisierung oder so ähnlich. Er ließ Rohstoffe und fertige Produkte aus den Werkhallen abholen, um sie anderswo einzulagern. Dann kaufte er neue Maschinen, die aber nie bis zur Fabrik gelangten.«

»Um was für Maschinen handelte es sich denn?«

»Eben, hier wird es interessant. Schlammer hatte den richtigen Riecher. Die Uhrenindustrie steckte damals in der Krise. Wie *Clissot* waren viele Unternehmen dem Untergang geweiht. Unser Freund hatte in den USA die Halbleiterfabrikation gesehen, in Kalifornien auf diesem Gebiet gearbeitet, bei *Fairchild*, glaube ich. Er erkannte natürlich das Potential. Also baute er im geheimen und mit dem Geld der Witwe seine eigene Hochtechnologiefirma auf.«

»Ich verstehe nicht. Wie konnte er das? Der Witwe Clissot gehörte ja der Betrieb?«

»Nun, als die Witwe auf den Abschluß des versprochenen Kaufvertrages drängte, krebste Schlammer plötzlich zurück. Er habe kein Interesse mehr, die Marktlage habe sich verschlechtert und so weiter, diesen Bockmist gab er ihr.«

»Und in der Zwischenzeit ging die Firma pleite?«

Von Alp überholte einen Milchlastzug und stimmte zu: »Haargenau! Die Witwe ließ Schlammer ahnungslos gewähren, bis der Vollzugsbeamte mit der Konkursandrohung erschien. Die alte Dame erlitt einen Nervenzusammenbruch, als ihr dämmerte, daß der junge Geschäftsführer die Firma ausgeplündert hatte.«

Custer streckte sich und sagte: »Mit einem Dreh, der ihn nicht viel kostete, verdiente der Teufelskerl Millionen, die sie alles kostete.«

Von Alp warf ihm einen erstaunten Blick zu: »Stimmt genau. Und die einst angesehene Uhrenfabrik des alten Clissot blieb als veralteter Rosthaufen zurück. Die Witwe konnte diesen gemeinen Anschlag auf ihr Lebenswerk nie verkraften. Die Firma meldete Konkurs an. Wenige Wochen später starb die Witwe Clissot.«

»Und was geschah mit Schlammer? Sicher mußte er für diese Schweinerei bezahlen?«

»Falsch, nichts geschah ihm«, widersprach von Alp und blickte in die Seitenspiegel. »Der durchtriebene Kerl übernahm schließlich die Firma doch noch. Vom Konkursverwalter. Zu einem Spottpreis, versteht sich.«

»Hm, gerissen, wer wollte diesen Schrottladen schon.« Ken hielt inne, nahm seine Brille ab. »Dann trat Mister Schlammer womöglich als der große Retter auf?«

»Bingo!« rief von Alp. »Er möbelte die Firma auf, natürlich mit den beiseite geschafften Maschinen und dem heimlich aufgebauten Rohstofflager. Er begann, Halbleiter herzustellen, du weißt schon, die Sache lief glänzend.«

»Und anstatt Leute zu entlassen, stellte er Leute ein«, schloß Custer.

Von Alp nickte: »Die Vorgeschichte war bald vergessen. Eingeweihte munkelten weiter. Aber wie die Leute sind, sie vergessen, und was zählt, ist der Erfolg. Die Firma *Veuve Clissot* erlebte eine Bonanza, während ringsherum die Betriebe der traditionellen Uhrenindustrie dahinsiechten.«

Sie erreichten die Außenbezirke einer Stadt. Der Verkehr floß jetzt dichter.

»Und das Beste von allem«, betonte von Alp, der den Blick nicht von der Straße abwandte, »boten die Banken. Die Banken schrieben ihre Verluste, ohne zu murren, ab und rissen sich gleichzeitig darum, den neuen Betrieb zu finanzieren. Widerlich, wenn man bedenkt, daß Schlammer alles, was noch Wert besaß, vorher in eine Auffanggesellschaft verschoben hatte.«

Aber solche Machenschaften seien sicher anfechtbar gewesen. Die Banken hätten bestimmt nicht tatenlos zugeschaut, meinte Custer zuversichtlich.

Aber von Alp widersprach. »Keine Rede davon«, sagte er. »Schlammer war eben durchtrieben. Er zahlte der alten Firma sogar einen guten Preis für die geplünderten Anlagen, allerdings nur auf dem Papier. Die Forderung ließ er nämlich in eine zehnjährige Schuldverpflichtung kleiden. Die Schuld konnte deshalb gar nicht eingetrieben werden, sondern würde erst am St. Nimmerleinstag fällig werden. Siehst du?«

Custer schaute zum Seitenfenster hinaus auf Stoppelfelder. In der Ferne lagen die Berge im Dunst. »Ich möchte *den* Staatsanwalt sehen, der in einer solchen Situation zupackt und das Wunderkind zum Übeltäter stempelt.«

»Gewiß. Niemand besaß ein Interesse daran. Wo kein Kläger, da kein Richter.«

»Und die Erben?« erkundigte sich Custer.

Von Alp schüttelte den Kopf.

»Keine Erben. Die Clissots verloren ihren einzigen Sohn. Das liegt lange zurück. Ein tragischer Unglücksfall. Der Tod ihres einzigen Kindes hatte die Witwe Clissot ziemlich aus dem Gleichgewicht geworfen, dann ... noch das bittere Ende der Firma.«

Es verstrich etwas Zeit, bevor Ken Custer die Stille brach: »Mir ist, als ob diese Familiensaga noch nicht fertig geschrieben ist. Etwas fehlt noch. Der Rächer fehlt. Gab es denn wirklich keinen Menschen, der gegen das Unrecht auftrat?« Seine Stimme war leise geworden, als spräche er zu sich selbst. Ein Gedanke quälte ihn, ein nagender, nicht zu fassender Gedanke.

28

Nachdem die Gruppe aus der ›Lindenegg‹ am frühen Vormittag in der Stadt Nuclanne angekommen war, übernahm Custer Claudias Lancia mit der Berner Nummer. Er parkte ihn auf dem kleinen Platz neben der Kirche, die er als sicheres Zeichen für die Ortsmitte hielt, und schlenderte nach vorne zur Hauptstraße, wo er einen guten Überblick zu gewinnen hoffte. An die Hausmauer gelehnt, schaute er zum Burghügel hinauf. Ein warmer Wind blies ihm ins Gesicht. Am Himmel rollten schneeweiße Wolken.

Viel scheint in diesem Ort nicht los zu sein, dachte er, als er die menschenleere Straße hinunterblickte. In seinem Rücken donnerte ein achtzehnrädriger Lastzug heran und wirbelte ihm Staub ins Gesicht.

Als Custer wieder aufschaute, erregte die junge Frau auf dem gegenüberliegenden Gehsteig plötzlich seine Aufmerksamkeit. Er sah sie hinter dem abgestellten Kleinbus verschwinden und wartete gespannt, daß sie zum Vorschein kam. Doch zu seiner Verblüffung machte sie sich an der Seitentüre zu schaffen, spähte über die Dachkante und war plötzlich im Innern des Wagens untergetaucht. Ihr heimliches, ungewöhnliches Vorgehen hatte seine Neugier erregt. Aber es war ihr entschlossenes, grimmiges Gesicht, das ihm verriet, daß die Frau etwas im Schilde führte.

Als nun ein Kerl müde heranschlurfte, ebenfalls die Seitentüre öffnete und sich schließlich hinters Steuer setzte, erwartete Ken eigentlich, daß sie nun von hinten dem Fahrer listig die Hände über die Augen legen würde, um dann in Gelächter auszubrechen, wenn er sich verdutzt nach ihr umdrehte. Doch nichts dergleichen geschah. Die Frau hielt sich verborgen.

Custer rannte zum Lancia zurück, um dem roten Kastenwagen hinterherzujagen. Rasch holte Ken auf, der Fahrer schien es nicht eilig zu haben, weiter vorne fuhr er gemächlich die gewundene Straße hinauf, bog oben auf der Ebene ab und verschwand am Ende eines Vorplatzes in einem tunnelartigen Eingang.

Custer fuhr langsam weiter, wobei ihm aus der Entfernung ein flüchtiger Blick ins dunkle Innere gelang, bevor das Tor geräuschlos zuglitt. Er prägte sich die Außenanlagen ein: die vier Flutlichter auf hohen Laternenpfählen, schwenkbare Kameras, einen Windsack, das große weiße H auf dem Beton des Helikopterlandeplatzes. Das der Kaverne nächstgelegene einstöckige längliche Haus mit Flachdach besaß auf der Vorderseite sechs Fenster, die alle mit Rolläden verschlossen waren. Vor dem größeren Gebäude daneben arbeiteten Leute an Behältern, die ein Stapler aufgabelte und nach hinten brachte. Custer fuhr am mehrstöckigen Hauptgebäude vorbei über offenes Gelände. Nach dem Bauernhof gelangte er in den Wald und wendete.

Die Frau ließ ihm keine Ruhe. Welchen Grund mochte sie haben, sich heimlich in den Stollen zu schmuggeln? Bestimmt begab sie sich ahnungslos in große Gefahr? Sie hatte ihn fasziniert, ihr waghalsiges Benehmen weckte seinen Beschützerinstinkt. Plötzlich fühlte er ein unbändiges Verlangen, sie aus der Patsche zu ziehen, in der sie mit Bestimmtheit steckte. Custer beschleunigte geistesabwesend und rammte beinahe einen gelben Kastenwagen der Post. Der Beamte am Steuer schüttelte den Kopf und wünschte Ken mit dem Mittelfinger in die Klapsmühle.

»Briefträger«, murmelte Custer. »Briefträger, das ist die Lösung.« Uniformierte Gesichter kennt niemand, fiel ihm ein. Milchmänner und Postboten sind unverdächtig.

Der kleine gelbe Kastenwagen parkte vor dem Gemeindehaus

zwischen zwei Lastwagen. Als der Briefträger sich anschickte, die Hintertüre zu schließen, überquerte Custer mit raschen Schritten den Platz und preßte dem Postbeamten den Lauf seiner *Walther PPK* in den Rücken:

»Los, hineinklettern, sonst geht dein Rückgrat in die Brüche.«

Sekunden später kauerten beide Männer im Wageninnern. Ken zwang den völlig perplexen Postmann, seine Uniform abzulegen. Dann fesselte er ihn ans Reserverad. Er solle ruhig bleiben, dann geschehe ihm nichts, ermahnte Custer den Verängstigten, während er sich umständlich in dessen Hemd und Hose aus stahlblauer Baumwolle zwängte. Dann erkundigte er sich, wie es oben im Konzern ablaufe, wenn er die Post bringe.

Die Briefe liefere er im Verwaltungsgebäude ab, doch Pakete, und davon gebe es viele, vor allem aus dem Ausland, müßten nach hinten gebracht werden, dort wo die Labors seien, klärte ihn der Gefesselte auf. Der Empfang der Sendungen müsse im Quittungsbuch bestätigt werden.

Ken nahm das dünne Büchlein zur Hand und überblickte die Eintragungen.

»Wie heißt der Kerl am Eingangstor?«

»Der mit der Nase wie eine Zuckerrübe heißt Tony, der andere, ein Dicker mit Schnauz, ist Fred.«

Wenn er sich schön ruhig verhalte und keine Schwierigkeiten verursache, lasse er ihn in einer Stunde frei, erklärte Custer und wedelte mit ein paar Hundertfrankenscheinen vor der Nase des Verdatterten herum. Dann klebte er ihm den Mund mit braunem Isolierband aus dem Handschuhfach zu. Aus Sicherheitsgründen, meinte er mit entschuldigender Geste und manövrierte den Kastenwagen rückwärts hinaus.

»Morgen Fred, schöner Tag heute«, sagte Custer im holprigen Akzent eines Gastarbeiters aus Palermo.

»Wo ist Alois, ist ihm was passiert?«

Ken schnitt eine ulkige Grimasse, deutete mit dem Daumen nach hinten: »Hab ihn hintendrin, schöner großer Paket!«

Fred grinste übers ganze Gesicht und öffnete den Schlagbaum.

Ken parkte hinter dem großen Hauptgebäude, ging den schmalen Weg am alten Schachtbrunnen vorbei abwärts und gelangte über einen rot gepflasterten Vorplatz und zwei Stufen zum Eingang des niedrigen Laborgebäudes. Die grün lackierte Holztüre mit einem Messingfisch als Türklopfer erinnerte Ken an das Ferienhaus seiner Mutter in Maine.

›Eintreten, ohne zu klopfen‹, ermunterte ein Schild. An der fensterlosen Wand des Vorraumes standen vier kleine Tische mit schwarzen Rohrstühlen neben einem Gertränkeautomaten. Niemand hielt sich hier auf. An diese trostlose Pausenecke grenzte ein langer Flur, in den unvermittelt ein älterer Mann mit grauen Haaren und weißer Schürze einschwenkte. Er strebte am anderen Ende des Ganges auf eine verschlossene Türe zu, während er einen Zettel vor sein Gesicht hielt, den er aus der Schürzentasche herausgeklaubt hatte.

Ken beschleunigte seinen Schritt: »Moment bitte, darf ich gleich mitkommen«, rief er dem gebeugten Rücken nach. »Mir fehlt noch eine Quittung. Der Kollege hat heute morgen vergessen ...«

Der Angestellte drehte sich um und winkte ab: »Sie dürfen da nicht rein, unmöglich.«

Postsendungen seien am kleinen Schalter im Vorraum abzugeben, wies er Custer an und steckte den Zettel weg.

»Oh, Verzeihung.« Ken hatte das Postquittungsbuch neben den Grauhaarigen fallen lassen, der sich beflissen bückte, um die herausgefallenen Scheine zusammenzulesen.

»Das hier gehört nicht mir.« Custer zeigte auf einen Fetzen Papier am Boden. Es war der Zettel mit den Kennzahlen für die gesicherte Tür. Mit zwei Fingern hatte ihn Ken aus der Schürzentasche gepickt, sich die Zahl gemerkt und den Wisch zu Boden gleiten lassen.

Der Alte grunzte etwas, tippte mürrisch den Code ein und watschelte müde durch die sich öffnende Tür.

Ken warf einen Blick hinein. Gedämpftes, warmes Licht hüllte eine luxuriöse Bürolandschaft mit einer Unzahl von Bildschirmen in die Aura des Außerirdischen. Eine ultramoderne Phantasiewelt schlug ihm entgegen. Dann glitt die Tür zu. Ken wandte sich ab und ging langsam zurück zum Ausgang. Auf Höhe des Getränkeautomaten hielt er an, drehte sich um und schaute mit zugekniffenen Augen prüfend zur Gleittür. Der geheimnisvolle Raum ließ ihm keine Ruhe. Entschlossen wagte er sich erneut vor und tippte die Kennzahl des Alten in die Tastatur ein. Die Tür glitt geräuschlos zur Seite.

Zu seiner Überraschung hielt sich kein Mensch im vorderen Teil der modernen, rosarot getönten Bürowelt auf. Rasch begab sich Ken auf dem weichen, lilafarbenen Teppich nach links, wo graue, verstellbare Wandelemente ein kleines Studio abgrenzten. Er betrat es vorsichtig und sah eine graue Tischplatte auf rundem Chromgestänge, eine Topfpalme und einen Bildschirm auf einem Schwenkarm.

Auf der schwarzen Schreibunterlage des Tisches lagen ein Schreibblock, ein hingeworfener Kugelschreiber, eine Zeitung. Neben dem Telefon war ein Handbuch aufgeschlagen. Es war, als hätte der Benutzer des Büros eben die Arbeit unterbrochen, um sich irgendwohin zu begeben. Kaffeepause? Custer blickte auf seine Uhr, lauschte nach Stimmen, Schritten, schaute sich um. An einem Haken hing eine weiße Laborschürze. Custer entschied, daß er ein paar Minuten Zeit hatte, und setzte sich an den Tisch. Er griff nach der Broschüre und stutzte:

›Streng Geheim – Beschrieb des Mikrotel-Zünders 2000‹,

lautete die Überschrift. »Glückssträhne«, murmelte Ken und begann, im Handbuch zu blättern. Das Inhaltsverzeichnis verwies auf einen längeren Abschnitt ›DER ZÜNDUNGSDIALOG‹. Ken schlug die angegebene Seite auf. Der Benutzer des Systems konnte das mit dem Zünder verbundene Mikrotelefon anrufen und den Zündungsmodus einschalten. Die Tastenfolge lautete: * –0–0. Daraufhin konnte die Zündzeit eingestellt oder geändert werden. Ken steckte das Handbuch in seinen Hosenbund, während er memorierte: »Stern-Null-Null, Stern-Null-Null.«

Dann wandte er sich dem Computer zu und betätigte die Einschalttaste. Als der Bildschirm aufflammte und ihn aufforderte, den Zugriffscode einzugeben, fühlte Ken hinter sich einen Luftzug. Gleichzeitig legte sich eine Hand auf seine rechte Schulter.

Jäh fuhr er herum. Die Frau wich erschrocken zurück und stand mit gespreizten Beinen vor der grauen Trennwand. Sie war eine umwerfende Erscheinung. Ken schluckte und rang nach Worten. Lange schwarze Haare umrahmten ein lustvolles Gesicht, üppige Brüste wogten unter einer roten Hemdbluse, und unter dem dünnen, geblümten Rock zeichneten sich aufreizende, volle Schenkel ab. Braune Augen funkelten listig, und die neckisch zwischen die weißen Zähne geklemmte Zungenspitze im halboffenen, sinnlichen Mund ließ Ken erschauern.

»Sie sind der Neue? Ich bin Rosalia«, sagte das Lustgebilde mit einer rauchigen Stimme. Ken schlug die Beine übereinander, fuhr mit der Hand durch seine Haare, nickte bedächtig, indem er die Zunge ausgleiten ließ und seine Lippen befeuchtete.

»Ich bin die Masseuse im Betrieb«, sagte die Frau mit einem Lächeln, das Ken bis in die Hosentasche spüren konnte, und zum Beweis legte sie ihre Hände auf seinen Nacken. Dann drehte sie den Sessel herum, so daß Custer ihr wieder den Rücken zuwandte. Nun begann sie seinen Hinterkopf mit kräftigen Bewegungen zu reiben.

»Wie heißt du?« hauchte sie und bearbeitete seine Schultern.

»Ken«, entfuhr es dem überraschten Custer. Sie zog ihm das Hemd aus den Hosen. Auf dem entblößten Rücken glitt sie mit beiden Daumen kräftig das Rückgrat auf und ab. Wieder durchrann ihn ein Schauer. Dann stützte sich Rosalia völlig überraschend mit den Ellbogen auf die Tischplatte und reckte ihre prallen Hinterbacken in die Höhe. Da bemerkte Ken, daß sie keinen Schlüpfer trug. Wie im Rausch erhob er sich, stand hinter ihren gespreizten Schenkeln und legte seine Arme auf ihren Rücken. Mit beiden Händen fuhr er unter die Bluse und streichelte die nackte Haut. Dann griff er nach vorne und wog ihre Brüste mit seinen Fingerspitzen. Rosalia bewegte ungeduldig ihr Gesäß hin und her.

»Wir haben Zeit. Die Leute sind unten am Montagsmeeting«, flüsterte sie.

Wie zur Bestätigung ließ Ken seine Hände zu ihren Kniekehlen gleiten und strich dann langsam über ihre Schenkel nach oben, bis er mit beiden Handkanten zur Mündung der prächtigen Beine gelangte. Zuerst sanft, dann kräftiger glitt er mit der einen Hand über das heiße Lustgefilde. Seine Finger erforschten die Spalte, strichen über ihre weiche geschmeidige Öffnung, rieben die kleine Knospe. Rosalia stammelte Unverständliches, hob die Hinterbakken höher, hielt ihm die flache Hand entgegen: ein Kondom lag darin.

Custer suchte hektisch nach dem Reißverschluß, doch die schweizerische Post hielt ihre Hosen vorne zugeknöpft. Er langte erregt in den Hosenbund, ein paar Knöpfe sprangen ab, sein praller Schaft strotzte bereits aus den schwarzen Boxershorts, er streifte den blauen Pariser über, tat einen Schritt nach vorne und drang in sie ein. Rosalia stöhnte auf, dann reckte sie ruckartig, im Rhythmus seiner Stöße ihr bebendes Fleisch nach ihm, dabei rieben sich ihre Brustwarzen am Leder der Schreibunterlage. Sie kamen plötzlich. Custer verspürte, wie die Wollust aus Hirn und Fersen in seine Lenden rieselte, sich zusammenballte und nach vorne explodierte. Rosalias Körper erschauderte, sie keuchte, biß sich in den Zeigefinger, gab keinen Laut von sich.

Dann war der Spuk vorbei. Sie sank auf die Knie, wühlte in ihrer Handtasche und streckte Custer ein paar Kleenex-Tüchlein hin. Sich erhebend, rückte sie ihre Bluse zurecht, strich sich durch die zerzausten schwarzen Haare und schaute belustigt zu, wie er die Hosen hochzog, seinen Schwanz verpackte und das Hemd hinunterstopfte.

»Huh, das war gut. Ich mag deine Massagen.« Ken zog sich die Hosen fest. »Du bist Klasse, wirklich! . . . Ein Quicky pünktlich zur Kaffeepause . . . keine schlechte Firma!«

Rosalia schlug kichernd die Augen nieder, bückte sich dann blitzschnell und hielt Custer das Handbuch mit dem Zündungsdialog hin.

Er nahm es, drehte es verlegen ein paar Mal in den Händen herum, murmelte etwas.

»Das nächste Mal brauchst du nicht einzubrechen, ruf mich an, wenn du irgend etwas brauchst.« Sie durchstöberte ihre bauchige Handtasche und zauberte eine rosarote Geschäftskarte hervor.

›I Love Sexclusive‹, las Ken verdutzt.

»Ehrlich, ruf mich an, ich mach' es nicht nur auf die Schnelle. Übrigens, *El Chopo* wollte, daß ich dich kennenlerne. Dieser Sektor hier ist gefährlich. Drogen, Waffen . . . Du hast Glück gehabt, die Leute sind in der Krisensitzung . . . Ciao, bello!«

Rosalia nannte Don Antonio Cali de Cali bei seinem alten Übernamen: *die Kanone*, was unter Eingeweihten als Kennwort galt, und plötzlich erinnerte sich Custer, daß vor einiger Zeit die Rede davon gewesen war, einen Maulwurf im Schlammer-Konzern einzunisten: Rosalia! Sie war es also! Was führte der alte Betonmischer sonst noch im Schilde . . .?

»Ciao . . .« erwiderte er, als sie bereits auf der anderen Seite des graurosa aufgemachten Raumes davonsegelte, und steckte sich das geheime Handbuch wieder in den Hosenbund. Gemächlich wie Briefträger ging er den kurzen Weg zum Fahrzeug zurück.

Da sah er die beiden Typen. Sie standen dem Postwagen, den er außer Sichtweite der Wachen abgestellt hatte, bedrohlich nahe. Der eine mit kurzgeschnittenen Haaren und einer krummen Nase lehnte sich lässig an die fensterlose Seitenwand des Fahrzeugs. Sein Kumpel, den Schädel kahlgeschoren, verschränkte die Arme und wippte auf den Absätzen nervös wie ein Hund, der demnächst die Kette sprengt. Die Szene ließ nichts Gutes ahnen.

In Ken regte sich das Kampffieber. Jede einzelne Faser in seinen Muskeln spannte sich, als er den Schritt verlangsamte, einen guten Tag wünschte und auf die Fahrertür zuschritt. Der Kahlköpfige stellte sich ihm mit finsterer Miene in den Weg, die rechte Hand dicht an der Hüfte. Er hatte ein boshaftes Gesicht und eine Nase wie eine mißratene Rübe. Der Knarrenhalter-Typ.

Rosalia stand unbemerkt hinter dem Fenster im Laborgebäude und richtete das starke Teleobjektiv ihrer Spiegelreflexkamera auf die Gruppe vor dem Kastenwagen. Klick, Klick, Klick. Sie hatte Custer im Profil erwischt.

»Moment, spuck mal deinen Namen. Heh, du bist gar kein Postbote«, höhnte der Kahlkopf. »Zeig uns doch mal deinen Ausweis. Postboten tragen nämlich nicht so blöde Turnschuhe.« Er zeigte hämisch auf Kens gelbweiße Nikes. »Komm mach schon, du Arsch . . .«

»Ich kriege Verdauungsstörungen, wenn ich Kahlköpfe wie dich sehe«, sagte Ken, der nicht lange überlegte. Das Langgesicht schien der gefährlichere der beiden zu sein. Er trat ihm blitzschnell mit dem rechten Fuß hart ans Knie, und als der völlig Überrumpelte vor Schmerz aufschreiend zusammensackte, traf ihn der Kinnhaken. Der Schlag war gut, Kens Körper legte sich in den

Schwung und schmetterte den Kerl nach hinten an den Kastenwagen, wo sein Schädel heftig aufprallte. Schlaff sank er zu Boden.

Rosalia hielt den Zeigefinger fest auf den Auslöser. Klick, Klick, Klick. Sie schmunzelte. Custer in Aktion. Hervorragend.

Erschrocken griff sich der Kahlköpfige an den offenen Mund. Ken nutzte den Augenblick, drehte dem verblüfften Wanst den linken Arm ins Kreuz und filzte mit der freien Hand seine Taschen. In kürzester Zeit hatte er ihm die Brieftasche, das Funksprechgerät und den Sicherheitsbadge abgenommen. Dann versetzte er dem Gekrümmten einen kräftigen Schubs, so daß er torkelnd zu Boden ging.

Ken sprang hinter das Steuer. Der Motor heulte auf, die Kupplung rückte voll ein, und der Kastenwagen schnellte am Ziehbrunnen vorbei und verließ das Gelände durch den hinteren Ausgang. In der Stadt parkte Custer dann den Wagen der schweizerischen Postbetriebe an der gleichen Stelle, wo er ihn vor ungefähr einer Stunde entliehen hatte, und zwängte sich über die Rücklehne in den Laderaum. Dort vertauschte er die Postuniform wieder mit seinen Klamotten und klemmte dem vor Angst reglosen Briefträger die zu einem Röhrchen gedrehten Geldscheine hinter das Ohr.

Keine Menschenseele war in Sicht, als Ken das Fahrzeug durch die Hecktüre verließ und ruhig den Platz überquerte. Er schritt am Brunnen vorbei und gelangte nach ein paar Minuten zum geparkten Lancia.

Eine Schar Krähen kreiste krächzend über dem Burghügel, während ein Kampfflugzeug der Armee dröhnend und mit einem weißen Schweif steil in den tiefblauen Sommerhimmel stach. Aus dem nahen Schwimmbad hinter dem Parkplatz drang fröhliches Stimmengewirr und Wasserklatschen herüber.

Ken Custer ärgerte und freute sich zugleich. Seine Maskerade als Postbote hätte schieflaufen können. Der in Schwierigkeiten steckenden Frau konnte er ohnehin nicht zu Hilfe eilen. Im Gegenteil, vermutlich hatte er mit seiner Aktion nur die Wachen aufgeschreckt. Der Zutrittscode des Angestellten würde ihm nicht mehr viel nützen. Er hatte leichtfertig seine Mission aufs Spiel gesetzt. Wenigstens besaß er das Handbuch mit den technischen Angaben über den geheimen Mikrotelzünder. Und Rosalia war natürlich eine Zugabe sensationeller Machart gewesen. Dann hatte ihn die Schlägerei auch in seiner guten körperlichen Verfassung bestärkt. Als völlig sinnlos erwies sich das heimliche Eindringen somit auch wieder nicht.

Aber bei Licht betrachtet, lohnte sich das Risiko kaum. Vielleicht würde man ihn morgen wiedererkennen. Ungehalten sah er ein, daß er sich immer dann zu übereilten Handlungen hinreißen ließ, wenn ihn der Zeitunterschied quälte. Auch jetzt drückte die Müdigkeit wieder auf seine Lider. Kenneth William Custer fielen die Augen zu. Er lehnte den Kopf erschöpft zurück und ergab sich seiner inneren Zeituhr, den wohligen Gedanken an die schwarze Rosalia und den einschläfernden Geräuschen des heißen Sommernachmittags.

Rosalia hatte sich im hinteren Teil des roten Labors an Manfred Schönhofs Schreibtisch gesetzt. Sie dachte genüßlich an den starken Mann, der Kenneth Custer hieß, während sie mit geschickten Händen den Film zurückspulte. Sie steckte die Rolle in ihre Handtasche, dann trat sie entschlossen zum metallenen Wandschrank an der grauen Trennwand, blickte nervös um sich und öffnete hastig das Kombinationsschloß mit der Kennzahl, die ihr längst vertraut war. Im Innern lagen Papiere, Disketten und Bücher wirr durcheinander. Sie packte das Handbuch mit dem Titel ›SADAM-54-SL93 (SPECIAL ATOMIC DEMOLITION AMMUNITION‹), klemmte es unter den Arm, schloß den Schrank ab und eilte zum Schreibtisch hinüber. Dort steckte sie die geheime Anleitung in ihre Handtasche, schwang die Kamera über die Schulter und verließ mit wiegendem Gang das Labor durch die Schiebetüre des vorderen Ausgangs.

Die stechenden Blicke Hannibals folgten ihr. Der Sicherheitschef hatte den Vorgang durch das Guckfenster der hinteren Tür beobachtet.

»Mal sehen, was sie vorhat.« Er eilte durch den Flur hinaus zum Parkplatz, wo sein weißer Cherokee stand. Er war überzeugt, daß die Frau etwas auf dem Kerbholz hatte. Zeit, dem Miststück eine Lektion zu erteilen, dachte er, als die beiden Typen ihm von der anderen Seite des Ziehbrunnens etwas zuriefen.

Als Rosalia das Firmenareal verließ, beobachtete sie im Rückspiegel, wie der Glatzkopf, den Custer verdroschen hatte, hinkend und gestikulierend auf Hannibal zuging.

29

Während draußen vor dem Schwimmbad die Hitze Ken Custer in ein lullendes Dösen hüllte, stand Stefanie Kramer unbeweglich in der völligen Dunkelheit. Das Dröhnen der zugeschmetterten Tür hallte noch in den Ohren, und Beklemmung stieg in ihr hoch. Ein wirrer Gedanke jagte den anderen: sie war im Verlies; niemals würde sie lebendig herauskommen; sie würde verhungern, nein, verdursten vielmehr; Dehydrierung des Körpers; sie würde langsam zu Tode schmachten; sicher wimmelte es in diesem Loch von Ratten. Stefanie lauschte angespannt. Sie hörte nichts. Absolute Stille herrschte. Keine schleifenden oder nagenden Geräusche näherten sich. Oder doch? Was war das? Ein metallenes Geräusch weit weg, irgendwo draußen. Draußen?

Stefanie kämpfte gegen aufkommende Panik. Sie verfluchte ihre idiotische Handlungsweise. Sie ballte ihre Fäuste und biß sich in die Unterlippe. Dann stieß sie mit einem ärgerlichen Laut die Luft aus.

Nach einer Zeit, die ihr unendlich lang vorkam, zwang sie sich, ihre Gedanken zu ordnen. Sie mußte sich zusammenreißen. Denken half immer, ermunterte sie sich und begann, langsam ihre Umgebung aufzunehmen, rein gefühlsmäßig, aus der Erinnerung, als sie den Raum betreten hatte, bevor die Tür hinter ihr zufiel. Da gab es zwei Reihen gestapelter Behältnisse. Metallene, graue Kisten. Dahinter schien der rechteckige Raum weiterzulaufen. Wieder drang der metallene Ton an ihr Ohr. Vielleicht gab es einen zweiten Ausgang, irgendwo mußte ja Luft hereinkommen, hoffte sie.

Dieser Raum ist luftdicht abgeschlossen, hörte sie eine Stimme. Neue Verzweiflung überkam sie. Du bist im Berg eingelocht, in einem verdammten, unterirdischen Kerker, sagte die Stimme. Es war ihre Stimme. An allem hast du selber schuld, hämmerte und dröhnte es in ihrem Kopf. Verzweifelt und mutlos sah sie ein, daß niemand sie aus ihrer schrecklichen Lage befreien würde. Keiner wußte, daß sie in dieser gottverlassenen, finsteren, muffigen Kaverne steckte.

Kaverne? Der Begriff ließ sie nicht los. Dann dieser ganz bestimmte Geruch, der eine Kindheitserinnerung auslöste. Wo hatte sie diese modrig süßliche Luft schon gerochen?

Dann fiel es ihr ein. Sie war knapp neun Jahre alt, als ihr Vater, Atomphysiker, in einer Versuchsanlage ums Leben kam. Über den Hergang des Unglücks wurde sie nie richtig aufgeklärt. Als Studentin hörte sie munkeln, Vater habe sich das Leben genommen. Die ausgegrabenen Zeitungsartikel berichteten von einem Unfall in der Kaverne des Atomversuchsreaktors. Und plötzlich fiel es ihr wie Schuppen von den Augen. Kaverne! Die Reaktorkavernen von Nuclanne. Sie erschrak. Kein Mensch hatte ihr von diesem Ort erzählt. Da ihr Vater lange Zeit hauptsächlich im *CERN* gearbeitet hatte, brachte Stefanie den traurigen Tod ihres Vaters stets mit den Versuchsanlagen in Genf in Verbindung. Sie hatte fest geglaubt, daß sich das Unglück dort ereignet hatte. Aber konnte es sein, daß Papa hier gestorben war? War er gar einem Verbrechen zum Opfer gefallen? Die Ahnung verdichtete sich langsam zur Gewißheit, als sie sich an ihre Nachforschungen erinnerte, wonach Vater Anfang der sechziger Jahre an gasgekühlten Druckrohrreaktoren geforscht hatte, die Natururan verbrannten. Der gleiche Reaktortyp überhitzte sich 1969 genau in dieser Kaverne und mußte stillgelegt werden. Papa starb 1969 . . .

Eine heiße Regung durchströmte sie. Sie fühlte sich nicht mehr allein. Sicher war sie früher mit Vater hiergewesen. Hastig durchwühlte sie ihre Handtasche und fand das winzige Stablämpchen, das am Schlüsselring hing. Ein dünner Strahl durchbrach die nachtschwarze Wand und landete auf einem Behälter mit warnender Aufschrift. Plötzlich begriff sie und wich intuitiv zurück: Wie die Flügel einer Schiffsschraube waren drei gelbe Dreiecke um einen Punkt herum angeordnet: das internationale Warnzeichen für Radioaktivität. Die Erkenntnis traf sie mit Wucht. Sie befand sich in einem Lager mit radioaktivem Material. Atommüll! Brennstäbe, womöglich für Rußland bestimmt, für die Verklappung in der Ostsee.

Mühsam versuchte die Tochter des Atomphysikers daraufhin, der entschwundenen physikalischen Formeln habhaft zu werden. Wo begann die schädliche Strahlendosis für den Menschen, überlegte sie scharf. Wie intensiv war die Verstrahlung in diesem Raum? Sie konnte unmöglich klar denken und wich weiter zurück, weg vom giftigen Zeug. Sie mußte sich hinter einer Mauer verkriechen, fiel ihr ein, da Beton von einer gewissen Dicke praktisch jede Strahlung abschirmte. Soviel wußte sie noch. Da stolperte sie und fiel. Einige Sekundenbruchteile lang schossen ihr die Gedanken wild durch den Kopf, doch ein Befehl ihres Nervensystems besaß Priorität: nur nicht mit dem Rücken aufschlagen. Sie versuchte, wie eine Katze auf den Beinen zu landen. Der Aufschlag war hart, viel zu hart. Ihre Stirn schlug heftig auf, und Stefanie spürte nichts mehr.

30 Washington D.C., Montag, 2. Juli

Im Oval Office schlug die Quartzuhr des Präsidenten acht, und draußen herrschte ein nebliger, regnerischer Morgen. Washington begann langsam zu funktionieren. Robert Donner, Chef der Drogenfahndung DEA, und Mitchell Taylor, Direktor der CIA, saßen aufrecht in den bequemen Besuchersesseln und blickten erwartungsvoll zum Präsidenten. Pozzi, der Stabschef, hatte auf der Chaiselongue vor dem Fenster Platz genommen, der Außenminister James Frazer versank im bequemen Lehnstuhl, die Beine übereinandergeschlagen, und Rose, die treue Seele, hatte Kaffee und Gebäck bereitgestellt.

»Bob, schieß los. Wie ist die Lage an der Drogenfront? Müssen wir mit den Ledernacken einfahren?« Der Präsident liebte es, seine Mitarbeiter mit provokativen Fragen anzustacheln.

Robert Donner hielt einen nüchternen Vortrag. Leidenschaftslos zeichnete er ein drastisches Bild der Vereinigten Staaten am Rande des Abgrunds. Fünftausend Tonnen harter Drogen überschwemmten allein 1993 die amerikanischen Großstädte. Der illegale Handel erzielte, vorsichtig geschätzt, einen Straßenumsatz von dreihundert Milliarden US-Dollar oder zweimal soviel wie das jährliche Staatsbudget. Trotz massiven, weltweiten Einsatzes der Drogenfahndung gelang es nicht, den steten Fluß von Heroin und Kokain in die USA auch nur annähernd in den Griff zu bekommen.

Nach Schätzungen des Gesundheitsdepartements starben im letzten Jahr 550000 Personen an den Folgen des Drogenkonsums. Im Vergleich dazu hatte der Vietnamkrieg 110000 Opfer gefordert, und auf amerikanischen Straßen kamen im letzten Jahr sechzigtausend Menschen bei Verkehrsunfällen ums Leben.

»Die Droge fordert einen schrecklichen Tribut«, mahnte der DEA-Chef. »Und das ist nur der Anfang«, fuhr er mit grimmiger Miene fort, »es wird noch mehr Drogentote geben. Unzählige Jugendliche verblöden. Die Leistungskurve der amerikanischen Gesellschaft verläuft deutlich nach unten, weil hoffnungsvolle junge Menschen aus allen Schichten, unser kostbarstes Kapital, in den Teufelskreis der Droge hineingezogen werden. Die enormen Verdienstmöglichkeiten locken viele Jugendliche, die keinen Job finden, in eine verhängnisvolle Abhängigkeit zur Sucht und zum Verbrechen. Die Kriminalität nimmt zu, vernichtet unsere besten Familien, unser Land verkommt, wenn nicht bald etwas Entscheidendes geschieht.«

Im Oval Office blieb es lange still. Dann räusperte sich der Präsident: »Bob, wir hatten spektakuläre Erfolge im letzten Sommer. Wir haben die finanzielle Operationsbasis des Medellín-Kartells zerschlagen, einige Millionen Dollar beschlagnahmt, über hundert Verhaftungen vorgenommen und ungezählte Bankkonten im In- und Ausland blockiert. Wie kommt es, daß wir dastehen wie die letzten Amateure?«

Donner wußte, worauf der Präsident anspielte.

»Wir haben die Kartelle bestimmt hart getroffen, Sir. Vor allem lähmten unsere Leute, wie es damals schien, das Verteilnetz und legten die Geldwaschoperationen bloß, doch der Haupterfolg der kombinierten Fahndung trat vor allem in Europa ein. Die Italiener zogen den größten Nutzen aus den geballten Schlägen der Operation *Green Ice*. Den Carabinieri gingen die Mafia-Bosse haufenweise ins Netz, allen voran als größter Fisch Totò Riina aus Palermo.«

Donner trank einen Schluck Kaffee, Regen klatschte an eine

Fensterscheibe, ein Ventilator summte. Der Präsident schielte nachdenklich auf ein Bild seiner Tochter, die in Colorado vom Pferd herunterlächelte. Er haßte das Drogenthema und wünschte, Jack Weisborn säße in der Runde. Vielleicht sollte er seinen Rat befolgen und mit den Syndikaten kurzen Prozeß machen ...

»Wir mußten hingegen feststellen, daß die Verteilung von Kokain über Kalifornien und Florida unvermindert weiterging«, fuhr Robert Donner fort. »Und dann entdeckten wir, daß Drogenchef Cali de Cali über ein raffiniertes, hochtechnisiertes System verfügt, die Narkodollar rein zu waschen. Wir hatten geglaubt, die Geldwaschkanäle zu kennen, aber wie die Cali-Organisation vorging, blieb uns ein Rätsel. Alle Versuche, das System zu infiltrieren, scheiterten.«

Der Präsident streckte sich. Indem er beide Arme weit von sich in die Höhe stieß, schien er nach dem Sternenbanner zu greifen, das in seinem Rücken schlaff vom Ständer hing. Daneben blickte ein bronzener George Washington ernst über den Mahagonitisch, auf dem sich persönliche Gegenstände des Präsidenten und silbern umrandete Familienbilder aneinanderreihten. Vor der Freiheitsglocke im Kleinformat schimmerte matt ein Orden. Es war das Geschenk der berüchtigten *Navy Seals* mit der Widmung: ›In God we trust, but if He's busy, call the Seals‹.

Nun schaltete sich Taylor, Direktor der CIA, in die Diskussion ein: »Die Luftaufklärung bestätigt den Verdacht, daß Cali, der Drogenboß, geheime Produktionsanlagen von nie gekanntem Ausmaß eingerichtet hat und außerdem über ein modernes Kommandozentrum mit den absolut neuesten Einrichtungen verfügt. In der Tat haben wir es mit einer Infrastruktur zu tun, wie sie sonst nur Staaten aufweisen: Gerichtsbarkeit, Steuerbezug, eigene Polizei, Truppenteile der Armee und so weiter. Ich würde sagen, daß ein Megakartell entstanden ist, das die staatlichen Bereiche, wie etwa die Polizei, die Außenpolitik oder die Justiz völlig privatisiert hat. In Kolumbien hat die staatliche Autorität meiner Meinung nach abgedankt.«

»Sie behaupten, die Drogenunternehmen regieren das Land?«

»Richtig, Mister President, ein einziges Großkartell übernahm de facto die Macht im Staat, nachdem das Kartell von Cali den geschwächten Rivalen von Medellín geschluckt hatte. Aus der Elefantenhochzeit entstand ein Unternehmen von gigantischer Größe. Und der Boß, Cali de Cali, ist ein unberechenbarer, religiöser Fanatiker. Das Gerücht geht, er wolle sich die Atombombe beschaffen. Das wäre Wahnsinn.«

»Mitch, ich habe Mühe, das zu akzeptieren«, wandte der Präsident ein. »Bestimmt gibt es Abertausende, ja Millionen rechtschaffener Kolumbianer, die nicht tatenlos zusehen, wie ihr schönes Land vor die Hunde geht.«

»Bei allem Respekt, Mister President«, entgegnete der Direktor der CIA, »was geschah damals im Dritten Reich? Eine handvoll entschlossener, skrupelloser Drahtzieher gab dem gedemütigten Volk Wohlstand, Ansehen, Macht und die ersehnte Selbstachtung zurück. Wer wagte es da noch, gegen die Erfolgreichen aufzumukken?«

»Nun, ich glaube, Mitch, der Vergleich hinkt. Das Geschmeiß um Hitler ritt das Land in den Strudel des Verderbens, aber Kolumbien? Das ist eine andere Situation. Was gewinnt Kolumbien durch eine Narkokratie?«

»Wohlstand, Beschäftigung, Sir«, antwortete Robert Donner. »Das Megakartell bringt Milliarden ein. Damit können die Staatsschulden zurückgezahlt, modernste Waffen beschafft werden. Die Drogenbarone bauen ganze Wohnquartiere, Fußballstadien, Straßen und Brücken, sie schaffen Arbeitsplätze. Wer will sich dagegen stemmen, solange es allen besser geht? Wer?« Er machte eine kleine Pause und blickte fragend umher, bevor er weitersprach: »Dann investieren sie massiv in das Fußballgeschäft. Geldsorgen sind den Mannschaften unbekannt. Das kolumbianische Nationalteam feiert sportliche Triumphe. Seit den alten Römern hat sich das Prinzip nicht geändert: ›Panem et circenses‹.

Der Präsident rieb sich nachdenklich das Kinn. »Diese Kommandozentren und Produktionsanlagen, die Sie erwähnt haben, Mitch, wo befinden sich die? Und warum sagt man mir das erst heute? Weiß der kolumbianische Präsident darüber Bescheid?«

»Uns waren die Hände gebunden, Mister President.« Der Direktor der CIA kraulte sich mit beiden Händen den Nacken, was er nur tat, wenn ihn etwas außerordentlich bewegte. »Wir haben erst seit kurzem die Gewißheit, daß sich in Kolumbien etwas Außergewöhnliches abspielt. Vorher hatten wir zwar unsere Vermutungen, aber wir wollten Sie, Mister President, nicht mit wilden Spekulationen belästigen.«

Der Präsident blickte ungeduldig auf seine Armbanduhr, dann aufs Telefon: Sollte er Weisborn herbeirufen, um diese lästige Diskussion zu führen?

»Hm, äh, und wo kommt die plötzliche Gewißheit her?«

»Wir erhalten seit einiger Zeit Informationen, denen wir anfänglich nicht trauten.«

»Und warum nicht?«

Der Direktor der CIA zögerte. Das Thema war ihm peinlich. »Nun, wir kannten den Absender nicht.«

»Soll das heißen, Sie konnten die Herkunft der Informationen nicht ermitteln, Mitch?«

»Genau«, gestand der Direktor ein. »Die Sache ist sonderbar. Zunächst gelangten die Meldungen mit elektronischer Post aus unserem Generalkonsulat in München nach Langley, genau gesagt, zu meinem Stellvertreter, der über einen geheimen elektronischen Briefkasten verfügt.«

»Dann kamen die Meldungen also aus Deutschland«, vermutete der Präsident.

»Nein, Sir, in München hatten unsere Leute keine Ahnung davon. Kein Mensch wollte das Zeug übermittelt haben. Wir mußten deshalb davon ausgehen, daß eine fremde Quelle ins System eingedrungen war. Also änderten wir unsere Modem-Codes.«

»Damit würgten Ihre Leute aber den Nachrichtenfluß ab, würde ich sagen.« Der Präsident blickte den Direktor finster an, der tapfer standhielt:

»Wir können grundsätzlich nicht zulassen, daß jemand von draußen in unsere Systeme ein . . .« begann Taylor erneut, hielt aber inne, als der Präsident mit einer abschätzigen Handbewegung sein Mißfallen kundtat.

»Nun, Sie haben natürlich recht, Mister President«, lenkte er ein. »Doch kaum hatten wir die Codes in München geändert, kamen die Nachrichten von ›Qualle‹, so nennen wir den anonymen Informanten, über die Botschaft in Bern herein.«

»Bern?«

»Die Hauptstadt der Schweiz, Sir.«

»Tatsächlich, Mitch? Okay, also nehmen wir an, Bern sei die Hauptstadt der Schweiz. Schließen Sie daraus, daß ›Qualle‹ irgendwo zwischen München und Bern operierte?«

»Schwer zu sagen. Sicher wurde eine Relaisstation in diesem Raum benutzt, aber wo ›Qualle‹ die Meldungen einspeiste, wissen wir nicht.«

»Waren diese Informationen denn überhaupt brauchbar?«

»Nun, Sir, das war gerade unser Problem. Wir glaubten zuerst, so ein Computer-Wunderkind wollte uns auf den Arm nehmen, dann . . .«

»Und die CIA läßt sich nicht gerne von einem Teenager an der Nase herumführen, stimmt's?« Der Präsident nahm einen Schluck Kaffee aus einer blau-weiß-roten Tasse mit der Aufschrift ›Ich bin der Boss‹.

»Sicher nicht«, gab der CIA-Direktor verlegen zu, »andererseits müssen wir vor Fehlinformationen auf der Hut sein, weil es sich da um ein besonders schmutziges Geschäft handelt. Schlimm hatte es uns damals vor dem sowjetischen Angriff auf Afghanistan erwischt. Wir sind gebrannte Kinder. Die Russen ließen uns glauben ...«

Der Präsident winkte ab und fragte ungeduldig: »Nun gut, was geschah dann in Bern?«

»Nichts«, antwortete der CIA-Direktor. »Wir ließen diesmal den Kanal offen. Die Nachrichten entpuppten sich als wertvoll, hoch brisant sogar, wobei leider ...« Er verstummte.

»Leider was?« Der Präsident hob die Augenbrauen.

»Nun, wir mußen auch hier eine Lektion hinnehmen, das heißt, es betraf eigentlich nicht uns.«

Mitch Taylor blickte hilfesuchend zum Direktor der DEA, doch der oberste Drogenfahnder tat sich schwer mit einer Antwort.

»Nun, was ist Bob, wo drückt der Schuh?« drängte der Präsident.

»Wir erhielten von ›Qualle‹ den Tip, daß eine von langer Hand vorbereitete Tarnoperation in West Palm Beach auffliegen würde. Die lapidare Nachricht lautete schlicht: ›OPERATION PALM BEACH AUFGEFLOGEN, AGENTEN SOFORT ZURÜCKZIEHEN‹.

Nun, wir glaubten es nicht, wollten es nicht wahrhaben. Unsere Leute hatten viel Zeit und Energie in diese Operation investiert. Sie standen kurz vor dem Ziel. Nicht nur eine Riesenmenge Stoff sollte geschnappt werden, sondern auch einer der Drogenbosse. Wir dachten, die Meldung sei eine gezielte Falschinformation, und ich entschied deshalb, die Operation dennoch zu wagen. Für alle Fälle verstärkten wir die Rückendeckung. Aber es kam zur Katastrophe. Unsere beiden Agentinnen wurden umgebracht, ertränkt. Wir fanden sie beide im Küstenkanal. Mit auf dem Rücken gefesselten Händen.«

Der Präsident preßte beide Lippen zusammen, innerlich kochte er: Immer wieder dieselben Geschichten mit diesen arroganten Geheimdiensten, die nichts akzeptierten, was nicht aus der eigenen Küche stammt. Abrupt kam er auf seine Frage zurück: »Wo liegen diese Installationen und Kommandoeinrichtungen der Narkokraten in Kolumbien?«

Erleichtert, daß sich das Thema verlagert hatte, gab Donner bereitwillig Auskunft: »Die ausgekundschafteten Anlagen bedekken ungefähr eine Fläche von der Größe des Bundesstaates Rhode Island. Sie liegen hauptsächlich in einem Hochtal, wo wir ebenfalls archäologisch interessante Erscheinungen entdeckt haben, so ähnlich wie die Pyramiden der Maya, riesige Steinmonumente . . .«

»Lassen wir die Mystik beiseite, Bob. Wo liegt das Problem«, fuhr der Präsident dazwischen.

»Nun, die Anlagen des Megakartells liegen in einer ›zona militar‹. Wer eindringt, wird angehalten oder erschossen. Die sind nicht zimperlich. Das militärische Sperrgebiet gibt dem Drogenbaron Cali die Möglichkeit, nach Belieben mit unerwünschten Gästen zu verfahren. Presseleute, Forschungsexpeditionen, Fernsehteams . . . oder militante Grüne, wie Greenpeace oder wer auch immer, haben nicht die geringste Chance, dort auch nur einen Fußbreit auf das Gelände zu setzen. Dasselbe gilt für unbewilligte Überflüge.«

Der Präsident schritt zum Fenster und blickte nachdenklich auf den nassen Rasen vor dem Weißen Haus. Wie meinte doch neulich Jack Weisborn: »Warum räumen wir mit dem verfluchten Kartell nicht militärisch auf?« Unhörbar seufzend drehte sich der Präsident auf den Absätzen um: »Sie meinen also, daß unsere Freunde in der kolumbianischen Regierung, allen voran der Präsident, diese ›zona militar‹ geschaffen haben, um dem Drogenunternehmen Schutz zu gewähren?«

»Es sieht so aus, Mister President«, pflichtete Pozzi bei. »Wir können keine militärische Aktion in Betracht ziehen, weil es sich offiziell um das Sperrgebiet einer befreundeten Nation handelt. Bei früheren Einsätzen erhielten wir jeweils die volle Unterstützung der Regierung, ja sogar ein Gesuch um Intervention. Diesmal wird es nicht klappen. Die Regierung hat nichts zu sagen, und die Streitkräfte stehen weitgehend unter der Kontrolle des Megakartells. Der kolumbianische Präsident kann froh sein, wenn sie ihn im Amt belassen.« Nach einer Pause fuhr er fort. »Es sei denn ... nun, es gäbe allerdings eine Option, eine Maßnahme, die eine angemessene Antwort auf die gigantische Bedrohung unserer nationalen Substanz wäre.« Alle blickten gebannt auf den Stabschef.

»Schlagen Sie etwa vor, daß wir die Droge freigeben?« fragte der Direktor der CIA.

Pozzi fuhr heftig herum: »Drogen liberalisieren? Nein, nie. Kommt nicht in Frage. Wir laufen doch nicht über. Wir können nicht jahrelang unseren Kindern predigen, die Droge um jeden Preis zu meiden, und plötzlich von einem Tag auf den anderen soll sie gut sein. Nein, wir zerschlagen die Lieferantenseite. Wir kümmern uns selbst darum. Wir schicken Truppen und vernichten die Kartelle an Ort und Stelle. Krieg. Keine Handelsabkommen mit Kolumbien, Peru und Bolivien. Hinein in diese Länder. In den amerikanischen Städten nehmen wir uns dann der Verteilseite an. Aber unsere Streitkräfte müssen die Lieferanten erledigen. Krieg. Wir müssen uns dabei allerdings eine Option offenhalten.«

»Und die wäre?« fragte der Präsident.

Der Stabschef zögerte, bevor er antwortete. »Mister President, ich beantrage den Einsatz von Atomwaffen. Wir haben keine andere Wahl, als die gesamte Produktionsbasis der Drogenkartelle ein für allemal zu zerstören. Wir müssen das Übel mit der Wurzel ausrotten.«

Er brach ab. Im Oval Office herrschte Totenstille.

Alle Augen zielten gespannt auf den Präsidenten, der sich langsam erhob und Pozzi einen vernichtenden Blick zuwarf.

»Sind Sie von allen guten Geistern verlassen, Mensch?« brach es tief aus ihm heraus. »Nicht einmal im Traum denke ich daran, Kolumbien zu verwüsten, um ein paar Drogenbarone wegzuputzen. Wollen Sie mich politisch ruinieren? Was soll dieser nukleare Unsinn? Sind Sie eigentlich noch bei Trost?«

Die Männer vor ihm schwiegen mit grimmigen Mienen. Der Außenminister senkte betreten den Kopf und trommelte mit den Fingern nervös auf den Oberschenkeln.

Der Präsident ließ sich abrupt in den Sessel fallen und kniff verärgert die Lippen zusammen. Bestimmt haben die sich abgesprochen und wollen mir einen fertigen Plot unterjubeln, argwöhnte er. Er blickte mißtrauisch auf Pozzi, der unbehaglich auf der Chaiselongue herumrutschte, dann krampfhaft eine Rechtfertigung hervorstieß:

»Nun, Sir, wir verfügen über eine Studie des Pentagon. Wahrscheinlich genügten ein paar kleinkalibrige Atomwaffen mit begrenzter Verstrahlung und hohem Sprengpunkt, um die radioaktive Verseuchung gering zu halten; gleichzeitig würden wir wohl die Neutronenbombe einsetzen, die in ihrem Wirkungskreis alles biologische Leben vernichtet, aber keine Verseuchung durch Wind, Regen und Staub verursacht. Die Anbaugebiete wären noch nach Jahrzehnten für jede Bewirtschaftung tote Erde. Wir würden außerdem die Zentren der Drogenindustrie ausschalten, die Bosse eliminieren, die Geldwäscher, Berufskiller, Schieber, Vollstrecker und alle Mitläufer, finito la comedia!«

»Und wir stempeln uns zu atomwaffenwütigen Imperialisten«, fuhr der Präsident aufgebracht dazwischen.

Nach längerem Schweigen räusperte sich der Stabschef. »Der Einsatz von Nuklearwaffen wird weltweit einen Sturm der Entrüstung auslösen. Das stimmt. Aber mit dem Makel können wir leben. Dafür haben wir auf Jahrzehnte hinaus die Anbaugebiete zerstört, die Organisation der Kartelle zerschlagen und ein Zeichen gesetzt. Aber das ist nicht mein Punkt.«

»Sondern?« fragte der Präsident ungehalten.

»Wenn wir keine Atomwaffen einsetzen, wird irgendein Verrückter früher oder später versuchen, Atompoker zu spielen. Es ist eine Frage der Zeit. Dann haben wir die Initiative verloren. Wir müssen jetzt einen kalkulierten Schlag führen. Heute rechnet niemand mehr im Ernst damit, daß die Vereinigten Staaten die Atomwaffe jemals anwenden werden. Diese Fehleinschätzung ist für uns lebensgefährlich. Terrorgruppen könnten auf die Idee kommen, das nächste Mal einen nuklearen Sprengsatz in New York zu zünden.«

»Das ist verrückt, niemand würde so etwas riskieren, wir würden sofort massiv zurückschlagen«, ereiferte sich Mitch Taylor.

»Gegen wen sollten wir denn zurückschlagen?« fragte der Stabschef. »Etwa gegen die Hizbollah im Libanon oder die Islamisten im Sudan, das Regime von Rafsanjani, gegen Bagdad oder etwa nochmals gegen Ghaddafi in Tripolis?«

Die Frage drückte auf die Gemüter. Keiner antwortete.

»Eben«, sagte Pozzi und nickte mehrmals bekräftigend. »Wir müssen abschrecken, nicht vergelten.« Als niemand widersprach, fuhr er fort: »Die nukleare Abschreckung hat enorm an Wirkung verloren. Niemand glaubt heute ernsthaft an den Einsatz von Nuklearwaffen. Kein Mensch will sich die grauenhaften Folgen einer A-Explosion vorstellen. Es ist Zeit, die furchtbare Wirkung wieder in Erinnerung zu rufen, um abzuschrecken, im Interesse unserer Sicherheit.«

»Was meint das State Department dazu?« fragte der Präsident kopfschüttelnd den Außenminister.

James Frazer wand sich. Das Thema behagte ihm überhaupt nicht. Er verabscheute jede kriegerische Lösung. Verhandeln war seine Stärke, aber er sah ein, daß die Diplomatie der alten Schule auf die Drogenverbrecher keinen Eindruck machen würde. Die Rauschgiftmilliarden korrumpierten jede legitime Staatsgewalt.

Er sagte vorsichtig: »Wir müssen alles tun, was wir können, Mister President, sofern es im nationalen Interesse liegt. Aber um Himmels willen nicht die Atombombe einsetzen, Sir. Das wirft unsere Außenpolitik in Südamerika um Jahre, nein Jahrhunderte zurück!«

»Krieg ist auch ein Mittel, um unsere nationalen Ziele zu erreichen«, warf Pozzi hitzig ein. »Wir müssen rein in diese Länder, um das Übel mit der Wurzel auszureißen, statt jährlich nutzlose Milliarden für die Drogenbekämpfung auszugeben.«

»Warum nicht Truppen einsetzen?« fragte der Direktor der Drogenfahndungsbehörde, »statt atomar anzugreifen?«

»Unmöglich, Bob, völlig ausgeschlossen«, protestierte der Stabschef. »Denken Sie nur an die enormen Vorbereitungen eines Landkrieges, die Verluste, die politischen Hürden einer solchen breitangelegten Operation. Wir reden hier nicht von der Invasion von Panama, wie 1989, sondern von den Dimensionen eines zweiten Vietnamkrieges. Die Nation ist niemals bereit, Soldaten im Kampf gegen das organisierte Verbrechen zu opfern. ›Bombt dieses Pack nuklear aus‹, lautet der Grundtenor im Volk. Und die Leute haben recht. Ich meine, es braucht einen überraschenden, vernichtenden Schlag. Ein Ende mit Schrecken, statt ein Schrekken ohne Ende!«

»Wer garantiert uns denn, daß die Narkokratie damit ausgeräumt würde. Wir schlagen der Hydra einen Kopf ab, und drei andere wachsen nach. Was meinen Sie dazu, Bob?« fragte der Präsident.

»Ich halte einen gezielten, atomaren Schlag für eine wirksame

Lösung«, brachte Donner in nüchternem Ton vor und staunte selber über seine kühne Stellungnahme. »Die Macht der Drogenkartelle beruht auf drei Säulen, Mister President: erstens auf Geld, zweitens auf Gefolgschaft und drittens auf den Produktionsmitteln.

Zum Geld: Die Finanztransaktionen können wir aufspüren, Bankkonten beschlagnahmen, Geldwäscherringe zerschlagen, aber wie die Erfahrung gezeigt hat: Die Wirkung ist minimal. Das schmutzige Geld findet immer neue Wege.

Noch schwieriger ist es, die Gefolgschaft zu brechen. Die Drogenbosse bauen Schulen, Wohnsiedlungen, Sportplätze und Krankenhäuser und geben sich damit populär. Das Morden und den Terror übertünchen sie geschickt mit sichtbarem Lebensstandard. Wie wollen sie die Masse der Leute überzeugen, daß die Vermehrung des Wohlstands schlecht ist? Mit einem gezielten Nuklearschlag vernichten wir aber die gesamten Produktionsmittel: die Anbaugebiete mit den Kulturen, die Laboratorien, wo die Kokapaste verarbeitet wird, die Transportanlagen, Flugzeuge, die Hauptquartiere der Bosse, die Kader, die Großverteiler, alles.«

Mit einer energischen Handbewegung zerteilte Robert Donner die dicke Luft im Oval Office. »In der atomaren Katastrophe fällt die Gefolgschaft der Kartelle wie ein Kartenhaus zusammen. Und wenn wir Glück haben, erwischen wir auch noch die Gelder, denn es ist damit zu rechnen, daß die heftige Reaktion der Vereinigten Staaten gegen das organisierte Verbrechen weltweit richtig verstanden wird.«

»Diesen letzten Punkt verstehe ich nicht«, sagte Taylor.

Der oberste Drogenfahnder fuhr fort: »Darf ich verdeutlichen, bitte? Der A-Waffeneinsatz wird abschrecken und gefügig machen. Regierungen in Ostasien, welche den Drogenanbau nur halbherzig unterdrücken, werden eine schärfere Gangart einschlagen. Sie werden nicht die nächsten sein wollen. Wer mit

Drogen handelt, hat künftig mit dem erbarmungslosen Bannstrahl der USA zu rechnen. Das wird doch die Botschaft sein, die in ganz Südamerika, Asien, überall auf der Welt jedes Kind versteht.«

Eine lange Pause setzte ein. Der Präsident blickte konzentriert zur Decke. Er wußte, worin sein Problem bestand. Ihm fehlten die richtigen, erfahrenen, gereiften, abgehärteten Berater. Alle um ihn herum glänzten mit scharfem Intellekt und raschem analytischen Denken. Schlagfertig nahmen sie Stellung, beredt vermochten sie sich zu allem und jedem zu äußern. Aber die Besonnenen und Weisen gehörten nicht zu seiner Mannschaft. Am ehesten fiel noch der Außenminister in diese Kategorie. Doch ihm mangelte es an Entschlußkraft. Er war der Diplomat, der alle Türen offenhielt. Kein Krieger, kein Stratege, wie etwa Jack Weisborn ...

Der Stabschef wiederum besaß kein politisches Gespür. Seine Lagebeurteilungen bestachen durch Klarheit, organisieren konnte er meisterhaft, doch lebensfremd, wie er war, schwebte er über dem Alltag und verlor den Bezug zu den Bedürfnissen und Sorgen der Bevölkerung. Tausende von Toten in Südamerika erfaßte er als analytische Größe, beeinflußbar durch die Wahl des Nullpunktes der A-Explosion. Menschliche Regungen zeigte ein guter Stabschef offenbar keine. Die Direktoren vom FBI, der CIA und DEA sahen nicht über ihre Dienststellen hinaus. Sie waren tüchtige Polizisten mit dem Instinkt der Bluthunde geblieben.

Der Präsident warf ihnen der Reihe nach einen forschenden Blick zu. Loyalität und Opferbereitschaft strahlten aus ihren Augen. Sie waren alle in Ordnung, überlegte er, aber er brauchte mehr.

»Das Ganze ist ungeheuerlich, meine Herren«, begann er langsam. »Ich danke Ihnen für Ihre Ausführungen. Möglicherweise wird unser Land nicht darum herumkommen, eines Tages die A-Waffe einzusetzen. Vielleicht hat das Schicksal mich auserkoren, die folgenschwere Entscheidung zu treffen. Durchaus möglich. Ich werde mich auch nicht um die Entscheidung drücken, wenn es die nationale Sicherheit verlangt. Aber nicht in Kolumbien. Im vorliegenden Fall bräuchte ich ohnehin zusätzliche Informationen. Sie, meine Herren, haben nicht alle Auswirkungen durchdacht. Ich will eine absolut gründliche Analyse und Aufstellung aller in Frage kommenden Faktoren. Eine gründliche Auswertung der militärischen, politischen, klimatischen und kulturellen Aspekte; außerdem eine Einschätzung, wie die Reaktion in den betroffenen Gebieten ausfallen würde.«

Er hielt inne, streifte den Stabschef mit einem scharfen Seitenblick und stand auf. »Bevor so eine erschöpfende Lagebeurteilung vorliegt, kann absolut nichts geschehen. Meine Herren, die Sitzung ist geschlossen.«

Als der Präsident im Oval Office in seinen Sessel sank, fiel ihm Jack Weisborn wieder ein.

»Wenn wir nicht die Atomwaffe einsetzen, kommen uns andere zuvor, Mister President«, hatte der behauptet.

»Fünfzig Jahre nach Hiroshima ist es Zeit für die nächste Bombe. Unser Volk hat externe Kriege satt, in denen Amerikaner fallen. Wir können keine Truppen mehr in fremde Länder schikken. Das Problem läßt sich nur mit der Bombe lösen.«

Weisborn verfügte zwar oft über visionäre Gaben, erkannte manches viel früher als andere, aber diesmal ging er entschieden zu weit, dachte der Präsident. Und plötzlich erinnerte er sich, wie Jack gestrahlt hatte, wie ein Kind, das sich mit funkelnden Augen auf ein Feuerwerk freut ...

Der Chef im Weißen Haus schritt zum Fenster und schaute nachdenklich zum Rosengarten hinüber. Immer noch fiel leichter Regen, und der Rasen vor dem Weißen Haus wehrte sich mit einem frischen, saftigen Grün gegen das eintönige Grau des trüben Tages.

Der Präsident wollte sein Land ein für allemal von der Geißel der Droge befreien. Die Drogenkartelle zerstörten die amerikanische Nation, und die zur Bekämpfung eingesetzten Dollarmilliarden versickerten wirkungslos. Es herrschte Krieg. Nein, es war schlimmer als Krieg, die Lage ernster als 1945 in Japan, als Hiroshima und Nagasaki atomar verbrannten. Wenn es nach Jack Weisborn ginge, würden diesmal nicht Städte mit Millionen von Menschen ausradiert, sondern die Narkokratie vernichtet, in einem einzigen, reinigenden Höllenfeuer . . .

31

Anfänglich glaubte Stefanie Kramer, sie wäre gestorben, doch dann spürte sie Schmerzen. Der Greis fiel ihr ein, der sagte, wenn er eines Morgens aufwachen würde und nichts täte ihm weh, wäre er tot. Sie lachte in sich hinein, obschon der Kopf heftig schmerzte, und bewegte nun sorgfältig der Reihe nach Füße, Knie und Beine, dann die Hüften, die Arme und Schultern und stellte aufatmend fest, daß nichts gebrochen war. Zögernd tastete sie die brennende Stirn ab, dankbar, daß sie mit einer Schürfwunde davongekommen war. Behutsam hob sie den Kopf und versuchte, die Dunkelheit zu durchdringen. Im spärlichen Lichtschein erkannte sie die vierspurige, isolierte Rohrleitung, die ihren Fall aufgefangen hatte. Sie robbte auf den Röhren der Stelle zu, wo sich das Licht andeutete, als ihr mit Entsetzen der Atommüll einfiel. Vielleicht lag da oben Plutonium oder gar rotes Mercurium, befürchtete Stefanie und kämpfte gegen aufkeimende Panik: Hatte sie etwa bereits eine tödliche Dosis aufgenommen? Vorsichtig schob sie sich dem Lichtschein entgegen, und aus unerklärlichen Gründen fiel ihr in dieser unangenehmen, verzweifelten Lage Frau Stewart ein.

Dr. Alice Stewart hatte eine Studie über die Krankengeschichten von 35000 Angestellten der amerikanischen Atombombenfabrik von Hanford angefertigt. Sie hatten alle durchschnittlich etwa sechs Jahre mit radioaktivem Material zu tun. Dr. Stewart, die den Zeitraum von 1944 bis 1986 untersucht hatte, wies nach, daß die Gefahr, aufgrund kleiner Strahlungsdosen an Krebs zu erkranken, vier- bis achtmal größer war, als man bisher angenommen hatte.

Radioaktive Strahlung in kleinen Dosen über eine gewisse Zeit bedeute ein höheres Krebsrisiko als eine einmalige Dosis, weil sich der Körper nach einmaligen, schwachen Mengen selbst regenerieren könne.

Stefanie sah ein, daß ihre Angst vermutlich übertrieben war, denn sie hatte ja nur einige Minuten neben den Behältern gestanden.

In ihrer Studie, erinnerte sich die Reporterin, hatte die sechsundachtzigjährige Wissenschaftlerin nachgewiesen, daß sich das Krebsrisiko erst im Alter ab achtundfünfzig sprunghaft erhöhe. Junge Leute hätten eben ein stärkeres Immunsystem und mehr Abwehrkräfte. Diese Erkenntnis beruhigte Stefanie.

Mühsam versuchte sie, sich ein wenig aufzurichten, als oben die Eisentüre knirschend aufging.

»Diese Ware hier geht noch heute raus!« befahl eine rauhe, männliche Stimme.

»Du meinst das ganze Zeug? Da ist Gift drin!« jammerte der Angesprochene.

»Hör mit dem Quatsch auf, Hosenscheißer. Na los, anfassen. Mach schon. Schieb mal die kleinen Kisten herüber.«

Stefanie hörte atemlos zu. Sie hatte sich vorsichtig in eine Seitenlage gedreht und blinzelte in den starken Lichtkegel, der über die Kante fiel.

Geräusche von schleifenden Behältern.

»Das sind nicht Bomben, Idiot«, sagte die rauhe Stimme. »Das sind Minen, kapiert? Minen. Die sind kleiner als Bomben. Minen sind leicht transportierbar. Das ist praktisch.«

»Warum?«

»Warum, wozu? Mensch, du kannst einen nerven! Weil du die Dinger unauffällig ans Ziel verschieben kannst, zum Buckinghampalast zum Beispiel, kapiert?«

»Und wo gehen die da hin, auch zu diesem Palast?« fragte der weinerliche Typ.

Stille. Dann die tiefe Stimme, aber leiser: »Was weiß ich, Arschloch, vielleicht nach Korea oder Sibirien. Mich kümmert's einen Dreck, und übrigens, frag nicht ständig so einen Scheiß. Du steckst in der Sache drin, genau wie ich. Und wenn du plauderst, dann ... ckckck! Die machen dich fertig, wie den Fritz ... dem haben sie auch ... ckckck.«

Das Gespräch verstummte. Das Poltern der Kisten, mal ein Murren oder Husten war alles, was Stefanie noch hören konnte. Im hellen Licht aus dem Lagerraum begann sie, den Schacht zu erkunden. Wenn sie die Arme ausstreckte, konnte sie gerade die Seitenwände ertasten. Soviel zur Breite, aber wo führten diese Leitungen hin? Vielleicht zischte hier mal Dampf durch, dann müßte irgendwo eine Station oder ein Maschinenraum sein, überlegte sie und schob vorsichtig einen Fuß vor den anderen. Nach etwa zwölf Schritten stieß sie mit der Stirnwunde gegen eine Kante. Sie unterdrückte einen Aufschrei und erstarrte.

»Hast du gehört?« Die weinerliche Stimme des Kleinen.

»Wo, dort unten? Du träumst wohl, da gibt's höchstens Ratten, sonst nichts, faß an!«

Der Metallbehälter erzeugte auf dem Betonfußboden ein nervtötendes Quietschen. Stefanie tastete sich gebückt nach vorne, wo sie über einem Durchlaß eine Metallplatte erspähte. Eine Tür, ein Kontrolldurchgang, ließen die Umrisse hoffen. Angespannt ging sie darauf zu, indem sie die rechte Hand auf die schmerzende Stirn legte, die sich wie ein riesiges Horn anfühlte. Das Intelligenzhorn eines gentechnologisch vergrößerten Vorderschädels, kam ihr die groteske Idee, aber sie half.

»Na, dann zeig mal, was du kannst, du Intelligenzbestie«, flüsterte sie sich zu und versuchte, die schwere Eisentür mit dem Hebel zu öffnen. Sie klemmte. »Verdammt, geh doch auf«, flehte sie.

Oben schlurften Schritte über den Beton, offenbar kamen die

beiden Schergen zurück. Wenn nur das Licht noch ein paar Minuten brannte, betete die junge Frau und lauschte aufmerksam nach oben.

»Die letzte . . . dann schnappen wir uns einen, zeitlich sind wir gut dran, mach schon«, sagte der mit der rauhen Stimme.

Als die Kerle den letzten Behälter ruppig auf die Rampe schleppten, nutzte Stefanie den Lärm aus. Mit ihren ganzen sechzig Kilogramm Körpergewicht hängte sie sich an den Griff. Er gab nach. Sie zwängte sich über die Leitungen durch die schmale Öffnung und blickte in eine gähnende Leere. Das Herz stand ihr still: Ein Abgrund und kein Boden, um Tritt zu fassen. Langsam gewöhnten sich ihre Augen an die Dunkelheit, die ein matter, ferner Schein zu durchbrechen suchte. Nach und nach hoben sich Umrisse ab. Eine riesige Kuppel, wie in einem Dom, wölbte sich über der dunklen Leere. Die Röhren liefen wie Druckleitungen eines Gebirgskraftwerkes im Winkel von etwa sechzig Grad ins finstere Nichts hinunter. Auf der rechten Seite schoben sich schattenhaft Gerüste empor. Schauernd starrte Stefanie in die Tiefe und verspürte den Drang, den ganzen Weg zurückzugehen. Sie könnte versuchen, in den Lagerraum hinaufzuklettern, dann unter die Rampe der Empfangsstation zu flüchten. Mit etwas Glück könnte sie sich in ein Fahrzeug stehlen. Dann raus in die Freiheit. Der Plan versprach Sinn. Behutsam zog sie sich an der massiven Eisentüre in den Schacht zurück, um den Ausbruch zu wagen.

Da ging oben das Licht aus. Die Tür knallte ins Schloß. Eingesperrt, mit abgeschnittenem Fluchtweg, in beklemmende Finsternis getaucht, klammerte sich die Reporterin verzweifelt an die Röhren.

Die Stirn schmerzte, alles schmerzte. Jetzt würde sie nie mehr lebend herauskommen. Dann packte sie unheimliche Wut. Wut auf diese Bande, die Peter Kern umgebracht hatte. Schlammer, diese Fratze, steckte hinter allem, davon war sie überzeugt. Er wollte auch sie umbringen, er versteckte in der Kaverne Minen und giftigen Atommüll; und nun, da sie ihm ganz allein auf die Schliche gekommen war, sollte sie aufgeben müssen? »Nie und nimmer«, rief sie in die dunkle Leere, »ich muß raus hier, lebendig, und dieses Terroristenpack ans Messer liefern!«

Diese Erkenntnis verlieh ihr Kraft und gleichzeitig eine seltsame Ruhe. Ihre Poren fühlten die Umgebung. Es roch nach nassem Fels, die Luft stand modrig und unbewegt über dem schwarzen Loch. Ganz kühl bewegte sich die Eingeschlossene. Jeder Griff faßte präzis. Behutsam legte sie sich bäuchlings auf die Rohre, schlang die Handtasche auf den Rücken und glitt langsam und beherrscht wie beim Abseilen im Fels auf der glatten Oberfläche in die Tiefe.

Anfänglich ging alles gut. Sie getraute sich nicht, hinunter ins schwarze Loch zu schauen. Stück für Stück kam sie voran. Sie klemmte sich mit Armen und Schenkeln um die zwei inneren Rohre. Das Abgleiten kam ihr wie eine Ewigkeit vor, und ihre Hände begannen zu brennen. »Nur nicht nachlassen, bald muß ich unten sein«, sprach sie sich in dieser scheußlichen Verlassenheit tapfer zu. Doch auf den Knick war sie nicht gefaßt, hätte ihn auch nicht gesehen. Die Rohre fielen plötzlich fast senkrecht ab, was bewirkte, daß Stefanie unkontrolliert zu rutschen begann. Die Schwerkraft beschleunigte die Abwärtsbewegung, während sie verzweifelt versuchte, das Rohr mit dem Körper zu umklammern. Der Versuch scheiterte. Sie kam nicht heran, und die Rutschende geriet immer mehr in Fahrt.

»Schön draufbleiben«, flehte sie und machte sich auf den Aufprall gefaßt. Doch ihr Körper kam von der geraden Linie ab und fiel seitlich ins Leere. Sie schrie und hoffte, daß alles möglichst schnell vorüber wäre.

32

Wie jeden Montag versammelten sich die drei Männer um den Konferenztisch in einer geräumigen Ecke im Westflügel des Weißen Hauses, um miteinander ihre belegten Brote zu essen. Ihr Gespräch würde sich auch heute nicht um Beiläufiges drehen, denn sie gehörten zum Spezialteam des Präsidenten, das sich mit der internationalen Verbrechensbekämpfung befaßte. Einer von ihnen war der nationale Sicherheitsberater. Bebrillt, unscheinbar und von trockenem Humor, paßte Graham A. Rivers nicht in die Gußform seiner Vorgänger, die meistens aus militärischen Rängen stammten. Seine Erscheinung verriet den akademischen Hintergrund. Ursprünglich Beamter im Außenministerium, der in Vietnam diente und sich später gegen den Krieg stellte, berief ihn die Duke University als Professor für politische Zeitfragen.

Sein Gegenüber, ein wacher, aufstrebender Beamter des State Departements, spannte mit beiden Daumen seine roten Hosenträger und erkundigte sich nach dem Gesprächsthema. »Islamisten oder Kokabosse, Korruption oder Bürgerkrieg in China?« preschte er salopp vor und schaute über das blauweiß gestreifte Hemd auf die makellosen Bügelfalten seiner karierten Hose. Michael Lutz betreute im Außenministerium die neutralen Staaten, und weil die Aufgabe ihn nicht voll ausfüllte, pflegte er seine eigenen vielfältigen Kontakte zu den Abgesandten dieser Länder. Die Frau des schwedischen Botschafters traf er zum wöchentlichen Tennismatch, die hübsche österreichische Kultursekretärin hatte er bereits zweimal auf die Bahamas entführt, und mit dem Militärattaché der Schweizer Botschaft plante er auf dem Golfplatz seine Winterferien in den Walliser Alpen. Die schweizerische Abstammung von Lutz war schuld, daß ihm das Außenministerium diesen sonst langweiligen Posten anvertraut hatte.

Der nationale Sicherheitsberater überging die Anspielung auf das Meeting vom Vormittag mit dem Präsidenten und wandte sich kauend dem dritten Mann zu: »Wir haben schlechte Nachrichten aus Bern erhalten. ›Keycop‹ ist gestern in der Schweiz eingetroffen. Custer mit richtigem Namen. Der Besuch verheißt nichts Gutes. Wir vermuten, daß er für das Cali-Kartell Waffen einkauft . . .«

»Hat sicher mit dem Mord an Minister Kern zu tun«, warf Lutz ein. »CNN hat darüber berichtet. In Bern . . .«

»Wir haben noch keine Einzelheiten, Michael. Man hat mir einen Bericht versprochen.« Graham Rivers ließ sich nicht ablenken. »Wen haben wir in Bern, John, der eine Operation leiten könnte, ohne die Sache zu vermasseln, wie damals in der Iran-Contra-Geschichte?«

Nicht der Angesprochene, sondern Lutz räusperte sich wieder. Eine Reise in die Schweiz käme ihm nicht ungelegen, dachte er. Bern lag nicht weit von Zermatt entfernt. Ein Abstecher zum Skifahren auf dem Gletscher oder ein Golfspiel auf der prachtvollen Naturterrasse von Crans ließen sich bestimmt einrichten.

Doch Graham Rivers winkte ab und ließ John Dyke aus dem Justizdepartement antworten:

»Wir haben in der Botschaft in Bern einen CIA-Agenten, als Attaché für Rechtsfragen getarnt. Zudem fliegt heute Bill Conklin in die Schweiz. Bill ist Abhörspezialist der NSA und hat sich geschworen, diesen Custer zur Strecke zu bringen.«

Nachdem er ein Stück Truthahnfleisch hinuntergewürgt hatte, fragte Lutz von der Abteilung der Neutralen, was denn die NSA mit diesem Fall zu schaffen habe, schien ihm doch, daß hier eher die Kriminalisten des FBI intervenieren müßten.

»Es hängt mit dem Schreiben von Christen zusammen, das der FBI-Direktor am Wochenende aus Bern erhalten hat«, gab der hagere Schwarze aus dem Justizdepartement zur Antwort. Er nahm einen Bissen und strich sich mit dem Papiertüchlein Senf von der Oberlippe.

»Ralph Christen ist gegenwärtig besonderer militärischer Untersuchungsrichter in Bern. Er kennt unseren Direktor aus früheren Zeiten. Sie hatten zusammen in Sizilien Mafianester ausgehoben. Nun gut, dieser Christen warnte uns vor riesigen Geldverschiebungen einer Schweizer Bank.« John Dyke schaute auf seine Notizen und fügte hinzu: »Die Bank heißt *CTBP Commerce & Trade Bank (Switzerland) AG.* Sie hat Geschäftsstellen in Genf und Zürich.«

Gemäß Christens Ermittlungen soll ein gewaltiger Geldbetrag auf ein noch unbekanntes Konto verschoben werden, berichtete John Dyke. Die Polizei in Bern vermute, daß es sich dabei um kriminelles Drogengeld der kolumbianischen Kartelle handle. Man nimmt an, daß der Abschluß von großen Waffengeschäften bevorstehe. Sollte sich der Verdacht bestätigen, stünden sie vor einem Fahndungsdurchbruch, da es bis heute nicht gelungen sei, die Finanzoperationen der Kartelle aufzudecken. Der Direktor habe deshalb seinem schweizerischen Kollegen die volle Unterstützung des FBI zugesichert. Bill Conklin reise vermutlich nach Bern, um mit seinen Spezialisten vom NSA den elektronischen Bankverkehr abzuhorchen und die Computer der Geldinstitute zu knacken.

»Die Sache hat aber noch einen sicherheitspolitischen Aspekt, der mir Kummer macht«, bemerkte Graham Rivers stirnefurchend und untersuchte kritisch die Unterseite seines belegten Brotes.

»In Bern spricht Christen von mehreren hundert Millionen Dollar, und die Frage, die ich stelle, lautet: Was kauft ein Kenneth W. Custer, alias ›Keycop‹, mit dieser enormen Summe in der Schweiz ein?«

Die Angesprochenen schienen es sich zu überlegen. John Dyke schaute angestrengt zur Decke, und Michael Lutz schlug vor, die Angelegenheit vor Ort abzuklären. Er hätte ausgezeichnete Verbindungen in der Schweiz, das Land falle ohnehin in seine Zuständigkeit, und er könnte sich unauffällig an Custer heranmachen. Lutz sah sich bereits auf den Schneefeldern am Fuße des Matterhorns, aber der nationale Sicherheitsberater betrachtete den Fall von einer anderen Seite:

»Eine Milliarde Dollar reicht aus, um eine Anzahl Kampfflugzeuge oder Panzer zu kaufen, aber die Schweiz ist nicht der Marktplatz für diese Waffensysteme, ich frage mich nur ...« Graham Rivers neigte den Kopf nachdenklich zur Seite, dann erhob er sich und schritt die Wand ab, an der die Porträts der Vizepräsidenten hingen.

»Bill Conklin ist überzeugt, in der Schweiz verkaufe eine geheime Organisation Atomwaffen. Mit so viel Geld könnten schon einige Bomben beschafft werden«, bemerkte John Dyke trocken und griff nach seinem Eistee.

Der nationale Sicherheitsberater setzte sich betroffen. Michael Lutz hielt im Kauen inne. An der halbgeöffneten Tür hetzte eine Besuchergruppe vorbei und verlor sich im langen Flur. Der Regen hatte nicht aufgehört, und für einen Augenblick machte sich in der Runde der drei Männer nur das nasse Rauschen des Verkehrs von der nahen Allee bemerkbar.

»Volltreffer«, stellte Graham Rivers tonlos fest. Er begriff mit einem Mal, daß Schweizer Firmen natürlich das industrielle Potential besaßen, um Kernwaffen herzustellen. Das Schreckgespenst von Bombenmachern, die sich heimlich an die A-Waffe herangewagt hatten, nahm plötzlich bedrohliche Gestalt an. Ihn schauderte.

Wieder meldete sich John Dyke vom Justizdepartement zu Wort: »Das FBI befürchtet, daß islamistische Fundamentalisten in der Schweiz kleine A-Waffen herstellen lassen wollen. Die Informationen sind zur Zeit nicht bestätigt. Vermutlich handelt es sich um Gerüchte. Möglicherweise kann aber dieser Custer damit in Verbindung gebracht werden.«

Ob unter diesen Umständen nicht der Präsident unterrichtet werden müsse, erkundigte sich Lutz, aber der hagere Schwarze schüttelte den Kopf.

»Es ist noch nicht die rechte Zeit dazu. Vorläufig wird über ein solches Komplott nur spekuliert«, sagte er. Eine weitere Information unterdrückte er allerdings. Am Sonntag hatte nämlich der Militäruntersuchungsrichter Christen dem Direktor des FBI auch über den ehemaligen Mossad-Agenten berichtet. Dieser wollte in der Schweiz aus zuverlässiger Quelle erfahren haben, daß tatsächlich ein Mittelsmann unterwegs war, um A-Waffen aufzutreiben. Gemäß dieser Quelle führte die Spur zu militanten iranischen Gruppen. Deutliche Anhaltspunkte einer gefährlichen Verschwörung bestanden jedenfalls schon, aber im Interesse der Ermittlungen wollte sich John Dyke darüber vor dem unbekümmerten Lutz nicht äußern.

»Wir müssen herausfinden, John, welche Schweizer Firma in der Lage wäre, Bestandteile für A-Waffen herzustellen. Außerdem sollten wir mit diesem Christen in engem Kontakt bleiben; denn wenn wir herausbekommen, ob die Geldsummen fließen, kommen wir der Sache wohl auf den Grund.«

Michael Lutz rückte den Stuhl näher zum Tisch. Unruhig spielte er mit der Zuckerdose und fühlte den Blick des Sicherheitsberaters auf sich ruhen. Nervös schlug er die Augen auf und sagte: »Eigentlich kommt nur der Schlammer-Konzern in Frage.«

Graham Rivers stellte mit einem Ruck das Glas ab. John Dyke wirbelte mit dem Kopf herum. Lutz ließ genüßlich etwas Zeit verstreichen, bevor er weitersprach. Dann erläuterte er den Verblüfften seine Vermutung.

Der schweizerische Militärattaché in Washington, mit dem er ab und zu Golf spiele, stamme aus Lausanne und kenne den Chef des Schlammer-Konzerns persönlich. Als die Regierung in Bern beschlossen habe, in den USA fünfzig *F/A-18* Kampfflugzeuge zu kaufen, wären den schweizerischen Unternehmen Gegengeschäfte in Milliardenhöhe versprochen worden. Der Militärattaché habe damit zu tun gehabt, vor allem als es darum ging, die Aufträge von amerikanischen Firmen im militärtechnischen Bereich einzuholen. Bei dieser Gelegenheit sei er auch mit Leuten der *Schlammer Engineering* zum Flugzeughersteller nach St. Louis gereist. Dort habe man hart um Geschäfte gerungen. Schlammer sei in erster Linie an Aufträgen im Zusammenhang mit dem Raketenprogramm der NASA interessiert gewesen.

Lutz , der jetzt die ungeteilte Aufmerksamkeit genoß, biß kräftig in das bisher verschmähte Lachsbrot und fuhr nach einer Weile kauend fort: »Schlammer, erzählte mir mein Gewährsmann, baue nicht nur hochtechnologische Komponenten für die Raketentechnik. Der Konzern baue auch solche für die Atomkraftwerke. Somit dürfte die Firma auch in der Lage sein, Atombomben zu machen. Wahrscheinlich sollten sich Ihre Leute, John, langsam auf die *Schlammer Engineering* einschießen.«

Der Justizbeamte nickte bedächtig und schien die Anregung abzuwägen. Der Sicherheitsberater schaute anerkennend auf den jungen, selbstsicheren Lutz, der ihnen vermutlich gerade den entscheidenden Hinweis geliefert hatte. Sollten in der Schweiz tatsächlich Atomwaffen erhältlich sein, sah Graham Rivers seine schlimmsten Befürchtungen verwirklicht:

»Die iranischen Terrorgruppen könnten mit Schlammer ins

Geschäft kommen«, erklärte er abwägend. »Die militanten Islamisten haben es zwar vorab auf Länder wie Ägypten, Syrien, Jordanien, Tunesien abgesehen, wo sie die verhaßten, weltlichen Regierungen stürzen möchten. Dabei stehen diesen fanatischen Islamisten, meistens kampfgestählten Freischärlern aus dem Afghanistankrieg, aber die USA im Weg, weil wir diese Staaten natürlich wirtschaftlich unterstützen. Und die Fundamentalisten sind überzeugt, daß diese Länder ohne den amerikanischen Rückhalt längst dem islamischen Volkswillen verfallen wären. Sie verlagern ihren heiligen Kreuzzug deshalb in unsere Städte. Ich erinnere nur an die Bombenexplosion im Wolkenkratzer des World Trade Center in New York, dann an die perfiden Anschläge auf die Straßentunnel unter dem Hudson River, die das FBI zum Glück noch rechtzeitig vereiteln konnte. Dahinter standen die iranischen Extremisten, und sollte ihnen die A-Bombe in die Hände fallen ... Gott steh uns bei! Ob sie allerdings über die enormen Geldmittel verfügen, um die Waffen zu kaufen, wage ich zu bezweifeln ...«

Alle drei schauten nachdenklich vor sich hin. Michael Lutz schritt zur Tür und setzte den großen Ventilator an der Decke in Gang. Als er zum Tisch zurückkam, hatten sich die beiden anderen erhoben. Die Konferenz schien beendet. Es war ein Uhr mittags. Lutz schlug vor, die schweizerische Regierung zu benachrichtigen. Der nationale Sicherheitsberater wollte zuerst den Bericht aus Bern über den Mordfall abwarten, und im Hinausgehen erteilte er dem jungen Beamten noch ein paar Anweisungen. An der Tür prallten sie beinahe mit der Telefonistin aus dem Nachrichtenraum zusammen. Graham Rivers nahm das hingestreckte Blatt Papier von der beleibten Frau entgegen. Er las die Mitteilung, die nach dem Eingangsstempel bereits seit Stunden herumgelegen hatte. Kein Wunder, dachte er. Jemand hatte mit Filzstift Swaziland statt Switzerland auf die Meldung gemalt.

»Mit Maschinenpistolen niedergemacht . . .« würgte er hervor. »Bern spricht von politischem Terror . . . Minister Kern war für die Atomanlagen zuständig . . . da, Interpol sucht ›Keycop‹ . . . ja, vielleicht besteht ein Zusammenhang . . .«

33

Als Mitch Taylor in der komfortablen Limousine über die Pennsylvania Avenue zur Bolling-Air-Force-Basis rollte, dachte er über das Dilemma nach, in dem sich sein Land befand. Die Großoperationen, die von allen als Triumph über die Kartelle gefeiert wurden, waren im Grunde nicht viel mehr als der berühmte Tropfen auf den heißen Stein gewesen. Er erinnerte sich, wie der stellvertretende Justizminister, George Teigbacher, damals begeistert den Erfolg gefeiert hatte.

Sie standen vor einem Tisch, auf dem sich Plastikbeutel mit Drogen und haufenweise Geldscheine stapelten, daneben die amerikanische Flagge und ein Drogenfahnder der DEA im Kampfanzug, der die sichergestellte Ware gerade fotografiert hatte. Kurz darauf würden die Presseleute hereingelassen.

»Mitch«, hatte der stellvertretende Justizminister gesagt, »mit *Green Ice* haben wir dem Kartell eine prächtige Bombe ins Nest gelegt.«

Die Bombe war natürlich symbolisch gemeint, aber das könnte sich rasch ändern, dachte Mitch Taylor, als er auf der Frederick-Douglas-Brücke den Anacostia River überquerte. Er blickte nach Westen, wo der Fluß in den Potomac mündete, und erkannte südlich den Stützpunkt mit den Umrissen des *Defense Intelligence Analysis Center (DIAC)*, wo heute der wöchentliche Informationsaustausch über die Nonproliferation von Atomwaffen stattfand.

Sie brauchten eine radikale Lösung, die den Kartellen den

Todesstoß versetzte. Wahrscheinlich hatte der Stabschef recht. Die einzige Lösung blieb wohl der Einsatz der A-Bombe.

Aber im Innersten hoffte der CIA-Direktor auf einen Ausweg, der sein Land vom Makel des Atomwaffeneinsatzes verschonen würde. Nachdenklich rieb sich Mitchell Taylor das Kinn, während die Limousine vor den drei flachen Stufen des Haupteingangs des DIA-Centers hielt.

Im gleichen Augenblick griff im nicht weit entfernten Amtssitz an der Pennsylvania Avenue der Direktor des FBI zum Telefonhörer und wählte die geheime Nummer für eine sichere Verbindung zu COSMO. In Washington drohten sich die Ereignisse zu überstürzen, und es war an der Zeit, mit COSMO, dem alten Hasen, über gewisse Dinge zu reden.

In ihrer kleinen Wohnung unterhalb des Burghügels von Nuclanne klappte Rosalia in diesen Minuten die letzte Seite auf, legte das Handbuch vor sich auf den Küchentisch, strich es mit der Handkante flach und griff erneut zur alten Minolta, die auf dem Tisch bereitlag. Die beigestellte Halogenständerlampe warf einen hellen Lichtschein auf die weiße Seite mit dem schwarzen Text. Rosalia bewegte den Sucher, bis die Längen und Breiten der Buchseite parallel zum Sucherrand standen, stellte die Schärfe am Makro-Objektiv ein, kontrollierte die eingeblendete Belichtungszeit und drückte ab. Zum sechsunddreißigsten Mal. Sie war am Ende angelangt. Alle sechsunddreißig Seiten über die Atomare Zerstörungsmunition SADAM hatte sie fotografiert. Zufrieden schob sie das Handbuch sorgfältig zwischen zwei Kochbücher auf dem Regalbrett und schaute auf die Anzeige der Digitaluhr, die als Bücherstütze diente: noch eine Minute bis zur verabredeten Zeit. Rosalia packte das Funktelefon neben der elektronischen Uhr, wählte eine lange Nummer und trat zum Fenster. Auf der gegenüberliegenden Talseite fiel der Blick auf das Gelände der *Schlam-*

mer Engineering. Es piepste im Gerät, dann ertönte der tiefe Summton und plötzlich eine barsche, unfreundliche Stimme:

»*¡Diga! ¿Quién es?*«

»*Rosalia, Informe de situación, ¡muy urgente!*« Rosalia schaute nervös auf ihre Armbanduhr und biß sich ungeduldig auf die Lippen. Sie hatte genau zur abgemachten Zeit angerufen. Er mußte dort sein.

Als sich Cali de Cali mit seiner unverkennbaren Stimme im Hörer vernehmen ließ, verlor Rosalia keine Zeit mit Vorgeplänkel.

Sie erstattete einen präzisen Bericht in fließendem Spanisch. Die Ware sei zur Auslieferung bereit. Die Firma wolle aber dem Iraker nicht liefern. Die Ware würde morgen vom Werkspiloten in den Steinbruch ins Gebirge geflogen. Rosalia gab den genauen Standort an. Die Abflugzeit würde auf der angegebenen Rufnummer mitgeteilt. Das Handbuch habe sie kopiert. Die Ware sei in gutem Zustand, wie bestellt. Die Verpackung sei wie gewünscht. Alles Granit. Dann sagte sie: »Ich wiederhole, die ›Rock o'Clock‹ fliegt am Dienstag gegen abend in den Steinbruch hinauf. Wie? ... So heißt die blöde Granituhr. Wie? ... Ja, ein Pilot, ein bewaffneter Begleiter.«

»Ist der Sprengsatz mit Sicherheit im Gehäuse?« fragte Cali unbekümmert über die offene Leitung.

»Hundertprozentig«, bestätigte Rosalia. »Der Physiker hat ihn eingebaut. Ich habe ihn beobachtet. Unser Mann ist übrigens eingetroffen. Custer ist ein ganzer Kerl. Wie? Nein, er ist ahnungslos.«

»Gut gemacht«, lobte der Drogenboß. »Braves Kind. Aber mach keine Fehler, Rosalia. Mein Arm ist lang.«

Rosalia hörte nicht mehr hin. Ihr stockte der Atem. Der weiße Cherokee, der die schmale Quartierstraße heraufraste und geradewegs auf ihr Haus zuhielt, gehörte Hannibal.

»Der Film«, rief sie panisch in die Küche hinaus. Verzweifelt schaute sie sich nach einem Versteck um. Rasche Schritte im Treppenhaus. Schnell packte Rosalia die Minolta mit den verräterischen Aufnahmen des Handbuchs, legte den Apparat in den Abfalleimer unter dem Ausguß und deckte ihn mit ein paar flachgedrückten Milchpacks zu. Die Bilder von Custer von heute morgen steckte sie zwischen die Seiten eines Kochbuches und legte das Funktelefon eiligst auf das Regal zurück. Keine Sekunde zu früh.

Die Türglocke schrillte. Mehrmals. Unbändig ...

Rosalia atmete tief durch und öffnete.

Hannibal schubste sie ruppig in die Küche. »Wo ist das Handbuch? Los, gib das Buch heraus, du Luder!« Er zückte ein aufgeklapptes Rasiermesser und riß sie am Haarschopf zu sich. Mit einer blitzschnellen Bewegung schnitt er ihr in die Kinnspitze.

Blut spritzte. Rosalia schrie.

»Das Handbuch, oder ich schneid' dir was anderes ab.« Er hielt die blanke Klinge auf ihre linke Brust und riß ihr die wenigen Kleider vom Leib. Rosalia bebte und deutete zitternd zum Bücherregal.

»Na, also.« Hannibal ließ los und zog das gesuchte Buch zwischen den Kochbüchern heraus. Dann prüfte er den angeschlossenen Telefonapparat auf dem Fenstersims, während Rosalia nach einem Küchentuch griff und damit ihre blutende Kinnwunde stillte.

Hannibal stellte fest, daß die von seinen Leuten heimlich eingepflanzte Wanze immer noch funktionierte. Gespräche hatten sie in den letzten Tagen aber keine registriert, überlegte er und schaute sich um. Rosalia flehte innerlich, daß er das Funktelefon übersehen möge, aber genau darauf richtete er in diesem Augenblick sein spähendes Augenpaar.

»Aha, sehen wir mal genauer nach«, zischte Hannibal und prüfte das Gerät. Es war noch eingeschaltet. Er drückte auf die Wahlwiederholungstaste, wodurch die zuletzt gewählte Nummer auf dem Display erschien, und staunte: »Eine lange Nummer. Ins Ausland. Kolumbien«. Er warf das Gerät von einer Hand in die andere und trat drohend auf die nackte Rosalia zu. »Was soll das, Teufel noch einmal. Wen rufst du in Kolumbien an, he? Ich mache Hackfleisch aus dir, wenn du nicht auspackst!«

Rosalia stammelte, beide Hände ans blutende Kinn gepreßt: »Meine Schwester, sie studiert dort, sie . . . sie . . .«

»Was soll der Unsinn mit der Schwester. Hältst du mich für bescheuert?«

»Doch, sie macht ein Ingenieurstudium. Sie spricht Englisch. Und ich rief sie an, um . . . um . . . damit sie etwas übersetzt, aus dem Handbuch, ins Spanische.«

Hannibal blickte unsicher auf das Funktelefongerät in seiner Hand.

»Hat Schönhof dich darum gebeten?« fragte er drohend.

»Sicher«, antwortete Rosalia. Sie hatte sich gefaßt. Sie hob den Oberkörper mit den prallen Brüsten und schob ihr Becken nach vorne.

Hannibal blickte gierig zwischen ihre gespreizten Oberschenkel.

»Er wollte die Bedienungsanleitung ins Spanische übersetzen, für einen wichtigen Kunden. Da fragte er mich. Aber ich kenne nicht alle technischen Ausdrücke. Deshalb rief ich meine Schwester an, die Ingenieurin.«

Rosalia hielt den Atem an und streckte ihr linkes Bein Hannibal entgegen.

»Ich überprüfe die Geschichte. Wehe dir, wenn sie nicht stimmt«, drohte Hannibal und schaute mit zusammengekniffenen Augen berechnend in Rosalias Mandelaugen.

Plötzlich riß er die Schranktür auf, kippte die Schubladen unter dem Bücherregal auf den Fußboden und blieb wie angewurzelt stehen. Seine Augen fixierten den Ausguß. Rasch trat er heran und öffnete die Tür des Geschirrspülers. Leer. Er öffnete den Abfalleimer.

Rosalia war aufgestanden. Nackt lehnte sie sich an den Tisch und streckte ihren Arm lässig zur Canon auf dem Fensterbrett. Hannibal starrte auf die prallen, aufreizenden Formen der jungen Frau, dann fiel sein Blick auf ihre schmale Hand, die nach der Kamera zu greifen schien. Er ließ vom Abfall ab und erhob sich.

»Ah, du hast fotografiert, du raffiniertes Luder, na gib her.«

Er betätigte den Filmrücklauf. Als das Summen des Elektromotors verstummte, öffnete er das Gehäuse und nahm den Film heraus. »Wir werden ja sehen.« Hannibal wog die Filmrolle in seiner Handfläche, dann verstaute er das Beweisstück in seiner Brusttasche.

»Der Film ist leer«, erklärte Rosalia und beugte sich nach vorne. Ihre üppigen Brüste wogten dicht vor Hannibals Gesicht auf und ab.

»Gut«, murrte er, »dann blas mir einen, und die Sache ist für heute ausgestanden.«

Er stand auf, und Rosalia kniete willfährig vor ihm nieder. Mit geübten Fingern öffnete sie seinen Hosenschlitz und klaubte sein steifes Glied heraus. Sanft rieb sie mit beiden Händen am harten Schaft auf und ab und legte dann ihre vollen Lippen über die rotbläuliche Spitze. Langsam bewegte sie ihren Kopf rhythmisch hin und her. Hannibal verkrallte seine Hände in ihren langen schwarzen Haaren und blickte mit halbgeschlossenen Augen zur Decke empor. Insgeheim hoffte er dabei, daß die Frau ihn nicht belogen hatte. Schönhof hatte ihm zwar bereits am Nachmittag die ausweichende Antwort gegeben, Rosalia arbeite für ihn, sie dürfe den Wandschrank öffnen. Somit könnte ihre Geschichte stimmen. Andernfalls wäre es jammerschade, denn dann müßte er diese wandelnde Sinneslust einer Frau doch noch umbringen. Er stöhnte laut, als er kam.

Rosalia löste sich behutsam vom zuckenden Schaft und wischte sich mit dem Tuch den Mund ab. Sperma vermengte sich mit dem Blut ihrer Wunde. Hannibal trat abrupt weg, rückte die Hosen zurecht und verließ ruppig die Wohnung.

Rosalia ließ sich erschöpft auf den Küchenboden sinken. »Das ist noch einmal gut gegangen«, seufzte sie und kroch auf allen vieren zum Ausguß. Sie spülte Mund und Rachen, gurgelte, spuckte und nahm einen kräftigen Schluck aus der Cognacflasche neben dem Herd. Schließlich klaubte sie die Minolta aus dem Abfalleimer.

Zufrieden spulte sie den Film zurück, entnahm die gelbe Rolle dem Gehäuse und steckte sie in einen weißen Umschlag. Dann legte sie die Kamera sicherheitshalber in die Abfalltonne zurück.

Mit dem kleinen Fiat fuhr sie zum Bahnhof und parkte. Am Kiosk kaufte sie sich die *Glückspost* und betrat das kleine Bahnhofrestaurant. In der Ecke am Fenster wartete sie vor einer Tasse Kaffee und schaute ab und zu in die eben gekaufte Zeitung. Als der Mann im blauen Arbeitskittel sich zu ihr an den Tisch setzte und ebenfalls eine *Glückspost* hinlegte, bezahlte Rosalia, nahm die Zeitung und verließ das Restaurant. Als sie draußen war, öffnete der Mann in der blauen Arbeitsschürze die *Glückspost* und steckte den darin verborgenen weißen Umschlag in seine Schürzentasche. Nachdem er ein Glas Bier hinuntergestürzt hatte, verließ auch er das Lokal.

Selbst ein aufmerksamer Beobachter hätte kaum bemerkt, daß Rosalia ihr Blatt auf dem Tisch zurückgelassen hatte und mit der Zeitung des Mannes weggegangen war. Aber an diesem späten Nachmittag kümmerte sich im Bahnhofbuffet von Nuclanne kein Mensch um den Tisch in der Ecke.

Die Bilder vom Handbuch und eine Nahaufnahme von Ken Custer hatten sicher den Besitzer gewechselt.

Hannibal hatte in einer Seitenstraße außer Sichtweite des Hauses geparkt. Im Schutz von Sträuchern beobachtete er, wie Rosalia eiligst in den Wagen stieg und davonfuhr. Er wartete ein paar Minuten, dann rannte er los und stand wenig später ein zweites Mal in ihrer Küche. Er fand die zweite Kamera im Mülleimer, und als er sich in der Unordnung weiter umsah, fiel sein Blick auf ein am Boden liegendes Kochbuch, aus dem ein Umschlag ragte. Er bückte sich. ›Fotos in einer Stunde‹ stand darauf. Er zog die Farbkopien hervor und staunte. Die Bilder zeigten den Glatzkopf im Handgemenge mit dem Postboten ...

»Der Kerl von heute! Sieh mal an, das Luder spielt Agentin ...« murmelte Hannibal, steckte die Großaufnahme von Ken Custer ein und verließ die Wohnung.

34

Als Stefanie Kramer in der Atomkaverne ins Leere fiel, legte Polizeikommandant Thomas Borer in seinem Büro in der Bundesstadt gerade mißmutig den Hörer auf. Er mußte sein Wort brechen, das er dem vierjährigen Blondschopf gegeben hatte.

In fröhlicher Stimmung hatten sie gestern im Garten alles für das Geburtstagsfest hergerichtet: die Feuerstelle gebaut, den langen Tisch mit den Bänken unter den Kastanienbaum gerückt, das lustige Tischtuch ausprobiert und die Namensschildchen gemalt. Ob er auch sicher dabei sein werde, wollte die kleine Julia wissen. Ganz bestimmt, hatte er geantwortet, er wüßte nicht, was dazwischen kommen könnte. Dann hatte er noch die Musikband bestellt, der Kleinen aber davon nichts verraten. Auch Melanie ließ er im ungewissen. Er liebte es, seine Familie zu überraschen. Nun fiel für ihn das Fest ins Wasser, wegen des Mordes an Kern.

Die Fahndung im Mordfall war energisch angelaufen, aber die Ergebnisse blieben spärlich. Vielen Hinweisen gingen sie pflichtgemäß nach, seine Mannschaft litt jedoch an Personalmangel. Er könnte das Dreifache an Leuten gebrauchen, ließ er den Justizminister wissen, der ihn ständig mit Anrufen belästigte.

Die Fahndungsmaschinerie der Militärjustiz lief parallel zur Polizeiarbeit. Dadurch vergrößerte sich nach Ansicht Borers die Reichweite der Untersuchungshandlungen, obwohl man doppelspurige Ermittlungen in Kauf nehmen mußte. Ralph Christen ermittelte auch Zusammenhänge zur Politszene, wie er sich vornehm ausdrückte. In der Tat untersuchte er den Filz: die

Abhängigkeiten der wie Kletten verhängten Persönlichkeiten. Borer versprach sich nicht viel davon, aber der militärische Untersuchungsrichter hatte offenbar Lunte gerochen und sich dabei prompt die Finger verbrannt. Der verrückte Kerl hatte einen Durchsuchungsbefehl gegen den Schlammer-Konzern verlangt. Borer schmunzelte, wenn er daran dachte, was ihm Christen erzählt hatte: Sein Chef habe getobt, er sei hart geblieben, und schließlich hätten sie sich auf Abwarten geeinigt. Die Razzia sollte später ausgelöst werden. Borer neigte bewundernd seinen dünn behaarten Kopf. Eine Razzia! Donnerwetter, der hatte vielleicht Mut! Schlammer mit der Polizei auf die Bude zu steigen war gleichbedeutend mit einem Kopfsprung von der Spitze der Kathedrale: Genickbruch!

Borer starrte auf den dunkelblauen Hintergrund seines Bildschirms, auf dem sich weiße Linien zu Rechtecken formten. Er benötigte besondere Informationen, und er glaubte zu wissen, wo diese erhältlich waren. Heute morgen waren ihm die ›Ehemaligen‹ in den Sinn gekommen. Es handelte sich um die Leute, die vor einigen Jahren den Geheimdienst quittiert hatten, manche freiwillig, andere gezwungenermaßen, nachdem geheime Organisationen aufgeflogen waren.

Er gab das Stichwort ›P-26‹ ein und begann den Suchlauf. Der Staat konnte sich die neuen, schnellen Prozessoren aus Spargründen nicht leisten. Melanie, die einen Computershop führte, hatte sich seiner erbarmt und ihm eines Tages einen superschnellen tragbaren Rechner ins Büro gebracht. »Der läuft dreimal so schnell wie dieses Geschwür hier«, klärte sie ihn auf. Er glaubte seiner Frau und übertrug spezielle Fahndungsdaten vom Geschwür auf den geschenkten Laptop. Darunter befanden sich die ›Ehemaligen‹.

Nach kurzer Zeit stieß Borer auf VIKTOR GISLING: *Stellvertreter des Direktors der schweizerischen Abwehr, UNA, bis 1989 . . .*

Borer erinnerte sich an den abtrünnigen Abhörspezialisten und blätterte elektronisch weiter:

... Seit 1990 Informationschef in der Schlammer Engineering. Spitzname ›Adams Quisling‹. Siehe Geheimarmee ...

Viktor Gisling besaß Verbindungen zur Halbunterwelt der Agenten und Möchtegernspione, zu Kurieren und anderen zwielichtigen Gestalten, überlegte Borer. Zu ihnen gehörten die alten Stasi-Agenten, ehemalige KGB-Leute sowie gescheiterte CIA-Existenzen, die in der veränderten Spionagewelt nun ihr eigenes Geschäft mit Nachrichten betrieben. Er würde Gisling ins Kommando zitieren. Er machte eine Notiz und verglich dann die verschiedenen Meldungen, die sie ihm hingelegt hatten:

Stefanie Kramer hatte am Nachmittag von einer Bahnstation zwischen Bern und Lausanne angerufen. Dieser Custer alias ›Keycop‹ war westlich der Bundesstadt im Motel zum Stausee abgestiegen. Zu dumm, daß er ihnen entwischt war ... Spielerisch zog der Polizeikommandant vor sich auf der großen Lagekarte zwei Kreise um die beiden Standorte. Sie überschnitten sich. Und im dattelförmigen Segment, das die Linien der überlagerten Kreise bildeten, lag Nuclanne. Schlammer ... Nuclanne! Nach den Aussagen von Kerns Chauffeur hatte der Minister am Sonntagnachmittag vor dem Schlammer-Konzern angehalten, war ausgestiegen und nach einer guten Stunde zurückgekehrt ... Nachdenklich blickte Thomas Borer auf den kleinen Punkt auf der Karte, dann nahm er den Bericht über Special Agent Murphy in die Hand.

Der angebliche US-Geheimagent saß sternhagelvoll in einem Landgefängnis. Ohne Ausweispapiere. Nach einem anonymen Anruf hatte die Polizei den völlig Belämmerten am Steuer seines Wagens festgenommen. Das Fahrzeug hatte sich mit der Nase in einen alten Kirschbaum am Ende der steilen Straßenböschung verkeilt. Borer prüfte den Standort auf der Karte. Die Brücke, an der der Unfall geschah, befand sich nicht weit vom nationalen Kurzwellensender entfernt.

Der Kommandant brütete über der Karte. Der Sender irritierte ihn. Ein Begriff kollerte in seinem Kopf herum. Irgend etwas lag ihm auf der Zunge. Doch er konnte es nicht formulieren.

Als Max hinzutrat, faßte der Kommandant einen Entschluß. Er bezeichnete das Gebiet im dattelförmigen Segment zur besonderen Fahndungszone. Die Maßnahme bedeutete unter anderem eine scharfe Kontrolle der Verkehrsbewegungen. Auf Bahnhöfen, auf Straßen und in öffentlichen Gebäuden.

Dann studierte er wieder den Ort, in dem sich der Kurzwellensender befand. »Eigenartig«, sagte er halblaut zu sich selbst und zog einen Kreis um die Ortschaft.

»Glauben Sie, daß sich Murphy für den Sender interessiert hat?« fragte der Fahnder. »Ein idealer Standort, um abzuhören.«

Borer schaute seinen Mitarbeiter verdutzt an. »Natürlich«, rief er aus und schlug sich die Hand vor die Stirn. »Ein idealer Standort, ein Übermittlungszentrum!«

Dann gab er die Anweisungen für den nächsten Morgen: »Max, wir müssen die Ortschaft unter die Lupe nehmen. Die Umgebung des Kurzwellensenders durchkämmen. Nach Gebäuden oder Fahrzeugen suchen, wo sich eine Zentrale einrichten ließe. Ich bin sicher, daß Murphy ein bestimmtes Ziel hatte. Eine Operationsbasis. Haltet Ausschau nach verdächtigen Anzeichen, wie Antennen, nach abgelegenen Gehöften, verdächtigen Lastwagen usw. Und noch etwas, Max, setzen Sie die Spezialequipe für elektronische Aufklärung an. Suchen Sie nach geheimen Sendeanlagen. Und berichten Sie mir stündlich über den Gang der Operation.«

Die nächsten zwei Stunden ging Borer mit Max noch weitere Hinweise durch, verfaßte ein Resümee für die untergeordneten Dienststellen, formulierte die Fahndungsschwerpunkte neu, schrieb eine Notiz für den Justizminister (er erwähnte die Zurückweisung Christens durch dessen Boß) und beauftragte Max, alles sofort mit Fernkopierer zu verbreiten.

Als Borer nach Mitternacht zu Hause eintraf, fand er auf dem Küchentisch ein Stück Geburtstagstorte und daneben zwei Zettel mit Nachrichten: Julia wünschte ›Fang den Mörder!‹, und Melanie wußte: ›Ralph Christen und Stefanie Kramer kennen sich, alte Liebe rostet nicht! A demain! Dindin‹.

Dindin schlief. Er betrachtete seine schlafende Frau. Sie war schön; er war versucht, sie zärtlich zu streicheln, sie zu umfassen, bis sie aufwachte. Sie murmelte etwas und drehte sich um, was er als ungünstiges Zeichen deutete. Also legte er sich auf seine Seite und schlief augenblicklich ein.

35

Zu ihrer Verblüffung dauerte der freie Fall nur eine Sekunde, dann platschte Stefanie in schwarzes, kaltes Naß. Wasser, registrierten ihre Sinne, ich kann mich retten! Im Mund schmeckte sie Wasser, keine Giftbrühe, und erreichte mit kräftigen Schlägen die Umrandung. Die spiegelglatte Wand bot keinen Halt. Sie schwamm weiter, tastend, nur jetzt keine Panik, und plötzlich fühlte ihre Hand eine Stange, die Füße faßten Tritt, und Stefanie zog sich mit letzter Kraft über den Bassinrand. Sie fröstelte.

Die Arme um den triefend nassen Körper geschlungen, schritt sie zaghaft die paar Stufen zu einer rundlichen Kanzel mit großen Glasscheiben empor, wo sie Schutz und Wärme erhoffte.

Stefanie befand sich in der Stablagerkaverne, im ›KOMMANDORAUM FÜR ELEMENTWECHSEL, HÖHENKOTE 508,30 METER ÜBER MEER‹. Sie las die Aufschrift im Schein der Stablampe, die auf dem Kontrollpult gelegen hatte, und schaute sich in der Kanzel um. Sie machte einen verwahrlosten Eindruck, da die Einrichtungen entfernt worden waren und überall Dreck lag. An der Wand hing eine verstaubte Montur.

Stefanie zog sich nackt aus, schlüpfte in den trockenen Overall und zwängte die nassen Kleider in die geräumigen Beintaschen. Ihr Blick fiel durch die Scheiben der Kanzel auf das bedrohlich schwarze Wasser. Sie machte die Umrisse von hohen, mit Fässern bestückten Regalen aus und bemerkte die Drehkranbucht am Bassinrand, wo scharfkantige Maschinenteile aufschimmerten. Spärliches Licht aus einem schmalen Fenster mit mehrfach unterteilten Scheiben strahlte matt von der weißlichen Decke auf die nach oben führende Treppe.

Stefanie kletterte die metallenen Stufen hinauf und gelangte ins ›Erste Untergeschoss Nord, Kote 511,70 m‹. Sie bemerkte, wie eine gerüstähnliche Plattform entlang der Wand an den schmalen Fenstern vorbeiführte, und hoffte weiter hinten auf einen Fluchtweg.

Behutsam schlich sie sich heran und spähte neugierig durch die verschmutzten Scheiben. Ungefähr drei Meter tiefer stand ein weißgeschürzter Mann und schwenkte ein Paar schwarze Damenspitzenhöschen vergnügt vor seinem Gesicht. Aus einer aufgerissenen Schachtel, die auf dem Tisch lag und die ausgebreiteten Landkarten halb verdeckte, quoll Reizwäsche.

Die attraktive, südländische junge Frau mit herabfallendem dunklem Haar stülpte tänzelnd die schwarze Bluse über den Kopf und reckte ihren nackten Oberköper aufdringlich vor. Der Mann kniete vor ihr nieder, faßte ihr an die üppigen Brüste und bohrte seinen Kopf in ihren Schoß. Sie spreizte die prallen Schenkel, verkrallte ihre Hände in seinen wilden Schopf und schleuderte verzückte Blicke zur Decke. Ein Wundpflaster klebte an ihrem Kinn. Stefanie traute ihren Augen kaum. Den Mund halb geöffnet, durchströmt von wohliger Erregung starrte sie magnetisiert auf das obszöne Wippen der Hinterbacken der Frau, das lüsterne Lecken ihres Liebhabers, das aufreizende Schwingen der Brüste. Ein süß prickelnder Schauer rieselte durch ihre Glieder, aber Stefanie riß den Blick los und zwang sich, den Raum genauer zu erfassen.

Es war ein Labor, nicht sehr groß, das einen sauberen, wissenschaftlichen Eindruck machte. Ein Arbeitstisch mit einem Computer und einem Drucker dahinter. Ein Zeichentisch mit aufgerollten Plänen. Eine glänzende Zentrifuge aus Aluminium und daneben ein grünes Wandgestell. Darauf stand ein brauner, moderner

Reisekoffer, dessen eine Hälfte durch das große, würfelförmige Gehäuse aus grünem Gestein verborgen blieb. Neben der Glastür, dem einzigen Eingang, den Stefanie erspähte, hing unter dem Feuerlöscher ein Geigerzähler. Daneben führte eine schwarze Eisentreppe auf einen oberen Boden, den sie von ihrem niedrigeren Beobachtungsstandort nicht übersehen konnte. Sie vermutete einen Abstellraum und schaute sich das steinerne Würfelgehäuse mit dem Zifferblatt auf der ihr zugewandten Seite nochmals an. Es war innen hohl, wie die weggeschobene Wandplatte verriet, und enthielt Gestänge und Vorrichtungen, die Stefanie nicht identifizieren konnte. Nicht weit vom Granitwürfel entfernt lagen auf einem Transportwagen metallene Zylinder.

Im hinteren Teil des Raumes befand sich eine Meßstation mit einem Wirrwarr von Kabeln sowie roten und schwarzen Gehäusen. Eine Skizze hing an der Wand: ein röhrenförmiges Gebilde mit Textlegenden. Auf dem breiten Tisch in der Mitte lagen Papierstöße. Wahrscheinlich andere Pläne, überlegte Stefanie und merkte sich die Stelle. Durch die Glastüre sah man die Personenschleuse. Im toten Winkel zu ihrer Linken mußte sich eine Ecke mit weiterem Mobiliar befinden.

Sie reckte sich, um bessere Übersicht zu gewinnen, als sich der Kerl im weißen Kittel aufrichtete und sein Gesäß an die Tischkante drückte, während seine Geliebte ihm die Hosen löste. Dann warf sie die Arme um seinen Hals und schlang die nackten, gespreizten Beine um sein Becken. Ihr offener Schoß preßte sich vorne an seinen Leib, während ihre verschlungenen Füße hinter seinem Rücken, auf der ausgebreiteten Landkarte rutschend, Halt suchten. Stefanie schaute gebannt hin: Die Fersen zuckten ekstatisch an der amerikanischen Ostküste zwischen Neuengland und Florida auf und ab und kamen jäh über der Bucht von Delaware zitternd zum Stillstand.

Stefanie schaute auf, und in diesem Moment trafen sich ihre

Blicke. Die nackte Schwarzhaarige starrte mit aufgerissenen Augen, in denen sich Entsetzen spiegelte, zum Fenster, als hätte sie den leibhaftigen Teufel gesehen. Sie wand sich aus der heftigen Umarmung und zeigte mit ausgestrecktem Arm verdattert zu den Oberlichtern hinauf. Der Kerl im weißen Kittel schaute verdutzt von ihrem wogenden Busen auf und drehte dann langsam den Kopf.

Stefanie tauchte weg und setzte sich betäubt hin. Sie biß sich auf die Lippen und begriff auf der Stelle, daß die Frau im Labor sie gesehen hatte. Dem ursprünglichen Plan folgend, rannte Stefanie geduckt unter den Fensterscheiben zum Durchgang hinüber. Sie betrat einen leeren Korridor, der sich rechts und links zu dunklen Nischen öffnete. Ein mattes, rotes Licht schimmerte am Ende über einer massiven Tür, gegen die die Flüchtende sich nun vergeblich stemmte, um sie aufzustoßen. Von unten drangen aufgeregte Stimmen empor. Jemand fluchte. Der Lärm kam näher, während Stefanie verzweifelt die Nischen auf beiden Seiten des Korridors nach einem Fluchtweg absuchte.

Aus dem Stollen, der etwa dreißig Meter in den rohen Felsen gehauen war, gab es jedoch kein Entrinnen. Hundegebell ließ sie erbeben. Panikartig flüchtete sie hinter einen hohen Stapel Säcke, der die Nische ausfüllte. Hunde jagten Stefanie Angst und Schrekken ein. Zitternd drückte sie sich mit dem Rücken an die Wand und wartete auf ihre Häscher.

Adam Schlammer schritt inzwischen unschlüssig in seinem Arbeitszimmer auf und ab. Der perfide Plan des Irakers gab ihm zu denken. Sollte tatsächlich ein atomares *SADAM*-Zerstörungsgeschoß in den USA explodieren? Schlammer schüttelte nachdenklich den Kopf. Diese Entwicklung traf ihn unerwartet. Er hatte sich im Glauben befunden, die Iraker würden die Bombe im Nahen Osten einsetzen, was vortrefflich in sein Konzept gepaßt hätte.

Nun hatte ihm aber Schönhof bestätigt, daß Hazmoudis Angaben auf einen Anschlag auf Philadelphia deuteten. Der Wissenschaftler verfügte über Karten und Funkfrequenzen, die er für Hazmoudi vorbereiten mußte. Daraus ließ sich mit großer Wahrscheinlichkeit eine mögliche Aktion in Philadelphia ableiten.

Ausgerechnet Pennsylvania, wo die *Schlammer Engineering* gut vertreten war, fluchte der Konzernboß vor sich hin. Zähneknirschend stampfte er auf den Schreibtisch zu und hielt vor dem roten Telefon inne. Er zögerte, stemmte seine Hände in die Hüfte, schritt wieder auf und ab. Dann griff er zum Hörer. Wieder packten ihn Zweifel. Er spielte mit der Schnur. Dann wählte er die Nummer von *Lomoro.* Die Verbindung zum geheimen Nachrichtenzentrum war abhörsicher. Alle Gespräche liefen automatisch über einen Zerhacker. Im Hörer knisterte es, dann folgten elektronische Piepstöne, und schließlich nahm der Angerufene ab.

»Viktor Gisling«, sagte die ruhige Stimme am anderen Ende.

Adam Schlammer weihte den Nachrichtenchef in seine Befürchtungen ein. Das nukleare Attentat auf die amerikanische Stadt müsse jedenfalls verhindert werden. In den USA dürfe keine Bombe hochgehen. Schon gar nicht in Pennsylvania. Er werde die *SADAM* zwar nicht liefern, aber wer könne schon wissen, ob Hazmoudis Leute nicht bereits einen Sprengkörper besäßen oder sich die Bombe anderweitig beschaffen würden.

Viktor Gisling schlug dann vor, daß er über seine Kanäle die CIA verständige. Heute noch. Er brauche allerdings noch nähere Angaben über Hazmoudi. Schlammer nickte mehrmals zufrieden und wollte das Gespräch beenden.

»Noch etwas, Chef, Ihre Akte . . .«

»Was ist damit? Sie meinen das Dossier bei der Bundespolizei?«

»Ja, ich habe mich darum gekümmert. Das Dossier existiert nicht mehr.«

»Gut gemacht, Gisling.« Schlammer legte auf.

Während das Hundegebell bedrohlich näherkam, trommelte Stefanie aus lauter Verzweiflung mit den geballten Fäusten auf den schroffen Felsen hinter sich. Plötzlich schien er nachzugeben. Zuerst dachte sie verwirrt, sie würde ohnmächtig, weil sie ins Schwanken geriet, doch dann merkte sie, daß ein Teil der Wand sich bewegte und beharrlich gegen ihren Körper drückte, als sollte sie aus der Nische herausgeschubst werden. Sie stemmte sich verzweifelt dagegen, nahe daran, den Verstand zu verlieren.

»Psst, he, los hereinkommen!« vernahm sie plötzlich eine eindringliche Stimme.

Durch den Spalt der halboffenen Schachttür blitzte ihr das Weiß zweier Augen entgegen. Der winkende Zeigefinger einer hilfreich ausgestreckten Hand hieß sie nähertreten. Wie eine Momentaufnahme prägten sich Stefanie diese Einzelheiten ein, bevor sie der Aufforderung folgte. Eine kleine quadratische Eisenklappe öffnete den Zugang zu einem kaminartigen Schlund.

»Gib die Lampe«, flüsterte die warme Stimme, »ich helfe dir, hier unten ist ein Gitterrost, da kannst du stehen, hab keine Angst.«

Doch Stefanie bebte vor Schrecken. Im Korridor hörte sie Männer brüllen, und die Bluthunde bellten. Zitternd zwängte sich die erschöpfte Reporterin durch den Spalt und fand festen Halt, während ein Strom lauwarmer Luft an ihrem Körper vorbei nach oben trieb.

»Ein Luftschacht. Ich bin in einem Luftschacht«, keuchte sie.

»Sicher«, bestätigten mindestens zwei Stimmen aus dem Dunkel. Stefanie blickte überrascht um sich. Über ihr hingen drei Gesichter im fahlen Licht einer Taschenlampe. »O mein Gott, wer seid ihr? Was bedeutet das alles?«

Der Junge, der ihr die Hand gereicht hatte, sprach als erster. Er schien der Anführer zu sein: »Ich bin Mark, das sind Tony und Jessie.«

»Schön, ich heiße Stefanie. Vielen Dank, oh, ihr seid phantastisch. Aber was machen wir jetzt?« Stefanie strich sich atemlos eine Strähne aus der Stirn, während der Junge die Eisentür mit einem Vierkantschlüssel von innen verriegelte: »Wir steigen hoch.« Er deutete grinsend nach oben. »Hinaus, wir befreien dich! Schau, es hat Griffe, an denen wir uns hochziehen wie auf einer Leiter. Außerdem hilft uns noch das Seil.«

Mark kletterte jetzt ein Stück voran und leuchtete mit der Lampe, bis die anderen nachgerückt waren.

Sie seien schon einmal durch den Luftschacht bis zur Eisentür abgestiegen, erklärte die dunkelhäutige Jessie im Hinaufklettern. Heute hätten sie in das alte Atomkraftwerk eindringen wollen. Die Expedition sei von langer Hand vorbereitet gewesen. Den Luftschacht hätten sie erst nicht entdeckt, und das schwierigste sei gewesen, ihn aufzubrechen. Sie würde es gleich sehen.

Stefanie sah dichtes Gebüsch, fühlte den Waldboden, staunte hinauf zu den mächtigen Tannen. Und dann blickte sie lange zum wunderbar blauen Himmel auf, der ihr die drei Kids geschickt hatte. Sie atmete tief durch. Sie sog die Freiheit in sich auf. Sie duftete nach Salbei und Fichtenharz.

Der Ausstieg lag gut verborgen im dichten Gebüsch, auf dem höchsten Punkt der Bergkuppe, schätzte Stefanie und versuchte, sich zu orientieren. Doch ihre Retter drängten.

Sie eilten auf einem gewundenen Pfad einen bewaldeten Abhang zu einem Felsvorsprung hinab. Tief unten brodelten die Wirbel des Flusses. »Eine schöne Stelle«, staunte Stefanie. Dunstschwaden trieben das Flußbett entlang, das Grün des Talbodens hatte um diese Tageszeit bereits einen schattigen Anstrich, aber am Horizont im Westen herrschte noch Lichtfülle, und Wolkentürme glänzten in der Abendsonne wie Schneegebirge.

Die Kids schauten mit großen, klaren Augen auf die Frau im schmutzigen Overall, unter dem sich die Formen ihres Körpers abzeichneten. Der Träger der umgeschlungenen Handtasche spannte den Stoff des Oberteils straff über die kecken Wölbungen der vollen Brüste. Stefanie blickte prüfend in die ernsten Gesichter. Sie las darin eine treue, innige Hingabe, wie sie nur Kindern eigen sein kann. Die Frage, ob auf die drei Verlaß wäre, stellte sich nicht mehr, nachdem sie sie eben aus den Klauen ihrer Verfolger gerettet hatten.

»Wir sind Partner«, stellte Stefanie schlicht fest. Mehr war nicht zu sagen.

Die jungen Partner aber schwiegen. Sie schauten zu Boden, dann wieder in die Luft, oder schielten seitlich in den Abgrund. Einer Eingebung folgend, bat Stefanie um ein Messer. Tony reichte ihr die aufgeklappte Klinge. Tapfer schnitt sie sich unter den wachen Blicken des Dreiergespanns leicht in die Handfläche, bis Blut aus der Wunde tropfte. Dann ritzte sie stumm die bereitwillig hingestreckten Handballen des Mädchens, dann der Jungen. Daraufhin reichten sich alle feierlich die Hände, blickten sich tief in die Augen, und ihr Blut vermischte sich im festen Handschlag. Stefanie wußte nicht, ob dies die richtige Art sei, Blutsfreundschaft zu schließen. Doch das andächtige Ritual brach jedenfalls den Bann zwischen ihr und ihren Befreiern. Als wäre der Funke übergesprungen, trat Mark einen Schritt vor und zeigte Stefanie mit der Hand, wo sich das geheime Versteck befand. Die Höhle lag unsichtbar gleich über ihren Köpfen auf der nächsten Felsstufe.

»Außer uns weiß kein Mensch, wo das Versteck ist. Du bist jetzt in das Geheimnis eingeweiht«, sagte er bedeutungsvoll.

Stefanie fragte, ob ein Weg von der Schlucht zum Versteck hinaufführe, worauf sie Tony am Arm nahm und mit ihr näher zum Felsrand trat, um ihr den Pfad zu zeigen. Doch Stefanie schreckte zurück, als sie auf dem überhängenden Vorsprung einen Blick in die Tiefe wagte. Beinahe wurde ihr schwindlig. Auf ihre

Frage riet Mark davon ab, in die Schlucht abzusteigen, weil sie sich dort nirgends verstecken könne. Statt dessen schlug er vor, Stefanie im alten Schulhaus am Waldrand unterzubringen.

»Ich muß telefonieren. Es ist sehr wichtig«, sagte Stefanie. »Denn ihr müßt wissen: Niemand darf mich sehen. Ich werde auch von der Polizei gesucht. Ich muß untertauchen.« Sie schaute den jungen Freunden unsicher in die Augen. Sie wichen nicht zurück. Zuckten nicht mit der Wimper. Gelassen standen sie da, und Tony meinte ruhig, sie sollten nun aufbrechen.

Das dunkelhäutige Mädchen klemmte die Daumen in die Fäuste und nickte ihr aufmunternd zu. Stefanie verstand. »Im Haus bist du sicher«, sagte Jessie wie zur Bestätigung.

Der Weg zum alten Schulhaus führte vollständig durch den Wald. Unterwegs erläuterte Mark die Situation. Das alte Schulhaus stehe schon lange leer. Gelegentlich richte das Militär während Übungen einen Kommandoposten ein. Sie hätten sich einen Schlüssel beschafft. Die Telefonleitung sei in Betrieb, man müsse sie nur anzapfen. Wie man das mache, wüßten sie. Es sei alles organisiert.

»Könnt ihr ein Geheimnis für euch behalten?« fragte Stefanie unvermittelt.

»Logo«, tönte es wie aus einer Kehle.

Mit leiser Stimme weihte Stefanie dann ihre Partner ein. Sie wolle einen alten Bekannten anrufen, der für die Polizei arbeite. Er sei Untersuchungsrichter der Armee, ein findiger Detektiv, und eben ein zuverlässiger Freund. Hundertprozentig in Ordnung. Sie wolle, daß die Kaverne durchsucht werde. Sie sei überzeugt, der Mörder des Ministers habe hier Unterschlupf gefunden.

Die drei blieben verblüfft stehen. Dann wollten sie mehr darüber wissen.

Stefanie gab ihnen eine Beschreibung des Langhaarigen. Auch erklärte sie ihnen, wie Ralph Christen aussah, denn Jessie hatte zu

Recht gemeint, sie müßten Bescheid wissen, wenn sie sich in der Stadt nach verdächtigen Personen umsehen sollten.

Im alten Haus verband Mark die Telefondrähte mit einem alten Apparat, den er herangeschleppt hatte, und Stefanie machte eine Liste der benötigten Sachen. Als Tony sich erbot, ihren Wagen heraufzubringen, gab sie ihm ohne Zögern aus der durchnäßten Handtasche die Schlüssel. Sie hatte keine Zweifel, daß er auch das fertigbringen würde.

Schließlich blieb Stefanie allein im Haus zurück und wählte aufgeregt die Nummer von Ralph Christen. Die Leitung knackte, dann hörte sie das vertraute »Christen«.

»Ralph, es ist furchtbar, ich habe schaurige Entdeckungen gemacht«, platzte sie heraus. »Es ist unglaublich. Ich muß dich unbedingt sehen.«

Nach einer Pause mit Knistern hörte sie die klare ruhige Stimme des Militäruntersuchungsrichters: »Stefanie, beruhige dich, sprich nicht weiter, ich komme, so schnell ich kann, zu dir. Gib mir schnell deine Telefonnummer. Warte einen Augenblick!«

Ralph Christen klemmte den Hörer zwischen Kopf und Schulter und griff nach einem Notizblock. Stefanie las die Nummer vom weißen Schildchen vorne am altertümlichen Apparat ab, und Christen wiederholte die Zahlen.

»Also gut, etwa gegen zehn Uhr bin ich dort, rühr dich nicht vom Fleck. Ich nehme meine Leute mit, ruh dich aus, bis bald. Sei vorsichtig.«

Er hängte auf und wählte den Auskunftsdienst im Polizeikommando. Zwei Minuten später besaß der militärische Untersuchungsrichter den genauen Standort des alten Schulhauses am Waldrand.

Stefanie Kramer sank erleichtert auf das modrige Sofa und atmete tief durch. Bald würde nun alles ein gutes Ende haben.

Ralph würde mit seinen Leuten kommen und die Kaverne auf den Kopf stellen. Mark, Tony und Jessie kämen als ihre Befreier ganz groß heraus.

Fünfzehn Minuten später schrillte im unterirdischen Kommandoraum der *Schlammer Engineering* in zwei Kilometern Entfernung das Telefon. Hannibal sprang aus seinem bequemen Ledersessel auf. Er griff hastig nach dem Hörer, hörte zu, machte einige Notizen und hängte auf.

Seine Leute hatten in der Bundesstadt soeben das Gespräch zwischen Kramer und Christen abgehört und dann rasch den Standort der Anruferin ermitteln können. Die Frau trieb sich doch tatsächlich auf dem Kavernengelände herum.

Hannibal staunte über diese Verwegenheit. »Unfaßbar«, entfuhr es ihm. Dann rief er über die Gegensprechanlage Matak herbei.

Der Langhaarige hörte mit sichtlichem Vergnügen zu. Unruhig trat er von einem Bein auf das andere, zog seine Pistole aus dem Holster und warf sie in den Händen hin und her. Dabei netzte er mit seiner Zunge genüßlich die Lippen. Die Zeit der Abrechnung mit dem Weibsstück war gekommen. Er schaute auf die Landkarte, die Hannibal vor ihm ausgebreitet hatte, und prüfte die Lage des Hauses am Waldrand.

»Keine Fehler diesmal, Matak«, warnte Hannibal mit eisiger Stimme. »Ein sauberer Kill, verstanden. Die Frau ist gefährlich. Sie weiß zuviel.«

Der Langhaarige nickte und grinste triumphierend, als er sich vorstellte, wie er die scharfe Hündin umbringen würde.

Tony Summermatter brachte Stefanie die bestellten Sachen schon nach kurzer Zeit. Etwas zum essen fand sich darunter, ein Paar alte, eine Nummer zu große Turnschuhe und eine Flasche Mineralwasser. Den roten Flitzer würde er einfach vor das Haus stellen, erklärte Tony.

»Tausend Dank, Tony. Bis Übermorgen dann, oben auf der Bergkuppe am Eingang des Luftschachts, wie abgemacht. Ich komme sicher. Macht, daß ihr dort seid.«

Tony nickte und sagte im Hinausgehen: »Mittwoch, ab vier werden wir dort warten. Kein Problem. Übrigens ... den Autoschlüssel laß' ich im Zündschloß stecken und hau' dann ab.«

Stefanie durchströmte ein warmes Gefühl der Zuneigung und Bewunderung für das Dreiergespann. Sie setzte die Flasche an die Lippen und ließ einen Atemzug lang das perlende Wasser hinunterglucksen. Wenn Ralph Christen nur diese alte Bruchbude findet, hoffte die erschöpfte Reporterin und räkelte sich behaglich auf dem alten, schäbigen Sofa. Sie wollte sich darauf vorbereiten, Ralph professionell über die Ereignisse der letzten vierundzwanzig Stunden zu informieren. Doch sie schlummerte ein, versank in ein traumloses Vergessen, verlor jedes Zeitgfühl.

Als Matak den Raum verlassen hatte, griff Hannibal erneut zum Hörer. Mit verbissener Miene gab er Anweisungen. Die Sache sei äußerst dringend, betonte er mehrmals. Innerhalb einer Stunde erwarte er die Vollzugsmeldung. Christen dürfe keinen Augenblick aus den Augen gelassen werden. Dann hängte er auf und eilte hinaus. Er wollte die Aktion in der Bundesstadt aus der Nähe verfolgen. Nichts durfte jetzt schiefgehen.

36 Bern, Montagabend, 2. Juli

Ralph Christen verzehrte hastig sein improvisiertes Abendessen. Er hatte es eilig.

Bevor Stefanie Kramer vor ein paar Minuten verzweifelt angerufen hatte, war er bereits halbwegs entschlossen gewesen zuzuschlagen. Im Verlaufe des Tages hatten sich die Indizien wie kleine Mosaiksteinchen zu Umrissen eines Bildes zusammengefügt. Noch fehlten die handfesten Beweise. Aber Ralph Christen hätte schwören können, daß der mächtige Adam Schlammer tief im Dreck steckte. Als die Reporterin dann hilfesuchend aus Nuclanne anrief und Enthüllungen ankündigte, paßte auf einmal alles zusammen.

Mit einer Razzia würde er morgen früh die *Schlammer Engineering* auf den Kopf stellen. Die Sondereinheit der Kantonspolizei war bereit. Dem Einsatzleiter hatte er lediglich den Zeitrahmen und den ungefähren Operationsraum angegeben: Region Nuclanne, 4:00 morgens. Wie ein Blitz aus heiterem Himmel würden sie einfahren. »Überraschend zuschlagen ist halb gewonnen«, sagte sich der militärische Untersuchungsrichter, steckte die Autoschlüssel ein, griff in der Garderobe nach der Lederjacke und verließ seine Junggesellenwohnung. Gedankenversunken schloß er die Tür ab, lief die Treppe hinunter und trat unter die Bögen der Altstadt hinaus und schritt stadtaufwärts zum Rathausparkplatz, wo er den Wagen abgestellt hatte.

Ralph Christen fühlte sich in Hochform. Die letzten vierundzwanzig Stunden hatten ihn in einen Wirbel geistigen Aufwindes geschleudert. Die Trägheit der vergangenen Tage und Wochen war wie weggefegt. Die mysteriösen Vorfälle um Schlammer versetzten den Untersuchungsrichter in einen Zustand hektischer Anspannung. Beschwingt lechzte er jetzt nach Taten. Ihm würde es vorbehalten bleiben, die Nation, vielleicht die Menschheit vor einem schrecklichen Fiasko zu bewahren. Er schüttelte die innere Stimme ab, die ihn vor dem Alleingang warnte.

Er mußte die Sache auf eigene Faust anpacken. Wem war schon zu trauen in dieser tödlichen Verschwörung? Jedenfalls mußte er ganz sicher zuerst Stefanie Kramer herausholen, dann allenfalls mit Borer zusammenspannen oder besser noch, eine Pressekonferenz einberufen.

In der Berner Altstadt herrschte um diese Zeit wenig Verkehr. Die *Lauben* genannten Arkaden zogen sich auf beiden Seiten der weiten Gasse wie leicht geschwungene Korridore dahin. Christen nahm die wenigen Fußgänger kaum wahr, als er, zügig vorwärtsschreitend, die Ereignisse des Tages nochmals Revue passieren ließ.

Der Sonderstab hatte bereits am ersten Tag eine Vielzahl von Hinweisen erhalten. Christen sah die als ›interessant‹ ausgesonderten Meldungen heute nachmittag durch. Der Agent der National Security Agency (NSA), der südwestlich der Hauptstadt besoffen von der Straße abgekommen war, behauptete steif und fest, alles sei ein abgekartetes Spiel. Schweizer Agenten hätten den Unfall nur vorgetäuscht, um ihn auszuschalten.

»Was ihnen gelungen ist«, hatte Christen kommentiert.

Aus dem Justizdepartement kündigten sie den Besuch von Bill Conklin an, eines hohen Tiers im Bundessicherheitsamt NSA. Der Amerikaner sandte in diesem Zusammenhang Fahndungsbilder von ›Keycop‹ alias Kenneth William Custer, der in den USA meistgesuchte Waffenschieber, Ex-Noriega-Agent und angebliche Iran-Contra-Drahtzieher.

Christen hatte alle Ereignisse sorgfältig auf seinem Schreibcomputer festgehalten und eine Sicherungskopie angefertigt, die er umsichtig versteckte. Stefanies Brief war Dynamit. Ihre Schilderung des Verbrechens an Minister Kern hätte er längst als Beweisstück in die Untersuchungsakten legen müssen. Ebenso die Tatsache, daß sie die Kramer kidnappen oder umbringen wollten. Aber er mußte noch mehr wissen. Er würde die Bombe schon im richtigen Moment vor den laufenden und blitzenden Kameras der Weltpresse platzen lassen.

Er bewunderte diese Frau. Bald würde er sie aus ihrer mißlichen Situation befreien, er, der gute alte Ralph! »On revient toujours à ses premiers amours!« rief er der steinernen Justitia auf dem Brunnenschacht in aufgeräumter Stimmung zu. Weiter vorne mündete vom Rathaus her ein Seitengäßchen ein.

Völlig fasziniert hatte ihn natürlich das Irrationale und Übersinnliche an ihrem Traum. Wie ist so etwas möglich? Sie träumte vom Mord, erkannte dabei eine Fratze, die sie mit der Demonstration in Ollon in Verbindung brachte und zu Adam Schlammer paßte. Zufall? Er hatte nicht daran geglaubt, sondern sich Informationen über diesen Schlammer geholt.

Die Datenbanken, vor allem ISIS, enthielten einen Haufen Angaben: den detaillierten Lebenslauf, Schlammers Aufstieg zum Industriemagnaten, sein Beziehungsnetz. Dann stieß Christen auf den Hinweis, daß geschützte Dossiers vorlagen. Als er sie im Archiv der Bundespolizei verlangte, geriet der weißhaarige Beamte mit dem Haudegengesicht ins Stottern. Es bedürfe einer besonderen Autorisation. Die habe er, erwiderte Christen und wies sich nochmals aus. Der Beamte erkannte die Zugriffsberechtigung und meinte jetzt, das Dossier sei außerhalb aufbewahrt, und er könne es in einer Stunde einsehen. Als Christen nach einer Stunde wieder vorbeikam, lag die Aktenhülle auf dem Tisch. Sie war leer. Der Alte zuckte die Schultern. Er könne auch nichts machen.

Christen näherte sich jetzt dem alten Rathaus. Er liebte die schöne Stadt Bern, obwohl es ihm nach der Rückkehr aus den Vereinigten Staaten schwergefallen war, sich in dem kleinkarierten Leben wieder zurechtzufinden. Er fühlte sich von den Hausbewohnern und Nachbarn beobachtet, man erwartete, daß er sich nach der Norm verhält. Fußgänger wiesen ihn naserümpfend an, vor dem Rotlicht den Motor abzustellen. Andere drehten sich kopfschüttelnd nach ihm um, als er eine Papiertüte auf den Boden fallen ließ.

Nirgends auf der Welt hatte er sich so frei und ungebunden gefühlt wie in Manhattan, unkontrolliert von besorgten Nachbarn, beschwingt durch die elektrisierende Vielfalt der Metropole.

Christen hatte zwei Jahre im Drogendezernat der New Yorker Stadtpolizei kriminalistische Erfahrungen gesammelt. Von seinem Mentor, Leutnant Byrne, hatte er bereits am ersten Tag gelernt, unter keinen Umständen ohne Deckung irgend etwas allein zu unternehmen.

Immer zu zweit vorgehen, hieß die eiserne Regel im Dschungel von New York City. In Bern führte er das Prinzip unter seinen Leuten auch ein, aber diese Stadt war ein friedliches Pflaster, und solche Maßnahmen wurden als unnötig belächelt.

Mit dem jungen Direktor des FBI hatte Christen Sizilien besucht, um die Zusammenarbeit im Kampf gegen die Mafia zu organisieren. Auf der Rückkehr trafen sie in Genf auf den UNO-Generalsekretär, und Christen schlug ihm vor, die Kriegsverbrecher in Bosnien vor ein Tribunal zu ziehen. Ein paar Wochen später erhielt er eine Einladung ins Glashaus am East River in New York, wo ihm der Generalsekretär seinen Plan erläuterte. Christen war begeistert und begann mit den Vorbereitungen.

Sie bildeten einen Stab von neutralen Militäruntersuchungsrichtern, hauptsächlich Schweizern, und verhörten tagelang Opfer und Zeugen. Christen ermittelte jedoch noch auf eigene Faust gegen die

Söldnergruppen der HOS: Neonazis, die in Kroatien gegen die Kommunisten, in Bosnien gegen die Moslems kämpften. Nach ihrer Rückkehr wandten die Rechtsextremisten die erworbene Kampfausbildung in der Bundesrepublik gegen Ausländer an.

Christen erhielt Einblick in die Nazi-Organisation der *Gemeinschaft der neuen demokratischen Front GDNF* mit Sitz in Holland. Von dieser Vereinigung von Alt-Nazis führte eine Spur zu Dr. Breckerlin, der in der *Schlammer Engineering* in Nuclanne den obskuren Posten eines Betriebsberaters innehatte. Christen fand heraus, daß Breckerlin die HOS mit Waffen und Geld versorgte, Freiwillige anheuerte, Schlägertrupps bildete, um die Drahtzieher unter den Islamisten zu liquidieren und Häuser von Asylanten in Brand zu stecken.

Die Leibgarde, die Breckerlin um sich scharte, waren die Kahlgeschorenen. Alle hatten nachweisbar in Kroatien in der HOS gekämpft.

Christen schrieb auch diese Ermittlungen sorgfältig auf. Eigentlich hätte er längst genug in Händen gehabt, um die Kerle mitsamt ihrem Anführer festzunehmen und sie wegen verbotenen Diensts in einer fremden Armee anzuklagen. Aber er wollte noch das letzte Glied in der Beweiskette schließen, und zu diesem Zweck mußte er mit Stefanie Kramer sprechen. Immerhin hatte er eine Diskette mit Aufzeichnungen Thomas Borer gesandt, dem er als einzigen vertraute.

Der schrille Ton seines Minitelefons schreckte Ralph Christen aus seinen Gedanken auf. Er befand sich halbwegs in der schwach beleuchteten Seitengasse. Umständlich klaubte er das Gerät aus der Jackentasche, sagte »Christen« und lauschte angespannt. Steiner vom Sonderstab redete ziemlich aufgeregt.

»Sie kommen besser sofort ins Kommando, Christen. Wir wissen, wo sich die Kramer befindet. Der Chef meint ...«

Christen erschrak und senkte die Hand mit dem Telefon vom Ohr. Zehn Meter vor ihm waren plötzlich drei Skinheads aus einem dunklen Hauseingang auf das Pflaster der Gasse gesprungen und versperrten den Weg. Christen fuhr blitzschnell herum. Zurück, war sein einziger Gedanke. Aber die Falle schnappte zu.

Er schaute in die grinsenden Fratzen zwei anderer Glatzköpfe, die ihm den Fluchtweg abschnitten. Sein Atem stockte. Intuitiv bewegte er sich mit dem Rücken nach rechts zur Hauswand und behielt die beiden Gruppen scharf im Auge. Sie trugen schwarze, enge Ledersachen, wie sie Motorradfahrer anzogen, und halbhohe, massive Stiefel mit matt schimmernden Stahlspitzen, die sie absichtlich gegen das Pflaster stießen, als sie ihn langsam einkreisten.

»Christen, sind Sie noch dran?« hörte er die unwirkliche Stimme Steiners.

»Hilfe, Überfall«, war alles, was Christen noch herausbrachte. Der Anführer der Bande, der eine Flasche Bier in der linken Hand hielt, stieß ihm das Knie in den Unterleib, was ihm beinahe die Besinnung raubte. Er schrie und rang nach Luft. Das Telefon fiel auf das Pflaster und zerbarst knirschend, als einer der Skinheads höhnisch lachend beidfüßig daraufsprang.

»Das machen wir gleich mit deinem Scheißschädel, du dreckiger Bulle«, sagte ein anderer und stemmte Christen mit einer Hand hoch. Mit der anderen suchte er die Innentasche der Jacke ab und fand den Ausweis. Der Anführer trat hinzu und untersuchte das Papier im Lichtschein seines Feuerzeugs. »Er ist der Richtige«, bemerkte er trocken, warf die Bierflasche über die Schulter auf das Pflaster, holte mit beiden Armen weit nach oben aus und schmetterte die verschränkten Hände wuchtig auf die Schädeldecke Christens.

»Ha«, höhnte einer, »jetzt machen wir Schädelkrachen.«

Ralph Christen war zusammengesackt und lag mit angezogenen Knien am Boden und hielt beide Arme schützend vor sein Gesicht. Er stöhnte.

Abwechselnd traten die fünf Skinheads heran und traktierten ihn mit heftigen Stiefeltritten am Gesicht und Hinterkopf. Dabei führten sie eine Art Reigen auf und gröhlten immerzu »Weiter gemacht bis der Schädel kracht.« Animalisch grunzten die Angreifer, und die stahlbewehrten Stiefelspitzen schleiften auf dem Gassenpflaster.

Als aus der Ferne eine Polizeisirene aufheulend näher kam, gab der hohlwangige Anführer ein stummes Zeichen mit dem Arm. Die Bande ließ abrupt vom Opfer ab, das längst nichts mehr fühlte, und das Rudel feiger Hunde rannte durch die finstere Gasse davon.

Ralph Christen starb noch auf dem Weg ins Spital.

37

Hinter dem Lenkrad dahindösend, dachte Ken Custer an Rosalia. Der heiße, stumpfe Sommerabend machte ihn scharf auf diese Frau. Ein sündenbeladenes, ausgekochtes Stück! Sie kennt sich im Betrieb aus, sie schläft sich durch die Direktionsetagen, überlegte er genüßlich. Vielleicht weiß sie über die andere Frau Bescheid oder kann mir Zugang zur Kaverne verschaffen ... Ken zog die rosa Geschäftskarte ›I Love Sexclusive‹ aus der Brusttasche seines Hemdes und entschied sich für eine kleine Aufwartung bei Rosalia.

Da sah er durch die getönten Scheiben des Lancia den Jungen. Er trommelte gelangweilt auf die Motorhaube des benachbarten Fahrzeugs. Demnächst wird er wohl um meinen Karren herumstreichen, dachte Ken und rieb sich gähnend die Stirn, als der Junge plötzlich hinter der Kühlerhaube in Deckung ging. Den Anlaß dazu gab der Polizeiwagen, der auf den Parkplatz einschwenkte. Ken beobachtete mit stockendem Atem, wie er langsam an den geparkten Wagen vorbeirollte. Doch ohne anzuhalten, bog die Streife vorne wieder in die Hauptstraße ein. Ken entspannte sich, aber der Lümmel ließ ihm keine Ruhe. Er hatte ein verschmutztes Gesicht und trug die Mütze nach Rapper-Art mit dem Schirm nach hinten. Jetzt öffnete er die Autotüre und stieg ein. Sofort startete der Motor. Ken staunte, als der Junge, der bestimmt keinen Führerschein besaß, den Wagen zurücksetzte und rasant wegfuhr. Da Ken ein Gespür für brisante Situationen hatte, nahm er kurz entschlossen die Verfolgung auf. Zum zweiten

Mal an diesem Tag jagte er einem Fahrzeug nach, das ihm bergwärts entwischen wollte.

Der Kaverneneingang hob sich im Licht der Dämmerung vom Felsen ab, doch der jugendliche Fahrer fuhr mit hoher Geschwindigkeit daran vorbei. Custer hatte Mühe, ihm zu folgen. Er drückte das Gaspedal durch und war nicht darauf gefaßt, als der rote Wagen jäh nach rechts in eine schmale Schotterstraße schlitterte. Ken verpaßte die Abzweigung und raste weiter geradeaus. Er kannte die Straße. Sie schwang sich auf eine sanfte Kuppe und schnitt nach ein paar hundert Metern die Waldlinie. Ken ließ seinen Wagen abseits der Straße im Unterholz.

Vom Waldrand hatte er eine gute Sicht auf die Schotterstraße, die zu einem alten Haus hinaufführte. Wenn ihn nicht alles täuschte, hoben sich neben dem Gebäude die Umrisse des roten Autos ab. Die Vergrößerung des Fernglases bestätigte die Vermutung: Der Junge wollte offensichtlich den gestohlenen Wagen dort oben verstecken. »Nun, am besten sehe ich mal nach, bevor es ganz dunkel wird«, murmelte Custer halblaut vor sich hin.

Die in der Wagendecke des Dodge eingebaute Digitaluhr zeigte zwanzig Uhr vierzig, und Claudia überlegte, ob sie die Nachrichten einschalten sollte, als sie Stimmen hörte. Sie bemerkte nichts Auffälliges, als sie flüchtig durchs Fenster sah, und fischte das *Tagesblatt* unter einem Stoß elektronischer Fachzeitschriften hervor. Sie überflog gleichgültig die Schlagzeilen auf der Titelseite und stutzte: »Ah, schon wieder so ein Vorfall.«

»Was ist denn?« Von Alp starrte durchs Teleobjektiv auf den Eingang zur unterirdischen Kaverne.

»Der Polizei ist ein Fang gelungen. Uran. Warte, Seite zwei.« Sie schlug die zweite Seite auf und las den einspaltigen Bericht.

»Hm, hör mal zu, in Genf haben Zöllner einen Mercedes mit dem Geigerzähler abgesucht . . .«

»Wo?«

»In der Nähe von Genf, irgendwo auf dem Land, am hinterletzten Zollposten ... sie fanden die Ware unter der Sitzbank. Weißt du wieviel? Acht Kilogramm Uran, huh!«

»Acht Kilo reichen für den Bau einer Atombombe«, sagte von Alp. »Steht da auch, um welches Uran es sich handelt? Natururan, Uranoxyd?«

»Nein ... aber jetzt hör gut zu: Im Kofferraum stellten die Beamten technische Broschüren der *Schlammer Engineering* sicher, über die Entsorgung schwach radioaktiver Abfälle. Ist das nicht sonderbar?«

»Und der Firmensprecher hat jeden Zusammenhang mit dem Uranfund entschieden in Abrede gestellt, stimmt's oder hab' ich recht«, höhnte von Alp.

Claudia las weiter. »Genau«, rief sie, »so steht es, woher weißt du das?«

Von Alp schwieg. Nach einer längeren Pause sagte er, während er weiterhin das Schlammer-Gelände beobachtete: »Ich habe die Erfahrung in Angola gemacht. Das strategische Material ist heute leicht erhältlich. Die Rüstungsindustrie wirft dir die modernsten Waffensysteme nur so nach. Wenn du zahlen kannst, fragt niemand, wer du bist, oder stellt sonst dumme Fragen. Mit Plutonium und Uran ist es dasselbe. Wer liefern kann, ist im Geschäft. Die Nachfrage ist groß, der Gewinn enorm.«

Dieselben Stimmen wie vorhin. Claudia beugte sich zum Fenster.

»Wir bekommen Besuch«, sagte sie und deutete mit dem Daumen zum Fenster hinaus. Von Alp schob die Kamera zur Seite und drehte sich alarmiert um.

»Kinder«, beruhigte sie ihn.

Der dunkelhaarige Junge trug eine schwarzrote Schirmmütze. Lässig über die Lenkstange seines robusten Fahrrades hängend, betrachtete er den eleganten amerikanischen Luxusbus, in dessen großen Seitenfenstern sich die Umrisse der beleuchteten Burg spiegelten.

»Fünf Liter, V-Acht«, meinte er mit Kennermiene. Von Alp schätzte ihn auf etwa fünfzehn.

»Der säuft sicher seine zwanzig Liter. Ob wohl jemand drin schläft? Weißt du, wie stark das wäre, in so einem Ofen zu schlafen?«

»Es ist jemand drin«, verriet ihm das Mädchen, das seine Nase platt an das Seitenfenster drückte. Sie mußte etwa vierzehn sein, überlegte von Alp, als ihm aus dem dunklen Gesicht des hübschen Mädchens kohlenschwarze Augen und weiße Zähne entgegenstrahlten. Neugierig öffnete er die Hecktür.

»He, wollt ihr mal ein paar Franken verdienen?«

Aus Gesichtern mit schwarzen Streifen auf Stirn und Wangen blickten erwartungsvolle Augen. Vor Dreck strotzende Turnschuhe und Schmutzflecken an den Kleidern verrieten einen abenteuerlichen Pirschgang. Das Knie des Jungen war zerschunden, und Spinnweben klebten in den schwarzen Locken des Mädchens.

Von Alp musterte sie aufmerksam von Kopf bis Fuß: »Habt ihr die Wälder unsicher gemacht? Ihr seht aus, als hättet ihr nach einem Schatz gegraben.«

Sie schwiegen betreten. Das Mädchen prüfte mit dem Zeigefinger die kleine Wunde an ihrer Handfläche.

Der Junge guckte in den Ami-Kastenwagen und fragte: »Seid ihr Detektive oder von der Geheimpolizei? Geht es etwa um die alte Kaverne da drüben?«

Von Alp schaute die Kinder genau an. Sie benahmen sich, als wüßten sie mehr.

»Welche Kaverne?« fragte er beiläufig und warf einen Blick auf die Anzeigen seiner Geräte.

»Das alte Atomkraftwerk. Da geht nicht alles mit rechten Dingen zu«, behauptete der Junge.

»Psst, still«, warnte das Mädchen, »nichts verraten. Wer sagt uns, daß sie tatsächlich Detektive sind?«

»Du hast recht«, lachte Claudia, »traue niemals einem Mann.«

Von Alp schaute unverwandt in die aufgeweckten Gesichter. Er hatte gelernt, Kinder ernst zu nehmen. Kinder rechneten nicht mit der Zeit, deshalb beobachteten sie alles gründlicher und länger. Die beiden konnten ihnen vielleicht helfen. »Wo seid ihr zu Hause?« fragte er unvermutet.

Das Mädchen blickte beschämt auf den Boden, und der Junge trat verlegen von einem Bein auf das andere.

»Hm, was macht euer Vater?«

»Paps fliegt für die Firma. Er kommt bald nach Hause«, sagte der Junge und schaute auf die farbige Swatch-Armbanduhr.

»Hört mal, ich möchte euch in etwas einweihen, sagen wir, in eine geheime Sache. Ihr müßt schweigen, könnt ihr das?«

Sie sahen sich fragend an.

»Aufregend«, meinte das Mädchen.

»Wie heißt ihr denn überhaupt?« fuhr Claudia dazwischen, worauf der Junge die Vorstellung übernahm:

»Ich bin Mark, sie heißt Jessie. Tony kommt später nach, er hat noch zu tun. Wir sind Geschwister.«

»Hm, ich heiße Claudia, das ist Theo.«

Sie musterten sich gegenseitig im Dämmerlicht der angebrochenen lauen Sommernacht. Auf der anderen Talseite schob sich der Mond als blasser Ball über den Berg. Unter ihnen funkelten tausend Lichter aus den Gassen der Stadt.

»Also schön«, erklärte von Alp, »wir sind Privatdetektive und wollen wissen, was die in, eh, eben dieser Kaverne alles treiben, klar? Vielleicht habt ihr Beobachtungen angestellt, die für uns wichtig sind.«

»Klar«, riefen sie begeistert wie aus einem Mund.

»Aber ich muß zuerst euren Vater fragen. Er muß einverstanden sein.«

Enttäuschung trübte die frohen Gesichter. Von Alp wartete.

»Dann wird wohl nichts draus«, sagte Jessie resigniert. »Paps will nicht, daß wir herumschnüffeln. Er bekommt sonst Schwierigkeiten.«

»Gut, das versteh' ich. Aber trotzdem, fragen dürft ihr, es sei denn, ihr scheut die Antwort. Geht jetzt nach Hause, wartet auf euren Daddy, fragt ihn, dann treffen wir uns wieder hier, sagen wir um elf?«

»Einverstanden«, bestätigte Mark. »Aber ohne Garantie.«

Die Kinder machten jedoch keinerlei Anstalten zu gehen. Vermutlich wollten sie noch etwas loswerden, dachte von Alp: »Nun, was ist denn noch?«

»Nun, in der Anlage, da werden krumme Sachen gedreht«, brachte Mark leise hervor und blickte bedeutungsvoll in das verblüffte Gesicht von Claudia.

»Also, etwas stimmt nicht, meint ihr?«

Sie nickten, taten sich aber schwer mit einer Antwort. Schließlich meinte Jessie: »Geldfälscherbande!«

Theo und Claudia warfen sich Blicke zu.

»Sicher«, bekräftigte Mark, »im großen unterirdischen Bunker ist eine Unmenge Platz. Und dort befinden sich Anlagen, die mit der Fabrik nichts zu tun haben. Sicher fälschen die dort Münzen.«

»Warum Münzen«, interessierte sich Theo, auf dessen Handbewegung hin der Junge und das Mädchen im Polster der Sitzbank versanken.

»Wir sind auf Abfälle gestoßen, Metallspäne und Metallscheiben in der Größe von Fünffrankenstücken«, erklärte Mark, und Jessie ergänzte:

»Die haben dort drinnen supertechnische Anlagen, aber niemand darf hinein, nicht einmal Daddy.« Sie zwinkerte Mark zu, der verlegen die Augen niederschlug. »Wirklich niemand«, setzte sie nach.

Claudia richtete das starke Teleskop mit dem Nachsichtgerät auf das breite Kavernentor, dann hinauf in den bewaldeten Abhang: »Ich kann nichts Verdächtiges erkennen«, sagte sie ernst.

»Ich habe gelesen, daß es eine Technik gibt, mit der sich die feinsten Einzelheiten einer Münze genau nachbilden lassen«, nahm Jessie den Faden wieder auf.

»Funkenerosionsverfahren . . .«, brummte Claudia zu ihrem Begleiter, »damit lassen sich heute Prägestempel von höchster Exaktheit herstellen, der Schrecken jeder Staatsbank. Eine Fälschung ist dann kaum noch erkennbar.« Und zu Mark und Jessie gewandt: »Ich glaube nicht, daß dort unten Geldfälscher am Werk sind. Aber wir werden der Sache nachgehen. Man sollte irgendwie in die Kaverne eindringen können. Vielleicht wißt ihr einen Weg? Gibt es sonst noch jemanden außer eurem Daddy, der Bescheid weiß?«

»Haluk«, antwortete Jessie. »Der Fensterputzer, ein Türke. Er hat uns die Späne gezeigt. Dann Marianne.«

»Wer ist das?« fragte Theo von Alp.

»Sie arbeitet im Hochhaus, im Büro, und kommt öfters zu uns, weil . . .« Jessie brach ab.

»Weil sie sich für die Sammlung interessiert, wir haben viele seltene Schlangen«, lenkte Mark schlagfertig ab, als unten im Städtchen die Kirchturmuhr zu schlagen anfing. Von Alp überlegte, während die dumpfen Töne verhallten. Die Kinder machten einen verwahrlosten Eindruck und sollten um diese Zeit längst in ihren Betten liegen. Er spürte die Ausstrahlung, die von ihnen ausging, bemerkte stumme Zeichen, die ihm verrieten, daß sich über den Kinderköpfen etwas zusammenbraute. Gefahr lag in der Luft.

»Was ist denn mit der Kaverne los, wenn nicht Geldfälscher drin sind?« fragte Mark plötzlich und rutschte zum Teleskop hinüber. »Diese tollen Dinger sind doch zum Spionieren. Was ist es denn, was ihr sucht?« Er blickte ins Fernrohr: »Wow, das ist meganuklear, alles taghell.« Langsam schwenkte er das Teleskop zum Waldrand, vor dem sich die alte Hütte abzeichnete. Das Dach von Stefanie Kramers rotem Wagen war auf dem Vorplatz hinter dem Lattenzaun sichtbar. Aus dem Fenster im Erdgeschoß verströmte ein schwacher Lichtschein Geborgenheit. »Stefanie ist noch da«, brummte er vor sich hin und schwenkte vom Fenster zur hell schimmernden Weide hinüber, wo um diese Zeit oft Rehe ästen.

»Keine Spur von Tony.« Da geriet der zweite Wagen ins Blickfeld. Mark nahm an, der Mann, der die Reporterin abholen wollte, sei inzwischen eingetroffen.

»Ist etwas?« fragte von Alp ahnungsvoll.

»Alles in Ordnung.« Der Junge nickte vielsagend Jessie zu, die mit einem Blick zu verstehen gab, daß sie begriffen hatte.

»Nun, was spioniert ihr denn aus?« fragte Mark.

Von Alp spürte erneut die sonderbare Spannung und sah ein, daß er die jungen Besucher als Verbündete gewinnen mußte.

»Es ist gefährlich«, begann er, »eigentlich nichts für Jugendliche, aber ihr seid ja so klug wie Erwachsene. Nun, wir glauben, in der Kaverne werden Waffen und Munition versteckt.«

Die Angeredeten tauschten kurze Blicke aus, als wüßten sie das längst, und Mark sagte gelassen: »Vielleicht können wir helfen. Es gibt eine Möglichkeit, sage ich mal, um, eh, ja, um hineinzukommen, aber wir müssen die Sache zuerst unter uns besprechen. Wir haben nämlich Verpflichtungen, versteht ihr?« Er rieb sich seine Handflächen. »Wir kommen später zurück, einverstanden?«

Als sie nun unvermittelt in die Nacht hinaustraten, winkten sie lässig, Mark legte den Zeigefinger zum flotten Gruß an den

Mützenrand, dann stiegen sie auf ihre Räder und entschwanden im Schatten des Burggemäuers.

Claudia trat hinaus und blickte den jungen Freunden gedankenversunken nach: »Was versprichst du dir von ihnen?«

»Weiß nicht«, erwiderte Theo, »aber ihre Augen sprachen Bände. Die wissen etwas, wovon sie nicht sprechen wollen. Der Vater verbietet es ihnen wahrscheinlich. Jedenfalls will ich, daß wir Freunde werden. Man kann nie wissen. Sie könnten uns mit ihrer Ortskenntnis von Nutzen sein. Außerdem mag ich Kinder.«

»Ja, ich kenne diese Platte«, spöttelte Claudia. »Kinder und Hunde mögen dich.«

»Deinetwegen verzichte ich auch auf einen treuen Vierbeiner. Du wirst ja eifersüchtig, wenn ich anderen das Fell kraule.«

Dann, nach einer Pause, sagte von Alp unvermittelt: »Kinder glauben noch an die unbegrenzten Möglichkeiten. Die Jahrtausendwende, zum Beispiel, übt eine magische Wirkung aus. Daran glaube ich auch. Vielleicht bin ich auch ein Kindskopf. Aber schau, wie von einem riesigen Magneten gezogen, hat sich vieles in der Welt bewegt, was jahrzehntelang wie ein statischer Block jeder Veränderung beharrlich trotzte: Die Berliner Mauer fiel, die Sowjetunion brach auseinander, Südafrika gab die Apartheid auf, Israel und die PLO schlossen Frieden, und schließlich drängten noch die Briten und die IRA in den Club der Friedensstifter. Sag mir, wer hätte das alles noch vor ein paar Jahren für möglich gehalten? Es kommt mir manchmal vor, als müßte mit den alten Zöpfen noch vor dem Jahr 2000 aufgeräumt werden. Vielleicht gelingt es dem Magneten 2000, auch noch alle Atomwaffen auf dieser Erde zu vernichten.«

Er zog seine Frau an sich und küßte sie zärtlich auf die Stirn. Sie schlang ihre nackten Arme um seine Schultern und lehnte den Oberschenkel an seine Beine. Ihre Lippen berührten sich sanft. Von Alp legte seine Hände auf die straffe Rundung ihres Gesäßes und genoß in Gedanken die nackte Haut unter dem rauhen Stoff. Langsam bewegten sie sich wieder auf den Wagen zu und stiegen in das warme, dunkelrot gepolsterte Innere. »Halb zog sie ihn, halb sank er hin«, murmelte Claudia versonnen, schloß die Hecktüre und schob die Pläne weg, die sie sich am Vormittag im Rathaus der Stadt hatte geben lassen.

Zuerst hatte sie nach den Grundrissen der unterirdischen Anlage verlangt, wo sich 1969 die Brennstäbe des Versuchsreaktors überhitzt hatten. Diese Pläne seien uninteressant, befand der Beamte im Rathaus abschätzig. Sie könne davon haben, was sie wolle. Doch die Planskizzen der umgebauten Kaverne wollte er nicht herausgeben.

Erst als sie den Angestellten des Bauamtes mit dem Vorschlag zu einem geheimen abendlichen Treffen neugierig machte, ließ er mit sich reden. Er schnappte nach dem Köder eines Liebesabenteuers und händigte der attraktiven Rothaarigen verkleinerte Plankopien aus, die Längs- und Querschnitte der Hauptkavernen enthielten und Aufschluß über die massiven Umbauten der *Schlammer Engineering* gaben. Die Pläne seien so exakt, daß sie jede Türangel auf Anhieb finden könnte, machte er sich wichtig.

Während nun im Park des Schwimmbades der Beamte vergeblich auf seine Eroberung wartete, küßte Claudia ihren abenteuerlichen Gefährten zärtlich. Ihre Hände liebkosten seinen Nacken, die Schultern und zerrten am Hemd, bis der nackte Rücken freilag.

Ken lief im Schutz der Bäume langsam aufwärts und gelangte nach einer halben Stunde zu dem alten Haus. Es stand unterhalb der Straße am Rand eines freien Feldes, auf dem Scharen von Krähen saßen. Es war dunkler geworden, doch vom Waldrand aus erkannte Ken auf dem Vorplatz den roten Wagen wieder. Die Tür zum Haus war geschlossen, und vom angebauten Schuppen verlief eine wilde Buschreihe parallel zur Straße. Durch das Fensterglas der Eingangstür schimmerte schwaches Licht. Viel schien nicht los zu sein.

Ken ging vorsichtig weiter. Rasch setzte er über die Straße und schlüpfte geräuschlos durch die halboffene Tür in den Schuppen, von wo er Fenster und Türen des Hauses gut übersah. Er wollte gerade über die kleine hölzerne Balustrade in das Erdgeschoß einsteigen und sich drinnen umsehen, als er Motorengeräusch vernahm, zuerst schwach, dann deutlich näher kommend. Flink wie eine Raubkatze sprang Ken in den Schatten des Schuppens zurück, zog vorsichtshalber seine *Walther PPK* aus dem Schulterholster und lud sie mit einer raschen Bewegung durch.

Die schwarzen Vögel hatten abgehoben und kreisten unheilvoll krächzend über dem Haus. Der ankommende Wagen hielt an. Die Lichter gingen aus, und Schritte kamen näher. Ken erspähte die Silhouette einer großen Gestalt, die zur Eingangstür schlich, die linke Hand in der Jackentasche, sich umsah und dann mit der rechten Faust mehrmals an die hölzerne Haustür klopfte. Custer bewegte sich geräuschlos nach vorne, die *Walther* fest im Griff.

Ein Klopfen von weit her, schwach zuerst, dann deutlich und hartnäckig, schreckte Stefanie aus dem Schlaf.

Es klopfte an der Tür. Endlich, Ralph! Stefanie raste zur Halle. Freudig erregt öffnete sie die Haustür.

Zu Tode erschrocken erstarrte sie. Matak, der langhaarige Killer, grinste höhnisch hinter vorgehaltener Pistole.

Dann geschah das Unfaßbare.

Die Szene, die sich sekundenschnell abspielte, traf Ken wie ein Schlag ins Gesicht. Sein Leben lang würde ihm das Bild in seiner ganzen Schrecklichkeit vor Augen bleiben.

Der Körper der jungen Frau, eben noch beschwingt und leichtfüßig, erstarrte mitten in der freudig erregten Bewegung zur Säule. Das erwartungsvoll strahlende Gesicht erbleichte zu einer entgeisterten aschfahlen Maske. Dann fuhr der schwarze Lauf einer Waffe vor das schreckverzerrte Antlitz. Weit aufgerissene Augen starrten auf die Mündung. Blutlose Lippen verzerrten sich.

Ken Custer wußte augenblicklich Bescheid. Mit unheimlicher Geistesgegenwart riß er seine Pistole hoch. Alles lief nun blitzschnell ab. Der Lange hielt die Waffe mit beiden Armen oben in Feuerstellung. Custer mußte ihn hinten im Schädel treffen. Nur ein Fangschuß ins Großhirn verhinderte den gefährlichen Muskelreflex am Abzugfinger.

Sie schrie. Custer feuerte.

Der Schädel des Langhaarigen schnellte nach vorne, dann sackte der Körper lautlos ab.

Custer sprang zu der Frau, die reglos, wie hingeworfen, mit grauem Gesicht rücklings auf dem Holzboden lag. Blutige graue Hirnmasse klebte an ihrem Hemd.

Custer beugte sich über sie. Ihr Gesicht war starr, sogar die Augenlider über der großen Iris waren erstarrt. Er konnte nicht feststellen, ob sie noch atmete, und rief ihr eindringlich Worte zu, an die er sich später nicht mehr erinnerte.

Keine Reaktion. Er fühlte hastig nach ihrem Puls. Schwach. Sie atmete nicht. Schockzustand. Verzweifelt nahm er ihren Kopf in seine Hände. Er legte seinen Mund über ihre Lippen und pumpte zehn kräftige Stöße Atemluft in ihre Lungen. Er schaute auf. Keine Reaktion. Er beugte sich erneut vor und stieß wieder ein Dutzend Luftstöße durch ihren Mund in die Lungen. Rinnsaale der Blutlache aus dem zerplatzten Schädel des Erschossenen näherten sich in gewundenem Lauf auf dem Holzboden. Der Mund ist keine Spur zu breit, dachte Ken und spürte, wie sie sich regte. Endlich. Langsam strömte wieder Leben in das schöne Gesicht.

Ken atmete erleichtert auf und griff in der Jackentasche nach dem Funktelefon, wohlwissend, daß keine Zeit zu verlieren war.

Der Anruf schreckte Theo von Alp oben bei der Burg aus der sanften Umarmung mit Claudia. Er sei sofort zur Stelle, bestätigte der Angerufene seelenruhig, als wollte er aus dem Briefkasten die Sonntagszeitung holen.

Zur gleichen Zeit saß Rosalia rittlings auf dem nackten Gesäß Schönhofs und massierte seinen Rücken mit kräftigen Stößen.

»Ich habe das Gesicht deutlich gesehen«, beharrte sie.

»Optische Täuschung«, keuchte Schönhof.

»Bestimmt nicht. Der Raum spiegelte sich zwar im Fensterglas, aber ich sah Gesichtszüge. Es war eine Frau, oder ein junger Mann, ein Jüngling vielleicht.«

»Da haben wir's, Halluzinationen in der Ekstase«, befand Schönhof. »Die Wachen haben nach deinem hysterischen Geschrei alles durchsucht. Und nichts gefunden, keine Spur. Keine offene Tür. Nichts. Peinlich. Es ist einfach unmöglich, daß ein Mensch unbemerkt in den Kuppelraum und dann zu den Galeriefenstern gelangt.«

Dabei blieb es. Zuvor hatte Rosalia von der Schnittwunde erzählt, die ihr Hannibal beigebracht hatte. Schönhof tobte vor Eifersucht und schwor ihr, sie zu beschützen. Unter einer Bedingung: Sie durfte es nur und ausschließlich mit ihm treiben und sonst mit keinem anderen Typen in der Firma.

»Kein Problem, Schatz«, hatte sie ihm versichert. »Du bist und bleibst der beste Liebhaber!« Und Schönhof hatte sich lüstern wie ein Hirsch in der Brunstzeit an ihr gerieben.

38

Stefanie sah sich von weit oben. Das ist es also, traf sie der Gedanke. Du entschwebst dem toten Körper und siehst auf die Erde hinab, wo sie deine Leiche beklagen. Sie schloß die Augen und öffnete sie wieder, als draußen die Räder eines Wagens über den Vorplatz knirschten. Das Bild vor Stefanies Augen war so verschwommen wie ihre Erinnerung. Sie blinzelte, auf ihrer Netzhaut bildeten sich die Umrisse eines Gesichts ab. Sie erschrak. Ein starrer, entrückter Blick schoß aus ihren angstvoll geweiteten Augen. Heftig fuhr sie mit beiden Armen nach vorne und wehrte den Mann, der sich bedrohlich näherte, energisch ab. »Nein, nein, ich will nicht sterben«, schrie sie.

»Es ist gut, alles ist vorbei«, vernahm sie von weit her eine beruhigende Stimme. Das Gesicht des Mannes, der ihr freundlich zugesprochen hatte, bekam Schärfe. Sie blickte in Augen wie Bergseen. Glückselig senkte sie den Blick und kostete den Traum aus. Ja, sie träumte. Sie fühlte sich schwerelos, in wonnigem Vergessen, im unendlichen Raum, und sah sich wieder von ganz weit oben als winzigen Punkt auf dem rauhen Boden liegen. Ihre Seele war entschwebt, dachte sie und schaute auf, als wieder die tiefe, kräftige Stimme erklang.

Wieder glänzten die Bergseen, diesmal aus einem gebräunten, männlichen Gesicht. Volle, breite, sanfte Lippen legten sich an ihren Mund. Ein Schwall heißer Gefühle löste sich aus ihrer Brust und strömte wohlig durch den ganzen Körper. So etwas geschah nur im Traum. Sie spürte, wie sie den Arm um den Nacken des

Mannes schlang, dann bewegte sie ihre Lippen, die Zungenspitze glitt nach vorne, sie schmeckte Leben, das Gesicht war irdisch, gehörte nicht einem ätherischen Heiligen, der sich anschickte, ihre Paradieswürdigkeit zu prüfen! Selig genoß sie die unversehens über sie ausgegossene lustvolle Herrlichkeit.

Ken Custer schaute lang in ihr Gesicht und verspürte eine heiße Regung von tief innen aufsteigen. Nur zögernd löste er die Umklammerung und zog schließlich die Frau behutsam hoch.

»Was ist das?« hauchte Stefanie und griff an das Medaillon, das an einer goldenen Kette an Custers Hals baumelte.

»Oh, mein Schutzpatron, Christophorus. Er steht als Symbol für das, was ich tue: Menschen auf starken Armen sicher über alle Hindernisse tragen, damit sie ungeschoren all die lauernden Gefahren überstehen. Es ist mein Schicksal, anderen zu helfen und für sie die Kastanien aus dem Feuer zu holen, fürchte ich«, meinte Custer spaßhaft.

»Das gefällt mir«, murmelte Stefanie. »Ich wünschte, der Christophorus gehörte mir, für immer.«

»Die Frau meines Leben wird ihn erhalten«, flüsterte Ken ihr neckend ins Ohr. »Der Christophorus ist aber nur sehr schwer erhältlich.« Er zwinkerte ihr zu. »So, jetzt müssen wir hier weg. Los, vorwärts.« Er stellte sie sanft auf die Füße und zog sie mit sich zum Ausgang.

Stefanie Kramer bewegte sich wie in Trance, nicht wissend, was genau vorging, außer daß sie den Mann mit den tiefen, blauen Augen nicht mehr verlieren wollte. Nie mehr. Im dunklen Innern eines Wagens hüllten Hände sie in eine Decke, reichten ihr Wasser und legten sie auf weiches, blutrotes Polster.

»Wo ist Ralph?« fragte sie mehrmals, aber Custer hob beschwichtigend die Hände und murmelte etwas Unverständliches.

Von Alp blickte skeptisch das Wegstück hinunter, wo kaltes weißes Scheinwerferlicht aufblitzte. »Da unten tut sich etwas,

Ken. Wir hauen besser ab!« Theo lenkte den Dodge vom Haus weg weiter aufwärts. Er schaltete die Scheinwerfer auch nicht ein, als sie in den Wald gelangten.

»Wir nehmen die Direttissima«, erklärte er, als sich der Motor bedrohlich vornüberneigte. Der Wald fiel ab. Von Alp schaltete jetzt wenigstens die Standlichter ein. Dann rollte der Wagen, nur vom Gang gebremst, plötzlich steil bergab, schien in ein tiefes dunkles Loch zu stürzen, dann holperte und bumste er auf einer vermutlich vom Regenwasser ausgewaschenen und von Wurzelsträngen zerfurchten Dreckpiste hinab. Ken krachte mit dem Schädel an die Wagendecke, als der Wagen unten in eine schmale Waldstraße hineinschlenzte.

»Huh«, stöhnte Ken und rieb sich den Hinterkopf.

Von Alp drehte die Scheinwerfer auf. »Ich hatte mich am Nachmittag etwas umgesehen und diese Waldabfahrt entdeckt«, entgegnete er gelassen. Ken schaute besorgt nach hinten, wo Claudia damit beschäftigt war, Stefanie auf dem Sitz zu halten, und nach wenigen Minuten erreichten sie die Landstraße, die weiter im Norden zur Autobahn führte. Vom Schlammer-Komplex mit dem toten Matak oben am Waldrand trennte sie der bewaldete, steile Ausläufer des langen Bergrückens, der im Osten in die Schlucht abfiel. Sie hatten mit Sicherheit jegliche Verfolger abgeschüttelt.

Stefanie hatte in ihrer Glückseligkeit vom holprigen Gepolter der ruppigen Talfahrt nicht viel gespürt. Während der langen Fahrt blickte sie immer wieder zu Ken, seinem buschigen Hinterkopf, auf seinen kräftigen Nacken und lauschte seinen wenigen, ruhigen Worten. Ab und zu erhaschte sie gar sein markantes Profil, wenn er sich prüfend nach hinten wandte. Christophorus ...

In der ›Lindenegg‹ lag sie nackt im Bett, nur mit einem Laken bis unter das Kinn bedeckt, als Ken Custer ins Zimmer trat und sich auf die Bettkante setzte. Sie fühlte seinen warmen Körper an ihrem Oberschenkel. Ken liebkoste sanft ihre Schläfen, strich über das volle dunkle Haar mit den blonden Strähnen, beugte sich über sie und suchte ihre Wangen. Sie gab ihm ihren Mund, da streiften sich ihre Lippen flüchtig. Ihr warmer Blick löste eine tiefe Sehnsucht nach wahrer Glückseligkeit aus, ohne Last der Verantwortung, befreit vom Streß der zermürbenden letzten Tage und Stunden, ohne ein Morgen mit heiklen Aufgaben und lauernden Gefahren.

Stefanie Kramer sehnte sich nach seiner Wärme, wollte sich an seine Seite schmiegen und seinen starken Körper fühlen. Es war seltsam, überlegte Stefanie, noch kannte sie diesen Mann kaum, wußte nicht einmal seinen vollen Namen, und begehrte ihn. Jede Faser ihres Körpers lechzte nach Erfüllung. Sie verspürte Regungen wie noch nie zuvor: ein euphorisches, glückliches Gefühl. Ihre Empfindungen waren seltsam gesteigert, machten alles größer, stärker, intensiver.

Wie zur Bestätigung klang aus dem Erdgeschoß ›I will always love you‹ empor, oder war es ›Saving all my love for you‹? Draußen zirpten Grillen, und das zuckersüße Lied wiegte Stefanie schließlich in einen wohligen, traumlosen Schlaf, während Ken auf den Fußspitzen das Zimmer verließ.

Dienstag, 3. Juli

Als Stefanie am nächsten Morgen ins Eßzimmer trat, saßen sich die zwei Männer am Frühstückstisch gegenüber. Sie erhoben sich.

»Ich bin Ken, das ist Theo von Alp, der Hausherr«, sagte ihr Retter und blickte sie besorgt an. Der Hausherr bot ihr einen Stuhl an und lud sie ein, mit ihnen zu frühstücken. Man nenne sich am besten gleich beim Vornamen, schlug Ken vor. Sie bleibe ja sicher eine Weile hier, meinte er und schaute sie prüfend an.

Stefanie nickte kaum merklich und griff erleichtert nach der Tasse, die Theo mit heißem Kaffee gefüllt hatte. Das starke Gebräu tat gut. Stefanie hatte sich erholt, sie war ausgeruht, entspannt, aber eine seltsame Unrast ergriff sie. Alles in ihr drängte nach Taten. Sie mußte der Verschwörung in der Atomkaverne auf den Grund gehen. Hier würde sie es leider nicht lange aushalten.

Ken, der ihre Gedanken zu lesen schien, warnte: »Wir müssen vorerst alles in Ruhe besprechen. Die ›Lindenegg‹ ist ein sicheres Haus.«

Stefanie schaute um sich und musterte dann den Hausherrn kritisch.

»Theo ist ein einsamer Adler«, kam Custer ihrer Frage zuvor.

»Wie soll ich diesen Vergleich verstehen?«

»Nun, es stimmt, ich lebe hier in dieser schönen Abgeschiedenheit als selbständiger Unternehmer. Ich habe ein Modem, einen Telefax und die weltweiten Verbindungen. Mehr brauche ich nicht, um meine Geschäfte zu führen.«

»Globale Kommunikation?« versuchte es Stefanie und wies mit dem Kinn auf den mit technischer Ausrüstung vollgepackten Nebenraum.

»Meine Leidenschaft ist die Aviatik, genau wie Kens, ich kaufe und verkaufe Flugzeuge mit allem, was dazugehört«.

»Was gehört denn alles dazu?«

»Nun, sagen wir mal, ich bin ein System-Optimierer«, eröffnete von Alp bedeutungsvoll und fügte hinzu, als er den verständnislosen Blick seines charmanten Gegenübers sah: »Ich bin Spezialist im Modifizieren von Flugzeugen. Aus einer Passagiermaschine mache ich ein Transportflugzeug oder ein Überwachungsflugzeug, oder . . .«

»Einen Bomber?« spekulierte Stefanie.

»Schon möglich. Dritte-Welt-Länder zum Beispiel können sich die teuren Fluggeräte mit der notwendigen Ausrüstung nicht leisten, also sehen sie sich auf dem Markt nach gebrauchten Maschinen um. Und diesen Markt beherrsche ich, hier, von der ›Lindenegg‹ aus, mit einem globalen Verbindungsnetz rund um die Uhr.«

Seine Augen funkelten schalkhaft und verrieten Abenteuerlust. Von Alp liebte Schachzüge. Für die Angolaner hatte er eine Lufttransportflotte aufgebaut, um die Regierungstruppen in den umkämpften Gebieten zu versorgen. In die zivile Version der *Lockheed-Herkules*-Transporter baute er zu diesem Zweck Luftabwurfanlagen ein, die er über eine französische Quelle beschaffte. Nacht für Nacht fielen Bündel mit Medikamenten, Verpflegung und Munition mit höchster Präzision in die vorgelagerten Stützpunkte.

Custer blieb gelassen, und man sah ihm an, daß er angestrengt nachdachte. Von Alp holte Zeitungen, während Claudia auf dem Nebentisch die Pläne der ehemaligen Atomkaverne ausbreitete.

Es war neun Uhr, als Stefanie fragte: »Wo habt ihr euch kennengelernt?«

Ken und Theo warfen sich Blicke zu.

»Das ist eine lange Geschichte«, sagte Ken geheimnisvoll.

»In Angola, im Bürgerkrieg?« schlug Stefanie vor.

Die zwei schüttelten den Kopf.

»Im Knast«, gestand von Alp sichtlich zerknirscht.

Stefanies Gesicht zeigte eine Mischung von Skepsis und Belustigung.

»Sicher«, bestätigte Ken. »Wir lagen in Sizilien nebeneinander am Strand. Wir kannten uns nicht. Ich blickte aufs tiefblaue Meer hinaus, und Theo schaute den Mädchen nach.«

»Umgekehrt«, protestierte von Alp.

Stefanie lachte: »Und dann?«

»Nun, da kamen die zwei Marokkaner mit den Uhren«, fuhr Theo fort.

»Ja, die mit den falschen Rolex, du weißt schon«, ergänzte Ken. Seine Augen funkelten schelmisch. »Sie legten die Uhren zwischen uns aus und wollten uns das Zeug andrehen. Plötzlich schauten sie zur Straße hoch, stießen aufgeregt unverständliche Laute aus und suchten fluchtartig das Weite.«

»Warum, was war geschehen?«

»Das fragten wir uns auch«, sagte Theo. »Dann sahen wir die Carabinieri. Sie kamen und nahmen uns fest. Ab ins Kittchen.«

»All die Uhren lagen auf unseren Badetüchern. Die Polizei glaubte, wir seien die gesuchten Schmuggler«, fügte Ken erklärend hinzu.

»Aber ihr konntet doch eure Unschuld beweisen?« Stefanie schüttelte ungläubig den Kopf.

»Die ließen nicht mit sich reden. Zudem verstanden sie kein Wort Englisch. Theo half uns dann aus der Patsche. Er sprach fließend Italienisch und erwirkte die Freilassung gegen Kaution.«

»Nur weil die Richterin total auf Ken abgefahren war«, verriet Theo. »Die war vielleicht eine Matrone, potthäßlich, aber Ken mit seinem unwiderstehlichen Charme wickelte sie um den Finger.«

Ken wehrte mit beiden Händen ab. »Völlig übertrieben. Aber es stimmt. Ich war ihr vielleicht ein bißchen sympathisch. Doch dann vermasselte Theo das Ganze.«

Stefanie schaute verdutzt zu von Alp, der resigniert die Achseln zuckte und eine schuldbewußte Miene zog.

»Theo hatte am Vortag eine äußerst attraktive Sizilianerin erobert. Bildhübsch und sexy dazu. Serenella hieß sie. Theo benachrichtigte sie, und sie brachte das Geld für die Kaution aufs Gericht.«

»Aber die Magistratin schnappte völlig ein, als ihr die aufreizende Schönheit unter die Augen kam. Sie geriet dermaßen in Rage, daß sie die Kaution sofort verdoppelte. Und wir saßen wieder fest«, berichtete Ken und nickte mehrmals bedeutungsvoll.

»Die Richterin war natürlich eifersüchtig. Sie dachte, Serenella sei Kens Geliebte.« Theo ließ die Worte einwirken, bevor er weitersprach: »Das war für uns der Augenblick, um Reißaus zu nehmen.«

»Ihr seid geflüchtet?« staunte Stefanie.

»Sicher, was blieb uns denn übrig?« Theo hob fragend die Brauen. »Einfache Sache. Ken landete einen saftigen Kinnhaken, als der Gerichtsdiener unser Vorhaben vereiteln wollte. Ein kleiner Tumult entstand, und draußen waren wir.«

»Dann machten wir einen Fehler«, räumte Ken ein. »Wir rannten geradewegs in eine Sackgasse hinein. Peinlich. Als der Streifenwagen der Carabinieri langsam in die Straße einbog, glaubten wir, das Spiel sei aus.«

»Aber das war wohl nicht der Fall?«

»Nein, der Frachtaufzug rettete uns«, gab ihr Theo recht. »Wir sprangen kurz entschlossen in den offenen Aufzug auf der kleinen Rampe. Ken drückte vor lauter Aufregung alle fünf Knöpfe gleichzeitig.«

»Was sich als Glücksfall herausstellte«, wehrte sich Ken. »Denn unsere Verfolger wußten nicht, zu welchem Stockwerk wir hinauffuhren.«

»Was geschah dann?« fragte Stefanie mitgerissen.

»Nun, im obersten Stock durchquerten wir einen leeren Raum«, antwortete Theo. »Da stolperte ich über ein loses Bodenbrett. Wir hoben es hoch und entdeckten das geheime Lager.«

»Das Lager der Bande, der Marokkaner, oder vielleicht waren es Libyer«, erklärte Ken. »Wir rissen mehrere Bretter auf und fanden das Kokain.«

»Reihenweise Plastiktütchen mit dem weißen Stoff«, ergänzte Theo stolz.

»Das ist ja furchtbar«, kommentierte Stefanie. »Und die Carabinieri?«

»Nun, die waren sicher zufrieden, als sie den Fund machten. Da waren wir jedoch längst verduftet. Wir hatten uns über das Dach abgesetzt. Mit einem Motorrad gelangten wir nach Kalabrien. Catanzaro. In der Nähe der Stadt betrieben die Amerikaner eine Abhörstation. Ken kannte dort einen Kampfgefährten aus Vietnam.«

»Mein Freund, ein Major, flog uns dann im Heli nach Norden. Compliments of the US Navy, verstehst du? Ja, so haben wir uns kennengelernt.«

Ken entschuldigte sich dann und verließ den Raum.

Stefanie blickte ihm versonnen nach und fragte: »Theo, ist Ken auch ein, eh, System-Optimierer? Einer, der dem armen Mann in Afrika das moderne Waffenpotential zu vernünftigen Preisen organisiert, hab' ich recht?«

»Ungefähr, aber es ist ein legitimes Geschäft. Du hast keine Ahnung, was in einem Land wie Angola heute alles fehlt, um das tägliche Leben erträglich zu machen. Zum Beispiel Transportmittel, Flugzeuge, Maschinen aller Art. Vieles davon steht auf schwarzen Listen, weil es unter Bewaffnungspotential geführt wird. All die Schwärmer in den Friedensbewegungen vergessen, daß Lastwagen und Lufttransporter und Elektronik auch gebraucht werden, um die Zivilbevölkerung mit lebenswichtigen Gütern zu versorgen.

In Angola arbeite ich an einem System, wonach ein Lieferant 50 bis 75 Prozent des erzielten Kaufpreises wieder im Land investieren muß. Dadurch können wir die Wirtschaft ankurbeln und neue Werte schöpfen. Wenn aber nichts mehr verkauft wird, weil kritische Waren auf den schwarzen Listen stehen, läuft nichts mehr. Mit den Kompensationsgeldern aus dem Verkauf von Lufttransportern können Schulhäuser gebaut oder eine Verpackungsanlage aufgestellt werden. Das ist praktische Aufbauarbeit, auch wenn ab und zu ein paar Kisten Munition mit im Spiel sind. Andere Länder, andere Sitten, verstehst du?«

Die Angesprochene nickte und setzte nochmals an: »Ist Ken auch in diesem Geschäft tätig?«

»Nein, Ken hat damit nichts zu tun, er steht ein paar Stufen höher.«

»Was soll das nun wieder heißen?«

»Frag ihn am besten selbst. Wir haben zusammen schon manches zu einem guten Ende geführt.« Er schmunzelte. »Ich glaube, er ist mit gewissen Organisationen verknüpft, die, sagen wir mal, wenig transparent sind.«

Stefanie dachte über die Anspielungen nach, als Theo von sich aus hinzufügte: »Er wußte jedenfalls Bescheid über die Lieferungen in den Irak«.

»Nach dem Golfkrieg?«

»Nein, vor dem Krieg. Ich flog damals die zerlegten Helikopter von Kalifornien nach Bagdad. Die Maschinen übernahmen wir auf einem Luftwaffenstützpunkt und verfrachteten sie unter den nervösen Blicken von CIA-Agenten vorerst mal außer Landes: nach Neufundland. Von dort flogen wir mit einer *B-707* nach Bagdad und zurück, jeweils vier Helikopter im Laderaum. Custer war nicht dabei, aber er sagte mir kürzlich, daß er davon gewußt hatte. Das ganze war eine Geheimoperation der Regierung. Irgendwie besitzt Ken Verbindungen in Washington. Bis weit hinauf zur Spitze.«

In Washington D.C. war es Dienstag, 3. Juli, morgens 3:15 Uhr, als man den Präsidenten weckte, der sich zum hundertsten Male fragte, wozu eigentlich ein Vizepräsident taugte. Alles Unangenehme blieb jedenfalls immer ihm vorbehalten. Dazu gehörte offenbar, mitten in der Nacht wegen irgendeiner gottverdammten Krise geweckt zu werden. Nach der kalten Dusche im geräumigen Badezimmer neben dem Schlafgemach im ersten Stock traf ihn im unterirdischen Lageraum die zweite Ernüchterung: Der Direktor der CIA berichtete mit ernster Miene in abgehackten Sätzen, daß die Iraker einen Bombenanschlag auf den historischen Teil von Philadelphia planten.

»Die Wiege unserer Nation: die Freiheitsglocke, die Halle der Unabhängigkeit, die amerikanische Verfassung sollen am 4. Juli zerstört werden. Mister President, es ist schrecklich. Nach unseren Informationen könnte es sich um einen tragbaren atomaren Sprengsatz handeln.«

Der mürrische Präsident wollte wissen, wo diese Hiobsbotschaft herstamme und ob es nicht eine raffinierte Finte sei, Geheimdienstphantasien . . .

»Die Lage ist ernst, Sir«, beteuerte der CIA-Direktor. »Unsere Informationen aus gewöhnlich zuverlässiger Quelle sind mehrfach überprüft.« Er hielt dem Oberbefehlshaber ein grellgelbes Befehlsdossier mit der Aufschrift ›SCUDO‹ entgegen.

Am 3. Juli um 3:44 Uhr setzte der Präsident der Vereinigten Staaten das Abwehrdispositiv in Kraft. Eine halbe Stunde lang jagten sich die elektronischen Signale in die Zentralen ausgewählter Kommandostellen der Luftwaffe, der Marine, des Heeres und des Grenzschutzes, zum FBI, in das Hauptquartier des Bundessicherheitsamtes und an unzählige Empfänger des Befehlspaketes SCUDO, das die augenblickliche Anordnung von vorbereiteten Schutzmaßnahmen gegen nukleare Terroranschläge auf amerikanischem Hoheitsgebiet vorsah.

Als sich vor Jahren die Schreckensmeldung über einen atomaren Sprengsatz in der Stadt New York zum Glück als Fehlalarm entpuppt hatte, nahmen die Behörden die eingeleiteten Vorkehrungen zum Anlaß, ein umfassendes Schutzkonzept auszuarbeiten. SCUDO trug vor allem der gefährlich angewachsenen Mobilität der nuklearen Sprengkörper Rechnung. Außerdem überzog SCUDO das Land mit einem dichten Netz hochempfindlicher Gammastrahlensensoren, NDT-Detektoren und Röntgenapparaten, die vor allem an Flughäfen, auf Landepisten, Seehäfen, Umschlagplätzen und Verkehrsknotenpunkten installiert wurden. In Verkehrsampeln, an Brückenzollstationen, in Tunnels kontrollierten sie den Verkehr nach radioaktivem Material. Erstmals gelangten auch Nuklearkameras zum Einsatz. Die Kontrollen des grenzüberschreitenden Verkehrs in der Luft, zu Wasser und auf dem Land wurden massiv verschärft. Seit der Inbetriebnahme hatte SCUDO im Normalbetrieb jährlich über hundertmal Alarm geschlagen: Meistens erfaßte das Warnsystem die unerlaubte Einfuhr von radioaktiven Stoffen wie zum Beispiel Strontium, Cäsium, Uran und den illegalen Transport von radioaktiven Abfällen. Erstmals stand nun SCUDO die Bewährungsprobe bevor, heimlich eingeschleuste nukleare Sprengköpfe aufzuspüren.

Die SCUDO-Warnung erreichte auch die amerikanische Botschaft in Bern, wo die Meldung auf dem Pult des CIA-Agenten Atlee landete. Dieser entschied am frühen Morgen, die Angelegenheit mit Bill Conklin vom Bundessicherheitsamt NSA, der heute aus New York eintreffen sollte, zu besprechen. Atlee war irakischer Abstammung und sträubte sich gegen die Vorstellung, daß seine Landsleute zu dieser Tat fähig sein sollten.

39

Stefanie und Ken saßen sich auf der schattigen Terrasse in bequemen Liegestühlen gegenüber. Auf dem weißen Holztisch lagen die Konstruktionspläne der Atomkaverne wirr durcheinander.

»Komisch«, entfuhr es Stefanie, »der Luftschacht ist auf den Plänen nirgends eingetragen. Existiert nicht.« Sie sog am Trinkhalm ihres Citrusgetränkes. Ein Marienkäferchen mit drei Punkten landete auf ihrem Handrücken und begann den Aufstieg zur Kuppe ihres Mittelfingers.

Ken beugte sich interessiert über den Tisch. Für einen kurzen Augenblick berührten sich ihre Haare. Die Spannung entlud sich knisternd und sie sahen sich amüsiert in die Augen. Stefanie hielt dem Blick stand, aber Ken wandte sich verlegen den Plänen zu.

»Um so besser«, meinte er. »Die Schwarzhaarige wird Gespenster gesehen haben, werden die Sicherheitsleute folgern, wenn sie nichts finden. Keine Einbruchspuren, keine Einbrecher, keinen Fluchtweg. Und wenn der Luftschacht nicht auf den Plänen eingezeichnet ist, werden sie auch nicht danach suchen. Logisch.«

Stefanie nickte. Wenn der geheime Schacht unentdeckt bliebe, könnte sie ihn ein zweites Mal benutzen, überlegte sie scharf. Der Glückskäfer drehte auf ihrer Fingerspitze eine Runde und überlegte sich den Startvorgang.

Ken hatte Muße. Sein Treffen mit Schlammer stand für den Nachmittag an, und vorher würde er mit Cali über Satellit konferieren. Theo von Alp suchte drinnen im Haus seine Bildschirme nach den letzten Informationen ab. Claudia war auf das Dach der

Garage geklettert und beobachtete mit einem Feldstecher den schwachen Verkehr auf der Straße.

Stefanie war innerlich aufgewühlt. Sie hatte heute morgen ungläubig die Nachricht von dem grauenvollen Mord an Ralph Christen erfahren. Sie war überzeugt, daß die beiden Mordfälle mit den Anschlägen auf ihr Leben zusammenhingen.

»Ralph Christen wollte mir helfen, Ken«, sage sie unvermittelt. »Er war im Begriff, seine Leute auf die *Schlammer Egineering* anzusetzen. Jemand muß davon Wind bekommen haben.« Sie streckte den Mittelfinger in die Höhe, um den Käfer zum Fliegen zu ermuntern.

»Dein Militäruntersuchungsrichter war zur tödlichen Bedrohung geworden«, antwortete Custer und drehte mit den Fingerspitzen gelangweilt das Glas mit dem orangefarbenen Frutopia Drink. »Die Mörder Kerns mußten ihn ausschalten, bevor er weiteres Unheil anrichten konnte. Die besondere Art der Abrechnung mit Christen ist auch als Warnung an die Adresse weiterer Schnüffler zu verstehen. Nimm dich besser in acht, Stefanie.«

»Wie meinst du das?«

»Die grausige Botschaft lautet doch: »Wer sich uns in den Weg stellt, dem krachen wir den Schädel ein.«

Stefanie mußte nach Nuclanne zurück. So viel stand plötzlich fest. Entschlossen, der Sache auf den Grund zu gehen, suchte sie nach einem Verbündeten. Ken Custer? Sie hielt ihren Mittelfinger vor ihren sinnlichen Mund und hauchte den Glücksbringer sanft an. Der verstand den Wink, hob summend ab und landete auf dem Grundrißplan dort, wo Stefanie die zweite Türe zum Labor mit einem Leuchtstift hellrot umrandet hatte.

Wer zum Henker ist eigentlich dieser Custer, fragte sie sich, und nach einer Weile stellte sie ihm genau diese Frage.

Ken schmunzelte über den Angriff, aber er war sich nicht sicher, wieviel er Stefanie erzählen wollte. Er griff deshalb in die

Vergangenheit zurück und begann mit der Zeit in Panama. Damals im Dezember 1989.

Ich riß verzweifelt am Knüppel: »Komm, Baby, komm, heb ab ... komm schon!« Vorne am Rand der Lichtung sah ich die beiden Vietcong. Das bewährte 12,7-Millimeter-Bordmaschinengewehr feuerte. Der Vietcongtrupp verschwand. Getroffen? Dort, der Blitz. Haarscharf hatte die Rakete verfehlt. Jetzt knatterte wieder das Maschinengewehr.

Ich zerrte und riß am Steuerknüppel, drückte die Pedale durch, nichts geschah, die Kiste bewegte sich einfach nicht. Überall das Krachen der Gewehrsalven, Abschüsse und Detonationen. Meine Arme bewegten sich in Zeitlupe. Nichts gelang mir. Unendlich langsam hob die Maschine schließlich ab, als ein heißer Eisenstrahl meinen Bauch durchbohrte. Ich brüllte: Die Schweine haben mich getroffen.

Der brennende Schmerz raubte mir fast die Sinne. Nicht aufgeben, durchhalten, hämmerte eine Stimme auf mich ein, meine eigene. Dann merkte ich, daß mir meine Muskeln noch gehorchten. Wir stürzten nicht ab. Stetig gewann die Maschine an Höhe. Meine Arme und Füße bewegten sich automatisch. Jahrelanger Drill rettete mich. Dann krachte wieder eine Detonation. Ich ließ den Steuerknüppel los und fuhr in Schweiß gebadet hoch.

Wieder dieser verdammte Traum! Ich keuchte vor Erschöpfung und begriff langsam, wo ich mich befand: im Gästequartier der Comandancia von General Manuel Noriega in Panama City, und noch etwas: Das Geknatter war echt und kam nicht von weit her.

Mit einem Satz stand ich am Fenster. Das Hackgeräusch der Helikoptermotoren kam näher. Mindestens eine Staffel befand sich im Anflug. Dann dröhnten Explosionen. Ein Leuchtgeschoß machte die Nacht zum Tag. Ich sah die Konturen zweier *AC-130-Talon*-Kampfhelikopter, die in etwa dreihundert Metern

Entfernung hinter den Häusern vor meinem Fenster niedergingen.

»Die Invasion! Verdammt noch mal, die Amerikaner kommen!« schrie ich, stürzte mich in meine Kampfhosen und riß die Jacke vom Ständer.

»Heiliger Strohsack, wir werden überfallen. Die Amerikaner verschleppen doch tatsächlich den General!« brüllte ich in die Nacht hinaus.

»Die haben die Rechnung aber ohne uns gemacht.«

Ich raste hinüber zum Bungalow auf der anderen Seite des hermetisch abgeriegelten Geländes von der Größe zweier Fußballplätze. Im Bungalow befand sich die Residenz von General Noriega und rechts davon die Maschine, mein bewährter *APACHE*-Hubschrauber. Die Amerikaner würden ihn für einen der ihrigen halten, überlegte ich.

Ich rannte jetzt direkt auf den Trakt zu, wo der General schlief. Licht flammte überall auf. Befehle gellten, dann sah ich Oberst Asvat, Noriegas Stabschef und Vertrauten.

»Colonel, zur Maschine!« schrie ich ihm zu.

Der Oberst nickte und brüllte etwas nach hinten. Er hielt eine schwarze Ledertasche fest unter den Arm gepreßt, als befänden sich darin die Kronjuwelen. Meine Uhr zeigte 0:35 Uhr. Grimmig begann ich die Startvorbereitungen. Rundherum heftige Explosionen.

Oberst Asvat näherte sich in gebückter Haltung meiner Maschine. Die Rotoren dröhnten und wirbelten Staub und dürre Blätter hoch. Mit der freien Hand hielt der Stabschef seine Mütze fest. »Adelante, rápido . . . wir müssen weg, Tempo, Teufel«, schrie ich und blickte besorgt nach Westen.

Nach Lage der Dinge konnten die Amerikaner jeden Moment Sturmtruppen im Innern der Comandancia absetzen.

Wie um mir recht zu geben, explodierten mit fürchterlichem

Knall und grellem Blitz drei Geschosse auf dem Gelände. Asvat fiel zu Boden und blieb liegen.

»Auf, Colonel, los an Bord!« Mein Schreien war nutzlos. Ich sah, wie zwei Helikopter über dem Gebäude, in dem ich geschlafen hatte, lauerten.

»Colonel!« Mit einem Satz sprang ich aus dem Cockpit und trat dem regungslosen Asvat kräftig in die Seite: »Colonel, kommen Sie, das waren nur Betäubungsgeschosse!« Ich blickte besorgt zum Haus hinüber und zerrte den Oberst an den Schultern hoch. »Wir haben Besuch von den Special Forces, Colonel«, schrie ich ihm ins Ohr. »Wo zum Teufel bleibt Noriega?« Es schien mir eine Ewigkeit zu dauern, bis wir zur Maschine gelangten. Ich sprang hoch und hielt Asvat die Hand hin.

»General Noriega kommt nicht«, informierte mich Asvat, »er hat sich abgesetzt, wir fliegen allein.«

Der sportliche Oberst warf seine Tasche auf die Sitzbank hinter dem Pilotensitz und kletterte behende an Bord. Die Kugel traf ihn voll in den Hinterkopf. Blut und Gehirnmasse spritzen in den Passagierraum. Entsetzt fuhr ich herum. Der Oberst lag zwei Meter von den Kufen entfernt auf dem Rücken. Tot. Kein Zweifel. Die halbe Gesichtshälfte fehlte, war weggerissen. Jede Hilfe kam für ihn zu spät.

Ich schaute auf. Aus Westen und Nordwesten gingen sechs Hubschrauber in einem Halbkreis auf das Gelände der Residenz nieder. Mehrere Trupps setzten ab und stießen in lockerem Laufschritt vor. Es war nun offensichtlich: Die Spezialeinheiten mit ihren schwarzen Baretten wollten den Diktator festnehmen. Ich sah Mündungsfeuer, wie damals in Vietnam. Meine Rotoren dröhnten unter Vollast und übertönten die Schüsse. Ich riß die Maschine hoch.

Gott sei Dank, die Kiste stieg. Schon hatte ich befürchet, der Traum vom Abschuß könnte sich wiederholen, doch unbehelligt kam ich in letzter Minute weg. Keiner schoß auf meine *APACHE*.

Die Amerikaner hielten sie tatsächlich für eine der ihrigen. Ich winkte ein spöttisches ›Bye-bye‹ und nahm auf einer Höhe von zwölfhundert Fuß Kurs in Richtung Berge ...

Stefanie holte im Haus Notizpapier, und als sie auf die Terrasse zurückkam, wollte sie alles über Panamas gejagten Diktator, die Invasion der Amerikaner und die Drogengeschäfte wissen.

Ken entschuldigte sich mit einem Blick auf die Uhr und betrat gähnend das Haus. Sein Körper litt auch nach zwei Tagen noch an der Zeitverschiebung, und das vereinbarte Gespräch mit seinem Boß Cali bereitete ihm Kopfzerbrechen. In Südamerika, rechnete Ken, war es vier Uhr morgens.

Antonio Gabriel Cali de Cali blickte mürrisch vom Bildschirm, als säße er vor einer Polizeikamera. Fehlte nur noch die Namenstafel mit der Sträflingsummer, dachte Ken.

›KEINE VERTRAULICHEN INFORMATIONEN‹ warnte ein Schild, das von Alp unter den Monitor geklebt hatte. Auf ein Handzeichen schaltete Theo auf Sendung, und das flimmernde Gesicht von Cali im kolumbianischen Hochland hellte sich auf.

»›Operation Quepos‹, Custer. Sie erinnern sich. Neunzig Prozent der Ware aus Costa Rica ist zurückgekommen«, platzte Cali ohne Umschweife heraus.

Ken legte den Zeigefinger auf seine Lippen und hielt mit der anderen Hand das Schild ›KEINE VERTRAULICHEN INFORMATIONEN‹ vor die Kamera. Vergeblich.

Cali fuhr unbekümmert fort: »Den Kerl mit dem Schlapphut hat es erwischt. Haha. Arbeitete für die Gringos. DEA. Jetzt ist er in derselben Grube verscharrt wie der andere. Ohne Herz.«

Ken schluckte.

Cali netzte sich mit der Zunge die Lippen, dann fragte er: »Habe ich die Ware am 4. Juli, Custer? Hier oben in der ›Tierra Sagrada‹? Na, wie steht es, Custer?«

Ken berichtete in knappen Sätzen, daß die Gelder zur Verfügung stünden. Die Kennzahlen seien in Ordnung. Die Bank habe alles veranlaßt. Schwieriger seien die Verhandlungen mit der Firma. Er hoffe, die Gepäckstücke spätestens am 4. Juli auszufliegen. Wie besprochen. Bisher sei alles nach Plan gelaufen.

Des Kartellgewaltigen Gesicht flimmerte. Er hob den Zeigefinger wie zu einer Ermahnung. Da brach die Verbindung ab. Der Bildschirm war schwarz.

Ken Custer schlenderte nachdenklich in den angrenzenden Salon und setzte sich an das weiße Klavier. Er spielte ein paar melancholische Weisen und sinnierte, ob er wohl jemals lebend aus der Sache herauskommen würde. Eines Tages würde auch er in Ungnade fallen und mit ausgerissenem Herz in Calis Mördergrube enden. Der Boß war unberechenbar, launisch, grausam.

Stefanie kam herein und schritt hinter das freistehende Klavier. Sie stützte Kopf und Arme ab. Sie versuchte, sich in den geheimnisvollen Mann hineinzudenken, der nur zögernd von sich erzählen wollte.

Während er nun spielte und immer wieder zu den forschenden Augen der Frau aufblickte, fühlte er zur eigenen Verblüffung, wie er innerlich aufzutauen begann. Jahrelang hatte er sich angewöhnt, zuzuhören statt zu plaudern, zu beobachten, statt sich preiszugeben. Seine Regungen hielt er unter Verschluß. Was war geschehen, daß auf einmal sein Inneres rebellierte? Die attraktive Unbekannte oder die Klänge aus vergangenen Zeiten?

Ken erzählte einfach weiter. Präzis, dramatisch. Er hielt sich an die Fakten. Während er seine Zuhörerin in Bann schlug, griff er immer wieder in die Tasten. Leichter, beschwingter Musik folgten plötzlich ernste, martialische Klänge. Dazwischen legte Ken die Hände in den Schoß, erzählte ruhig weiter, um unvermutet schwere, getragene Rhythmen erklingen zu lassen oder ein hartes Staccato anzuschlagen. Stimmungsvoll untermalte seine Musik die dramatischen Erlebnisse, damals am 20. Dezember 1989, als die Amerikaner in Panama einfielen ...

Die Invasion der amerikanischen Streitkräfte war seit zwei Stunden im Gang, als Oberstleutnant Morris, Kommandant der Kampfgruppe *Bajonett*, auf die Uhr spähte: noch eine Minute bis zum Angriff auf die Comandancia. Neugierig suchte Morris mit dem Nachtsichtgerät das Gelände hinter den hohen Gitterzäunen ab, auf dem hellerleuchtet die niedrigen Gebäude des Hauptquartiers der panamesischen Streitkräfte standen. Davon leicht abgerückt, aber immer noch innerhalb des scharf bewachten Komplexes, lag in Strandnähe das ›Hexenhaus‹, die Residenz von General Noriega.

Mitternacht. Ruhe vor dem Sturm.

Während Morris das ›Hexenhaus‹ sorgfältig absuchte, beschlich ihn einen Augenblick lang das merkwürdige Gefühl, als könnte heute nacht der Teufel die Hand im Spiel haben. Dem General wurde ein Hang zur schwazen Magie nachgesagt.

Vor Norman Morris ging plötzlich der Himmel in Flammen auf. Raketen der Kampfhelikopter verwandelten die jahrhundertealten Holzhäuser rund um das Hauptquartier augenblicklich in eine lodernde Hölle. Verzweiflungsschreie ertönten. Menschen versuchten, aus dem Inferno zu fliehen, strauchelten, rappelten sich hoch, fielen und blieben in den Flammen liegen. Dann griffen die Panzer der Kampfgruppe *Bajonett* aus Norden frontal an und nahmen Noriegas Festung unerbittlich unter heftiges, pausenloses Feuer.

Der Oberstleutnant wußte um den schwachen Punkt des Angriffs. Das Meer bot dem General auf der Südseite einen idealen Fluchtweg. Ein gleichzeitiger Vorstoß über die Bucht in den Rükken des Hauptquartiers hätte sich deshalb aufgedrängt. Doch der

Generalstab hatte eine Einkesselung mit Rücksicht auf die eigenen Truppen abgelehnt. Statt dessen würde ein Sonderkommando der berüchtigten *Navy Seals* gleich zu Beginn der Kampfhandlungen das Privatflugzeug des Generals auf dem benachbarten Flugplatz zerstören. Ebenso würden seine drei Luxusyachten *Macho I*, *Macho II* und *Macho III* im nahen Hafen gekapert.

Morris hoffte auf das Gelingen des Kommandounternehmens. Er setzte auf die Überraschung des Gegners, indem er beabsichtigte, unvermittelt mit voller Feuerkraft schnell und wuchtig über ihn herzufallen.

Der Plan ging auf. Ahnungslos wurden die Panamesen vom fürchterlichen Feuerhagel betäubt, überrumpelt, zerschlagen.

Dann stellten die Panzer das Feuer ein. Es schien, als ob plötzlich Ruhe herrschte, obwohl noch Gewehrsalven krachten und vereinzelt Schüsse fielen. Von irgendwoher schoß die Flieger-abwehr Leuchtspurgarben in den Nachthimmel.

Ein Blick auf die Uhr belehrte Morris, daß die nächste Angriffsphase bevorstand. Die Sturmtruppen sollten das ›Hexenhaus‹ umzingeln und den General gefangennehmen.

Und sie kamen. Im Schein der Flammen sah Morris die sechs Helikopter aus Richtung der Howard-Luftwaffenbasis auf das Gelände der Comandancia niederschweben. Von zwei Seiten stürmten Marines die Residenz. Gespenstisch hoben sich die schwarzen Silhouetten der vorstürmenden Soldaten vor dem Hintergrund der brennenden Häuser ab. Maschinengewehrsalven durchrissen wieder die Nacht. Handgranaten explodierten. Helikopterrotoren klopften drohend im Hintergrund. Ein Hubschrauber stieg wieder auf und verschwand in westlicher Richtung.

Die Explosionen hatten Antonio Cali de Cali buchstäblich aus dem Bett geworfen. Entsetzt stürzte er zum breiten Fenster seiner Penthouse Suite im *Mariott Cesar Park Hotel*. Sprachlos starrte er auf das Flammenmeer, das über dem Amtssitz seines Freundes, des panamesischen Diktators, loderte. Ein Hubschrauber tauchte unvermittelt auf und donnerte knapp über die Dachkante des Hotelkastens, als unten auf dem kleinen Flugplatz ein greller orangefarbener Schein aufblitzte. Die stolze *Gulfstream IV* des Regierungschefs ging in einem gewaltigen Feuerball auf. Cali warf sich Sekundenbruchteile vor der Druckwelle zu Boden. Die heftige Detonation zersplitterte die gesamte Fensterfront.

»Also doch«, zischte der Drogenbaron wütend, »die Bastarde überfallen Panama, und das ausgerechnet heute.« Er dachte verzweifelt an die Geschäftsabwicklung, die er mit langer Hand vorbereitet hatte. »Verdammte Hurensöhne«, schrie er in die Nacht hinaus, dann fand er im Durcheinander seines Zimmers das Fernglas und hielt es sich vor die Augen.

Seine Maschine, die neben der *Gulfstream* des Regierungschefs parkte, hatte auch einen Treffer abgekriegt. Mit eingeknicktem Fahrgestell machte die *King Air* einen kümmerlichen Eindruck. Weiter westlich verlief die Vía España schräg zur Bucht, wo im Lichterschein das Gebäude der amerikanischen Botschaft auszumachen war.

Leuchtspurgarben schossen in den Himmel. Aus der Richtung der Kanalbrücke drang dumpfes Panzerrollen herüber. Cali sah ein, daß sie verloren hatten. Fassungslos blickte er auf den Tanz der speienden Lichter, hörte das Getöse und Knattern und begriff, daß eine riesige amerikanische Streitmacht ausgezogen war, um den Diktator dieses Landes gefangenzunehmen.

Cali beschloß ernüchtert, am nächsten Morgen mit Oberst Asvat Verbindung aufzunehmen. Es galt, die Geheimdokumente dem Zugriff der amerikanischen Drogenfahndungsbehöre DEA um jeden Preis zu entziehen. Er hoffte, daß sich wenigstens Custer noch rechtzeitig hatte absetzen können. Der raffinierte Kerl kannte sich aus, wenn es ums Geldwaschen ging, und gehörte zu den wenigen, die den geheimen Zugriffscode zum großen Geld auf der Schweizer Bank in Genf kannten. Er bewunderte den Gringo insgeheim, während er das starke japanische Fernglas nach links schwenkte. An der Küste beobachtete er Truppen, die das ›Hexenhaus‹ umzingelt hatten. Rechts hoben sich die Konturen der Universität vom Nachthimmel ab, und in der Ferne deutete sich der US-Luftwaffenstützpunkt Albrook an. Der Drogenboß senkte das Glas. In seinem Kopf reifte in diesen Minuten der Entschluß, Ken Custer zum Operationsleiter seines Unternehmes zu ernennen. Der Gringo brauchte einen neuen Job, dachte Cali, und sein Blick fiel durch das zertrümmerte Fenster auf den brennenden Stadtteil. Den weißen Toyota, der gerade von der Avenida Central in eine Seitengasse abbog, konnte er im Widerschein der Flammen nicht sehen. Im Fond saß General Manuel Noriega, müde und zermürbt. Weniger die Flucht als vielmehr der Verrat seiner Gefolgsleute hatte ihm zugesetzt.

Die Nacht hatte er zuerst im Holiday Inn, dann in einem Schuppen voller Ungeziefer und schließlich bei Vicky, wo er endlich sein Priestergewand ablegen konnte, verbracht. Die Wärme in den Armen der jungen Frau tat ihm gut. Von einer Vorahnung erfüllt, verließ er jedoch das Appartement vorzeitig über die Hintertreppe, kurz bevor Marines die Wohnung stürmten.

Überall warteten Verräter darauf, die Million Dollar, die die Gringos auf seinen Kopf ausgesetzt hatten, zu kassieren. Sogar seine persönliche Leibgarde fiel zusehends von ihm ab. Nur Roberto, der Fahrer, und Antonio, der jetzt neben ihm saß, beides zuverlässige Angehörige der *Dignidad*, hielten noch zu ihm.

»Halte dort bei diesem hellen Schuppen an.« Noriega deutete mit der Hand nach vorn. »Sieht wie eine Bar aus. Ich muß telefonieren.«

Dabei hatte er die Absichten der Amerikaner als erster erkannt.

Als altem Nachrichtenfuchs konnte ihm niemand ein X für ein U vormachen. Die ununterbrochenen Flüge von militärischen Transportern den ganzen Mittwochnachmittag hatten für sich gesprochen. Zudem flogen seit letztem Herbst ständig Truppenverstärkungen ein.

Er dachte mit Genugtuung daran, daß er wenigstens seinem Stabschef die Aktentasche mit den Papieren und Geheimzahlen anvertraut hatte. Oberst Asvat würde noch vor Mitternacht mit Custer abfliegen und ihm später am vereinbarten Treffpunkt die Dokumente wieder aushändigen. Auf Asvat und Custer war zum Glück Verlaß.

Der Wagen hielt an. Der helle Schuppen war ein *Dairy-Queen*-Eiscreme-Laden. Ein paar Leute standen im Innern herum. Die Straße war leer. Noriega trug zivile Kleider. Sein pockennarbiges Gesicht mit den gläsernen Augen blieb durch einen breitkrempigen Hut verdeckt. Er betrat die *Dairy-Queen*, schritt zum Telefon in der Wandnische, wählte die Nummer der Nuntiatur und verlangte den päpstlichen Legaten.

»Noriega hier, hören Sie, Morena ... Wie? ... Spielt keine Rolle, wo ich bin, hören Sie, ich will Asyl, ich bitte darum ...«

Die Sache stand nicht günstig für ihn, nachdem Spanien und die Schweiz sein Asylbegehren abgelehnt hatten.

»Aus welchen Gründen? Sie fragen aus welchen Gründen, Morena? Hören Sie, bald ist Heiliger Abend, und in Rom wird der Papst von Maria und Josef predigen, wie sie im Gasthaus abgewiesen wurden, als sie um Zuflucht baten. Sie verstehen, Morena. Das Asylrecht ist heilig. Können Sie mich abweisen, Morena?«

Noriega lauschte. Seine harten Züge entspannten sich. Am andern Ende des Drahtes entschied der päpstliche Legat: Das Asylrecht mußte verteidigt werden, selbst gegen Luzifer.

»Wir schicken einen Wagen«, hörte Noriega den päpstlichen Legaten sagen.

Stefanie Kramer schüttelte ungläubig den Kopf. Ob sich wirklich alles so zugetragen habe, fragte sie.

»Doch, alles authentisch«, antwortete Ken geistesabwesend, während Stefanie sich erneut wunderte, was hinter der rauhen Schale ihres Retters steckte.

»Gibt es eine Fortsetzung der Geschichte?« fragte Stefanie plötzlich.

Ken Custer stand auf und schritt in Gedanken versunken auf und ab.

In der nahen Bundesstadt tat Bill Conklin in diesem Augenblick genau das gleiche. Soeben hatte er von der National Security Agency erfahren, daß eine verschlüsselte Sendung über mehrere Satelliten in die Schweiz gelangt sei. Die zerhackten Signale hätte eine private Station im Hochland Kolumbiens an einen Empfänger in der Schweiz ausgestrahlt. Die errechneten Koordinaten würden einen Punkt südwestlich Berns ergeben, wo der nationale schweizerische Kurzwellensender stehe. Da Conklin keine plausible Erklärung fand, warum der offizielle Landessender geheime Übermittlungen aus Kolumbien erhalten sollte, beschloß er, der Sache auf den Grund zu gehen. Er würde vorerst die Umgebung des Senders näher unter die Lupe nehmen, entschied er.

Zwei Stunden später schaute Bill Conklin von seinem erhöhten Standort auf die ›Lindenegg‹ hinunter. Er flüsterte nur ein einziges Wort zu seinem hageren Begleiter vom CIA-Büro: »›Keycop‹.«

Dann besprachen sie im Schatten von Haselsträuchern am Rande der sich emporschwingenden Straße den Angriffsplan.

40

Ken Custer schritt mit den Fäusten in den Hosentaschen die Terrasse ab und schaute in das Land hinaus, das in seiner ganzen Tiefe vor ihnen lag. Im Dunst des heißen Sommertages schimmerten im Süden die bläulichen Zacken des Vorgebirges, davor olivgrüne, von schwarzen Waldbändern durchzogene Weiden. In der Ferne deuteten sich die gleißenden Schneefelder der Alpen an, und Wolkenballungen, die Custer zuerst für Gebirgstürme hielt, weckten die Illusion eines gewaltigen Gipfelmeeres. Im Westen lagen die Seen wie gewölbte Schilder vor dem blauen Höhenzug des Jura.

Die Antennenmasten des Kurzwellensenders, die aus der Ebene hinter dem Dorf ragten, rissen Custer aus der Betrachtung der Elemente, erinnerten ihn an seine Mission. Seufzend wandte er sich der Reporterin zu und blickte sie lange an. Das Erzählen fiel ihm in ihrer Gegenwart leicht, er spürte, daß sie mitfieberte, seine Geschichte spannend fand. Er setzte sich zu ihr und nahm den Faden wieder auf: »Ich wäre wahrscheinlich nicht sofort daraufgekommen, vielleicht überhaupt nie, wenn damals nicht ein Rudel von Agenten der schwarzen Aktentasche hinterhergejagt wäre.«

Stefanie begriff sofort, es ging um Oberst Asvats Papiere.

»Sie verfolgten mich nach Cerro Punta, oben in den Bergen, an der Grenze zu Costa Rica. Zuerst kamen die Leute vom Cali-Kartell, vermute ich, dann die CIA. Beide fielen in Asvats Blockhaus ein und kamen mit der schwarzen Tasche heraus.«

»Augenblick mal«, warf die aufmerksame Zuhörerin ein, »es

gab nur eine schwarze Tasche, und die, dachte ich, lag im Helikopter. Wer also schnappte sie?«

Ken schien nicht zuzuhören. Zerstreut blickte er durch Stefanie hindurch. Schlagartig wurde ihm bewußt, daß er gar nicht darüber reden durfte. Wie kam er überhaupt dazu, wunderte er sich, in Gegenwart dieser unbekannten Frau, noch dazu Journalistin, aus der Schule zu plaudern?

Doch im Innersten regte sich eine Stimme, die ihn fühlen ließ, daß er richtig handelte, wenn er Stefanie einen Schritt entgegenkam. Die Frau schien darauf zu warten, und irgendwie schien ihm, als habe sich in den letzten Stunden vieles in seinem Leben verändert. Vielleicht war die Zeit gekommen, sich endlich jemandem anzuvertrauen.

»Wie?« Ken schreckte aus seinen Gedanken auf. »Ach so, die Taschen«, schmunzelte er und berichtete über Oberst Asvats Enkelin, die allein im Blockhaus weilte, als die Burschen auftauchten.

»Eigentlich wollte ich mich im bequemen Urlaubssitz des Obersten erst mal richtig ausruhen, aber daraus wurde nichts. Monicita, das gescheite und bildhübsche Kind, schreckte mich mit der Nachricht auf, daß Verfolger unterwegs seien, die Dokumente wollten. Sie hatte einen anonymen Telefonanruf bekommen. Das ist ja lächerlich, überlegte ich und beruhigte das Mädchen. Dennoch untersuchte ich den Inhalt der Tasche, die Asvat, bevor er getroffen wurde, in den Heli geworfen hatte. Dann dämmerte mir der Ernst der Lage ziemlich rasch.

Monicita, wir müssen sehr cool handeln. Willst du mir helfen? fragte ich, und die Augen des Mädchens blitzten schalkhaft. Gemeinsam besprachen wir dann das Vorgehen im Arbeitszimmer unter den sportlichen Trophäen ihres Großvaters.

Als Sohn eines einfachen Campesinos hatte sich Asvat in der Armee hochgedient. Vor allem mit Boxen. Wer in diesem Land, das vierzehn Boxweltmeister hervorgebracht hat, boxen konnte, besaß alle Chancen, vorwärts zu kommen. Auch Asvat, der im Marañón, Panamas legendärem Boxring, Landesmeister wurde, verdankte seine militärische Karriere diesem Nationalsport.

Der Plan, den wir ausheckten, kam uns wie Schattenboxen vor; und genau das war es auch.

Wie erwartet, erschienen zuerst die Verfolger vom Cali-Kartell. Monicita ließ sie ins Arbeitszimmer des Obersten, wo sie drohten, den Panzerschrank zu sprengen, wenn Monicita nicht die Schlüssel hervorhole. Das tat sie unter Protest, worauf die Ganoven aufgeregt die Tür öffneten. Als sie die gesuchte Tasche entdeckten, fuhr es ihnen vermutlich wie ein Schuß Heroin ein. Triumphierend packten sie jedenfalls die Beute und machten sich davon.

Zwei Stunden später wiederholte sich das Spiel. Diesmal klingelten zwei Herren, die ein metallenes Abzeichen in Lederfassung aufblitzen ließen und behaupteten, sie seien von der CIA, dem amerikanischen Nachrichtendienst. Monicita spielte ihre Rolle hollywoodreif, indem sie ihnen scheinbar eingeschüchtert das Arbeitszimmer zeigte. Hier, stammelte sie, bewahre der Großvater seine Sachen auf. Auch die CIA-Agenten fanden den Panzerschrank, öffneten ihn und griffen nach dem schwarzen Köder. Im Gegensatz zu den anderen gaben sie Monicita eine Quittung. Dann zogen auch sie Leine. Zu diesem Zeitpunkt flog ich völlig entspannt über die Grenze nach Costa Rica.«

»Und all die geheimen Dokumente lagen schön in der richtigen Aktentasche in deinem Helikopter?« Stefanie lachte.

»Im Arbeitszimmer Asvats fanden wir eine Menge solcher Aktentaschen, Armeeordonnanz-Ausgabe, vermutlich. Zwei füllten wir mit kopierten militärischen Unterlagen und versiegelten Umschlägen, die anderen versteckten wir im Müll. Und die echte Mappe mit dem gesuchten Inhalt nahm ich natürlich mit.«

»Du führst ein verrücktes Leben. Was war denn so enorm Wichtiges unter den Dokumenten?«

»Nun, Oberst Asvats Aktentasche enthielt ein paar Informationen, denen die Drogenfahndung und das FBI seit Jahren nachjagten«, spielte Ken die Frage herunter; und als er ehrliches Staunen aus Stefanies Blicken las, fuhr er unbekümmert fort: »Die Tasche enthielt den Schlüssel zu den Finanztransaktionen der Kartelle. Angaben über Konten, die elektronischen Zugriffscodes, die Satellitenverbindungen, die Applikationen für verschiedene Computersysteme, Radiorelais für die Übermittlungen, einfach alles. Vieles davon kam mir bekannt vor, weil ich ja für Noriega ein hypermodernes weltweites Kommunikationssystem aufgebaut hatte, anderes blieb mir damals rätselhaft.

In Costa Rica machte ich die Probe aufs Exempel. In der Filiale der *First Manhattan Bank* benutzte ich die internationale SWIFT-Leitung und wählte die erste Nummer.

Die Schweizer Bank-Union begrüßte mich freundlich und verlangte:

›ZUGRIFFSCODE EINGEBEN‹.

Anleitungsgemäß gab ich das Kennwort ein. Dann zerfloß das Bild wie Eiscreme am Äquator, bis ich bemerkte, daß ein weiteres Kennwort verlangt wurde. Die Eiscreme verfestigte sich wieder, und die leuchtende Struktur eines Bankkontos in Zürich trat hervor. Einzig die Kommastelle befand sich am falschen Ort. Das Guthaben zeigte nämlich die schwindelerregende Höhe von 1125000000,00 Schweizer Franken. Ich betätigte ›DISPLAY‹, und die Kontenbewegungen des letzten und des laufenden Monats tauchten auf. Ich schaute zweimal hin und schluckte. Kein Kommafehler. Einemilliardeeinhundertfünfundzwanzig Millionen Franken lagen auf dem Konto.

›DIALOG‹ gab die Verfügungsberechtigung bekannt. Mit dem Zugriffscode konnte ich anscheinend bis 500000 Franken monatlich allein bewegen. Für höhere Beträge war eine zusätzliche Ermächtigung nötig. In den Unterlagen stieß ich auf die Personen, die Rückzüge und Überweisungen tätigen konnten, aber das ist unwichtig. Jedenfalls probierte ich das System aus!«

Und als ihn Stefanie vergnügt aus großen Augen anschaute, fuhr er fort:

»Ja, klar. General Noriega war mir sowieso noch einiges schuldig und konnte mich von dort, wo er sich befand, einstweilen nicht gut bezahlen. Also überwies ich mir hunderttausend Dollar nach New York.«

»Und es klappte?«

»Und wie! ›AUFTRAG AUSGEFÜHRT‹, quittierte die Bank freundlich. Dann wollte ich es wissen und verlangte die Überweisung von einer Million.«

»Wieder an dich, du gieriges Biest?«

»Nein«, widersprach Ken geduldig, »diesmal an das Rote Kreuz in Genf. Aber es funktionierte nicht mehr, das Limit sei überschritten. Nun, ich ließ die Sache einstweilen auf sich beruhen. Ich konnte ja auch niemanden erreichen. Der General befand sich zu diesem Zeitpunkt gerade in der Nuntiatur in Panama City und hatte kaum Zugriff zum elektronischen Banking des Vatikans. Oberst Asvat lag tot auf dem Gelände der Kommandantur. Also blieb mir nur noch Cali, um die Summen zu bewegen. Der gute Freund von Oberst Asvat gehörte zu den autorisierten Personen.«

Stefanie Kramer ließ etwas Zeit verstreichen, bevor sie fragte: »Wie haben die Geheimdienste reagiert? Es dürfte ihnen ja nicht schwergefallen sein, dich aufzustöbern, um das brisante Material sicherzustellen, oder täusche ich mich?«

Ihre blaugrünen Augen blickten gefährlich berechnend aus dem gebräunten Gesicht, über das er einen Anflug von Skepsis huschen sah.

»Nun, ich traf meine Vorkehrungen«, meinte Ken ausweichend. »Jedenfalls haben sie mich bis heute nicht geschnappt.« Bei dieser Aussage blieb es. Ken wollte nicht weiterreden.

Er zog nun einmal die Fäden für das größte Drogenunternehmen der Welt, und er war überzeugt, daß die Journalistin für seinen Job nur Verachtung übrig hatte, denn er hielt sie für eine gute Frau, die ehrbare, geradlinige Männer verehrte und ihre Liebe bestimmt nicht an Typen vergeuden würde, die wie er auf der andern Seite standen.

Die Reporterin begehrte eine Story, nicht ihn, sie spielte ihm Gefühle vor, um Informationen zu ergattern, aber im Grunde hielt sie ihn für einen verdorbenen, harten, zu menschlichen Regungen unfähigen Mafioso, der hinter Geld und Erfolg herjagte.

Ken Custer seufzte. Kein Wort der Anerkennung hatte sie für ihn gefunden, er bedeutete ihr nichts. Es war schlimm.

Andererseits konnte sie auch wieder so lieb in die Welt schauen, daß ihm das Herz höher schlug. Das warme Strahlen aus gescheiten Augen, die bewundernden Blicke und das mitfühlende Interesse empfand er in seinem Überschwang als Zeichen ihrer Zuneigung, aber dann begriff er, daß sie mit ihm nur spielte.

Er war diesem bildhübschen Wesen auf den Leim gekrochen, aber die Empörung hielt sich in Grenzen, denn heimlich bewunderte er ihren Scharfsinn und die kluge Art, den Liebreiz geschickt zur Befriedigung ihrer beruflichen Ambitionen einzusetzen. Sollen die Männer doch darauf fliegen, grollte Ken, wie dieser ermordete Minister, dem sie bestimmt nur schöne Augen gemacht hat, um ihm vertrauliche Auskünfte zu entlocken.

Ken Custer schaute finster zu Stefanie hinüber und vermeinte, einen überlegenen, mitleidigen Blick aufzufangen. Ungehalten wandte er sich ab und empfand eine seltsame Befriedigung, als er Claudia herankommen sah. Sie trug geblümte Shorts und ein Top mit Nackenträgern über ihrer frischen, leicht gebräunten Haut. Ein angenehm herber Duft wehte ihm entgegen, als sie ihm mit lieblichem Lächeln ein Blatt Papier reichte.

»Ein Fax«, flüsterte sie, und mit einem vielsagenden Seitenblick auf Stefanie fügte sie laut hinzu: »Von Susan, aus New York.«

Ken riß ihr den Wisch aus der Hand und starrte ungläubig auf die Mitteilung. »Oh, nein«, stöhnte er. »Nein, dieser Hurensohn eines Schurken, diese elendigliche Ausgeburt eines perversen Schweinehundes.«

Er beugte sich über die eng zusammenstehenden Johannisbeerstauden und übergab sich.

Die beiden Frauen erschraken. Mit großen Augen blickten sie ihn besorgt an. Claudia trat sofort hinzu und legte ihren Arm über seine Schulter. Stefanie war aufgesprungen, blieb aber jetzt unentschlossen stehen.

Ken faßte Claudia sanft um die Hüften und winkte ab: »Schon gut, es geht«, stieß er mühsam hervor.

Er brauchte jetzt Verständnis, Wärme. Claudia spürte seine innere Wut und umschlang ihn fest mit beiden Armen. Gemeinsam schritten sie über die Terrasse an Stefanie vorbei und verschwanden im Haus.

Die Mitteilung von Susan lautete lakonisch:

»Vertraulich. Nur für K.W. Custer bestimmt: John Rutherford von der New York Times, seit mehreren Tagen im kolumbianischen Hochland vermißt, wurde nach zuverlässigen Agentenberichten in einer Kultstätte des Drogengewaltigen Cali de Cali brutal umgebracht. Dem jungen Amerikaner, Sohn des bekannten Filmregisseurs William Rutherford, riß der als Götzendiener wirkende Filiberto Cali, einziger Sproß des Drogenchefs, bei lebendigem Leibe das Herz heraus.«

Dann stand noch eine Zeile:

»Ken, tut uns leid. Wir wissen Bescheid, Susan und C.«

Stefanie kochte innerlich, als sie die Szene mitansehen mußte, und merkte, daß ihr Ken Custer entschlüpfte. In den frühen Morgenstunden war ihr Plan gereift, und sie hatte beschlossen, ihn mit Hilfe von Custer auszuführen. Sie hatte gehofft, ihm näherzukommen, aber dann hatte er sich ziemlich schroff abgewandt und erklärt, der Mordfall interessiere ihn nicht, das sei Sache dieses Landes, in dem er fremd sei.

»Dieser Minister ist mir scheißegal«, warf er ihr grob an den Kopf. Er habe Wichtigeres zu tun, als sich mit ihrer Skandalgeschichte zu befassen, und sie solle froh sein, daß sie ihr Abenteuer glücklich überstanden habe. Im übrigen mache Schlammer mit der Entsorgung des Atommülls das einzig Richtige. Sie habe ja selbst erklärt, in der Schweiz ließen sich keine großen Projekte mehr verwirklichen, weil alle mitbestimmen und jedes Vorhaben zerredet werde. Was fehle, sei eine straffe Hand und die Courage, sich über die Bürokraten hinwegzusetzen, und Schlammer könne man jedenfalls beide Eigenschaften nicht absprechen.

Stefanie Kramer liebte und haßte diesen Mann, sie begehrte ihn, egal was er trieb, aber er entglitt ihr, er hatte nichts übrig für Romantik, er war ein Abenteurer, in der rauhen Umgebung von Männern, frei und gewohnt, seinen Weg allein zu gehen. Ein Liebesgeständnis geriet diesem wilden Einzelgänger bestimmt in die Quere. Erst lockte er mit unwiderstehlichen Blicken, dann strafte er mit schroffer Abweisung, bald zärtlich, bald Tyrann, so ein Biest, soll er es doch mit dieser Claudia treiben, die ihm schöne belegte Brote machte.

Stefanie Kramer erhob sich und stapfte trotzig ins Haus. Ken konnte ihr in diesem Augenblick gestohlen bleiben. Nichts stand ihr ferner als der Gedanke, sich in der ›Lindenegg‹ zu verkriechen, während Mister Custer seine Millionengeschäfte mit Schlammer abwickelte. Sie mußte weg von hier und allein versuchen, das Material herauszuholen, an die entscheidenden Informationen heranzukommen und Schlammer als Anstifter zu den Mordanschlägen zu überführen.

Sie hatte gehofft, Ken als Verbündeten zu gewinnen. Aber als sie ihn um Hilfe bitten wollte, blickte ihr ein hartes, verständnisloses Antlitz entgegen, das sie mutlos machte. Trotzig beschloß sie, den Plan auf eigene Faust zu verwirklichen. Und jetzt schien er völlig von der schlechten Nachricht gefangengenommen. Unansprechbar. Von seiner Zuneigung, die sie am Vorabend zu verspüren geglaubt hatte, war nur noch die Illusion zurückgeblieben. Wieder einmal war die Reporterin völlig auf sich allein angewiesen.

Ken Custer war mit sich selbst beschäftigt. Die Transaktion mit Schlammer erforderte volle Konzentration, und immer noch schwächte ihn die lästige Zeitverschiebung. Vor wenigen Minuten hatte er sich, von Wut und Schmerz erfüllt, geschworen, John Rutherford zu rächen. Diese verdammte Cali-Brut sollte nicht ungeschoren davonkommen. Nein, diesmal nicht. Jetzt war das Maß voll.

Wenig später rief er Scarlett an. Eindringlich sprach er auf seine Mutter in Philadelphia ein. Sie versprach ihm, genau das zu tun, was er von ihr verlangte.

41

Nicht weit vom historischen Zentrum Philadelphias entfernt, setzte sich Scarlett im Wohnzimmer ihres Hauses an den kleinen Schreibtisch, griff nach dem Hörer und begann zu wählen. Dann hielt sie inne, drückte auf die Gabel und schaute nachdenklich zur getäfelten Wand auf, wo die Goldmedaille hing: *Tokyo 1964.* Nochmals überdachte sie die Worte, die ihr Ken eingetrichtert hatte. Sie strich eine graublonde Strähne aus der glatten Stirn und begann von neuem, die Nummer in New York City zu wählen.

»Detective Byrne, bitte«, sagte sie ruhig und wartete.

»Mister Byrne? Ich habe eine Mitteilung für Robert Donner, DEA. Kennwort ›Qualle‹. Stellen Sie bitte keine Fragen, sonst lege ich auf.«

Ihre Stimme bebte leicht. Am anderen Ende antwortete eine tiefe Stimme: »Gut, sprechen Sie, Madam.«

»Filiberto Cali de Cali, Mörder von John Rutherford«, fuhr Scarlett fort. »Sie finden ihn an der Siebzigsten Straße, Nummer 220, zwischen Dritter und Lexington Avenue, in Manhattan, Apartment PH 34.«

Nach dem letzten Wort hängte Scarlett auf und atmete tief durch. Die Durchsage hatte nicht mehr als 35 Sekunden gedauert. Ken durfte stolz auf sie sein.

Im Hauptquartier der Metropolitan Police der Stadt New York blickte Detective Byrne mit leicht geneigtem Kopf auf den Telefonhörer, knallte ihn schließlich auf die Gabel und rieb sich gedankenverloren das Kinn: »Qualle . . .« Die Zeiger der großen Wanduhr standen auf 9:15 Uhr.

Zwanzig Minuten später standen die Leiter der besonderen Einsatzgruppen vor Leutnant Byrne.

Er drückte mit der Zunge den Kaugummi hinter die Vorderzähne und sagte: »Festnahme.« Dabei schwang er sich auf dem Drehstuhl herum und kehrte den Einsatzleitern den Rücken. »Das ist der Verdächtige«, verriet er, während er mit der Antenne seines Funkgerätes auf das Fahndungsbild an der Wand zeigte und aufstand. Er riß das Plakat ab und legte es auf den Tisch. Die drei Einsatzleiter brauchten nicht hinzusehen, um zu wissen, um wen es sich handelte. Filiberto Cali de Cali gehörte zu den meistgesuchten Drogenkriminellen. Alle kannten sein Konterfei.

»Wird des Mordes am Journalisten Rutherford verdächtigt«, kam Byrne den Fragen zuvor und erteilte danach seine Anweisungen.

Das Haus an der Siebzigsten Straße müsse ab sofort rund um die Uhr überwacht werden. Sobald feststehe, daß sich der Verdächtige in seiner Wohnung aufhielt, würden sie zuschlagen. Er wolle genaue Informationen über seine Leibwächter, den genauen Grundriß der Wohnung PH 34 und möglichst viele Bilder des Penthouses mit Terrasse. Er erwarte stündlich Bericht.

Während sich die Einsatzleiter über den Kartentisch beugten und die ersten Vorbereitungen für den großen Fang anliefen, verlangte Byrne zwei dringende Verbindungen nach Washington: die eine zu Bob Donner, dem Chef der Drogenfahndungsbehörde, und die andere zum Direktor des FBI.

Ungefähr zur gleichen Zeit schritt Stefanie Kramer energisch über die Terrasse der ›Lindenegg‹ und verschwand im Haus. Sie suchte von Alp und fand ihn vor seinen Geräten im Übermittlungsraum.

»Theo, wie würdest du heiße Ware, sagen wir eine Ladung Plutonium oder eine Geisel, heimlich aus der Schweiz herausbringen?« fragte sie unversehens.

Von Alps Augen funkelten. Er witterte eine neue Herausforderung. »Mit einem Privatjet, natürlich. VIP-Flug. Kein Problem. Die Kontrollen sind in der Regel sehr oberflächlich, wenn überhaupt.«

»Aber Flughäfen wie Zürich sind sicher gut überwacht, auch für den privaten Verkehr«, bezweifelte Stefanie die Aussage.

»Ich würde auch nicht über Zürich gehen. Basel-Mühlhausen eignet sich am besten für eine verdeckte Operation. Das Sicherheitsdispositiv enthält dort eine Menge Schlupflöcher. Glaub mir, ich brächte es glatt fertig, dein Plutonium mitsamt der Geisel unbemerkt ins Flugzeug zu schaffen. Warum fragst du?«

Stefanie zögerte, blickte den großgewachsenen Mann mit dem scharf geschnittenen Gesicht und den blonden, über den Schläfen grau schimmernden Haaren prüfend an. Sie mochte seine entschlußfreudige, unbekümmerte, furchtlose Art, die aus jeder seiner Gesten sprach.

»Nur so eine Frage«, sagte sie abwesend und schaute sich im Studio um. Eine Videokamera, auf ein Stativ geschraubt, stand in der Ecke. Stefanie strich ihre Haare zurecht und ließ sich auf die Couch sinken. Da kam ihr ein Einfall.

»Theo, laß die Kamera laufen und setz dich zu mir auf die Couch. Ich muß ein paar Gedanken loswerden.« Theo war einverstanden, stellte sich hinter die Videokamera und legte eine Kassette ein.

»Ich zieh' mich nur rasch um«, schlug er vor und zeigte verlegen auf seine saloppe Kleidung.

»Du siehst prima aus, Theo, komm setz dich.« Stefanie lachte und blickte zum Fenster hinaus, als draußen Motorengeräusch ertönte. Sie sah Ken Custer wegfahren. Theo folgte ihrem Blick und schaute prüfend auf die Uhr. Stefanie wußte, daß er Ken in Kürze nachfolgen würde. Nach Nuclanne. Aber vorerst wollte sie ihre Thesen auf Film bannen.

»Der Mord an Peter Kern hängt mit geheimnisvollen Vorgängen

innerhalb der *Schlammer Engineering* zusammen«, begann sie in ruhigem, sachlichem Ton, professionell, wie sie es sich vor der Kamera angewöhnt hatte.

»Als Journalistin beschäftige ich mich seit langem mit der Kernenergie, den AKWs, dem Umgang mit den radioaktiven Abfällen und den Risiken, die die Atomwirtschaft in sich birgt.

Im Zusammenhang mit meinen Recherchen lernte ich Peter Kern kennen. Der ermordete Minister dachte ähnlich wie ich: Wir müssen in der Energiewirtschaft endlich zu neuen Horizonten aufbrechen. Die verkrusteten Machtstrukturen verhindern jedoch eine Änderung. Ich sehe drei Punkte.«

Von Alp hatte sich zu ihr gesetzt und nickte ihr aufmunternd zu.

»Der erste Punkt betrifft die verknöcherte Nukleartechnologie. Die Energiewirtschaft ist sklavisch einem völlig veralteten Denkmuster verhaftet. Jeder neuen Ausrichtung steht der blinde Glaube an die bisherigen Kernreaktorsysteme entgegen.

Ich meine die Systeme, die komplex und gefährlich sind, Systeme, die vom Prinzip her unsicher gebaut wurden und viel zuviel radioaktiven Abfall erzeugen. Dabei ist die Beseitigung des Atommülls weit davon entfernt, bewältigt zu sein, und wenn sie es wäre, würde niemand den gemachten Zusicherungen vertrauen. Die Öffentlichkeit ist zu oft verschaukelt worden.«

»Einverstanden«, warf von Alp dazwischen.

»Die AKW-Betreiber wollen in erster Linie kassieren, statt in eine neue technologische Ausrichtung zu investieren. Immer mehr Leistung sollen die AKWs ausstoßen, und niemand gibt sich Rechenschaft darüber, wo dieser Größenwahnsinn hinführen könnte.«

Von Alp reichte der Reporterin grinsend ein Glas Wasser.

»Der zweite Aspekt«, fuhr Stefanie nach ein paar Schlucken fort, »zeigt das veraltete Technokratendenken noch deutlicher: Der Ruf nach Mammutprojekten für den Ausbau der Wasser- und

Kernkraftanlagen in Milliardenhöhe ist absolut unsinnig. Die wirtschaftliche Realität sieht anders aus. Gefragt sind nämlich längst nicht mehr neue und teure Superanlagen, sondern die Befreiung der bestehenden Kraftwerke vom Verbrauchsballast. Wir sollten Energie sparen, wo sie verschwendet wird, und sie dorthin umleiten, wo dringender Bedarf besteht.«

»Also das Licht jeden Abend zwei Stunden früher ausschalten und die Straßen nicht mehr beleuchten«, fuhr von Alp fragend dazwischen.

»Unsinn, mit eben diesen Sprüchen verteufelt die Energielobby den Spargedanken. Das Energiesparen ist eine strategische Maßnahme. Ich gebe ein Beispiel: Ungefähr zwanzig Prozent der Stromproduktion verpufft heute. Warum? Die Energie wird in unrentablen Prozessen verschwendet, man betreibt Maschinen mit zu geringem Wirkungsgrad und so weiter. Mit anderen Worten, zwanzig Prozent der Stromproduktion wären gar nicht nötig, wenn alle Verbraucher die Energie wirkungsvoller einsetzten. Bessere Verteilersysteme, optimierte Geräte, rationalisierte Arbeitsabläufe, stromsparende Industrieanlagen sind nötig: Aber jemand muß eben aufzeigen, wie effizient gespart werden kann, jemand muß die besseren, verbrauchsarmen Systeme entwickeln und zur Verfügung stellen. Diese Forschung braucht Geld, und genau dafür müßten die Millionen fließen, damit die Sparstrategie verwirklicht werden kann.«

Stefanie hielt inne, dann lachte sie herzhaft: »Einen System-Optimierer wie Theo von Alp könnten die gebrauchen!«

Der einsame Adler wehrte mit beiden Armen ab, und die Reporterin fuhr fort: »Großes Interesse am Sparen besteht jedoch nicht. Die Energiewirtschaft ist bürokratisiert. In den Verwaltungsräten sitzen meist altgediente, ahnungslose Politiker, und das Management träumt den Visionen der sechziger Jahre nach.

Minister Peter Kern war einer, der anders dachte. Er kämpfte gegen das verkrustete Machtdenken und stand Leuten wie Schlammer im Wege. Deshalb geriet er in die Schußlinie. Jetzt, da die Schüsse gefallen sind, trauert ihm in der Energiewirschaft niemand nach.«

Stefanie Kramer hielt inne, während die Kamera weiterlief.

»Was läßt sich zur Sicherheit von Kernanlagen sagen?« hielt von Alp das Interview in Gang.

Die Frau hob beschwichtigend die Arme und bat um Verständnis dafür, daß sie nun ein paar technische Ausführungen machen müsse.

»Die heutige Kernreaktortechnik ist veraltet. Sie beruht auf dem Prinzip der Kettenreaktion, die außer Kontrolle geraten kann. Wenn die Brennstäbe nicht genau geregelt sind oder das Kühlwasser absinkt, dann ereignet sich die Katastrophe. Der Reaktor brennt durch. Das herkömmliche System der Kernenergienutzung ist daher inhärent unsicher, das heißt, die Unsicherheit ist im System eingebaut. An diesem physikalischen Grundgesetz kommt niemand vorbei.«

»Diesem Gedanken kann ich nicht folgen«, wandte von Alp ein. »Was ist denn falsch an der geläufigen Reaktortechnik, wie sie in Frankreich, Japan, den USA und in der Schweiz zur Anwendung gelangt?«

»Vieles ist falsch daran«, entgegnete Stefanie scharf. »Erinnerst du dich an die *Nautilus*?«

Von Alp nickte. »Das Atom-U-Boot, das unter der Eisdecke zum Nordpol kreuzte?«

»Ganz genau. Aus dem Reaktorbau für die Atom-U-Boote entstanden in aller Eile die ersten zivilen Reaktoren für die Stromerzeugung. Sie sind nichts anderes als Abfallprodukte der militärischen Rüstung. Die Kommerzialisierung der militärischen Technologie fand im Schnellzugtempo statt. Dabei blieben bessere, sichere Alternativen von vornherein auf der Strecke, weil sie keinen militärischen Nutzen erbrachten.«

»Aber die Entwicklung ist ja seither kaum stehengeblieben«, wandte von Alp ein.

»Falsch«, rief Stefanie aus. »Das ist der Skandal. Die Konstrukteure wandelten die Atom-U-Boot Reaktoren für den zivilen Gebrauch ab. Im Prinzip bauten sie nichts anderes als eine Bombe, die sie in der Folge mit allen möglichen Sicherheitsmäntelchen umhüllten. Am gefährlichen Grundkonzept hat sich seit vierzig Jahren aber nichts geändert. Die gleichen Leute, die den U-Boot-Reaktor bauten, leiteten später die Entwicklung der industriellen Reaktoren. Alles befand sich in fester Hand und unter strenger Kontrolle der Militärs. Forscher mit alternativen Techniken für sichere Systeme besaßen keine Chance.«

»Gibt es denn solche?«

»Natürlich, Theo, reden wir einmal vom *SIR*, okay?«

»Was heißt ›SIR‹, Madam?« fragte von Alp belustigt.

»*SIR* steht für ›Schneller Integral-Reaktor‹, den Reaktortyp, den wir haben sollten. Überall auf der Welt. Aber die Energielobby sträubt sich dagegen. Völlig widersinnig.«

Von Alp sah offensichtlich nicht durch und bat um Aufklärung.

Stefanie lachte: »Ein kleines Lehrgespräch? Nun gut. Mein Vater hatte schon sehr früh an einer alternativen Technik geforscht. Sie bestand darin, die Kettenreaktion mit bestimmtem Aufwand aufrechtzuerhalten. Ein solcher Reaktor wäre vom System her sicher gewesen. Bliebe die nötige Einwirkung aus, stellte er ab. Ich vergleiche das mit dem Bremssystem der Eisenbahnzüge: Die Druckluft in den Schläuchen sorgt dafür, daß die Bremsbacken von den Rädern fernbleiben. Zum Bremsen wird Druck abgelassen. Geht Druck verloren, weil ein Schlauch defekt ist, greifen die Bremsen, und der Zug hält. Dieses Bremssystem ist inhärent sicher.«

»Was ist nun ein ›Schneller Integral-Reaktor‹«, setzte von Alp nach.

»Ein Atomreaktor besteht aus dem Kern«, begann Stefanie, »in dem die Energie entsteht, und dem Kühlsystem, klar? Gut, die Kühlung, meistens Wasser, hat die Aufgabe, die Neutronen der gespaltenen Atomkerne abzubremsen, damit sie sich nicht zu rasch vervielfachen, sonst gerät der Reaktor außer Kontrolle. Das Kühlmittel hält den Reaktor in stabilem Zustand. Es moderiert die Verbrennung.«

»Beinahe alle schweren Reaktorunfälle hatten mit Defekten im Kühlsystem zu tun«, warf Theo ein.

»Richtig, auch Nuclanne brach aus diesem Grunde zusammen. Ein klassisches Beispiel ist aber Tschernobyl.«

»Ich nehme an, mit dem neuen Reaktor, dem *SIR*, hätte dieser Unfall gar nicht geschehen können, oder doch?« Von Alp fand das Gespräch hochinteressant und blickte erwartungsvoll auf sein Gegenüber.

»Der *SIR* besteht als einziger Reaktor der Welt den Dreifachtest. Nimm an, folgende Ereignisse geschehen gleichzeitig: Erstens, die Kühlung setzt aus. Zweitens, die Kontrollstäbe werden entfernt. Und drittens, ein Operateur schreitet absichtlich und böswillig nicht ein. Was haben wir dann nach deiner Meinung?«

»Nun, ich nehme an, das wäre es dann. Die Katastrophe, der GAU«, entgegnete von Alp.

»Natürlich. Und alle bekannten Reaktorsysteme bestehen diesen Dreifachtest nicht. Wohl existieren eingebaute Sicherungen, Automatismen. Ist ja klar. Ein Fall Tschernobyl wäre im Westen kaum möglich. Aber die westlichen Reaktoren haben alle mindestens einen Nachteil in punkto Sicherheit.«

Stefanie setzte aus und ließ ihre Worte einwirken. Von Alp hob fragend die Brauen, bis sie weiter sprach:

»Trotz aller Automatismen und Alarmsysteme bedarf es noch

menschlichen Dazutuns. Jemand im Kontrollraum muß reagieren. Die richtige Entscheidung treffen. Da liegt das Risiko, das aber alle Verantwortlichen immer wieder herunterspielen.«

»Und bei deinem *Schnellen Integral-Reaktor* besteht dieses Risiko nicht?«

»Nein, der *SIR* ist eben passiv sicher. Zudem ist er wirtschaftlich und produziert weniger Abfall. Der *Integral Fast Reactor*, wie die Amerikaner sagen, ist ein Brutreaktor. Er verbrennt 15 bis 20 Prozent des Brennstoffs, nicht nur ein einziges Prozent, wie die heute gängigen Reaktoren.«

Von Alp hob die Hand: »Moment, du sagst, die Reaktoren verbrauchen ein Prozent der Brennstäbe, dann werden diese weggeworfen?«

»Sie werden entsorgt, natürlich«, korrigierte Stefanie. »Aber es stimmt. 99 Prozent des Urans bleibt ungenutzt, es sei denn, es gelangt in die Wiederaufbereitung. Dann entsteht das gefährliche Plutonium.«

»Der Stoff für die Atombombenherstellung«, kommentierte Theo.

»Ja gewiß, aber kehren wir zum *SIR* zurück. Sein Kühlmittel ist nicht Wasser, sondern Sodium. Der *SIR* verbrennt Uranmetall statt Uranoxyd. Die Kombination von Sodium und Metall ist genial. Sie erzeugt die geringste mögliche Abbremsung der Neutronen. Der *Schnelle Integral-Reaktor* wird dadurch inhärent sicher, daß Kühlung und Kettenreaktion im Gleichschritt marschieren. Bleibt Sodium als Kühlmittel aus, treibt die entstehende Hitze im Metallbrennstoff die Uran- und Plutoniumkerne sogleich auseinander, so daß der Brennvorgang von selbst abbricht. Der Verlust an Kühlmittel führt somit zur automatischen Abschaltung ohne menschlichen Eingriff.«

»Test eins, zwei und drei bestanden«, meinte von Alp.

»Ja, das Sodium hat dieselbe Funktion wie die Druckluft in den

Bremsschläuchen der Eisenbahn. Fließt es aus, stoppt die Anlage von selbst.«

»Phantastisch. Also sollten wir unsere AKWs auf den *SIR* umrüsten?«

»Natürlich. Der *SIR* hat einen weiteren Vorteil«, fuhr Stefanie unbeirrt fort. »Obschon ein Brutreaktor, erzeugt er kein Plutonium. Plutonium hat eben irrsinnige Nachteile. Plutonium verteufelt die gesamte Kerneneregie.«

»Warum?«

»Mit hochgradigem Plutonium lassen sich Atomwaffen bauen. Alle Wiederaufbereitungsanlagen sind potentielle Gefahrenherde. Sie können Plutonium verkaufen. Sie sind Ziele von Terroristen. Die Transporte müssen hoch geheimgehalten und massiv geschützt werden.«

»Was brütet denn der *Schnelle Integral-Reaktor* aus?«

»Der *SI-Reaktor* bereitet den Brennstoff durch Elektroraffinierung auf. Dabei entsteht zwar ein ›schmutziges‹, hochradioaktives Produkt. Es kann nur mit Fernsteuerung und unter großer Abschirmung behandelt werden. Das ist aber ein gewaltiger Vorteil. Im Gegensatz zum Plutonium können Terroristen oder Geheimdienstler diesen Stoff nicht einfach in eine Aktentasche stecken oder in toten Briefkästen abstellen. Die Strahlungsdosis wäre tödlich. Zudem ist Plutonium einfach zu gut, zu rein für den Reaktorbetrieb. Unreiner Brennstoff tut es auch.

Und Theo, das Unglaublichste von allem: Der im *SIR* entstehende Abfall ist wesentlich kurzlebiger als der Atommüll aus einem gängigen AKW. Innerhalb zweihundert Jahren fällt die Verstrahlung des *SIR*-Mülls zusammen. Das ist sensationell.«

»Wie lange dauert es denn, bis der normale Atommüll zerfällt?« fragte von Alp

»Zehntausende von Jahren«, antwortete Stefanie mit ernster Miene. »Radioaktiver Abfall aus den heute in den USA und Europa betriebenen AKWs bleibt Zehntausende von Jahren eine Gefahr für die Umwelt. Verglichen damit stellen die zweihundert Jahre einen gewaltigen Fortschritt dar. Mit dem *Schnellen Integral-Reaktor* bekämen wir deshalb auch die Abfallbeseitigung endlich glaubwürdig in den Griff, was heute ja überhaupt nicht der Fall ist.«

Von Alp starrte nachdenklich auf seine Fingerspitzen, um dann zu folgern: »Eigentlich müßte man so rasch wie möglich die neue Technologie einführen. Ich meine, die Vorteile sind augenfällig.«

»Sicher«, bestätigte Stefanie. »Die Umstellung auf sodiumgekühlte *Schnelle Integral-Reaktoren* drängt sich auf.«

»Also auch keine teuren und gefährlichen Transporte von Brennstäben nach Großbritannien, Frankreich oder sonstwohin. Keine Gefahr, daß das gewonnene Plutonium in falsche Hände gerät«, zog von Alp den Schluß.

»Richtig. Zum Beispiel in Schlammers Hände.«

Sie schwiegen eine Weile. Die Kamera summte leise weiter. Dann stellte Theo die Frage, warum die *Schnellen Integral-Rektoren* nicht gekauft würden.

»In Europa, den USA, auch in der Schweiz will die Atomwirtschaft endlich die bestehenden Anlagen melken und nicht in eine komplett neue Technologie investieren. Zudem schrecken die Kraftwerkbetreiber vor den jahrelangen Bewilligungsverfahren zurück. Geld scheffeln steht im Vordergrund. Es ist bedauerlich. Aber wen wundert es, daß die Atomwirtschaft immer unglaubwürdiger wird. Die Leute, die entscheiden sollten, sind verknöchert und schlecht informiert. Wer neue Vorschläge macht, gilt als Atomkraftgegner, als Hysteriker, Grüner oder wird verurteilt, wie Peter Kern.«

»Was hat die *Schlammer Engineering* mit dem Mordfall Kern zu tun?« fragte von Alp unvermutet.

»Nun, Minister Kern war meines Erachtens einer Verschwörung auf der Spur. Deshalb mußte er sterben. Ich habe seinen Mörder gesehen. Am Tatort und auf dem Gelände des Schlammer-Konzerns. Er wollte auch mich umbringen. Es hängt wohl mit der Atommüllbeseitigung zusammen.«

Dann erzählte Stefanie Kramer vor laufender Kamera, was sie seit gestern früh erlebt hatte, und von Alp unterbrach sie mit keinem Wort.

Die Reportage ging ihm unter die Haut.

Anschließend kopierte er die Aufnahmen, übergab Stefanie die Videokassette und behielt eine Kopie des Interviews für sich.

Stefanie holte danach im oberen Stock ihre Sachen, schrieb einen Zettel, den sie von Alp auf den Fahrersitz des Dodge Minivan legte, und fuhr mit dem kleinen Wagen von Claudia davon.

42 Im Schauraum der Schlammer Engineering, Dienstag, 3. Juli

»Wir zeigen Ihnen nun unser Paradestück«, erklärte Adam Schlammer im Brustton der Überzeugung und schleuderte seinen Arm mit gespreizten Fingern beschwörend gegen die kahle Wand zu seiner Linken. Alle Augen richteten sich unwillkürlich auf den imaginären Punkt, als sich ein Teil der Wand geräuschlos seitwärts bewegte und eine schwarze Blende freigab. Wie ein Dirigent, der den Einsatz gibt, schwang Schlammer die rechte Hand in einer dramatischen Spiralbewegung nach oben. Seine Augen funkelten über der gebogenen Nase. Prompt brach aus dem schwarzen Nichts effektvoll eine weiße Gestalt hervor.

Es war Schönhof, der Physiker, der mit gequältem Lächeln den raschelnden, schwarzen Lamellenvorhang hinter sich ließ und zum Tisch humpelte. Er schleppte mit beiden Armen einen dickbauchigen, braunen Hartschalen-Reisekoffer mit Aluminiumrändern heran.

Das Ganze sah ziemlich ulkig aus, und Ken Custer konnte gerade noch ein Grinsen unterdrücken. Die Lage war zu ernst für Scherze. Er wußte, daß der schöne Reisekoffer nicht mit Kleidern vollgestopft war.

»Legen Sie das Gepäckstück auf den Tisch«, befahl Schlammer.

Ken und Hannibal hatten sich aus ihren Sesseln erhoben und machten Anstalten, Hand anzulegen, was sich jedoch als überflüssig erwies. Der Physiker legte den Koffer scheinbar mühelos auf die Tischplatte. Ohne Umschweife begann er zu dozieren, wobei er ständig mit dem Finger auf den Kofferdeckel pochte.

»In diesem serienmäßigen Reisekoffer befindet sich ein nuklearer Sprengsatz mit einer Wirkung von fünfzehn Kilotonnen.«

Instinktiv schreckte Ken zurück, die Hände leicht ausgestreckt.

»Keine Angst«, schmunzelte Schönhof, »die radioaktive Strahlung ist durch besondere Verdämmer auf ein Minimum reduziert. Sie können zwei Stunden neben der Bombe schlafen und kriegen eine Dosis ab, die nicht größer ist als einen Tag Sonnenbaden.«

»Wieviel spaltbares Material enthält der Koffer?« erkundigte sich Ken Custer unbeeindruckt.

»Für eine Sprengwirkung von fünfzehn Kilotonnen sind exakt 6300 Gramm Uran-238 erforderlich. Genau diese Menge haben wir verwendet.«

Custer nickte, dann fragte er: »Nach welchem Prinzip funktioniert die Bombe?«

Natürlich hatten sie diese Frage erwartet. Schlammer schaltete einen Projektor ein und wies mit der Hand auf die Leinwand: »Sie sehen hier die leicht konische Röhre. Die beiden subkritischen Massen von Uran-238 lassen wir aufeinanderprallen. Hier.« Er deutete eine Stelle am linken Rand des Zylinders an. »Wir müssen die eine Masse wahnsinnig rasant beschleunigen, damit sie mit der anderen Sprengstoffhälfte kollidiert und die Kettenreaktion auslöst. Die unterkritischen Sprengstoffteile werden dadurch zur überkritischen Masse zusammengeschlossen. In diesem Augenblick kommt es zur A-Explosion. Vereinfacht dargestellt, natürlich.«

Schönhof hüstelte und ergänzte mit wichtiger Miene: »Die Schwierigkeit besteht darin, genau die richtige Beschleunigungsgeschwindigkeit zu erreichen. Die Massen müssen innerhalb einer zwölftel Nanosekunde aufeinanderprallen.«

»Wie erzeugen Sie diese irrsinnige Beschleunigung?« erkundigte sich Custer.

»Mit konventionellem Sprengstoff, sehen Sie«, antwortete Schlammer und präsentierte ein neues Bild.

»Hier sieht man im Schema den Ablauf. Sieht einfach aus, aber die Kunst liegt in den haarscharfen Berechnungen.«

»Moment«, sagte Custer und zeigte auf das Schaubild. »Was bedeutet das schwarze Kästchen neben dem Zylinder?«

»Darin befindet sich der Zündungsmechanismus mit den Sicherheitscodes.«

Custer wartete mit hochgezogenen Brauen.

»Das System der Zündung stellt eine besondere Leistung der *Schlammer Engineering* dar. Sie können die Bombe per Telefon zünden!« Der Physiker ließ die Worte wirken, dann fügte er hinzu: »Nach dem Prinzip ›Ruf doch mal an‹.«

Schlammer grinste: »Sie können aus dem Schwimmbad anrufen, und die Bombe fliegt am anderen Ende der Welt in die Luft.«

»Ein ausgeklügeltes Codierungsverfahren schließt die Zündung durch Fehlanrufe aus. Könnte ja sein, daß jemand zufällig die falsche Nummer wählt. In einem solchen Fall passiert überhaupt nichts«, beteuerte der Sicherheitschef.

»Wir haben unsere eigenen mobilen Mikro-Telefongeräte eingebaut. Ein Modell wie dieses hier.« Schlammer griff in die Jackettasche und hielt Custer ein rotes Gerät auf der Handfläche entgegen. »Etwas größer als eine Zigarettenpackung«, ergänzte er unnötigerweise.

»Wo nehmen Sie den Strom her, wenn das Gerät tagelang oder über Wochen im Koffer auf Empfangsbereitschaft geschaltet bleibt?«

»Gute Frage, Herr Custer«, lobte Schlammer und nickte mehrmals anerkennend. »Dr. Schönhof, bitte?«

Der Physiker, der sich gerade eine Zigarette angesteckt hatte, rückte seine Hornbrille zurecht und sagte: »Mittels Solarzellen. Natürlich ist das Empfangsgerät da drinnen.« Er deutete mit dem Kinn auf den braunen Koffer. »Es ist mit einem Satz besonders leistungsfähiger Batterien ausgerüstet. Zudem liefert ein von Solarzellen gespeistes Aggregat den Strom nach. Die Zellen sind hier in diesem Aluminiumgestänge des Koffers eingebaut.«

Custer strich anerkennend mit dem Finger über das Metall und sagte: »Diese Leisten enthalten vermutlich auch die Flachantenne für das Telefon, stimmt's?«

»Richtig«, bestätigte Hannibal. »Die Codierung, die Vorbereitung zur Zündung und der Abschuß funktionieren nach dem Dialogprinzip. Warten Sie, wir machen eine Demonstration.«

Er verband das Mikrotel mit einem Verstärker und tippte ein paar Zahlen in die Wahltastatur: »Wenn Sie die Ladung scharfmachen wollen, wählen Sie 1, für eine andere Funktion wählen Sie 2«, tönte eine mechanische Stimme aus dem Lautsprecher.

»Ich wähle 2«, erläuterte Hannibal und tippte die Zahl ein.

»Falls Sie die Zündzeit ändern wollen, wählen Sie 1, für eine andere Funktion wählen Sie 2.«

»Er gibt wieder die 2 ein«, bemerkte Schlammer, und Hannibal nickte.

Aus dem Lautsprecher ertönte wieder die monotone Stimme des Computers: »Falls Sie die Ladung zünden wollen, geben Sie 1 ein, für eine andere Funktion wählen Sie 2.«

»Aus der Ferne können Sie praktisch das gesamte Programm ändern«, erklärte Hannibal und reichte Custer das Mikrotel. »Änderung des Bereitschaftsgrades, der Sprengzeit . . .«

»Was heißt Bereitschaftsgrad?« fragte Custer.

»Nun, Sie können die Ladung auf ›Zeituhr‹ stellen und eine Zündzeit eingeben, Monat, Tag, Stunde, Minute. Oder man überbrückt die Zeituhr und gibt direkt den Zündbefehl. Natürlich gibt es noch andere Möglichkeiten, wie Sparbetrieb, Änderung der Zugangsberechtigung und, und, und . . . aber das steht alles im Handbuch.«

Den Geheimcode erwähnte Hannibal nicht. Mit dieser vierstelligen Zahl konnte die *Schlammer Engineering* jederzeit ins System gelangen, den gerade gültigen Zündcode abfragen oder den Mechanismus außer Betrieb setzen. Sehr bequem für den Fall, daß der Konzern die Zündung der Bombe vereiteln wollte.

»Schön«, sagte Ken »schauen wir mal rein.« Er trat auf den Koffer zu.

»Stop«, protestierte Schönhof alarmiert. »Öffnen dürfen Sie das Ding nur im Labor. Das U-238 ist zwar auch bei geöffnetem Deckel abgeschirmt, aber die Kernstrahlung gelangt in den Bereich der kritischen Dosis. Etwa 15 Röntgen, leichte Risikostufe, aber wir wollen uns nicht unnötig bestrahlen lassen.«

Durch die schwarze Blende in der geöffneten Wand verließen sie den Raum und gelangten am Ende eines kurzen Korridors in eine größere Halle. Rechts befand sich eine Schleuse. Schönhof ging voran und hielt den Mund gegen ein Wandmikrophon. Der Zugang öffnete sich auf Stimmerkennung hin, stellte Ken enttäuscht fest. Seine vier Zahlen würden ihm hier nichts nützen. Die Gitterdrehtür bewegte sich denn auch prompt, nachdem Schönhof das Paßwort gesprochen hatte. Als sie im Labor die Schutzmäntel erhielten, verlangte eine weibliche Stimme Schlammer am Telefon. Er kramte sein Mikrotel hervor und meldete sich.

Was er hörte, schien ihm gar nicht zu behagen. Sichtlich in Aufruhr versetzt, schubste er Custer unsanft zur Seite und flüsterte Hannibal etwas ins Ohr.

Custer benutzte die Verwirrung, um einen prüfenden Blick auf die ausgebreiteten Karten zu werfen. Über den Bundesstaaten Pennsylvania, New Jersey, New York und Maryland breiteten sich in gleichmäßigem Abstand Kreise aus, die ihren Mittelpunkt irgendwo in Delaware hatten.

Custer dachte zuerst an die Wellenbereiche eines Radiosenders, dann traf ihn wie ein Schlag der Gedanke an eine atomare Verstrahlungskarte. Bei genauerem Hinschauen sah er einen Fächer, der sich kegelförmig vom Zentrum in Delaware in Richtung Nordosten gegen die Stadt New York öffnete. Fehlten nur noch die verschiedenen Gefährdungsstufen, die das verstrahlte Gebiet innerhalb des Fächers aufteilten. Je näher dem Ort der Explosion, dem Nullpunkt, desto größer waren die von Druck, Hitze und Strahlung ausgehenden Gefahren.

»Lassen Sie das«, befahl Schönhof scharf und schob die Kofferbombe über die Karte, ziemlich genau auf den Nullpunkt in Delaware. »Unsere streng vertraulichen technischen Wirkungsbereiche sind darauf enthalten.«

Als Custer nichts entgegnete, klärte ihn der Physiker auf: »Wir müssen natürlich die Mikrozellulartelefone auf den jeweiligen Einsatzort einstellen. Sie können mit diesen Dingern nur telefonieren, wenn das Gebiet, das sie erreichen wollen, funkmäßig erschlossen ist . . .« Während Schönhof weiterredete, quälte Ken ein nagender Gedanke. Warum lagen hier Karten der Ostküste? Soweit er die Sache sah, hatte Cali damit nichts zu tun. Oder trieb jemand mit ihm ein Doppelspiel? Er merkte sich den offenen Punkt und nahm sich vor, Susan oder COSMO darauf anzusprechen. ». . . zudem brauchen Sie natürlich eine Sendelizenz«, schloß Schönhof.

Custer nickte, glaubte aber kein Wort. Die Erklärung stimmte natürlich, hatte mit der Karte auf dem Tisch jedoch nichts zu tun. Er hätte schwören können, daß der Physiker über der Ostküste der Vereinigten Staaten eine Atombombenexplosion simuliert hatte. Ein unheimlicher Gedanke, der abrupt unterbrochen wurde, als Schlammer und Hannibal unter den entgeisterten Blicken Schönhofs plötzlich überstürzt den Raum verließen.

»Kann ich mal?« fragte Ken und packte das rote Mikrotel neben dem Reisekoffer.

»Nehmen Sie meines«, erbot sich Schönhof. »Das rote ist bereits programmiert und zu umständlich für den Normalbetrieb.« Er verband das Funktelefon mit einem Antennenkabel auf der Konsole. Wortlos wählte Custer die Nummer von Theo von Alps Apparat im Kleinbus unter der Burg. Ohne den Blick vom Pickelnarbengesicht Schönhofs abzuwenden, sagte er lediglich seinen Namen, dann lauschte er angespannt.

Danach ließ sich Custer das Bedienungshandbuch aushändigen und unterschrieb dafür eine Quittung. Sie verabredeten eine neue Zusammenkunft am nächsten Tag. Mittwoch. Custer wollte Zeit gewinnen, vorerst mit COSMO telefonieren und schützte deshalb eine dringende Rücksprache mit seinen Auftraggebern vor. Zudem seien die Gelder für die Bezahlung des Kaufpreises erst morgen verfügbar, gab er vor.

Weder Schlammer noch Hannibal ließen sich blicken, als Ken Custer auf der Rückseite des Konzerngebäudes in den Firmenwagen stieg. Der lange schwarze *Lincoln Town Car* glitt am Ziehbrunnen vorbei zur Straße. Die Sonne, ein feuriger Ball, stand schon tief im Westen. Custer bemerkte nichts Auffälliges, obschon ihn von Alp soeben vor zwei Typen gewarnt hatte, die sich um das Firmengelände herumtrieben. Wie Dick und Doof sähen sie aus, doch Custer entdeckte weder den aufgeschwemmten Großen, noch den Hageren mit dem rabenschwarzen Haar. Was von Alp sonst noch gesagt hatte, beschäftigte ihn im Augenblick stärker: Stefanie Kramer war verschwunden. Sie hatte Claudias kleinen Citroën entliehen und einen Zettel zurückgelassen: ›Bin morgen zurück‹.

Ken bezweifelte diese Voraussage. Stefanie hatte offenbar heute morgen sein schroffes, zerstreutes Benehmen in den falschen Hals bekommen, gestand er sich ein. Wenn sie nur keine Dummheiten machte, hoffte er, als er am Bahnhof von Nuclanne aus der Limousine stieg. Gerade noch erwischte er den Schnellzug in die Bundeshauptstadt Bern.

Schlammer und Hannibal stürzten in den rechteckigen Kommandoraum mit den lindgrünen Wänden. Breckerlin saß aufrecht und starr am ovalen Tisch und wies stumm auf den Telefonapparat, der mitten auf der schwarzen Granitplatte stand.

Aus dem Lautsprecher ertönte die Stimme Viktor Gislings: »Die Lage ist beschissen«, stieß er ärgerlich hervor. »In Bern ist die Hölle los. Kommandant Borer will die Firma auf den Kopf stellen. Diesmal wird er den Durchsuchungsbefehl bekommen. Kein Zweifel. Der Mord an Matak vor unserer Haustür macht einem Blinden klar, daß die *Schlammer Engineering* in der Sache drin steckt.« Viktor Gislings erregtes Schnaufen drang in den Raum.

Schlammer biß sich auf die Lippen. Dann sagte er scharf: »Keine Panikmache, Gisling! Ich will genaue Informationen darüber, was sich abspielt. Unsere Operationen laufen weiter. Bis morgen abend müssen sie die Polizei hinhalten. Verstanden?«

»Bis Mittwochabend, 4. Juli«, bestätigte die tiefe Stimme Viktor Gislings.

»Dann ist alle Ware draußen«, fuhr der Konzernboß fort. »Die Uhrengehäuse und die neuen Koffer. Sämtliche heißen Komponenten werden verschwunden sein. Aber ich brauche mindestens vierundzwanzig Stunden Zeit. Summermatter fliegt die *SADAM* noch heute in den Gebirgsstollen, mitsamt allem Zubehör. Vierundzwanzig Stunden, Gisling!«

»Was geschieht mit der Speziellen Zerstörungsmunition im Uhrengehäuse, die für den Iraker bestimmt ist?« fragte Breckerlin etwas zu hastig.

Unwirsch winkte Schlammer ab. »Aktion abgeblasen. Das Stück fliegt ins Gebirge. Keine Diskussion mehr, Breckerlin, klar?« Schlammers Augen blitzten gefährlich.

Breckerlin fiel das Monokel herunter. Er zitterte. Dann schlug er die Faust auf den Tisch und rief: »Wir feuern die Rakete ab, Angriff ist die beste Verteidigung. Im entstehenden Chaos können wir die Lage am besten bereinigen. Dann wird es Leute wie uns brauchen.«

»Der Alte spinnt«, sagte Gislings Stimme aus dem abhörsicheren Telefon, und Schlammer gab Hannibal einen Wink mit dem Kopf. Der Sicherheitschef nahm den General freundlich am Ärmel und deutete zum Ausgang. Mit rot angelaufenem Kopf erhob sich Breckerlin und folgte dem Sicherheitschef. Als die beiden draußen waren, sagte Schlammer leise zu seinem Geheimdienstchef:

»Nichts darf jetzt schieflaufen, Gisling, es gilt ›FUGA‹. Wiederholen Sie mir den Plan ›FUGA‹, damit wir Mißverständnisse noch ausräumen können.«

»In Ordnung, Chef.«

In Bern schilderte Viktor Gisling den Ablauf von ›FUGA‹. Sie würden dem Unterhändler des Drogenkartells vorerst die Kofferbomben gegen Bezahlung übergeben. Sobald die Geldsummen überwiesen wären, würde Custer beseitigt, seine Leiche unten in der Gruft in einen Stahlbehälter für Atommüll gestopft werden. Der Boß nähme Viktor Gisling dann an der verabredeten Stelle auf, die Handgepäckbomben hinten im Kofferraum des Mercedes. Notfalls würden sie die A-Waffen benützen, um sich freies Geleit zu erpressen.

»Ich stehe auf Abruf bereit«, beendete Viktor Gisling seinen Bericht.

Schlammer war zufrieden. Mit dem verrückten Breckerlin würde er später abrechnen, schwor er sich und verließ den geheimen Kommandoraum.

Dr. Dr. Adolf Breckerlin riß sich von Hannibal los.

»Kommen Sie heute nacht zu mir auf meinen Kommandoposten, Hannibal. Lagebesprechung.« Er zwinkerte zweideutig mit dem rechten Auge hinter dem Monokel. Dann wandte er sich ab und schritt energisch davon.

»Hazmoudi muß gewarnt werden. Die Stunde ist gekommen.

Philadelphia. Bagdad. Das vierte Reich!« schwärmte Breckerlin mit glühender Stirn und funkelnden Augen vor sich hin, als er ins Untergeschoß abstieg, um zu seinem Bunker, der ehemaligen Sternwarte, zu gelangen.

Als der Zug kräftig beschleunigend aus der Station glitt, spähte Ken Custer zur stolzen Burg hinauf, wo in früheren Zeiten Bischöfe und Landvögte gehaust, geherrscht und gefoltert hatten. Einen Augenblick lang schien das dunkelgrüne Dach des Dodge auf, der schnell die Burgstraße hinabfuhr.

Von Alp beobachtete aus den Augenwinkeln, wie der große Helikopter vom Startplatz der *Schlammer Engineering* abhob.

Die schwere Maschine überquerte das Tal und hielt genau auf ihn zu, um dann in knappem Abstand über die Burg hinwegzubrausen. Unweigerlich duckte sich von Alp. Der verwegene Pilot hieß bestimmt Summermatter, fiel ihm ein. Er beschleunigte nach der Kurve und bog weiter unten in die Hauptstraße ein. In einer Viertelstunde würde er Ken am vereinbarten Ort abholen.

Im gleichen Augenblick griff tief im Innern der Kaverne die Hand des alten Breckerlins zum Telefon. Die kiesige Stimme informierte den Empfänger des Anrufes über den Start des Hubschraubers. Der Pilot sei unterwegs, die Ware befinde sich an Bord, der Angriff könne nach Plan ausgelöst werden. Dann brach die Verbindung ab.

Bill Conklin und Special Agent Atlee sahen den *Linclon Town Car* aus dem Areal der *Schlammer Engineering* herausfahren. Sie hielten sich an ihrem Beoachtungsstandort zwischen den Häusern am Anfang der abfallenden Straße verborgen, als die Limousine vorbeiglitt. Dann nahmen sie in sicherem Abstand die Verfolgung auf. Der schwere Wagen fuhr Richtung Bahnstation. Sie folgten vorsichtig und parkten ihren Fiat im Schatten des Güterschuppens. Zu Fuß eilten sie im Schutz des Gebäudes zu den Gleisen.

Custer schaute einige Male um sich, dann trat er nach vorne zum Bahnsteig, wo der Zug einfuhr.

Conklin und Atlee trennten sich. Als sie festgestellt hatten, daß Custer in der Mitte des Zugs einen Wagen bestieg, verständigten sie sich rasch mit Handzeichen. Conklin sprang in den Wagen hinter dem von Custer, Atlee verschwand im vorderen. Als sich der Zug in Bewegung setzte, kreisten sie ihr Opfer ein. Bill Conklin griff unter das Jackett und fühlte seine *Smith & Wesson.* Special Agent Atlee preßte die Hand in den Rücken, wo seine Waffe im Hosenbund steckte. Sie schlossen zu Custer auf. Sie öffneten fast gleichzeitig die Schiebetüren zum mittleren Wagen, dessen Abteile von Reisenden voll besetzt waren. ›Keycop‹ saß in der Mitte, auf einem Gangsitz, den Rücken Conklin zugewandt, den Kopf seitwärts zum Fenster gerichtet.

Ken Custer wandte den Blick von der Burg ab und betrachtete den schlaksigen Jungen gegenüber, der seine Beine unbekümmert zu ihm hinüberstreckte. Auf dem Schoß hielt er mit den Händen einen grünen Rucksack fest. Ken versuchte, durch die dunkle Brille hindurch seine Augen auszumachen.

Da sah er in den Gläsern die sich spiegelnde massige Gestalt zur Tür hereinkommen. Es war der aufgeschwemmte Typ. Alles in Ken spannte sich an. Schnell sah er zur anderen Türe, in der der hagere, dünne Kerl mit den schwarzen Haaren stand. Ihre Blicke begegneten sich. Custer wußte Bescheid. Er saß in der Falle.

Langsam schritten die beiden Agenten durch den Gang zwischen den Sitzbänken hindurch und näherten sich seinem Abteil.

Ken zog seine *Walther PKK* und feuerte in die Wagendecke.

Der Schuß löste das totale Chaos aus.

Frauen schrien, Männer warfen sich zu Boden, andere wirbelten entsetzt herum, die meisten stürzten zu den Ausgängen. Der schlaksige Junge verharrte versteinert mit offenem Mund.

»Da drin ist eine Bombe«, schrie Ken aufspringend und hielt den grünen Rucksack des Jungen hoch. »Raus aus dem Wagen.«

Jetzt nahmen alle in wilder Flucht panisch Reißaus. Conklin und Special Agent Atlee versuchten vergeblich, sich der flüchtenden Menge entgegenzuwerfen, um weiter ins Wageninnere vorzudringen. Sie wurden buchstäblich hinausgeschwemmt.

Custer riß das Wagenfenster herunter und stemmte sich zum Aluminiumdach empor. Mit den Händen krampfhaft nach einem Halt suchend, fand er einen Griff und zog sich hoch. Die Beine hakte er irgendwo ein und lag atemlos auf dem Wagendach. Er umklammerte die Lüftungseinlässe und blickte nach vorne. Doch er durfte sich nicht aufrichten. Die Spannung der elektrischen Fahrleitung hätte ihn erschlagen.

Hektisch robbte er auf dem Bauch zum Ende des Dachs. Eine rötliche Dreckschicht klebte auf dem Aluminium. Der Fahrtwind schleuderte ihm Metallstaub ins Gesicht. Custer kniff die Augen zu. Er preßte sich platt auf das schwankende Wagendach und spähte nach festen Griffstellen. Der Zug dröhnte dahin, immer schneller. Custer wagte nicht, den Kopf zu heben. Die Angst vor der Hochspannung saß ihm im Nacken.

Er wollte sich weiter vorne in die Lücke zwischen den Wagen hinunterlassen. Energisch schob er sich vorwärts.

Zuerst schenkte er dem Hupen nicht die geringste Beachtung. Dann kam der unablässige schrille Ton näher. Aufdringlich. Lästig. Custer wagte einen Blick zurück und sah zu seiner völligen Verblüffung den grünen Dodge auf der Hauptstraße heranbrausen.

Custer erreichte den Verbindungsbalg zwischen den Wagen und stieg behutsam auf eine etwa eineinhalb Meter tiefere, kleine Plattform ab. Der Zug rüttelte. Der grüne Dodge schloß auf. Custer starrte verständnislos zu von Alp hinüber, der am Steuer wild gestikulierte und fortwährend mit den Scheinwerfern blinkte. Die Hauptstraße war weit weg, der Boden zu steinig, und bei dieser Geschwindigkeit war an ein Abspringen vom Zug nicht zu denken.

Als plötzlich eine weiße Piste direkt neben der Bahnlinie vorbeiflitzte, begriff Ken, worum es ging.

Von Alp war schleudernd auf die Schotterstraße abgebogen und hatte wieder zur Eisenbahn aufgeholt. Hinter dem heftig federnden Kastenwagen wirbelte eine riesige Staubwolke hoch in die Luft.

Der Dodge befand sich nun ungefähr zwei Meter vom donnernden Schnellzug entfernt. Von Alp drückte den rasenden Karren immer näher zum Waggon heran. Theo mußte völlig verrückt sein, dachte Ken.

Auf der Höhe von Custer preschte der Dodge jetzt mit den rechten Rädern über die Grasnarbe. Bedenklich schlingerte er hin und her. Steine, Dreck und Schollen spritzten weg. Das Fahrzeugdach wogte zwei Meter unter Kevins luftigem Standort.

Dann fiel der Dodge leicht zurück.

Von Alp hupte. Custer sprang.

Der Fahrtwind riß ihn nach hinten. Von Alp hatte die Position genau berechnet. Custer landete flach auf dem Dach des Kastenwagens und versuchte, sich festzukrallen.

Von Alp bremste stark, als er die Erschütterung auf dem Dach hörte. Custer, dessen Körper nach hinten abzurutschen drohte, rückte durch die Bremsverzögerung wieder nach vorne. Er vermochte sich mit Armen und Beinen an der Dachkante festzuhalten.

Weiter vorne verschwand das Schlußlicht des Zuges im Dunst des Nachmittags.

Conklin gaffte mit gerötetem Gesicht aus dem hintersten Wagen. Er hatte miterlebt, wie Custer der tollkühne Sprung gelungen war. Der Geheimagent barst innerlich vor Wut.

Plötzlich stand der Mähdrescher vor dem Dodge. Er versperrte die schmale Naturstraße.

Von Alp starrte fassungslos auf das gelbe Ungetüm und trat auf die Bremse. Noch zwanzig, noch zehn Meter bis zum Aufprall. Da schwenkte der Riese von der Straße ins ebene Feld. Haarscharf schlitterte der Dodge vorbei und kam weiter vorne endlich zum Stehen. Custer rutschte über die Windschutzscheibe auf die Straße, wischte sich den Staub aus dem Gesicht, klopfte Dreck von Hemd und Hose und grinste von Alp mit einem bewundernden Kopfschütteln an.

Der Fahrer des Mähdreschers rannte heran. ›OHNE BAUER LANDESTRAUER‹ behauptete seine Mütze. »Übt ihr für einen Film? Wahnsinnig, dieser Stunt«, brachte er staunend hervor.

Doch Ken war bereits eingestiegen. »Das nächste Mal versuchen wir es mit dem Mähdrescher«, antwortete von Alp verschmitzt und startete mit durchdrehenden Rädern.

43 Bern, Dienstag, 3. Juli

Stefanie warf das Wäschebündel in die Trommel, schloß die Tür, drückte die Münzen in den Schlitz, und als die Maschine zu rütteln begann, machte sie sich auf die Suche nach dem Laden. Sie erinnerte sich an die Empfehlungen von Ralph Christen, die hauptsächlich der Person der Managerin galten, und fand das Geschäft prompt auf der unteren Einkaufsebene.

›CRACK SHOP‹ las sie verdutzt. Zynisch, dachte sie, aber der Untertitel ›ZUM COMPUTERNARREN‹ klärte sie über die freche Bezeichnung auf. Die Managerin war attraktiv, vermutlich war sie ein alter Schwarm von Ralph gewesen. Sie verstand sofort, worum es ging, und setzte Stefanie im hinteren Teil des poppig aufgemachten Verkaufsraums vor einen riesigen Bildschirm. Melanie Borer musterte ihre Kundin kritisch von der Seite und gab die notwendigen Erklärungen.

»Das Schreibprogramm fordert Sie alle paar Minuten automatisch zum Abspeichern des Textes auf.«

Stefanie nickte, rückte die dunklen Brillengläser zurecht und schob die Diskette ins Laufwerk. Sie schrieb flüssig mit leichter Hand, im Bann des Erlebten, und vergaß dabei die Welt um sich herum völlig. Nach dem Mittagessen hatte sie die Haare dunkel nachgefärbt, von Claudia ein rötlichviolettes Hemd, einen weißen Hosenrock und Turnschuhe ausgeliehen und fühlte sich sicher. Nach neunzig Minuten speicherte sie das Geschriebene endgültig ab und steckte die ausgeworfene Diskette in einen Umschlag.

Stefanie zuckte zusammen, als sich von hinten eine Hand auf

ihre Schulter legte: »Möchten Sie eine Tasse Kaffee?« fragte die Managerin freundlich lächelnd.

Stefanie nahm erleichtert an und schrieb mit der Feder einige Zeilen auf ein Blatt Papier, das sie ebenfalls in den Umschlag steckte, trank ein wenig Kaffee und verließ den ›CRACK SHOP‹. Nachdem sie ihre Wäsche einem mit Münzen gefütterten Trockner anvertraut hatte, kaufte sie ein Stück Pizza und Schinkenbrote, holte vom Automaten zwei Colagetränke, erstand im Supermarkt eine Decke und eine Musikkassette. Ein aufklappbares Überlebensmesser erregte ihre Aufmerksamkeit in der Auslage einer Eisenwarenhandlung. Kurz entschlossen trat sie ein und erwarb das lange, scharfe Mordgerät.

»Mein Sohn sammelt eben Messer«, versuchte sie eine Erklärung, die den Verkäufer nicht zu interessieren schien. Er nahm wortlos das Geld und reichte ihr die teure Ware so selbstverständlich über die Theke, als hätte sie Kaugummi gekauft.

Später betrat sie den Katalogsaal der schweizerischen Landesbibliothek und suchte nach den Zeitungsberichten über den Tod des jungen François Clissot vor zwanzig Jahren. Sie fand die Mikrofilmrollen des entsprechenden Jahrgangs von ›24 HEURES‹ und ›LE MATIN‹. Beide Tageszeitungen hatten ausführlich über das schreckliche Unglück berichtet. Ein Journalist von ›24 HEURES‹ hatte Freunde, den Dorfpolizisten, den Zahnarzt, die Leute vom Schießverein befragt.

Stefanie kopierte die Stellen, zahlte und fuhr anschließend zum großen Stadion hinaus. Sie parkte den Citroën am Rande der Sportanlagen. Eine Reihe abgestellter, dreiachsiger Anhänger bot ihr Sichtschutz und ein Gefühl von Geborgenheit. Sie aß und trank, den Abfall warf sie in der nahegelegenen WC-Anlage in die Mülltonne. Im schlechten Licht der Innenbeleuchtung studierte sie lange die Zeitungsberichte. Sie unterstrich eine Stelle im Text und nahm sich vor, der Sache später nachzugehen. Der Reporter von ›24 HEURES‹ hatte den Vogelfreund aufgespürt, der von seinem Hochsitz aus den Sturz des Jungen beobachtet und die Polizei benachrichtigt hatte. Über den Hergang des Unglücks war man sich nicht im klaren. Doch kam ein Verbrechen nicht in Frage, wie der Untersuchungsrichter bei der Pressekonferenz feststellte.

Der Reporter meldete Zweifel an, hatte doch der Vogelschützer einen zweiten Mann auf der Felsplatte wahrgenommen. Dem alten Zeitungsbericht zufolge ging die Polizei dem Hinweis jedoch nicht weiter nach. Stefanie notierte sich den Namen des vogelkundigen Zeugen, der im gleichen Ort wie zuletzt François Clissot wohnte, dann beugte sie sich nochmals über die Kavernenpläne, die ihr Claudia mit dem Kopiergerät verkleinert hatte, fand einen Längsschnitt, verglich ihn mit dem Grundriß der entsprechenden Höhenkote und kam zu dem Schluß, daß vom Ausstieg des Lüftungsschachts ein Weg ins Labor, wo die Landkarten und die sonderbaren Geräte lagen, möglich war.

Grimmig nahm sie sich vor, morgen ein zweites Mal in die Atomkaverne einzusteigen, um das Beweismaterial zu sichern. Die Summermatter-Kinder würden ihr dabei helfen, hoffte sie. Es war bereits lange nach Mitternacht, als sie sich auf den Rücksitz legte, die Decke bis über die Ohren zog und sich von den weichen, wehmütigen Klängen aus dem Kopfhörer in den Schlaf wiegen ließ: Vladimir Ashkenazy spielte Chopin: Mazurka, Des-dur, Opus 30.

Auf der kleinen Werkbank in der fensterlosen Nische des Kontrollraumes legte Hannibal um die gleiche Zeit sorgfältig das braune Selbstklebeband über die Rückseite des Pakets von der Größe eines Buches. Er wendete es mit den Fingerspitzen und betrachte sein Werk mit Genugtuung. Die Adresse, die Briefmarken aus Kolumbien, die Poststempel, der Zollvermerk sahen täuschend echt aus! Der Inhalt stammte allerdings nicht aus Südamerika, sondern aus der tschechischen Republik: dreihundert Gramm Semtex-Sprengstoff, mit einem Reißzünder versehen. Gute Post, sagte er sich, legte das Paket sorgfältig in das Schubfach zurück, nahm die Farbfotos, die dort lagen, heraus und stellte sie vor den Bildschirm.

Die Teleobjektivaufnahme von Rosalia zeigte Custer, wie er den Kahlköpfigen mit einer geraden Rechten ans Kinn traf. Custer als Postbote! Hannibal rieb sich sein Kinn und brachte mit einem Tastendruck die Information hoch: Kenneth W. Custer. Der Kerl war gut! Ex-CIA. Besaß sogar ein *NZSW*, das begehrte Zertifikat für Nahkampf, Zerstörung und Spezialwaffen, ›Demolition, Close Combat and Lethal Weapons Expert‹, stand in Klammern.

»Hm, und Rosalia, das Luder, steckt mit dem Ex-Bullen unter einer Decke«, fluchte Hannibal leise vor sich hin. »Also doch! Aber niemand hintergeht Hannibal ungestraft. Zeit für scharfe Post aus Südamerika ...« Er schaltete den Monitor ab, legte das Bild ins Schubfach zurück, schloß ab, griff nach seiner automatischen Neunmillimeter und fuhr mit dem Aufzug in die unterirdische Combat-Anlage. Zeit für scharfes Schießtraining ...

44 In den Schweizer Alpen, Dienstag, 3. Juli

Er flog in geradem Kurs in den Abend hinein. Das gleichmäßige Klopfen des mächtigen Rotors löste seine innere Spannung, rüttelte Gedanken los, Bilder schienen auf. Die brutale Ermordung Kerns hatte Summermatter erschüttert. Erst noch sahen sie sich in die Augen. Der Minister stand leibhaftig vor ihm, mit warmem Blick, verbindlichen Worten. Niemals würde er diese Szene vergessen. Und jetzt?

Tot. Erschossen. Aus.

Summermatter versuchte, sich die letzten Sekunden des Ermordeten vorzustellen. Ob er die Kugeln gespürt hatte, als sie in seinem Kopf einschlugen? Unwillkürlich schweiften Summermatters Gedanken ab. Er dachte an das Titelbild der Illustrierten, seine zwei Buben und Jessica, die Adoptivtochter aus Sri Lanka, an die lebhafte Unterhaltung vom Sonntagabend ...

Sie saßen um den runden Tisch in der geräumigen Eßküche und hatten das Abendessen fast beendet. Karma lag satt unter dem Tisch und ließ sich von den Kinderfüßen liebevoll malträtieren.

Summermatter schreckte auf, als ihm Mark, der ältere Sohn, erzählte, er habe den Minister im Dorf gesehen.

»Dummes Zeug«, wimmelte ihn der Vater unwirsch ab. »Den kennst du ja gar nicht.«

»Doch«, beharrte Mark, »erstens hat er mich durch das Seitenfenster lange angeschaut, vor der Ampel an der großen Kreuzung nämlich, und dann lachte er plötzlich, genau wie hier auf dem Bild, warte . . .«

Er stand vom Tisch auf und holte die Illustrierte, die auf dem Fernsehgerät lag. »Genau wie hier –« Alle schauten auf die Titelseite, wo ein lachender Minister Kern seinem Bernhardiner über das Fell strich.

»Du hast erstens gesagt, was ist zweitens«, wollte sein jüngerer Bruder Tony wissen.

»Zweitens habe ich mir das Nummernschild gemerkt. Eine kurze Nummer, wie sie eben nur wichtige Leute erhalten. Für einen Minister fährt der eine ziemlich miese Kiste.«

»Wahrscheinlich gehört er einem seiner Sklaven«, schlug Jessie vor.

»Falsch, die Nummer lautet auf ihn, Peter Kern, Bundesrat.«

»Wie hast du das herausgefunden?« erkundigte sich Summermatter.

»Ganz leicht, die Leute in der Shell-Garage haben ein dickes Verzeichnis mit allen Autonummern. Dort stand er drin.«

»Hört mal gut zu«, sagte Summermatter, »ich will nicht, daß ihr darüber sprecht, verstanden?«

»Wow, eine geheime Sache, he! Wahrscheinlich hat er seine Freundin besucht!« Tonys Augen funkelten.

»Hört mit dem Unsinn auf. Ich meine, außer uns soll niemand wissen, daß der Kern heute in der Firma war. Sonst bekomme ich Schwierigkeiten. Wollt ihr das etwa?«

»Bestimmt nicht«, platzte Jessie heraus. »Aber, Daddy, warum war er denn da, und weshalb bekommst du Schwierigkeiten?«

»Kein Wort mehr darüber, klar?« Summermatter zog mit beiden Händen einen Strich durch die Luft und wartete.

»Okay«, maulte Mark enttäuscht. »Ich muß noch die Schlangen füttern.« Er stand auf, versetzte Karma einen kumpelhaften Fußtritt und trollte sich durch die offene Tür auf den Balkon. Die

Hündin folgte mit treuem Blick aus bettelnden Augen. Auf der Terrasse hob Mark den Deckel der großen Kiste ab, die in der Ecke stand. Im Innern wimmelte es von umherflitzenden, kletternden und piepsenden weißen Mäusen, die sich im gleichen Maße vermehrten, wie sie von den Schlangen verzehrt wurden.

Mark packte eine Handvoll und trug sie in einem alten Hut zu den Glasvitrinen in der Halle. Zwei Mäuschen warf er der graubraunen Aspis-Viper zum Fraße vor.

»Fliegst du morgen, Daddy?« rief er in die Küche.

»Ja, vermutlich schon.«

»Weißt du schon wohin?« Er warf eine Maus in die Ecke, wo sich eine Gabun-Viper kringelte.

»Ja, warum fragst du? Ich fliege zum Steinbruch hinauf.«

»Weshalb braucht die Firma eigentlich dieses Zeug, das du herumfliegst, Granitplatten und all die Kisten?« fragte Tony, der gelangweilt die Pfeilgiftfrösche betrachtete.

»Granitplatten dichten gut ab gegen elektrische Ströme und elektromagnetische Wellen«, antwortete Summermatter vorsichtig.

»Und Radioaktivität«, ergänzte Mark. Er streichelte den Collie hinter den Ohren, als er versuchte, nach dem Hut mit den weißen Mäusen zu schnappen. »Granit von einem halben Meter Dicke reduziert die radioaktive Strahlung um fünfundneunzig Prozent.«

»Donnerwetter, du kennst dich aus«, lobte der Vater. »Wir brauchen solche Abdichtungen in der Kaverne, weil dort radioaktives Material herumliegt, verbrauchte Brennstoffe aus den AKWs.«

»Wie gefährlich sind die eigentlich?« erkundigte sich Tony, der immer noch in den Glaskasten starrte.

»Ein Atomkraftwerk ist sicherer als eine Polizeiwache, die Risiken sind . . .«

»Nein, Daddy, ich meine die giftigen Frösche.«

»Ach so«, sagte Summermatter erleichtert. »Nun, der Pfeilgiftfrosch oder lateinisch *Phyllobates Terribilis* ist tödlich, Tony. Sein Gift tötet einen Menschen augenblicklich. Herzstillstand. Keine Chance. Es genügt, daß eine winzige Spur des Gifts in die menschliche Blutbahn gelangt. Die Eingeborenen streifen das Gift vom Rücken des kleinen Tiers ab und beschmieren damit die Spitzen ihrer Giftpfeile. Daher kommt der Name Pfeilgiftfrosch, denke ich. Eine tödliche Waffe. Die Schlange hat Giftzähne, der Frosch eben einen Giftrücken.«

»Und viele Menschen sind Giftspritzen«, warf Jessie ein. »Der fette Glatzkopf vom Bunker ist so ein Giftzwerg. Mit Lederjacke und kurzen Flossen, aber ständig führt der eine große Röhre, immer stichelt er gegen Haluk, wirbelt sein Stellmesser um die Finger und sagt: ›Tote Türken sind die besten Türken.‹ Einmal spritzte er Haluk mit der Sprühdose ein rotes Hakenkreuz auf den Rücken. Mit dem ist nicht zu spaßen.« Sie schlug sich in die Armbeuge und streckte den Mittelfinger aus der Faust.

»Wie heißt dieses Ekel?« erkundigte sich Summermatter hellhörig, der die Skins in Hannibals Truppe verabscheute.

»Er heißt, wie er aussieht: Fettsack. Den richtigen Namen weiß ich nicht«, antwortete Jessie. »Morgen gehen wir übrigens auf den Berg, um Eidechsen zu fangen. Wehe, wenn uns der Fettsack über den Weg läuft.«

»Paßt bloß auf, daß ihr nicht in die Absperrungen lauft. Ich will keinen Ärger mit den Wachen, verstanden?«

Summermatter ahnte, daß weitere Ermahnungen möglicherweise das Gegenteil bewirkten. Also ließ er es dabei bewenden.

»Haluk kennt sich aus in der Szene«, fügte Jessie von sich aus hinzu, »er kennt die Skins und Italos und weiß Bescheid über die Wachen. Ich bin sicher, der trägt ein Messer.«

Als die Kinder hinten in ihren Zimmern verschwanden, hörte er Tony in Fetzen sagen: ». . . einen von denen nehmen wir mit . . . Hunde verrecken . . . ich weiß, wo wir langgehen.«

In dieser Nacht wälzte sich Summermatter unruhig im Bett hin und her. Nicht wegen der Kinder. Die waren prächtige Lausebengel mit Flausen im Kopf, wie es sich in diesem Alter gehörte. Auch die Gifttiere seiner Sammlung bildeten nicht den Grund seiner Besorgnis. Der Gedanke ließ ihn nicht los, daß er heute unfreiwillig Zeuge eines Vorfalles geworden war, den er besser nicht miterlebt hätte. In Zukunft würde er vorsichtiger sein und vor allem die Augen und Ohren offenhalten. Er mußte auf der Hut sein. Etwas war faul im Schlammer-Konzern, sagte ihm sein Gefühl, und er versuchte, sich vorzustellen, warum am Nachmittag plötzlich die gesicherte Tür zur Schleuse aufgegangen war. Aber dann fiel er in einen tiefen, traumlosen Schlaf.

45

Von Schlaf war im Cockpit keine Rede. Konzentriert erfaßte das trainierte Auge von Urs Summermatter die im Schatten kaum erkennbaren Kabel der Starkstromleitung Er zog den Steuerknüppel leicht an und begann, die fünf dicken Stahlseile, die mit tödlicher Spannung geladen waren, zu überwinden. Die gefährlichen Kabel waren der Alptraum eines jeden Hubschrauberpiloten, ob in der Flugwaffe oder im zivilen Einsatz. Man fand die heimtückischen Hindernisse zwar sorgfältig in den Flugkarten verzeichnet, trotzdem wurden sie immer wieder zur tödlichen Falle der Piloten, die durch schlechtes Wetter, Böen oder Sonnenblendung abgelenkt wurden.

»Was zum Teufel soll –« brüllte Summermatter.

Das Inferno eines gewaltigen Luftschwalls, begleitet von ohrenbetäubendem Dröhnen und Brausen brachte ihn beinahe um seine Sinne. Die Druckwelle warf die *SuperPuma* unversehens gegen die Stromleitung. Summermatter konnte später nicht erklären, wieso er sich im Cockpit betäubt duckte, um der dröhnenden Gefahr von oben auszuweichen, gleichzeitig aber versuchte, Höhe zu gewinnen.

»Komm schon, los, hoch, steig, um Gottes willen, steig«, war alles, was Summermatter in diesem Moment erflehte. Und der mächtige Rotor ließ ihn nicht im Stich. Wie Musik klang das Aufheulen der Turbo-Aggregate, dann war die *SuperPuma* drüben.

Summermatter wischte sich den Schweiß von der Stirn und

suchte den Abendhimmel nach dem Idioten ab, der ihn um ein Haar in Grund und Boden geschmettert hätte. Er sah die typischen Doppelschwanzflossen der *F/A-18*, die bereits wieder hochgezogen hatte und unbeschwert in den glasklaren Himmel stach. Dieser schnellste und teuerste Kampfjet, den die schweizerische Flugwaffe im Dienst hatte, war ihm in geringstem Abstand über den Schädel hinweggedonnert. Summermatter schüttelte sich vor Grauen.

»So ein gottverdammter Hurensohn!« brüllte er, dann überpüfte er die Position und nahm eine geringfügige Kurskorrektur nach West-Süd-West vor.

Das rosa Wanstgesicht seines Begleiters hatte sich durch das Ausweichmanöver grün verfärbt. Jämmerlich hielt sich der Kahlkopf aus Breckerlins Schlägertruppe den Bauch, über dem ein *Sturmgewehr 90* mit eingeklapptem Kolben baumelte. Summermatter grinste verächtlich. Am liebsten hätte er den Schergen neben sich mit einem abrupten Abfaller über eine Felskante zum Kotzen gebracht, doch dann hätte er die Schweinerei im Cockpit putzen müssen. Seit dem Start hatten sie kein Wort miteinander gewechselt, und Summermatter machte mit einer abweisend sauren Miene keinen Hehl aus seiner Abneigung gegen den bewaffneten Kraftprotz.

Oberstleutnant Henri Carrard empfand ein mulmiges Gefühl in der Magengegend, als er die Maschine aus dem engen Tal in die weiten Lüfte des Alpenraum hochzog. »So ein verdammter Idiot!« fluchte er unter seiner Sauerstoffmaske und griff nach der Fluglagekarte. Er sah, was er sehen wollte: Das ganze Tal befand sich eindeutig unter der rot schraffierten Markierung: ›MILITÄRISCHE SPERRZONE‹. Das As eines Helipiloten hatte dort überhaupt nichts zu suchen.

Über Sprechfunk meldete er den Vorfall dem Stützpunkt.

Sie würden die Sache abklären, kam trockener Bescheid vom Boden.

»Okay«, sagte Carrard, »ich breche den Test ab. Und treibt mir diesen Hazardeur auf. Ich drehe ihm eigenhändig den Hals um. Ritorno in venti, Ende.«

Während er Kurs auf den Gebirgsflugplatz nahm, spielte sich die Horrorszene nochmals in seinem Geist ab ...

Er hatte ein neues Laserzielgerät getestet, das gegenwärtig erprobt wurde, um die *F/A-18* eventuell für den Einsatz auf Erdziele zu verbessern. Persönlich versprach er sich nicht viel davon. Für ihn war dieser Vogel ein typischer Abfangjäger, doch war er keineswegs abgeneigt, im Rahmen der Versuche Bodenangriffe zu simulieren, die ihm höchste Konzentration abverlangten. So auch heute abend, als er gegen die Westflanke der Dents du Midi hinabstach, um dann ins Seitental einzuschwenken, wo das Kraftwerk lag. Das Zielgerät erfaßte die kleine Transformatorenstation rasch und präzis, der Film lief, und in wenigen Augenblikken würden die Luft-Boden-Raketen abgefeuert, simuliert natürlich ... Das Tal lag im Schatten, die Maschine brauste jetzt knapp hundert Meter über die Talsohle hinweg. Vorne erschien die Starkstromleitung, die sich Carrard eingeprägt hatte. Als plötzlich der Hubschrauber vor dem Jet aufstieg, um die Leitung zu überqueren, konnte Carrard nur noch mit größter Mühe reagieren.

Um mit MACH 0,9 knapp über den Baumwipfeln im engen Gebirgstal ein verstecktes Ziel anzugreifen, braucht es erstklassige Flieger. Die schweizerische Flugwaffe habe nur solche, pflegte Oberstleutnant Carrard seinen Freunden in der US Navy selbstbewußt zu versichern. Bis heute war es jedenfalls noch keinem der eingeladenen Asse der Top Gun-Schule gelungen, Henri auf der Jagd über den Alpen im Dog-Fight zu erwischen.

Ein seitliches Ausweichen war schon aus Gründen der Trägheit unmöglich. Zudem wäre die *F/A-18* am Felshang zerschellt. Auf die kurze Distanz hatte einzig ein wohldosiertes Hochziehen noch eine Chance. Die Routine von Hunderten von Flugstunden ließ den Testpiloten die Situation meistern. Knapp vor dem Helikopter hob der schwere Jet die Nase. Zum Glück leuchtete der Heli rot auf, schoß es Carrard durch den Kopf, als er mit vollem Schub aus dem Tal aufstieg. Eine Kollision, das hätte gerade noch gefehlt, wetterte er, dann fiel sein Blick ein zweites Mal auf die Instrumente.

»Was zum Teufel . . .?« Es schien Carrard, als ob die Nadel des Dosimeters, welches die Strahlenintensität in Milliröntgen maß, ausgeschlagen hatte. »Wahrscheinlich Fehlanzeige«, brummelte er vor sich hin. Auch dieses Gerät hatten sie probeweise eingebaut. »Oder wer weiß, am Ende ein undichtes Endlager für Atommüll im Gebirge?« Der Gedanke belustigte ihn, der Streß ließ nach.

Die rote Maschine, die nach einer *SuperPuma* ausgesehen hatte, war nach Westen in Richtung französischer Grenze abgeschwenkt. Im Gegenlicht der Abendsonne überzog ein seidiger Dunst die Höhen, und der Helipilot hatte sich unter dem feinen Schleier verkrochen. Oberstleutnant Carrard drehte endgültig ab.

». . . Ritorno in venti«, hörte Summermatter im Kopfhörer gerade noch, als er in knapper Höhe den Paß überquerte. Er hatte sofort die Frequenz des Kampfjets gesucht. Beruhigt stellte er fest, daß der Funkverkehr nicht zunahm. Er deutete dies als Zeichen dafür, daß er nach dem Zwischenfall unbemerkt entkommen war.

Wäre Summermatter allerdings eine Schleife geflogen, hätte er vermutlich den anderen Helikopter, der ihm in sicherem Abstand folgte, gesichtet. Aber seine Aufmerksamkeit richtete sich nach vorne zum Talkessel, wo der Steinbruch lag.

Die Sonne war hinter dem Alpenkamm verschwunden und färbte den Himmelsstreifen über dem Horizont graurot, als Summermatter seinen Sinkflug zum Punkt 1794 fortsetzte. Um diese Zeit war der Steinbruch bis auf die zwei Sicherheitsleute verlassen. Die letzte Schicht arbeitete normalerweise bis sechs Uhr, dann fuhren die Männer mit dem alten VW-Bus ins Dorf, das aus der Luft betrachtet einen Katzensprung entfernt schien. Tatsächlich wand sich die Schotterstraße auf fünfzehn Kilometern in unzähligen Kurven den Abhang hinunter, und die Arbeiter brauchten für die Talfahrt trotz halsbrecherischer Geschwindigkeit eine gute halbe Stunde.

Als Summermatter die Maschine vorsichtig auf dem gut markierten Landeplatz aufsetzte und den Rotor abbremste, schoß der schwarze *Cobra*-Helikopter über den Westgrat und tauchte in den Schatten des Talkessels. Jetzt drehte er ab und flog mit abgesenkter Nase schnurstracks auf den Landeplatz zu, wo sich die rote Maschine Summermatters wie ein Leuchtsignal von den hellgrün schimmernden Granitplatten abhob.

In der *Cobra* machten sich die beiden Männer zum Absprung bereit. Sie trugen eng anliegende schwarze Anzüge und starrten grimmig und konzentriert am Piloten vorbei nach vorne. Die *Uzi*-Maschinenpistolen lagen mit eingesetztem Magazin in Griffweite bereit.

46

Die Schweiz ist ein Land, wo Helikopterflüge zur Tagesordnung gehören. Alpenflüge sind ein beliebtes Sommervergnügen, und in der Woche fliegen vor allem die kommerziellen Hubschrauber Holzstämme aus unwegsamen Schneisen heraus oder Vorräte zu den Schutzhütten der Alpenclubs hinauf. Fällt im Herbst früh Schnee, transportieren Helis Tierfutter und Lebensmittel auf die abgeschnittenen Almhöfe, und schließlich sind die Maschinen der Rettungsflugwacht oft im Einsatz, um bei Nacht und Nebel zwischen Felswänden und am Rand von Abgründen Bergsteiger aus mißlichen Lagen wie der Eigernordwand zu befreien.

Mit den wachsamen Profis des Überwachungsgeschwaders der Schweizer Flugwaffe ist in aller Regel nicht gut Kirschen essen. Das hochentwickelte Radarwarn- und Identifikationssystem, von modernen Abfangjägern unterstützt, läßt einem Eindringling in dem Luftraum kaum eine Chance; aber der von Tal zu Tal über die Bergkämme hüpfende Hubschrauberverkehr wird nicht dauernd überwacht. Solange der Pilot den Sperrgebieten ausweicht, kann er sich fast alles erlauben, sogar im Tiefflug über die Zürcher Bahnhofstraße brausen oder rund um ein Atomkraftwerk kreisen.

Mit einem Hubschrauber in den schweizerischen Luftraum einzudringen und irgendwo unterzutauchen gilt deshalb nicht als besonderes Kunststück. Ein großes Risiko geht ein Helikopterpilot – einmal abgesehen vom Wetter – auch nicht ein, wenn er mit Schmuggelgut oder illegalen Grenzgängern über die Alpen zu fliegen gedenkt.

Urs Summermatter transportierte an diesem Sommerabend nicht Schmuggelware, sondern ein prachtvolles Uhrengehäuse. Wäre ihm allerdings der genaue Inhalt seiner Fracht bekannt gewesen, hätte er wahrscheinlich lieber Zigaretten oder Schnaps geschmuggelt. In der eleganten ›Rock o'Clock‹ hinten in seiner *SuperPuma* verbarg sich ein nuklearer Sprengsatz der gefürchteten atomaren Zerstörungsmunition *SADAM*.

Doch Summermatter schwebte in Gedanken weit weg. Er dachte an Brigit, als die Maschine aufsetzte. Er hatte seine Frau geliebt. Dann, vor einem Jahr, hatte sie ihn und die Kinder verlassen. Eines Morgens fand er einen Zettel auf dem Küchentisch: ›Ich halte es nicht mehr aus, sei gut zu den Kindern, Adieu.‹

Seitdem war sie verschollen. Gerüchte gingen um, sie sei in den Fluß gesprungen, aber es war keine Leiche gefunden worden. Brigit litt unter seiner Arbeit, über die er mit ihr nicht reden konnte. Schlammer verbot es.

Eines Tages war Brigit mit ihm zum Steinbruch geflogen. Sie hatten zusammen den Grat erklommen und blickten gegen Westen über den Gletscher in die Abendsonne, die ihnen ihre letzten Strahlen zuwarf. Dann hatte er Brigit alles erzählt. Von seinen Flügen, dem radioaktiven Material, den streng geheimen Anlagen, die er nicht betreten durfte, den seltsamen Besuchern.

Brigit hatte geweint. Sie sagte ihm, sie könne so nicht mehr mit ihm zusammenleben. Sie fühle sich vollständig ausgeschlossen. Er lebe nur noch für diesen Schlammer. Sie bat ihn, seine Beobachtungen doch jemandem mitzuteilen, einem Journalisten oder einem Anwalt, damit endlich untersucht werde, was dieser Schlammer alles trieb. Sie flehte ihn an, wegzugehen, an einem anderen Ort ein neues Leben anzufangen, Piloten würden überall gebraucht.

Er wußte, daß sie recht hatte, aber es ärgerte ihn. Er verdiente sehr gut, und sein Job gab ihm viele Freiheiten. Er haßte Veränderungen, aber vor allem hatte er Angst, es könnte ihm etwas zustoßen, wenn er der *Schlammer Engineering* den Rücken kehrte.

Der junge, asketische Physiker, der in der Freizeit segelflog, hatte auch sterben müssen, weil er offenbar nicht dichtgehalten hatte. Man fand eines Tages seinen zerschellten Segler am Rande des Bergsees. Seine Leiche blieb unauffindbar.

Auf dem Hinflug zum Steinbruch hatte sich Summermatter heute abend aber entschlossen, mit dem Kommandanten Borer, der über das Fernsehen die Bevölkerung zur Mitarbeit aufgerufen hatte, zu reden. Morgen würde er Zeit haben und nach Bern fahren, um über die Vorgänge in der Firma auszupacken. Die Begegnung mit Minister Kern kurz vor seiner Ermordung hatte Summermatter in seinem Entschluß bekräftigt. Intuitiv fühlte er einen Zusammenhang.

Als sich die Rotorblätter nicht mehr drehten, kletterte Summermatter aus der Kabine und begrüßte die zwei herbeigeeilten Männer in blauen Overalls, die auf den Helikopter gewartet hatten. Der Kahlköpfige kletterte umständlich aus dem Cockpit und holte tief Luft, um dann den Gewehrkolben seines *STGW 90* aufzuklappen. Die zwei Sicherheitsleute schauten Summermatter fragend an, der jüngere griff mit der Hand an seinen Gürtel, wo ein Pistolenhalfter hing, doch der Pilot zuckte nur die Schultern: »Ihr kennt ja den alten Militärschädel. Immer will er seine Bluthunde mit dabeihaben. Macht schon, bindet die Ladung los.«

In der Zwischenzeit schritt Urs Summermatter zum Schuppen hinüber, wo der kleine Stapler untergebracht war. Er warf den Motor an und manövrierte rückwärts hinaus. Die Würfeluhr mit dem Firmenzeichen der Clissot-Uhrenfabrik wäre ein Geschenk für einen arabischen Prinzen gewesen, hatte man ihm erklärt, aber die Bestellung sei annulliert worden. Da hörte er das bedrohliche Klopfen des Hubschraubers.

Abrupt brachte er den Stapler zum Stehen und verfolgte über das Steuerrad gebeugt die anfliegende Maschine mit sichtlichem Mißfallen, das sich in Unbehagen wandelte, als er durch die Glashaube des Cockpits die Männer erspähte.

Dann geschah das Unfaßbare.

Die Männer in den blauen Overalls sprangen aus dem Laderaum der *SuperPuma*, als sie den Motorenlärm hörten. Sie starrten zur anfliegenden Maschine hinauf; dabei mußten sie mit der Hand das grelle Sonnenlicht von ihren Augen abschirmen.

Breckerlins kahlköpfiger Scherge trat lautlos hinter sie und schlug ihnen in rascher Folge den Gewehrkolben wuchtig über den Hinterkopf. Lautlos sackten sie zusammen.

Entsetzt glitt Summermatter vom Stapler und rannte in den Schuppen hinein. Rasch schaute er sich nach einer Waffe um, riß eine blaue Sporttasche vom rostigen Nagel an der Bretterwand und machte sich an einem käfigartigen Gehege in der hinteren Ecke zu schaffen. Er hielt dort ein gutes Dutzend Reptilien aus seiner Sammlung, für die in der engen Wohnung unten in Nuclanne langsam aber sicher kein Platz mehr war.

Die Ausweglosigkeit seiner Lage fuhr ihm wie ein Stich durchs Herz. Er durchlebte ein Wechselbad von Gefühlen, Schmerz, Wut und bittere Enttäuschung, die aber plötzlich eiskalter Berechnung wichen. Fast traumwandlerisch riß er die Schrotflinte von der Wand, fischte aus der danebenhängenden abgenutzten Lederjacke eine Patrone und steckte sie in den Lauf.

Der Überfall dauerte ganze vier Minuten. Die Angreifer kannten ihr Handwerk. Kaum hatte der erste, ein untersetzter Blonder, den Fuß auf den Boden gesetzt, feuerte er stoßweise in den Schuppen, während der andere zu den Granitblöcken auf der andern Seite des Bretterverschlags rannte.

Der Kahlköpfige ließ das Sturmgewehr fallen, trat mit ausgebreiteten Armen hinter der *SuperPuma* hervor und ging grinsend dem Blonden entgegen. In diesem Augenblick begann sich einer der Sicherheitsleute am Boden zu regen. Der blonde Terrorist vollführte eine halbe Körperdrehung. Ein verächtlicher Blick traf den Skinhead. Aus der *Uzi* blitzte Mündungsfeuer. Von zwei kurzen Garben in der Brust getroffen, wirbelte Breckerlins Scherge herum und schlug mit entsetztem Gesichtsausdruck hart auf das Felsgeröll. In unbequemer Seitenlage richtete der Sicherheitsmann seine Pistole auf den Terroristen. Diesem war die Bewegung nicht entgangen. Er spreizte die Beine, hob die Maschinenpistole an die Schulter und feuerte mehrmals gezielt in rascher Folge. Die Garben trafen den Sicherheitsmann in den Kopf, seinen Kollegen in Rücken und Nacken. Beide waren sofort tot. Keine Zeugen, lautete die Order.

Summermatter lag platt auf den Boden, als die ersten Garben aus der *Uzi* mit Höllengetöse durch die Bretterwand jagten. Ein Querschläger riß sein Wadenbein auf. Er feuerte die Schrotladung, als er die Gestalt erblickte, die hinter den Granitblöcken Deckung suchte. Er mußte getroffen haben; denn der Kerl schrie und ging zu Boden. Aber dann stand plötzlich der Blonde in ganzer Breite und mit gespreizten Beinen drei Meter vor Summermatter, der sich keine Mühe mehr gab, vom Boden aufzuschauen. Das Letzte, was Summermatter sah, als er die Augen schloß, waren seine Kinder: Klar und deutlich standen sie vor ihm, lächelten, winkten fröhlich und waren wie immer zu Streichen aufgelegt.

Der Geschoßhagel zerfetzte seinen Kopf. Summermatter war sofort tot. Der Blonde trat einige Schritte vor und packte die blaue Sporttasche, aus der ein Verbandskasten ragte. Er eilte mit dem Fund zu seinem verletzten Gefährten hinter dem Granitblock, kniete nieder und öffnete den Kasten.

Wie ein Pfeil schoß die hochgiftige Gabun-Viper zischend heraus und biß ihr Opfer mit den langen Giftzähnen in den Hals. Der Blonde stieß einen fürchterlichen Schrei aus, der im Talkessel nutzlos widerhallte. Seine Hand schnellte zur Bißstelle. Er rannte jämmerlich heulend umher. Summermatters Viper hatte die Halsschlagader getroffen.

Das starke Gift wirkte schnell. Der Blonde sank auf dem mit Granitsplittern übersäten Boden zusammen, wimmerte und erstarrte mit weitaufgerissenen Augen in einer grotesken Stellung. Vollkommen ungerührt über das grausame Ende seines Komplizen holte der ›Rächer‹, eine Zigarette im Mundwinkel, den Stapler und machte sich daran, die ›Rock o'Clock‹ aus Summermatters *Puma* in die *Cobra* umzuladen. Auf ein scharfes Kommando hin rappelte sich der wie betäubt hinter dem Grantibrocken verharrende Verletzte hoch und humpelte nach vorne, wobei er ängstlich nach der Schlange Ausschau hielt. Er packte den toten Blonden an den steifen Beinen und schleifte ihn gefühllos über den steinigen Grund zum schwarzen Helikopter hinüber.

Eine Dreiviertelstunde nach dem Angriff hob der ›Rächer‹ die *Cobra* mit der Granitwürfel-Uhr an Bord ab, setzte über den Westgrat und flog über die Grenze nach Frankreich.

Nach etwa zwanzig Minuten Konturenflug landete sie auf dem asphaltierten Parkplatz einer verlassenen, nur im Winter benutzten Sesselliftstation. Ein kühler Wind trieb Regenwolken talaufwärts, und rasch senkte sich die Dämmerung über die dunkelgrünen Bergweiden. Ein Lastwagen, gefolgt von einem schwarzen Peugeot, fuhr mit Abblendlicht auf den Platz und hielt neben dem Helikopter.

Der ›Rächer‹ schlenderte lässig zum Personenwagen und beugte sich über das offene Seitenfenster, aus dem ihm der Iraker mit dem schmalen Oberlippenbart entgegenstarrte. Die Unterhaltung dauerte nicht lange. Männer entstiegen plötzlich dem Laderaum des Lasters und schlurften zur *Cobra* hinüber. Wie angewiesen, trugen sie den grünen Granitkubus behutsam vom

Hubschrauber zur Ladebrücke des Lastwagens hinüber, ohne sich im geringsten für die Würfeluhr aus dem Schlammer-Konzern zu interessieren.

Hazmoudi war über den Ablauf der Aktion mehr als zufrieden. Die Informationen aus der *Schlammer Engineering* hatten sich als zuverlässig erwiesen.

Schlammer befürchte eine polizeiliche Razzia auf seinem Fabrikgelände, deshalb sei auch die ›Rock o'Clock‹ mit dem Sprengsatz ins Gebirge geflogen worden, hieß es. Die Gründe ließen Hazmoudi kalt. Hauptsache, die Ware befand sich in seiner Gewalt, und er war in keine Falle getappt.

Zufrieden wählte er eine Nummer, lehnte sich in den Sitz zurück und wartete. In Teheran, nicht weit vom Amtssitz des Ministerpräsidenten Rafsanjani entfernt, nahm Oberst Reza Fahimi den Hörer ab und sprach ein skeptisches »Hallo« in die Muschel.

»Hazmoudi hier, Operation *Heiliger Blitz* läuft nach Plan. Der Blitz hat den Zenit verlassen. Wir können ihn ins Herz des Feindes schleudern. Am Tag des großen Feuerwerks. Alles hat geklappt. Betriebsanleitung für die Munition und Bilder von Custer in unserem Besitz. Wir verlassen die Schneegebirge morgen früh. Der ›Rächer‹ hat den Auftrag erfüllt. Einen Mann verloren.«

»Gut«, antwortete Oberst Fahimi. »Passen Sie auf, es gibt eine Planänderung: Der ›Rächer‹ begleitet Sie heute nacht nach Westen. Ende.«

»Verstanden, ›Rächer‹ kommt mit mir«, bestätigte Hazmoudi und brach die Verbindung ab. Er blickte zum Laster hinüber, wo sich der ›Rächer‹ lässig an die Plane lehnte und eine Zigarette rauchte. Er war ein professioneller Killer und ein gefährlicher Sprengstoffspezialist. Er gehörte zu den meistgesuchten Terroristen der Hamas. Daß er Hazmoudi in die USA begleiten würde, war nie vorgesehen. Was führte Fahimi im Schilde? überlegte

Hazmoudi, und ein Unbehagen beschlich ihn, als er wieder zum Rächer hinüberschaute.

In Teheran nahm Oberst Fahimi derweil aus der geheimen Schublade seines Arbeitstisches eine Flasche Chivas hervor und schenkte sich volle drei Daumen dick ein. Er kippte den verbotenen, goldbraunen Inhalt des schweren Kristallglases hinunter und stieß ächzend die Luft aus. Mit Befriedigung sah er, wie das genialste Komplott aller Zeiten sich Schritt für Schritt der Vollendung näherte.

Drei Fliegen auf einen Schlag. Er rieb sich zufrieden die Hände: Die USA, am Lebensnerv getroffen, waren das *Opfer;* die Iraker, schuld am Anschlag, die *Sündenböcke.* Der Drogenboß Cali de Cali, das Schlitzohr, bezahlte die Zeche und zog seinen eigenen Nutzen daraus. Und die Iraner, die *Strategen,* würden als die starke Macht hervorgehen, vorerst den Irak, Kuweit, Saudi-Arabien und Israel besetzen, dann Europa von Nordafrika bis zum Balkan wie eine Sichel umfassen, bereit zum tödlichen Schnitt.

Fahimi trat mit der bauchigen Flasche in der Hand vor den kleinen Wandspiegel: »Ich bin das größte Genie!«

Wie zur Bestätigung seiner Heldenhaftigkeit hob er die Flasche an die Lippen und goß sich mit einem Ruck einen zweiten Großen hinter die Binde. Dabei schielte er auf sich und sah, wie ein Rinnsal Whisky über sein schlecht rasiertes Kinn floß. Ein wohlige Wärme durchströmte seinen Körper. Er fühlte sich stark, erfolgreich, mächtig. Der geniale Streich würde ihn bis zur Spitze der Macht hinaufspülen. Er wischte sein Kinn mit dem Handrücken ab. Die Bilder von Kenneth W. Custer würde Hazmoudi der CIA-Station in Bern zuspielen, um den gesuchten Waffenschieber als Agenten des Irak zu entlarven. Fehlte ihm nur noch Rosalia, die feurige Schwarzhaarige, seine Topagentin, doch sie mußte ohne ihn in der Kälte des entfernten Schneegebirges dahindarben. Daß er ihr fehlte, davon war der Macho und Oberst des iranischen

Geheimdienstes felsenfest überzeugt. Er wankte zu seinem Arbeitstisch zurück und ließ sich in den Sessel fallen. Aus der obersten Schublade zog er eine Farbfotografie hervor und blickte mit einem schiefen Grinsen auf das glänzende Bild einer prachtvollen ›Rock o'Clock‹, wie sie die Amerikaner bald in ihrer naiven Dummheit ahnungslos in Philadelphia aufstellen würden ...

Fahimi erhob sich, setzte die Flasche an und trank gierig. Dann hieb er sich mehrmals mit der Handfläche aufs Knie: »Ich bin der Größte! Ich bin wirklich ein Genie!« lachte er schallend.

Als der Lastwagen wegfuhr, rechnete Hazmoudi nicht mehr damit, daß noch etwas schiefgehen könnte. Der schnelle Kleinlaster würde in knapp drei Stunden in Basel-Mühlhausen eintreffen, wo der Zugang zu den Pisten in den frühen Morgenstunden keine Schwierigkeiten bot. Hazmoudi hatte die Sicherheitsvorkehrungen auf dem von Frankreich, Deutschland und der Schweiz gemeinsam betriebenen Flughafen gründlich ausgekundschaftet. Seine Leute fanden mindestens vier Stellen, um mit einem Fahrzeug unbemerkt auf das Pistengelände und zum bereitgestellten Privatjet zu gelangen. Der Pilot der schnittigen *Falcon 900* befand sich im Besitz einer Sonderstarterlaubnis für Mittwochmorgen 3:00 Uhr.

Der dreistrahlige Jet würde am 4. Juli gegen sechs Uhr Ortszeit die amerikanische Ostküste erreichen. Am gleichen Tag könnte somit die sensationelle ›Rock o'Clock‹ mit den vier Zifferblättern in Philadelphia in der Nähe der Independence Hall aufgestellt werden.

In der Nacht würde das prachtvolle Feuerwerk des Unabhängigkeitstages dann in den Sternenhimmel Philadelphias schießen. Und unvermittelt würde ein fürchterlich greller, heiliger Blitz Tausende freudige Augenpaare blenden, gefolgt vom Inferno der Atombombenexplosion aus dem harmlos aussehenden grünen Granitwürfel. Die Vorstellung daran versetzte den Iraker dermaßen in Erregung, daß er die Hosen näßte. Heiliger Piß ...

47

Der schwarze Cadillac glitt langsam durch das Villenquartier und kurvte knirschend in die Springfield Road. Im Rücksitz spähte COSMO mit vorgeschobenem Kinn nach vorn. Die Begegnung mit Scarlett machte ihn nervös. Sie hatte keine Lust gehabt, ihn zu empfangen.

»Wir haben uns getrennt«, stellte sie am Telefon fest. »Laß mich in Frieden. Außerdem habe ich wenig Zeit. Ich bin mit dem Botschafter der Schweiz verabredet.«

COSMO ließ nicht locker. »Schließlich verbindet uns immer noch Kenny«, wandte er ein. »Er steckt in Schwierigkeiten.« Die Bemerkung traf eine empfindliche Stelle. Auf Ken ließ Scarlett nichts kommen. Daß es ihr damals in der Schweiz gelungen war, ihn aus den eisigen Fluten zu retten, kurz nach dem schrecklichen Tod von Franky-Boy, hatte sie stets als gütige Fügung des Schicksals empfunden. Abergläubisch wie sie war, ahnte sie Böses, wenn sie COSMO jetzt vor den Kopf stieße. Am Ende führte er gar etwas im Schilde, das Kenny schaden könnte. »Gut, meinetwegen«, gab sie widerwillig nach.

»Oh, Franky«, seufzte COSMO, als der Cadillac auf den Vorplatz einbog. Hier fanden sie seinen Sohn an jenem Morgen im Mai, tot, ein zerschundenes Menschenbündel, einfach hingeworfen ... Mit Drogen hatten sie den Achtzehnjährigen vollgepumpt, dann mißbraucht, gefoltert, angeblich in der Villa eines Bonzen. Eine Abrechnung unter Dealern, hatte es geheißen ... Die Täter wurden nie gefaßt. COSMO schüttelte sich vor Haß und Abscheu.

Der mittelgroße Bungalow, von Rhododendronbüschen und kunstvoll geschnitten Hecken umgeben, lag am Rande des Golfplatzes, nicht weit von Media, einem Vorort von Philadelphia, entfernt. Ein japanischer Gärtner stach Unkraut am Rand der makellosen Rasenfläche.

Nur ganz wenige Eingeweihte im Polit-Establishment Washingtons wußten um die Existenz von COSMO und seiner wahrhaft geheimen, tief im Untergrund operierenden Organisation. Scarlett hatte es immer irgendwie geahnt, und schließlich hielt sie die hinterhältige Geheimnistuerei ihres Lebenspartners nicht länger aus. Er hatte sich seit dem Tod von Frank sonderbar verändert.

Scarlett begrüßte ihn mit kühler Herzlichkeit, und als er im Wohnzimmer auf die Couch plumste, begann er ohne Umschweife.

»Ich möchte zurückkommen, ich fühle mich einsam, ich –«

»Um das zu sagen, hättest du nicht herausfahren müssen! Vergiß es, Jack, du bist ein perverser Einzelgänger. Du mußt es sein, anders kannst du gar nicht funktionieren in deinem obskuren Geschäft. Was ist mit Kenny?«

COSMO hob beide Arme, um Verständnis flehend: »Meine Aufgabe ist von enormer Bedetung für das Land«, sagte er. »Die CIA stürzt unliebsame Diktatoren im Ausland, das FBI atmet in deinen Telefonhörer, und die NSA knackt überall auf der Welt die geheimen Computercodes, aber ich stehe über all diesen Bürokraten!«

»Und was machst du ?«

COSMO legte den Finger theatralisch auf die Lippen. »Die drei Dienststellen machen für mich die Vorarbeit, sie halten den Kopf hin, machen, was ich ihnen aufgebe. Ich profitiere von ihren riesigen Informationsdatenbanken, aber –«

»Du planst Kriege, brichst Genicke und läßt die anderen die Drecksarbeit machen, habe ich recht, Jack?«

Die Frage blieb in der Luft hängen wie Zigarrenrauch über dem

Spieltisch. »Neunundneunzig Prozent der Arbeit von CIA und NSA ist tägliche Routine, Scarlett, Berichte einholen, analysieren, klassifizeren, Entwicklungen studieren, Agenten anheuern. Das Spektakuläre geschieht nur im Film. Die CIA ist viel zu riesig, um wirklich geheime Operationen durchzuführen. Sie hält nicht dicht, wird von den Russen unterwandert, du weißt schon . . . also braucht es Leute wie mich, COSMO!«

»Was macht denn unsere Regierung Geheimes?« Scarlett fühlte sich unbehaglich. Ihr fiel ein, wie perfekt COSMO getarnt war. Kein Mensch käme auf die Idee, hinter seiner Stellung in Washington einen Supergeheimdienst zu wittern.

COSMO rieb mit der Hand die gewölbte Stelle zwischen seinen Beinen. Scarlett bemerkte mit Abscheu sein altes Laster, sich in jeder Situation anzufassen.

»Nun, sagen wir mal«, begann er, »wir lassen Saddam Hussein an der Macht oder vernichten Atomwaffenpotential oder killen mal einen Regierungschef oder die Drogenbosse . . . nur Beispiele natürlich. Hast du einen Drink für mich? Was besprichst du übrigens mit dem Schweizer Botschafter?«

»Geht es dich etwas an?« Sie überlegte eine kleine Weile. »Hast du Kenny in deine obskuren Geschäfte reingezogen?«

COSMO wehrte mit beiden Händen ab und schüttelte energisch den Kopf. »Was machst du denn für Geschäfte mit der Schweiz?« fragte er zurück.

»Der Botschafter stiftet unserer Vereinigung diese Außenstanduhr aus Granit, eine ›Rock o'Clock‹. Echte Schweizer Qualität. Du hast bestimmt darüber gelesen. Wir dürfen sie vor der City Tavern aufstellen. Spezialgenehmigung des Bürgermeisters. Und das Logo unserer Organisation hat er auch bewilligt: ›TIME FOR CHANGE‹ wird eine Tafel neben der Uhr den Tausenden von Besuchern in Erinnerung rufen. Heute abend ist die Einweihung.« Aus ihrer Stimme klang unverhohlener Stolz.

»Die Drogenliberalisierung ist gefährlicher Wahnsinn, Scarlett, ›Time for Change‹ befindet sich auf dem Holzweg. Feuer frei für Koks und Crack ist einfach Wahnsinn!«

›Time for Change‹ will in einem ersten Schritt die sanften Drogen legalisieren: Marihuana, Haschisch. Handel und Besitz in kleinen Mengen sollen straffrei sein.«

COSMO beugte sich ein wenig vor, scharf wie eine Dogge: »Scarlett, hör zu, der Drogenkrieg bedroht uns schlimmer, als dies allen unseren Gegnern im kalten Krieg je gelungen ist, Terrorismus inklusive ... und du und deine Leute propagieren das Recht auf den Rausch!«

Scarlett schüttelte den Kopf und eilte in die Küche, um Wasser aufzusetzen. Als sie zurückkam, setzte sie sich ihm gegenüber und schlug die Beine übereinander. »Du kannst die amerikanische Gesellschaft nun mal nicht von den Drogen befreien, Jack. Das ist ein Faktum. Ebensowenig wie von Alkohol oder Tabak. Kiffen ist zu einem Volksvergnügen geworden. Schwarzer Afghan, grüner Maroc ... Es gehört zur Alltagskultur. Nur Alkohol und Zigaretten werden stärker konsumiert als Gras und Joints, verstehst du?«

»Nein, die Freigabe von Rauschgift ist der Anfang vom Ende ...«

Scarlett stand auf und lief im Zimmer hin und her. Ihre Augen funkelten. »Falsch Jack! Die Amerikaner schlucken, spritzen und kiffen das Zeug nun mal! Kann ich etwas dafür, daß so viele so blöd sind? Im Kampf gegen Betäubungsmittel sind Hilfe und Therapie allemal besser als strafbewährte Verbote, aber du und deine verknöcherten Gruftis, ihr wollt nur die Repression, und was entsteht daraus? Die Kriminalität und die Rückfälligkeit nimmt laufend zu! Es ist Zeit für eine Wende, Jack!«

»Haschisch fürs Volk, Koks und Crack ... es ist purer Unsinn, Scarlett, laß da deine zarten Hände raus, denk an Franky-Boy.«

»Eben«, schoß sie zurück, »du willst Millionen bestrafen und einsperren, nur um Franky zu rächen, und vergißt dabei, daß er das Opfer einer verfehlten Drogenpolitik geworden ist. Hast du die Prohibition vergessen?«

»Der Drogenhandel würde eingedämmt und die Rückfallquote könnte gesenkt werden, wenn jeder überführte Drogenhändler zu einer Prügelstrafe verurteilt würde, wie in Singapur. Die Leute haben es doch satt, daß die Verbrechen ständig zunehmen«, sagte COSMO.

»Quatsch«, fuhr Scarlett dazwischen, »das sagt dieser Ed Koch, der frühere Bürgermeister von New York, ein konservativer Griesgram. Warum nicht gleich die Todesstrafe einführen, die Leute standrechtlich erschießen? Jeder weiß doch längst, daß drakonische Strafen überhaupt nichts fruchten.«

»Die Kriminalität ist völlig außer Kontrolle geraten, da helfen nur neue Strafformen«, beharrte COSMO. »Trinkst du einen Schluck?«

»Ich gieße Tee auf«, sagte Scarlett und lief in die Küche. »Whisky ist in der Bar, bedien dich. Siehst du, der Alkohol ließ sich auch nicht verbieten. Die Prohibition in den dreißiger Jahren war ein Riesenflop, wie wir heute wissen. Das Gangstertum von Chicago ging einzig und allein aus dem illegalen Schnapshandel hervor.«

COSMO protestierte brummend.

»Mit den Drogen begehen wir genau den gleichen Fehler ein zweites Mal«, rief Scarlett aus der Küche. »Wir produzieren nur neue Kriminaliät, solange Amphetamine, Heroin, Koks und Crack illegal bleiben. Nicht zu reden von Gras. Wir produzieren neue Al Capones, Drogenbosse, üble Leute wie Escóbar, Pedro Ruiz, Cali de Cali ... und eine Meute gefährlicher Drogenganoven.« Mit einer Tasse Tee in der Hand kam Scarlett in den Salon zurück.

»Was will denn *Time for Change?*« fragte COSMO. »Der Jugend Betäubungsmittel zugänglich machen wie Schnaps und Tabak?«

»Ja, warum nicht? Haben wir große Probleme mit Schnaps und Tabak? Die Freigabe sanfter Drogen wie Hasch und Marihuana trennt die Märkte, Jack. Das ist unser erstes Ziel. Wer Gras will, muß sich künftig nicht mehr an einen dubiosen Dealer wenden, der in einer Hosentasche Haschisch und in der anderen harte Drogen gebunkert hat. *Time for Change* will die Beschaffungskriminaliät endlich durch schrittweise Liberalisierung zum Verschwinden bringen. Das gleiche tun die Holländer, die Deutschen, die Engländer und Spanier. Und die Schweizer geben sogar kontrolliert Heroin an Süchtige ab! Aber ich muß jetzt gehen, Jack. Überleg's dir, tu etwas für *Time for Change!*«

Sie setzte die Tasse auf dem niederen Glastisch ab, wo Jack sein Whiskyglas hingestellt hatte.

»Kann ich dann wieder zu dir zurückkommen?« Plumpe List kam auf sein Gesicht.

In ihren Augen lag Verhaltenheit. »Ich treffe mich ab und zu mit Philip de Steck, du erinnerst dich an ihn? Damals in Genf war er bei der UNICEF, dem UNO-Kinderhilfswerk, seit ein paar Monaten ist er Botschafter der Schweiz in Washington. Ich verstehe mich ausgezeichnet mit ihm, und er hilft mir. Meine Leidenschaft für dich, Jack, ist so heiß wie eine Eisscholle in der Polarnacht. Und nun verzieh dich bitte.«

COSMO senkte seine Lider, bis die Augen nur noch durch einen schmalen Schlitz glänzten. Dann erhob er sich und schlurfte ins Badezimmer. Scarlett schüttelte angewidert den Kopf und eilte hinaus.

»Ich möchte wirklich zu dir zurück, Scarlett«, rief er durch den Flur, als er endlich zurückkam. »Ich kann dir helfen, und auch deiner Organisation, ich habe einen Plan . . . Scarlett?«

Draußen fuhr ihr Wagen weg.

Als COSMO schließlich an diesem Dienstag zerknirscht durch die Springfield Road nach Philadelphia chauffiert wurde, um nach Washington zurückzukehren, war es im schweizerischen Nuclanne kurz vor halb neun Uhr abends.

Marianne Chaudet wollte gerade die Abteilung im vierten Stock der *Schlammer Engineering* verlassen, als der Summton des Telekopierers ihren hastigen Gang unterbrach. Sie lief eilig ins Sekretariat, wo das Faxgerät ein Blatt ausgestoßen hatte. Die Juristin griff nach der einseitigen Mitteilung und steckte sie, ohne hinzuschauen, in ihre Tasche. Dann eilte sie den Flur entlang und rannte die Treppe hinab.

Für Marianne Chaudet war es eine Ehrensache, die *Schlammer Engineering* an den Pranger zu stellen. Als sie vor drei Jahren als frischgebackene Juristin in die Firma eintrat, war sie die erste Frau in der Rechtsabteilung. Die männlichen Kollegen behandelten sie mit gönnerhafter Herablassung. Niemand nahm sie ernst. Man ließ sie an einfachen Verträgen arbeiten, zerzauste ihre Entwürfe erbarmungslos, übertrug ihr hoffnungslos schiefgelaufene Fälle zum Ausbügeln, ließ sie Protokolle schreiben und bewies ihr täglich, daß es Männer brauchte, um ein Problem zu erkennen, Entschlüsse zu fassen und sich kompromißlos durchzusetzen.

Marianne Chaudet hätte allen Grund gehabt, diesen eingebildeten Machos den Kram hinzuschmeißen, wäre da nicht diese Entdeckung gewesen.

Ihre Kollegen wußten nicht, daß sie während des Studiums die Semesterferien in der Werkzeugfabrik ihres Onkels verbracht hatte. Sie stand an Drehbänken, bohrte und fräste, bediente Laser- und Schneidepressen, lernte die Eigenschaften der Metalle und Kunststoffe kennen, und später, als die elektronischen Steuerungen aufkamen, half sie, die Prozesse zu programmieren. Sie kannte sich aus, und wenn sie ab und zu in die Werkhallen hinunterstieg, kam ihr vieles vertraut vor. Die Vorarbeiter schätzten ihr Interesse und redeten gerne mit ihr. Eines Abends wurde sie ins Büro ihres Chefs gerufen. Er verbot ihr kurzerhand, ohne ausdrückliche Genehmigung die Werkstätten zu betreten. Besondere Sicherheitsmaßnahmen, Industriespionage, Zutrittskontrollen, sie würde schon verstehen.

Natürlich hatte sie verstanden und nur stumm genickt. Es war besser, dachte sie, wenn ihr technisches Wissen nicht auffiel.

Damals hatte sie bei der Durchsicht eines Dossiers Papiere entdeckt, denen zufolge die *Schlammer Engineering* Karbid-Werkzeuge an einen Kunden lieferte.

Sie war stutzig geworden, weil Werkzeuge aus diesem Stoff normalerweise zur Zerteilung von Uran gebraucht wurden. Unbeobachtet stöberte sie weiter, notierte sich den Namen des Kunden und hielt in den nächsten Tagen die Augen offen. Das geschah vor gut zwei Jahren. Seither verhielt sich Marianne Chaudet, wie man es von ihr erwartete: unauffällig, fleißig, harmlos, loyal. Sie überließ den Männern die Initiative, bestärkte sie in ihrer Einbildung. Die Kollegen blieben ahnungslos und wähnten sich unangefochten in Sicherheit, während Marianne beharrlich Informationen sammelte und Kopien von brisanten Dokumenten anfertigte.

Über die letzten drei Jahre war daraus eine umfassende Dokumentation entstanden, aus der Marianne schwere Verstöße der *Schlammer Engineering* gegen die Waffenausfuhrgesetze, gegen das Atomgesetz und die Embargobestimmungen ableitete. Renommierte Handelsbanken hatten die Hände im Spiel, und amtliche Stellen schienen das kriminelle Tun ebenfalls zu billigen.

Eile trieb sie an, sie wollte zu den Summermatter-Kindern. Fassungslos hatte sie eben die Nachricht des Polizeichefs entgegengenommen. Sie fröstelte, spürte Wut und Trauer, mußte weinen beim Gedanken an den schrecklichen Mord.

»Diese verdammten Schufte«, zischte sie und schmetterte die Türe des Personalausgangs mit solcher Kraft ins Schloß, daß die

Wände bebten. Sie meinte Hannibal und die anderen Bosse, diese Witzfigur von einem General und den aalglaten, öligen Schlammer. Hatten die doch heute abend tatsächlich verkündet, Summermatter habe die Firma hintergangen und Schmuggel betrieben. Sein Tod sei eine Abrechnung unter Schmugglerbanden. Wahrscheinlich Kokain oder Waffen oder beides. Es sei bedauerlich, Summermatter sei sonst ein guter Angestellter gewesen, und man werde sich um die Kinder kümmern.

»Diese dreckige Bande«, stieß Marianne Chaudet abgehackt hervor, als sie zu ihrem dunkelblauen Alfa Romeo gelangte. Die Zeit war gekommen, beschloß sie, um mit Schlammer abzurechnen. Morgen würde sie ihr Dossier diesem schneidigen Polizeikommandanten vorlegen ...

48

Kräftige Wurzelstränge überspannten die kleine Höhle, in der die Kids ihren geheimen Lagerplatz eingerichtet hatten. Die mächtige, alte, trotzige Wettertanne schützte den Unterschlupf mit ihrem dichten Astwerk, und zum Versteck gelangte man nur von oben auf einem steilen, fast unkenntlichen, von Unterholz überwucherten Pfad.

Mark, Tony und Jessie Summermatter lagen stumm auf ihren Schlafsäcken und starrten in den hellen Nachthimmel. Der volle starke Mond schien als ihr einziger Freund übriggeblieben zu sein. Jessie schluchzte, und Mark hielt ihre Hand in seinem festen Griff. Tony kaute unaufhörlich an einem abgerissenen Zweig.

Die Nachricht vom Unglück hatte ihnen der Polizeichef gebracht, als sie um sieben Uhr um den Küchentisch saßen und auf Dad warteten. Jessie hatte ein Nudelgericht und Frühlingsrollen aus dem Delikatessenladen im Mirkowellenofen bereitgestellt. Sobald das unverkennbare Röcheln des alten Volvo empordrang, würde sie das Gericht achtzig Sekunden lang heiß machen. Tony schnitt Tomaten in Scheiben, während Mark zwei kleine Frösche vorsichtig aus dem Terrarium hob und in eine kleine gelöcherte Blechschachtel legte.

Der hünenhafte Polizeichef tat sicher sein Bestes, den Schrekken zu mildern, kauerte sich nieder, umfaßte die Jungen schützend mit seinen kräftigen Ringerarmen, brachte mit langsamer Stimme dann hervor, daß Vater Summermatter im Gebirge tödlich verunglückt sei, der Hergang werde geklärt, aber Dad sei sofort tot gewesen, jede Hilfe wäre zu spät gekommen, der Polizeichef verstummte, wischte sich die Augen, und die Kinder starrten ihn fassungslos, mit weitgeöffneten Augen ungläubig an.

Jessie setzte sich wie in Trance auf die Couch, draußen ertönte ein Glockenschlag, der Wasserhahn tropfte hohl. Der Polizeichef klatschte sein Notizbuch auf den Küchentisch, und Mark würde alle diese Geräusche und jede einzelne Bewegung sein ganzes Leben lang nicht mehr vergessen.

Er brach die Stille mit der praktischen Frage, wie es passiert sei und wo Vater jetzt sei. Der Chef wich aus, alles würde sich am nächsten Morgen ergeben, so viel stehe aber fest, Summermatter, ein hervorragender Pilot, sei nicht mit dem Helikopter abgestürzt, sondern von einer Verbrecherbande, er zögerte, bis Tony es aussprach, ja, umgebracht worden. Der Polizeichef rieb sich verlegen den Nacken und beobachtete, wie Mark wortlos den Schlangen weiße Mäuse zum Fraß vorwarf, Jessie unterdessen Karma fest an sich drückte und Tony, in sich versunken am Tisch sitzend, mit stumpfen Blick die scharfe Klinge seines Stellmessers prüfte.

Der Polizeichef gab dann Anweisungen, was weiter geschehen würde, und verabschiedete sich mit der linkischen Ermahnung an Mark, stark zu bleiben, wie sein Vater es von ihm gewünscht hätte.

Um neun Uhr läutete, wie angekündigt, Marianne Chaudet, die vom Polizeichef als nächste informiert worden war und im Hause Summermatter ein und aus ging. Sie gab Tony Klavierstunden und verstand sich gut mit Urs. Die Kinder vertrauten ihr, aber der Entschluß, auszureißen, stand bereits fest.

Sie wollten fliehen, nur weg von hier, keinem Menschen mehr in die Augen sehen, um mit ihrem Schmerz allein zu sein.

Marianne hatte das mitgebrachte Blatt mit der Faxmitteilung auf dem Küchentisch liegengelassen, als sie schnell nach Hause fuhr, um ihre Sachen zu holen. Mark, Tony und Jessie rollten stumm ihre Schlafsäcke, packten den Rucksack, steckten mit mechanischen Bewegungen ihre Lieblingssachen ein. Mark nahm die Schachteln mit den Fröschen, Jessie holte die Mundharmonika, Tony die Kracher und Zündschnüre. Geräuschlos lenkten sie die Mountainbikes durch die leeren Gassen und gelangten unbemerkt auf den Feldweg. Karma trabte an Jessies Seite, und außer dem Knirschen der Räder auf dem hellen Kiesweg war kein Laut zu hören.

Das Höhlenversteck lag ungefähr drei Meter über der breiten Felsplatte, die wie eine Kanzel über der Schlucht hing. Am mächtigen Stamm der Wettertanne hatten Mark und Tony ein grellgelbes, dreißig Meter langes Nylonseil festgemacht, an dem sie auf die Felskanzel und von dort auf die tiefer gelegenen Felsbänder hinabgleiten konnten. Damit hielten sie sich einen Fluchtweg offen, sollte ihr Versteck von oben angegriffen werden.

Unten in der Schlucht rauschte das Wasser wie seit Urzeiten über das Geschiebe, die Zeit schien stillzustehen, aber die Gedanken rasten. Die Kinder quälten sich mit Fragen, sahen vertraute Bilder, hörten die Stimme von Daddy. Das Furchtbare überwältigte sie. Still weinten sie vor sich hin und schworen im geheimen fürchterliche Rache, bis sie schließlich der Schlaf übermannte. Karma wachte am Eingang zur Höhle und warf von Zeit zu Zeit einen treuen, traurigen Blick auf ihre Schützlinge.

Der schnittige, weiße Rumpf der *Falcon 900* schimmerte rötlich im heraufkriechenden Morgenlicht über dem wogenden, graublauen Wolkenmeer. Die drei separaten, am Heck angebrachten starken Triebwerke zogen das elegante Flugzeug rasch auf 33000 Fuß und hielten es sicher auf nordwestlichem Kurs. Die Flugstrecke führte über den Ärmelkanal und die Südspitze Irlands, hinaus in die schwarze Nacht des Atlantiks nach Neufundland an die amerikanische Ostküste.

In der luxuriös mit Nußbaumholz verkleideten Kabine döste Hazmoudi auf einem ledernen Liegesitz, während vorne im Cockpit der Pilot auf Sprechfunk schaltete und die Air Traffic Control in Shannon aufrief: »Shannon Air Traffic Control von Hotel Romeo Lima Tango Bravo, bitte melden!« Es dauerte eine Weile, bis die Flugkontrolle antwortete, schließlich war es knapp fünf Uhr morgens, dann aber lief das Funkgespräch routinemäßig ab. Der Pilot meldete Kurs und Position sowie die zugewiesene Flugfläche. Im Gegenzug erhielt er den Wetterbericht, die Radarfrequenzen, die Informationen über die Luftstraßen und die Empfehlung, auf 42000 Fuß, die für den Privatflugverkehr übliche Höhe, zu steigen.

Der Kapitän schaute zufrieden auf die Uhr. Die gemeldeten Gegenwinde waren überraschend schwach, und er schätzte, daß sie gut eine Stunde früher als vorgesehen in New York landen würden. Im Heck saß unbeweglich der ›Rächer‹, die Augen halb geschlossen, das Gesicht eine harte, bleiche Maske. Zum fünfzigsten Mal ging er im Geist den ausgearbeiteten Plan durch. Die Bombe war einsatzbereit. Krauthammer hatte sie vor dem Verladen einer sorgfältigen Funktionskontrolle unterzogen, indem er sich genau an die Bedienungsanleitung hielt, die ihm zugespielt worden war. Das Zündwerk laufe wie eine Schweizeruhr, hatte der komische Kauz bestätigt. Dann hatten sie den Zündungsdialog getestet und schließlich die Zündzeit eingestellt: 4. Juli, 21:00. Eigentlich konnte nicht mehr viel schiefgehen. Doch der erfahrene Terrorist blieb skeptisch. Er suchte nach Schwachstellen, die den Plan vereiteln könnten . . . ja, Hazmoudi, der Iraker, ihm war nicht zu trauen . . . mit einem Loch im Kopf würde ihm der arrogante Scheißkerl besser gefallen . . .

Auf dem Otis-Lufwaffenstützpunkt zwischen Cape Cod und der Insel von Marthas Vineyard, südöstlich von Boston, erfaßte der

Radar von SCUDO das hoch fliegende Privatflugzeug: 4. Juli, 4:45, 39000 Fuß, Kurs Südsüdwest, lauteten die automatisch registrierten Daten, die gleich an die Computer der Auswertungszentrale in Fort Meade in Maryland gingen. Die radioaktive Strahlung der Fracht in der *Falcon 900* löste aus dieser Höhe kein Alarmsignal der Sensoren aus. Erst am nächsten Morgen würden Spezialisten anhand der ausgedruckten Daten die Maschine identifizieren, weitere Abklärungen vornehmen und gleichzeitig das Sonderkommando SCUDO benachrichtigen.

Im Morgengrauen landete die stolze Maschine auf dem kleinen Stadtflugplatz von Reading, nordwestlich der Stadt Philadelphia. Rasch luden drei Männer den ›Rock o'Clock‹-Granitwürfel von der *Falcon 900* in den bereitstehenden Toyota Landcruiser und fuhren die kurze Strecke zum Stadtrand.

Hazmoudi saß neben dem Fahrer auf dem Beifahrersitz. Er fühlte, wie sich ein Blick in seinen Nacken bohrte, und drehte sich um. Der Hamas-Terrorist betrachtete ihn gleichgültig aus harten grauen Augen. Seine Lippen verzogen sich zu einem abschätzigen Lächeln. Hazmoudi wandte sich unbehaglich ab. Die Anwesenheit des ›Rächers‹ verhieß nichts Gutes. Er mußte sich vorsehen.

Im Lagerhaus der *Schlammer North America*, in einer verlassenen Straße der Lancaster Avenue, öffnete der Fahrer kurz vor sechs Uhr den Seiteneingang, den das dichte Unterholz des angrenzenden kleinen Waldes vor zufälligen Blicken abschirmte. Die Männer gelangten rasch und geräuschlos zur speziell gesicherten Uhrenbox. Der Fahrer, der sich am Zutrittscode zu schaffen machte, kannte sich aus. Er arbeitete seit Monaten als Wachmann im Lagerhaus. Hazmoudi blickte ihn verstohlen von der Seite an und fragte sich, wieviel ihm Fahimi für den Job bezahlt haben mochte. Zwanzigtausend Dollar?

In kürzester Zeit öffnete der Insider die Stahlgittertüre. »Modrige Luft«, stellte Hazmoudi naserümpfend fest. Im Augenwinkel sah er einen Schatten vorbeihuschen. Womöglich hat es hier Ratten, dachte er angewidert. Eine Ablaufrinne führte am Rande des Quergangs entlang zu einem vergitterten Durchlaß in der Mauer. Hazmoudi sah flüchtig hin. War das Drahtgitter beschädigt? Möglich. Wen kümmert's?

Hazmoudi eilte zum Landcruiser zurück, während der Fahrer einen elektrischen Hubstapler heranrollte. Zu dritt hievten sie den Granitklotz von der Ladebrücke auf die Gabel des Staplers. Der Fahrer lenkte die Fracht sorgfältig zur Uhrenbox und senkte sie langsam auf den betonierten Fußboden ab. Von einer Holzpalette hob er dann eine identisch aussehende, grüne ›Rock o'Clock‹ ab und manövrierte sie entlang den Lagergestellen zum Landcruiser hinaus.

Der Stapler glitt am Fahrzeug vorbei und hielt vor einem klaffenden Loch in der von Bäumen umrandeten Ecke des Vorplatzes. Der Stapler senkte die ›Rock o'Clock‹ an den Rand des offenen Klärbeckens ab, und die Männer legten Hand an, damit die Ware sicher über den Rand in die Tiefe kippte. Mit dem Stapler schoben sie die schweren Klappdeckel über das Loch und kehrten wortlos zurück. Die aus der *Falcon 900* stammende Granituhr stellten sie auf die Holzpalette in der Uhrenbox, wo soeben noch die echte ›Rock o'Clock‹ gestanden hatte. Von einem Computerausdruck, der an ein Regalbrett geklemmt war, las Hazmoudi ab:

CLISSOT ›Rock o'Clock‹, Schlammer North America. Auslieferung 4. Juli, spätestens drei Uhr nachmittags. Auftrag: Schweizer Botschaft, Washington. Standort: City Tavern, Philadelphia. SCHL/NA-694793-BBA.

Zufrieden nickte er. Eine Transporthülle aus hartem, verschweißtem Plastik klebte über dem ganzen Granitgehäuse. Hazmoudi stieg auf den Rand der Holzpalette und beugte sich über die Deckplatte der Uhr. Mit einem Messer schlitzte er das Plastik sorgfältig auf und machte die Scharnierklappe des einzigen Zugangs ins Uhreninnere frei. Er riß den auf der Granitoberfläche mit Haftband befestigten Schlüssel weg, steckte ihn in das Sicherheitsschloß und schlug die Klappe auf. Dann eilte er hinaus zum Wagen, um die Stablampe zu holen.

In diesem Moment sprang ein junger Marder vom Regal auf das Gehäuse hinauf und schnupperte listig äugelnd am seltsamen Stoff. Als Hazmoudi zurückkam, schlüpfte das aufgeschreckte Tier durch die geöffnete Klappe in die ›Rock o'Clock‹ hinein. Der Iraker beugte sich erneut über die Uhr, prüfte stirnerunzelnd die Skizze auf seiner Checklist. Draußen heulte der Motor des Landcruisers auf, und im Hintergrund trug das Surren des Hubstaplers zum erhöhten Lärmpegel bei. Hazmoudi fand den Hauptschalter für die Stromversorgung inwendig obenauf, eine Handbreit von der Klappe entfernt. Er kippte ihn in die ›Ein‹-Stellung, klappte den Deckel zu, schloß ab und schob den Schlüssel wieder unter das Klebeband.

Der Wachmann sperrte die Eingangstür ab. Dreißig Minuten nach der Landung der *Falcon 900* verließen sie das Lagerhaus. Während der Wachmann zurückblieb, fuhren Hazmoudi und der wortkarge ›Rächer‹ im Landcruiser südwärts zum Pennsylvania Turnpike. In wenigen Stunden würde die vertauschte Granituhr mit dem nuklearen Sprengsatz von einem Transportunternehmer abgeholt und mit Polizeieskorte nach Philadelphia gebracht. Sondertransport der schweizerischen Botschaft. Unverdächtig. Hazmoudi beglückwünschte sich zu dieser erfolgreichen Aktion.

»Ein natürliches Bedürfnis«, erklärte Hazmoudi seinem aufgeschreckten Mitfahrer achselzuckend, als er nach einer halben Stunde gleichmäßiger Fahrt plötzlich in eine Raststätte mit Tankstelle einschwenkte.

Hazmoudi senkte die vorderen Seitenfenster und genoß die kühle Nachtluft. Er wollte den ekelhaften Typ neben ihm loswerden. Aber wie? Irgend etwas würde ihm schon einfallen, stellte er sich vor, und ließ den Landcruiser langsam an einem großen Sattelschlepper, dessen Fahrer gerade in die Kabine kletterte, vorbeirollen. Knapp vor der Rampe zur Waschanlage hielt Hazmoudi an, und da wußte er auch schon, was er tun würde. ›Waschstrasse in Betrieb‹, informierte die Leuchtschrift.

»Brauchen Sie etwas?« fragte Hazmoudi beiläufig und legte den Schalthebel in die neutrale Stellung N.

»Ja, Kaffee, aber beeilen Sie sich. Mit Milch und viel Zucker.« Der ›Rächer‹ schaute ungeduldig in den Seitenspiegel. Der Rastplatz war ziemlich verlassen. Nebenan sprang der Motor des Lastzugs an.

Hazmoudi stieg aus. Am Heck des Landcruiser angelangt, stemmte er sich mit voller Kraft gegen das Fahrzeug und schob es in die leicht abfallende Rampe hinein.

Der Wagen gewann an Fahrt, und als er durch die Lichtschranke rollte, setzte sich die Waschanlage mit einem Ruck rasselnd in Gang. Hazmoudi sprang auf das Trittbrett des Sattelschleppers, der jetzt rüttelnd losfuhr, während heißes Wasser von allen Seiten auf den Landcruiser spritzte. Schaum fiel herunter. Spülwasser stürzte sintflutartig auf das Wagendach.

Als der überraschte ›Rächer‹ endlich reagierte, war es zu spät. Vergeblich versuchte er, die Seitenfenster zu schließen. Die Fensterheber funktionierten nicht, weil der Strom weggeschaltet war. Er versuchte, den Zündschlüssel abzuziehen, als ihm heißes Druckwasser in die Augen spritzte. Er öffnete die Tür und setzte einen Fuß ab. Da wirbelten schon die schweren Bürsten vorbei, drückten den halboffenen Schlag zu und klemmten das herausragende Bein des ›Rächers‹ erbarmungslos ein. Sein Schreien ging im Rauschen, Klatschen und Reiben des Waschvorgangs unter. Er verlor das Bewußtsein, als die Bürsten durch das offene Fenster seinen Schädel einseiften, abrieben und abspritzten. Als die Bürstenrollen auf dem Rückweg die Vordertüre aufwuchteten, fiel der eingeklemmte Körper des ›Rächers‹ auf den Boden der Waschanlage. Der Kopf des Terroristen gelangte dabei auf die Schiene vor den schweren Rollen. Als die unheimlich schnell rotierenden Bürsten darüber hinwegwirbelten, schnitten die Metallteile die Schädeldecke auf. Dann blockierte die Anlage. Ein Signalhorn heulte auf. Das schaumige Wasser färbte sich rot.

Hazmoudi hatte dem Trucker fünfhundert Dollar hingestreckt und sich dadurch weitere Diskussionen erspart.

Als er in den frühen Morgenstunden in New York City eintraf, gelangte die Meldung über die *Falcon 900*, die vor Stunden in Reading gelandet war, endlich zum SCUDO-Sonderkommando. Die Flugkontrolle meldete die Route der verdächtigen Maschine mit der honduranischen Registrierung HR-LTB. Nachforschungen in Reading ergaben, daß die Maschine aufgetankt hatte, bevor sie eine halbe Stunde später Richtung Durham in North Carolina abgeflogen war. Dort verlangte der Captain eine Änderung der Flugroute: nach Miami, wo sich das Spiel wiederholte. Die Maschine erhielt Erlaubnis zum Flug nach San José in Costa Rica.

Sie befand sich an diesem 4. Juli bereits seit einer Stunde außerhalb der Vereinigten Staaten.

49 Bern, Mittwoch, 4. Juli

Ein starker Regen prasselte auf das niedere Ziegeldach, als Stefanie Kramer behutsam die Tür einen Spalt öffnete und vorsichtig in den finsteren Raum spähte. Im fahlen Licht der aufkommenden Dämmerung zeichneten sich schwach die Umrisse der Möbel ab. Das laute Trommeln und Klatschen des strömenden Regens übertönte den Glockenschlag der nahen Kathedrale: fünf Uhr morgens. Mit klopfendem Herzen stand Stefanie zum zweiten Mal innerhalb von vierundzwanzig Stunden unter dem alten Dachgebälk der Junggesellenwohnung von Ralph Christen.

Aber etwas stimmte nicht. Das antike Sofa, auf dem sie gestern eingenickt war, lag umgekippt vor dem großen Fenster. Als sich ihre Augen an das Halbdunkel gewöhnt hatten, sah sie die fürchterliche Unordnung. Fassungslos drang sie weiter in den Raum, als sie über etwas Weiches stolperte und hinfiel.

Sie stieß sich die Schläfe an einem schalenförmigen, schweren Gefäß aus Stein. Sie schob es weg. Dann traf sie der starre Blick von weit aufgerissenen, glasigen, verquollenen Augen. Sie schrie und rappelte sich entsetzt hoch. Am ganzen Körper zitternd, wagte sie einen zweiten Blick auf das schrecklich verzerrte Antlitz. Der Tote lag ausgestreckt auf den dunklen Holzdielen des Fußbodens, den Hinterkopf abgewinkelt an die getäfelte Wand gedrückt. Das entstellte, blasse Gesicht glotzte gespenstisch auf den Wirrwarr im Zimmer.

Plötzlich bemerkte Stefanie, daß kein lautes Geräusch mehr zu hören war.

Der Regen hatte aufgehört.

Die Polizei hat einen Beamten als Wache zurückgelassen. Jemand hat den Polizisten getötet und bestimmt die Wohnung durchsucht, dachte Stefanie und bewegte sich zaghaft zum Schlafzimmer. Die Schränke standen offen, Schubladen waren herausgerissen. Kleidungsstücke lagen im ganzen Zimmer zerstreut.

Stefanie tappte vorsichtig in die Küche und schaltete das Licht an. Sie brauchte einen stärkenden Drink. Ergriffen hielt sie inne, denn auf der Ablage neben dem Herd sah sie Reste von Parmaschinken, Brotkrumen, eine geöffnete Blechbüchse mit Amaretti, ein Holzbrett mit einer halbierten Tomate. Es schien ihr, als ob Ralph gerade die Küche verlassen hätte, um ihr die Tür zu öffnen.

Als sie seufzend nach der Kühlschranktür griff, näherten sich Schritte auf dem Flur. Eisige Kälte durchfuhr ihre Glieder.

Polizei! Die Ablösung der Wache. Sie erwischen mich auf frischer Tat, rasten ihre Gedanken. Sie sah sich nach einem Fluchtweg um. Das kleine Fenster. Unmöglich. Sie konnte sich niemals hindurchzwängen. Die Tür im Flur ging auf. Stefanie hörte Flüstern und sah einen Lichtschein. Hoffentlich kommen sie nicht in die Küche, betete sie, als eine junge Tigerkatze mit der Schnauze den kleinen Fensterflügel aufstieß und geräuschlos auf die Ablage hinabsprang. Wie auf Samtpfoten, dachte Stefanie bewundernd, als das Tier am Schinken schnupperte. Stefanie näherte sich zaghaft, doch das Tier wich erschrocken zurück und streifte die mit Amaretti gefüllte Blechbüchse. Stefanie mußte zusehen, wie der Behälter über den Rand kullerte und mit Getöse auf den Steinfliesen des Küchenbodens aufschlug.

Im Wohnzimmer hörte sie einen Ausruf des Erstaunens, dann rasche Schritte. Jetzt erst bemerkte sie die Computerdiskette, die mitsamt dem Konfekt aus der Büchse heruntergefallen waren. Rasch bückte sie sich, packte den Datenträger und steckte ihn in ihren Schlüpfer. Auf der Diskette muß sich das Beweismaterial befinden, das die Eindringlinge vor ihr vergeblich gesucht haben, schoß ihr durch den Kopf.

»Hier bist du sicher, Ralph«, flüsterte sie und legte ihre Hand schützend auf die schöne Bauchwölbung.

Da sprang eine Gestalt in die Küche. Ein massiger Kerl. Mit beiden Händen hielt er einen furchterregenden Revolver umklammert. Die Mündung zielte genau auf ihre Augen. Er verharrte eine Weile kauernd in der Schießstellung, mit dem Rücken zur Wand, während seine Augen blitzschnell den Raum absuchten. Dann richtete er sich abrupt auf und schrie atemlos: »Was zum Teufel machen Sie denn hier?«

Vor ihr stand ein schnaufender, breiter, dickbäuchiger Mann mit einem verwitterten Gesicht. Sie schätzte ihn auf etwa fünfzig. Er hatte graublondes, kurzgeschnittenes Haar, das den Scheitel seines kugelförmigen Kopfes knapp bedeckte. Er nagte nervös an seinen breiten Lippen, während er sie forschend aus den kleinen, lustigen Augen betrachtete. Dann ließ er den Blick rasch und routiniert durch den Raum schweifen. Die knollige Nase und das schlecht rasierte Doppelkinn verliehen ihm ein schergenhaftes Aussehen.

»Die Ablösung«, erwiderte Stefanie kühl. »Mein Kollege wurde umgebracht. Ich habe Verstärkung angefordert. Wer sind Sie? Nehmen Sie gefälligst Ihre Kanone runter!«

Stefanie bebte innerlich. Sie wußte, daß es nicht funktionieren konnte. Der breitschultrige Typ sah selbst wie ein Bulle aus. Dann erschien sein Begleiter und sagte: »FBI, Sie stehen unter Arrest. Kommen Sie!«

Er war hager und sein bleiches, bekümmertes Gesicht stand in scharfem Kontrast zum schwarzen, makellos geschnittenen Kopfhaar, den schweren Brauen, den brandschwarzen, tief versunkenen Augen und dem buschigen, schwarzen Schnurrbart.

Der Typ mit dem Revolver zuckte mitfühlend die Schultern, schaute sie mit einem sympathischen Lächeln an und meinte: »Wir haben Ihre Beschreibung mit Bild. Hübsche Gesichter prägt man sich leicht ein. Sie sind Frau Kramer, stimmt's?«

Stefanie nickte langsam, fast unmerklich. Das Spiel war aus.

»Wo ist die Polizei, ich meine, unsere Polizei?« fragte Stefanie. Die beiden tauschten kurze Blicke.

»Ich bin Fahndungs-Attaché im FBI-Büro der amerikanischen Botschaft«, log der Hagere. »Bill ist aus Washington. Wir arbeiten im Mordfall Kern mit der schweizerischen Polizei zusammen. Sie stehen leider unter schwerem Verdacht, Frau Kramer. Und das hier«, er deutete mit dem Kopf zum Wohnzimmer, »macht die Sache auch nicht besser. Sie sind zur Zeit die meistgesuchte Frau in diesem Land. Sie haben die Polizei ja ganz schön an der Nase herumgeführt.« Er lächelte gezwungen. »Uns können Sie nichts vormachen. Bitte kommen Sie, wir werden uns ein bißchen unterhalten.«

Stefanie stemmte die Fäuste in die Hüften, spreizte ihre Ellbogen kampfeslustig nach außen und sagte trotzig: »Ich komme nicht, Sie haben keine Amtsgewalt über mich. Ich laufe davon und schreie. Die Leute im Haus werden mir beistehen. Vor der Polizei habe ich nichts zu verbergen. Sie können mich mal!« Mit letzter Anstrengung stapfte sie an der Leiche vorbei zum Ausgang.

Der Hagere packte sie mit erstaunlich festem Griff am Oberarm.

»Machen Sie keine Dummheiten, Frau Kramer. Wenn die Polizei Sie hier findet, sind Sie geliefert.« Er trat zur Leiche und deutete auf den Schädel des toten Polizisten. »Er wurde mit einem harten Gegenstand erschlagen. Wahrscheinlich mit diesem schweren Aschenbecher aus Stein. Vielleicht findet die Polizei Ihre Fingerabdrücke am Aschenbecher. Was glauben Sie, was dann geschehen wird?«

Stefanie erinnerte sich mit Schrecken, wie sie den Aschenbecher gedankenlos angefaßt und zur Seite geschoben hatte. Sie verharrte regungslos und überlegte. Sollte sie hilferufend wegrennen, untertauchen und dann von Alp alarmieren, daß er sie herausholte? Aber möglicherweise war die Polizei bereits unten auf der Straße. Sie würde ihnen in die Arme laufen. Sie mußte Zeit gewinnen.

»Sie liefern mich ja auch der Polizei aus, oder etwa nicht?«

»Nein, wenn Sie mit uns kooperieren, sind Sie sicher«, widersprach Bill. »Wir bringen Sie in einem sicheren Haus unter. Alles, was wir wollen, ist das.« Er griff in seine Brusttasche und zog eine zerknitterte Fotografie hervor. »Uns über diesen Mann unterhalten.«

Stefanie verspürte einen Stich im Herz, der in die Magengegend weiterwanderte. Auf dem Bild lächelte ihr Ken Custer entgegen. »Warum, was ist mit ihm?« stammelte sie.

Die beiden blickten sich vielsagend an, und statt zu antworten, drängten sie sie zur Tür.

Sie riß sich wütend los und stellte sich ihnen entgegen. »Was mit ihm ist, habe ich gefragt?« Wenn Blicke töten könnten, wäre der Hagere auf der Stelle umgefallen.

Er hob beschwichtigend beide Hände und sagte: »Na schön, er ist ein Krimineller, im Sold der Drogenkartelle, ein Killer und Verräter. Er steht auf allen Fahndungslisten der Welt.«

Bill schwenkte das Bild vor ihrer Nase und fügte hinzu: »Wir sind überzeugt, daß er auch diesen Polizisten auf dem Gewissen hat. Er wollte Sie reinlegen, Ihnen diesen Mord anhängen. Vermutlich wird jeden Moment die Polizei auftauchen. Dann nimmt man Sie fest und ...«

Wie um ihm recht zu geben, drangen entfernte Sirenentöne aus der Gasse herauf. »Nichts wie weg hier«, befahl Bill. Stefanie folgte willenlos. Geschockt und völlig entnervt hatte sie nur noch einen Wunsch: aufzugeben und alles zu erzählen. Unten auf dem nassen Pflaster schubsten sie sie in eine dunkelgrüne Ami-Karosse mit goldenen Radspeichen und schossen mit aufheulendem Motor aus der Parkbucht die Gasse hinunter, als die Polizeiwagen entgegenkamen.

50

Am Bahnhof parkten sie in der Nähe eines niedrigen Gebäudes mit Telefonkabinen, Fahrstühlen und Rolltreppen. Leute hasteten in beiden Richtungen über den Platz, um Züge zu erwischen, Busse fuhren vor, und durchbrechende Sonnenstrahlen brachten den nassen Asphalt zum Dampfen.

Stefanie Kramer schaute gebannt auf die Rolltreppe: Köpfe tauchten aus dem dunklen Schacht auf, Körper folgten und lösten sich von den versinkenden Stufen und liefen weg.

Gestern war sie noch ein spritziges Energiebündel, heute zusammengestaucht, demoralisiert und verlassen, sinnierte die Reporterin.

Bill Conklin drehte sich auf dem Vordersitz zu ihr herum: »Sie sind in einer verdammt unangenehmen Lage, Kramer. Die Polizei verdächtigt Sie des Mordes an Peter Kern.«

Die Angesprochene wollte protestieren, aber ihr war der Hals wie zugeschnürt. Conklin sprach sachlich weiter, wie ein Verkäufer, der die Handhabung eines Küchengeräts erläuterte. »Die Haushälterin hatte vor der Villa des Ministers Ihren Wagen gesehen. Die Polizei hat nicht weit von den Leichen Spuren gefunden, die Sie verraten: Kleiderfasern im Gebüsch, Fußabdrücke. Ein Bauer sah eine Frau durch das Unterholz zur Straße rennen. Er hat Sie nach Fotos identifiziert, die ihm die Detektive zeigten. Übrigens hatten Sie auch ein Motiv.«

»Wie bitte, seid ihr total verrückt!« Die Frau schlug mit den Fäusten auf die breiten Schultern von Conklin.

»Sie kämpften ziemlich militant gegen die Kernenergie«, entgegnete er unbeeindruckt. »Sie besaßen Verbindungen zu Kreisen, die Terroranschläge gegen Atomanlagen planten.«

»Das ist absurd«, erwiderte Stefanie kühl.

»Nun, wir wissen, daß Custer in die Schweiz kam, um Atomwaffen zu kaufen. Für die Iraker. Wir haben Fotos, auf denen er sich auf dem Konzerngelände herumtreibt. Die Firma schickte ihn weg, worauf er sich heimlich Zugang verschaffen wollte. Er prügelte sich mit Sicherheitskräften. Dann geschahen die Morde: Ein Sicherheitsbeamter des Schlammer-Konzerns wird mit Kopfschuß getötet: Custer! Dann der brutale Überfall auf den Militäruntersuchungsrichter: von Custer arrangiert, weil ihm der clevere Christen in die Quere kam. Das sind Fakten, Frau Kramer.«

Stefanie hörte einfach zu, apathisch und scheinbar unbeteiligt, doch in Wahrheit war sie hellwach. Sie dachte an ihre Verabredung mit den Summermatter-Kindern am Nachmittag und blickte zur großen Uhr am Empfangsgebäude hinüber. Acht Uhr fünfzehn. Der rege Pendlerverkehr hatte noch zugenommen. Um nichts in der Welt würde sie die Kids im Stich lassen. Der Gedanke an Mark, Tony und Jessie verlieh der Reporterin Auftrieb. Ihr Kampfgeist erwachte zu neuem Leben.

»Ken Custer ist ein Nestbeschmutzer. Früher gehörte er zu uns. Der Geheimdienst hatte ihn ausgebildet. Jetzt tötet er für andere, tötet unsere guten Leute. Das Verbrechen am Piloten geht vermutlich auch noch auf das Konto von ›Keycop‹«, hörte sie Conklin monoton dozieren. »Schlammer gab der Polizei gegenüber an, daß der Pilot elektronische Komponenten geklaut hatte und damit einen lukrativen Handel betreiben wollte. Das wurde ihm zum Verhängnis. Custer scheint ein Abnehmer der gestohlenen Ware gewesen zu sein.«

»Von welchem Piloten sprechen Sie?« unterbrach Stefanie und rückte nach vorne. Sie fürchtete sich vor der Antwort.

»Sommermann oder so ähnlich hieß er«, antwortete der angebliche FBI-Mann gleichgültig.

»Wo ist Summermatter?« stieß sie hervor.

»Tot.«

Stefanie sank in den Lederfauteuil des Pontiac zurück und schloß die Augen. Das Herz wollte ihr zerreißen. Tief atmete sie durch. Ein einziger Gedanke dröhnte in ihrem Kopf: Flucht. Der Türgriff lag nur eine Handbreite neben ihrem Ellenbogen. Sie könnte den Schlag aufreißen, hinausstürzen und in der Menge untertauchen. Es müßte gehen, fieberte sie.

Da sah sie gegenüber den kahlköpfigen Motorradfahrer. Er war von seiner schweren Maschine abgestiegen und stapfte auf die WC-Anlage im fensterlosen Gebäude zu. Im Bruchteil einer Sekunde reifte der Plan.

»Ich muß mal«, stieß sie hervor und öffnete die Tür.

Conklin war nicht darauf vorbereitet. Er stürzte mit einem Fluch aus dem Wagen und hastete ihr nach. Der Vorraum teilte sich hinter dem Eingang in Männer- und Frauentoiletten auf, und Conklin erfaßte rasch, daß kein zweiter Ausgang eine Fluchtmöglichkeit bot. Die Kramer konnte ihm nicht entwischen. Er wartete deshalb auf dem Gehsteig und steckte sich eine Zigarette an.

Stefanie schwenkte im Innern der hellen Anlage nach einigen Schritten abrupt zu den ›Männern‹ hinüber und betrat keck das Pissoir. Zu ihrer Erleichterung war außer dem Glatzköpfigen keine Seele sichtbar. Dieser drehte und wand sich gerade umständlich in seinem Lederzeug vor der Schüssel. Stefanie trat rasch heran und schielte herausfordernd auf sein inzwischen hervorgeklaubtes Glied.

Er blickte verdutzt auf, doch bevor er etwas sagen konnte, hielt ihm Stefanie einen Hundertfrankenschein unter die Stubsnase. Ein albernes Grinsen zog über sein Gesicht. Sie erklärte ihm hastig, was sie von ihm erwartete. Ihr grimmiger Ausdruck verriet eine verzweifelte Entschlossenheit. Ihre blitzenden Augen duldeten keine Widerrede. Der starke Protz war noch nie einer solchen Frau begegnet. Schon gar nicht im Pissoir. Vor lauter Verblüffung urinierte er neben die Schüssel auf seinen Lederstiefel, aus dessen Schaft ein Messerholster ragte.

Sie forderte ihn auf, die Anweisung zu wiederholen, was er mühsam fertigbrachte, obschon er sich vor Aufregung ständig verhaspelte. Stefanie spornte ihn mit bewundernden Blicken an und ließ ihn, der nun sichtlich erregt war, vorausgehen. Als draußen das tiefe Brummen des anspringenden Motors ertönte, rannte sie los.

Atlee schaute stumpf aus dem Wageninnern zu Conklin hinüber, der ungeduldig auf den Fersen wippte, dann wieder schwerfällig auf und ab watschelte. Vielleicht mußte er auch mal, dachte Atlee, als ein schwerer Bus heranrollte und knapp vor der Kühlerhaube des Pontiac hielt. In diesem Augenblick sah Atlee die Kramer aus der WC-Anlage stürzen.

»Paß auf«, schrie er durch die Windschutzscheibe Conklin zu, der natürlich nichts hörte und zudem noch in die falsche Richtung schaute. Der Ausbruch überraschte ihn dann völlig. Als er schließlich zum Spurt ansetzte und seine schwerfällige Masse in Bewegung geriet, hatte sich die Reporterin bereits auf den Soziussitz des Motorrades geschwungen und ihre Arme fest um den Leib des barhäuptigen Fahrers geschlungen. Der große Augenblick verklärte dessen Antlitz.

Mit eingezogenem Nacken drehte er das Gas lustvoll auf und ließ die Kupplung ruckartig los. Die Maschine bäumte sich auf und raste mit abgehobenem Vorderrad und ohrenbetäubendem Dröhnen davon. Passanten blieben verblüfft stehen, einige schüttelten den Kopf, und Atlee schien, als ob der Kerl genüßlich grinste.

Conklin, der schnaubend zum Wagen zurückgerannt war, quetschte sich nun hinter das Lenkrad und fummelte fluchend am

Zündschloß herum. Atlee sah es kommen, bevor es geschah. Der Bus fuhr langsam an, als Conklin gerade aus der Parkbucht schoß. Er rammte mit dem rechten Kotflügel den mit Pendlern vollbesetzten Autobus. Vor Wut tobend, traktierte Conklin mit beiden Fäusten das Lenkrad. Unfallformalitäten fehlten gerade noch! Er schaute sich um, legte fluchend den Rückwärtsgang ein. Er konnte gerade noch sehen, wie die schwere Maschine im Eingang zum mehrgeschossigen Parkhaus verschwand, und trat das Gaspedal zähneknirschend durch.

»Wie heißt du?« schrie Stefanie in den Fahrtwind, als sich die Maschine in haarsträubender Seitenlage neigte. Sie mußten zwei Geschosse zur oberen Ausfahrt hochkreisen.

Er drehte sich um und rief ihr mit einer furchterregenden Grimasse zu:

»Bison.«

Ihr Lachen gefror, als sie hinter sich den Pontiac mit blitzenden Scheinwerfern um die Biegung schleudern sah. »Gib Gas!« schrie sie, als Bison in das grelle Licht hinausschoß. Die Ausfahrt des Parkhauses mündete in eine stark befahrene abfallende Straße. Von unten näherte sich mit gelbem Warnlicht ein Landrover mit einem Aluminium-Anhänger, der einem Pferdewagen glich. ›ACHTUNG TIERTRANSPORT‹, warnte eine Tafel über der Windschutzscheibe. Bison sah das Blinklicht aus den Augenwinkeln und brachte die Maschine mit zwei halsbrecherischen Schwenkern hart am Tramzug vorbei, der, von oben heranrollend, schon halb auf der Kreuzung stand. Während die Straßenbahn schrill reklamierte, donnerte Bison bereits auf der anderen Seite am Gebäude des Obergerichts vorbei.

Als Conklin aus der Ausfahrt schoß, befanden sich der Landrover und die Straßenbahn auf gleicher Höhe. Die Kreuzung war vollständig blockiert. Bremsen quietschten. Conklin versuchte, den Pontiac herumzureißen. ›BÄRENGRABEN – BEARS PIT – FOSSE

AUX OURSES‹ las Atlee entgeistert auf dem Anhänger, bevor sie in das Heck des Landrovers krachten. Die verkeilten Fahrzeuge prallten auf die Straßenbahn. Die Wucht des Aufpralls warf den hinteren Teil des grünen Tramwagens aus den Schienen, und dann begann der ganze Zug in Zeitlupe umzukippen. Schleifendes, krachendes Metall. Klirrendes Glas. Funkenregen. Schreie. Den Anhänger des Landrovers hatte es losgerissen und umgeworfen, die vergitterte Tür aus den Angeln gehoben. Conklin ruderte mit beiden Armen den Airbag aus seinem Gesichtsfeld und mühte sich ächzend aus dem Wagen heraus. Atlee kroch lautlos aus dem Fond auf den heißen Asphalt und erhob sich. Entsetzte Schreie ertönten, und Conklin erwartete, daß die aufgebrachte Menge über sie herfiel. Doch das Rufen galt den beiden Bären, die aus dem Anhänger geklettert waren. Verängstigt hetzten sie vor dem umgekippten Tramwagen auf und ab, um einen Fluchtweg zu finden. Menschen suchten schreiend das Weite, als die aufgeschreckten Bären über den Gehsteig zur Universität hinaufjagten.

Conklin und Atlee nutzten die Verwirrung. Unauffällig gingen sie zur Parkhausausfahrt zurück und verschwanden mit einem Satz im schützenden Dunkel.

51

Melanie Borer starrte sprachlos auf das Inhaltsverzeichnis des zentralen Dokumentenspeichers, der in ihrem ›Crack Shop‹ mit allen Schreibstationen und Rechnern vernetzt war. Dadurch konnten Texte von allen Computern in den ›großen Behälter‹ abgelegt werden, und die Festplatten der Tischrechner blieben frei. Die zentrale Abspeicherung erfolgte jedoch nur auf Wunsch. Obwohl die Kundin von gestern abend diese Dienstleistung nicht hatte benutzen wollen, stand ihr Bericht heute morgen im Zentralspeicher! Darüber bestand kein Zweifel. Warum das geschehen war, blieb rätselhaft und mußte abgeklärt werden.

In der Zwischenzeit übertrug Melanie Borer das Dokument auf einen anderen Datenträger, da sie nicht ausschloß, daß die Kundin möglicherweise die Arbeit verloren hatte. Aber dann erregte die reißerische Überschrift ›Schlamm, Schlammer, am Schlammigsten‹ ihre Neugier, und da im Laden ohnehin gerade Flaute herrschte, befahl sie den Text auf den Bildschirm. Als sie zu lesen begann, stockte ihr der Atem:

Tatsachenbericht über den Mordfall Kern

Ich, Stefanie Kramer, habe den Mord an Minister Kern nicht begangen, aber aus nächster Nähe beobachtet. Wahrscheinlich hätte ich auch ermordet werden sollen. Daß ich verspätet zum Joggen erschien, rettete mir das Leben. Vorläufig. Ich sah den

Killer. Zweimal versuchte er mich umzubringen. Ich entkam ihm. Ich drang in die alte Atomkaverne in Nuclanne ein. Schlammer versteckt dort Waffen, wahrscheinlich nukleare Geschosse, und lagert gefährliches radioaktives Material. Minister Kern ist ihm mit Sicherheit auf die Schliche gekommen und mußte sterben. Der Amerikaner Kenneth W. Custer rettete mir das Leben. ›Keycop‹ arbeitet für ein Drogenkartell und kauft vermutlich bei Schlammer Waffen. Es geht um Leben und Tod. Die folgenden Tatsachen zeigen auf, wer den Mord an Minister Kern und Christen verübt hat. Ich bin im Begriff, die letzten Beweise zu beschaffen. Sollte ich dabei umkommen, ist dieser Bericht in der Herald Tribune zu veröffentlichen . . .

Weiter kam Melanie Borer nicht. Unwillkürlich schaltete sie das Bild weg und atmete tief durch. Sie mußte sofort Thomas anrufen, sagte sie sich, während sie zum Hörer griff. Dann schreckte sie zurück und überlegte nochmals alles in Ruhe. Ein Satz der Kramer hatte sich gestochen scharf in ihr Bewußtsein geprägt.

Es ging um Leben und Tod. Wie Christen stand Thomas auch an vorderster Front, und sie durfte ihn keiner Gefahr aussetzen. Dann kam ihr ein verrückter Gedanke. Sie packte die Disketten in ihre Handtasche und wählte entschlossen die direkte Nummer.

52

Der Mordfall Kern weitete sich zum Skandal aus. Man warf der Polizei Unvermögen vor. Die Medienleute rannten dem Kommandanten des Sonderstabes die Bude ein und verlangten Erklärungen. Thomas Borer blieb gelassen, wimmelte die Pressemeute ab und empfing den besorgten, stirnfurchenden Justizminister. Die Bestürzung über den Tod Christens stand ihm deutlich ins Gesicht geschrieben.

Der Minister kam sofort auf den Punkt und verlangte Resultate. Die Methode der Verbrechensfahndung, die Borer bevorzuge, führe zu nichts. Christen wäre noch am Leben, wenn die Polizei nicht ziellos herumtappte. Es sei unverantwortlich, daß Kramer, die Hauptverdächtige, immer noch auf freiem Fuß sei und die Polizei an der Nase herumführe. Die Öffentlichkeit sei aufgewühlt, das Vertrauen in den Rechtsstaat erschüttert, ja sogar das Ausland begänne sich zu wundern, ereiferte sich der untersetzte, bebrillte Justizminister, derweil seine Begleiterin beflissen nickte.

Borer sah von seinem Sessel durch die große Glasscheibe in den Arbeitsraum, wo seine Männer in T-Shirts an gelblichen Schreibtischen graue Bildschirmen nach Daten absuchten. Ab und zu stand einer auf, eilte über den hellblauen Linoleumboden oder tippte mit ernster Miene Buchstaben in die vorgezeichneten Eingabefelder. Zwei junge Frauen in langweilig grauen Polizeiblusen bedienten hinten in der weißgetünchten Ecke das Faxgerät und die Schaltstellen zu RIPOL und ISIS, während durch einen Lautsprecher der Polizeifunk gerade die neuesten Nummern von gesuchten Fahrzeugen bekanntgab. An einem andern Tisch telefonierte Max mit halbgeschlossenen Augen, den Hörer zwischen Kopf und Nacken geklemmt, während vor ihm auf dem Pult zwischen seinen klobigen Fingern der linken Hand eine Zigarette brannte.

Die Ermordung des Untersuchungsrichters, einer der ihren, hatte die Kollegen zur Höchstleistung aufgepeitscht. Grimmig machten sie sich ans Werk.

Aus Zürich waren vor kurzem die Spezialisten des wissenschaftlichen Dienstes der Kriminalpolizei eingetroffen und beschäftigten sich mit der Auswertung der Mikrospuren am Tatort. Die internationale Zusammenarbeit lief über Interpol reibungslos. ›Keycop‹ hatte Spuren hinterlassen.

Borers Leute hatten Tag und Nacht eine Unmenge von Informationen zu verarbeiten. Er selbst hatte die Spur von Christen aufgenommen. Mit scharfem Adlerauge aus sicherer Höhe kreiste er Schlammer heimlich ein. Borer hütete sich aber, den gleichen Fehler wie der Militäruntersuchungsrichter zu machen. Christen war vorgeprescht, hatte Tabus angetastet, die Mächtigen solidarisiert.

Eher seltsam erschien dem Polizeikommandanten die Meldung eines *F/A-18* Piloten, der heute im Gebirge nur mit Mühe eine Kollision mit einem Helikopter hatte verhindern können. Borer hatte sich entschieden, das Flugwaffenkommando ›Emmen‹ anzurufen. Der Pilot befand sich noch auf dem Stützpunkt. Ungewöhnlich sei in dieser Zone ziviler Flugverkehr, meinte er, nachdem er den Beinah-Zusammenstoß noch einmal geschildert hatte. Entweder habe die Flugsicherung die Route irrtümlich freigegeben, vermutete er, oder so ein Spaßvogel von Helipiloten habe absichtlich die Sperrzone durchquert, um abzukürzen. Beides sei eine Schweinerei.

Ob er den Hubschrauber habe identifizieren können oder sonst noch etwas festgestellt habe, wollte Borer wissen.

Die Identifizierung sei unmöglich bei diesen Geschwindigkeiten, erklärte Oberstleutnant Henri Carrard. Er könne nur bestätigen, daß es sich um einen roten *SuperPuma* gehandelt habe, einen Typ, der auch in der Armee geflogen werde.

Nach einigem Zögern erwähnte Carrard den Geigerzähler, den sie versuchsweise in die *F/A-18* eingebaut hatten. Das Warnlicht habe kurz aufgeblinkt, als er dem Helikopter ausgewichen sei. Im Stützpunkt habe die Überprüfung dann ergeben, daß tatsächlich eine geringe Dosis Radioaktivität gemessen wurde. Nach Ansicht des Piloten kam als Strahlenquelle nur der rote *SuperPuma* in Frage.

Der Clown, der Borer gegenüber saß, hatte keine Ahnung von guter Polizeiarbeit. Borer hatte noch kein einziges Wort erwidert, druckste mit »hm« und »ha«, als das Telefon klingelte. Vor der Glasscheibe stand Max und zeigte wichtig nickend auf den Telefonapparat. Borer hob entschuldigend die Hände und nahm ab.

»Hier Dindin. Thomas, hör gut zu, dein Telefon wird abgehört.«

»Schatz, du bist es. Ich bin gerade mitten in einer ...«

»Ich muß dich dringend sehen, sofort!«

Borer kratzte sich verlegen den Scheitel: »Aber bitte, Dindin, doch nicht jetzt.«

Der biedere Justizminister warf seiner Adlatin einen bedeutungsvollen Blick zu.

»Thomas, hör mir doch um Gottes willen zu! Erinnerst du dich an die Stelle, wo wir uns neulich geliebt haben? Du sagtest, eh ... Vögeln im Freien sei am schönsten. Wir sehen uns dort.«

»Im Freien was tun? Vög ...? Oh, Verzeihung!« Erschrocken fuhr er sich mit der Hand über den Mund: »Nur Redensarten«, flüsterte er dem Minister beschwichtigend zu, dann in die Leitung: »Du meinst ... jetzt gleich? Weißt du, was du da verlangst, Dindin? Dindin! Hallo!«

Sie hatte aufgelegt.

Borer sprang auf. Während er den entgeistert dreinblickenden Justizminister mit erhobenen Handflächen besänftigte, hastete er rückwärts aus dem Büro: »Es ist Dindin, meine Frau, es dauert nicht lange.«

Borer raste durch den Arbeitsraum der Fahnder zum Ausgang.

Der Minister ließ hilflos die Hände auf die Tischkante fallen: »Kennen Sie seine, eh, Dindin? Die muß ja eine Wucht sein? Im Freien . . . Tja, Frau Schneeberger, ich glaube, Sie sollten mal die Personalakte von Borer revidieren. Seine Frau scheint total sexverrückt zu sein.«

53

Stefanie Kramer befand sich in Hochstimmung. Sie lehnte ihre Wange an die Schulter des Fahrers und ließ ihre Haare vom Fahrtwind zerzausen. Die frische, kühle Luft tat gut. Sie blickte hinauf und sah Umrisse von Dächern und Bäumen vorbeiflitzen. Das Gefühl der Geschwindigkeit und das ruhige, tiefe Brummen der Maschine berauschten sie. Sie empfand Freiheit. Auf der Autobahn schrie sie ihm ins Ohr: »Bison, du bist Spitze!« Als Antwort drehte er das Gas bis zum Anschlag auf.

Als sie auf der schweren Honda durch den Morgen rauschte, lösten sich die Gedanken. Unvermittelt mußte sie an den Alten denken. Sie schaute sich um. Natürlich, des Alten Zuflucht muß hier ganz in der Nähe sein. Warum in aller Welt bin ich nicht früher darauf gekommen, fragte sie sich.

Doch besser spät als nie, entschied sie praktisch und klopfte Bison auf die Schulter. Sie deutete auf die nächste Ausfahrt. Er nickte und grinste verschwörerisch.

Sie mußte das Mißverständnis klarstellen, als Bison in einen Feldweg einschwenkte und auf ein wogendes Kornfeld zuhielt. Stefanie packte kurz entschlossen das Messer im Stiefelholster und stieß die scharfe Klingenspitze durch die Ledermontur in seine Hinterbacke.

»Ich schneide dir die Eier ab, Bison. Zurück auf die Straße. Wir haben eine geschäftliche Abmachung. Keinen Sex.«

»Schade«, jammerte der starke Bison und preßte die Handfläche auf die schmerzende Stelle. Dabei berührte er Stefanies prallen Schenkel, was ihm sichtlich behagte. Sie ließ es geschehen.

Wenig später fuhren sie ratternd auf den großen Kiesplatz des alten Winzerhauses. Die Liegenschaft mit Seeanstoß abseits der Ortschaft war umgeben von Rebbergen. Ein breites hohes Dach mit alten braunen Ziegeln schützte den Wohnteil aus weißem Mauerwerk und die angrenzenden alten Stallungen, vor denen ein jagdgrüner Range Rover parkte.

Eine mächtige Linde warf ihren Schatten auf die vorgelagerte Terrasse, wo ein dunkelhäutiger, hagerer Mann mit khakifarbenem Hemd auf den Steinplatten vor einer Plane kniete. Er legte das Sturmgewehr, das er zum Reinigen zerlegt hatte, ab, stand auf und ging gemächlichen Schrittes auf die fremden Besucher zu.

Bison beobachtete, wie Stefanie mit dem Kerl verhandelte, dieser mehrmals zum Motorrad zeigte und den Kopf schüttelte, die Frau den Typ einfach wegschubste und auf das Haus zumarschierte.

»Die hat Haare auf den Zähnen«, meinte Bison zu seiner Maschine. Er hörte die Frau mehrmals einen unverständlichen Namen rufen und sah den Mann unter die Tür treten. Bison nickte zufrieden, kickte den Töff an und stieb in einer Staubwolke davon. Die Frau war eine Wucht. Und die zweihundert Mäuse war der Ausflug schon wert gewesen.

Die Erscheinung des Alten füllte den Türrahmen aus. Er trug elegante, dunkelblaue Hosen und ein offenes, hellblaues Hemd mit feinen roten Streifen.

Sein milder Blick aus den warmen grauen Augen fiel interessiert auf die junge Frau, während er die Haare mit einer Handbewegung nach hinten strich. Sein scharfgeschnittenes Gesicht verriet kein Alter. Er mochte vierzig oder sechzig sein. Seine Statur war mittelgroß, rundlich, und der große Kopf mit der hohen Stirn neigte sich leicht zur Seite.

»Was wünschen Sie, bitte? Haben wir eine Verabredung?« fragte er leicht abweisend.

»Arik, ich bin es!« sagte sie und nahm die Sonnenbrille ab. »Stefanie!«

Der Alte trat vor, schaute sie von Kopf bis Fuß an, dann verzückte sich sein Antlitz. Sein skeptischer Blick zerfloß in einem Strahlenmeer von herzlichem Charme. »Das nenne ich eine Überraschung.« Er nahm sie zärtlich in seine Arme und küßte sanft ihre Wangen. »Komm, wir gehen rein.« Er faßte sie galant um die Hüfte. »Ich hörte, die Polizei sucht dich. Welche Rolle spielst du denn in dieser Kern-Sache?«

Er führte sie über den Rasen auf die Terrasse zu einer Gruppe von bequemen Sesseln.

»Nun mach schon, erzähl mir, was soll diese verrückte Geschichte? Ich habe übrigens versucht, dich zu erreichen. Ist alles in Ordnung? Komm setz dich zu mir!«

»Alles ist höllisch in Ordnung, Arik«, seufzte Stefanie und ließ sich in das grünblau gestreifte Sitzpolster sinken. Vor ihr lag der See breit und still. Früh an diesem Vormittag kräuselte kein Lüftchen das graublaue Wasser. Das Grundstück fiel leicht zum Ufer ab, und über ihrem Kopf rahmten Laubbäume den Julihimmel ein.

Sie erstattete dem Alten Bericht. Joseph hatte Eistee und Gebäck hingestellt und sich wieder an das Reinigen seiner Flinte gemacht. Der Alte hörte aufmerksam zu, knabberte ununterbrochen an Salzstangen, stellte gelegentlich eine Zwischenfrage, und als Stefanie schloß, blieb er lange Zeit stumm. In Gedanken versunken, blickte er über das Wasser zum dunkelgrünen, bewaldeten Hügel, der wie ein großer Rücken das entfernte Ufer zusammenhielt.

»Wir hatten vor Jahren ein bißchen die Hand im Spiel«, begann dann der Alte. »Die Schweiz drohte damals zu einer Drehscheibe für amerikanische Rüstungstechnologie zu werden. Du weißt schon, das Zeug, auf das die Sowjets so richtig scharf waren.

Sogar Regierungsstellen mischten mit. Mein Freund, ein junger Anwalt, kam hinter ein fragwürdiges Panzergeschäft und informierte den Verteidigungsminister persönlich. Kannst du dir vorstellen, was dann geschah? Nein? Also, paß auf, die Leute der Abwehr verhörten und registrierten ihn als Verdächtigen. Alles Schikane. Sie gaben ihm zu verstehen, er solle sich raushalten.

Meiner Meinung nach nahmen sie entweder die Warnung nicht ernst, oder das Ganze war ein, eh . . . cover-up . . .«

»Sie deckten das Komplott«, sprang Stefanie ein.

»Richtig, mein Freund hatte eine wunde Stelle berührt, wie wir heute wissen. Er war Major der Panzertruppen in der Schweizer Milizarmee und kannte sich aus. Als sie ihn abwimmelten, ging er in den Untergrund und ermittelte auf eigene Faust.

Von da an arbeitete er mit mir zusammen, auch für die Amerikaner. Heute liegt die Sache weit zurück, so daß wir darüber sprechen können. Damals aber drohte Gefahr. Nachrichtendienst für fremde Organisationen war im kalten Krieg kein Pappenstil.«

»Was für Organisationen spielten denn mit?« fragte Stefanie.

»Nun, verschiedene, und alle wollten sie dasselbe: verhindern, daß die Sowjets an die hochempfindliche Rüstungstechnologie herankamen, um damit den Westen zu zerstören. Wir bauten eine Art Außenstelle für COMCON in Paris und OTT in Langley auf.«

»Was heißt OTT?«

»Das ist eine Dienststelle zur Überwachung des Technologietransfers. Existiert heute noch in Washington.«

»CIA?«

»Ist ja egal«, wich Arik aus. Er entschuldigte sich und begab sich ins Haus.

54 New York, 4. Juli

Die gemischte Antiterror-Sondereinheit der NYC-Polizei und Spezialisten des FBI war an diesem Morgen um 8:59 Uhr aus zwei Helikoptern auf das Dach des Penthouse-Apartment 34 an der Siebzigsten Straße im Stadtteil Manhattan abgesprungen und stand fünfundvierzig Sekunden später in der Wohnung des jungen Drogenbarons und einzigen Sohnes des alten Cali de Cali.

Das Schlafzimmer bot ein Bild des Grauens. Selbst die vom täglichen Einsatz abgebrühten Polizeimänner, gewohnt, in menschliche Abgründe zu blicken, hatten noch nie eine dermaßen scheußliche Situation erlebt.

Auf dem breiten, ovalen Bett im pompösen, goldbetreßten Gemach lag eine nackte, blutverschmierte Frau. Ihr Rücken war an die Wand an der Stirnseite des Betts gelehnt. Das Einschußloch einer Kugel klaffte auf ihrer Stirn.

Zwischen ihren weit gespreizten Schenkeln lag der Kopf des Mannes. Tief in ihren Schoß eingebettet. Die Frau hielt ihre Hände an seinen Schläfen. Unter Büscheln von Schamhaaren glotzten die weitaufgerissenen Augen Filiberto Calis hervor.

Der Drogenboß war geköpft worden.

Sein enthaupteter Rumpf lag auf dem Fußboden in einer wüsten Blutlache. Zwischen Filibertos aufgesperrten Kiefern steckte eine fleischige, rote Masse. Ein Körperteil. Die Polizisten starrten fassungslos auf die tief klaffende Wunde in der Brust des Rumpfes auf dem Teppich und wieder auf den gestopften Mund Filibertos.

Kein Zweifel. Die Täter hatten Filiberto Cali lebendigen Leibes das Herz ausgerissen, den Kopf abgehauen und ihm dann sein Herz zwischen die Zähne geklemmt.

An der Wand drohte eine Blutschrift ›Rache! Auge um Auge, Herz um Herz‹. Auf dem Fußboden lag die verbrauchte Kassette einer Sofortbildkamera.

Wie die Untersuchung ergab, hatten die Leute des verfeindeten Medellín-Kartells die Nachricht über den geheimen Aufenthaltsort des jungen Cali erfahren. Noch vor dem Eintreffen der Antiterroreinheit hatten sie die beiden Leibwächter im Vorzimmer ausgeschaltet, dann die Mätresse erschossen und den Drogenboß auf schauderhafte Weise umgebracht. Wie die Medellinos zu ihren Informationen über die Wohnung Filibertos kamen, blieb eine Frage der Spekulationen.

Am wahrscheinlichsten schien, daß ein Informant im Polizeihauptquartier die Meldungen an Bob Donner und den FBI-Direktor gesehen oder abgehört hatte. Gegen Geld, zwanzigtausend Dollar mindestens, mochte er sie dann seiner Kontaktperson verkauft haben.

Die Medellinos, die den alten Cali für den Mord an ihrem Boß Pedro Ruiz verantwortlich machten, ließen der Polizei keine Chance. Ihre Vollstrecker waren schneller zur Stelle. Die Filmkassette im Schlafgemach deutete übrigens darauf hin, daß die Täter die Abschlachtung Filibertos dokumentiert hatten.

Rätselhaft blieb für die New Yorker Polizei, woher der Tip über Filibertos Aufenthalt stammte. Der Anruf von Scarlett konnte nicht zurückverfolgt werden. Und Scarlett fragte sich in den nächsten Tagen immer wieder, ob Ken wohl den unheilvollen Akt in seiner fürchterlichen Brutalität vorausgesehen hatte.

55

Stefanie stand auf, als Arik endlich zurückkam, und stemmte die Arme in die Hüften: »Arik, ich glaube einfach nicht, daß in meinem Land ein Komplott dieser Art möglich ist. Die Schweiz ist sicher und demokratisch, außerdem –«

»Meine Liebe«, unterbrach Arik, »Sicherheitsdenken kann zur Sucht werden. Ein kleiner Staat neigt immer zur Übertreibung der Sicherheit. Sowohl in der Schweiz wie auch in meinem Land gibt es Leute, die sind besessen davon. Ihr größtes Trauma besteht darin, einer Situation unvorbereitet gegenüberstehen zu müssen.

Alles wird doppelt genäht, und das elfte der Gebote lautet: Du sollst auf Nummer sicher gehen!«

»Na gut, wenn schon, aber was hat dies mit geheimen Waffengeschäften zu tun?«

»Hör einen Augenblick deinem Arik zu, einverstanden?«

Stefanie schob ihre volle Unterlippe leicht abschätzig nach vorne. »Gut, schieß los . . .«

»Erstens«, begann Arik und streckte den Daumen in die Luft, »nirgends auf der Welt geben die Leute so viel für Versicherungsprämien aus wie in der Schweiz. Der Schweizer liebt es, sich auf eine Katastrophe vorzubereiten. Kein Gedanke ist ihm gräßlicher als die Vorstellung, ungewappnet in eine Krise zu stolpern und den Schaden selbst beheben zu müssen, stimmt's?«

Stefanie zuckte die Schultern.

»Gut. Zweitens: die Landesverteidigung. Ein Abbild dieser Sicherheitsmentalität. Die Schweiz verfügt über eine der besten

Milizarmeen. Nirgends auf diesem Planeten stehen so viele Soldaten auf so engem Raum. Das Land wird rundherum verteidigt. Die Hälfte der Anlagen liegt unter der Erde. Riesenvorräte an Brennstoff und Lebensmitteln stapeln sich unter den Alpen. Die Berge sind ausgehöhlt mit Kavernen für die Flugwaffe, für Kommandoposten und Festungswerke. Dieses Land ist praktisch nicht zu erobern. Und trotzdem ...«

»Trotzdem?«

»Man läßt es nicht dabei bewenden.« Er streckte theatralisch den dritten Finger, um den nächsten Punkt anzukündigen. »Die Bevölkerung übt regelmäßig die Katastrophe. Jedes Haus verfügt über einen atomsicheren Schutzraum. Darin befinden sich Bettgestelle, die in Übungen zusammengebaut und auseinandergenommen werden. Menschen schlafen übungshalber nächtelang in den Schutzräumen. Vorräte an Lebensmitteln und Wasser stehen bereit.«

»Das hat doch einen Sinn, daran ist nichts Falsches«, wehrte sich Stefanie. »Wenn morgen ein AKW in die Luft fliegt, sind wir wenigstens nicht so schutzlos wie die Tschechen, Polen, Russen und Franzosen.«

Sie hatte sich nach vorne gebeugt.

Arik genoß einen Augenblick das kluge Gesicht, dann winkte er ab. »Natürlich, aber das ist nicht alles. Da gab es noch die Geheimarmee ...«

»*P-26.*«

»Genau, flog 1990 auf. Und was ist die Folgerung?«

Stefanie hob die Brauen und wartete.

»In diesem System der totalen Verteidigung, wo alles planmäßig abgesichert ist, fehlt das letzte, das allerletzte Verteidigungsmittel.« Arik streckte beide Handflächen nach außen. »Siehst du? Teuflisch logisch, nicht wahr?«

Stefanie begriff. Wie Schuppen fiel es ihr von den Augen. »Die Atombombe ...«, flüsterte sie ungläubig.

Arik nickte triumphierend. »La voilà, ma chère! Die nukleare Lösung. Darum geht es. Alles andere verblaßt davor.«

»Aber das ist doch Wahnsinn. Absurd! Das ist doch einfach nicht möglich. Eine atomare Bewaffnung kann nicht verborgen bleiben. Das sind Hirngespinste! Denk nur, Südafrika und Pakistan sind Länder, die in aller Heimlichkeit die Bombe bauten, aber die Informationen sickerten durch, Inspektionen fanden statt ... nein, Arik, in der Schweiz ist so etwas überhaupt nicht vorstellbar ... oder am Ende doch?« Sie sah augenblicklich ein, daß sie wider besseres Wissen argumentierte, denn ihre Entdeckungen in der Kaverne bewiesen das Gegenteil.

»Na, gut, blicken wir mal ein paar Jahre zurück. Einverstanden? Anfangs der sechziger Jahre studierte der schweizerische Generalstab die Möglichkeit der atomaren Bewaffnung. Warte ...«

Arik ging ins Haus und kam mit einem Stapel Zeitschriften zurück.

»Ich habe hier Exemplare der *Schweizerischen Militärzeitschrift*, und da sind Berichte aus der *Neuen Zürcher Zeitung*. Moment, da ein Kommentar der *Herald Tribune*. Alles über die Atombewaffnung der Schweiz.«

Stefanie nahm den Stoß Papier und schmökerte durch die ersten Seiten. Arik setzte sich wieder.

»Die Befürworter wollten die A-Bombe zur Abschreckung«, erklärte er. »Sie hatten gute Argumente: Was würde strategisch geschehen, fragten sie, wenn es einem Angreifer gelänge, in die Schweiz einzufallen? Gemeint waren natürlich die Sowjets.«

Er ließ etwas Zeit verstreichen, bevor er weitersprach. »Nun, die NATO wäre in ihrer Flanke bedroht gewesen. Also hätte man die Sowjets mit Raketen gestoppt. Auf schweizerischem Territorium und mit nuklearen Sprengköpfen. Das war das Horrorszenario des Generalstabes. Eine völlig realistische Beurteilung, zur Zeit des kalten Krieges.«

»Die Schweiz als nukleares Schlachtfeld, gewissermaßen zwischen Hammer und Amboß.«

Stefanie lehnte sich zurück und starrte gedankenversunken in die stolzen, luftigen Baumkronen.

»Richtig, und genau diese Hammer-und-Amboß-Theorie hatte etwas Bestechendes. Die Befürworter der Atombewaffnung wollten nicht zwischen die Fronten geraten. Sieh mal die Zeitungsartikel auf Mikrofilmen in den Bibliotheken durch. Fast alles, was Rang und Namen hatte, ereiferte sich damals über dieses Thema.«

»Grotesk, einfach grotesk.« Stefanie hatte sich erhoben und schritt aufgewühlt hin und her. Sie hatte noch Zeit. Sie brauchte gut dreißig Minuten, um zur alten Atomkaverne in Nuclanne zu gelangen. »Dabei waren wir nie ernsthaft bedroht, nie! Und heute? Heute ergibt das erst recht keinen Sinn mehr.«

Arik hob beschwichtigend den Arm. »Für einen Sicherheitsfanatiker gibt es keine Kompromisse. Für jeden denkbaren Fall trifft er Maßnahmen. Er muß so handeln. Sein Auftrag, sein Geschäft ist, Leben zu retten. Das ist eine ernste Sache, die keine Halbheiten duldet. Die nukleare Vergeltung war ja damals, ich betone damals, nur ein folgerichtiger Schritt zur totalen Verteidigung, die im Grunde niemand in Frage stellte.«

»Eine heilige Kuh«, Stefanie preßte ihre Lippen zusammen.

»Natürlich, das auch. Nun, die Diskussion brach dann abrupt ab.«

»Warum?«

»Atomsperrvertrag. Die Schweiz unterzeichnete ihn 1962, und dadurch verbot sie sich selbst den Besitz oder die Herstellung von Atomwaffen. Den Militärs war der Wind aus den Segeln genommen worden und die Schweiz als Atommacht gestorben.«

»Aber?« Stefanie ahnte die Fortsetzung der Geschichte.

»Die Sicherheitsfanatiker gaben nicht auf. Ich bin überzeugt, sie machten im geheimen weiter.«

»Aber wer waren, wer sind diese Leute? Niemand kann Atombomben basteln, ohne daß die Öffentlichkeit früher oder später davon erfährt.«

»Hm , ein zweites Geheimprojekt.« Arik trat dicht vor Stefanie. »Nehmen wir an, es gab neben *P-26* noch *P-100*, die Bezeichnung ist ja egal. Ein kleinster Kreis von Verschwörern, zwei, vielleicht drei Personen, die Bescheid wußten, und der Rest war gute Tarnung in einer bestehenden Organisation.«

»Zum Beispiel Schlammer?« entfuhr es Stefanie. Ihr Blick fiel auf das Ufer, wo ein einzelner Schwan feine Wellenlinien durch das spiegelglatte Wasser zog.

»Die Schlammer-Gruppe befaßt sich mit radioaktivem Abfall. Alle Anlagen sind in der Versuchsreaktorkaverne untergebracht. Ein idealer Deckmantel, um dort ein A-Labor zu betreiben, A-Waffenteile herzustellen, Plutonium abzuzweigen, vielleicht sogar kleine Bomben zusammenzusetzen. Es ist gar nicht so schwierig.

Du erinnerst dich vielleicht an den Studenten in den USA, der vor Jahren das Pentagon gehörig erschreckte, als er eine Bastelanweisung für den Bau einer kleinen Bombe herausgab?«

Stefanie nickte kurz, und Arik geriet zusehends in Fahrt.

»In der Zwischenzeit weiß man mehr darüber, und jede gute Werkstatt kann heute die Teile bauen. Die Schwierigkeit besteht darin, an den Brennstoff und die Zünder zu gelangen. Zu diesen Bestandteilen hat aber gerade eine Firma wie *Schlammer Engineering* den Zugriff.«

Eine Weile blieb es still. Stefanie erschauerte. Sie hatte im Superphönix bei Lyon erlebt, wie sorglos mit spaltbarem Material umgegangen wurde. Doch der Gedanke, daß in der Schweiz wirklich Atombomben bereitlagen, war schier unerträglich.

»Arik, ich glaube . . .« Sie brach ab. Nein, sie sollte besser nicht darüber reden. Noch war es zu früh, überlegte sie. Zuerst handfeste Beweise sammeln, Zeugen suchen, wie sie es gelernt hatte, überlegte sie.

Der Angeredete blickte sie erwartungsvoll an, doch da summte das schnurlose Telefon. Arik nahm ab und sprach kurz und rasch auf Hebräisch. Mit grimmiger Miene hängte er auf und sagte:

»Die Behälter, über die du gestern in der Kaverne gestolpert bist, enthielten vermutlich leichten Abfall. Damit läßt sich nichts beweisen. Schlammer hängt dir höchstens eine Klage wegen Hausfriedensbruch an. Unberechtigtes Betreten der Gebäude. Du hast nichts in Händen; und denk daran, ein Typ wie Schlammer ist unantastbar. Du mußt ihn schon auf frischer Tat ertappen, um ihm das Genick zu brechen.«

Stefanie nickte abwägend und ging ins Haus. In Ariks Arbeitszimmer setzte sie sich an den Computer und steckte die Diskette aus Ralph Christens Amaretti-Büchse in das Laufwerk. Sie überflog den Bericht und druckte dann den Text aus, bündelte die Blätter und steckte sie in ihre Handtasche. Dann legte sie den Datenträger in die Zigarrenschachtel auf dem Schachtisch.

»Arik, versprich mir, daß du diese Diskette der *International Herald Tribune* in Paris zustellst, falls mir etwas zustößt. Würdest du das für mich tun?«

Der alte Hase hatte ihre Verrichtungen aufmerksam beobachtet. Er nickte und nahm die Schachtel aus Zedernholz, um sie unter Verschluß zu halten. Dann verabschiedete er sich. In den nächsten Tagen würde er sich in London aufhalten. Vielleicht könnte er etwas in Erfahrung bringen. Sie sollte am besten so lange wie möglich in seinem Haus bleiben, riet er ihr. Hier sei sie sicher, und Joseph würde sie bestimmt nicht auffressen.

Sie lachte gezwungen. Tatsächlich wäre sie am liebsten in der ›Zuflucht der Geplagten‹ untergetaucht. Aber ihr Plan stand fest: Sie mußte zurück in die Kaverne. Auch die Summermatter-Kids durfte sie nicht im Stich lassen. Nicht jetzt. Sie wollte das Rendezvous unbedingt einhalten.

›Schlammer auf frischer Tat ertappen‹. Der Gedanke ließ sie nicht mehr los.

»Steht uns der Weltuntergang bevor, Arik?« fragte sie scherzhaft und dachte an all die Länder, die nach dem nuklearen Hammer griffen. »Die nukleare Apokalypse?«

»Warum wohl glaubst du, reagieren die Amerikaner derart nervös auf die Proliferation der nuklearen Technik?« antwortete Arik ernst. »Man beginnt wieder, mit der Atombombe zu pokern. Sogar die Serben hatten mit dem Einsatz von A-Waffen gedroht. Es sei kein Problem, die Bombe auf dem Weltmarkt zu kaufen, blufften sie. Die Hemmschwelle ist gewaltig gesunken. Jeder Potentat will der erste sein, der sich als Besitzer von kleinen tragbaren Atombomben rühmen kann. Wir stehen vor ganz neuen, fürchterlichen Bedrohungen. Aber die Welt wird nicht untergehen, meine Liebe!«

Als der Alte gegangen war, holte Stefanie den Zettel hervor, auf dem neben dem Namen François eine Telefonnummer aufgeschrieben war. Sie wählte und wartete ungeduldig. Wie alt der Ornithologe zum Zeitpunkt des Unglücks war, hatte in dem Zeitungsbericht nicht gestanden. Stefanie konnte nur hoffen, daß er noch lebte. Mit klopfendem Herzen lauschte sie dem Rufzeichen.

»Hallo«, meldete sich eine junge Frauenstimme.

Stefanies Herz sank. »Kann ich Monsieur Hubert sprechen, Claude Hubert, bitte?«

Nach einer Sekunde, die ihr wie eine Ewigkeit vorkam, fragte die Stimme: »Vater oder Sohn Hubert?«

56

Claude Hubert senior empfing Stefanie Kramer am späten Nachmittag in seinem Arbeitszimmer. Es war ein alter, aber hoher Raum, der ihren Blick nach oben zur Decke zog, wo ein ausgestopfter Mäusebussard mit breiten Flügeln und scharfkralligen Zehen zum Sturzflug ansetzte.

Claude Hubert saß in einem Hochlehner und winkte der Eintretenden einladend zu. Das Schild unten an der Haustüre hatte sie belehrt, daß der Vogelschützer jahrelang als Notar praktiziert hatte, dann aber die Kanzlei seinem Sohn übergeben hatte. Auf den Altenteil zurückgezogen, schien er mehr denn je seiner alten Leidenschaft zu frönen. Das Zimmer war mit ornithologischen Büchern, Fachzeitschriften und präparierten Vögeln vollgestopft. Auf dem Fensterbrett lag ein Feldstecher bereit.

Stefanie stellte sich als Journalistin vor, die an einer Chronik über das alte Familienunternehmen *Clissot* arbeite, das heute bekanntlich als blühender Konzern dastehe. Die Frage nach dem Unglücksfall weckte Huberts Lebensgeister. Nach all den Jahren regte er sich immer noch über die Polizei auf, die seine Beobachtungen damals unterschlagen hatte, und holte eine Schachtel mit alten Fotografien hervor.

»Ich saß oben im Hochsitz, die Kamera im Anschlag, den Finger am Auslöser, bereit, den Bussard im Sturzflug zu erwischen.« Er deutete nach oben zu dem Greifvogel. »Da vernahm ich den Schrei auf der gegenüberliegenden Seite, wo der Fels wie ein massiger Büffelschädel in den Abgrund ragte. Intuitiv betätigte ich den

Auslöser, und wie ich nachträglich feststellte, erfaßten die stark vergrößernden Linsen der Kamera François im Sturzflug. Ich habe die Aufnahme bis jetzt keinem Menschen gezeigt. Es war einfach zu fürchterlich, schauen Sie!«

Auf der Momentaufnahme rang der quer zur Fallinie in der Luft hängende schlanke, junge Körper nach einem rettenden Halt. Die rechte Hand zeigte mit ausgestreckten Fingern geradewegs nach oben zur Felskante. Das Bild des jungen Menschen im Todeskampf war grauenhaft. Stefanie schluckte und fand keine Worte. Aus Verlegenheit nahm sie eine Handvoll Fotografien aus der Schachtel und schaute sie abwesend durch, während Hubert sich gekrümmt auf die Stuhllehne stützte.

Stefanie stutzte und streckte Monsieur Hubert eine Schwarzweißaufnahme hin: »Kennen Sie diese Stelle?«

»Natürlich, das ist der Büffelkopf. Von da oben stürzte der arme Junge zu Tode.« Er hielt die Fotografie vom Gesicht weg, um schärfer zu sehen.

»Hier steht jemand«, rief Stefanie aufgeregt, und Monsieur Hubert klaubte ein Vergrößerungsglas aus der Tischschublade. »Tatsächlich, Sie haben recht, unglaublich. Ich habe natürlich immer nur auf den Vogel geachtet, Donnerwetter!«

In der Mitte des Bildes schwebte ein stolzer Mauersegler, aber in der Tiefe der Perspektive standen ohne jeden Zweifel zwei Personen auf dem Felsvorsprung. Stefanie verglich atemlos die beiden Aufnahmen.

»Der rechte ist François! Schauen Sie auf seine Sachen. Da, die schwarzen Turnshorts mit dem weißen Längsstreifen und das ärmellose Trainingshemd, genau wie hier, wo er runterstürzt.«

»Ich hatte immer gesagt, daß es einen zweiten Mann gab«, ereiferte sich Monsieur Hubert und setzte sich wieder in den weichen Lehnstuhl, »aber die Polizei glaubte mir kein Wort.«

»Sie waren der einzige Zeuge, und die Leiche blieb unauffindbar. Für die Polizei lag eben kriminalistisch gar kein Todesfall vor. Aber vielleicht können wir die Sache nochmals aufrollen, wenn Sie mir die Bilder überlassen«, schlug Stefanie vor.

Monsieur Hubert, den die überhebliche Behandlung durch die Polizei immer noch ärgerte, stimmte begeistert zu.

Im kleinen Chevrolet-Lastwagen fuhr sie Joseph dann nach Nuclanne hinunter. Das Land lag ausgebreitet vor ihnen, das Tal, die sanft ansteigenden Hügel, die flimmernden Felder, und ein Streifen See glänzte vor dem breiten Höhenzug. Als sich die Straße jäh wandte und die Sicht auf die Burg freigab, hielt Jospeh auf eine Handbewegung hin an. Er ließ sich die Aufnahmen erklären. Nötig seien in dieser Situation große Reproduktionen in verschiedenen Formaten.

»Ich will das Gesicht des zweiten Mannes identifizieren können! Vergrößere mir die Bilder, bis das Filmkorn herauskommt! Dann sende die Bilder mit Kurier an diese Stelle, dort werden sie dann abgeholt.« Stefanie schrieb die Adresse auf einen Zettel und gab ihn dem Fahrer.

Von der offenen Pritsche reichte ihr Joseph das Mountainbike herunter, prüfte besorgt ihre Ausrüstung, die er mit einer Mini-Videokamera ergänzt hatte, und beobachtete, wie sie kräftig in die Pedale trat, um auf dem schmalen Feldweg rasch über die Anhöhe ins zerklüftete Gelände des Flusses zu gelangen.

57 Bern, 4. Juli, nachmittags

Als Thomas Borer im Kongreßzentrum ins vollbesetzte Auditorium trat, schwoll aus den dichtgedrängten Reihen tosender Applaus.

Am Rednerpult wartete Adam Schlammer triumphierend, bis sich der Beifallssturm gelegt hatte, dann fuhr er donnernd fort: »Wir lassen uns von den grünen Quertreibern unsere Projekte nicht vermiesen. Die ökologischen Bewegungen mißbrauchen die Demokratie, bekämpfen den Fortschritt und zerstören die Grundlagen unseres Wohlstandes. Wir fordern den Ausbau der Kernenergie, mehr Atomkraftwerke und leistungsfähigere Reaktoren. Wir wollen die Forschung vorantreiben und selbst Reaktoren bauen. Wir postulieren den Bau eines schnellen Brutreaktors für die Produktion von Plutonium.« Der Redner hielt kurz inne, dann beschwor er sein Publikum: »Ohne Forschung keine Energie. Ohne Energie kein Fortschritt. Ohne Fortschritt kein Wohlstand!«

Die Generalversammlung der Schweizerischen Nuklearen Gesellschaft spendete anhaltenden, kräftigen Beifall, während sich aus der ersten Sitzreihe eine dunkel gekleidete Gestalt mit kahlem, bebrilltem Kopf löste und mit einem Umschlag in der Hand auf das Podium stieg. Er wartete geziert, bis der Beifall verebbt war, dann hielt er seinen spitzen Mund hüstelnd ans Mikrofon: »Sehr verehrte Mitglieder, ich freue mich außerordentlich, daß ich gleich zwei Gründe anführen kann, warum unser hoch geschätztes Mitglied, Adam Schlammer, den Preis unserer Gesellschaft für hervorragende Dienste zugesprochen erhält.«

Als das erregte Raunen in den Reihen vestummt war, fuhr er fort: »Herr Doktor Schlammer hat in einer wahrhaftigen Pionierleistung das schwierige Problem der Entsorgung der radioaktiven Abfälle unternehmerisch und uneigennützig gelöst.«

Die Mitglieder klatschten, der Kahlkopf im dunklen Anzug hob segnend seine Arme über sie, bis es still wurde: »Sein blühendes Unternehmen, die *Schlammer Engineering*, hatte aber auch die Forschung entscheidend vorwärts gebracht: Wie Sie vielleicht wissen, hat Herr Schlammer die Nanotechnologie maßgeblich unterstützt. Ohne die Weitsicht und die finanziellen Opfer unseres tatkräftigen Mitglieds hätten wir die SINQ-Neutronenquelle niemals beschaffen können. Wir erwarten von dieser Investition in ein äußerst innovatives Gebiet einen enormen Aufschwung und eine Epoche der Prosperität!«

In der hintersten Reihe gab sich Thomas Borer Rechenschaft darüber, daß die *Schlammer Engineering* vor ein paar Wochen ihre Beteiligung an diesem zukunftsträchtigen Forschungsgebiet mit einem Riesenbeitrag von hundert Millionen Franken angekündigt hatte. Während vorne die Preisverteilung und Lobhudelei ihren Fortgang nahmen, überlegte der Leiter des Sonderstabes nochmals sorgfältig, was er in Händen hielt. Als der kahle alte Bundesrat im dunklen Anzug die Tagung mit einem Aufruf gegen die grünen Aktivisten, die die Atomkraftwerke stillegen wollten, schloß, schritt er bedächtig nach vorne.

Adam Schlammer, der Borer kommen sah und keine Lust verspürte, dem Bullen zu begegnen, löste sich aus der Gratulantenschar, die wie eine Traube an ihm klebte, und setzte sich zum Seitenausgang ab.

Borer schnitt ihm den Weg ab: »Würden Sie mir bitte unauffällig folgen, Herr Schlammer. Polizei. Sie sind verhaftet. Machen Sie bitte kein Aufsehen. Wir gehen hier lang.«

Er deutete auf die halboffene Türe, neben der ein Team des

Schweizer Fernsehens sich anschickte, ihre Ausrüstung einzupakken.

Der junge Kameramann, der die Männer kommen sah, schaltete seine Kamera geistesgegenwärtig ein und richtete sie unauffällig auf die prominenten Köpfe.

»Machen Sie keinen schlechten Witz, Borer. Mich verhaftet niemand. Wenn Sie Auskünfte wünschen, machen Sie mit meinem Sekretariat einen Termin ab. Ich muß jetzt gehen.«

Er wollte sich entfernen, als ihn Borer unsanft am Kragen packte und zurückhielt. Die Fernsehkamera lief.

»Meine Leute warten draußen, Herr Schlammer, aber falls Sie einen Tumult vor aller Öffentlichkeit mit Handschellen bevorzugen, bitte!«

Schlammer drehte sich heftig um: »Nehmen Sie ihre Pfoten weg, verstanden?« Und leiser sagte er: »Das ist die Höhe, Borer, das wird Sie Ihren Job kosten, darauf können Sie Gift nehmen. Mich verhaftet niemand, und schon gar nicht so ein Arschloch wie Sie, und dazu noch ohne den geringsten Anlaß!«

Borer blieb unbeeindruckt: »Ohne Grund, Herr Schlammer? Wie wär's mit Anstiftung zum Mord? Begünstigung eines Verbrechens? Verbotene Ausfuhr von Kriegsmaterial? Verstoß gegen das Atomgesetz? Mißachtung von Strahlenschutzvorschrifen? Lebensgefährdung? Anstiftung zum Landfriedensbruch? Können wir jetzt gehen?«

Adam Schlammer lächelte plötzlich versöhnlich, als er sah, wie sich Köpfe aus der Versammlung nach ihnen umdrehten. Er klopfte dem Leiter des Sonderstabes kumpelhaft auf die Schulter und verließ mit ihm das Auditorium. Borer bemerkte die beiden kahlgeschorenen Typen, denen Schlammer unmerklich zugewinkt hatte, zu spät.

Als die Tür hinter ihnen ins Schloß fiel, nahmen sie Borer von beiden Seiten in die Mangel, blockierten ihn mit eisernem Griff, während Schlammer unbehelligt durch den Korridor davoneilte. Machtlos mußte Borer die Prozedur über sich ergehen lassen: An Händen und Füßen gefesselt und mit der eigenen Krawatte geknebelt, warfen die Typen ihn zwischen Mops, Eimern und Reinigungsmitteln in einen finsteren Putzraum. Kein Mensch hatte in der verlassenen Vorhalle das rasche Eingreifen der Leibwächter beobachtet.

Thomas Borer kochte vor Wut über seinen Fehlschlag. Er hatte Schlammer zweifellos unterschätzt, indem er leichtsinnig annahm, er würde sich in der Menge widerstandslos festnehmen lassen. Aber er hatte sich fürchterlich übertölpeln lassen, dabei hätte ihm vor dem Kongreßzentrum eine Polizeipatrouille als Verstärkung zur Verfügung gestanden. Und der Tag hatte so verheißungsvoll begonnen ...

Sie hatten sich am Morgen unter der riesigen Rottanne in der Ecke des Parkes mit dem prächtigen Ausblick auf die Dächer der Stadt getroffen. Melanie saß mit dem Rücken zum breiten Stamm am Boden, die Beine gespreizt, sie lachte verführerisch, die Hände umklammerten einen Umschlag. Sie genossen das verschwörerische Rendezvous, und als ihr Thomas vom verdutzten Minister erzählte, der alles mißverstanden hatte, erfüllte herzhaftes, unbeschwertes Gelächter die verlassene Parkecke, und die beiden fühlten sich wie frisch verliebt.

Dann hatte Melanie ihm mit ernstem Blick die Aufzeichnungen der Kramer übergeben. Die Verdachtsmomente, die sich daraus ergaben, waren erdrückend.

Die Kramer hatte das Attentat beobachtet und den Mörder zuerst in ihrer Wohnung, dann in Nuclanne wiedererkannt, als er dort in der alten Atomreaktorkaverne verschwand. Beweise? Die Frau konnte sich täuschen, Schlammer war gewarnt, der Killer tot.

Die Beobachtungen im Laboratorium: Koffer, Steingehäuse, Landkarten, Pläne von A-Waffenbestandteilen. Phantasien einer Reporterin, die die Skandalgeschichte des Jahrhunderts witterte? Viel anzufangen war damit nicht. Er müßte schon eine Durchsuchung der Räumlichkeiten anordnen, wie das Christen versucht hatte.

Der Mordversuch an Stefanie Kramer gab dagegen schon mehr her. Matak hatte im Sicherheitsdienst der *Schlammer Engineering* gearbeitet, so viel stand nach den Ermittlungen fest. Wer aber hatte Matak oben am Waldrand erschossen? Wollte er tatsächlich die Kramer umbringen, wie sie behauptete? Immerhin hatte die Spurensicherung bestätigt, daß Matak tatsächlich in die Wohnung der Kramer eingedrungen war. Dieser Teil ihrer Geschichte schien zu stimmen.

Aber im großen und ganzen reichten ihre dramatischen Schilderungen nicht aus, um eine Persönlichkeit wie Schlammer festzunehmen.

Den Haftgrund fand Thomas Borer indirekt in den Aufzeichnungen von Ralph Christen.

Der Militäruntersuchungsrichter hatte kurz vor seiner Ermordung Skinheads identifiziert, die in der Schlammer-Kaverne eine geheime paramilitärische Truppe bildeten. Einer davon, Stucker, kämpfte in Kroatien in den Reihen der neonazistischen *HOS* und wurde deswegen nach seiner Rückkehr in die Schweiz vom Militärgericht verurteilt. Ralph hatte den Fall damals untersucht und zur Anklage gebracht.

Einer Eingebung folgend, hatte Thomas Borer die Akten angefordert. Nach Verbüßung der Strafe war Stucker untergetaucht, und vor ein paar Tagen hatte ihn Ralph Christen offenbar wieder aufgespürt. Die Fingerabdrücke lagen vor, und Thomas Borer ließ sie mit denen vergleichen, die sie auf den Scherben der Bierflasche am Tatort neben Christens Leiche fanden. Sie stimmten überein.

Folglich stammte Christens Mörder aus der Organisation der *Schlammer Engineering.*

Für eine Verhaftung des Firmenchefs reichte dies nach seiner Meinung aus.

Hinzu kamen Hinweise der amerikanischen Botschaft in Bern. Danach hatten amerikanische Dienststellen aus Kreisen der kurdischen Arbeiterpartei PKK erfahren, daß die *Schlammer Engineering* mit irakischen Kunden über Waffengeschäfte verhandelte. Beweise fehlten zwar, hatte sich Borer vor der Abfahrt zum Kongreßzentrum gesagt, denn die kurdischen Informanten blieben anonym, aber eine Durchsuchung des Betriebes würde bestimmt Anhaltspunkte liefern, ob Schlammer verbotenerweise kritische Rüstungstechnologie an den Irak lieferte.

In seinem Verlies wußte der Polizeikommandant, daß er genügend schwere Verdachtsmomente für eine Festnahme gehabt hätte, aber nun war alles verdorben. Schlammer würde seinen Vorsprung ausnutzen, belastendes Material beiseite schaffen, Zeugen verschwinden lassen, und wenn die Polizei schließlich käme, würde sie nichts mehr vorfinden.

Thomas Borer warf sich in seiner Fesselung wütend hin und her und brachte dabei das Gestell hinter seinem Rücken zum Einsturz. Aus einem zersprungenen Behälter lief ätzende Flüssigkeit aus, die nun in dünnen Fäden langsam unter der Tür hindurch in den Flur rann und dort eine stinkende Lache bildete.

Um dieselbe Zeit öffnete Hannibal im Kontrollraum der *Schlammer Engineering* die Schublade der Werkbank und zog behutsam das Paket mit dem braunen Klebestreifen auf der Rückseite hervor. Er legte es in eine Zeitung, die er unter den Arm klemmte, und verließ das Gebäude. Im Wagen rief er Rosalia in der Firma an: »Hör gut zu, die Post hat eine Sendung für dich, aus Kolumbien, an die Firma adressiert. Gib künftig gefälligst deine Privatadresse an.

Keine Privatpost im Betrieb, verstanden? ... Schön, ich bringe dir das Paket heute nacht oder lasse es abliefern. Aber ich komme auf jeden Fall heute nacht zu dir. Ich habe den Schlüssel.«

Er parkte den Cherokee vor Rosalias Haus, stieg in den ersten Stock, öffnete die Wohnungstür mit seinem Nachschlüssel und legte die Sendung aus Südamerika liebevoll auf den Küchentisch. Zehn Minuten später saß er wieder vor seinen Monitoren im Kommandoraum und dachte über Custer nach: In ein paar Stunden werde ich den Burschen auseinandernehmen ...

58

An der Flußbiegung verlor sich der schmale Pfad im Unterholz, und an ein Weiterkommen war auf dieser Uferseite nicht zu denken. Ein mächtiger, felsiger Bauch hing tief über reißendem Wasser, und darüber türmten sich jahrtausendealte Sandsteinriegel, die ein markanter, in den blauen Himmel weisender Felsvorsprung überragte. Wild schäumend schlug das Wasser auf die Unterseite des bauchigen Felsen, schnellte zurück und wirbelte im tiefen, dunkelgrünen Becken, das die wuchtige Strömung im lockeren Geschiebe gebildet hatte, davon.

Stefanie wandte ihren Blick von diesem Naturschauspiel ab und prüfte die Skizze, die Mark Summermatter für sie gezeichnet hatte. Ein kaum erkennbarer Fußweg wand und krümmte sich wie eine Schlange zwischen den Felsen empor. Stefanie schnallte den Rucksack mit ihren Habseligkeiten um, zog den Bauchriemen fest und begann den Aufstieg, indem sie vorsichtig abtrat und sich an kleinen Baumstämmen und Wurzelsträngen hochzog.

Wenig später stand sie schnaufend auf der Felsplatte und starrte ratlos auf das Dickicht aus Stauden und jungem Tannenwuchs, hinter dem sie vergeblich nach dem beschriebenen Geheimpfad Ausschau hielt. Den Weg, der seitlich hochlief, sollte sie nach den Anweisungen der Kinder in keinem Fall einschlagen, da sie sonst weiter oben zwangsläufig entdeckt würde. Sie suchte das undurchdringliche Buschwerk nochmals sorgfältig ab, als sie den Specht mit dem roten Scheitel und gelben Bürzel erspähte.

Der Vogel schien unschlüssig wie sie, aber er richtete ihr Augenmerk auf die abgebrochenen Zweige. Stefanie trat näher, um die Stelle zu untersuchen, schob die Zweige auseinander, da tat er sich auf, der geheime Pfad. Sie schlüpfte erleichert durchs Gebüsch, nicht ohne dem verscheuchten Specht noch einen dankbaren Kuß nachzuwerfen, und gelangte so nach wenigen Augenblicken zum vereinbarten Treffpunkt. Als sie sich prüfend umsah, entdeckte sie den mit Kieselsteinen geformten Pfeil, der zum offenen Abluftstollen wies. Der Einstieg sah noch genauso aus wie am Tag zuvor. Es roch wieder nach Salbei und Kiefernharz. Stefanie kletterte behutsam durch das Einstiegsloch in den Schacht und stieg mit Hilfe des angebrachten Seils abwärts, darauf hoffend, die Summermatter-Kinder würden sie unten in Empfang nehmen.

Sie saßen dort, als Stefanie durch die offene Klappe in die Nische hinauskletterte. Erleichtert begrüßte sie sie mit stummer Gebärde, drückte sie eines nach dem anderen an sich, im Versuch, sie zu trösten, dann förderte sie geschäftsmäßig den mitgebrachten Plan zu Tage, und gemeinsam sahen sie im spärlichen Licht einer Taschenlampe auf den Grundriß der unterirdischen Anlage.

»Wir gehen den schmalen Versorgungskanal entlang bis zu dieser Stelle. Dort befindet sich ein Durchgang, der uns zum Laboratorium führen wird.« Die Kids, die ihre Gesichter gespenstisch schwarz angemalt hatten, nickten und folgten ihrer Anführerin. Als sie sich an den aufgestapelten, grauen Säcken vorbeitasteten, erkundigte sich Tony flüsternd, wozu man wohl tief unten im Berg Düngemittel benötige.

Stefanie hatte selbst lange darüber gerätselt, bevor ihr von Alp einreden wollte, daß es vermutlich Zement sei, um radioaktive Abfälle zu verfestigen. Sie beharrte jedoch darauf, Dünger gelesen zu haben, als sie das erste Mal hinter dem Stapel Schutz gesucht hatte. Dann hatte ihr Theo eine einleuchtende Erklärung gegeben: Mit nitrathaltigem Kunstdünger ließen sich Bomben basteln.

»Vermischt man diesen Dünger mit Dieselöl, entsteht Sprengstoff«, flüsterte sie Tony ins Ohr. »Wir haben es mit gefährlichen Leuten zu tun.«

Sie marschierten hintereinander, und das bißchen Licht schwand, je tiefer sie in den langen Gang hineinkamen. Auf beiden Seiten bemerkten sie Nischen mit elektrischen Anlagen und Wartungsbuchten mit Gerätschaften. Der Durchgang befand sich genau an der vorgesehenen Stelle, und Stefanie ermahnte die Kinder, sich den Weg bis zu diesem Punkt einzuprägen.

»Wir werden zurückkommen. Merkt euch den Fluchtweg.«

Dann wollte sie die Tür öffnen, aber diese gab keinen Zoll nach. Rütteln nützte nichts, und eine nähere Prüfung ergab, daß der auf dem Plan als leicht passierbar erscheinende Durchgang fest zugemauert war.

Zehn Minuten waren verstrichen. Stefanie überlegte: »Ken hat sich mit Schlammer um halb sieben verabredet. In einer Viertelstunde.«

Was die Zusammenkunft auch immer bezweckte, die Reporterin rechnete damit, daß das Material aus dem Laboratorium herausgeschafft würde. Wenn von Alp recht hatte, lagen in diesem Labor Bestandteile für die Fabrikation von Atomwaffen. Stefanie war daher entschlossen, so viel belastendes Material wie möglich aus der Kaverne herauszubringen, denn sie ahnte, daß Schlammers Leute oder gar Ken Custer ihr zuvorkommen könnten.

Noch vierzehn Minuten standen ihr zur Verfügung. Drei Paar Kinderaugen schauten sie erwartungsvoll an, und sie hatte nicht die geringste Ahnung, wie es weitergehen sollte. Zu allem Überdruß drangen aus der Richtung, aus der sie gekommen waren, metallene Geräusche herüber, und es hatte den Anschein, als ob sich Leute aus dem entfernten Kuppelraum näherten.

Da zeigte Jessie mit der Hand aufgeregt nach oben zum Gitterrost. Mark und Tony standen zur Wand und hievten das Mädchen hoch, das mit einer kräftigen Bewegung das Gitter über der zugemauerten Tür aus der Verankerung riß. Die Öffnung des Heizungsschachtes war groß genug, eine Person durchzulassen.

Langsam krochen sie vorwärts. Stefanie hielt krampfhaft nach einem Ende im schwarzen Tunnel Ausschau, als eine der Abdeckplatten, die im Abstand von einem Meter auf Querträgern lagen, nachgab. Sie schoben die Platte gänzlich zur Seite, zwängten sich durch die Öffnung und ließen sich auf eine weiche Unterlage fallen. Es war ein altmodisches breites Bettgestell, das auf der Galerie der Zwischendecke des Laboratoriums stand.

Auf der mit einem rosaroten Bettuch überspannten Matratze lagen Spitzenhöschen, Büstenhalter und Versandhauskataloge über Reizwäsche wild durcheinander. Wie von einer heißen Ofenplatte sprangen die Kinder vom anrüchigen Lager herunter und staunten über die bizarre, schwüle Einrichtung mitten in einem hochtechnischen Raum.

»Ein Puff«, konnte sich Mark die Bemerkung nicht verkneifen.

Stefanie winkte ihn die Treppe hinab ins Laboratorium.

›Nicht ohne Schutzanzug öffnen – Strahlengefahr!‹ warnte ein Kleber auf den zwei großen braunen, mit massiven Aluminiumträgern verstärkten Reisekoffern, die neben der großen Zentrifuge abholbereit am Boden standen. Auf dem Gestell erkannte Stefanie das aus sechs fingerdicken Granitplatten geformte Würfelgehäuse wieder, in dem sich eine metallene Vorrichtung befand, die vermutlich ein Uhrwerk festhalten sollte. Auf dem Tisch lag immer noch die Landkarte der Ostküste der Vereinigten Staaten ausgebreitet, und die verschiedenen, sich überschneidenden Kreise gaben Stefanie Rätsel auf. Welcher Wirkungsradius wurde hier dargestellt, fragte sie sich? Dann die Vektoren, die sich wie Abschnittsgrenzen über die Kreise hinwegzogen?

Stefanie war im Begriff, die Karten vom Tisch zu lösen und einzustecken, als Jessie sie am Ärmel zupfte und auf die Warnleuchte über der Tür zeigte: ›ACHTUNG – SCHLEUSE ZUM LABOR OFFEN‹.

»Leute kommen«, stieß Stefanie hervor und steckte hastig die Karte ein. Dann sprang sie hinüber zum Zeichentisch und riß den Plan von der Wand: ›SKIZZE KOFFERMODELL SCHLAMMER‹ verhieß der Titel auf der graphischen Darstellung.

»Los, faßt an. Wir nehmen die Koffer mit«, rief Stefanie und wies zum Rollgestell hinüber.

Das Unterfangen erwies sich als hoffnungslos. Sie würden es nie schaffen, mit dem Ballast rechtzeitig die Galerie zu erreichen, in den Heizungsschacht zu klettern und die schweren Brocken auf die andere Seite der Kaverne zu schieben.

Mark schien die Gedanken von ihrer gefurchten Stirn abgelesen zu haben, denn er wies zur blanken Metalltür des Aufzugs, der sich hinter einem Ständer mit Meßgeräten den oberflächlichen Blicken entzog.

»Rasch, Jessie, hol den Lift, Mark und Tony, schleppt die Koffer.«

Draußen schnappten elektrische Riegel, eine Drehgittertüre quietschte, worauf sich gedämpfte Stimmen und Schritte näherten. Jeden Augenblick konnte die Labortüre aufgehen. Stefanie bebte innerlich, die Unterlippe zwischen den Zähnen eingeklemmt. In letzter Sekunde zwängten sich Mark und Tony mit den Koffern in die Kabine des Personenaufzugs. Stefanie zog die Lifttüre behutsam zu. Durch den schmalen Spalt sah sie noch, wie der Wissenschaftler im weißen Kittel die Schwarzhaarige ins Labor zerrte und mit gierigen Augen auf die Galerietreppe zustrebte.

»Der wird nicht gleich nach den Koffern schauen«, keuchte die Reporterin erleichtert, faltete den Plan und steckte ihn ein. Der moderne Aufzug glitt lautlos nach unten. Im vierten Untergeschoß stiegen sie aus und blieben wie angewurzelt stehen.

›Höhenkote 499.00 Meter‹, orientierte das Schild an der Betonwand der gigantischen Halle. Die hintere Abgrenzung der riesigen Gruft war gut dreihundert Meter entfernt, schätzte Stefanie und schaute ratlos in die düstere Tiefe des Raumes.

Mark entdeckte die Schiene mit der Elektrobahn, und Jessie, deren Augenweiß wie Leuchtsignale aus dem schwarzen Gesicht strahlten, fand im Handumdrehen heraus, wie sich das Gefährt in Betrieb setzen ließ. Langsam rollten sie an gewaltigen Stapeln metallener Zylinder in roten Eisengestellen vorbei, und Mark vermutete, das es sich dabei um Bomben handelte.

»Nein«, widersprach Stefanie, die sich an die Erläuterungen von Alps erinnerte, »das sind Atommüllbehälter. Dort drüben, die dunkelgrünen Behälter, die sehen schon eher nach Waffen aus.«

Die Kinder erkannten in der angegebenen Richtung eine Reihe metallener Kisten in kampfgrüner Farbe mit weißer Aufschrift ›SADAM‹ und dem Warnzeichen für radioaktive Strahlung.

»Keine Ahnung, was *SADAM* bedeutet«, beantwortete Stefanie die in der Luft schwebende Frage und schlug sich plötzlich mit der Hand vor die Stirn, schüttelte ihren hübschen Kopf und zerrte die kleine Videokamera aus dem Rucksack. Mit geübtem Blick filmte sie aus verschiedenen Winkeln die *SADAM*-Kisten und die Stapel mit den Metallzylindern, wobei sie in kurzen Sätzen die erfaßten Bildausschnitte kommentierte. Am unteren Rand des Suchers waren Datum und Zeit eingeblendet.

Der Elektrozug kam am Ende der Schiene, wo sich eine graue Wand auftürmte, automatisch zum Stehen. Als die vier Passagiere mit ihren schweren Koffern unschlüssig aus den Wagen kletterten, schob sich ein Teil der Felswand rumpelnd zur Seite und legte eine matt glänzende Stahlaufzugstür frei, ähnlich der oben im Laboratorium.

Sie öffnete sich.

»Fettsack«, hauchte Jessie, als der dicke, kahlrasierte Typ aus dem Türrahmen grinste, während er triumphierend die Fäuste in die Hüften stemmte.

»Das Spiel ist aus«, dröhnte eine tiefe Stimme aus Lautsprechern, die ebensowenig sichtbar waren wie die Fernsehkameras. »Folgt Fettsack, wie ihr ihn nennt, in den Lift. Ich erwarte euch auf der Kommandobrücke!«

59 Schweiz, 4. Juli, abends

Als die Wachen im Gebäude des Konferenzzentrums endlich die Rinnsale entdeckt und im Abstellraum den gefesselten Borer befreit hatten, war viel kostbare Zeit verronnen. Draußen lag drückende Hitze über der Stadt, und der Kameramann des Fernsehens DRS führte eine bewegte Auseinandersetzung mit dem stellvertretenden Chef der Abendschau, der das Material über die angebliche Verhaftung von Schlammer nicht ohne Rücksprache mit Borer ausstrahlen wollte. Und als der Kommandant des Sonderstabes schließlich zerknirscht in die Einsatzzentrale zurückkehrte, standen andere Prioritäten auf seinem Programm, als sich mit Fernsehreportern herumzuschlagen: Er befahl, das Gelände des Schlammer-Konzerns hermetisch abzuriegeln. Anschließend setzte er Adam Schlammer, Dr. Adolf Breckerlin, Manfred Schönhof und Martin Deubermann alias ›Hannibal‹ auf die Fahndungsliste.

Dann rief die Chefin der Bundespolizei an und zeigte sich besorgt über seinen Zustand und den Gang der Ermittlungen. Wie er gestern mitten in der Besprechung ausgerissen sei, um seine Frau zu treffen, sei doch ziemlich sonderbar gewesen. Sie müsse auch gestehen, sein Versuch, Schlammer zu verhaften, mache sie wirklich sehr betroffen. Als verantwortlicher Leiter des Sonderstabes befinde er sich ja bestimmt in einer außergewöhnlichen Streßsituation, aber man müsse jetzt darüber reden. Der Justizminister habe sie soeben angerufen, nachdem er einen erbosten Herrn Schlammer hatte beruhigen müssen.

Thomas Borer griff sich an die Stirn und winkte Steiner heran.

Es gehe jetzt darum, keine übereilten Schritte zu unternehmen, fuhr die Chefin eindringlich fort, sondern alles ruhig zu besprechen. Vielleicht sollte er seine paramilitärische Denkstruktur, die zu Männerverschwörungen führe, aufbrechen und sich von der Fixierung auf einen Täter lösen. Ja, sie schlage vor, morgen vormittag die Sache in aller Ruhe zu bereden, sie würde dann Alice Springer mitbringen.

Wer die Springer sei, erkundigte sich Thomas Borer, nur um etwas zu sagen, denn er glaubte zu träumen.

»Eine Psychologin, eine Spezialistin für Konfliktverdrängung, Herr Borer. Sie berät uns im Umgang mit der Gewalt und hilft, Aggressionen abzubauen.

Ich glaube, wir sollten mit ihr über den Mordfall Kern reden. Alice Springer arbeitet am Problem der Fahndungsphobie und kann Ihnen aufzeigen, daß Schlammer nur eine unter anormalem Streß entstandene Täterprojektion Ihrer eigenen Triebverdrängungen ist. Wir sollten darüber sprechen, wie wir Ihr Gefühlsdefizit aufarbeiten können, sagen wir morgen um zehn Uhr, in Ihrem Büro?«

»Geht in Ordnung«, schwindelte Borer und steckte Steiner einen Zettel mit Anweisungen hin. »Mein Büro ist frei, nur werde ich nicht dabei sein, wenn Sie in Ihrem Therapiewahn Männerstrukturen aufbrechen wollen. Ich halte nichts von Psychologen. Sie sind wie Schmeißfliegen!«

»Wie bitte?«

»Ja, Sie haben richtig gehört. Die Psychologen sind ungefähr so nützlich wie die Schmeißfliegen. Sie befallen die lebenslustigen Kreaturen wie Kuhfladen, um ihnen das Pikante und Geheimnisvolle ihrer Lebenskunst auszusaugen und als Verirrung vorzuhalten.«

Am anderen Ende der Leitung herrschte Sprachlosigkeit, und

Borer fügte hinzu: »Wissen Sie, es gibt nichts Schöneres, als es im Freien zu tun. Das ist befreiend. Es bricht die verkrusteten Denkstrukturen auf. Vielleicht sollten Sie es auch mal ausprobieren.«

Borer grinste und legte auf. »Nach Nuclanne«, befahl er, während er den verblüfften Steiner am Arm packte und mit ihm zu den bereitstehenden Wagen eilte.

Ken Custer war gegen Abend unbehelligt zur *Schlammer Engineering* gelangt, obschon sich in Nuclanne die untrüglichen Anzeichen einer bevorstehenden Polizeiaktion häuften. Von Alp hatte seinen Freund auf die dunkelfarbigen Volvo-Limousinen hingewiesen, die wie zufällig an den Schnittpunkten der Verkehrsachsen standen. Zudem seien Kommandofahrzeuge der Armee im Wald hinter der Kavernenanlage in Stellung gefahren, berichtete er von seinem alten Beobachtungsposten, und die Typen, die mit Handfunkgeräten umherhasteten, ließen auch darauf schließen, daß sich etwas zusammenbraute.

Die Temperatur war am Nachmittag auf 28 Grad geklettert. Feiner, von den Mähdreschern aufgewirbelter Staub von den abgemähten Kornfeldern zog wie ein Schleier an der Fassade aus Glas und Stahl empor, als Custer auf den Haupteingang zuschlenderte.

Tatsächlich bemerkte er auf der Straße einen geparkten, braunroten Volvo mit dem untrüglichen Polizeikennzeichen einer kleinen Heckantenne. Der jugendliche Typ im grünen Freizeithemd hinter dem Lenkrad starrte mit stumpfem Blick vor sich hin, ohne den gesuchten Ex-CIA-Agenten im hellen Sommeranzug überhaupt im geringsten zu beachten.

Mit verbissenem Gesicht erwartete Hannibal den Besucher in der Halle und trieb ihn nervös zu den Aufzügen.

Nachdem Custer im Innern der Schlammer-Zentrale verschwunden war, griff Thomas Borer im braunroten Wagen zum Funkgerät und wies seine Leute mit dem vereinbarten Stichwort an, den Belagerungsring zu schließen.

Die Täter saßen in der Falle, das Netz zog sich erbarmungslos zusammen. Zufrieden rieb sich der Polizeikommandant die Hände, setzte dann den Motor in Gang und fuhr über die kurze Distanz zum Bauernhof, wo er seinen Befehlsstand eingerichtet hatte.

Als Ken Custer im unterirdischen Führungsraum der *Schlammer Engineering* die feindliche Atmosphäre der versammelten Männer entgegenschlug, rollten in fünf Kilometern Entfernung die ersten Panzerfahrzeuge aus ihrem Bereitschaftsraum und stießen mit aufheulenden Turbinen in die erkundeten Stellungen rund um die Kavernenanlage vor.

Mit blitzenden Augen und zornig verklemmten Lippen, einen Wisch Papier vor seinem blassen Gesicht schwenkend, stürzte sich Adam Schlammer auf den eintretenden Custer. »Haben Sie vielleicht dafür eine Erklärung«, stieß er mit erregter, abgehackter Stimme hervor. Sein Gesicht war durch die hervortretenden Bakkenknochen gerötet.

Der Angeredete nahm das hingestreckte Blatt wortlos entgegen und studierte den Inhalt mit betonter Gelassenheit, während seine Gedanken rasten.

»Wo haben Sie den Brief her?« stellte er seelenruhig die Gegenfrage.

»Aus der Wohnung des militärischen Untersuchungsrichters«, platzte Hannibal heraus und trat Custer bedrohlich nahe. »Heute früh gefunden. Leider hat es den Bullen erwischt. Mit Bullen machen wir kurzen Prozeß, Custer.« Er zog die Farbfotografie aus der Jacke und hielt sie Ken unter die Nase. Das gute Foto zeigte in aller Schärfe, wie er dem Kahlköpfigen neben dem Postbus einen Kinnhaken landete. Ein Weilchen blieb es still. »Wir wissen, daß Sie ein Doppelspiel treiben, Custer.«

Der Amerikaner führte seine Hand langsam zur Brusttasche, und Hannibal hatte plötzlich einen schweren Revolver in der Hand.

»Keine falsche Bewegung, Custer«, warnte er.

»Können wir nun endlich zum Geschäft kommen«, erwiderte der Bedrohte kühl, während er Schlammer mit seinem eisigen Blick durchbohrte.

Schlammer nickte, und auf seine Handbewegung steckte der Sicherheitschef die Waffe zögernd ins Schulterholster zurück.

»Das Geld steht auf Abruf bereit, ich habe heute morgen alles arrangiert«, erklärte Custer und konsultierte das hervorgezogene Notizbuch. »Ein Anruf bei der Bank wird genügen, um Ihnen die Summe wie abgesprochen zu überweisen.« Er lächelte milde.

Schlammer entspannte sich im Gedanken an das große Geld, aber Schönhof wollte wissen, was nun mit dem Brief sei, den sie in Christens Wohnung gefunden hatten.

»Fehlanzeige, Desinformation«, antwortete Custer gelassen. »Jemand hat offensichtlich ein Interesse daran, uns das Geschäft zu versauen.«

Eine Weile hing die Aussage im Raum, dann sagte Hannibal hitzig: »Die Bombe, die Ihre Leute gestern im Gebirge geschnappt haben, ist für die amerikanische Ostküste programmiert, sie können damit nichts anfangen ohne unsere Codes. Wo ist der Behälter jetzt?«

Custer zuckte die Schultern: »Ich habe damit nichts zu tun. Keine Ahnung. Aber hätten Sie überhaupt die Möglichkeit, eine gestohlene Bombe zu entschärfen?«

»Sicher«, beeilte sich Schönhof zu antworten, »allerdings müßten wir ungefähr wissen, wo sie sich befindet, dann könnten wir mit dem geheimen Spezialcode, einer vierstelligen Zahl, den Zündmechanismus blockieren.« Er räkelte sich wohlig.

Rosalia hatte ihm gutgetan. Als begehrter Liebhaber fühlte er sich stark, entspannt und den anderen überlegen. Doch um ein Haar hätte er das Meeting verpaßt.

»Wie lautet diese Zahl?« fragte Custer beiläufig, und Schönhofs Augen flackerten begeistert auf: »Einfach aber genial, eine Zahl, die sich doppelt spiegelt!«

»Doppelte Spiegelung? Wie geht das?«

»Mathematisch sehr spezifisch, zum Beispiel –«

Schlammer unterbrach den Wissenschafter mit einer energischen Handbewegung und wandte sich an Custer: »Ob Sie mit dem Überfall auf Summermatter zu tun haben oder nicht, ist mir egal. Hauptsache ist, Sie bezahlen. Jetzt gleich, und zwar für die beiden Kofferbomben und für die entführte Zerstörungsmunition. Wir haben nicht mehr viel Zeit.« Er tauschte einen Blick mit Hannibal, der zustimmend nickte.

»Und wenn ich nicht bezahle, was passiert dann?« fragte Custer, um Zeit zu gewinnen.

»Dann kommen Sie hier nicht lebend heraus.«

Der Amerikaner schien die Drohung abzuwägen, doch er wußte, daß er verloren war, sobald er erst einmal die Riesensumme überwiesen hatte. Mit der Bank hatte er bereits am frühen Nachmittag die Einzelheiten abgesprochen und dafür gesorgt, daß er die Geldüberweisung telefonisch auslösen konnte. Doch Custer war sonnenklar, daß die Typen ihn kaltblütig umbringen würden, gäbe er das Geld zu früh aus der Hand.

»Geld gegen Ware«, schlug er mit nüchterner Stimme vor. »Ihr übergebt mir die Koffer. Ich prüfe sie. Dann stellt ihr mir einen Wagen mit Chauffeur zur Verfügung, der die Kaverne durch das große Tor auf dem Hauptplatz verläßt. Wenn das Kavernentor sich öffnet, überweise ich die Summe telefonisch. Ware gegen Geld und freies Geleit!«

Die drei Männer blickten sich gegenseitig an, dann traten Schlammer und Hannibal flüsternd zur Seite. Schönhof nestelte nervös an seinem Kragen, der mit frischem Lippenstift beschmiert war, schaute ungehalten auf seine Armbanduhr und drückte schließlich neben den Monitoren auf eine Taste. Die Wand glitt zur Seite und gab den Korridor frei, der weiter hinten zum Laboratorium führte.

»Ist gut, Custer, wir sind einverstanden«, gab Schlammer widerwillig nach, und Hannibal ballte seine Faust heimlich zu einer Drohgebärde.

Sie vereinbarten, sich nachher im Labor zu treffen, um die Kofferübergabe zu vollziehen. Unterdessen wollte Schlammer Breckerlin in seiner Kommandozentrale, wie er sagte, aufsuchen und dann mit dem alten General zu den anderen stoßen, um die Abwicklung unter strenge Kontrolle zu nehmen.

Als Custer mit Hannibal und dem Wissenschaftler den Korridor entlangschritt, las Thomas Borer im nahegelegenen Bauernhof den ihm soeben von Max übermittelten Brief des Direktors der amerikanischen Bundespolizei FBI. Es handelte sich um das gleiche Schreiben, das Schlammers Schergen in der Wohnung des ermordeten Untersuchungsrichters gefunden hatten. Thomas Borer las, was Custer etwas früher dem hingestreckten Wisch entnommen hatte:

Kopie des verschlüsselten Telefaxs vom 1. Juli an Herrn Ralph Christen, besonderer militärischer Untersuchungsrichter, Bern, Schweiz.

Mein lieber Ralph,
Deine Anfrage betreffend ›Keycop‹ möchte ich unter Berücksichtigung der laufenden Operationen dahingehend beantworten, daß ich Dir empfehle, das flüchtige Subjekt entgegen allen anderslautenden Informationen wie einen meiner Topagenten zu betrachten. ›Keycop‹ arbeitet im Auftrag höchster Regierungsstellen, und es liegt mir daran, daß er seine Operation erfolgreich zu Ende führen kann.

Herzlichst Dein
Direktor FBI

Der Polizeikommandant ließ das Telefax auf den Tisch sinken und starrte gedankenvoll zum Fenster hinaus und fragte sich, ob er gerade den größten Fehler seines Lebens begangen hatte. Sein Blick fiel durch das Dämmerlicht auf die niedrigen Werkhallen der *Schlammer Engineering*, wo Ken Custer vermutlich in erheblichen Schwierigkeiten steckte. Seufzend erhob sich der Polizeikommandant und wies Max an, alle Beteiligten in einer halben Stunde zu einem Lagerapport zusammenzurufen.

»Und noch etwas, Max«, rief er dem Fahnder nach. »Bring mir diese Juristin her, die Chaudet, ja, die Freundin von Summermatter, Marianne Chaudet. Sie soll sich auf der Stelle hier einfinden.«

Washington, 4. Juli, mittags

Als Thomas Borer in der Schweiz nachdenklich auf die Gebäude des Schlammer-Konzerns starrte, hielt in Washington ein schwarzer Cadillac vor dem Gebäude der Union Station an. Der Chauffeur stieg aus, während sein Passagier im Fond, von dunklen Scheiben abgeschirmt, die Nummer des Direktors des FBI wählte.

COSMO beschlich jedesmal eine leichte Beklemmung, wenn er mit ihm sprach. Der integre Direktor, der das Ansehen des FBI in kurzer Zeit gewaltig gehoben hatte, war schlicht eine Legende unter den Gesetzesvollstreckern. Sein Ruf als ›Mafia crime buster‹ reichte bis nach Sizilien, und COSMO beneidete ihn darum.

Als er die vertraute Stimme hörte, kam COSMO gleich zur Sache: »›Keycop‹ muß noch diese Nacht die Schweiz mit der Ware verlassen können, verstehen Sie? Halten Sie ihm die Bluthunde vom Leib. Kann ich mich darauf verlassen?«

Eine Weile blieb es still, dann sagte der Direktor ruhig: »Ich habe keinen Einfluß auf die schweizerische Polizei, geschweige denn auf ihren Geheimdienst ... ›Keycop‹ muß sich allein durchschlagen.«

»Hören Sie«, rief COSMO, »tun Sie etwas ...«

»Nach meinen Informationen befindet er sich in Schwierigkeiten«, antwortete der Direktor, »um welche Ware handelt es sich?«

»Gold«, log COSMO, »und Pläne, äußerst wichtig ...«

»Ist ja egal«, sagte der Direktor ahnungsvoll, »die Anweisung ist draußen, ›Keycop‹ freie Hand zu lassen, auf die Schweizer ist Verlaß.«

»Hoffentlich«, grollte COSMO und kappte die Verbindung. Er schürzte seine Lippen nachdenklich und tippte eine andere Nummer ein: Sein Verbindungsmann im Cali-Kartell kam sofort in die Leitung. COSMO wies in an, alles Nötige vorzubereiten. Mit Nachdruck sagte er:

»Die Aktion wird in der Nacht vom 4. auf den 5. Juli ablaufen. Ende.«

Der schwarze Cadillac hielt ein zweites Mal, diesmal am Eingang zu Georgetown. COSMO verließ den Wagen und schritt zügig durch die um die Mittagszeit belebte Straße. Nach zwei Häuserblocks bog er nach links ab und blieb vor einem Haus stehen. Er schaute nach beiden Seiten und betrat den Vorgarten.

Der dicke Mann mit dem ungepflegten Schnurrbart im blassen Gesicht öffnete die Tür und ließ den Kunden eintreten. Wortlos watschelte die fleischige Masse des Besitzers zum Aufzug: »Dritter Stock, Zimmer 3«.

COSMO nickte und hielt ihm einen Umschlag hin.

Der Grieche prüfte kurz den Inhalt und knurrte zustimmend. Das Gesicht des gepflegten Herrn kam ihm vertraut vor, aber er kümmerte sich nicht um Rang und Namen, solange seine Klientel gut und im voraus bezahlte. Auch wenn er geahnt hätte, daß COSMO den geheimsten aller Geheimdienste in diesem Land leitete, hätte ihn das wenig beeindruckt.

faßte sie derb zwischen die Beine. Ihre exotischen Gesichtszüge verzogen sich für einen Augenblick schmerzverzerrt, dann lächelte sie gezwungen und stieg auf seinen Rücken, ihr Gesäß auf seinen Nacken pressend. Mit den Fäusten trommelte sie auf seine Hinterbacken. »Fester, schneller«, schnaufte er, und als sich die Erektion immer noch nicht einstellte: »Kratz mich, du Nutte, kratz!«

Erst als sie ihm auf den Hodensack schlug, regte sich sein Glied langsam. Er knurrte und warf das Mädchen mit einem Ruck ab. Dann stellte er sich vor sie: »Reib ihn ab!« Die kleine Chinesin brachte ihn nicht auf Touren. Das nächste Mal würde er wieder den farbigen Jungen mit dem knackigen Arsch bestellen. Als er daran dachte, kam er plötzlich und spritzte sein Sperma über Gesicht und Brust des Mädchens.

Er rieb den Schwanz an ihrer Haut trocken, griff nach seinen Klamotten und zog sich an.

60

Der Anblick war gewaltig. Sie starrten entgeistert in den hohen, gewölbten Kuppelraum.

»Du meine Güte!« stieß Stefanie hervor. Die kleine Videokamera unter den Arm geklemmt, drückte sie Jessie fest die Hand. Mark und Tony schleppten die braunen Koffer heran. Der kahlköpfige Fettsack schubste die Gruppe schimpfend nach vorne zur Konsole mit den Anzeigegeräten, Schaltknöpfen und Bildschirmen. Davor wiegte sich der alte General auf den Stiefelabsätzen: großspurig, herrisch, abschätzig lächelnd, eine Hand am Gürtel seiner grotesken Uniform mit dem Schildchen, das seinen Namen verriet: ›BRECKERLIN‹.

Sie standen auf einer Plattform, die zur Überwachung der Anlage diente und etwa zehn Meter über dem Boden des Kuppelraumes hing. Die mächtige schwarze Rakete hielt ihre Blicke gefangen. Ihre Spitze reichte hoch in das Gewölbe, das mit einer stählernen Visierkappe verschlossen war.

Die Triebwerke hingen unterhalb der Andockstation über einem riesigen Verbrennungsschacht. Stützen stabilisierten die leichte Schräglage von ungefähr fünfzehn Grad, und der unverkennbare Geruch von Kerosin lag in der Luft. Stefanie schätzte die Länge der Rakete auf etwa zwanzig Meter. Sie besaß die Form einer riesigen Gewehrpatrone, deren Hülse sich nach oben, wo die Geschoßkugel herausragte, verengte. Der Raketenkopf stülpte sich über die zweite, dünnere Stufe.

Unverschämt grinsend trat Fettsack plötzlich hinter Tony und griff ihm derb in die Hinterbacken. Jähzornig wirbelte der Junge herum und trat dem Kahlkopf heftig gegen das Schienbein. Das Grinsen verging ihm, er krümmte sich vor Schmerz, zückte dann blitzschnell ein Messer und ging wutentbrannt auf Tony los.

Das Weitere geschah in Sekunden. Breckerlin trat zwei Schritte vor. Ein Schuß krachte. Jessie schrie auf. Stefanie duckte sich, und als sie aufschaute, lag der Angreifer mit blutüberströmtem Gesicht rücklings auf dem Boden. Wie in Zeitlupe wichen sie zurück und klammerten sich am Geländer der Plattform fest.

»Wegschaffen«, befahl Breckerlin dem großen Kerl in der schwarzen Lederjacke, der stumm neben ihm Aufstellung genommen hatte. »Runter in die Gruft, mach schon!«

Als der Kahlkopf seinen Kumpanen zum offenen Lift zerrte, zog Breckerlin ein zweites Mal seine automatische Neun-Millimeter und jagte dem Anführer des Schlägertrupps einen gezielten Schuß in den Hinterkopf. Die Wucht des großkalibrigen Geschosses schleuderte den Getroffenen in die Liftkabine, die sich schließen wollte, doch die herausragenden, in schwarzen Kampfstiefeln steckenden Beine des Erschossenen blockierten die Schiebetüre.

Stefanie Kramer brachte anfänglich keinen Laut hervor. Entsetzt beobachtete sie die drei Kinder, die völlig apathisch auf die auf und zu ruckende Lifttür starrten. Nur Mark bewegte sich unmerklich zur Seite.

Dann brach es tief aus ihr hervor: »Sie ... Sie ... Scheusal!« Am liebsten wäre sie mit den Fäusten auf ihn losgegangen, doch der leichte Druck der Videokamera am Oberarm brachte sie auf eine bessere Idee: Sie betätigte kaltblütig den Aufnahmeknopf und richtete die aus der Achselhöhle blitzende Linse heimlich auf den alten General.

Breckerlin blies nervös in die Laufmündung und zuckte bedauernd die Schultern. »Sorry für diesen rüden Auftakt, aber diese Schmacks brauche ich nicht mehr«, sagte er verächtlich.

»Ich beginne jetzt mit dem Countdown für die Rakete, eine *SS-20* aus sowjetischen Beständen, eine alte Dame zwar, aber gut erhalten und optimiert.«

Er trat einige Schritte zurück, Stefanie mit der Pistole in Schach haltend, und hieb nonchalant auf einige Tasten. Augenblicklich erschien auf dem großen Farbmonitor eine riesige Ziegelsteinmauer, die am oberen Ende langsam abbröckelte. In der rechten Ecke des Bildschirm lief eine eingeblendete Sanduhr ab.

»Das ist der Countdown«, erklärte Breckerlin. »Wenn die Mauer in Schutt und Trümmern liegt, wird die Rakete zünden, in genau neunzig Minuten. Die Startvorbereitungen haben jetzt eingesetzt.«

Wie zur Bestätigung hörten sie ein Zischen, und aus dem Unterleib der Rakete sprühte Dampf. Eine orange Warnlampe blinkte an der gegenüberliegenden Wand, und irgendwo brüllte ein Alarmhorn in regelmäßigem Abstand. Die Gewölbedecke blieb zu.

»Und genau sechzig Minuten nach dem Start fliegt die Kaverne in die Luft. Ungefähr eine Tonne Sprengstoff liegt zündbereit in besonderen Sprengkammern. Etwa so viel Sprengmaterial wie in einem unterirdischen Munitionsstollen der Armee. Die Sprengung wird den ganzen Berg zerreißen, wie damals am Sustenpaß, und die unterirdischen Anlagen endgültig zuschütten. Wer das Pech hat, sich in der Kaverne aufzuhalten, wird lebendig begraben.«

Breckerlins Stimme bebte vor Erregung, als er das Monokel unter das glänzende Auge kniff und die Uhrzeit prüfte.

»Setzt euch«, befahl er energisch.

Stefanie und Jessie setzten sich zögernd auf die Sessel vor dem Kommandopult, Tony kauerte sich auf den Boden neben dem Geländer, und Mark hockte sich auf eine metallene Kiste, die zwischen Schaltpult und Lift an der Wand stand. Er ließ Breckerlin keinen Augenblick aus den Augen.

»Ihr seid meine Geiseln«, sagte er und nahm auf dem drehbaren Lehnstuhl Platz. »In ungefähr einer halben Stunde werden wir die Abschußrampe durch den unterirdischen Ausgang verlassen.«

Er drehte sich um neunzig Grad und deutete mit dem Lauf seiner Kanone auf eine Glastür auf der gegenüberliegenden Seite, zu der ein schmaler Laufsteg führte. »Draußen wird ein Wagen warten und uns zum kleinen Flugfeld bringen, wo der Helikopter bereitsteht.«

Jessie schaute angespannt auf die Bildschirme. Neben der abbröckelnden Mauer flimmerten auf dunkelblauem Grund weiße Bedienungsfelder, die Programme auslösten, wenn man sie mit dem Finger antippte. Ein Steuerknüppel, wie er Jessie vom Nintendo vertraut war, ragte aus der Konsole. Je länger sie die Anlage studierte, desto stärker wuchs die Gewißheit, daß offenbar das Raketenprogramm wie ein Computerspiel ablief. Fasziniert überdachte sie das Steuerungsmenü auf dem dunkelblauen Monitor, während Mark, die Hände hinter dem Rücken, sich gegen die Wand lehnte. Erneut zischte ein hydraulisches Ventil, das Summen eines Elektromotors setzte ein, und der Kuppelraum füllte sich mit dem Rauschen eines entfernten Wasserfalles.

»Das ist eine sowjetische *SS-20*-Interkontinentalrakete der vierten Generation. Die NATO nennt sie ›SABER‹. Eine sehr treffende Bezeichnung, denn mit diesem ›Säbel‹ werden wir unsere Feinde niedermachen.«

Breckerlin genoß sichtlich, wie seine Gefangenen mit großen Augen und offenem Mund ungläubig zur Raketenspitze emporstarrten, wo die Atombombe tickte.

»Die Sowjets hatten von dieser guten alten Rakete seit 1976 etwa 600 Stück aufgestellt, ungefähr 245 hielten sie in Reserve, diese hier ist eine davon. Sie funktioniert immer noch ausgezeichnet.«

Stefanie Kramer rang nach Worten. Was sich vor ihren Augen

abspielte, hatte ihr buchstäblich die Sprache verschlagen. Sie rieb sich unweigerlich die Augen und blinzelte, als ob sie eine Fata Morgana abschütteln müßte.

Aber irgendwie betraf dieser Irrsinn ihr Fachgebiet: die Kernenergie, die Problematik der Weiterverbreitung von Kernwaffen, die Bombenmacher. Jemand hatte diese unheimliche Waffe in aller Heimlichkeit hierher gebracht. Das Unerhörte dieser Erkenntnis brachte sie auf den Boden der Wirklichkeit zurück. Die kühle Vernunft gewann Oberhand, und plötzlich hörte sie sich mit fester Stimme fragen: »Wo kommt die Rakete her?«

Breckerlin schien dankbar für die Anteilnahme an seinem Teufelswerk zu sein und holte sofort bereitwillig zu weiteren Erklärungen aus: »Der ›Säbel‹ stammt aus den Barrikady-Werken in Wolgograd. Teile der Rakete kamen aus der Votkinsk-Maschinenbaufabrik, irgendwo in Aserbeidschan. Die Rakete ist natürlich mobil, deshalb läßt sie sich auch relativ leicht transportieren. Sie wird in einen rohrförmigen Container gesteckt, der wie eine riesige Thermosflasche aussieht. Zum Transport steht ein zwölfrädriger Lastzug zur Verfügung, der zugleich als Abschußrampe dient.« Breckerlin wandte sich leicht zur Brüstung und erklärte, während er mit der Pistole auf die Andockstation zielte, er habe natürlich die mobile Werferplattform dort unten eingebaut.

Stefanie gab sich nicht zufrieden: »Wer hat die Rakete geliefert?« unterbrach sie mit schneidender Stimme.

»Die Sowjets natürlich, wer sonst? Wir hielten ihnen das Messer an die Gurgel. Sie machten am Schluß genau das, was wir von ihnen verlangten, nur weil sie verrückt waren auf diese Dinger. Sie benahmen sich wie besessene Liebhaber, ließen alles mit sich geschehen!«

»Es ging um amerikanische Rüstungstechnologie. Darauf waren die Sowjets so richtig scharf, stimmt's?« fragte Stefanie.

»Richtig, die Russen brauchten die *Schlammer Engineering*,

um in den Besitz der hochtechnologischen Prozesse und Anlagen zu gelangen: Steuerungen, Computerprogramme, Geschützstabilisatoren, kurz, all das Zeug, womit man Krieg führen, Raketen starten, U-Boote abhorchen kann.«

»Und im Gegenzug lieferten sie die Rakete?«

»Nein«, widersprach Breckerlin. »Erst als sie von uns die Optimierung ihrer atomaren Zerstörungsmunition verlangten, machten wir den Raketenpoker.«

»Zerstörungsmunition?«

Stefanie hob die Brauen, und Breckerlin erklärte, daß es sich dabei um nukleare Kleinstwaffen handelte. Die Sowjets hätten es damals nicht fertiggebracht, die amerikanische ›Davy Crockett‹ nachzubauen. Die *Schlammer Engineering* habe dies dann für die Russen besorgt, die auf diesem Gebiet etwas im Rückstand lagen, oder besser gesagt: Die schweizerische Präzisionsfirma verbesserte die sowjetischen Prototypen, die nicht funktionierten.

»Die Amerikaner nennen diese Waffen ›Special Atomic Demolition Ammunition‹, S-A-D-A-M. Wir verlangten als Gegenleistung für die Verbesserung der *SADAM* eine *SS-20*-Rakete. Die Sowjets stiegen darauf ein, weil sie in der Patsche saßen.«

»Wieso?«

»Die geheime Zusammenarbeit mit den Sowjets, namentlich der verbotene Technologietransfer, drohte aufzufliegen. Das hätte einen Riesenskandal gegeben. Deshalb lieferten wir den Brigadier ans Messer. Ein genialer Streich!«

Breckerlin lachte vergnügt und streckte triumphierend die Faust in die Luft.

»Den Brigadier, den Landesverräter?« fragte Stefanie tonlos.

»Ein guter Kerl, fanatischer Patriot, wollte den Kommunisten immer zeigen, wie stark wir tatsächlich waren. Die Schweiz sei nicht einnehmbar, das Gelände verhindere es, pflegte er zu dozieren. Aber er war zu gutgläubig, biederte sich beim Sowjet-Attaché

Denissenko an und händigte dem geschulten Agenten ein paar Dienstvorschriften über die Kriegsmobilmachung aus. Der General ging uns natürlich auf den Leim und merkte überhaupt nicht, was mit ihm gespielt wurde, dieser Hornochse!«

»Wer ließ ihn über die Klinge springen?«

»Schlammer, natürlich. Aber zusammen mit einem Komplizen in der Geheimdienstzentrale.«

Stefanie schwieg und schien nachzudenken. Breckerlin redete weiter. Sie hätten in der Kaverne über die Jahre eine geheime Organisation aufgebaut, mit Schlammer als treibender Kraft. Er sei ein mächtiger Unternehmer, Oberst in der schweizerischen Armee, der eine Menge Nationalräte und alle Minister kenne, überall Gelder spende, sowohl in seiner Partei als auch für die Forschung, und wer sich ihm in den Weg stelle, der sei erledigt. Schlammer habe sein Imperium mit dem Technologietransfer und den Waffenverkäufen finanziert, und wenn er die Bomben verkaufe, verdiene er nochmals Hunderte von Millionen. Schlammer wolle die Atombombe nur des Geldes wegen, und um absolute Macht zu besitzen.

»Früher war Schlammer noch ein Missionar. Er wollte die Menschheit von der Geißel des Islams befreien. Er begeisterte sich anfänglich noch an der Vorstellung eines kleinen Atomkrieges, solange dabei die Moslems, die Farbigen und Chinesen draufgingen. Deshalb war er einverstanden, diese *SS-20*-Rakete aufzubauen. Aber er ist weich geworden. Heute ist er nur noch auf Geld versessen. Ich aber will die Bombe einsetzen. Der Plan muß eingehalten werden.«

»Wohin geht die Rakete«, würgte Tony völlig unerwartet hervor.

Breckerlin wirbelte auf dem Sessel herum und drückte einen Knopf und eine Reihe von Tasten. Auf dem großen Monitor erschien eine geographische Karte mit einer Stadt in der Mitte.

»Hier wird sie einschlagen. In Bagdad. Die Reichweite der *SS-20* beträgt 5000 Kilometer. Die CIA behauptet zwar, es seien nur 4400 Kilometer. Es ist egal, wir schaffen es auch so: Bagdad liegt 4290 Kilometer entfernt. Das Problem ist höchstens die Zielgenauigkeit. Die alte Dame streut etwa einen Kilometer.«

Die Geiseln starrten fassungslos auf den langen, schlanken Raketenkörper. Unweigerlich stieg der Blick hinauf zur rot gefärbten Spitze.

»Ist sie geladen?« stieß Tony mühsam hervor.

Breckerlin lachte schallend und hieb sich auf das Knie.

»Geladen? Das kann man wohl sagen. Die alte Dame hat einen nuklearen Sprengkopf, der Bagdad ausradieren wird. Und wer wird die Schuld an der Katastrophe tragen? Die USA natürlich! Perfekt.«

»Warum Bagdad, das ist doch purer Irrsinn«, platzte Stefanie wütend heraus. Sie konnte sich nicht mehr zurückhalten.

»Nein, das ist genial«, widersprach Breckerlin. »Man wird vermuten, daß die Amerikaner dahinterstecken. Als Vergeltung für den Anschlag auf Philadelphia.« Breckerlin schaute auf die Uhr. »Heute nacht fliegt Philybilly in die Luft!« Er nickte triumphierend. »Und spätestens morgen werden die Amis Bagdad in Schutt und Asche legen! Und diese alte Dame hier wird den Feuerzauber eröffnen, genial, oder nicht?«

»Sie sind verrückt. Ich glaube kein Wort«, sagte Stefanie und richtete die verborgene Kamera auf die Monitore. »Sie spinnen ja völlig! Philadelphia, das ist doch gar nicht möglich . . .«

»Doch. Ich, der geniale Breckerlin, habe dafür gesorgt, daß heute abend exakt um neun Uhr in Philybilly eine *SADAM* hochgeht . . .«

»Sie bluffen doch nur, Sie Ekel!«

»Nein, ihr werdet es noch erleben, eine von uns entwickelte *SADAM*, um neun Uhr, pünktlich, Schweizer Präzision! Hahaha.«

Sein Gelächter hallte gespenstisch wider. »Hahaha. Und wenn der Irak am Boden liegt, fallen die Iraner ein und stoßen bis zur Südspitze Saudi-Arabiens vor. Und was müssen dann wohl die USA tun, raten Sie mal, meine Süße? Sie werden ein paar A-Bömbchen auf Teheran und andere iranische Ziele werfen! Die ganze islamistische Sippschaft wird dann ausgebombt ... Höchste Zeit, das dies geschieht, höchste Zeit. Hahahahaa.«

»Der hat nicht alle beisammen«, platzte Tony heraus, sich an die Stirn tippend. Stefanie fror. Entsetzt und mit mulmigem Gefühl starrte sie auf die todbringende Rakete, während Breckerlin weitere Tasten betätigte und so das Bild wechselte. Auf einer Karte der Bundesrepublik erkannte sie Kreise und Dreiecke.

»Das sind unsere Stützpunkte. Ich bin der Chef der Aktionsallianz Ost der ›Brandenburger‹, die Keimzelle der neonazistischen Bewegungen in Deutschland. In Nuclanne, hier in dieser Kaverne, befand sich bis heute die Zentrale für operative Einsätze der Brandenburger. Alle Aktionen gegen die minderwertigen Ausländer, die erfolgreichen Brandanschläge, die Beseitigung von unliebsamen Personen, das alles wurde von mir koordiniert und finanziert. Wir bildeten auch Leute aus. Zum Beispiel in der Herstellung von Bomben.«

»Mit Düngemittel und Dieselöl«, warf Stefanie bissig dazwischen.

Breckerlin lachte verblüfft, aber schüttelte verneinend den Kopf: »Nein, Briefbomben. Sie erinnern sich an die Anschläge? Mein Werk.«

Einen Augenblick starrte der verblendete Alte irritiert zu Mark hinüber, dann wandte er sich wieder der Frau zu: »Schlammer wußte davon, er unterstützte uns auch, aber dann vermasselte er alles. Inwiefern, fragt ihr euch? Nun, der Zwischenfall mit dem Minister war die erste große Panne, darum beschloß er, ihn zu liquidieren, und beging damit den zweiten entscheidenden Fehler.

Auch die Maßnahme gegen den Militäruntersuchungsrichter schadete mehr, als sie nützte«, ereiferte sich Breckerlin zynisch, »denn jetzt hetzt uns Polizeikommandant Borer seine Schergen auf den Hals.

Dann wollte Schlammer den Irakern die Bombe um keinen Preis mehr verkaufen, gegen meinen Ratschlag, da mußte ich eingreifen. Ich informierte Hazmoudi über die Auslagerung der *SADAM* in den Steinbruch. Leider mußte Summermatter dran glauben, ein guter Pilot. Sorry, aber ich konnte keine lebenden Zeugen gebrauchen.«

Das Zischen des Raketentriebwerks setzte aus. Totenstille senkte sich einen Moment über die bewegungslos verharrende Gruppe, bis plötzlich der monotone, nervtötende Warnton die unerträgliche Spannung zerriß.

Marks Arme bewegten sich langsam nach vorne, als Breckerlin sich wieder dem Bildschirm zuwandte. Das kleine Rohr, das Mark in der rechten Hand hielt, war etwas länger als ein Lineal. Stefanie hatte die Bewegung aus dem Augenwinkel bemerkt und drehte die linke Schulter leicht ab. Mark enfernte an beiden Enden des Rohres eine Schutzkappe und setzte das Mundstück mit unheimlicher Ruhe an die Lippen. Sein kalter, bohrender Blick wich keine Sekunde von Breckerlins Schädel ab.

Da kreuzten sich ihre Blicke.

Blicke des Jägers und des Gejagten.

Die Rollenverteilung war in diesem Sekundenbruchteil beiden augenblicklich klar.

Breckerlin wollte sich wehren. Er begehrte auf, was denn das zu bedeuten habe, und griff nach der Pistole. Mark blies kräftig ins Blasrohr. Der kleine stählerne Pfeil mit dem Gift des Pfeilgiftfrosches bohrte sich unterhalb des linken Auges in Breckerlins Wange. Er griff reflexartig mit der Hand ans Gesicht, dann krallte sich seine Hand über dem Herz in die Brust. Er zuckte noch, bevor er mit entsetzten, aufgerissenen Augen lautlos vornüber auf den harten Betonboden fiel.

Sie verharrten wie gelähmt in ihren Stellungen. Allmählich blickten sie nacheinander zu Mark hinüber, der das Blasrohr auf die Knie gelegt hatte und das Gesicht in den Händen vergrub. Er schluchzte.

Der Countdown der Rakete lief unterdessen weiter. Dampfwolken stiegen hoch, und eine mechanische Stimme warnte: »Noch vierzig Minuten bis zur Zündung.«

Der Rumpf der Rakete vibrierte, und am roten nuklearen Sprengkopf der *SS-20* hoch oben in der Kuppel löste sich die Schutzkappe.

Der Lärm riß Stefanie Kramer aus ihrer Lethargie. Sie erhob sich mühsam und richtete die kleine Kamera auf die Abschußrampe, als Mark sie zur Eile antrieb.

»Wenn die Rakete startet, verbrennen wir hier drinnen alle zusammen. Also nichts wie los, wir müssen hier raus!«

»Sekunde!« protestierte Jessie, die sich vergeblich abmühte, das Countdown-Abbruchprogramm zu finden. Sie hieb wie wild auf die Tastatur und redete in einem fort halblaut mit dem Monitor, wo gerade ein Männchen eine Ziegelsteinmauer mit dem Kopf zertrümmerte und dann eine Stufe höher kletterte, um sogleich den Kampf mit einem kugeligen Monster aufzunehmen. Tony starrte wie gebannt auf den Zweikampf: Verlöre das Männchen das Gefecht, würde es in die Tiefe stürzen. Erneut müßte es sich dann hocharbeiten und wieder den Kampf suchen, während kostbare Zeit verging. Jessie gelang es, den Bösewicht geschickt auszutricksen, und kam jetzt kurz vor dem Eingang zum Refugium über der Wolkenbank zum Stehen, wo sich die Schalthebel befanden.

Unterdessen hatten sich Stefanie und Mark auf dem Metallsteg zum geheimen Ausgang vorgetastet. Tief unten kochten die Antriebsaggregate des Startvorgangs. Die zischenden Hydraulikgeräusche verstärkten sich, das Alarmhorn brüllte jetzt in kürzeren Abständen, ein Zeichen dafür, daß die Gefahr zunahm. Außer dem durch die Leichen blockierten Aufzug schien kein anderer Weg aus dem Raketensilo herauszuführen. Ihnen blieb nichts anderes übrig, als hinter der Glastür in den dunklen Korridor einzutauchen, durch den der verrückte Breckerlin sie hatte verschleppen wollen.

Die Tür öffnete nach innen. Sie führte in einen dunklen, niederen, in den Fels gehauenen Stollen. Kantige Steinbrocken ragten beidseits aus den rauhen, feuchten Wänden, die sich zu einem nassen, tropfenden Gewölbe vereinigten. Kleine vergitterte Lampen warfen in großen Abständen schwache gelbliche Lichtkegel auf den mit Schotter überstreuten Fußweg.

Es roch nach Kalk, Urin, Erde und Pulverrückständen von verschossenen Patronen. Der Stollen schien sich in einem schwarzen Loch zu verlieren. Zaghaft setzte Stefanie einen Fuß in die kalte Enge und suchte mit dem freien linken Arm Marks Nähe. Seine unerschütterliche Ruhe hatte ihr Vertrauen eingeflößt. Sie spürte, wie ihm dieser schreckliche Alptraum, das drohende Unheil, die tödlichen Gefahren ungeahnte Kräfte verliehen.

»Was machen wir jetzt?« stieß sie entsetzt hervor. »Die Rakete wird einen Atomkrieg auslösen. Es ist furchtbar. Das darf nicht geschehen. Wir sollten die Polizei benachrichtigen, die Armee einschalten. Kampfjets könnten die Kaverne zerstören ...« Sie brach ab, hilflos, am Ende ihrer Kräfte.

Ein Telefon läutete.

Mark schaute abwechselnd zum Sprengkopf der *SS-20* empor, dann zu Jessie, die mit zugekniffenen Lippen und fiebrigem Blick auf dem Bildschirm den Kampf gegen die Uhr führte. Hinter ihr stand Tony wie angewurzelt und starrte mit weit aufgerissenen Augen auf den Monitor.

Jeder Versuch einer Gegenwehr verkümmerte zum hoffnungslosen Unterfangen. Was sollte die Polizei, die Armee? Stefanie und Mark blickten sich in die Augen und dachten vermutlich dasselbe. Wer würde ihnen denn schon glauben?

Die Zeit lief ihnen ohnehin davon. Sie mußten ganz allein versuchen, den Countdown abzubrechen. Die einzige Hoffnung auf Rettung lag in Jessies Händen. Allein ihr Geschick konnte sie noch retten.

Wieder läutete das Telefon.

Stefanie fiel ein, daß sie unbedingt Ken warnen sollte, der sich bestimmt völlig ahnunglos in der Kaverne aufhielt. Sie wußte nicht mehr, wo ihr der Kopf stand. Völlig apathisch stand sie im Eingang zum Stollen und wünschte inniglich, daß Ken neben ihr stünde und wüßte, was zu tun wäre.

Die Geräusche steigerten sich zum Getöse, dunstige Nebelschleier legten sich über die Kommandokanzel, wo Jessie und Tony unbeirrt, wie magnetisiert an den Steuerungsmonitoren klebten. Ein neues, schleifendes Geräusch riß ihren Blick zur Kuppel hoch, wo sich der Berg langsam auseinanderschob. Der Silodeckel bewegte sich zur Seite, und für einen Moment glitzerten ungreifbare Sterne in Breckerlins Hölle.

Stefanie schrie.

Der Verzweiflungsschrei übertönte selbst das Sirenenhorn, die Kinder am Kommandopult fuhren zusammen. Mark schlang einen Arm stützend um ihre Hüfte, fühlte, wie ihre Knie nachgaben und machte den anderen Zeichen, sich zu beeilen.

Zu spät bemerkte er, daß wenige Schritte vor ihnen ein Tier stand. Der Hund war unbemerkt durch den Stollen gepirscht und starrte jetzt mit leeren, hellen Augen auf die Frau. Stefanie unterschied keine Einzelheiten, sondern nahm nur das riesenhafte Monster war, das auf grauenerregende Art die Zähne fletschte und sie plötzlich ansprang.

Als sie nun im Versuch, der Bestie auszuweichen, rücklings hinfiel, gab sie keinen Laut von sich, sondern ergab sich dem Unausweichlichen. Die triefende Schnauze des Ungeheuers befand sich eine Handbreit von ihrer Kehle entfernt, und die messerscharfen Kiefer setzten mit Tötungslust zum Biß an. Alles schien ihr ein unwirklicher Traum, eine verrückte Horrorvision.

61

Zur gleichen Zeit durchquerten die beiden Männer behutsam das große Maisfeld, indem sie die ausladenden Blätter, die sich ihnen entgegenschoben, auf Augenhöhe mit den Händen teilten. Nach dem Gewitter war der Himmel reingefegt, der Boden lehmig, und weil erst Vollmond gewesen war, lag ein schwaches Dämmerlicht über dem Feld. Sie verließen den Schutz der Maispflanzen und gelangten an die hohe Mauer, die von einem Tor unterbrochen war.

Die rostigen, schmiedeeisernen Stangen überragten die Mauer, eine Kette verschloß die beiden Flügel, und am Boden wucherte Unkraut. Der Eingang war seit langem nicht mehr benutzt worden.

Bill Conklin blickte durch die Stäbe zum Haus hinüber, auf dessen Terrasse ein gedämpftes Licht brannte, dann suchte er die Innenseite der Mauer nach Bewegungssensoren ab, indem er kurz seine Taschenlampe aufblitzen ließ.

Auf eine Handbewegung hin kam auch Atlee an die Mauer, und gemeinsam kletterten sie hinüber. Sie kauerten eine Weile im Obstgarten und versuchten, sich zu orientieren. Auf der rechten Seite ahnten sie das Garagengebäude, auf dem sie am Vortag die Parabolantennen gesichtet hatten. Ein unangenehmer Tiergeruch wehte ihnen entgegen, als Conklin in gebückter Haltung zum Haus vorstieß. Atlee folgte in kurzem Abstand, die Pistole im Hüftanschlag.

Conklin hatte die Anweisung gegeben zu schießen, um zu

töten. Eine Festnahme Custers kam nicht in Frage. Eliminieren. Mit dem Gegner kurzen Prozeß machen.

Conklin hoffte auch, die Kramer zu schnappen, sie auszuquetschen, ein bißchen zu foltern, bis sie schön brav redete, allein schon, um sich für die jämmerliche Blamage von heute morgen zu revanchieren.

Sie schlichen langsam voran und nutzten die Bäume als Dekkung. Da blieben sie wie angewurzelt stehen, als von der linken Seite ein fürchterliches Grunzen die Stille der Nacht zerriß.

Bevor sie sich bewußt wurden, was geschah, fielen die Bestien über sie her. Conklin, den es von vorne erwischte, wurde der Länge nach durch die Luft geschleudert, bevor er hart auf Wurzelstöcken landete und das Bewußtsein verlor. Atlee versuchte auszuweichen, doch die schnaufende, grunzende wilde Sau war behender und gabelte ihn von hinten mit ihrer Schnauze auf und warf ihn auf den Misthaufen neben dem rostigen Eisentor. In diesem Augenblick flammte das Flutlicht auf, eine helle Stimme ertönte, und auf einen scharfen Zuruf hin ließen die aufgebrachten Wildschweine von ihren Opfern ab.

Eine Kalaschnikow aus der Sammlung von Alps unter den Arm geklemmt, rannte Claudia in den Obstgarten und preßte der hageren schwarzen Gestalt, die hastig auf das Gittertor zuhumpelte, den Gewehrlauf in den Rücken. Atlee, den gebrochenen Arm mit der freien Hand stützend, ergab sich der jungen Frau, die ihn mit grimmigem Blick in Schach hielt. Gemeinsam kümmerten sie sich um Bill Conklin, den es schlimmer erwischt hatte. Röchelnd hielt er sich die Brust, wahrscheinlich waren einige Rippen in die Brüche gegangen, und Blut rann aus einer Kopfwunde über das entsetzte Gesicht. Demoralisiert akzeptierten die beiden Agenten die klägliche Niederlage, die ihnen innerhalb kurzer Zeit zum zweiten Mal von einer Frau bereitet wurde.

»Sind alle Frauen in diesem Land so verdammt rabiat?« brachte

Conklin mühsam hervor, als er Claudia seinen Dienstausweis über die Mündung der Kalaschnikow hinweg zeigte.

»Das war nur der Anfang«, anwortete sie cool. »Gleich werde ich euch an den Eiern aufhängen.«

Conklin traute es ihr zu, doch Claudia benachrichtigte die Polizei, die zwar mit Verspätung, dafür mit einer Überfallgruppe von sechs Mann eintraf, die nun in ihren kugelsicheren Westen ziemlich betreten herumstanden. Sie staunten nicht schlecht, wie die Frau des Hauses die Kerle ganz allein fertiggemacht hatte. Claudia erwähnte die Wildschweine nicht – die übertölpelten Opfer würden die peinliche Geschichte kaum erzählen – und genoß ihre Rolle als heldenhafte Siegerin.

Der Leiter des Überfallkommandos, der ihr mit neidischem Unterton gratuliert hatte, gab bekannt, die Eindringlinge würden wegen bewaffneten Überfalls auf eine alleinstehende Frau eingebuchtet. Ihre Kanonen habe er sichergestellt, zudem liege Hausfriedensbruch und sonst noch eine Menge anderer Tatbestände vor. Als Claudia für den Rest der Nacht den polizeilichen Schutz dankend ablehnte, zog die Polizeieinheit mit den geknickten und lädierten Geheimagenten ab.

Kaum waren sie gegangen, stürzte Claudia erregt ins Haus, um Theo alles zu berichten. Von Alp, von einer inneren Unruhe gepackt, saß im Dodge Minivan auf dem Burgparkplatz in Nuclanne und beobachtete mißtrauisch das Gelände der *Schlammer Engineering.*

Custer hatte Schlammer heute abend seinen zweiten Besuch abgestattet, um die Kofferbomben zu übernehmen.

Von Alp stand auf Abruf bereit, fragte sich jedoch allmählich, warum er noch immer kein Lebenszeichen von Ken erhalten hatte. Offenbar verlief nicht alles nach Plan.

Theo suchte mit dem Infrarotsichtgerät das Gelände nach verdächtigen Anhaltspunkten ab, doch die nächtliche Landschaft bot ein friedliches Bild. Die Felder schimmerten im Mondschein, darüber erhob sich schützend der mächtige Berg, mit schwarzen Tannen überzogen. Die Gebäude schienen verlassen, nur vereinzelte Lichter durchbrachen die dunklen Fassaden, und in den beleuchteten Räumen bewegte sich kein Mensch. Alles schien ruhig.

Ruhe vor dem Sturm, dachte von Alp unbehaglich und biß mit besorgter Miene in ein Stück Hühnerfleisch, das er sich neben der Bierdose bereitgelegt hatte.

Als er aber das Nachtsichtgerät nochmals über den Wald gleiten ließ, erregte eine lichte Stelle auf der Kuppe seine Neugier. Er betrachtete den Wuchs der Tannen aufmerksam und glaubte zu erkennen, daß sich dort eine Zufahrt von Westen her andeutete. Es mochte sich um eine Erschließungsstraße zur Waldbewirtschaftung handeln, aber auch irgendwelche technischen Anlagen der Kaverne konnten die Lichtung ausfüllen. Jedenfalls beschloß er, hinzufahren, um die Sache aus der Nähe zu erkunden, statt untätig herumzusitzen.

Da summte das Telefon. Es war Claudia. Sie erzählte ihm alles. Er hörte verblüfft zu, lobte ihr entschlossenes Handeln, wollte aufhängen, da er fort müsse, um die Lichtung zu erkunden.

Sie seufzte tief in sein Ohr. »Theo, ich bin völlig geschafft. Das war zuviel für mich. Du fehlst mir, ich . . .«

»Schatz, in einer Stunde bin ich bei dir. Wo bist du?«

»Ich liege auf dem Bett. Es ist dunkel im Zimmer.«

Ihre Stimme klang heiser, sexy.

»Nackt?«

»Ja, ganz nackt.«

»Die Beine gespreizt?«

»Ja, ich wünschte, du wärst hier. Meine Hand . . .oh.«

»Was?«

»Meine Hand ist unten, zwischen den Beinen.«

»Uh, drinnen?«

»Ja, drinnen. Es ist so schön, ich denke an dich. Was machst du?«

»Ich, eh, ich sitze vor dem Gerät und ... hab' ihn draußen.«

»Ganz draußen? Ist er groß?«

»Ja, ganz groß. Riesig. Sag etwas ...«

»Ich will deinen Schwanz, den steifen Schwanz. Halt ihn fest für mich.«

»Ja, ganz fest, sag mir alles, ich ...«

»Mein Finger gleitet jetzt sanft auf und ab, hinein ... oh es ist schön, geil, Theo.«

»Du machst mich pickelhart. Ich stell' mir deine Lippen vor, deine Titten ...«

»Meine Lippen um deinen Schwanz, ich werde verrückt, ich dreh' mich um, auf den Bauch ...«

Nebenan parkte ein Auto.

»Ich muß weg.«

Er hängte ein, verharrte regungslos im Halbdunkel, spähte vorsichtig zum geparkten Wagen hinüber. Auf den Vordersitzen umschlang sich ein Paar, begann zu knutschen und sich gegenseitig das Gesicht abzunagen. Von Alp fluchte leise und kletterte hinter das Lenkrad, startete den Motor, fuhr weg. Das Liebespaar fuhr erschrocken auseinander und blinzelte verstört ins Licht der Scheinwerfer.

62

Oberstleutnant Henri Carrard schaltete den Nachbrenner ein. Der silbergraue Rumpf der *Mirage-S* mit dem schweizerischen Hoheitszeichen erzitterte, als die Maschine mit vollem Schub donnernd in den schwarzen Himmel hinaufstach. Der erfahrene Testpilot behielt Höhenmesser und Triebwerksleistung im Auge, während er die Höhe von 9500 Metern erreichte. Nach neunzig Sekunden zog Carrard die Maschine hoch über dem glitzernden St. Moritz in eine enge Volte, nahm Schub zurück und donnerte in Rückenlage in nordwestlicher Richtung abwärts. Die Anzeigen im Cockpit standen alle im Normalbereich. Der Flug verlief seit dem Start absolut normal, registrierte Carrard. Über den matt schimmernden Granitfelsen des Gotthardpasses drehte er eine Rolle und stach ins breite, in Dunkelheit gehüllte Rhonetal hinab. Automatisch prüfte er auf dem Kartendisplay seinen Standort und verifizierte ihn mit einem Blick auf das Gelände. Abgerückt von den weißen Kuppen und finsteren Schründen der mächtigen Viertausender, blinkten die Lichter der vertrauten Kleinstadt herauf. Am Funk meldete er: »Tivoli Uno, Missione Finito, Securo über Fendant, dann Ritorno.«

»Verstanden«, quittierte der Einsatzleiter vom Stützpunkt und schmunzelte: »Fendant ... Henris Lieblingsweißwein aus dem Rhonetal ...« ›Securo‹ stand normalerweise für Aufklärung, aber nach einem erfolgreichen Nachttest wie heute einfach für Sightseeing.

Carrard hatte die Geschwindigkeit gedrosselt und hielt nun eine konstante Höhe von 3150 Metern über Normalnull oder gute zweitausend Meter über dem Talboden und näherte sich der Stelle, wo er gestern beinahe den Helikopter gestreift hatte. In der Ferne glänzte der Montblanc im Mondlicht und nördlich davon, hinter den Gipfeln der Dents-du-Midi, deutete sich der große Spiegel des Lac Léman an.

Es entsprach der besonnenen Art des gewieften Testpiloten, daß er den Beinahe-Zusammenstoß mit dem *SuperPuma* nicht einfach ad acta legte. Nach dem brutalen Anschlag auf den Piloten Summermatter hatte der Vorfall eine dramatische Note erhalten. Der Gedanke, daß zwischen der Anzeige radioaktiver Strahlung im Cockpit der *F/A-18* und der Ermordung des Hubschrauberpiloten ein Zusammenhang bestehen könnte, ließ ihn nicht mehr los. Er zog die Maschine in einer leichten Schräglage hoch und hielt auf die italienische Grenze zu.

Von seinen Gewährsleuten in der Armee hatte Oberstleutnant Carrard bereits heute morgen erfahren, was Summermatter im Gebirge zugestoßen war. Er merkte schnell, daß die Behörden den Hergang des Verbrechens vertuschen wollten. Als er beharrlich unter seinen Kollegen nachfragte, führte ihn die Spur zur *Schlammer Engineering*, dem Arbeitgeber des ermordeten Piloten, dann nach Nuclanne zum ehemaligen Atomversuchskraftwerk ...

Er drehte kurz vor der mächtigen schwarzen Nordwand des Matterhorns ab. Der Jet donnerte über die weiß schimmernden Schneefelder Richtung Nordwesten in die klare Mondnacht hinaus.

Oberstleutnant Carrard hatte sich soeben entschlossen, vor der Rückkehr zum Stützpunkt noch kurz über Nuclanne hinwegzubrausen. Man konnte nie wissen ... »Securo über Fendant ...«

Seine *Mirage* trug unter den Flügeln zwei Behälter, die wie Lenkwaffen aussahen, jedoch Hochauflösungskameras enthielten, mit denen sich selbst in tiefster Nacht aus einigen hundert Metern Höhe gestochen scharfe Bilder schießen ließen. Das Blitzlichtaufnahmesystem entsprach vielleicht nicht mehr dem neuesten Stand der Technik, eignete sich aber hervorragend für das, was Henri Carrard in Gedanken vorschwebte.

Der Pilot sah den rötlichen Schimmer auf dem bewaldeten Berg. Sonderbar, ein Waldbrand, dachte er und drehte eine Schleife. In zweihundertfünfzig Metern Abstand glitt der schwere Jet ein zweites Mal über die Stelle. Der elektronische Blitz machte die Nacht für Bruchteile von Sekunden zum Tag, dann erschütterte das Donnern des Triebwerks die Baumwipfel, während die Maschine bereits als glühender Punkt im Nachthimmel verschwand.

Eine gute Stunde später legte der Testpilot in seinem Büro den Telefonhörer auf. Er hatte gerade dem Chef vom Nachrichtendienst der Flugwaffe ausführlich Bericht erstattet.

»Es sieht nicht gut aus, unsere Leute haben nach der Auswertung der Bilder Alarm geschlagen, Henri«, hatte die Stimme aus der Leitung gedröhnt.

Auf dem Stützpunkt hatten sie nach der Landung der *Mirage* die Aufnahmen in Rekordzeit digitalisiert und sofort elektronisch der Generalstabsabteilung nach Bern übermittelt. Die Scanner und Computer der modernen Bildübertragungsanlage waren zum Glück nicht den Sparmaßnahmen zum Opfer gefallen, sinnierte Carrard mit unverhohlenem Stolz, wenigstens etwas . . . Er seufzte und ließ sich dann mit dem Polizeikommandanten Thomas Borer verbinden.

Auf dem Tisch vor ihm lagen die drei Schwarzweißaufnahmen, die alle unverkennbar das Gleiche zeigten: eine kleine Lichtung mit einer geschickt als Fels getarnten Oberfläche, deren Ränder sich im kargen, mit dünnem Unterholz durchsetzten Waldboden verloren. Ein dicker, schwarzer Stahlrahmen formte in der Mitte der Lichtung ein deutliches Sechseck, das wiederum eine kreisrunde, etwa zwei Meter fünfzig durchmessende Öffnung umfaßte.

Im Hörer knackte es mehrmals. »Moment, bitte«, bat eine Stimme.

Das Ganze sah wie eine riesige Panzerluke aus. Tatsächlich hatten zwei hydraulische Arme den schweren runden Deckel hochgestemmt und gaben den Blick in das Innere der Röhre frei. Zwischen ihrem Rand und dem sechseckigen Rahmen verliefen Leitungen, wahrscheinlich war die Hydraulik dort eingebettet, und starke Querstreben verankerten das Rohr im Berg. Runde, längs der Kanten im Fels verschraubte Platten verrieten die Widerlager.

Oberstleutnant Carrard glaubte immer noch, auf eine Minenwerferstellung der Festungsartillerie zu blicken. Er klemmte den Hörer mit der Schulter ans Ohr und hielt mit den freien Händen zwei der Fotografien zur näheren Prüfung unter den Lichtschein der Lampe. Da fuhr ihm der Schrecken in die Glieder.

Vor seinen Augen stabilisierten Greifzangen einen Raketensprengkopf, der bis dicht an den Lukenrand reichte. Die Rakete besaß eine weiße, flache Abschlußplatte, als wenn dem Kopf die Schädeldecke weggeschnitten worden wäre. Aus der Tiefe des Behälters flammte Licht auf, vor dem sich die Umrisse scharf abzeichneten: Kein Zweifel, Carrard schaute in ein offenes Raketensilo mit startbereitem Geschoß. Nur ... die Schweiz besaß weder Kurzstrecken- noch Mittelstreckenraketen, und schon gar nicht unterirdische Abschußrampen.

»Sind Sie noch dran? Moment, wir verbinden ...« sagte die Telefonistin.

Oberstleutnant Carrard begriff sofort, daß er mit einer Extremsituation konfrontiert war. Mit größter Wahrscheinlichkeit bahnte sich dort unten eine riesige Katastrophe an.

Der Anruf erreichte Thomas Borer endlich in seinem behelfsmäßig eingerichteten Kommandoposten im Bauernhaus.

»Sind Sie absolut sicher, Oberstleutnant?« fragte er ungläubig, nachdem er dem Piloten mit zunehmender Beklemmung zugehört hatte. »Was können wir dagegen unternehmen? Ist die Zerstörung aus der Luft mit Laserbomben möglich?«

»Negativ«, antwortete Oberstleutnant Carrard trocken. »Wir haben keine. Die Politiker haben uns diese Mittel verweigert. Unsere neuen Vögel sind Luftkämpfer, fertig. Für den Feuerkampf auf dem Boden sind sie nicht ausgerüstet. Tut mir leid. Sparpolitik, Abrüstung ... wir testen zwar Laserzielgeräte für den Erdkampf, aber zur Zeit ist damit nichts zu machen ...«

»Moment mal, Oberstleutnant«, protestierte der Polizeikommandant. »Sie wollen mir doch nicht weismachen, daß Sie am Ende Ihres Lateins sind. Die Flugwaffe weiß sich doch sicher zu helfen.«

»Bedaure, Kommandant, es geht nicht. Ich habe mit meinen Freunden hier die Optionen durchdacht. Am naheliegendsten wäre der Abschuß des Missils mit Luft-Luft-Raketen kurz nach dem Start.«

»Na also.«

»Aber das Risiko ist viel zu groß. Die abgeschossene Rakete könnte am Boden explodieren. Auf schweizerischem Gebiet. Lieber lassen wir sie davonfliegen. Tut mir leid. Selbst wenn diese Rakete aus dem Silo mit einer Sicherheitsschaltung ausgerüstet wäre ...«

»Was ist das?«

»Eine Sprengsicherung. Der Zündmechanismus wird erst aktiviert, wenn die Rakete eine bestimmte Flugstrecke zurückgelegt hat. Damit wird eine Explosion im Falle eines Fehlstarts verhindert. Aber wer weiß, ob diese Rakete eine solche Sicherung aufweist. Wir wollen uns nicht darauf verlassen. Wir unternehmen nichts, Kommandant.«

»Hm, und wenn wir sie im Silo sprengen?« fragte Borer.

»Ich weiß nicht, mir scheint, ein Sprengkommando bereitzustellen, dauert zu lange. Zudem löst es das Problem nicht. Die

Zerstörung der Rakete kann die Explosion des Sprengkopfs auslösen. Und nach den Luftaufnahmen zu schließen, könnte es sich durchaus um einen nuklearen Sprengkopf handeln. Das Beste ist, die Rakete fliegt weg. Möglichst weit weg, Kommandant. Die NATO wird sie vermutlich ohnehin rasch orten und dann irgendwo abschießen.«

In der Leitung blieb es lange still. Carrard stellte sich die zerfurchte Stirn Borers vor. Er kannte den athletischen Polizeichef flüchtig. Sie trainierten manchmal zusammen im MACH-2 Fitneß-Club.

»Was gedenken Sie jetzt zu tun, Kommandant?« fragte er.

»Nun, ich glaube, das Beste ist die Luftüberwachung. Wir wissen ja nicht, ob die Rakete gestartet werden soll. Wir nehmen das Schlimmste an. Also lasse ich das Silo dauernd aus der Luft beobachten. Außerdem . . .« Der Kommandant zögerte.

»Ja?«

». . . außerdem haben, wie ich hörte, der Generalstabschef und der Verteidigungsminister versucht, das NATO-Hauptquartier zu alarmieren.«

»Versucht?«

»Ja, scheinbar haben sie in Brüssel die Mitteilung gar nicht ernst genommen. Sie haben höflich nach Bern zurückgefragt, ob es sich um eine Wehrübung der Schweizer Armee handle . . . Dann verlangten sie immerhin die Luftaufnahmen. Ihre Bilder dürften mittlerweile von NATO-Spezialisten begutachtet werden, Oberstleutnant.«

»Hm, geschieht sonst noch etwas, Kommandant?«

»Nun, ich schicke eine Antiterroreinheit los. Wenn die Männer das Silo finden, wissen wir mehr. In der Zwischenzeit, tja, beten, Oberstleutnant, daß die Rakete nicht startet. Bleiben Sie bitte in Verbindung. Guten Abend.«

63 In der Atomkaverne, 4. Juli, gegen Mitternacht

Tony rannte los, als sein Bruder den über Stefanie herfallenden Hund mit einem heftigen Fußtritt am Hals traf und zur Seite wuchtete. Das Tier jaulte vor Schmerz, faßte Halt, schüttelte sich und setzte mit entblößten Zähnen zum Sprung an.

Stefanie hatte sich auf den Bauch gedreht und vergrub das Gesicht in den Armen.

Die mechanische Stimme meldete: »Noch zwanzig Minuten bis zum Start, noch fünf Minuten bis zum Entscheidungspunkt.«

Mark packte geistesgegenwärtig die schwarze Tasche und steckte sie in den Rachen des Tieres. Der blindwütige Köter verbiß sich in den Stoff. Mark rang mit den starken Kiefern und versuchte, den Hund zur Brüstung abzudrängen. Plötzlich riß sich das Monster los und bezog gegen Tony Stellung, der sich schützend vor seinen Bruder drängte.

»Ich hab's«, hörten sie Jessie rufen, als die Bestie erneut angriff. Tony sah die helle Brustpartie des Tieres, die ausgestreckten Pfoten, den klaffenden, schwarzen Rachen, die scharfen Eckzähne, die ihm entgegenblitzten. Er rollte sich rückwärts ab und bohrte mit beiden Händen der auf ihn herabstürzenden Fleischmasse sein Fahrtenmesser in die Kehle. Lautlos sackte das Tier in sich zusammen, während sich Tony gegen das Geländer abdrehte und so den zuckenden Leib des Köters über den Rand hinausdrückte.

»Mensch, das war verdammt knapp«, keuchte Mark, als der Kadaver unten auf die Andockstation plumpste, dann auf ein Triebwerk abrutschte, dort hängenblieb und versengte.

»Hörst du das?« fragte Tony, und beide lauschten zum Kuppelraum hinauf. Das Gerassel und Dröhnen hatte plötzlich an Intensität verloren, als hätte jemand den Dampfausstoß weggenommen.

»Es funktioniert«, schrie Jessie wie zur Bestätigung, sprang auf und vollführte einen wahren Freudentanz vor den Monitoren. Die Sirene verstummte. Stefanie wagte einen Blick unter ihren Armen hervor und sah Mark und Tony zu den Aufzügen hinübereilen, wo sie die braunen Koffer packten und zum Stollen hinüberzerrten. Sie erhob sich zaghaft und hielt sich am Geländer fest.

»Man mußte einfach die vier Abteile zumauern, bevor der Sand ausgelaufen war«, erklärte Jessie begeistert, als sie endlich gemeinsam durch das dunkle Stollenloch die Raketenrampe verließen. Aber niemand hörte richtig zu, es war einfach unfaßbar, daß Jessie es fertiggebracht hatte, den Start buchstäblich in letzter Minute abzubrechen.

»Der Zeitpunkt, von dem an es keine Rückkehr mehr gab, lag fünfzehn Minuten vor dem Start der Rakete. Eine Minute länger, und wir hätten den Abschuß der Atombombe nicht mehr verhindern können«, rief sie keuchend, und ihre Stimme hallte im engen Fels gespenstisch wider.

»Aber die Zündung der Sprengkammern«, preßte sie hervor, »die konnte ich nicht unterbrechen. Wenn der verrückte Breckerlin nicht geblufft hat, fliegen wir in ungefähr siebzig Minuten in die Luft.«

Tony schaute automatisch auf die Uhr. Um ein Uhr würde das Feuerwerk beginnen, überlegte er und sah vorne ein Stück hellen Nachthimmels und das Ende des unterirdischen Ganges.

Die Gittertüre ließ sich von innen öffnen. Nacheinander traten sie zögernd ins Freie und rieben sich die Augen. Sie standen an einem steinigen Abhang im Wald. Undeutlich hoben sich die Umrisse zweier Wagen auf dem schmalen Weg vor ihnen ab. Die schwere Betontüre, die von außen wie ein Stück Felsen aussah, hatte jemand bereits zur Seite gestoßen.

Sie erschraken, als sich aus dem Dunkel plötzlich eine große, bedrohliche Gestalt löste.

»Euer Getrampel hört man auf hundert Kilometer Entfernung«, begrüßte von Alp die sichtlich erleichterte Gruppe. Auf sein Geheiß folgten sie ihm zum Dodge, der in Abfahrtsrichtung bereitstand.

»Ein Empfangskomitee war vor mir hier«, erklärte er und wies mit der Hand auf das andere Fahrzeug. »Die zwei Burschen sind neutralisiert«, sagte er zweideutig und hievte die braunen Koffer in den Bus. »Nun gut, weg von hier. Wenn es stimmt, was mir Jessie soeben zugeflüstert hat, wird's hier bald ungemütlich, kommt schon!«

Die Gruppe machte jedoch keine Anstalten, den Bus zu besteigen, sondern steckte die Köpfe beratend zusammen.

Dann trat Stefanie rasch auf von Alp zu: »Ich muß in die Kaverne zurück«, sagte sie mit einer Bestimmtheit, die keinen Widerspruch zuließ. »Tony führt mich durch den Luftschacht. Mark und Jessie warten in der Höhle oberhalb der Felsplatte. Wir dürfen keine Zeit verlieren. Noch eine knappe Stunde bis zum großen Knall.«

Stefanie Kramer fühlte sich besser. Kampfgeist und Spürsinn der Reporterin waren wieder erwacht, und sie fühlte, daß Ken da unten irgendwo in Schwierigkeiten steckte.

Im Laufschritt verschwand die Gruppe im Gebüsch, während von Alp den Motor in Gang setzte und, ohne die Scheinwerfer einzuschalten, langsam die Lichtung verließ. Die nuklearen Kofferbomben mit je fünfzehn Kilotonnen Sprengkraft aus Schönhofs Labor schwankten auf dem weichen Boden des Passagierraums unmerklich hin und her, als der Dodge an diesem 4. Juli kurz vor

Mitternacht über die Unebenheiten der kleinen Waldstraße federte.

Von Alp suchte zwischen den Tannenwipfeln neugierig den Nachthimmel nach der *Mirage* ab, die mit ihrem waghalsigen Tiefflug die Erde zum Zittern gebracht hatte.

64 Washington D.C., 4. Juli, 6 Uhr abends

Der Präsident der Vereinigten Staaten hastete mit vorgeschobenem Kinn und grimmig zusammengepreßten Lippen durch den grauen Korridor im unteriridischen Komplex des Weißen Hauses. Hinter ihm beeilten sich die Leute seines Stabes, mit dem Chef Schritt zu halten. Jedesmal wenn sich der Oberfehlshaber dem Situationsraum in der untersten Ecke der riesigen unterirdischen Anlage näherte, bedauerte er mit Beklemmung, daß er nie in der Armee Dienst geleistet hatte, wie seine Vorgänger, die mit ihrer Kampferfahrung den Generälen imponierten. Er hätte viel darum gegeben, den Mangel wettzumachen, um auf festem Grund zu stehen, wenn er mit dem Generalstab militärische Operationen diskutierte. Mutig legte er den Oberkörper nach vorne, beschleunigte seinen Schritt, um wenigstens mit entschlossener Haltung aufzutreten, und riß vor der eifrig herbeispringenden Sekretärin des Stabschefs die Türe auf.

Im Situationsraum verstummte das Stimmengewirr augenblicklich.

»Ist alles bereit, Leute?« rief der Präsident überlaut und schritt auf den großen runden Tisch zu, der im indirekten Licht der Wandbeleuchtung matt schimmerte.

Die uniformierten Männer erhoben sich von ihren Sitzen und grüßten ihren obersten Chef mit einem schneidigen Anheben der Kinnspitze.

»Das Strategische Luftwaffenkommando hält den Operationsraum unter ständiger Beobachtung, Sir«, sagte der Vorsitzende des Vereinigten Generalstabs und hielt ihm ein rotes Dossier hin.

»AWACs?«

»Nein, Sir, zwei EC-135.«

»Ah, unser Vergrößerungsglas«, versuchte es der Präsident im Flieger-Slang, während er auf den Deckel mit der Aufschrift ›FEUERVOGEL – TOP-SECRET‹ starrte.

»Die Befehlsgebung an die unterstellte Kampfgruppe hat vor einer Stunde stattgefunden, Sir. Da drin ist alles enthalten.«

»Haben Sie die Randbedingungen abgeklärt?« bluffte der Präsident eiskalt. Einen Augenblick herrschte Bestürzung unter den Generälen am Tisch. Welche Randbedingungen meinte er wohl, fragten sie sich und starrten angestrengt auf die projektierte Lagekarte des persischen Golfs.

Während sich auf ein Handzeichen des Vorsitzenden ein Brigadegeneral räusperte und improvisiert über die unmittelbaren Auswirkungen einer radioaktiven Verstrahlung im Einzugsgebiet von Euphrat und Tigris zu stottern begann, merkte sich der Präsident die wesentlichen Punkte der Befehlssammlung im roten Dossier.

»Nun«, unterbrach der Präsident nach zwei, drei hektischen Minuten, »wie lauten die vorbehaltenen Maßnahmen, falls die Sache schiefläuft?« Seine Augen bohrten sich zornig in die Gesichter seiner Generäle. Wieder hatte er sie auf dem linken Fuß erwischt.

»Eh, Sir«, begann der Vorsitzende, »eine Untergruppe im Stab ist im Begriff, die letzten Einzelheiten von *Feuervogel* noch zu bereinigen. Wir haben dem Vizepräsidenten . . .«

»Gut, General, aber in Zukunft will ich, daß alles fix und fertig auf dem Tisch liegt, habe ich mich klar ausgedrückt? Okay, geben Sie mir den Kommandanten von *Feuervogel*.«

Eine gespannte Stille hatte sich über den Raum gelegt. Nur noch das Summen der Monitore war hörbar. Die uniformierten Frauen und Männern an den Nebentischen hielten in ihrer Arbeit inne und starrten auf den Präsidenten. Man hätte eine Nadel fallen hören können.

Auf dem großen Bildschirm erschien der Kapitän der ›MONTEREY‹, die vor Quatar im persischen Golf kreuzte.

»Guten Abend, Mister President, hier Commander Fitzgerald Clifton McClosky von der ›MONTEREY‹, Kampfgruppe Independence.«

»Commander, können Sie mich erkennen?« fragte der Präsident überflüssigerweise.

»Ja, Sir.«

»Gut, haben Sie die Einsatzbefehle für *Feuervogel* erhalten?« Der Präsident streckte dem gebräunten, eckigen Kopf auf der Leinwand das rote Dossier entgegen.

»Ja, Sir.«

»Die Operation sieht die Zerstörung der Stadt Bagdad mit einem nuklearen Sprengkopf vor.«

»Ja, Sir, ich weiß.«

»Und eventuell die Zerstörung der Städte Mosul und Erbil im Norden, wo sich die Versuchsanlagen für das irakische Atomprogramm befinden.«

»Ja, Sir.«

»Sollte es uns bis heute abend zehn Uhr Washingtoner Zeit nicht gelingen, die Bombe in Philadelphia ausfindig zu machen und zu entschärfen, werde ich Ihnen befehlen, Commander, Ihre *Tomahawk*-Marschflugkörper mit den atomaren Sprengköpfen auf die vorbereiteten Ziele abzufeuern. Wie es im Befehlspaket steht. Haben wir uns verstanden, Commander?«

»Deutlich und klar verstanden, Sir, ab zehn Uhr Eastern Standard Time kann die Operation *Feuervogel* ausgelöst werden.«

Commander McClosky biß sich mit seinen breiten Schneidezähnen auf die schmale Unterlippe.

»Sie vergelten damit die Zerstörung unserer historischen Stätten in Philadelphia, Commander«, sagte der Präsident. »Islamistische Fundamentalisten stecken dahinter.«

»Ja, Sir, ich weiß, ich lebe mit meiner Familie in Philadelphia«, sagte der Kommandant des Raketenkreuzers, »ich weiß, was ich zu tun habe!«

Der Stabschef der Marine schaltete sich auf ein Handzeichen des Präsidenten ein: »Nächster Rapport in sechzig Minuten, Commander.«

»Verstanden, um 19:15 Uhr Washingtoner Zeit.«

Bild und Ton erloschen. Das Stimmengewirr im Führungsraum des Weißen Hauses setzte wieder ein, und die Generäle am runden Tisch steckten flüsternd die Köpfe zusammen.

Der Präsident ging zum großen Tisch hinüber. Hinter einer Batterie von Monitoren, Funk- und Telefongeräten, die heute morgen eiligst aufgebaut worden waren, kauerte der Direktor der CIA. Er stand auf und ging seinem Big Boß entgegen.

»Was tut sich Neues an der SCUDO-Front, Mitch«, fragte der Präsident.

»Ich habe dem *Cray-X-2000*-Superrechner volle Priorität für SCUDO eingeräumt. Wir gehen allen möglichen terroristischen Zellenbildungen nach, verarbeiten alle Informationen der letzten sechs Monate in der Szene ... Ich hoffe, *Cray-X-2000* spuckt bald etwas Brauchbares aus.«

»Irgendwelche verdächtigen Bewegungen? Im Luftraum, auf der Straße, spezielle Transporte, besondere Ereignisse, Mitch?«

Der Direktor schüttelte den Kopf.

»Dann gehen Sie lieber mal richtig ran, Mitch. Untersuchen Sie, was in Phily alles los ist! Wer könnte uns sonst noch helfen?«

Die letzte Frage blieb in der Luft hängen.

Die irakische Regierung dementierte beharrlich, etwas mit dem angeblichen Anschlag auf Philadelphia zu tun zu haben, und bezichtigte die USA, einen Vorwand für einen Vergeltungsschlag konstruieren zu wollen.

Die Verbündeten boten ihre Hilfe an, waren freilich ratlos.

Das Hauptgewicht der Verantwortung lag auf den Schultern des Bundessicherheitsamtes NSA, das fieberhaft die Kommunikationen der letzten zweiundsiebzig Stunden mit dem Ausland nach Hinweisen untersuchte: der *Cray-X-2000*-Supercomputer analysierte Telefongespräche, Telefaxe und elektronische Übermittlungen.

Die Bundespolizei FBI konzentrierte sich auf die Bewegungen in Flug- und Seehäfen.

Der CIA quetschte die Quellen im Ausland aus, von wo auch die ersten Informationen stammten. Im SCUDO-Hauptquartier in Maryland spürten die Spezialisten jedem Hinweis nach. In der Stadt Philadelphia starrte ein nachdenklicher Polizeikommandant auf das Sicherheitsdispositiv von Straßensperren und Luftraumüberwachung mit Helikopter.

Sie hatten noch zwei Stunden Zeit.

Während sich der Präsident mit dem Vorsitzenden des Vereinigten Generalstabs, über einen Kartentisch gebeugt, unterhielt, ging der Direktor der CIA, Mitch Taylor, nachdenklich zu seinem Platz zurück, ließ sich in den Sessel fallen und starrte nachdenklich auf die Berichte auf seinem Tisch. Der hinterhältige, feige Anschlag auf Philadelphia, wie mittlerweile mit Sicherheit feststand, trug irgendwie die Handschrift von ›Keycop‹. Warum zum Teufel kamen sie dem verfluchten Kerl nicht bei? Seine besten Agenten liefen ständig ins Leere. Hatte ›Keycop‹ am Ende einen Informanten mitten in diesem Irrenhaus? Taylor schaute sich verstohlen um. Der Vizepräsident eilte mit einem Stoß Papieren zur Gruppe, die sich vor der elektronischen Karte des Persischen Golfs gebildet hatte. Generäle diskutierten mit Mitgliedern des Nationalen Sicherheitsrates. Der Vize? fragte sich Taylor, wie hieß er eigentlich? Kaum, aber jemand ganz oben ... der Gedanke ließ ihn nicht los. ›Keycop‹ war zu gut, verdammt noch mal! Er machte sie alle zum Gespött. Und er selbst, dem der Präsident die Koordination der Abwehrmaßnahmen übertragen hatte, sah wie ein ausgemachter Trottel aus, wenn sie Custer nicht bald erledigten. Dumpf starrte er auf seine farbigen Telefonapparate: 001, SCUDO, FBI, NSA ...

Der CIA-Boß schraubte schnaubend beide Fäuste zähneknirschend gegeneinander. »Custer drehe ich höchstpersönlich den Hals um, wenn mir dieser Schurke unter die Finger kommt«, schwor er leise.

Aus dem Hintergrund des Situationsraumes rief jemand: »Custer auf Linie fünf?« Aber Taylors Zähne knirschten zu laut, um es zu hören, und der Telefonist versuchte, den unbekannten Anrufer abzuwimmeln. Ein Oberst der Air Force schlenderte lässig herein und täuschte Anteilnahme vor, indem er sich interessiert über die Bildschirme am langen Tisch der NSA-Spezialisten beugte. Alle Verbindungen zu den SCUDO-Stellen, zu den Polizeikräften und Truppen in Philadelphia liefen hier im behelfsmäßig eingerichteten Krisenzentrum zusammen. Jede Verbindung zu den Außenstellen konnte auf Lautsprecher geschaltet werden.

Die Männer und Frauen, die an diesem 4. Juli im Situationsraum verzweifelt gegen einen unsichtbaren Feind kämpften, gehörten zu den Besten, die das Land besaß. Aber ob sie die Katastrophe würden abwenden können?

65

Während der Präsident der Vereinigten Staaten mit dem Kommandanten der ›Monterrey‹ sprach, stiegen Tony Summermatter und Stefanie Kramer rasch und sicher durch den Abluftschacht zum Laboreingang hinab.

Das Gitter des Heizungsschachts ließ sich freilich nicht mehr bewegen. Als Tony auf Stefanies Schultern kletterte und am Gestänge rüttelte, bemerkte er sofort die massiven Schrauben, mit denen das Gitter fest im Beton verankert worden war. Jemand hatte dafür gesorgt, daß sie dieses Schlupfloch nicht ein zweites Mal benutzen konnten. Die Situation schien ausweglos, die Zeit lief ihnen davon.

Tony stapfte mit verbissenem Gesicht nachdenklich vor Stefanie auf und ab, die Hände tief in den Hosentaschen, als er mit den Fingern unvermutet die Zündschnur fühlte. Sein finsterer Blick hellte sich auf, und mit raschen Schritten gelangte er zur Nische zurück, wo die Wartungsbucht für die Hubstapler eingelassen war. Er fand, was er im Vorbeigehen unbewußt registriert hatte: Werkzeug und Betriebsstoffkanister.

Er klappte den Verschluß eines der grauen, mit ›Diesel‹ markierten Kanisters auf und kippte ihn in Schräglage. Stefanie war hinterhergerannt und beobachtete angespannt, wie Flüssigkeit auslief.

»Wir brauchen den Dünger«, befahl Tony scharf, bevor sie einen Laut hervorbrachte.

Mit dem hingestreckten Wassereimer raste sie zum Säckestapel in der vorderen Nische, schnitt mit ihrem Buschmesser ein Loch und ließ die graugelben, feinen Körner in das Gefäß rieseln. Als sie atemlos zur Staplerbucht zurückkam, hatte Tony bereits mit seinem Springmesser die Zündschnur zurechtgeschnitten und in eine kleine, kupferne Zündkapsel gepreßt.

Wortlos leerte er den Dünger durch den Trichter, den er im Werkzeugkasten des Staplers gefunden hatte, in den halbvollen Kanister.

Als er damit fertig war, klemmte er den Einfüllstutzen auf den Kanister und fädelte die Zündschnur sorgfältig in das biegsame Rohr, bis die Sprengkapsel im Gasgemisch der Kanisteröffnung baumelte. Dann fixierte er die Lage der Zündschnur, indem er einen Putzlappenknäuel in den Einfüllstutzen stopfte.

Die ganze Vorbereitung hatte keine vier Minuten gedauert. Gemeinsam schleppten sie die gebastelte Kanisterbombe vor die massive, zugemauerte Tür unterhalb des verbarrikadierten Heizungsschachts.

»Wo hast du das alles gelernt, Tony?« staunte Stefanie.

»Daddy hat es mir beigebracht, oben im Steinbruch. Wir haben oft zusammen Felsbrocken weggesprengt.«

Er griff sich mit beiden Händen an die Stirn und betrachtete die Lage des Kanisters. »Wir brauchen noch Verdämmung«, keuchte er und rannte zurück.

Bevor Stefanie verstand, worum es ging, summte der elektrische Pritschenwagen heran, den Tony neben dem Stapler entdeckt und in Gang gesetzt hatte. Er handhabte das Elektromobil spielend, denn Haluk hatte ihm regelmäßig gestattet, mit einem solchen Vehikel draußen auf dem Werksgelände Material für die Fassadenreinigung herumzufahren.

Gemeinsam klemmten sie den Kanister zwischen der Frontseite des Elektrokarren und der Tür ein. Tony blockierte die Bremsen und steckte die Zündschnur in Brand. Hastig suchten sie in der

Nische hinter den Düngersäcken Deckung, kauerten gegen die Felswand gelehnt, das Kinn auf die Brust, die Hände an die Ohren gepreßt. Die durch die Masse des Elektrowagens verdämmte Explosion würde ein Loch in die Tür reißen, hoffte Tony, statt ihre Energie ungehemmt in den Korridor entweichen zu lassen.

»Ich habe die Zündschnur auf fünfzig Zentimeter zurückgeschnitten, sie brennt genau dreißig Sekunden«, schrie er Stefanie zu, als eine gewaltige Detonation ihren Unterstand erschütterte. Die Druckwelle war selbst in der Nische und hinter dem hohen Stapel immer noch deutlich spürbar.

»Los«, schrie Tony wie der Chef eines Sturmtrupps und sprang durch beißende Rauchschwaden über metallene Trümmer durch die weite Bresche in den Vorraum des Laboratoriums hinein.

Genau elf Minuten waren verflossen, seit sie in den Lüftungsschacht eingestiegen waren.

66

Der heftige Faustschlag von Hannibal traf Ken völlig unerwartet in die Magengrube, so daß er, vor Schmerz gekrümmt und um Atem ringend, zu Boden ging. »Wo sind die Koffer?« schrie Hannibal wütend und versetzte der gekrümmten Gestalt einen heftigen Fußtritt. Der wilde Angriff, der Ken zu Boden warf, erwies sich als seine Rettung.

Als die Mauer auf der gegenüberliegenden Seite barst und der Explosionsdruck die Trümmerteile wie Geschosse in das Laboratorium schleuderte, lag Ken, von den Körpern seiner Widersacher abgeschirmt, auf dem Fußboden. Der Steinhagel traf Schönhof und Hannibal erbarmungslos an Kopf und Rücken. Wie von unsichtbarer Hand wuchtig ins hohle Kreuz gestoßen, wirbelten ihre verrenkten Körper über Ken hinweg gegen die Zentrifuge.

Ken wischte sich den Dreck vom Gesicht und erhob sich benommen und mit weichen Knien. Wie durch ein Wunder brannte das Licht in den in der Decke eingelassenen Leuchtkanälen noch, und Ken erschrak, als sich in der schwarzgrauweißen Explosionswolke die Umrisse zweier geduckter Gestalten abhoben.

Der Junge tauchte als erster auf, hustend, und Ken stieß erleichtert die Luft aus. Dann stolperte Stefanie Kramer über den Schuttkegel, den die Mauer buchstäblich in den Raum gekotzt hatte. Sie blieb alarmiert stehen, als sie die beiden reglosen Körper endeckte.

Doch Hannibal war tot.

Ein Betonsplitter klaffte aus einer schrecklichen Wunde an seinem Hinterkopf, und Schönhof hatte es über den Zeichentisch kopfüber an die Wand geschleudert. Eigentlich lag er auf dem Bauch, mit verrenkten Armen und Beinen, aber der Aufprall hatte ihm den Hals gedreht und das Genick gebrochen, so daß er mit entsetzlich entstelltem Gesicht auf seinen eigenen Rücken glotzte. Ken winkte Stefanie und Tony zum großen Kartentisch, wo die Explosion weniger sichtbare Spuren hinterlassen hatte, während er sich über den verdrehten Schönhof beugte, um ihm das rote Funktelefon aus der weißen Manteltasche zu klauben.

Auf Stefanies Nachricht, der Berg würde in dreißig Minuten in die Luft fliegen, sagte er nichts, sondern blickte sie nachdenklich an; dann verband er das rote Telefongerät mit dem Antennenkabel, wie er es kurz zuvor bei Schönhof beobachtet hatte. Auf den geplanten Bombenanschlag auf die Stadt Philadelphia angesprochen, meinte Custer, in der knappen Zeit, die noch zur Verfügung stehe, könne die Explosion nur noch mit der geheimen Kennzahl unterbrochen werden.

Während Stefanie hektisch auf der Karte nach brauchbaren Informationen suchte und die Schubfächer im Gestell durchwühlte, berichtete ihr Ken, was er von Schönhof erfahren hatte. Alle Zündcodes, welche die *Schlammer Engineering* in den Sprengsätzen installiert habe, ließen sich mit einer besonderen Zahlenfolge knacken.

Schönhof habe nicht mehr verraten, als daß es sich um eine vierstellige Zahl handle, die sich doppelt spiegle, also zum Beispiel 8888, oder 2112 oder 2332.

»Doppelt spiegeln? Wie viele Kombinationen sind da möglich?« fragte Stefanie ziemlich entgeistert und legte ihren Rucksack ab.

»Es ist sinnlos, herumzuprobieren«, befand Custer, »wir müssen hier drinnen nach Anhaltspunkten suchen. Sieh noch mal auf den Karten nach. Ich werde in der Zwischenzeit Alarm schlagen.« Er begann, die Tastatur des Telefongeräts zu bearbeiten, während er beobachtete, wie Tony auf die Galerie stieg, mit dem roten Bettüberwurf zurückkam und damit den entstellten Schönhof zudeckte.

In der Leitung meldete sich eine Stimme, und Ken verlangte den Direktor der Central Intelligence Agency.

»Nationaler Notfall«, preßte er hervor.

»Bleiben Sie dran«, erwiderte die Frauenstimme ungerührt.

»UT DESINT VIRES TAMEN EST LAUDANDA VOLUNTAS«, leierte Ken herunter und Stefanie blickte überrascht auf. ›WENN AUCH DIE KRÄFTE FEHLEN, IST DOCH DER WILLE ZU LOBEN‹, erinnerte sie sich und suchte den Kartenausschnitt von Pennsylvania nach vierstelligen Zahlenpaaren ab.

»Moment bitte«, dann nach einer Pause eine ungehaltene Männerstimme: »Wer sind Sie, Mensch? Der Direktor ist beschäftigt. Ich verbinde Sie mit der Triage-Stelle, dort können Sie ...«

»Ken Custer ist mein Name, verdammt noch mal, verbinden Sie!«

Stille. In der Leitung rauschte der Atlantik. Dann näherten sich Stimmen, jemand räusperte sich: »Mitch Taylor hier, Custer, was wollen Sie? Hören Sie mit dem Unsinn auf, wir stecken in einer nationalen Krise. Wir lassen uns nicht an der Nase herumführen. Geben Sie Ihren Standort an, und jemand wird Sie zurückrufen.«

»Augenblick, Taylor, in Philadelphia tickt vermutlich ein atomarer Sprengsatz, ich habe hier ...«

»Das wissen wir, Custer«, unterbrach der Direktor ruppig, »und wir denken, daß Sie Ihre dreckigen Pfoten im Spiel haben.«

Custer hörte aufgeregtes Gemurmel im Hintergrund und sagte wütend: »Hört mal, Ihr versammelten Idioten. Ich habe hier die Information, hören Sie, die Informationen, wie diese verdammte Bombe unter Ihrem verdammten Arsch wahrscheinlich entschärft werden kann! Sie haben nicht mehr viel Zeit. Und auf SCUDO ist kein Verlaß!«

Am anderen Ende blieb es unheimlich still. Dann dröhnte Taylors Stimme: »Gut, sprechen Sie, Custer, was wissen Sie?«

Er gab ihnen vorerst die Zündzeit bekannt, in der Hoffnung, Breckerlins Angaben stimmten, erklärte ihnen dann geduldig den Zündungsmechanismus der Atombombe, wie er ihn aus dem Handbuch kannte. Als ihm von jenseits des Atlantiks Totenstille entgegenschlug, selbst das Meeresrauschen verstummt war, empfahl er, sie sollten sämtliche Neuzulassungen von Funktelefongeräten im Vorwahlbereich von Philadelphia überprüfen. Sie würden die Bombe lokalisieren, sobald sie das mobile Sprechgerät gefunden hätten, das sie zum Dialog über den Zündvorgang aufforderte.

»Was machen wir dann?« fragte der Direktor der CIA nach einer weiteren Pause tonlos.

»Die Bombe heißt *SADAM* ! Sag es ihm, Ken«, rief Stefanie dazwischen. »Es sind schwarze Behälter, wir haben einige davon unten im Lager gesehen. Warte!« Stefanie klaubte ihre Videokamera hervor und betätigte den Rücklauf.

»Hören Sie, Taylor, *SADAM* heißt der Bombentyp! Wie? Nein, hat nichts mit Sadam Hussein zu tun. S-A-D-A-M, so heißt der Sprengkörper. Irgendeine blöde militärische Abkürzung, sollten Sie besser wissen, Moment!« Ken schaute angespannt zu Stefanie hinüber.

»Ken, sag ihm ... ähnlich wie die amerikanische Waffe, zu dumm, der Name ist mir entfallen.« Stefanie schaute hilfesuchend zu Tony.

»Hören Sie«, sagte Ken ins Telefon, »es ist Zerstörungsmunition. Die US Army ist auch damit ausgerüstet. Sie heißt, Augenblick mal . . .«

»Wie der Volksheld von Alamo!« rief Stefanie.

»Ja, wie hieß der Held von Alamo, Taylor? Schlacht von Alamo? Schauen Sie eigentlich keine Walt-Disney-Filme? Wie? Davy Crokkett?«

Stefanie nickte erleichtert. »Ja, so heißt er!«

»Natürlich, das ist sie, die *Davy Crockett*-Munition. Na also. In schweren, schwarzen Behältern. Ja, suchen Sie nach *Davy Crokkett*, Taylor! Wie? Atomare Zerstörungsmunition. Ja, das wissen wir, ja, gewaltig, ja, eine halbe Kilotonne.

Wo? Wissen wir nicht. In Philadelphia, irgendwo! Keine Ahnung. Nein, keine näheren Informationen!«

»Was machen wir, wenn wir die Bombe finden, Custer?«

»Sie gelangen in den Dialog-Modus, indem Sie, Moment ... eh ... STERN-NULL-NULL eingeben, verstanden? Dann beginnt der Dialog mit dem Gerät in der Bombe.« Ken blickte verzweifelt auf die Armbanduhr. »Wie? Ja, wie ein Telefonbeantworter. Die Stimme wird Sie auffordern, Zahlen einzugeben, kapiert? Also gut!« Custer wischte sich den Schweiß von der Stirn. »Dann, am Schluß wird die Computerstimme nach der vierstelligen Kennzahl fragen, um den Zündvorgang abzubrechen. Vier Zahlen! Das ist der entscheidende Moment, Taylor, haben Sie begriffen? Gut, mit der vierstelligen Zahl können Sie die Bombe dann entschärfen. Haben Sie verstanden, verdammt noch mal.« Ken wedelte mit der Handfläche Rauchschwaden vom Gesicht weg.

»Und wie lautet diese Kennzahl?« meldete sich Taylor hörbar außer Atem.

»Bleiben Sie dran,Taylor, wir finden es noch heraus. Moment ...«

Stefanie trat vom Kartentisch weg und wollte erneut in den Schubfächern nach einem Handbuch oder nach Notizen suchen, als sie über eine Schachtel am Fußboden stolperte. Verärgert kickte sie das Hindernis mit einem kräftigen Tritt weg, blieb aber sogleich wie angewurzelt stehen, als sie die schwarzen Spitzenschlüpfer und roten Strapse durch die Luft wirbeln sah.

»Ich hab's«, rief sie Ken erleichtert zu und schlug sich mit der flachen Hand vor die Stirn. »Natürlich, vier Zahlen, die sich doppelt spiegeln. Doppelte Spiegelung sei der Trick ... Natürlich, völlig klar, oh, dieser Lüstling, ich hätte früher drauf kommen müssen.«

»Moment, wir haben die Zahl«, informierte Custer den Lageraum im Weißen Haus, wo das Gespräch über die Lautsprecheranlage lief, und schaute verdutzt zu Stefanie hinüber.

Was es denn sei, wollte er wissen, aber die Frage blieb ihm im Hals stecken, als er Stefanies entsetzten Blicken zur Bresche folgte.

Dort stand breitbeinig Schlammer. Vor dem Gesicht hielt er mit beiden Händen eine schwere, schwarze Pistole und feuerte.

Custer hatte sich intuitiv geduckt, doch dann hörte er schon das Peitschen des Schusses, spürte ein irrsinniges Brennen im Schädel und versank in ein tödliches, rotes Meer des Vergessens.

Stefanie schrie auf. Ken fiel vornüber gegen die Wand und rutschte mit blutigem Kopf seitwärts zu Boden.

Schlammer setzte mit einem Sprung zu ihr hinüber und drehte ihr den linken Arm in den Rücken.

Sie schrie erneut auf. Er preßte ihr gleichzeitig den Pistolenlauf hart in die Seite. Stefanie versuchte, sich mit dem freien rechten Arm zu befreien, indem sie unbändig an Schlammers Handgelenk kratzte und zerrte. Dabei riß sie ihm einen Manschettenknopf ab, den sie krampfhaft wie ein Beutestück in der zusammengepreßten Faust verborgen hielt. Vielleicht ließ sich der scharfkantige Knopf als Waffe verwenden, überlegte sie.

Doch Widerstand schien zwecklos. Schlammer verstärkte den Druck auf ihren Arm, stieß sie grob nach vorne, und auf sein Geheiß steuerten sie auf das Loch in der Mauer zu und traten in die Kaverne hinaus. Tony wagte sich unter dem Kartentisch hervor. Ohne Ken waren sie verloren, durchfuhr es ihn panisch, und hastig kniete er sich über die reglose Gestalt. Kein Lebenszeichen. Fassungslos starrte er auf die stark blutende Wunde und hatte keine Ahnung, was zu tun war. Verzweifelt blickte er in die

Unordnung des trümmerübersäten Labors. Da sah er den Erste-Hilfe-Kasten, den die Explosion aus der Wandhalterung gerissen und auf den Betonboden geschleudert hatte. Auf allen vieren kroch er darauf zu.

67

»Es ist noch jeder umgekommen, der sich mir entgegengestellt hat, Kramer, Sie haben freilich noch eine letzte Chance«, drohte Schlammer unter Keuchen, als er den Korridor entlang zu den Metalltreppen hetzte.

Stefanie fröstelte, als ihr Blick auf das Stablagerbecken fiel, dessen dräuendes, tiefes Wasser im Licht der Laborfenster schwarz gleißte. Dann öffnete sie impulsiv die Faust und hielt jäh im Laufen inne. Schlammers Pistole fuhr ihr heftig zwischen ihre Rippen. Doch sie nahm den stechenden Schmerz kaum wahr, sondern starrte fassungslos auf den Manschettenknopf.

In den dunkelblauen Opal war ein goldenes Kruzifix eingelassen, dessen senkrechter Balken an seinem unteren Ende zu einem Anker ausschwang. Beidseits des Gekreuzigten standen die Goldbuchstaben S und F, und die Verbindung von Kreuz und Anker deutete auf die Seefahrt.

Stefanie hatte denselben Manschettenknopf unzählige Male, oft nächtelang betrachtet und über dessen Sinn nachgedacht. Man hatte ihn in der verschlossenen, erstarrten Faust ihres Vaters entdeckt, nachdem man ihn aus dem Wasser geborgen hatte.

Niemand hatte eine plausible Erklärung für den Stein, den der Tote wie ein letztes Beweisstück umklammert hielt. S und F stehe für ›SEMPER FIDELIS‹, ›IMMER TREU ERGEBEN‹ lautete eine Erklärung, jemand meinte, die Buchstaben stünden schlicht für die Marinebasis SAN FRANCISCO. Stefanie entschied sich schließlich für ihre Version: ›STEFANIE – STARK UND FREI‹.

Als Schlammer näher trat, begriff er sofort, daß die junge Frau wußte, was geschehen war. »Ein Geschenk eines Freundes aus der amerikanischen Marine«, sagte er hohl und zeigte mit einer einladenden Geste zum Becken hinunter. Im gemessenen Rhythmus eines Trauermarsches stieg Stefanie aufrecht, blaß und die geöffnete Handfläche vor Augen die Stufen hinab und stieß behutsam zum Rand des Bassins vor. Schlammer folgte ihr, die Pistole im schlaffen rechten Arm hin und her pendelnd.

Stefanie drehte sich um und durchbohrte Schlammer mit einem Blick wie aus heißem Stahl: »Sie haben meinen Vater umgebracht!«

Schlammer zuckte gleichgültig die Schultern und gestand: »Ja, an genau dieser Stelle, vor vielen Jahren. Jetzt spielt das auch keine Rolle mehr. Aber ich helfe ihnen hier raus, ich rette sie vor der Polizei, die das Gelände umzingelt hat. Ich mache Ihnen einen Vorschlag, aus Respekt zu Ihrem Vater, der . . .«

»Wie ist es passiert?« fragte die junge Frau eiskalt und entfernte sich ein paar Schritte vom Beckenrand.

»Wir haben nicht mehr viel Zeit«, protestierte Schlammer.

»Erzählen Sie«, bellte Stefanie und streckte ihm abrupt den goldblauen Stein entgegen.

Schlammer fuhr zurück, als wäre es ein Achtunddreißiger Colt. Dann erzählte er: »Wir nannten Ihren Vater ›Alpha‹. Es geschah im Januar vor über zwanzig Jahren in dieser Versuchsreaktorkaverne . . .

Bevor er die Anlage betrat, blickte der Atomphysiker Dr. Walter Kramer an diesem Januarmorgen des Jahres 1969 um neun Uhr nochmals zurück zum Schloß. Im Tal klebten Nebelschwaden. Erste Sonnenstrahlen fielen auf das gelbrote Wappen mit dem schwarzen Bären auf der Vorderseite der Burg. In zwei Stunden würde die Entscheidung fallen, erinnerte sich Kramer, den seine

Kollegen respektvoll Alpha nannten, zum wiederholten Mal und drückte mit dem Zeigefinger auf die sechs Tasten der geheimen Türschloßkombination. Langsam schob sich die schwere Stahltüre zur Seite und gab den Weg zur unterirdischen Kaverne frei.

Alpha stieg zwei Treppen tiefer zum M-Boden und betrat die Personalschleuse. Sorgfältig verschloß er die Tür hinter sich, legte seinen abgewetzten Ledermantel ab, zwängte sich in den gelben Kombinationsschutzanzug, stieg in graue Stiefel, streifte Handschuhe und Schutzmaske über und verließ den mit ›PS 18‹ beschilderten Raum auf der anderen Seite.

Der M-Boden hieß auch Kuppelraum und befand sich direkt über dem Reaktorkern. Üblicherweise lag die radioaktive Strahlung im obersten Teil der Anlage zwischen 62 und 73 rem, also im kritischen, aber noch nicht gesundheitsschädigenden Bereich. Alpha schaute routinemäßig auf das am Eingang zum Kuppelraum angebrachte Dosimeter.

In diesem Augenblick wußte er, daß etwas nicht stimmen konnte. Das Gerät zeigte 234 rem! Gefährdungsstufe 2, schwere gesundheitliche Schädigung nach zwei Stunden, Tod nach acht Stunden Aufenthalt im verstrahlten Raum!

Sein Verdacht schien sich zu bestätigen, daß nicht mehr alles mit rechten Dingen zuging. Er mußte sofort zum Kommandoraum, überlegte Alpha und hastete in seiner schweren Kleidung zurück zur Treppe. Dann hielt er ein. Sein Herz klopfte wild. Hatte er etwas gehört? Ihm schien, als wäre eine Tür zugeschlagen worden. Doch alles blieb eigenartig still, und er rannte drei Stockwerke hinunter zum O-Boden.

Der O-Boden hat eine Höhenkote von 508,3 Meter über Meer, schoß es ihm durch den Kopf. Zwei Meter tiefer kocht der Reaktor, und irgendwo ist etwas ganz verdammt faul!

Alpha durchquerte den Nebenraum 19, stieß die gegenüberliegende Tür auf und stand im Stablagerbassin.

Hitze, um Gottes willen, durchfuhr es ihn, als ihn heiße, schwüle Luft fast zurückwarf. Dann sah er die Dampfwolken am Ende des etwa vierzig Meter langen Bassins vor dem Eingang zum Kommandoraum. Alpha rannte, keuchte unter der Schutzmaske und versuchte, seine wild aufblitzenden Gedanken zu ordnen.

»Eine Störung, nein schlimmer, ein ... ein Unfall. Der gefürchtete Katastrophenfall, nein, das durfte nicht wahr sein, nicht jetzt!«

Alpha redete unter seiner Maske zu sich selbst. Heute fiel die Entscheidung. Vielleicht die Krönung seiner jahrelangen Forschungen. Und ausgerechnet heute ereignete sich ein Unfall, der Größte Anzunehmende Unfall vielleicht ...

Alpha hielt inne. Wieder hörte er das metallene, schwere Geräusch.

Los, zum Kommandoraum. Während er vorwärtsstürmte, schwerfällig, behindert durch den Spezialanzug, schwitzend vor Angst und Erregung, rasten die Ereignisse der letzten Wochen mit wahnwitziger Geschwindigkeit durch sein Gehirn, wie bei einem Ertrinkenden, aber er nahm alles deutlich wahr ...

Vor zwei Tagen, am Vorabend der alles entscheidenden Zusammenkunft dieses verheißungsvollen Jahres 1969, hatte ihn der viel jüngere Adam Schlammer im Arbeitszimmer im Schloß aufgesucht. Nochmals wollten sie gemeinsam die Einzelheiten durchgehen.

Schlammer geriet in sichtliche Erregung, als er zum zweiten Mal auf den Plan mit den Formeln starrte. »Genial, Alpha, einfach phantastisch ...«

»Man wird mir nicht glauben«, entgegnete Alpha resigniert. Müde blickte er zum Fenster. Sein Blick fiel auf die gegenüberliegende Talseite auf den Eingang zur Reaktorkaverne. Er war müde und erschöpft gewesen, genau wie jetzt, während seines Sturmlaufs zum Kommandoraum.

Dann hatte der junge Schlammer etwas Sonderbares gesagt:

»Für die internationale Gemeinschaft, Walter, bist du zwei Jahrzehnte zu früh. Handfeste wirtschaftliche und militärische Interessen spielen hier rein. Du weißt um die bittere Erkenntnis, Krieg fördert die Forschung, macht Geld frei, bringt Ruhm. Im Frieden finanziert die Rüstung die Forschung. Aber . . .«

»Aber was? Wovon sprichst du?«

». . . aber ohne Rüstungsauftrag, ohne bedrohliche Notwendigkeit, ohne Druck von außen . . . du weißt, was ich meine . . . geschieht nichts, keine Prioritäten, keine Termine, kein Zaster . . . das könnte, na ja . . .« Er brach ab.

»Na los, sag es schon, Schlammer.«

»Nun . . . eh, ich meine, sie könnten alles auf Eis legen. Weil kein militärischer Nutzen drin liegt. Im Gegenteil, dein Verfahren läuft der militärischen Nukleartechnologie diametral zuwider. Wer ist übrigens im Besitz der Pläne, außer dem Komitee?«

»Niemand natürlich.« Alpha hatte sich unbehaglich gefühlt. Schlammers zeitweise forsche Art ging ihm auf die Nerven. Sie hatten sich im CERN kennengelernt. Er, der erfahrene Forscher mit einer glänzenden Karriere, zuerst als junger Assistent am Kaiser-Wilhelm-Institut bei Hahn in Berlin, später in den USA; Schlammer ein unbeschriebenes Blatt, direkt von der Universität, aber lernbegierig, ehrgeizig, machtbesessen, und von einer merkwürdigen Ungeduld.

»Eigentlich, eh, hat das Komitee die Unterlagen auch noch nicht.«

»Wie bitte?« Schlammer war einen Schritt vorgetreten, »Du meinst . . .?«

»Schließlich ist die Sache brisant, streng geheim, ich habe die Formeln und alle Zeichnungen versiegelt und sicher verwahrt.«

»Unter dem Kopfkissen, nehm' ich an . . .«

»Nicht weit davon«, lachte Alpha, »im Wandschrank, dort hinter dem Bild, neben dem Bett.«

Der Kommandoraum war jetzt verlassen. Alpha blieb wie angewurzelt stehen, während sein Blick hastig über die Anzeigen streifte. Schon rein optisch manifestierte sich die anbahnende Katastrophe.

Die Positionsanzeigen standen im roten Bereich. Die Aktivitätssignale der Abluftkanäle meldeten radioaktiven Austritt. Die Anzeigen der Kaltgasleitungen zeigten Überdruck. Fassungslos, wie in Trance starrte Alpha auf das Dosimeter: Die Nadel zitterte bei ... zum Teufel, 300 rem pro Stunde!

Er fuhr zurück. Tödliche Dosis. Wo zum Teufel waren die Leute. War denn niemand da, das gab es ja nicht! Alarm! Hilfe!

Um Himmels willen, sie explodierten!

Er stürzte zum Schaltpult. Die jahrelange Routine im Umgang mit Kernreaktoren ließ ihn intuitiv richtig handeln.

Der Reaktor überhitzte sich und schmolz zusammen, wenn die Kühlung versagte. Nach seiner neuen Erfindung wäre eine solche Panne ausgeschlossen. Mit zwei Griffen schaltete Alpha die drei Umwälzgebläse der Notkühlung zu.

»Kommt, kommt, verdammt ...«

Sekunden schienen Stunden. Endlich geriet Bewegung in die Umdrehungszähler. Stetig stieg die Tourenzahl an. Die Gebläse funktionierten. »Gott sei Dank, jetzt ...«

Der gewaltige Knall zerriß ihm das Trommelfell.

Die Druckwelle warf ihn kopfüber auf den Schaltkasten für die Brennelemente.

Die Glaswand barst. Mit blutüberströmtem Gesicht torkelte Alpha zurück und stürzte rückwärts über die Stufen, die ihn zum Kommandoraum geführt hatten. Er schlug so hart auf, daß er das Bewußtsein verlor.

Dann sah er den Atompilz. Breit, rund, gleichmäßig. Sprengpunkt hoch.

Auf der Staubwolke stand Schlammer im Schutzanzug und

lächelte triumphierend. Er winkte und hielt etwas in der Hand. »Die Pläne! Die Pläne!« schienen seine üppigen Lippen zu höhnen.

Als Alpha die Augen aufschlug, stand der junge Schlammer tatsächlich im Gesellschaftsanzug über ihn gebeugt. Er trug eine Maske, keinen Schutzanzug und keine Handschuhe.

»Adam . . . hole Hilfe . . . wir fliegen in die Luft! Hörst du . . .«

Alpha erstarrte. Kalter Schweiß vermischte sich mit dem Blut auf seinem Gesicht. Er konnte sich nicht bewegen. Kein Gefühl war mehr in seinem Körper. »Jesus, ich bin gelähmt, Adam, hilf mir doch . . .«

»Es ist aus mit dir, Freundchen.« Schlammer sprach jetzt ganz nahe an seinem Ohr. Seine Stimme klang abgehackt, kalt und dumpf unter der Maske hervor. »Man wird dich hier finden, Alpha. Ein tragisches Unfallopfer. Deine Fehlmanipulation führte zur Reaktorüberhitzung, wird man befinden. Als verantwortlicher Leiter hast du die nötigen Kontrollen unterlassen und bist tödlich verunglückt.«

Schlammer zerrte den Körper zum Geländer: »Ideologisch hast du nichts begriffen. Du bist politisch ein Stümper geblieben.«

Alpha spürte die Nähe des Bassins. Verzweifelt verkrallte er sich in Schlammers Hemdsärmel.

»Du wolltest nicht wahrhaben, daß Forschung im Dienst der Mächtigen steht. Ich werde mich rächen für all die Demütigungen, mich wird man bewundern. Deine Arbeit wird mir gehören, das Genie, Alpha, werde ich sein! Adieu, Walter.«

Schlammer griff keuchend mit beiden Armen unter den Körper des Wehrlosen und schob ihn mit einem kräftigen Ruck über den Rand des Stablagerbassins.

Die dunklen Wassermassen schlugen über Walter Kramer zusammen. Eine fürchterliche Schwärze umschloß ihn, und sein Herz zerriß. Er spürte längst nichts mehr. Seine rechte Faust blieb fest zugepreßt und nahm den blauen, goldgeränderten Manschettenknopf, den er von Schlammers Ärmel abgerissen hatte, mit in die Tiefe.

»Ich fragte mich dieser Tage, Frau Kramer, wo Sie Ihr Wissen für kernphysikalische und technische Zusammenhänge hernahmen«, sagte Schlammer in gleichgültigem Ton, als würde er den Weg zum Waschraum erklären.

»Dann dämmerte es mir, als meine Leute die Publikationen unter dem Namen Kramer zusammentrugen. Sie sind eine sehr begabte, energische, bewundernswerte Frau, einfach phantastisch!« Er näherte sich ihr unmerklich.

»Ich, ich . . . bin völlig am Ende, ich kann . . . nicht mehr, das mit Papa war einfach zuviel, so schrecklich!«

Sie schluchzte auf, und wie jeder Mann, der von den flehenden Blicken einer trostbedürftigen, schönen Frau getroffen wird, ging Schlammer in die Falle.

Er trat mitleidig lächelnd auf sie zu und breitete seine Arme schützend aus: »Wir könnten es zusammen wunderschön haben, komm mit mir, damit ich alles wiedergutmachen kann!«

Der brutale, mit der Kraft der tiefsten Verachtung blindwütig getretene Kniestich traf Schlammer völlig unerwartet zwischen die Beine. Mit einem grauenvollen Stöhnen fiel er rücklings ins schwarze, tiefe Wasser.

»Hoffentlich hab' ich ihn kastriert«, rief Stefanie Kramer und rannte zur Treppe. Sie torkelte die Stufen empor, raste durch den Korridor, wich Metallfetzen und Steinbrocken aus und stürmte außer Atem durch die Bresche ins Laboratorium.

Gott sei Dank, Ken lebte. Nur Ken zählte noch. Ihn durfte sie nicht verlieren. Custer rappelte sich gerade mühsam an der Schulter von Tony hoch. Um seinen Kopf wand sich ein weißer Verband.

Er lächelte ihr zu: »Streifschuß«, und zuckte die Schultern.

»Tony bekommt den *Bronzenen Stern* für die Rettung von Kameraden. Ich werde den Orden persönlich beim Präsidenten der Vereinigten Staaten beantragen.«

Der flotte Spruch erinnerte ihn an die verzweifelte Lage: »Zum Donnerwetter, wo ist das Telefon, wir müssen das Kennwort durchfunken. Wie hieß doch die vierstellige Zahl, hattest du sie nicht herausgefunden?«

»Raus hier, in ein paar Minuten geht die Hölle los, Ken. Vergiß das Weiße Haus. Los raus!« befahl Stefanie.

Ken riß das rote Funktelefon vom Antennenkabel. Draußen im Freien würde die leistungsfähige, flache, im Gerät eingebaute Antenne für eine Verbindung in die USA genügen. Sie stolperten und rannten durch den Korridor zur Nische mit den Düngersäcken und stiegen in den Lüftungsschacht ein. Noch fünf Minuten.

Hätte Ken, der als letzter einstieg, nochmals einen Blick zurückgeworfen, wäre ihm die vor Nässe triefende Gestalt, die auf allen vieren die Metalltreppe emporkroch, nicht entgangen.

68 Philadelphia, 4. Juli, später Nachmittag

Der Konvoi war pünktlich zur vereinbarten Zeit am Lagerhaus in Reading weggefahren, hatte den Nord-Süd Freeway genommen, nach etwa halbstündiger Fahrt die Abzweigung zum Roosewelt Expressway erreicht und näherte sich jetzt dem Exit 39, um über die Market Street ins historische Viertel zu gelangen. Der Fahrer des vordersten Polizeiwagens fuhr auf eine kriechende Kolonne auf und schaltete die Sirene mit Blaulicht ein. Der Verkehr staute sich weiter vorne an der Kreuzung der 19. Straße mit der Market Street, wo die Fahrzeuge sich durch einen einspurigen Kontrollposten zwängen mußten, bevor sie ins Stadtzentrum von Philadelphia gelangen konnten. Seit den frühen Morgenstunden kontrollierten an unzähligen Sperren dieser Art hochempfindliche Gammastrahlensensoren den stadteinwärts rollenden Verkehr auf radioaktives Material. Am Checkpoint 19/Market Street prüften zwei Beamte hinter dem Überwachungsgerät aufmerksam die Anzeigen, während andere vor und hinter dem Engpaß den Verkehrsfluß regelten. Einen Häuserblock weiter vorne, an der 18. Straße, fiel einem zweiten Sperrposten die Aufgabe zu, die von der 19. Straße als verdächtig gemeldeten Fahrzeuge oder Personen genau zu überprüfen.

Ein Verkehrspolizist hielt dort gerade einen weißen Lieferwagen auf, der über Funk gemeldet wurde, und wies ihn in einen Parkraum am Straßenrand. Der Fahrer mußte aussteigen und lehnte sich lässig an die mit ›Aesculap Medical Supply‹ beschriftete Seitenwand seines Wagens. Während ein Beamter den Führerschein überprüfte, strich ein anderer mit dem Geigerzähler über die im Laderaum liegenden Pappschachteln.

»Schwach positiv«, rief er nach vorne. Der Fahrer brachte achselzuckend einen Wisch Papier, für den sich die Beamten aber nicht interessierten. Sie durchsuchten die Schachteln.

»Radium für das Frankford Hospital«, stellte der ältere Beamte fest, notierte etwas in sein Notizbuch und entließ den Fahrer mit einer flüchtigen Handbewegung.

Derselbe Ablauf wiederholte sich wenig später. Die Beamten der 19. Straße bemerkten den kräftigen Ausschlag des Sensors. Mit Funk alarmierten sie den Checkpoint: »Roter Kastenwagen, Chevy . . . sehr starkes Signal, aufgepaßt!«

»Verstanden«, bestätigte der Posten an der 18. Straße und winkte den roten Chevy an den Randstein.

Der dunkelhäutige Fahrer stieg hastig aus, nickte dem Polizisten mit gezwungenem Lächeln zu, biß sich nervös auf die Unterlippe, während er ein kleines schwarzes Handtelefon ans Ohr preßte und ängstlich in die Richtung der vorderen Straßensperre blickte. Dann ging innerhalb von Sekunden die Hölle los. Plötzlich nahm der Kerl Reißaus. Mit einem olympiawürdigen Spurt setzte er über den Gehsteig und verschwand um die Ecke des Häuserblocks, bevor die bestürzten Beamten wußten, wie ihnen geschah. Alarmiert untersuchten sie den Laderaum des Chevy. Das viereckige, massive Gehäuse erzeugte im Geigerzähler einen heftigen Ausschlag. Der kontrollierende Beamte erschrak und wich zurück. »Die Bombe«, schrie er und riß das Funkgerät hoch:

»Hier Einsatzzentrale an 18. Straße«, verhaspelte er sich vor Aufregung, »wir haben sie . . . wie? Da, der rote Chevy! . . . wie? Die Bombe natürlich! Ja . . . in einem großen Behälter . . . Starker Ausschlag . . . Achtzehnte und Market, okay . . . okay. Ende.«

Die Männer am vorgeschobenen Posten hatten das Gespräch mitgehört und starrten ungläubig in Richtung der 18. Straße. Da jaulten schon die ersten Polizeiwagen heran. Die Beamten an den Sensoren sprangen auf die Fahrbahn, um ihren Kollegen in den Streifenwagen die Passage zu ermöglichen. Sie entfernten hastig einen Teil der Schranken, drängten verstört wirkende Autofahrer zur Seite und winkten den heranbrausenden Konvoi energisch durch die geöffnete Gasse: Dicht hinter den heulenden und blinkenden Polizeiwagen folgte ein dunkelblauer Kleinbus, dann eine schwarze Limousine mit einer rotweißen Standarte. Den Schluß bildeten drei Motorradpolizisten mit Sirene und Blaulicht. Alle am Sperrposten schauten gebannt auf das lärmige Spektakel, und keiner der Beamten bemerkte den Ausschlag der Sensoren, als der blaue Kastenwagen durch die Kontrolle raste.

»Da kommen die Bombenspezialisten«, rief vorne an der 18. Straße der ältere Beamte, als ein Helikopter, Staub aufwirbelnd, auf dem Gehsteig niederging und das Augenmerk aller Herumstehenden auf sich zog.

Der schnelle Konvoi passierte auch den Checkpoint an der 18. Straße reibungslos. Der Fahrer im blauen Kastenwagen mit der Aufschrift ›SCHLAMMER NORTH AMERICA‹ winkte lässig mit der Hand.

»Vermutlich ein hohes Tier«, meinte der Verkehrspolizist, als die Limousine mit der Standarte vorbeiglitt.

Während sich alle Aufmerksamkeit auf den roten Kastenwagen mit der vermuteten Bombe konzentrierte, erreichte der Konvoi das historische Viertel, rollte an der Independence Hall vorbei und kam vor der City Tavern zum Stehen. Aus der Limousine stieg ein großgewachsener, gepflegter Herr mit grauem Schläfenhaar und trat gemessenen Schrittes zu einem Sockel auf einem Rasenplatz, gestikulierte, nickte und zeigte auf einen Punkt. Der Kastenwagen fuhr rückwärts heran, und Arbeiter in blauen Kitteln schickten sich an, die *Clissot*-›Rock o'Clock‹ aus dem Kastenwagen auszuladen und auf den bezeichneten Sockel zu stellen.

»Was war das für ein Konvoi«, fragte der junge Polizist am Checkpoint.

»Washington, State Department, warte ...« Der ältere Beamte konsultierte sein Dienstbuch. »O ja, Sondertransport der Botschaft der Schweiz, irgendein Käse ...«

»Natürlich, was sonst? Käse, Uhren, Schokolade oder ...«

»Heidi ...« Sie lachten und schlenderten in Richtung der 19. Straße davon.

Der Wirt der City Tavern schaute belustigt auf das Treiben auf dem Rasenplatz. Die Männer rissen die anliegende Plastikhülle auf und enthüllten die fein gefertigten Zifferblätter. Das gegen die Tavern gerichtete zeigte zwölf Uhr. Die Uhrzeit müßte noch eingestellt werden, dachte er und ging in die Küche, um dem Chef Anweisungen für das Bankett zu erteilen.

Als er später nochmals ans Fenster trat, hatten sie rund um die Uhr Bänke und ein Podium aufgestellt. Zwei Männer schlugen ein weißes Tuch über die Granituhr, die sich vor der historischen Fassade seines Restaurants ganz gut machte. Das eine Zifferblatt zeigte noch immer zwölf Uhr.

Die läuft nicht richtig, diese Schweizer Uhr, dachte der Wirt und ging neugierig hinaus. Die zwei Männer kreuzten vor der Tür seinen Weg. Drinnen gesellten sie sich zu den über Bierhumpen gebeugten Musikanten.

Der Wirt lief neugierig um den verhüllten Körper herum, dann lüftete er das Tuch, um nachzusehen, ob die anderen Zifferblätter auch nicht funktionierten. Sie sollten jetzt ungefähr sechs Uhr anzeigen.

Da vernahm er ein kratzendes Geräusch und schaute sich um. Hinter seinem Rücken lag der offene Rasen. Hatte er sich getäuscht? Wieder das Geräusch. Der junge Wirt, ein Freak von High-Tech-Geräten, preßte verwundert das Ohr ans Gehäuse.

Elektronische Uhren machen keinen Lärm! Wieder ein schleifendes, kratzendes Geräusch, dann in rascher Folge tickende Töne. Verdutzt trat er zurück, und mit einem Mal überkam ihn eine fürchterliche Ahnung: Die Polizei und das Militär überall! Etwas lag in der Luft! Eine Bombe! Die Erkenntnis schlug ihn buchstäblich zurück. Er stolperte und fiel. Entgeistert starrte er aus seiner Position auf das verhüllte Gehäuse. »Da drin tickt eine Bombe, ich werde wahnsinnig!« stammelte er und rappelte sich hoch. In weitem Bogen rannte er um die Uhr herum zurück ins Restaurant.

Hinter der Theke hob er den Hörer ab und wählte ›911‹.

»Police Department.«

»Vor meinem Haus liegt eine Bombe, kommen Sie sof . . .«

»Moment«, unterbrach die Frauenstimme.

Lange geschah nichts. Dann meldete sich ein Beamter und verlangte die Adresse. Wieder ließen sie ihn warten.

Dann die sonore Stimme: »Beruhigen Sie sich, es handelt sich um eine Uhr, alles in Ordnung, eine Schweizer . . .«

»Ich weiß das alles, verdammt noch mal, aber in dieser Uhr tickt es, ich weiß doch . . .«

»Alle Uhren ticken, nicht? Gut, wir schicken einen Wagen vorbei, okay.«

Der Wirt legte entnervt auf. Nun, vielleicht hatte er sich getäuscht. Wer versteckt schon eine Bombe in einer Schweizer Uhr? Und elektronische Zünder ticken eigentlich auch nicht . . .

69

Beleuchtungsgeschosse zischten in den sternenklaren Nachthimmel, als Stefanie Kramer atemlos aus dem Lüftungsschacht kroch und nach Luft rang. Sie kauerte auf dem Waldboden und blickte angestrengt um sich. Die Leuchtkörper blitzten hoch über ihr auf und verbreiteten ein starkes, weißes Licht.

Die Rotoren eines Helikopters klopften vom Tal herauf, und die Öffnung des Raketensilos, schätzte Stefanie, lag ungefähr in dreihundert Metern Entfernung auf der Kuppe.

Als Tony und Ken sich keuchend neben ihr niederkauerten und sie fragend anschauten, wies sie mit einer stummen Handbewegung zur Felsplatte. Im hellen Licht lag der ausgetretene, schmale Pfad deutlich vor ihnen, und Stefanie ließ Tony vorangehen. Sie hatte beschlossen, über die Felsbänder zum Fluß hinabzusteigen, und hoffte, auf diesem schwierigen Fluchtweg die Umzingelung von Polizei und Militär zu umgehen.

Ken bildete den Schluß der Kolonne. Seit dem Verlassen des Laboratoriums hatten sie kein Wort miteinander gesprochen. Stumm waren sie mit sicherem Griff den Schacht hochgeklommen, die Angst im Nacken und nur von dem einzigen Gedanken getrieben, heil den Ausgang zu erreichen, wieder in die glitzernden Sterne schauen, den vertrauten Duft des Waldes atmen, die Freiheit fühlen zu dürfen.

Neue Leuchtgeschosse blitzten auf, und der schwere Hubschrauber brauste dröhnend über die Wipfel, als die Gruppe unbemerkt im Unterholz verschwand. Custer duckte sich unwillkürlich und beobachtete, wie das Ungetüm über der Schlucht abdrehte und auf die Kuppe zuhielt. Die Maschine war eine *SuperPuma* der schweizerischen Armee. Eine Verfolgungsjagd war im Gang. Er mußte sich vorsehen.

Als sie aus dem Dickicht traten, glänzte vor ihnen die Felsplatte als riesiger Zahn in den schwarzen Schlund hinaus.

Der Anblick war atemberaubend schön, und im Zauber des Mondscheins und der niederschwebenden Lichter suchten sich ihre Hände, und gemeinsam traten Stefanie und Ken auf die mächtige Naturplattform hinaus. Sie zeigte ihm flüsternd die Lage der Höhle der Kinder und den Einstieg zu den Felsbändern, auf denen sie zum Fluß hinuntergelangen würden.

Er faßte sie zärtlich um die Hüften, küßte ihre Stirn und schaute über ihr zerzaustes Haar in den Nachthimmel. Stefanie hatte die Augen geschlossen.

Zu spät bemerkte sie Schlammer. Er stand hinter Custer auf der Felsplatte und holte zum Schlag aus.

Mit einem unterdrückten Schrei riß sie sich los. Ken fuhr heftig herum.

Doch er konnte nicht mehr rechtzeitig reagieren.

In dem Augenblick, da er sich drehte, schlug die Pistole gegen seine Schläfe.

Schlammer, der bereits heimtückisch zu einem Hieb auf den Hinterkopf ausgeholt hatte, traf Custer an der offenen Schußwunde über dem Ohr.

Der Getroffene verlor das Gleichgewicht und taumelte rückwärts gegen den schwarzen Abgrund. Der Verband, der vom Schlag weggerissen worden war, segelte als weißer Fetzen über die Kante in die Tiefe.

Stefanie schrie auf. Alles geschah unheimlich schnell.

Custer, dessen Körper im Begriff war, über den Rand der Felsplatte abzukippen, wirbelte um die eigene Achse. Im Fallen suchte er, mit den Armen den Fels zu umklammern. Er rutschte ab. Mit beiden Händen klammerte er sich verzweifelt an die Felskante. Die Beine baumelten haltlos über dem Abgrund, und Custer begriff sofort, daß er abstürzen würde.

Unten in der Schlucht dröhnte ein Hubschrauber. Ein Scheinwerferkegel suchte die Felsen ab. Polizeisirenen jaulten in der Ferne. Ein anderer Helikopter tauchte aus dem Nichts auf und schoß brausend über die Tannenwipfel. Dumpfe Detonationen krachten weit weg. Karma bellte wütend.

Die Finger faßten schlecht im glatten Fels. Custer fühlte, wie die Kräfte nachließen. Als er nach oben blickte, sah er das Gesicht mit der Hakennase dreckig auf sich herabgrinsen.

In diesem Augenblick ging etwas Außergewöhnliches in Ken Custer vor: Seine Wahrnehmungen fanden plötzlich auf zwei Zeitebenen statt. Über sich registrierte er, wie Schlammer den schweren rechten Schuh auf die Finger seiner linken Hand legte und allmählich den Druck erhöhte, während er mit der Pistole die vor Wut schäumende Stefanie in Schach hielt. Weiter oben bemerkte er den größeren der beiden Jungen, der ein aufgerolltes gelbes Seil in der Hand hielt und dieses wie ein Lasso zu schwingen begann. Gleichzeitig drang Ken in den nicht sichtbaren Bereich eines zeitlos flimmernden Filmes, der rückwärts lief. Nichts war faßbar, nur Gefühlsregungen durchströmten ihn. Aus der Tiefe des Strudels seines qualvollen Traumes auftauchend, schwebte er federleicht über das Wasser in die Lüfte, der Jugendzeit entgegen. Er wußte seinen Namen wieder und sah sich Jahre zurück als Junge auf ebendieser Felsplatte um sein Gleichgewicht ringen. Er fiel, genau wie er jetzt fallen würde, in die endlose Tiefe, aber diesmal würde es kein Zurückkommen geben.

Schlammer hob nun mit einem sadistischen Grinsen den scharfkantigen Absatz seines Schuhs, um dem Wehrlosen die Finger zu zerquetschen.

Da erzitterte der Fels. Ein Donner rollte durch den Berg, und eine gewaltige Stichflamme schoß über den Baumwipfeln in den Nachthimmel hinaus.

Schlammer hielt einen Atemzug lang verblüfft inne. Als er begriff, was geschehen war, verzerrten sich seine Gesichtszüge zu einer grauenvollen Fratze. Die Augen quollen aus ihren Höhlen, die gelblichen Zähne schlugen wie im Schüttelfrost gegeneinander, Hakennase und Kinn schienen einzuschnappen.

Dann trat er mit dem Absatz auf Custers Hand, die sich mit letzter Kraft im Fels verkrallte.

Ken sah das grellgelbe Seil durch die Luft schlingern. Er ließ den Griff los, bevor ihm Schlammer die Finger zerschmetterte, und schnappte nach der rettenden Leine. Er fühlte den Strick in beiden Fäusten, doch der freie Fall setzte sich fort.

Schlammer grölte höhnisch, als Custer in die Tiefe fiel. Da straffte sich das Seil unter dem Gewicht des fallenden Körpers und schnellte jäh in die Fallinie.

Schlammer hatte nicht die geringste Chance, dem Verderben zu entrinnen. Das Seil riß ihn mit einem blitzartigen Ruck die Beine weg und katapultierte ihn kopfüber in die Schlucht. Lautlos verschwand er im finsteren Abgrund.

Custers Hände brannten. Alles brannte. Der Berg, sein Inneres. Doch er bremste und schwang weiter die Felswand entlang, weil sich das Seil in eine Senkrechte zur Höhle, wo es Mark verankert hatte, einpendelte. Wie im Rausch schwebte Ken über dem Abgrund und ließ eine Sekunde zu früh los, als er auf das Felsband absprang. Er landete hart, schlug mit dem Hinterkopf gegen einen Sandsteinbrocken und verlor das Bewußtsein.

Es spielte keine Rolle. Euphorische Gefühle durchströmten ihn, alles hatte sich gelöst, schwerelos sauste er durch Lustgefilde und spürte eine neue Freiheit.

Er war von einem jahrelangen Alptraum erlöst worden.

70

Rosalia keuchte den schmalen Gehsteig hinauf. Ängstlich warf sie einen Blick über die Schulter. Verfolgte sie der Glatzkopf? Die Straße war leer. Oder sah sie eben einen Schatten? Das rettende Haus lag vor ihr. Ein Helikopter brauste knapp darüber und hielt mit bedrohlichem Klopfgeräusch auf das Schlammer-Areal zu. Rosalia schleppte sich völlig außer Atem vorwärts. Auf der anderen Talseite brodelte das Irrenhaus von Nuclanne. Armee und Polizei hatten den Ort überfallen. Auf der Kuppe schimmerte ein Feuerschein. Rosalia sah Scheinwerfer aufflammen, rote und gelbe Lichter kreisen und blinken. Um das Gelände der Kaverne schloß sich ein gewaltiger Belagerungsring. Zum Glück war sie draußen! Aber sie fühlte, daß der Glatzkopf hinter ihr her war. Sie war ihm unten am Bahnhof aus dem Wagen gesprungen, hatte die Gleise überquert und ihn vorerst abgeschüttelt. Ihre Lungen wollten bersten. Sie ging wie mit Blei an den Sohlen, zwang sich vorwärts, als eine gewaltige Detonation sie zu Boden warf. Als sie sich entsetzt hochgerappelt hatte, schaute sie ungläubig zum Wald hinüber. Dort, wo sie eben noch den rötlichen Schein beobachtet hatte, spie der Berg wie ein Vulkan Feuer. Funken und Flammen einer gewaltigen Explosion schossen in den Nachthimmel. Panikartig floh sie die letzten Meter zum Haus und gelangte völlig außer sich in ihre Wohnung.

Erschöpft sank sie auf die Couch. Der Fernseher lief. Warum? Hatte sie ihn vergessen abzuschalten? Nach Atem ringend, starrte sie stumpf auf die Reporterin, die an einer Absperrung vor einem blauweißen Polizeiwagen in ein Mikrophon sprach. Angst trieb Rosalia wieder hoch, sie verriegelte die Wohnungstür und eilte in die Küche. Sie brauchte einen starken Kaffee. Auf dem Küchentisch lag ein Paket: von ihrer Schwester!

»... daß der vermutete Sprengsatz hier in Philadelphia an die Explosion im World Trade Center in New York erinnert. Bis zur Stunde bleibt jedoch ungewiß, ob tatsächlich eine Bombe irgendwo in der Stadt versteckt wurde. Den Behörden ist kein Ultimatum zugegangen. Ebensowenig gibt es Anhaltspunkte über die mögliche Urheberschaft ... Bis jetzt hat niemand die Verantwortung für die drohende Katastrophe übernommen. Das Gerücht, es handle sich um einen nuklearen Sprengsatz irakischer Terroristen, wurde von Mitch Taylor, dem Direktor der CIA, entschieden dementiert. Er hat die Bevölkerung von Philadelphia aufgerufen, Ruhe zu bewahren, und wie uns scheint, wäre der Appell nicht nötig gewesen. Die Sicherheitsmaßnahmen sind massiv verschärft worden. Wir schalten jetzt zu Carol Sanders in unserem Helikopter über der Ben-Franklin-Brücke. Hallo Carol? Carol?«

Das Mahlgeräusch der Espressomaschine übertönte die Stimme der CNN-Reporterin. Rosalia nahm die Tasse von der Maschine, tat einen Löffel Zucker rein, klemmte das Paket unter den Arm, ging ins Fernsehzimmer zurück und setzte sich behutsam auf die Couch.

»... wir sehen unter uns die Independence Hall, davor den Pavillon mit der Freiheitsglocke. Der ganze Sektor ist seit heute mittag abgesperrt, doch die Bevölkerung von Philadelphia nimmt den Aufruhr mit Gelassenheit hin. Man vertraut darauf, daß es der Polizei gelingen wird, die Bombe zu finden, wenn es überhaupt eine gibt. Ronald Peterson, ein ehemaliger Antiterror-Spezialist des FBI, der jetzt gerade neben mir sitzt, sagt,

neun von zehn Bombendrohungen seien falscher Alarm. Ronald, was halten Sie vom Gerücht, der Irak stehe hinter einem Anschlag auf das historische Viertel?«

Rosalia schaute kurz auf den Bildschirm, während sie die Schnur vom Paket löste.

Die Kamera zog eine Menschenansammlung in der Nähe eines alten Gebäudes heran.

». . . der Irak ist niemals so wahnsinnig, Carol, um die USA mit einem Bombenanschlag zu einer Vergeltungsaktion zu reizen«, schrie der Antiterror-Mann ins Mikrophon, »aber wenn wir schon beim Thema sind, als Bombenleger kommt eine ganze Auswahl in Frage: ein psychotischer, hirnwütiger Amerikaner oder Angehörige der militanten Balkan-Fraktionen, wie die serbische Befreiungsfront oder bosnische Moslems – im Vergleich zu denen steht Abu Nidal wie Mutter Theresa da – oder die palästinensische Hamas oder die iranischen Revolutionsgarden oder . . .«

»Moment, da geschieht etwas«, unterbrach Carol, »wir sind eben Zeugen einer Polizeiaktion, wie mir scheint, blau-weiße Geländefahrzeuge rasen jetzt in die Richtung Market Street. Etwas tut sich drüben bei der Independence Hall. Wir haben einige Minuten nach halb neun Uhr. Ich sehe jetzt eine Menschenansammlung vor der City Tavern, dem alten Restaurant. Leute stehen vor einem verhüllten Gedenkstein, oder etwas Ähnlichem. Wir versuchen, näher ranzugehen. Wissen Sie im Polizeidepartement etwas Genaueres, Bob, hat man die Bombe gefunden? Hallo, Bob?« . . .

Rosalia schaute auf, eckige, häßliche Fahrzeuge rasten auf die Menschenansammlung zu, dann riß sie das Klebeband der Verpackung auf. Der grelle Blitz war das Letzte, was Rosalia sah. Sie spürte schon nichts mehr, als die heftige Explosion der Paketbombe das Zimmer verwüstete.

71 Schweiz, Donnerstag, 5. Juli, gegen 3:00 Uhr morgens

Stefanie war mit Mark, Tony und Jessie auf dem schmalen Kletterpfad zum Felsband hinabgestiegen. Immer noch schossen sie Leuchtkörper in den Himmel, ein Helikopter donnerte hart an der Kante der Schlucht entlang und suchte das Gelände mit Scheinwerfern ab. Jessie hielt Karma fest am Halsband.

Stefanie beugte sich erschrocken über Kens leblosen Köper und begann sofort mit der Beatmung.

Verzweifelt preßte sie ihre Atemluft in seinen Rachen, bis sie merkte, daß seine Lippen mit den ihren spielten. Sie blickte verwundert auf und schaute in verschmitzte, spitzbübisch leuchtende, wunderschöne Augen.

Sie küßte ihn zärtlich, dann fester, schließlich leidenschaftlich, sie tändelte mit der Zungenspitze, kitzelte ihn mit ihren Wimpern und wäre ewig in dieser Lage verharrt, hätte sie nicht plötzlich der Lichtkegel des Suchscheinwerfers aus dem Hubschrauber aus ihren Träumereien aufgeschreckt. Sie schirmte mit den Armen den ekelhaft grellen Strahl ab. Im Gegenlicht erkannten sie unscharf eine Gestalt in der Ladeluke, und Jessie sagte etwas von Abseilen. Custer suchte intuitiv in seiner Jackentasche nach einer Waffe, fand aber unvermutet das rote Telefon und hielt erstaunt inne.

»Wie spät haben wir's?« erkundigte er sich.

»Knapp drei Uhr«, antwortete Mark.

»Fast neun Uhr abends in Philadelphia«, sagte Custer. Die Bombe würde in wenigen Minuten hochgehen. Die Zeit lief ihnen davon.

»Neun Uhr abends in Amerika?« sagte Tony stirnrunzelnd. »Die sind sechs Stunden zurück ... dann beginnt gleich die Zeremonie.«

»Wovon sprichst du?« fragte Custer, hellhörig geworden.

»Diese *Clissot*-Uhr wird eingeweiht, eine Feier ... so stand es zumindest auf dem Blatt, das Marianne auf dem Küchentisch ...« Er kam nicht weiter.

»Die ›Rock o'Clock‹«, schrie Custer in die Nacht hinaus. »Tony, du bist ein Prachtkerl!«

Unter den verblüfften Blicken der Kids klaubte Ken Custer auf der 8000 Kilometer von Washington entfernten Felsplatte aufgeregt das Telefongerät hervor.

Das kleine Display leuchtete auf und meldete Betriebsbereitschaft. Hastig wählte er die Nummer im Weißen Haus.

»Diese Rufnummer ist ungültig«, belehrte ihn eine freundliche Roboterstimme.

»Diese Rufnummer ist un ...« Ken schüttelte ärgerlich den Kopf und wählte erneut, diesmal sorgfältiger.

Im Lageraum des Weißen Hauses herrschte im gleichen Augenblick Totenstille. 4. Juli, 20:40 Uhr, zeigte die Wanduhr an.

Der Übermittlungsspezialist der National Security Agency sah endlich die alles entscheidende Nummer vor sich auf dem Bildschirm. Sofort begann er, die Zahlen in die Tastatur des Tischrechners einzutippen.

In Kürze würde die Verbindung zum fieberhaft gesuchten Mikrotelefon im Zündsystem des atomaren Sprengsatzes, der irgendwo in der Stadt Philadelphia tickte, hergestellt sein.

»Fehlalarm, Mister President«, sagte Taylor, der soeben den Hörer ablegte. »Das Fahrzeug an der Market Street enthielt keine Bombe. Nur eine Menge Cäsium. Offensichtlich ein Ablenkungsmanöver, oder ein dummer Streich!«

Der Präsident nickte unmerklich und starrte geradeaus. Zum Glück hatten seine Leute unbeirrt weitergesucht, dachte er. Erst vor wenigen Minuten war es den NSA-Spezialisten gelungen, den Empfänger, eine Art Telefonbeantworter, im Dialogsystem der Bombe ausfindig zu machen. Hektische Abklärungen mit den Telefongesellschaften waren vorausgegangen. Die Nummern von 28756 landesweit neu zugelassenen Zellurarfunktelefongeräten mußten überprüft werden.

Der Präsident staunte über die Leistungsfähigkeit seiner Sicherheitsorgane. Früher oder später geriet in diesem Land eben jeder Terrorist ins Netz von FBI, CIA oder NSA, dachte er stolz . . . Doch dann stockte ihm der Atem: Diesmal kämen sie zu spät! Nur noch Minuten . . .

Nach über vierzehntausend Versuchen waren die Ermittler auf die Nummer 696–6969 gestoßen, die nicht wegen der verblüffenden Zahlenfolge Verdacht auslöste, sondern weil der Anrufbeantworter auf die von Custer gemeldete Kennzahl ›*-0–0‹ reagiert hatte. Der Anschluß lautete, wie sich rasch herausstellte, auf den Scheich einer moslemischen Sekte. An der gemeldeten Adresse fand die heranrasende Polizei jedoch nichts als einen leeren, verlassenen Schuppen.

Plötzlich hob der Spezialist Aufmerksamkeit erheischend den Arm. Der Präsident stand auf und trat näher.

Der Dialog mit dem Bombenuhrwerk setzte ein:

»FALLS SIE DIE ZÜNDZEIT ÄNDERN WOLLEN«, tönte die entnervende Computerstimme aus den Lautsprechern, »WÄHLEN SIE 1, FÜR EINE ANDERE FUNKTION WÄHLEN SIE 2.« Der NSA-Spezialist gab die ZWEI ein.

Der Präsident ließ die Uhr nicht aus den Augen: noch fünfzehn Minuten bis zur H-Zeit, wie die Militärs den Explosionszeitpunkt nüchtern definierten.

Im ehrwürdigen Fort Mill am Ufer des Delaware Flusses in Philadelphia ermittelten die Spezialisten für elektronische Peilung fieberhaft den Standort des Telefonempfängers. Ihre hochempfindlichen Geräte zeigten auf dem riesigen Bildschirm auf einen Raum in der Nähe der Independence Hall.

»Eine Meldung vom Police Department, Chef«, sagte die junge Uniformierte. »Der Wirt der City Tavern behauptet, vor seinem Haus ticke eine Bombe. Es ist natürlich diese stupide Uhr, die sie dort aufstellen . . .« Sie wollte sich abwenden.

»Moment! Hast du City Tavern gesagt? Die große Uhr, die Zeremonie?« Der Major starrte entgeistert auf den Stadtplan. »Um Himmels willen, Jane, das ist sie!« Er schlug sich mit der Hand vor die Stirn. »Ich Idiot! Los, ab zur City Tavern!«

Während die Leute der Einsatzleitung noch peilten, rasten die ersten Polizeiwagen mit heulenden Sirenen auf das historische Viertel zu. Helikopter stiegen auf, und die in Alarmbereitschaft versetzten Truppen der Nationalgarde bezogen den vorbereiteten Absperring rund um den historischen Kern. Der nukleare Sprengsatz tickte umbarmherzig weiter.

»Custer auf Leitung 1«, rief die junge Telefonistin im Situationsraum in Washington, und der Direktor der CIA riß ihr den Hörer aus der Hand.

»Verdammt Custer, haben Sie die vierstellige Zahl? Wo zum Teufel sind Sie geblieben, Ken?«

»Auf einer Bergwanderung, Sir. Natürlich haben wir die Zahl.« Aus der Ladeluke des Hubschraubers löste sich eine Gestalt, die nun langsam von einer Seilwinde hinuntergelassen wurde.

Der CIA-Direktor schien etwas gesagt zu haben, und Custer schrie in das Gerät: »Es herrscht ein Höllenlärm hier, Sir, ich verstehe Sie schlecht. Hören Sie, bevor ich die Zahl preisgebe, will ich Garantien, verstanden?«

»Was für Garantien?« rauschte die dümmliche Frage aus dem Hörer. Custer stellte in scharfen Worten die Bedingungen: Volle Rehabilitierung von Custer alias ›Keycop‹. Widerruf aller Fahndungsbefehle. Freies Geleit an einen beliebigen Ort. Transport mit Mitteln der US Airforce. Anerkennung durch den Präsidenten und noch einiges mehr.

Mitch Taylor erwiderte, er solle erst mal nach Washington kommen und sich ausruhen. Alles weitere werde sich ergeben. Er verspreche ihm, daß seine Anliegen geprüft würden.

»Negativ«, schrie Custer in das Mikrophon, »ich will die Garantie jetzt, von kompetenter Stelle, unter Zeugen, sonst ist Ende.«

Den Hubschrauber trieb der warme Aufwind zu nahe zum Rand der Schlucht, und das Abseilmanöver geriet ins Stocken.

Im Lageraum des Weißen Hauses tickte der Sekundenzeiger der großen Uhr unerbittlich weiter.

»Mister Custer«, hörte Ken eine andere, ruhige Stimme, »hier spricht der Präsident. Ich garantiere persönlich für Ihre Sicherheit. Ihre Bedingungen sind angenommen. Aber machen Sie schon, Mensch, Custer . . .«

Custer legte die Hand über das Mikrophon und rief Stefanie im Lärm der Rotoren zu: »Sie haben angenommen, der Präsident höchstpersönlich.«

20:54 Uhr in Philadelphia.

Als sie verständnislos den Kopf schüttelte: »Wie lautet die Zahl, Stefanie? Die Zahl? Die vierstellige, die sich doppelt spiegelt?«

Ihr Ausdruck hellte sich auf: »Die Zahl paßte zu Schönhof, Ken. Er ist ein Sexbesessener. Darum kam ich ja überhaupt erst drauf, die Zahlen sind seitenverkehrt, nicht gespiegelt, Ken, zentralsymmetrisch . . .« Sie verdrehte umständlich ihre Arme.

Mit einer ungeduldigen Handbewegung signalisierte Ken, sie solle es schon sagen.

»SIXTYNINE und NINETYSIX«, sie lachte vergnügt und schrieb

die 69 und die 96 mit kreisenden Armbewegungen in die Nachtluft.

Ken grinste und schnalzte zweideutig mit der Zunge. Dann sagte er ruhig: »Mister Taylor, die Zahl lautet 6996! und, hören Sie, suchen Sie nach einer Uhr, ja, aus grünem Granit, die irgendwo in der Stadt aufgestellt wird, es muß eine Zeremonie geben . . .«

Die schlanke Gestalt aus dem Hubschrauber setzte auf das Felsband ab, löste die Gurte und kam mit erhobenen Händen auf Ken Custer zu, der das Telefon wegsteckte.

»Ich heiße Thomas Borer«, sagte der junge, großgewachsene Mann und hielt ihm lächelnd die Hand entgegen.

72 Philadelphia, 4. Juli

Feldwebel Watts saß auf dem Beifahrersitz des Humvee-Geländefahrzeugs. Sein SCUDO Detachement rollte jetzt auf der Chestnut Avenue gerade an der Unabhängigkeitshalle vorbei. Links erkannte Watts den Pavillon der Freiheitsglocke. Sie überquerten die 3. Straße. Da schlugen die Sensoren erneut kräftig aus.

Neben einem Rednerpodium vor der alten Taverne stimmten drei Männer in weißen, gestärkten Hemden und schwarzen, rotumsäumten Westen ihre Instrumente. Derjenige in der Mitte netzte mit den Lippen das Mundstück eines etwa drei Meter langen Alphorns, das den Zuschauern bis vor die Füße reichte. Der andere zupfte an den Saiten seiner Baßgeige, während der dritte im Bunde sich eine Ziehharmonika vor die Brust hängte. Auf ein Handzeichen des Bassisten begann das Konzert. Unter den Klängen von Country-Musik trat ein großer, älterer grauhaariger Herr mit einem Manuskript zum Podium.

Die Musik setzte aus, und jemand kündigte den Botschafter der Schweiz an.

Feldwebel Watts, der noch gebannt auf die Geräte starrte, deutete nach rechts in die 2. Straße. Da rief ihn Fort Meade auf. Die dringliche Stimme wies ihn zur City Tavern. Sofort. Höchste Priorität.

Der Feldwebel blickte auf die Uhr. Wenige Minuten vor einundzwanzig Uhr. In der Gegend der Ben-Franklin-Brücke schossen die ersten Feuerwerkskörper in den Himmel. Von irgendwo wehten Klänge von Marschmusik heran.

Der Fahrer drückte das Gaspedal durch. Der schwere Wagen schoß vorwärts. Watts zeigte energisch nach vorne. Schweißperlen traten auf seine Stirn. »Dorthin, schnell«, gellte er und griff nach dem Türgriff.

Der Humvee raste auf die Menschentraube zu, die sich vor der historischen Taverne um einen verhüllten Gedenkstein drängte.

Hinter einem Rednerpodium war neben dem Sternenbanner eine Schweizer Fahne mit dem weißen Kreuz auf rotem Grund aufgespannt. »Eine Veranstaltung des Roten Kreuzes, verdammt unpassend«, schoß es Feldwebel Watts durch den Kopf, als der Sensor einen schrillen Alarmton auslöste.

»Gehen Sie sofort ran, Sergeant«, hämmerte die Stimme aus dem Lautsprecher. »In dieser verdammten Uhr liegt die Bombe! Um Himmels willen, beeilen Sie sich!« Und nach einem Atemzug: »Mensch, sprengen Sie die Veranstaltung. Eine Uhr wird eingeweiht. Geschenk der Schweiz. Scheißegal. Gehen Sie ran.«

Dann brach die Hölle los. Hubschrauber senkten sich dröhnend auf den Rasen hinter der City Tavern. Streifenwagen rasten schleudernd über die Gehsteige. Ein Kranwagen preschte über die Fußgängerpromenade. Leute stoben auseinander. Geheimagenten rannten mit gezückter Waffe herum. Scharfschützen der Nationalgarde bezogen Stellung hinter Bäumen.

Der Botschafter brach mitten in der eben begonnenen Ansprache entsetzt ab. Feldwebel Watts trieb die verdatterte Menge auseinander und stürzte zum Podest. Die Musiker ließen die Instrumente erschrocken fallen und flüchteten ins Gebäude. Der Botschafter suchte mit verstörtem Blick verzweifelt nach einem höheren Chef.

»Wir haben den Sprengkörper gefunden«, keuchte Watts. Seine Stimme war überall zu hören. In den Streifenwagen, in den

Miniempfängern der Geheimagenten, in der Einsatzzentrale in Fort Meade.

Die gute Nachricht gelangte auch über die Lauptsprecher in den Lageraum des Weißen Hauses, wo die Abhörspezialisten den Bruchteil einer Sekunde innehielten. Dann beugten sie sich erneut hektisch über die Geräte. Der Dialog mit der Bombe näherte sich dem entscheidenden Punkt.

Die mechanische Stimme aus dem schwarzen Kasten des nuklearen Zündsystems, irgendwo im Stadtkern Philadelphias, ließ sie erschauern. Das abgehackte, monotone, langsame Leiern der Computerstimme konnte einen zum Wahnsinn treiben. Sekunde um Sekunde tickte die große Wanduhr weiter. Dem Explosionspunkt immer näher.

»WENN SIE DEN ENERGIESPARER DER SOLARZELLEN AKTIVIEREN WOLLEN, GEBEN SIE DIE 1 EIN; FÜR EINE ANDERE FUNKTION WÄHLEN SIE DIE 9.«

»Los, mach schon, die Neun«, hetzte ein breitschultriger Oberst mit Schweißperlen auf der Stirn.

»SIE SIND IM INTERCEPT-MODUS. GEBEN SIE DIE VIERSTELLIGE GEHEIMZAHL EIN«, kam prompt die mechanische Antwort aus der Leitung.

Der Spezialist gab schwitzend die › 6 9 9 6 ‹ ein.

»GEBEN SIE DIE 1 EIN, UM DIE ZÜNDZEIT ZU ÄNDERN, 2 FÜR EINE ANDERE FUNKTION.«

Der Spezialist schien unschlüssig. Noch zwei Minuten bis zum großen Knall. Die Spannung stieg ins Unerträgliche.

»Die Zwei«, befahl der Oberst bebend vor Ungeduld.

»GEBEN SIE ›6996‹ EIN, UM DEN ZÜNDVORGANG ABZUBRECHEN«, schlug die Computerstimme ungerührt vor.

Der Oberst riß dem Spezialisten das Gerät aus der Hand und tippte ›6996‹ ein.

»DER ZÜNDVORGANG IST ABGEBROCHEN, DER ZÜNDER KANN NICHT MEHR AKTIVIERT WERDEN«, kam die erlösende Bestätigung teilnahmslos von der Decke.

Die Zeiger der Uhr sprangen auf 21:00. Der Präsident strich sich mit dem Ärmel über die Stirn und stieß seufzend vor Erleichterung die Luft aus.

Es war, als atmete ganz Washington auf.

Aufgeregtes Stimmengewirr setzte nun ein. Der Oberst klopfte dem Spezialisten auf die Schulter, andere umarmten sich.

Sergeant Watts riß das weiße Tuch vom verhüllten Objekt. Seine Rangers machten sich daran, die aus grünen Granitplatten gehauenen Zifferblätter der riesigen Steinuhr aufzubrechen.

Ein Aufschrei ging durch die Menge. Nach wenigen Sekunden klaffte in der elegant geformten ›Rock o'Clock‹ des schweizerischen Schlammer-Konzerns ein schwarzes Loch und gab den Blick auf die kleine Atombombe frei.

Entgeistert starrte Watts auf das gelbe Leuchtfeld am schwarzen Zündkasten.

Die Anzeige blinkte und meldete in roten Buchstaben: ›RELAX, DIE ATOMBOMBE IST ENTSCHÄRFT‹.

Als der junge Marder aus dem Gehäuse sprang und über den Rasen unter einen Busch huschte, griff sich der Feldwebel über Stirn und Augen. »Ich werde verrückt, ich sehe Gespenster!«

Er schüttelte mit einer Kopfbewegung die Halluzination ab. Dann sah er ein zweites Mal genauer hin. Neben der blinkenden Anzeige baumelte ein abgetrenntes Kabel herunter. Der Feldwebel nahm es in die Hand und prüfte das lose Ende. Mit den Fingern folgte er dem Kabel bis zu einer roten Schaltplatte. ›IGNITION‹, las Watts. Er richtete sich auf und schaute nachdenklich zum Gebüsch, in das sich der Marder verkrochen hatte. »Durchgebissen!« platzte Watts heraus. »Der Marder! Er hat das Stromkabel durchgebissen!« Er schüttelt ungläubig den Kopf. »Wer weiß, vielleicht hat dieser freche Kerl uns alle gerettet . . .« Er brach in schallendes Gelächter aus und schlug die Hände auf seine Oberschenkel.

Später würde ihm die Geschichte niemand glauben. Seine Rangers würden sich nicht mehr erinnern, ein Tier gesehen zu haben. Nur die vereinten Anstrengungen der hochspezialisierten Dienststellen mit den besten High-Tech-Ausrüstungen hätten die Katastrophe in letzter Minute verhindern können, würde es heißen. Der Feldwebel habe unter Streß gestanden und halluziniert. Am Schluß würde Watts selbst glauben, daß er einer optischen Täuschung zum Opfer gefallen war.

Am Ufer des Delaware krachten Feuerwerkskörper. Raketen schossen bunte Blumensträuße zu den Sternen hinauf. Amerika feierte den 4. Juli. Feldwebel Watts setzte sich völlig erschöpft neben den Granitwürfel. Sein Fahrer reichte ihm mit besorgtem Blick eine Dose Budweiser.

73

Sie saßen angeschnallt in den Schalensitzen des großen Hubschraubers, nachdem sie nacheinander mit der Seilwinde hochgehievt worden waren, und starrten auf den riesigen, glühenden Krater, den Breckerlins Sprengladungen in den Berg gerissen hatten. Flammen loderten im Wald, Rauch qualmte hoch, und die Erde unter ihnen bot ein Bild der Verwüstung. Sie hatten aufgehört, Leuchtraketen abzufeuern, doch die gesamte Anlage der *Schlammer Engineering* leuchtete ihnen gespenstisch entgegen. Blaulicht funkelte, Scheinwerfer flammten auf, gelbe Warnlichter blitzten, und als die Maschine sich zur Seite neigte, um tief über die Fabrikgebäude zum Talausgang zu brausen, wies Thomas Borer auf die wie schwarze Kröten lauernden Panzerfahrzeuge, die das Gelände abriegelten.

Mark strich Karma, die sich mit angstvollen Augen zu seinen Füßen gekauert hatte, beruhigend über den Rücken.

»Warum habt ihr uns in der Schlucht gesucht?« fragte Jessie über Bordfunk, nachdem sie herausgefunden hatte, wie man die Sprechgarnitur bediente.

»Eure Freundin, Marianne Chaudet, erzählte mir von einem geheimen Lager am Rand der Schlucht«, antwortete Borer und zog einen großen braunen Umschlag aus seiner schwarzen Sporttasche. »Ihr seid einfach großartig«, fügte er mit einem bewundernden Kopfschütteln hinzu.

Custer hing lässig zurückgelehnt in seinen Gurten. Mit halbgeschlossenen Augen, die Lippen zu einem zufriedenen Schmunzeln verzogen, schaute er vergnügt auf Stefanie, während sein Kopf, den Erschütterungen des mächtigen Rotors ergeben, hin und her wiegte.

Custer fühlte sich wie neu geboren und genoß die totale Entspannung, den Anblick der zerzausten, abgekämpften Stefanie, ihre liebevoll auf ihn gerichteten Augen, die schöne, gefährliche Entschlossenheit auf ihrem Gesicht.

Er bewunderte Mark, Tony und Jessie, die ihre jugendliche Kraft in äußerster Lebensgefahr so mutig und unglaublich phantasievoll eingesetzt hatten.

Stefanie Kramer ließ ihre Blicke derweil auf Ken ruhen. Doch wurde sie in ihren heimlichen Betrachtungen des Mannes, der ihr so unendlich viel bedeutete, unterbrochen, als der Polizeikommandant ihr Vergrößerungen herüberreichte.

Verblüfft schlug sie die Augen auf, nachdem sie die Bilder erkannt hatte. Borer kam ihrer Frage zuvor:

»Man hat sie mir aus der ›Soteria‹ geschickt. Sie kennen ja die Zuflucht des Alten. Arik hat mir die Vergrößerungen anvertraut. Mit einem lieben Gruß an Sie, natürlich. Er habe sie Joseph nur deshalb abgenommen, damit sie nicht in falsche Hände gerieten.«

Als Stefanie verständnislos den Kopf schüttelte, klärte sie der Polizeikommandant auf. Die Amerikaner hätten seit langem Terroranschläge mit A-Bomben befürchtet, aber keine konkreten Hinweise besessen. Nur Gerüchte habe es gegeben, und die von ehemaligen Agenten gegen Geld angebotenen Informationen über eine irakische Verschwörung hätten auch nicht weitergeführt. Plötzlich seien aber die Anhaltspunkte konkreter gewesen.

Eine irakische Gruppe sollte offenbar die Bombe beschaffen. Der amerikanische Geheimdienst habe deshalb intensiv nach möglichen Bombenmachern gesucht, um von dort die Spur zu den Terroristen aufzunehmen.

Der Alte habe offensichtlich davon gewußt, wahrscheinlich von seinen Freunden im Mossad.

Borer räumte ein, daß er der Sache, die er für ein amerikanisches Problem hielt, erst Beachtung geschenkt habe, als er von Stefanies Beobachtungen erfuhr. Ihre Version, die ihm der Alte übermittelt habe, wonach Schlammer in der Kaverne an A-Waffen herumbasteln würde, fügte sich plötzlich nahtlos ins Bild der bisherigen Ermittlungen ein.

Gleichzeitig sei er darauf gestoßen, daß ein Iraker namens Hazmoudi die *Schlammer Engineering* besucht hatte. Wozu wohl, hätten sich seine Fahnder gefragt? Die Amerikaner übten ihrerseits Druck aus. Sie glaubten, Mr. Custer, alias ›Keycop‹, sei der geheimnisvolle Einkäufer im Auftrag arabischer Terroristen. Sie waren überzeugt, Mr. Custer sei der Mörder Christens und habe auch Urs Summermatter auf dem Gewissen. Borer stockte und blickte zu Mark und Jessie hinüber, die jedoch unter dem gleichmäßigen Dröhnen der Motoren eingenickt waren.

»Und Sie haben Bill Conklin das abgekauft?« empörte sich Stefanie.

»Keineswegs«, widersprach der Polizeikommandant. Er habe schon früh seine eigene Theorie über den Fall entwickelt, ohne allerdings über stichhaltige Beweise zu verfügen. Dann aber hätten die Ermittlungen im Mordfall Christen direkt zur *Schlammer Engineering* geführt. Die Fingerabdrücke auf den Glasscherben der Bierflasche am Tatort hätten das Blatt dramatisch gewendet. Schlammer habe aber bei seinen Vorgesetzten als unantastbar gegolten. Durch einen Zufall sei ihm dann ihr Bericht in die Hände gefallen, sie wisse schon, seine Frau Melanie betreibe eben den Computer-Crack-Shop.

»Der Titel ›SCHLAMM, SCHLAMMER, AM SCHLAMMIGSTEN‹ mußte ja auffallen«, rechtfertigte sich Borer.

Stefanie wollte gegen die Schnüffelei protestieren, doch

Thomas Borer winkte ab. Es habe keine schlechte Absicht dahintergestanden. Ihre Daten seien versehentlich überspielt worden. Er bezeichnete den Vorfall als schöpferischen Irrtum. Der Glücksfall hätte zur Verhaftung Schlammers führen sollen, aber ...

Ken Custer richtete sich langsam auf und blickte erstaunt in Borers verlegenes Gesicht.

»Dann entdeckten wir den Zusammenhang zu Philadelphia«, wechselte Borer das Thema. »Nun, um mich kurz zu fassen ...«

»Wie kamen Sie denn auf Philadelphia«, unterbrach Ken Custer, dessen Interesse an der Unterhaltung jäh erwacht war.

Die Angestellte Marianne Chaudet habe ihm die Sache mit dem Telefax mitgeteilt, allerdings erst spät, so gegen Mitternacht.

»Was stand denn in diesem Fax?« fragte Stefanie.

»Nicht viel, eigentlich«, antwortete Borer. »Eine Mitteilung der *Schlammer North America.* Die Einweihung dieser verdammten Würfeluhr sei auf neun Uhr abends verschoben worden. Wo und zu welchem Anlaß stand jedoch nicht drin. Im Hauptsitz in Nuclanne wollte niemand von einer Einweihung gehört haben.«

»Aber die *Schlammer North America* hätte doch Bescheid wissen müssen«, warf Stefanie ein.

»War auch sofort mein Gedanke«, bestätigte Borer. »Aber alles war geschlossen. 4. Juli. Feiertag. Und bis das FBI schließlich den zuständigen Geschäftsführer aufgetrieben hatte, war bereits neun Uhr abends vorbei.«

Dann wollte der Polizeikommandant wissen, wie denn Custer vom Attentat auf Philadelphia Wind bekommen habe.

»In der Kaverne«, antwortete Ken. »Im Zusammenhang mit der Anwendung der Funktelefone plauderte Schönhof darüber, wie er für einen irakischen Kunden umfangreiche technische Abklärungen vornehmen mußte. Alles an der Ostküste. Später fanden wir im Laboratorium die Karten mit Sendeleistungen und Funkradien, die alle von der Stadt Philadelphia ausgingen.«

Stefanie senkte den Blick auf die Vergrößerungen, die sie immer noch in ihren Händen hielt, und begann, die Bilder durchzusehen. Die Maschine nahm Kurs auf Genf. Vermutlich überquerten sie gerade die Voralpen, dachte Stefanie, da sah sie den jungen François Clissot, der schräg in der Luft hing, die Hand nach oben ausgestreckt. Das Bild war stark vergrößert, und die rechte Hand des Abstürzenden zeigte genau auf das starre Gesicht des Burschen auf dem Felsvorsprung.

Aber etwas stimmte nicht an dieser Hand.

Stefanie schaute genau hin, dann rührte sie die Erkenntnis wie ein Donnerschlag. Die rechte Hand hatte nur vier Finger, daran bestand kein Zweifel, denn Stefanie zählte auch nur vier Knöchel. Der kleine Finger fehlte. Eine Mißbildung der Natur, genau wie bei ...

»Ken!« schrie sie und suchte vergeblich nach Worten. Die Aufnahme zitterte in ihrem ausgestreckten Arm.

Ken Custer breitete beide Händflächen vor sich aus und blickte erwartungsvoll zu Stefanie, die seine rechte Hand mit den vier Fingern nicht mehr aus den Augen ließ.

»Ich weiß«, gestand er ihr. »In dem Augenblick, als ich in die Tiefe fiel und nach dem Seil griff, in diesen Sekundenbruchteilen riß der Schleier vor meinen Augen: Ich gewann mein Leben zurück, sah mich als Junge, erfaßte, wer ich war, woher ich kam.

Ich war François Clissot, und ›Schladamm‹, wie wir ihn damals nannten, stieß mich absichtlich in die Tiefe.

Der Kampf heute nacht mit Schlammer, der zweite Sturz an der gleichen Stelle, mehr als zwanzig Jahre später, rief die ausgelöschte Erinnerung glasklar zurück. Es ist unfaßbar, und ich fühle mich wie im Rausch, befreit von einem Fluch, von ...« Ken senkte den Kopf auf die Brust und schwieg.

»Von einem Alptraum«, ergänzte Stefanie.

Der fürchterliche Absturz in die tödlichen Strudel des Flusses hatten den jungen François traumatisiert, überlegte sie. Nur im tiefen Unterbewußtsein bäumte sich das Erlebte in den immer gleichen, quälenden Träumen auf, aber der Weg in die Vergangenheit blieb verbarrikadiert. Es brauchte das zweite, fast übermäßig intensive Erlebnis dieser Nacht, den Kampf an genau der gleichen Stelle, um den traumatischen Block zersplittern zu lassen.

»Die Bilder meiner Jugend blitzten gestochen scharf auf«, erklärte Ken, »das Erlebte lief wie im Film ab und blieb haften. Der hämische Ausdruck in Schlammers Gesicht, seine Kleidung, alles bis zum Aufprall ins kalte, schreckliche Wasser.«

Er sah die Fotografien durch, nickte bestätigend und zuckte die Achseln: man erkenne die Gesichtszüge ›Schladamms‹, und die Bilder gäben den Absturz genauso wieder, wie er ihn heute nacht erlebt habe.

»Feiern wir meine neue Identität! Gibt es etwas an Bord zum Anstoßen?« fragte Ken aufgeräumt.

»Die Flugwaffe ist für alle Eventualitäten gerüstet«, antwortete überraschend eine Frauenstimme über Bordfunk, und der Oberleutnant im Pilotensitz drehte sich lachend um. Unter ihrem Helm lugten schwarze Locken hervor, und mit der Hand reichte sie eine Flasche Champagner in den Passagierraum.

»Anruf für Mister Kenneth W. Custer«, sagte die Stimme des Oberleutnants, als Stefanie den Champagner in blecherne Becher der Armee goß.

Custer nahm das ihm hingestreckte kampfgrüne Mikrotelefon und lauschte dem Rauschen in den Kopfhörern.

»Mister Custer, hier spricht der Stabschef des Weißen Haus. Verstehen Sie mich?«

Custer schnitt eine ulkige Grimasse und bedeutete den anderen, mitzuhören.

»Ja, Sir, wo brennt's denn schon wieder?«

Mark grinste. Stefanie schlug die Augen nieder und lauschte angespannt.

»Der Präsident will, daß Sie morgen zu ihm ins Weiße Haus kommen. Einsatzbesprechung, mmh. In Genf steht eine Maschine bereit.«

Ken schaute auf die Uhr. Stefanie hob erwartungsvoll die Brauen und nickte aufmunternd. Die Kinder schauten einander mit großen Augen an.

»Sie meinen heute, Sir. In der Schweiz ist Donnerstag, der 5. Juli?«

»Klar«, rauschte die kräftige Stimme von jenseits des Atlantiks. »Donnerstag. Sie werden auf dem Luftwaffenstützpunkt von Andrews landen. Wir holen Sie dort ab. Gute Nacht, oder, eh, besser guten Morgen.«

»Na, sehen Sie, der Zeitunterschied. Er hat auch sein Gutes. Die Zeitverschiebung hat Amerika gerettet«, antwortete Ken.

»Was meinen Sie damit, Custer?« fragte ein hörbar verdutzter Stabschef.

»Nun, bei uns ist der 4. Juli längst vorbei. Aber ich erkläre es Ihnen morgen, nein, verdammt, heute.«

Jessie kicherte, und Stefanie hielt den Becher hoch.

Custer legte das Mikrotel beiseite und goß sich Champagner von hoch oben in den offenen Mund.

»Wir wußten, daß Frau Kramer beim alten Arik zu Besuch war«, sagte Thomas Borer, als die Pilotin über der Stadt Lausanne abdrehte und die Maschine auf die beleuchtete Uferlinie des Lac Léman einschwenkte.

»Das Motorrad geriet in eine Radarfalle. Die Blitzlichtaufnahme zeigte eine lachende Stefanie Kramer, und dem Fahrer blieb keine andere Wahl, als uns das Fahrziel zu verraten. Leider trafen wir zu spät ein.«

»Wollten Sie mich verhaften?« Stefanie warf Borer einen finsteren Blick zu.

»Nein«, widersprach der Polizeikommandant. »Beschützen, obschon, eh, wir allmählich den Eindruck gewannen, daß Sie das selbst am besten konnten.«

»Die drei Summermatter . . .«, wehrte Stefanie ab.

Borer nickte und sagte: »Als ich dem Bericht entnahm, daß Sie Schlammer auf den Leib rücken wollten, ließ ich Sie laufen. Das war riskant.«

»Warum?«

»Nun, Sie wagten sich in die Höhle des Löwen. Schlammers Leute wollten Sie eliminieren. Andererseits waren Sie, Frau Kramer, für mich lange der einzige Grund, um in die Anlage einzudringen. Befreiung einer Geisel gewissermaßen. Leider überstürzten sich die Ereignisse. Wir wären zu spät gekommen.«

Am internationalen Flughafen Genf-Cointrin erwartete sie der Geschäftsträger der amerikanischen Botschaft. Er entschuldigte sich, daß keine Maschine der Luftwaffe bereitstand, doch habe die Regierung eine *Boeing 737* der *Atlantic Airline* gechartert, und er wies auf einen grauen Riesenvogel, der zu dieser Stunde völlig allein auf der Piste stand.

Ken winkte lässig ab und schritt unbekümmert zum Ausgang des Abfertigungspavillons, während Stefanie bei Tony, Mark und Jessie blieb, die sich eng um sie geschart hatten. Karma setzte sich wachsam vor die Gruppe und spitzte die Ohren. Dann bellte die Hündin.

Custer schaute über die Schultern zurück und hielt jäh inne. Ungeduldig winkte er die Wartenden mit einer Kopfbewegung heran. Sie rührten sich nicht vom Fleck. Mit großen Augen schauten sie ihn an. Er fühlte trotzige, enttäuschte Blicke. Da begriff er und schritt langsam auf sie zu.

Ken wollte Stefanie sagen, daß er sie liebte, sie las es aus seinem Gesicht, aber statt es zu sagen, stammelte er: »Wir gehören jetzt alle zusammen, ich meine, eh, wir trennen uns nie wieder, ich will, daß ihr mit mir nach Amerika kommt, alle. Wir sind jetzt eine Familie.«

Er schaute Stefanie mit leicht erhobenen Brauen an, dann zerfloß sein Gesicht unwiderstehlich in ein Meer von Charme. Dieser Blick, stöhnte sie innerlich, einmal purer blauer Stahl, dann lieblich wie eine sonnige Wiese Vergißmeinnicht.

»Oh, Ken«, rief Stefanie und warf sich ihm an den Hals.

Sie küßten sich, und die Kinder stießen sich schmunzelnd in die Seite. Jessie sah die Sache von der praktischen Seite und forderte die Jungs auf, das Handgepäck zum Flugzeug zu bringen.

Sie hatten die riesige Maschine für sich allein.

Ken tippte Zahlen in das Telefon, das er vom Steward verlangt hatte, nachdem er an Bord gekommen war, und führte mit dem Apparat ein sonderbares Zwiegespräch.

»Was heckst du schon wieder aus?« neckte ihn Stefanie.

»Erinnerst du dich an die Geschichte in Panama, als ich die Codes der Bank ausprobierte?« gab er zurück. »Gut, also jetzt mache ich dasselbe. Ich rufe Geld ab und verteile es.«

»Wem?« Sie machte große Augen.

»Den Kindern natürlich. Nebst vielem anderen haben sie auch ein kleines Anrecht auf eine Belohnung. Und es liegt in meiner Kompetenz, ihnen etwas zukommen zu lassen.« Er lachte verführerisch, drückte mit dem Finger auf die Tasten und lauschte, dann tippte er erneut Zahlen ein.

»Aber Ken«, wandte Stefanie ein, »die Kinder denken doch zuletzt an Geld. Du bringst sie nur in Verlegenheit damit.«

»Du hast völlig recht, Stefanie. Doch das Geld fließt in eine Familienstiftung, in die ›Urs-Summermatter-Stiftung‹ für die Erziehung und Ausbildung der Kinder.«

Sie betrachtete ihn mit Bewunderung in den Augen.

»Wieviel gibst du ihnen?« fragte sie und blickte neugierig auf die

Tastatur, die aber nichts verriet. Aus dem Lautsprecher tönte sentimentale Musik.

Er nahm ihren Kopf sanft in beide Hände, strich mit seinem Mund flüchtig über ihre vollen Lippen und flüsterte ihr etwas ins Ohr.

»Oh«, hauchte Stefanie.

Dann blickte sie Ken forschend an und sagte: »Wenn dir etwas an mir gefällt, sag es jetzt gleich, in diesem Moment.«

Custer schoß einen prüfenden Blick, als müßte er es sich erst gut überlegen, dann antwortete er schmunzelnd: »Deine Augen, sie sind warm, gescheit, gut, ich könnte stundenlang darin lesen, und dein sinnlicher Mund, am liebsten, wenn er still ist . . .« Er küßte sie, bevor sie protestieren konnte.

Als die Maschine zur Startbahn rollte, wählte Ken Custer ein weiteres Mal die Nummer, die er längst auswendig kannte. In Washington bemerkte Susan die Dringlichkeit in seiner Stimme und blieb kurz angebunden.

»COSMO antwortet nicht, Sir. Moment bitte, ich suche ihn, bleiben Sie dran.«

Die schwarze Limousine hatte das Gelände des US Naval Surface Weapons Center in Silver Springs Maryland verlassen und rollte auf der New Hampshire Avenue dem Zentrum von Washington D.C. zu. Das beleuchtete Capitol hob sich vom Nachthimmel ab. Der ältere Herr im dunkelblauen Maßanzug fuhr mit der Hand versonnen über den weißen Scheitel und rieb sich den Nacken, als das Telefon summte. Er schob die Glasscheibe hinter dem Fahrersitz zu und nahm ab. Sein Antlitz hellte sich auf, als er hörte, wer dran war.

»Die Ware ist abgeliefert, der Auftrag ist erledigt«, berichtete Ken Custer. Und COSMO erwiderte: »Gut, Ken, bleiben Sie in Kontakt.«

COSMO war informiert worden, daß die *Gulfstream IV* mit den Kofferbomben um 23:45 in Bern-Belp gestartet war. Sie würde um 5:00 Ortszeit im Hochland Kolumbiens eintreffen.

Geheimagent Captain Jeremy Kline war vorgesehen, die A-Waffen in seinem Hubschrauber ins Hauptquartier des Cali-Kartells zu transportieren. Im urzeitlichen Bollwerk der Megalithanlage würde er sie in den frühen Morgenstunden des 5. Juli dem alten Cali persönlich aushändigen.

Alles verlief nach Plan. Auf Custer war wie immer Verlaß gewesen. COSMO lehnte sich befriedigt zurück und schaute zum Seitenfenster hinaus. In der Ferne, am Ufer des Potomac, schossen die farbigen Sträuße des Feuerwerks zum 4. Juli in den Nachthimmel.

74

In Zürich griff Rechtsanwalt Großenbacher am frühen Nachmittag des 5. Juli nach seinem Notizbuch und suchte die Telefonnummer, die ihm Custer vor langer Zeit unten im Banktresor an der Bahnhofstraße mitgeteilt hatte. Die Nachrichten über die Ereignisse in Nuclanne hatten sich überstürzt, und der Name seines Klienten in den Schlagzeilen ärgerte den Anwalt. Er wollte wissen, woran er war, und wählte die Spezialnummer.

»White House«, meldete sich eine Männerstimme aus dem morgenfrischen Washington.

Großenbacher verlangte pflichtgemäß das Verifikationsbüro und durchlief mit der Frau am anderen Ende der Leitung das Verfahren, um die Echtheit seiner Informationen bestätigen zu lassen.

Beruhigt legte Großenbacher dann wieder auf. Sein Klient hielt zweifellos, was er versprochen hatte. Custer arbeitete tatsächlich als hochrangiger Agent der Regierung. Er stand unter dem Schutz des amerikanischen Präsidenten. Genau wie es im Schreiben gestanden hatte.

In der Megalithanlage der Tierra Sagrada im kolumbianischen Hochland rieb sich der Drogengewaltige Cali de Cali zufrieden die Hände und überschaute triumphierend die für die Übertragung hergerichtete Bühne. Ein großer Videoprojektor im vorderen Teil des Tempels warf buntes Licht auf die große Leinwand, über der sich in schwarzem Marmor der widerlich entstellte, zottige Ziegenbock auftürmte. Die rätselhafte Gottheit aus weißem Gestein holte mit dem glänzenden Schwert zum fürchterlich rächenden Schlag aus. Die Klinge zielte auf das einhörnige Monster und auf die Leinwand, wo in Kürze die Erzfeinde von Cali de Cali im Bild erscheinen würden.

»Wir werden die Gringos in Angst und Schrecken jagen«, rief Cali der Engelsgestalt zu und schlug begeistert die Faust in die Handfläche. Dann schweifte sein Blick ins Auditorium. Lange Reihen von Stühlen standen für die rund einhundert Kaderleute des Cali-Kartells bereit. Der Drogenboß stellte sich ihre betäubten Gesichter vor, wenn auf der Leinwand schon bald der Präsident der Vereinigten Staaten erscheinen würde, um mit ihm, dem mächtigen Cali zu verhandeln.

Am frühen Morgen war eine *Boeing 737* auf der Piste am Rande des Stausees gelandet. Busse hatten die aus ganz Kolumbien, Costa Rica, Panama, den Bahamas, Grand Cayman, Florida, Kalifornien und New York angereisten Drogenchefs zur Kaserne gebracht. Während sie darauf warteten, zum großen Boß in den Tempel gebracht zu werden, führte Captain Kline die Besucher in Gruppen durch die moderne Sendestation.

Die Männer, alle Schlüsselfiguren des Cali-Kartells, standen in den USA und anderen Ländern auf den Fahndungslisten. Auf die meisten Köpfe hatte die DEA sogar Prämien ausgesetzt. Mit gleichgültigem Blick starrten die heranbefohlenen Kaderleute auf all die Geräte vom neuesten Stand der Technik. Verbindungen über Telefon, Telefax, Fernsehen, Computer liefen über Glasfaserkabel, Parabolantennen und Satelliten in alle Erdteile. Erst als Kline mit der Gruppe durch das weitläufige Munitionslager mit der Waffenkammer unter dem Tempel lief, hellten sich die Gesichter auf. Manch einer betastete mit Kennergriff Handgranaten, Hohlpanzerraketen oder klopfte mit dummem Grinsen auf die endlosen Reihen von Spengstoffkisten.

Über ihnen, im Tempelinnern, stützte sich der alte Cali in der Bühnenmitte mit beiden Armen auf den großen, rechteckigen Tisch, auf den Kline die beiden braunen Bombenkoffer gelegt hatte. In Gedanken übte der Drogengewaltige seinen Auftritt. Er trat vom Tisch weg, murmelte Sätze, gestikulierte, hielt inne und begann von neuem. Die Show mußte sitzen. Rund um den Tisch warteten sechs Stühle auf die Ressortchefs, seine engsten Vertrauten. Er nannte sie Kommandanten. Custer würde nicht am Tisch sitzen. Der Amerikaner habe die Maschine verpaßt, hieß es. Die Erklärung beunruhigte Cali. Er wollte selbst mit Custer sprechen und schritt zum Korpus neben der Leinwand, wo ein Telefonapparat stand. Da sah er den greisen Padre mit wallender weißer Mähne durch die Tempelhalle heraneilen. Seine Hand umklammerte einen Gegenstand, den er dem alten Cali aufgeregt entgegenstreckte.

»Eine dringende Sendung«, platzte er heraus. »Eine Videokassette von deinem Sohn, Filiberto.«

Der Ärger Calis über die lästige Störung verflog augenblicklich. »Leg sie in das Wiedergabegerät«, wies er den nervösen Padre an.

»Wahrscheinlich eine von Filibertos originellen Grußbotschaften, mit nackten Weibern.« Cali grinste lustvoll.

Dann erstarrten seine Gesichtszüge jäh, als auf der Leinwand plötzlich der abgehauene Kopf seines Sohnes in ganzer Größe ins Bild schoß. Grauenhaft, wie das entstellte Gesicht aus der Fotze glotzte.

Die schreckliche, obszöne Szene erfüllte den ganzen riesigen Tempelraum. Fassungslos stammelnd, suchte Cali Halt am Tisch. Zitternd streckte er den Arm schwerfällig zur Götzenfigur hinauf.

»Der Erzengel hat meinen Sohn geköpft, geschändet, in einer Hurenfotze erstickt, sieh doch, Padre.«

Mit beiden Arme zeigte er zum niedersausenden Schwert empor, während auf der Leinwand nun das fürchterliche Loch im enthaupteten Rumpf Filibertos groß ins Bild rückte. Das Herz fehlte und steckte in Filibertos aufgesperrtem Maul.

Der Padre hatte sich mit offenem Mund und gläsernem Blick hingesetzt, die Hände auf den Magen gepreßt.

Der Drogengewaltige, am ganzen Körper bebend, schrumpfte zur jämmerlichen Gestalt zusammen. Die Hände an die eingefallenen Wangen seines aschfahlen Greisengesichts klatschend, würgte und schrie er, erhob die Faust und schwor in abgehackten Lauten fürchterliche Rache. Endlich rappelte sich der Padre auf und humpelte zum Telefon.

Die blutige Schrift ›Rache! Auge um Auge, Herz um Herz‹ gab Cali den Rest. Ohne die Zurufe des Padre zu beachten, wankte Cali wie ein altes Weib jammernd und keifend dem Ausgang zu, als der Sanitäter hereinstürmte. Er spritzte dem verstörten Boß ein Beruhigungsmittel.

Im geräumigen Appartement an der 69. Straße East in New York City schmiegte sich Stefanie Kramer um die gleiche Zeit eng an Kens nackten schönen Körper und ließ ihren Blick über die breite Brust zu den kräftigen, ausgestreckten Beinen schweifen. Ken lag entspannt auf dem Rücken, seine Hand wanderte über ihren Schenkel, den sie neckisch über sein Becken schob. Ein wonniges Glücksgefühl durchströmte ihn, wie er es in seinem ganzen Leben noch nie verspürt hatte. Ihm war, als wäre er von weit her nach Hause zurückgekommen. Seit ihrer Ankunft am frühen Morgen hatten sie kein Auge zugetan. Während Mark, Tony und Jessie müde in ihre Betten sanken, vereinigten sich die beiden Liebenden in leidenschaftlichen Umarmungen.

Sie liebkosten sich mit Worten, Händen, Blicken, und als Stefanie glaubte, das wunderbare Wesen eines Mannes neben ihr sei ermattet, überraschte er sie erneut mit sinnesraubender, phantasievoller, zärtlicher Liebeskraft.

Er brach das Zeitlose in ihr auf, versetzte sie in einen Zustand, der nicht sichtbar, nicht hörbar, nicht greifbar war.

Stefanie genoß die Gewißheit, den Helden, der ihr Herz eroberte, gefunden zu haben. Großvater hatte recht gehabt im Traum: Es gab noch richtige, wahrhaftige Männer.

Dann erzählte Ken von COSMO. Scarlett habe lange Zeit mit der geheimnisumwitterten, einflußreichen Persönlichkeit zusammengelebt. Er sei als ›mystery man‹ dort auf den Plan getreten, wo die amerikanischen Geheimdienste an die Grenzen ihrer Möglichkeiten stießen.

»Als mich die CIA nach dem Debakel von Libyen auf die Abschußliste setzte, holte mich COSMO«, erzählte Ken. »Wir bereiteten dann die Infiltration der kolumbianischen Drogenkartelle vor. Zuerst in Panama, dann in Kolumbien.

Panama gefiel mir. Während all der Jahre genoß ich das Leben. Der Job war erstklassig, die Mittel für Neuanschaffungen unbeschränkt. In kurzer Zeit baute ich einen hervorragenden Nachrichtendienst auf. Zudem ... besaß ich eine Villa am Meer, hatte eine luxuriöse Motoryacht zur Verfügung und flog einen eigenen Helikopter. Ich trieb viel Sport, Laufen, Karate, Schießen, Schwimmen, Tennis, was du willst. Ich fühlte mich stark und hätte Berge versetzen können. Nach dem Sturz des Diktators war mein Wechsel in die Organisation des Cali-Kartells dann beinahe eine Selbstverständlichkeit.«

Stefanie lauschte gebannt. Sie hatte jedes Zeitgefühl verloren. Polizeisirenen und das Gewinsel von Rettungswagen durchbrachen das dumpfe, gleichmäßige Rollen des Verkehrs unten auf der 3. Avenue. Sie betrachtete gedankenversunken die graue Fassade des gegenüberliegenden Hauses, das sich nach oben pyramidenförmig verengte, allerdings nicht zu einer schmalen, ästhetisch angenehmen Spitze, sondern zu einem klotzigen Quader, der die Motoren der Aufzüge und Klimageräte beherbergte.

»COSMO gab mir alle denkbare Unterstützung«, drang die kräftige Stimme Kens an ihr Ohr. »Meine hervorragende Tarnung als Vertrauter von Cali hatte die unliebsame Folge, daß ich auf die Liste der meistgesuchten Drogenkriminellen geriet. Weder die CIA noch das FBI oder sonst eine Dienststelle durften von meiner wahren Mission wissen, sonst wäre ich früher oder später aufgeflogen.

Also mußte ich mich wohl oder übel mit den Burschen, die mich erledigen wollten, herumschlagen. Conklin vom NSA, den du in Bern ausgetrickst hast, kam mir ein paarmal verdammt nahe. Die CIA erteilte schließlich doch noch den Befehl an alle Agenten, mich zu liquidieren. Im Notfall half mir aber stets COSMO. Im Gegenzug ließ ich ab und zu wichtige Informationen über die geplanten Aktionen der Kartelle einfließen. Du erinnerst dich an den mit Geräten vollgepackten Raum in der ›Lindenegg‹?« Stefanie nickte. Wie sollte sie auch diese Eindrücke vergessen.

»Aus von Alps Sendezentrum in der ›Lindenegg‹ speisten wir Informationen in die Systeme der amerikanischen Dienststellen ein. Und weil Theos Sendestation in unmittelbarer Nähe des schweizerischen Kurzwellensenders stand, glaubte am Schluß das Bundessicherheitsamt NSA, daß die Schweizer all diese Meldungen eingespeist hatten. Die Amerikaner wurden in der Schweiz vorstellig, und das diplomatische Scharmützel trübte die guten Beziehungen zwischen Bern und Washington.« Ken schmunzelte. »Wir sendeten natürlich weiter. Mit gezielten Informationen retteten wir vermutlich manches Leben und verhalfen den Behörden im Kampf gegen die Syndikate zu ihren dringend benötigten Erfolgen.«

Stefanie strich mit dem Finger bewundernd über seine Lippen. »Und was geschieht jetzt?«

»Wie? Ach so, jetzt fliegt alles auf. Ich kenne ja die gesamten

Finanztransaktionen Calis bis in alle Einzelheiten, einschließlich der geheimen Kennworte. Morgen werden in der Schweiz die Milliarden beschlagnahmt!«

Nach einer Weile fragte sie ihn, wie er damals, nach dem Sturz vom Felsen, eigentlich nach Amerika gelangt sei.

»Scarlett«, sagte Ken, »war nach Lausanne, am Lac Léman, gekommen, um einen Bericht zu schreiben. Als wenn es gestern gewesen wäre, höre ich sie jetzt noch, wie sie mir damals alles erzählt hat . . .

Sie logierte im alten Grand Hotel. Vom Balkon ihres Zimmers genoß sie die Weite des Léman bis hin zu den Bergen am Ausgang des Rhonetals. Die Stadt Lausanne erstreckte sich vom See in die Hügel, ihre Häuser schön geordnet wie Sitzreihen im Theater, umgeben von Rebbergen, wo die besten Weißweintrauben wuchsen. Sie war vor zwei Wochen hier angekommen, um wieder über die kleine, reiche Schweiz zu schreiben. Nicht das erste Mal. Schon sechs Jahren zuvor hatte sie einen Bericht für das National Geographic Magazine verfaßt. Sie saß am kleinen Hafen, auf einer Terrasse. Auf der anderen Seeseite lag Frankreich, weiter hinten glänzten die Alpen. Das schöne Wetter zog viele Leute ans Ufer. Radfahrer in ihren Clubfarben, ältere Frauen, gebeugt, am Spazierstock, mit entschlossenem Kinn, Liebespaare Arm in Arm, alte Männer in straffen Anzügen, die ihre gebrechliche Figur zusammenhielten, Skateboarder. Auf dem See glitten die weißen Segler lautlos vorbei.

Da beschloß sie, einen Ausflug ins Hinterland zu unternehmen, und gelangte an den Fluß, in dem sie mich leblos dahintreiben sah. Sie war eine gute Schwimmerin, Mitglied des amerikanischen Olympiateams von Tokio 1964, glaube ich, und, nun . . . Scarlett sprang in die kalten Fluten und rettete mich.«

»Zum Glück, mein Liebster, aber wie schmuggelte sie dich nach Amerika?«

»Mit COSMOS Hilfe natürlich. Er arbeitete in Genf in wichtiger Mission, wie immer. Er arrangierte alles. In der Schweiz galt ich als tot, in den USA bin ich wieder auferstanden, so einfach war das. Sie gaben mir eine neue Identität, und wenn ich dich nicht getroffen hätte . . .«

Wie der geheimnisvolle COSMO mit richtigem Name heiße, wollte Stefanie wissen und kuschelte sich näher an ihn. Doch er vertröstete sie auf später. Da er immer noch der strikten Schweigepflicht unterstehe, könne er das ›Supergehirn‹ nicht preisgeben. »Nicht mehr lange, Schatz, dann quittiere ich den Dienst, schließlich bin ich ja jetzt Schweizer.«

»Und welch ein Prachtexemplar«, fügte Stefanie begeistert hinzu. »Erzähl weiter, bitte.«

Viel gebe es eigentlich nicht mehr zu berichten, wandte er ein. Die Penetration der Kartellorganisation sei eine langfristige Mission mit höchster Geheimhaltung gewesen. Wahrscheinlich wußte außer COSMO und ein paar Leuten aus seinem engsten Kreis niemand richtig darüber Bescheid. Vermutlich nicht einmal die Präsidenten.

»Scarlett trennte sich dann von COSMO«, fügte Ken hinzu, »es gab Geschichten mit Frauen, jungen Mädchen, und . . .«

»Wo sind die Kofferbomben jetzt?« fragte Stefanie, die sich nicht für COSMOS Seitensprünge interessierte.

»Nun, meine Aufgabe war in dem Moment beendet, als die Bomben an COSMO übergeben wurden. Das ist gestern geschehen. Wie er mir sagte, werden sie nach Los Alamos in die Atombombenfabrik der Regierung verfrachtet, um dort zerlegt und dann vernichtet zu werden. In Los Alamos werden diese ›Carry-on nukes‹ inzwischen auch eingetroffen sein.«

»Mir bleibt schleierhaft«, begann Stefanie, »daß die riesigen Geldströme des Kartells nicht Aufsehen erregt haben. Ich meine, die internen Kontrollorgane der Banken mußten doch stutzig werden, sonst taugt das ganze Abwehrsystem der Schweizer gegen die Geldwäscherei nichts.«

»Es taugt auch nicht viel«, erwiderte Ken. »Schau, das Kartell bringt der *CTBP* in Genf, sagen wir, zehn Millionen. Die *CTBP* überweist die Kohlen auf ihr Konto bei der Schweizer Bankunion in Zürich, klar? Die Bankunion nimmt an, es seien Guthaben der *CTBP*. Das Geld der einen Bank liegt auf der anderen Bank. Der wahre Berechtigte, also das Kartell, bleibt geheim. Nur die *CTBP* weiß Bescheid, führt aber selbst in ihren Büchern gar kein Konto für das Kartell. Sie gibt dafür ihren Namen her, und deshalb können die Prüfer der Aufsichtsbehörde auch nichts feststellen.«

»Das ist ja perfekter als jedes Nummernkonto. Die Anonymität ist total«, staunte Stefanie.

»Natürlich, die Schweizer Banken wußten sich immer zu helfen. Allerdings gewährten sie diese besondere Dienstleistung nur einigen ausgewählten Superkunden.«

»Das Kartell gehörte offensichtlich auch dazu!« hielt Stefanie fest.

»Die *CTBP Commerce & Trade Bank* in Genf unterhielt natürlich in jeder Großbank in Zürich mehrere Konten, die alle auf den Namen der *CTBP* lauteten«, erklärte Ken weiter. »Somit stellte sich die Frage der Identität der Kontoinhaber und des geschäftlichen Hintergrundes nie. Die *CTBP* wurde wie jede andere Bank, die mit den Großbanken Beziehungen unterhielt, bevorzugt behandelt.«

»Aber warum dann die freiwilligen Einschränkungen, warum das gut eingespielte System stillegen?«

»Stillegen kann man nicht sagen, sondern auf niedrige Touren schalten. Der Grund lag in der Schnüffelei eines Staatsanwalts in Zürich, der irgendwie Lunte gerochen hatte. Großenbacher brachte in Erfahrung, daß sie die Geldkuriere beschatten wollten.«

»Was heißt das genau?«

»Nun, das wußten wir zuerst auch nicht.« Ken angelte nach der Dose ›Citrus Obsession‹ und schlürfte zwei Schlucke heraus. »Hm, beschatten hörte sich ziemlich harmlos an, veraltet. Aber maßgeblich blieb die Tatsache, daß die Polizei die *CTBP* aufs Korn nahm. Das genügte uns, um auf Tauchstation zu gehen. Erst später vernahmen wir, daß die Schweizer hochempfindliche Geräte einsetzten.«

»Und welche?«

»Richtmikrophone, Videokameras, Telefonüberwachung. Vor allem aber versuchten sie, die Computer der Großbanken zu knacken, genau wie das auch die NSA tat, das amerikanische Bundessicherheitsamt. Sie überwachten mit anderen Worten den elektronischen Bankverkehr.«

Ken erinnerte sich noch lebhaft an die Krise. Innerhalb der Organisation sah er sich plötzlich heftigen Anfeindungen ausgesetzt. Die Neider hatten Oberwasser bekommen. Sie beschuldigten ihn, alles auf eine Karte gesetzt zu haben. Jetzt sei der Kreislauf gefährdet, der Lebensnerv abgeschnitten. Er sei verantwortlich. Man wollte seinen Kopf.

»Zum Glück fiel die Mauer«, sagte Ken plötzlich.

»Die Berliner Mauer?«

»Ja, natürlich, welche denn sonst?«

»Natürlich«, spottete Stefanie, »die Mauer fiel als gütige Fügung bebend dir zu Füßen, wie könnte es auch anders sein.«

»Sie fiel mir tatsächlich als gütige Fügung zu Füßen. Ich meine, die Liberalisierung im Osten eröffnete gerade rechtzeitig völlig neue Perspektiven«, erwiderte Ken unerschütterlich.

»Mir ist völlig schleierhaft, wovon du sprichst«, beklagte sich Stefanie und warf ihm einen gespielt bösen Blick zu.

»Nun, der Geldverkehr wurde immer schärfer überwacht. Die Schweizer arbeiteten eng mit der internationalen Task Force gegen die Geldwäscherei zusammen, ›FATF‹ genannt. Den wunden

Punkt in meinem System bildete das in enormen Mengen eingeflogene Bargeld. Früher oder später würde auch die *CTBP* in Genf erklären müssen, wo die vielen Banknoten herkamen. Also suchte ich nach Orten, wo amerikanische Zwanzigdollarscheine und Hundertdollarscheine nicht suspekt, sondern höchst willkommen waren.«

»Der Osten . . .«, hauchte Stefanie fassungslos.

»Genau, zuerst Budapest, dann Moskau. Am Schluß schleusten wir fast achtzig Prozent der Gelder über Ungarn und Rußland. Die Banken reißen sich um die Gelder und interessieren sich keinen Deut um die Herkunft.«

»Aber diese Task Force müßte ja dagegen etwas unternehmen«, wandte Stefanie ein.

»Die ›FATF‹ ist völlig machtlos. Im Osten fließen erstmals seit Jahrzehnten riesige Geldmengen: Dollar, Pfund, Franken, D-Mark. Das ist irrsinnig attraktiv. Glaubst du, die lassen sich das Geschäft vermiesen, das eben erst richtig angelaufen ist?«

»Von den Banken in Budapest und Moskau fließt das Geld schön reingewaschen zur CTBP nach Genf, stimmt's?« fragte Stefanie.

»Du hast den Nagel auf den Kopf getroffen.« Ken schmunzelte.

»Und in Genf sind diese Milliardenbeträge jetzt beschlagnahmt worden. Der Plan ging schließlich auf. Ende gut, alles gut. COSMO ist ein Genie, zwar . . .« Er runzelte die Stirn.

»Du bist das Genie«, widersprach Stefanie. »Du bist der Held, mein Held«, fügte sie stolz hinzu.

Er küßte sie zärtlich, dann stand er auf und nahm vom Bücherregal einen lindgrünen Umschlag. Dabei fiel sein Blick durchs Fenster in die 69. Straße. Die alten braunen Steinhäuser standen unter Denkmalschutz, und hochstämmige Bäume säumten beide Straßenseiten. Sogar in der breiten 3. Avenue hatten sie welche hingepflanzt. Die Gegend wirkte wohltuend grün.

»Scarlett las mir eines Tages dieses Gedicht vor.« Ken setzte sich auf die Bettkante, und Stefanie schlang ihre Arme um ihn.

»Eines Tages wirst du begreifen, Ken, warum wir kreisen. Alles, was geschieht, hat einen tiefen, göttlichen Sinn, lehrte mich meine Adoptivmutter«, sagte er leise und las vor:

Ich kreise um Gott, um den uralten Turm,
und ich kreise Jahrtausende lang,
und ich weiß noch nicht: Bin ich ein Falke, ein Sturm
oder ein großer Gesang.

Eine Weile verharrten sie stumm und nachdenklich, dann brach er die Stille: »Gestern Nacht, als ich an der Felsplatte über dem Abgrund hing, begriff ich das Gedicht. Mein Leben hat wieder Sinn bekommen.«

Stefanie zog Ken aufs Bett und schwang sich sanft über ihn. »Du bist mein großer Gesang, mein Falke, mein Sturm«, flüsterte sie ihm ins Ohr.

75 Im Süden Kolumbiens, Donnerstag, 5. Juli

Während sich in New York Stefanie und Ken glücklich und sorglos umschlungen hielten, hatten im Hochland Kolumbiens die Schlüsselfiguren des Cali-Kartells im Tempel Platz genommen.

Vorne auf der Bühne am langen Tisch vor der Bildschirmwand hockten die unförmigen Gestalten der Kommandanten.

Die Ressortchefs starrten stumpf auf die flackernden Farbfetzen auf der Leinwand, die sich plötzlich in scharfe Konturen eines Mannes auflösten, der wie ein Nachrichtensprecher mit grimmigem Ausdruck an einem Tisch saß. Im Hintergrund hing ein Sternenbanner schlaff von der Fahnenstange. Das Stimmengewirr im Tempel verstummte augenblicklich.

Im Weißen Haus in Washington schaute zur selben Zeit ein ungehaltener Stabschef skeptisch auf seinen Monitor. Er blickte in eine Runde von Schurkengesichtern und bemerkte die zwei braunen Reisekoffer, die, nichts Gutes verheißend, mitten auf dem großen Tisch lagen.

Der alte Cali de Cali hatte sein Ziel erreicht. Der Präsident der Vereinigten Staaten hatte widerstrebend in die Videokonferenz eingewilligt, jedoch seinen Stabschef zum ultimativ geforderten Gespräch mit dem Drogenverbrecher delegiert.

Cali hatte sich einigermaßen vom Schock erholt. Seine unsägliche Wut war einer kühlen Berechnung gewichen, und die Routine des Alten im Umgang mit Mord und Totschlag gewann wieder die Oberhand.

Er hielt die furchtbare Schändung seines Sohns für ein Werk der amerikanischen Drogenpolizei.

Cali hatte sich gesammelt. Den Auftritt vor seinen versammelten Gefolgsleuten wollte er sich nicht verderben lassen. Nein, jetzt würde er erst recht zuschlagen. Die Gewißheit, schon bald seinen Sohn zu rächen, verlieh Cali de Cali eine unheimliche Ruhe und verbrecherische Lust, wie er sie noch nie verspürt hatte.

»Buenos días, Gringo«, begrüßte er den Stabschef grimmig und kam ohne Umschweife auf den Punkt.

Als die Kamera auf einen der braunen Koffer schwenkte, dessen Deckel nun aufgeklappt wurde, eröffnete der Kartellgewaltige dem Vertreter der Supermacht, daß die Zeit der Abrechnung gekommen sei. Die nuklearen Fünfzehn-Kilotonnen-Bomben, die sich in den Koffern befänden, würden in den Vereinigten Staaten zur Explosion gebracht. Weitere Geschosse stünden bereit, um irgendwo in Amerika hochzugehen, sofern die Regierung der USA die Bedingungen des Kartells nicht erfüllte.

»Welches sind die Bedingungen?« fragte ein konsternierter Stabschef mit angespannter Stimme.

»Abwarten«, gebot der alte Cali überlegen, »zuerst überzeugen wir euch, daß wir nicht bluffen. Die Bombe hier auf dem Tisch funktioniert. Sie ist betriebsbereit. Die Kamera zog den offenen Reisekoffer näher heran, und eine andere Stimme setzte mit Erklärungen ein, während jemand mit einem Stab auf die angesprochenen, deutlich erkennbaren Teile der Bombe zeigte.

»Hier befindet sich der ferngesteuerte Zündmechanismus«, sagte die Stimme, und der Stab stocherte gefährlich am schwarzen Kästchen herum. Cali stand neben dem Tisch und blickte triumphierend in die Runde.

Im Weißen Haus überzeugten sich die eiligst herbeigerufenen Spezialisten, daß sie der Drogenboß keineswegs zum Narren hielt:

Sie sahen die furchteinflößenden, unverkennbaren Komponenten einer Atombombe des Kanonentyps.

Während der alte Cali seine Bedingungen für die Anerkennung seines Imperiums formulierte, den Abzug der Drogenpolizei und einen Freipaß für die Operationen des Kartells forderte, schwebte einige Kilometer entfernt ein Hubschrauber hundert Meter über riesigen Kokafeldern.

Captain Jeremy Kline hielt die Maschine in einer steten Lage im Schutz einer Hügelkuppe, während neben ihm der ältere, grauhaarige Mann die Tasten eines Funktelefons drückte, das Gerät an die Ohren preßte und diesen Vorgang mehrmal wiederholte.

COSMO hatte soeben den Senderempfänger der Kofferbombe auf dem Tisch vor der Videowand in Calis Befehlszentrale angewählt.

Die Angaben von Custer stimmten, der Dialog funktionierte. Auf den Kerl war einfach Verlaß, dachte COSMO.

Da hörte er, wie die Stimme ihn aufforderte, die Neun zu drücken, um die Bombe zu zünden.

Jack Weisborn zögerte.

Er schaute anerkennend auf den jungen, ins Kartell eingeschleusten Agenten, der gestern nacht mit den beiden Fünfzehn-Kilotonnen-Atombomben zum Kommandozentrum hinaufgeflogen war, wo der alte Cali die begehrten Waffen gierig entgegennahm.

Jeremy Kline hatte sich dann unter einem Vorwand abgesetzt, um COSMO zu berichten, daß die gesamte Führungsmannschaft des Megakartells wie erwartet zur historischen Konferenz eingetroffen war.

»Die A-Explosion wird das Drogensyndikat ausradieren, Kline«, sagte Jack Weisborn. »Damit habe ich mein Lebensziel erreicht. Es gab keinen anderen Ausweg, um mein Land von der Zerstörungskraft der Droge zu befreien. Diese Geißel treibt Amerika in den sicheren Niedergang. Ich reiße das Übel mit den Wurzeln aus.«

Der Pilot warf seinem Passagier einen kurzen, erstaunten Blick zu. Dann konzentrierte er sich wieder auf die Anzeigen.

»Die Bomben werden aber noch eine andere, größere Wirkung entfalten, Kline«, fuhr Weisborn fort. »Sie werden die Welt aufrütteln. Die unheimliche Gefahr der A-Waffenverbreitung, überall unterschätzt und verdrängt, wird allen Menschen wieder klar vor Augen treten. Man wird die Waffen und alle, die damit zu tun haben, ächten. Dafür lohnen sich Opfer, Kline.«

Der Hubschrauber schwebte leicht hin und her. Der Pliot blieb stumm, den Steuerknüppel sicher im Griff.

»Sehen Sie, Kline, es ist eine Auseinandersetzung um Sein oder Nichtsein. Ein geistiger Kampf. Die fanatischen Fundamentalisten im Iran halten sich für die Klügsten. Nach ihrem Plan sollten die Vereinigten Staaten als *Opfer* gebrandmarkt werden. Sie wollten Philadelphia ausradieren. Der Irak sollte den *Sündenbock* spielen. Cali de Cali, das *Schlitzohr,* wäre der lachende Dritte gewesen. Er finanzierte den Anschlag auf Philadelphia und wollte daraus Kapital schlagen. Philadelphia wäre die Ouverture zu seinem tödlichen Erpresserspiel mit den USA geworden. Die *Strategie* hat Oberst Fahimi in Teheran ausgearbeitet. Beinahe wäre sein Plan aufgegangen. Hazmoudi stand in seinem Sold und lenkte den Verdacht auf Bagdad. Die Fanatiker in Teheran wollten Krieg zwischen den USA und dem Irak provozieren, um im entstehenden Chaos die weltlichen arabischen Regierungen zu stürzen und die Macht im ganzen Mittleren Osten zu übernehmen.

Ich befürchte, wir müssen Fahimi einen dicken Strich durch die Rechnung machen, Kline. Wir sind klüger, Captain. Fanatismus ist ein Denkfehler. Er muß ausgerottet werden. Die Bomben werden auch Fahimi und seine islamistische Clique wegfegen. Ich bin das wahre Genie, Captain.«

Der Pilot blickte nachdenklich zu Weisborn hinüber.

»Aber viel wichtiger, Kline, wir retten Tausende von jungen amerikanischen Leben. Mit zwei kleinen Nukes, wumm, weg ist Calis Organisation, zermalmt, und die arroganten Drogenschurken werden nuklear karbonisiert . . .«

Das schrille, verrückte Lachen Weisborns übertönte das stete Klopfen des Hubschraubermotors.

Die Maschine schwebte sanft auf und ab. Wo das Auge hinsah, wogte ein Meer von Kokablättern. Die endlosen Reihen der grünen Pflanzen verloren sich in zusammenlaufenden Linien am Horizont.

»Und die Frauen und Kinder, hier unten?« fragte Jeremy Kline aus Charleston.

»Was?« Weisborn schaute verdutzt zum Piloten. »Oh, die . . . ich schere mich den Teufel darum. Das ist doch alles die gleiche verdammte Brut! . . . Augen schließen«, befahl er jäh in scharfem Ton und drückte die Neunertaste.

Der gewaltige Lichtblitz der Atombombenexplosionen in ungefähr vier Kilometern Entfernung würde selbst durch die fest zusammengekniffenen Augen noch qualvoll ins Gehirn brennen, dachte Weisborn. Ein riesiges grellrotes Flammenmeer würde hinter seinen Lidern aufleuchten. Er wartete angespannt auf den stechenden Schmerz, die Fäuste ängstlich um den Dreipunkteverschluß des Sitzgurtes geklammert.

Aber nichts geschah.

Nach einer Weile öffnete Weisborn zaghaft die Augen. »Was ist los, verdammt noch mal!« Wieder drückte er die Neunertaste.

Keine Explosion.

»Ich hörte eine Detonation«, sagte der Pilot, doch Weisborn winkte schroff ab. »Unmöglich, die Druckwelle hätte uns schon längst erreicht. Sie würde uns um die Ohren sausen, Kline, Bäume knicken, Dreck und Staub emporschleudern, das Kokafeld unter uns zerpeitschen, und die Kiste würde ganz schön herumgeworfen, nein, Kline, etwas ist faul.«

Er spähte grimmig nach vorne, dann auf das Steuergerät in seiner Hand. »Wir gehen näher ran, Captain, mal sehen, ob wir bessere Funkverbindung kriegen.«

Der Heli senkte seine Nase ab und nahm Kurs auf Don Calis Tierra Sagrada. Nach ein paar Minuten sahen sie die breite, schwarze, sich langsam in den tiefblauen Himmel hinaufschraubende Rauchsäule.

»Kline, etwas ist schiefgelaufen, das ist keine Atomexplosion. Los, wir fliegen hin, ich muß ... ich will ... sehen, was ... verdamm ...« Er brach ab, seine Augen weiteten sich vor Staunen, Wut, Ungeduld.

Als sich der Helikopter mit dumpfem Klopfen der Megalithanlage näherte, schlug ihnen ein apokalyptisches Bild biblischen Ausmaßes entgegen. Die Explosion hatte einen riesigen, tiefen Krater in den Boden gerissen, die mächtigen roten Quader der Tempelanlage zersprengt, in die Luft gejagt und als Splitterbrokken in einem weiten Umkreis zerstreut. Wo einst der Tempel stand, wirbelte schwarzer, rötlichgrauer, dicker Qualm aus einem zischenden Flammenmeer empor.

»Calis Leute hatten mindestens fünftausend Tonnen Munition unter dem Tempel eingelagert«, informierte Kline und starrte fassungslos auf das Bild der Zerstörung. Kein Lebewesen in Sicht, nur Trümmer, Staub, Rauch, Feuer und ... Captain Kline wurde übel, zerrissene, verkohlte, blutige Körperteile. »Nein«, entfuhr es dem Piloten, als ihm die Umrisse eines nackten weiblichen Rumpfes auf verkohlter Erde ins Auge stachen. Dann, mit Erleichterung, erkannte er sie wieder: die Marmorfigur von Don Calis abstruser Gottheit, auseinandergesprengt, jämmerlich in Schutt und Asche gelegt.

Weisborn zischte durch die Zähne. Er zeigte ungeduldig nach

vorne, aber Kline sah das Handzeichen nicht. Seine Aufmerksamkeit galt jetzt dem Platz zwischen den Gebäuden, wo er früher zu landen pflegte. Auf der einen Seite lagen wirr übereinander, wie von einem gewaltigen Erdbeben verschoben, die Steinklötze von Calis Residenz. Gegenüber schossen Flammen aus dem eingestürzten Trakt, wo sich die Sender, Generatoren und weitere technische Anlagen befanden. Jetzt brannten sie lichterloh. Eine glühend rote Masse wälzte sich wie ein dünner Lavastrom unter den eingestürzten Gesteinsriegeln hindurch zur Platzmitte.

»Unter dem Platz vor dem Tempel liegen die Treibstoffvorräte«, warnte Kline, »der Boden ist benzingetränkt, wir hauen besser ab!« Er zog die Maschine langsam hoch.

»Sie gehen näher ran, Captain, ja, ganz recht, das ist ein Befehl!« Weisborn hielt plötzlich eine automatische *Neun-Millimeter* in der Hand.

»Die Schweine haben uns beschissen«, schrie er, während der Pilot versuchte, den Heli seitlich wegzuschieben, »das waren keine Atombomben, zum Teufel noch mal! Die Koffer enthielten etwas anderes! Kline, verstehen Sie, die Schweizer haben uns ausgetrickst, sie taten gewöhnlichen Sprengstoff in die Koffer, und Custer, oh, dieser Hurensohn, hat nichts gemerkt oder hat die Hand im Spiel gehabt, dem werde ich . . .«

Er kam nicht weiter. Eine gewaltige Stichflamme schoß vor Jack Weisborns Augen in die Höhe. Die Wucht der Explosion des unterirdischen Tanklagers warf den Helikopter wie einen Spielball in die Höhe. Gesteinsbrocken schossen hoch, prasselten gegen die Unterseite der Maschine, zerbrachen die Rotorblätter. Weisborns langgezogener schrecklicher Schrei brach abrupt ab, als der verkrüppelte Heli wie ein Stein senkrecht auf die Erde plumste und augenblicklich in Flammen aufging. Genau im Dreieck, direkt vor dem Tempelkrater. Die beiden Insassen waren auf der Stelle tot.

In Washington starrten die Männer im Videoraum fassungslos auf den erloschenen Bildschirm, wo einige Atemzüge zuvor noch ein selbstbewußter Cali aufgetrumpft hatte, dann jäh ein giftiger, greller, orangefarbener Schein aus dem Koffer stach. Alle Verbindungen brachen ab.

Das Flüstern des Stabschefs durchbrach die Totenstille: »Die haben sich selber in die Luft gejagt.«

Später meldete das US-Luftwaffenkommando heftige Explosionen unbekannter Ursache im Grenzgebiet von Kolumbien und Peru. Mit Zustimmung der Regierung in Bogotá hoben in Panama Aufklärungsflugzeuge ab, um über dem Explosionsherd Luftaufnahmen zu machen. Der kolumbianische Generalstabschef beschuldigte Peru, die Megalithanlage aus der Luft angegriffen zu haben, und drohte Vergeltungsmaßnahmen an. Kolumbianische Kampfflugzeuge beschossen angeblich peruanische Grenztruppen. Die Peruaner ihrerseits behaupteten, Brasilien entwickle zusammen mit Kolumbien eine Atomwaffe, und sie hätten in Verletzung internationaler Abkommen eine Versuchsexplosion gezündet.

Der Präsident der Vereinigten Staaten setzte am 5. Juli um 11:45 Uhr vorsorglich Teile der US-Streitkräfte Süd in Alarmbereitschaft.

Stunden später nahm Kenneth W. Custer im Weißen Haus in Washington den Umschlag entgegen, den ihm der nationale Sicherheitsberater entgegenstreckte. Der Präsident hätte den Colonel gerne persönlich empfangen, entschuldigte sich Graham Rivers umständlich, aber die Besprechung mit dem Vereinigten Generalstab habe gerade erst begonnen. Die Ereignisse der letzten Stunden, er wisse ja Bescheid, gebiete, daß sich der Oberkommandierende der Streitkräfte auf dem Befehlsstand aufhalte. Der Präsident werde aber bestimmt auf die Einladung zurückkommen.

»Aufgeschoben ist nicht aufgehoben«, beteuerte Graham Rivers und geleitete Ken zum Ausgang. Als sie an der Tür standen und zur Pennsylvania Avenue hinausblickten, schob der Nationale Sicherheitsberater seine Brille zurecht und hielt Custer am Ärmel fest.

»Colonel«, flüsterte er. »Es ist ein sonderbarer Zufall. Wir hatten einen fertigen Plan, die Pflanzgebiete Kolumbiens und Perus mit ein paar Nukes einzudecken und den Gangstern von Cali eine Atombombe auf die Bude zu werfen. Am Schluß waren die meisten dafür. Nur der Präsident wollte nicht. Dann wäre es beinahe geschehen. Ist das nicht eigenartig? Aber ich bewundere Sie, Ken, wie Sie diesen Cali und seine versammelten Schurken ausgetrickst haben, einfach großartig, die Bombenkoffer zu vertauschen ...«

Ken zuckte mit den Schultern und zeigte auf die Straße. Auf dem Gehsteig vor dem schwarzen hohen Gitterzaun hatten sich Demonstranten versammelt. Transparente ragten aus der Menge.

»Nun, die Menge glaubt, wir hätten eine Atombombe abgeworfen«, sagte Ken. Graham Rivers kniff die Augen zusammen und las laut: ›STOPPT DEN NUKLEAREN WAHN‹. ›WER SIND DIE NÄCHSTEN? BURMA, THAILAND, MEXICO?‹. ›GUT GEMACHT, CHEF‹. ›BOMBT DAS DROGENPACK AUS‹. ›GIVE US HUGS, NOT DRUGS‹.

»Großartig«, schwärmte Graham Rivers, als Ken Custer in die bereitstehende Limousine stieg. »Einfach großartig.« Er neigte nachdenklich den Kopf: »Tja, dieser Zufall ... Bleiben Sie in Kontakt, Colonel.«

Custer nickte geistesabwesend. Die Limousine zwängte sich durch die Menge. Eine junge Frau drückte ein Plakat an das Wagenfenster: ›KONDOME, NICHT ATOME‹, stand unter einer gebogenen Rakete mit einem überstülpten Pariser.

Custer lachte der Frau zu. Die Idee hatte etwas Bestechendes: Man müßte den Atomwaffen ein elektromagnetisches Kondom überziehen, dann würden alle Codes entaktiviert und die Raketen wären unbrauchbar ... Ken hielt den Brief immer noch in der Hand, als der Wagen vor dem Lincoln Memorial anhielt.

Sie saßen auf den breiten weißen Stufen und blickten über das Wasserbecken zum Capitol. Enten zogen in einer langen geschwungenen Linie über die Kuppel. Weiße Tauben umkreisten das Washington Monument.

Stefanie hatte sich am Morgen als Reiseführerin betätigt. Zuerst hastete sie mit Tony, Jessie und Mark durch das Raumfahrtmuseum, dann folgte ein Blitzbesuch im FBI, wo Mark und Tony die Unmenge beschlagnahmter Schußwaffen bestaunten. Später fuhren sie am Capitol und am Obersten Gericht vorbei. Stumm verharrten sie danach vor der Vietnam-Gedenkmauer mit den Namen Zehntausender Gefallener. Dann aßen sie schließlich Hamburger unter den Augen Abraham Lincolns und warteten auf Ken.

Stefanie lehnte sich an seine Schulter. Jessie, Mark und Tony warfen Karma Fleischbrocken zu. Möwen wagten sich heran und pickten Brotkrumen, die Tony verstreute.

Ken öffnete den Umschlag. Auf dem Brief stand ein Siegel, ähnlich dem des Weißen Hauses, darunter:

JACK WEISBORN

Colonel Special Forces Kenneth W. Custer

Colonel,

der Kampf ist entschieden, der Teufel mit dem Belzebub ausgetrieben. Der Präsident ist informiert, daß ich allein für die Atomexplosionen verantwortlich bin. Es gibt Zeiten, da sind einsame Entschlüsse unumgänglich. Die Nation der Amerikaner will von starken Persönlichkeiten, Frauen oder Männern, geführt werden. Die Kunst der politischen und militärischen Führung besteht darin, etwas zu tun, das die Leute wollen, aber

noch nicht wissen, daß sie es wollen. Entschlossenheit und Visionen sind gefragt. Sei gut zu Scarlett. Sie weiß Bescheid.
Dein Jack Weisborn

Ken zerriß den Fetzen. Lange sprachen sie kein Wort. Es gab auch nichts mehr zu sagen. Jack Weisborn alias COSMO hatte seinen Punkt gesetzt und verloren.

»Du hast mir nie gesagt, daß die Koffer nur Semtex enthielten«, beklagte sich Stefanie. »Weißt du eigentlich, daß wir beinahe gestorben sind vor Angst, als wir die gräßlichen Dinger aus der Kaverne ins Freie schleppten? Das war nicht fair von dir, uns im ungewissen zu lassen!«

»Wirklich nicht, ziemlich fies«, kommentierte Tony.

»Ich hatte davon keine Ahnung, meine Lieben«, gestand Ken mit einem entwaffnenden Lächeln. »Aber ich hätte es wissen müssen. Gauner bescheißen einander, wo sie können. Schlammer wollte Cali die Atomwaffen nie liefern, wohl aber das Geld dafür einstecken, eine Riesensumme!«

»Wo sind denn die echten Kofferbomben geblieben, gab es sie überhaupt?« fragte Stefanie.

»Natürlich, ich sah ja eine davon in Schlammers unterirdischem Labor, und die war echt. Im Tohuwahobu, das dann entstand, als die Hölle losging, kümmerte sich niemand mehr darum, die Koffer zu prüfen. Wäre auch schwierig gewesen, denn die Täuschung ist für den Laien schwer festzustellen.«

»Bist du auch ganz sicher, Ken, daß es die echten Bomben gibt?«

»Ja, seit heute morgen, als ich mit Polizeikommandant Borer in Bern telefonierte. Sie fanden sie. Zwei atomare Handgepäckbomben, ›Carry-on-Nukes‹! Raffinierte technologische Meisterstücke. Erschreckend. Sehen äußerlich aus wie die, die Cali erhielt.«

»Aber die Kaverne ist doch in die Luft geflogen«, wandte Jessie ein, »die Bomben müßten doch . . .«

»Du hast recht, der größte Teil der Kaverne liegt in Trümmern. Schlammer hat die Handgepäckbomben jedoch in der sicheren Tiefgarage unter dem Bürogebäude versteckt, im Kofferraum seines Mercedes. Dort geschah ihnen nichts.«

Plötzlich begann Stefanie zu lachen. »Wenn du dir vorstellst ... Schlammer, der Waffenschieber, hat Cali, den Drogenschurken, ganz schön übers Ohr gehauen, und deinen COSMO dazu! Zum Glück! Ken, stell dir Kolumbien unter einem Atompilz vor, all die fröhlichen Menschen dort ...«

Custer pochte spaßhaft auf seine Brust: »Wir Schweizer sind halt doch Schlitzohren, hinterhältig, wie bei der Schlacht am Morgarten – den anderen eine Nasenlänge voraus. Nun, du siehst, Ende gut, alles gut!«

Stefanie schien, als hätte sie das schon einmal gehört. Die Kinder schnitten ihre Grimassen, und Mark formte mit dem Zeige- und Mittelfinger das V-Zeichen. Nach einer Weile fragte sie unvermutet: »Ken, stimmt es eigentlich, daß du Theo im Knast kennengelernt hast?«

Ken schaute sie neckisch unter den Brauen hervor an. Seine Augen funkelten schalkhaft. »Weißt du, eigentlich bin ich noch nie in meinem Leben in Sizilien gewesen.«

Sie lachte schallend. »Nun, wo habt ihr euch denn wirklich kennengelernt, Ken?«

Ken Custer netzte mit der Zungenspitze seine Oberlippe und bewegte den Kopf abwägend hin und her. »Das ist eine lange Geschichte. Es war damals in ...«

Stefanie packte seinen Kopf mit beiden Händen und küßte ihn auf den Mund.

»Es ist gut Ken, war es nicht in Afrika? Ihr saßt beide im Kochtopf der Kannibalen, und im letzten Moment erschien die große schwarze Eingeborene, nackt und mit feurigem Blick, oh Ken, ich mag deine Phantasie!«

Sie lachten und umarmten sich.

»Weißt du, was das übernächste ist, das wir machen werden?« fragte Ken beiläufig.

Stefanie schaute ihm neugierig in die Augen und schüttelte den Kopf.

»Wir werden die Kinder adoptieren. Und Karma natürlich auch.«

Sie lachten.

»Und was ist das nächste, das vor dem übernächsten kommt?« stichelte Stefanie.

»Wir mieten eine Insel«, entschied Ken.

»Eine Insel?«

»Ja, ein Flecken, wo wir allerhand tun können, ohne daß uns jemand stört. Segeln, Fischen, Tauchen, Sonnenbaden, Essen, und, ja . . . was man eben so macht, wenn man verliebt ist.«

Stefanie blickte versonnen über das Wasser. Dann sagte sie: »Siehst du die weiße Taube, die zum Obelisken fliegt? Wenn sie oben auf dem Monument absetzt, gehe ich mit dir auf die Insel. Und überallhin, wo du hingehst.«

Die Kids hatten die letzten Worte mitbekommen. Gebannt verfolgten sie nun alle gemeinsam den Flug der Taube.

Sie flog an der Spitze des Monuments vorbei. Jessie seufzte. Stefanie zuckte die Schultern. Sie wollte sagen, es sei ja nur ein Scherz gewesen. Da drehte die Taube ab. Sie segelte auf den Obelisken zu, umkreiste ihn und setzte sanft auf der Spitze ab. Die Kinder brachen in ein Gejohle aus.

»Siehst du, der Falke und der Turm«, flüsterte sie.

»Das ist ein gutes Zeichen«, sagte Ken leise. »Es bringt uns Glück.«

Ken nahm Stefanie in die Arme und drückte sie fest an sich. Ihre Stirnen berührten sich. Tief blickten sie sich in die Augen. Da legte er die Hände an seinen Nacken und löste geschickt die feine

Goldkette und führte sie mit Daumen und Zeigefingern beider Hände vor sein Gesicht. Das Medaillon schwankte wie ein funkelnder Glücksstern vor Stefanies vollen Lippen hin und her.

»Nimm den Christophorus, Stefanie.« Seine blauen Augen strahlten. Zärtlich fuhr er unter ihr schönes dunkelblondes Haar und legte das Medaillon um ihren Hals.

»Wir müssen stets das Gute anstreben, dann geschieht es auch. Daran glaube ich. Im Jahr 2000 wird es keine Atombomben mehr geben. Dieses Ziel müssen wir erreichen. Ich bin sicher, daß wir es schaffen.«

»Amen«, meinte Tony und klappte sein Messer auf. Während die anderen schmunzelnd zuschauten, mußte Ken den Handballen hinhalten. Das Blut tropfte auf den weißen Marmor. Dann, wie vor zwei Tagen oben auf dem Berg, schlossen sie Blutsbrüderschaft.

Abraham Lincoln blickte zufrieden auf sie herab.

EPILOG

Die alte Kaverne von Nuclanne wurde von der schweizerischen Regierung übernommen, gesäubert und mit Beton aufgefüllt.

Der Iraker Hazmoudi konnte in Bern von Thomas Borers Leuten verhaftet werden. Er gab zu, im Sold iranischer Auftraggeber gestanden zu haben. In Teheran kam es aus Angst vor einem Vergeltungsschlag zu Tumulten, die schließlich zum Sturz des islamistischen Regimes führten, das nie ein Hehl aus seiner Unterstützung des Terrorismus gegen die USA gemacht hatte.

Die angeschwemmte Leiche Adam Schlammers fand die Polizei am nächsten Morgen im Flußbett, nicht weit vom nuklearen Sprengkopf der *SS-20* entfernt, den die gewaltige Explosion vom Raketenkörper weggerissen und in die Schlucht hinabgeschleudert hatte.

Theo von Alp verließ die ›Lindenegg‹, nachdem ihm der Rummel zuviel geworden war. Anfänglich hatte er sich in der Publizität um seine Person gesonnt, dann aber litt das Geschäft, als die Interviews und Bildberichte nicht mehr abreißen wollten. Auch die Geschichte mit den Wildschweinen sickerte durch, und als dann noch Tierschützer gegen ihn klagten, zog der einsame Adler mit der rothaarigen Claudia nach Angola.

Stefanie Kramer adoptierte Mark, Tony und Jessie Summermatter.

Custer alias François Clissot wurde als rechtmäßiger Nachfolger des schwer angeschlagenen Schlammer-Konzerns eingesetzt. Die fotografische Dokumentation des Ornithologen und weitere

Abklärungen bewiesen Custers Herkunft aus der einst berühmten Familie Clissot einwandfrei. Man hatte sogar noch Zahnröntgenbilder und die medizinischen Berichte über den Geburtsfehler an seiner Hand aufgespürt.

Ken und Stefanie änderten den Namen der in schlimmsten Verruf geratenen *Schlammer Engineering* in ›KRAMER CLISSOT AG‹. Marianne Chaudet, die der Polizei ihr gesammeltes Beweismaterial übergeben hatte, wurde zur Direktorin des Unternehmens ernannt. Stefanie Kramer blieb dem Journalismus treu. Für ihre Reportage ›SCHLAMM, SCHLAMMER, AM SCHLAMMIGSTEN‹ gewann sie den Pulitzerpreis.

Ken alias François übernahm vom Alten die ›Zuflucht der Geplagten‹ an den Gestaden des schönen Sees und gründete die ›Bewegung für eine sichere Nukleartechnik‹. Daneben setzte er seine Schaffenskraft und Vitalität für die Erziehung der drei Kinder ein. Die Schule sei nicht mehr zu retten, befand er, und öffnete den drei Tapferen neben der schulischen Ausbildung den Weg zu den Sprachen, zur Kunst und Musik. Er weckte die schöpferischen Kräfte, führte sie in Filme, nahm sie mit auf Reisen, gab ihnen zu lesen. Einzig vor Abenteuern hielt er sie zurück. Davon hätten sie für eine Weile genug gehabt, meinte er, und Mark, Tony und Jessie gaben ihm recht.

Einstweilen.